# 局外人

〔美〕斯蒂芬·金 著　孔文 孙胜男 译

## THE OUTSIDER

斯蒂芬·金作品系列
STEPHEN KING

人民文学出版社
PEOPLE'S LITERATURE PUBLISHING HOUSE

**著作权合同登记号　图字 01-2019-7841**

**图书在版编目(CIP)数据**

局外人/(美)斯蒂芬·金著;孔文,孔胜男译
.—北京:人民文学出版社,2020(2023.1 重印)
(斯蒂芬·金作品系列)
ISBN 978-7-02-015993-2

Ⅰ.①局… Ⅱ.①斯… ②孔… ③孙… Ⅲ.①长篇小
说-美国-现代 Ⅳ.①I712.45

中国版本图书馆 CIP 数据核字(2020)第 032284 号

出 品 人　黄育海
责任编辑　朱卫净　张玉贞
封面设计　陈　晔

出版发行　人民文学出版社
社　　址　北京市朝内大街166号
邮政编码　100705

印　　制　上海盛通时代印刷有限公司
经　　销　全国新华书店等

字　　数　522千字
开　　本　890 毫米×1240 毫米　1/32
印　　张　18.375
版　　次　2020 年 7 月北京第 1 版
印　　次　2023 年 1 月第 4 次印刷

书　　号　978-7-02-015993-2
定　　价　89.00 元

如有印装质量问题,请与本社图书销售中心调换。电话:010 - 65233595

献给兰德和朱迪·霍斯顿

世界只是貌似井然有序，只有弱者才会对假象深信不疑。

——科林·威尔逊，《盲人的国度》

# 目　录

# 一　逮捕

## 七月十四日星期六

# 1

一辆无牌照轿车驶来，车子有几个年头了，乍一看只是一辆平淡无奇普普通通的美国轿车，但其特制轮胎和车里坐着的三个人却暴露了这车大有来头。前排的两个人身着蓝色制服，后面坐着一个大块头，一身西装，身材魁梧得像幢房子！路边站着两个黑人男孩，一人单脚踩着一只磨损的橙色滑板，另一人腋下夹着一只青柠檬色滑板，两人注视着车子拐进埃斯特尔·巴尔加休闲公园，而后面面相觑。

一个开口说："是警察。"

另一个说："见鬼！"

两人二话没说，立即掉头踩着滑板扬长而去。生存法则很简单：警察现身，即刻闪人。上一辈人教导过他们，黑人的命至关重要，但对于警察而言黑人的命并没有那么重要。棒球场上已经迎来第九局比赛，现在轮到弗林特金龙队进攻，观众们开始有节奏地欢呼鼓掌。

两个黑人男孩再没回头。

# 2

**乔纳森·里茨先生的口供（七月十日晚九点半，拉夫·安德森侦探做询问笔录）**

**拉夫·安德森侦探：**里茨先生，我可以理解您现在心绪烦乱，但我需要确切了解您今天晚上的所见。

**里茨：**我永远都忘不掉，永远！我得吃片药，安定片吧，我从来没吃过那玩意儿，不过现在我很确定自己需要用点儿镇静剂，我的心脏现在好像还悬在嗓子眼儿呢。你们的法医要是在现场发现了呕吐物，呃，我猜他们肯定会发现的，那就是我吐的。我并不觉得这有什么丢人的，换作谁看见那样的场面都会把晚饭吐个精光。

**安德森侦探：**我保证录完口供之后安排医生给您开点儿镇静剂，但现在，我需要您保持头脑清醒，明白吗？

**里茨：**明白，当然明白。

**安德森侦探：**把您看到的一切都告诉我，今晚就没事了，可以吗，先生？

**里茨：**好的。今晚大概六点钟整，我出门遛我家的小猎犬戴夫。通常戴夫五点钟吃晚餐，我和我太太五点半吃，到了六点钟，戴夫就开始准备解决它的"个人"问题，就是大便和小便。我负责遛狗，我太太桑迪负责刷碗，分工很明确。我俩一致认为在婚姻生活中明确分工至关重要，尤其是孩子长大以后。我是不是有点儿扯远了？

**安德森侦探：**没关系，里茨先生，按照您的思路讲就行。

**里茨：**哦，请叫我乔恩吧，我真受不了别人叫我里茨先生，那让我感觉自己好像是块饼干①。我上学的时候那些熊孩子就叫我"乐芝饼干"。

---

① 里茨先生的姓 Ritz 和世界知名饼干品牌乐芝 Ritz Crackers 的拼写相同。

**安德森侦探：**嗯哼，所以当时您在遛狗……

**里茨：**是的，之后戴夫闻到一股浓浓的气息——我想应该是死亡的气息——于是它拼命地朝那味道发出的地方使劲。别看它长得小，我得两只手用力才能拉得住它。那……

**安德森侦探：**等等，刚刚您说从家，也就是马尔伯里大道 249 号出门时是六点钟……

**里茨：**有可能更早一点儿，我和戴夫下坡去了一趟杰拉德杂货店，就是街角那家卖各种美食的杂货店，之后走巴纳姆街进了菲吉斯公园，就是那些小破孩儿嘴里叫的"非礼我"公园。那帮毛孩子以为我们大人听不懂他们在说什么，也不会听他们讲话，但其实我们会听，至少有些人会听。

**安德森侦探：**您每天晚上散步的路线都是这样吗？

**里茨：**哦，有时候会稍有不同，以免无聊嘛，但几乎每次回家前都会去公园，因为戴夫可以在那里嗅来嗅去。那里有个停车场，不过每到傍晚的时候几乎就空了，除非有些中学生在那打网球。那天晚上没什么人，因为之前下了一场雨，场地很黏，停车场里只停了一辆白色面包车。

**安德森侦探：**是一辆商用面包车，对吗？

**里茨：**对。没有车窗，只有车身后面有个双开门，就是那种小公司拉货用的面包车，可能是辆伊克莱，不过我也不能确定。

**安德森侦探：**车身上有喷印公司的名称吗？比如山姆空调、鲍勃定制窗之类的。

**里茨：**没有，嗯……没有，什么都没有。不过那车很脏，可有阵子没洗了，车胎上净是泥，可能是下雨天溅的吧。戴夫嗅了嗅车胎，之后我们沿着树林里的一条碎石路走了大概四分之一英里①，戴夫开始狂吠，然后跑进了小路右侧的灌木丛。它就是在那个时候闻到那个味儿，当时它差点儿挣脱了我手里的牵引绳，我使劲把它拉回来，但它不乐意，扑通扑通地在地上翻来滚去，吭哧吭哧地用爪子刨地，

① 1 英里 =1.609344 公里。

狂吠不止。于是我只好把它拉近，紧靠着我——我那根牵引绳是伸缩式的，非常适用于那种情况——然后我跟在它后面往前走。戴夫已经不是小狗崽了，所以它现在对松鼠和花栗鼠不太感兴趣，我以为它可能嗅到了浣熊。生而为犬，它得清楚到底是谁说了算，所以当时我正打算不管三七二十一直接把它拽回来，可我却看到一片齐胸高的桦树叶子上有几滴血，我估摸那树叶距离地面大概有五英尺①高，稍远一点儿的一片叶子上也有一滴血，再远一点儿的灌木丛上还有一大摊血，血迹还是鲜红湿润的，戴夫嗅了嗅，还想继续往前走。听我说，我还记得就在那时我听到身后有汽车启动的声音，那声音相当响，就像消声器掉了似的，不然我不会注意到，有点儿像那种轰隆隆的声音，你明白我的意思吗？

**安德森侦探：** 嗯哼，明白。

**里茨：** 我不确定是不是那辆白色货车，我没有从原路返回，所以不知道那辆车还在不在。但是我敢打赌就是它，你知道那意味着什么吗？

**安德森侦探：** 说说你的想法，乔恩。

**里茨：** 他可能一直看着我，那个杀手可能一直站在树林里盯着我，现在一想到这儿我就毛骨悚然。之后我的注意力全在那摊鲜血上，可我又担心戴夫会猛地一下把我的胳膊拽脱臼。我承认我开始害怕了，我长得不壮，虽然一直尽力保持身材，可我毕竟已经是个花甲老头了，就算二十多岁的时候，我也不是个肌肉发达的壮汉。但是我必须去看一看，万一有人受伤呢？

**安德森侦探：** 勇气可嘉。您第一眼看到血迹时是几点？

**里茨：** 我当时没看表，但我猜应该是六点二十或六点二十五分。我让戴夫带路，一边教训它慢点儿走，它那小短腿可以直接从下面钻过去，可我得拨开树枝啊。你知道人们是怎么说小猎犬的吗？"高调做事，低调做人"。戴夫突然疯了似的狂吠，我们来到一块清净地，有点儿……怎么说呢，有点儿像小情侣可以坐下来亲热的隐秘地方，

---

① 1英尺≈0.3米。

那儿中央有一块花岗岩长椅，上面全是血，好多血！椅子下面更多！尸体就躺在旁边的草地上，那个可怜的男孩头朝我这边，两只眼睛睁着，喉咙不见了，只剩下一个血红的窟窿。他身上的蓝色牛仔裤和内裤被扒到脚踝，然后我看到……我猜是一根枯树枝……插到他的……他的……呃，你知道的。

**安德森侦探：** 我知道，但我需要你亲口说出来作为口供，里茨先生。

**里茨：** 他的肠子都翻出来了，那根树枝从他的下体伸出来，血糊糊一片。那根树枝的树皮有一截被剥掉了，上面有个手印，我看得清清楚楚。戴夫不再狂吠，它开始号叫，可怜的家伙，我真想不出谁会干出这种事，那肯定是个杀人狂魔。安德森侦探，你会抓住他吗？

**安德森侦探：** 哦，当然，我们一定会抓住他。

# 3

埃斯特尔·巴尔加停车场与拉夫·安德森夫妇星期六下午常去购物的克罗格超市的停车场差不多大。七月的这天傍晚，那里停满了车，好多车的保险杠上贴着金龙队的贴纸，有些车的后车窗上也用肥皂涂上了激情四射的标语：**我们会惊掉你的下巴；金龙吐火焚笨熊；盖城我们来了；今年是我们的主场。**天还亮着，但棒球场上已经灯火辉煌，欢呼声和打拍子的掌声响彻夜空。

二十岁的年轻老兵特洛伊·拉梅奇坐在那辆无牌照警车的方向盘后面，一边在一排排的汽车中搜寻车位，一边咒骂着"每次来这儿，我都好奇他妈的埃斯特尔·巴尔加是谁"。

拉夫没作声，他肌肉紧绷，肌肤滚烫，血脉偾张。过去的几年里他逮捕过的坏人不胜枚举，但这次不同以往，这起案件特别可怕，而且牵涉个人关系，最糟糕的就在于：牵涉个人关系。他不负责参与逮捕，这一点他很清楚，但是最后一轮削减预算之后，弗林特市警察局仅剩三名全职侦探：杰克·霍斯金斯在度假，那家伙兴许正在某个偏远的地方钓鱼呢，好一个自在解脱，而本该休产假的贝琪·里金斯今晚却在州警察局忙着这件案子的其他工作。

拉夫在心里默默向上帝祈祷，但愿他们这样做不算操之过急。那天下午开预逮捕会时，他就已经向弗林特县地方检察官比尔·塞缪尔斯吐露了自己的担忧。塞缪尔斯年方三十五岁，对于地检这个职位而言确实还嫩了点儿，但他是右翼政党成员，非常自信，虽然说不上自大，但是有点儿过分自信，不过这个小伙子无疑心怀壮志、野心勃勃。

"还有一些模糊不明的地方我想捋清楚，"拉夫说，"我们还没有掌握案件的全部背景，而且，他肯定会说自己有不在场证明，除非他直接放弃辩护，而那肯定是不可能的。"

"如果他拿出证据，我们就把他驳倒。"塞缪尔斯回应道，"你知道我们一定做得到。"

拉夫对此毫不怀疑，他很清楚他们没有抓错人，但他还是想在收网逮捕之前再多做那么一点儿调查。找出那个狗杂种的不在场证明中的漏洞，把小漏洞撕成大口子，大到足够容得下一辆卡车通过，而后请君入瓮。大多数情况下正规流程是这样的，但这件案子需要特殊处理。

"有三点，"塞缪尔斯说，"你准备好了吗？"

拉夫点点头，毕竟他必须配合这个人的工作。

"其一，镇上的居民，尤其是孩子家长现在非常惊恐愤怒，他们希望警方能够迅速逮捕犯罪嫌疑人，重获安全感。其二，证据毫无疑点，我从未见过如此铁证如山的案子。你同意吗？"

"同意。"

"好的，下面是第三点，也是最重要的一点。"塞缪尔斯向前欠了欠身说，"我们不能说他之前有过类似犯罪史——即便他真的有，我们一旦开始真正追查就全能查个水落石出——但眼下他确实犯下了十恶不赦的大罪，一旦他挣脱枷锁，兽性大发……"

"悲剧就会重演。"拉夫接上塞缪尔斯的话。

"没错。继彼得森被杀后，在短时间内不太可能再发生类似案件，但仍然存在可能性。上帝啊，他随时都和孩子们在一起，要是他再杀死一个未成年男孩，别说丢了饭碗，我们这辈子都不会原谅自己。"

拉夫因为自己之前没能早点儿发现他的罪恶嘴脸而深感自责。少年棒球联盟赛季的总结会后，大家在后院举办了烧烤派对，当时简直太荒谬了！拉夫在派对上不能直视那个男人的眼睛，虽然他明知道那个恶魔正在暗自思忖着自己不可告人的行动——他周密地规划着，任由邪恶的想法在心底滋生蔓延——却无能为力，无法去改变他的邪恶想法。

拉夫向前探身，指着一处，对坐在前排的两个警察说："那里，停残障人士车位。"

坐在副驾驶座的警官汤姆·耶茨说："头儿，那要罚款二百美金呢！"

"我觉得这次他们会放我们一马。"拉夫说。

"我开玩笑的。"

拉夫没心情跟他斗嘴皮子，便没再接话。

"哟嚯，有车位，"拉梅奇说，"我看到两个。"

他把车停入其中一个车位，然后三人一同下车。拉夫见耶茨解开了他那把格洛克手枪的皮套，于是摇了摇头说："你疯了吗？赛场上有一千五百号人呢。"

"他要是跑了怎么办？"

"那你就抓住他。"

拉夫倚靠在那辆无牌照警车的引擎盖上，目送那两名弗林特市警官向灯光闪耀、热闹喧天的棒球场和人满为患的露天看台靠近。看台上，观众的欢呼声和掌声依旧一浪接着一浪，此起彼伏。立刻逮捕杀死彼得森的凶手是拉夫和塞缪尔斯共同做出的决定（不管拉夫自己有多不情愿），而在赛场上当众逮捕他则完全是拉夫自己的决定。

拉梅奇回头问："你来吗？"

"不了，你们去吧，客气地大声向他宣读他拥有一切合法权利，然后把他带到这里来。汤姆，回去的时候你和他坐在后排，我和特洛伊坐前面。比尔·塞缪尔斯在等我的电话呢，他一会儿和我们在局里碰头，面对这次的任务大家始终是一个团队，至于官衔、职位，那都是你们自己的。"

"可这是你的案子，"耶茨说，"你为什么不想亲手去抓那个狗娘养的？"

拉夫面不改色，仍然叉着双臂说："因为那个用树枝奸杀了弗兰基①·彼得森、撕掉他喉咙的那个人给我儿子当了四年教练，两年在皮维少年棒球联盟，两年在少年棒球联盟。他曾经手把手地教我儿子握球棒，所以我不相信自己可以亲手逮捕他。"

"明白了，明白了。"特洛伊·拉梅奇说着和耶茨继续朝球场

---

① 弗兰克的昵称。

走去。

"嘿，你们两个听着。"

他们转过身来。

"就地把他铐起来，把手铐在前面。"

"这不合规矩啊，老大。"拉梅奇说。

"我知道，我不在乎，我就是要让所有人都看到他被铐走，明白吗？"

他们上路后拉夫掏出手机拨通一个被设为快速拨号的号码。原来是打给贝琪·里金斯的："你到位了吗？"

"到了，车停在他家房前，有四名州骑警和我在一起。"

"搜查令呢？"

"在我热乎乎的小手里握着呢。"

"好极了。"他刚要挂断电话突然又想起了什么，接着问，"贝琪，你的预产期是什么时候？"

"昨天，"她说，"所以赶紧把这个破事解决掉。"说完就挂断了电话。

# 4

**艾琳娜·斯坦霍普夫人的口供（七月十二日下午一点，拉夫·安德森侦探做询问笔录）**

**斯坦霍普：** 会花很长时间吗，侦探先生？

**安德森侦探：** 不不，很快的。把您在七月十日星期二下午看到的告诉我，咱们就结束了。

**斯坦霍普：** 好的。当时我正从杰拉德精品杂货店走出来，我星期二总去那里买东西，虽然贵一点儿，但自从我不开车之后就不去克罗格超市了。我先生去世后的第二年我就注销了驾驶证，因为我年龄大了，反应慢，出过几次事故，虽然只是轻微的擦碰，但你知道，对我来说那就已经够受的了。我把房子卖掉之后一直住在公寓，那里离杰拉德杂货店只有两个街区，医生告诉我多走走对身体好，有利于心脏健康。当时我用小拉车拉着三袋子东西从店里出来——我现在只买得起三袋东西了，物价高得吓人啊，尤其是肉，我都记不清自己上次吃培根是什么时候了——然后我看到了小男孩彼得森。

**安德森侦探：** 您确定您看到的是弗兰克·彼得森吗？

**斯坦霍普：** 哦，是的，就是弗兰克。可怜的孩子，我对他的遭遇感到很遗憾，不过他现在离苦得乐上了天堂，这样我们心里也能安慰了。彼得森家有两个男孩，你知道吧，他俩都是红头发，是那种红得吓人的胡萝卜色。大的那个——就是叫奥利的那个——至少要比小彼得森大五岁，他过去常给我们送报纸。弗兰克有一辆自行车，车把很高，车座很窄……

**安德森侦探：** 那叫香蕉型车座。

**斯坦霍普：** 我不懂，只记得他的车是那种亮绿色的，那颜色太难看了，真的。他的车座上还有一张贴纸，上面印着弗林特市高中，可惜他再也不能去上学了……可怜啊，可怜的孩子。

**安德森侦探：**斯坦霍普太太，您需不需要稍事休息？

**斯坦霍普：**不，我想讲完，我还得回家喂猫呢，我每天都是三点给它喂食，不然它会饿的，而且它还会好奇我去哪儿了。哦……能不能给我一张纸巾？我脸上现在肯定汗津津的，谢谢。

**安德森侦探：**您能看见弗兰克·彼得森的自行车车座上的贴纸，为什么？

**斯坦霍普：**哦，因为他当时没骑车，他是推着车穿过杰拉德杂货店的停车场的，车链条断了，在地上拖着。

**安德森侦探：**您当时注意他的穿着了吗？

**斯坦霍普：**一件印着某个摇滚乐队的 T 恤。我不懂乐队，所以我说不出是哪个乐队，如果这很重要的话，只能抱歉啦。他还戴着一顶蓝格斯鸭舌帽，那样扬着往脑袋后面戴着，满头的红头发一览无余。通常有他那种胡萝卜色的红头发的人早早就会秃顶，你知道的，现在他再也不用担心了，是吧？哎，真是太让人伤心了。话说回来，有一辆脏兮兮的白色面包车停在停车场的另一头儿，一个男人从车上下来朝弗兰克走了过去。他是……

**安德森侦探：**等一下我们再说他。不过，我想先听您讲讲那辆车，没有车窗吗？

**斯坦霍普：**对，没有。

**安德森侦探：**车身上没有字？没有公司名之类的？

**斯坦霍普：**我没看到。

**安德森侦探：**好的，咱们来谈谈您看到的那个男人。您认出他了吗，斯坦霍普太太？

**斯坦霍普：**哦，当然啦。是特里 [①]·梅特兰，西部的每一个人都认识 T 教练，中学的人都那样叫他，你知道的，他在那儿教英语，我先生退休之前和他是同事。大家之所以叫他 T 教练是因为他曾经在少年棒球联盟当教练，之后又到市棒球联盟教，后来到了秋天他

---

[①] 特伦斯的昵称。

又去教小孩踢足球了。大家也给那支球队取了个名字，不过我记不得了。

**安德森侦探：**咱们能不能回到星期二下午的场景，您再仔细回忆一下……

**斯坦霍普：**没什么可说的了。弗兰克和 T 教练讲话，指了指断了的车链条，T 教练点点头，打开那辆白色面包车的后备厢，那车不是他的……

**安德森侦探：**为什么这么说，斯坦霍普太太？

**斯坦霍普：**因为那车挂着一张橙色牌照，我不知道是哪个州的，我现在眼神儿不行了，但我知道俄克拉何马州的车牌是蓝白色的。不管怎么说，我只看到车后备厢里有一个长长的绿色的东西，看起来像个工具箱。是工具箱吗，侦探先生？

**安德森侦探：**后来发生了什么？

**斯坦霍普：**嗯，T 教练把弗兰克的自行车放进后备厢，然后关上车门。他拍了拍弗兰克的后背然后绕到驾驶室，弗兰克绕到副驾驶那边，两个人一起上车离开，上了马尔伯里大道。我以为 T 教练要把那小子送回家呢，我当然那样想了，不然还能怎么想？特里·梅特兰住在西部快二十年了，家庭幸福美满，和他妻子生了两个女儿……请再给我一张纸巾好吗？谢谢。我们差不多结束了吧？

**安德森侦探：**是的，您真是帮了大忙。我记得开始做笔录，之前您说是三点钟左右，对吗？

**斯坦霍普：**三点整。我拉着小拉车从杂货店出来的时候听到市政厅的钟敲了三下，我当时就想赶紧回家喂猫。

**安德森侦探：**您看到的那个男孩，那个红头发男孩，是弗兰克·彼得森。

**斯坦霍普：**是的。彼得森一家就住在街角，奥利过去常给我送报纸，我总能看到那两个男孩。

**安德森侦探：**那个男人，那个把自行车放进白色面包车的后备厢、之后开车和弗兰克·彼得森一起离开的男人是特伦斯·梅特兰，人称特里教练或 T 教练。

**斯坦霍普**：是的。

**安德森侦探**：您确定？

**斯坦霍普**：哦，是的。

**安德森侦探**：谢谢您，斯坦霍普太太。

**斯坦霍普**：谁能相信特里会做出这种事？你认为会是其他人吗？

**安德森侦探**：我们会调查清楚的。

# 5

　　埃斯特尔·巴尔加运动场是弗林特县最好的棒球场，也是唯一一个可以举办夜间比赛的灯光球场。所有市棒球联盟的比赛都在埃斯特尔·巴尔加运动场举办，所以各队用抛硬币来决定谁是主场。特里·梅特兰和以往一样，在赛前赌硬币的反面，那是从他过去的市联盟教练那里传承下来的迷信。果不其然，是反面。"我不在乎主客场，我只在乎结果。"他总是跟孩子们这样说。

　　今晚特里需要一个圆满结局。现在到了第九局的终场，灰熊队在本次联赛的半决赛中以一分的优势领先，现在到了金龙队最后出局的机会，但他们已经满垒了，现在只需要一次跑动、一次疯狂的投球、一个失误或一个内场安打就可以打成平局，而只要一个球打进空位就可以赢得这场比赛。当特雷弗·麦克尔斯踏进左方击球员区时，看台上的观众们开始疯狂地鼓掌、跺脚、欢呼。特雷弗的头盔已经是全队最小号的，可他的视线还是被遮住了，他只能不停地往上推头盔，紧张地前前后后挥动球棒。

　　特里曾考虑过让他做替补，虽然他身高只有五英尺零一英寸 [①]，却非常能跑，而且他虽不是全垒打击球员，有时却也能打到球，不太经常，但偶尔还是能的。如果特里把他换成替补，那个可怜的孩子在接下来整个中学的日子都会活在耻辱中。相反，如果他努力克服那一点，在他接下来的人生中这段经历将成为后院烧烤时和酒桌上的美好回忆。特里深知那种感受，很久以前，在大家还没有用铝制球棒的那个时代，他自己就是那种棒球手。

　　灰熊队派出了他们的终结者，一个真正的速球型投手。他铆足了劲儿，投球正中本垒中心下方，特雷弗满脸沮丧地看着球从身边飞

---

① 　1英寸＝2.54厘米。

过。裁判判出第一击未中，看台上一片叹息声。

特里的助教加文·弗里克在替补席上踱来踱去，他把记分册卷起来握在手里（特里都告诉过他多少次不要那样做了？），他的肚皮把身上那件 XXL 号的金龙队 T 恤撑得紧紧的，那个大肚腩至少是 XXXL 码的。"但愿让特雷弗上场打球不是个错误的决定，特里。"他说，汗水顺着他的脸颊不停地淌，"他看起来怕得要死，我觉得他握着网球拍都接不住那个孩子的快球。"

"瞧着吧，"特里说，"我有好的预感。"其实他并没有。

灰熊队的投手铆足了劲儿又飞出一个快球，但这个球却落在了本垒前面。当金龙队的拜伯·帕特尔从三垒起跑急转几步到下一条线时，观众们激动地站了起来，当球重重地落入捕手的手套里时，观众又一声哀叹坐了回去。灰熊队的捕手转到三垒，特里甚至能透过他的头盔看出他的表情：本垒小子，放马过来吧。拜伯并没能如他所愿。

下一个球投得很广，特雷弗还是没能接到。

"把他打出局，弗里兹！"看台高处有一个沙哑的声音大声吼道——几乎可以肯定，那是快球手的老爹，因为那孩子迅速扭头朝吼声传来的方向瞥了一眼，"把他打出局……"

特雷弗压根没有去接这个球，球速太快了，真的太快了，根本没法接。但裁判判出坏球，这回轮到灰熊队球迷哀叹了。有人建议裁判去换一副好眼镜，还有一个球迷竟然扯到什么导盲犬。

现在二比二平，特里有种强烈的预感，金龙队的下一投会决定是否能够在这个赛季走得更远。他们要么会跟黑豹队争市冠军，进入州赛——那可是卫星电视直播啊——要么拍屁股走人，然后按照传统，在梅特兰家后院的烧烤派对上再露一次面，作为赛季结束的标志。

他回头看着坐在老位置的玛茜和女儿们，她们每次都坐在本垒幕后面的躺椅上。特里家的小姑娘们正分坐在妻子两侧偎依在妈妈身上，像一对儿娇美的花。三个美人手拉着手一起朝他挥手，特里冲她们眨了眨眼，微笑着竖起两个大拇指。虽然他仍然感觉有什么不对劲，不只是比赛的问题，这种不祥的感觉已经有一阵子了。

玛茜在对面回给他一个微笑，但那个笑容却变成了困惑的皱眉。

她正看向左边，大拇指往那边比了一下，特里转过头，看见两个市警察齐步从正在指挥的巴瑞·霍利亨教练身边走过，来到三垒的边线。

"时间到，时间到！"本垒板的裁判咆哮着，灰熊队的投手正憋着劲儿抢球，便被裁判叫停。特雷弗·麦克尔斯走出击球员区，特里觉得他一脸的轻松解脱。这时观众安静下来，都看着那两名警察，他们中的一个把手伸到背后摸着什么，另一个人的手放在枪套里的枪屁股上。

"滚出去！"这时裁判吼道，"滚出去！"

特洛伊·拉梅奇和汤姆·耶茨没理他，继续走进金龙队的休息区———一块临时休息区，只有一张长凳、三筐器材、一桶脏兮兮的训练球———径直走到特里面前。拉梅奇从皮带后面掏出一副手铐，此时观众看到了这一幕，人们开始窃窃私语，大部分人叽叽喳喳乱作一团，有一小部分人兴奋地起哄，喊着嘘声"喔……"。

"嘿，你们两个！"加文慌忙起身，差点儿被一个第一棒球手里奇·加伦特废弃的头盔绊倒，他说，"我们正在比赛呢！"

耶茨一把推开他，摇摇头。此时观众席鸦雀无声，灰熊队的球员放开防守姿势愣愣地看着，任由手套垂下来摇摆着。捕手小步跑向投手，两人一起杵在投手点和本垒之间。

特里对那位拿着手铐的警察有点儿熟悉，因为他和他哥哥有时在秋季会来看波普·华纳的比赛。"特洛伊？这是怎么了？什么事？"

拉梅奇看到他一脸看似很真实的困惑表情，但凭他从上世纪九十年代就开始当警察的丰富经验，他深知那些真正坏透的人很擅长装出一脸"谁，我？"的无辜相，眼前这个家伙就和那些人一样坏。他牢记安德森的指示，没有半点儿犹豫，提高嗓音大声宣告：

"特伦斯·梅特兰，我现在以谋杀弗兰克·彼得森的罪名逮捕你。"

他这么大声是想让全场观众都听见。等你第二天看报纸时就会知道，现场有一千五百八十八名观众。

看台上又响起一片"喔……"，这次的嘘声如同一场狂风袭来，声音响彻球场。

　　特里对着拉梅奇紧锁眉头，他明白拉梅奇的话是什么意思，那几个简单的英语单词拼起来的简单陈述句随随便便就构成了一句沉重的宣判。他认识弗兰基·彼得森，也知晓他的可怕遭遇，但他无法理解那句话的含义，他能说的只有"什么？开什么玩笑？"。就在那个瞬间，《弗林特市快报》体育专栏的摄影师抓拍了他脸上的表情，次日那张照片便登上了头条。照片中的他惊愕地张大嘴巴，眼睛瞪得大大的，头上那顶金龙队棒球帽的边缘露出一些发丝。那张照片中的特里看起来既孱弱无力又内疚自责。

　　"你说什么？"

　　"伸出双手。"

　　特里望着玛茜和女儿们，她们仍旧静静地坐在铁丝网后面的椅子上，同样一脸惊讶，呆呆地盯着他。恐惧随之而来，拜伯·帕特尔离开三垒，一边摘下头盔一边朝休息区走来，他满头大汗，乌黑的头发早已被汗水浸透。特里看到那个孩子开始哭泣。

　　"给我回去！"加文朝他喊着，"比赛还没结束呢。"

　　但拜伯只是在界外停住脚步，呆呆地盯着特里号啕大哭，特里回头呆望着那个孩子，可以肯定（几乎可以肯定）这突如其来的一切就像做梦一样。这时，汤姆·耶茨抓住特里，猛地用力拉起他的双臂，把他扯了个趔趄，随着咔嗒一声，拉梅奇给他戴上了手铐。这可不是闹着玩的塑胶条，这是一副冷冰冰、沉甸甸的真正的手铐，在夕阳的余晖中闪烁出刺眼的光芒。拉梅奇继续用沙哑的嗓音宣告："你有权保持沉默，有权拒绝回答一切问题，但你若选择开口，所述之词都有可能在法庭上成为对你的不利条件，现在和未来的讯问期你都有权聘请律师。清楚吗？"

　　"特洛伊？"特里声音微弱，小得连自己都听不到，他感觉自己的魂儿好像已经被一股风吹跑了，"看在上帝的分上，这究竟是怎么回事？"

　　拉梅奇没有理睬他，继续问："你清楚吗？"

　　玛茜起身走上前，手指紧紧钩着铁丝网猛烈摇晃。两个女儿萨拉和格蕾丝在她身后哭了起来，格蕾丝跪在萨拉的躺椅旁边，小家伙自己的躺椅已经翻倒在地上。"你们在干什么？"玛茜嘶吼着，"上帝啊，你们在干什么？你们为什么跑来这里这样做？"

"你清楚吗？"

特里清楚的只是自己被戴上了手铐，并且在包括他妻子和女儿在内的近一千六百人面前被宣告自己的公民权利。这不是梦，也不仅仅是逮捕，这是他无法理解的公开羞辱。最好尽快结束这件事，澄清事实。此刻他震惊不已、茫然失措，尽管如此，他十分清楚自己的生活在短期内不会回归正轨。

"我清楚了，"他说，"弗里克教练，回去。"

加文的大肥脸涨得通红，他正握紧双拳朝那两个警察走来，听到特里的话后他放下手臂退了回去。特里透过铁丝网看着玛茜，抬起壮硕的肩膀摊开短粗的双手。

特洛伊·拉梅奇继续用低沉的声音说："如果你没有经济能力聘请律师，我们将依你所愿在讯问之前为你提供一名辩护律师，你清楚吗？"他那模样就像一个小镇传令员在新英格兰的镇广场上传达本周的重大新闻，连球场外靠着警车站着的拉夫·安德森都能听到他的声音。特洛伊干得真漂亮！这件暴行太鄙陋了，拉夫猜想他会为此受到严厉的谴责，但弗兰基·彼得森的父母不会谴责他，不，他们不会。

"是的。"特里说，"我还明白其他事。"他转向观众说，"我不知道自己为什么被逮捕！加文·弗里克会继续指挥比赛完成！"他想了一下接着说，"拜伯，回到三垒，记得在界外跑。"

看台上响起稀稀落落的掌声，但只是零零星星的。看台上那个粗嗓门儿又大声喊道："你说他干了什么？"人们纷纷回应了这个问题，从大家嘴里咕哝出的那两个词很快就会传遍整个西部以及弗林特市的每一个角落：弗兰克·彼得森。

耶茨抓住特里的胳膊，推着他朝小吃摊和场外的停车场走。"梅特兰，以后你可以向群众解释，但现在你得坐牢。你猜怎么着？我们拥有州上的利器。你是教师，对吧？你可能知道的。"

他们还没走出临时休息区二十步，玛茜·梅特兰便冲上来抓住汤姆·耶茨的手臂。"上帝啊，你知道你在干什么吗？"

耶茨一把将她甩开，之后她又想去抓她丈夫的胳膊。特洛伊·拉梅奇动作轻柔但态度坚决地把她推开，玛茜愣愣地呆站在原地，头晕目眩。此刻拉夫·安德森朝两位实施逮捕的警察走来，玛茜之前在少年棒球联盟认识了他，那时拉夫的儿子德里克·安德森是杰拉德雄狮队的队员，当然，拉夫并不是场场比赛都来看，不过他还是尽量来。那时，拉夫还是穿着制服的小警察，后来他晋升为侦探时特里还发去邮件表示祝贺。此刻，玛茜朝拉夫飞奔过去，脚上那双旧网球鞋唰唰唰迅速擦过棒球场的草坪。她总是穿着这双鞋来观看特里的比赛，她说这双鞋子会带来好运。

"拉夫！"玛茜朝他喊道，"怎么回事？一定是搞错了！"

"恐怕不是。"拉夫说。

他不喜欢这样的场面，因为他喜欢玛茜，而且，他也一直很喜欢特里。因为那个人让德里克的生活发生了一丝转变，他让德里克树立了一点儿自信，要知道，对于一个十一岁的男孩来说，一点点自信已经很了不起了。还有就是，玛茜可能早就知道她丈夫的问题，只是她不想理智地去相信。他们夫妇俩已经结婚很久了，像彼得森谋杀案这样的恐怖事件并非凭空说发生就发生，阴暗邪恶的谋划一直在进行中。

"回家去，玛茜，立刻回去！找个朋友帮忙照看女儿，因为一会儿警察会去找你。"

玛茜只是呆呆地望着他，满脸困惑。

身后传来铝制球棒漂亮一击发出的击球声，可是看台上只有零星的欢呼。在场的观众还没有从震惊中缓过来，比起眼前的比赛，他们更感兴趣的是刚刚目睹的一切。这是一种耻辱，特雷弗·麦克尔斯刚刚打出毕生最用力的一击，比以往 T 教练扔肉丸训练他击打时用的力气还大，可惜球直接朝灰熊队的游击手飞过去，对方甚至无需脚离地起跳就轻松接住了球。

比赛结束。

# 6

**朱恩·莫里斯的口供（七月十二日晚五点四十五分，拉夫·安德森侦探做询问笔录，弗朗辛·莫里斯太太陪同出席）**

**安德森侦探：**谢谢您把女儿带到局里来，莫里斯太太。朱恩，汽水怎么样？

**朱恩·莫里斯：**味道不错。我惹麻烦了吗？

**安德森侦探：**不不不。我只是想问你几个问题，两天前的傍晚你都看到了什么？

**朱恩·莫里斯：**我看见特里教练那天？

**安德森侦探：**是的，就是你看见特里教练那天。

**弗朗辛·莫里斯：**从她九岁起，我们就允许她自己上街找她的朋友海伦玩了，只要天没黑就行，我们才不信"直升机式父母"全天监控那一套。但我保证，这件事发生后我再也不会了。

**安德森侦探：**朱恩，你吃过晚饭后见到他了，是吗？

**朱恩·莫里斯：**是的，我们吃的是烤肉饼。昨晚我们吃了鱼，我不喜欢吃鱼，可晚餐偏偏是鱼。

**弗朗辛·莫里斯：**她不用过街。我们认为没什么事，因为这些街坊一直都很好，我以前是这么想的。

**安德森侦探：**我们总是很难确定什么时候才应该开始让孩子们承担责任。那么，朱恩，那天你走上街，那条街刚好经过菲吉斯公园的停车场，对吗？

**朱恩·莫里斯：**是的，海伦和我……

**弗朗辛·莫里斯：**应该说我和海伦……

**朱恩·莫里斯：**我和海伦打算完成南美洲地图，那是为我们的露营计划准备的，我们用不同的颜色画不同的国家，马上就要完成了，可我们忘了画巴拉圭，所以我们准备重画一张。那天我们就重画了，之后我们打算用海伦的苹果平板电脑玩愤怒的小鸟和柯基跳，后来我爸爸来接我回家，因为那个时候天差不多要黑了。

**安德森侦探：**大概是几点，朱恩妈妈？

**弗朗辛·莫里斯：**朱恩离开家的时候电视正在播当地新闻，当时诺姆正在看新闻，我在刷碗，所以，应该是六点到六点半之间。有可能是六点一刻，因为我好像听到天气预报了。

**安德森侦探：**朱恩，告诉我你经过停车场时看到了什么。

**朱恩·莫里斯：**我告诉你，我看见了特里教练。他住在那条街上，有一次我们家的小狗跑丢了，T教练把它送了回来。我有的时候会和格蕾丝·梅特兰一起玩，但不经常。她比我大一岁，她喜欢和男孩玩。他浑身都是血，因为他鼻子流血了。

**安德森侦探：**嗯，嗯。你看见他的时候他在干吗？

**朱恩·莫里斯：**他从街上走过来，看到我在看他，就朝我挥挥手，我也他招招手说，"嘿，特里教练，你怎么了？"然后他说他的脸被一根树枝砸到了，他说，"别怕，只是流鼻血而已，我经常流鼻血。"然后我说，"我不怕，可你那件衬衫穿不了了，因为血进去就出不来了，我妈妈那样告诉我的。"他笑了笑说，"好消息是我有好多衬衫。"可他的裤子上也都是血，手上也都是。

**弗朗辛·莫里斯：**她当时离他那么近！我真的忍不住去想那个画面。

**朱恩·莫里斯：**为什么？因为他鼻子流血吗？去年罗尔夫·雅各布斯在操场上跌倒了，他鼻子流血也没吓到我呀，当时我想把我的手帕给他，可还没来得及，格里沙太太就把他送去医务室了。

**安德森侦探：**你当时离他有多近？

**朱恩·莫里斯：**咦，我不知道。当时他在停车场里，我在人行道上，那有多远？

**安德森侦探：**我也不知道，但我肯定能弄清楚。那个汽水好喝吗？

**朱恩·莫里斯：**您已经问过我一次了。

**安德森侦探：**哦，是啊，我已问过了。

朱恩·莫里斯：老人家都健忘，我爷爷说的。

弗朗辛·莫里斯：朱恩，那样不礼貌。

安德森侦探：没关系的，听起来你爷爷很睿智啊。朱恩，后来发生了什么？

朱恩·莫里斯：没什么了，特里教练上了他的面包车，开走了。

安德森侦探：那辆车是什么颜色的？

朱恩·莫里斯：嗯，我猜洗过车后应该是白色的，不过那辆车相当脏，而且还有好大的噪声，还噗噗噗地冒蓝烟。

安德森侦探：车上有字吗？比如公司名称之类的。

朱恩·莫里斯：没有，就是一辆白车。

安德森侦探：你看见车牌了吗？

朱恩·莫里斯：没有。

安德森侦探：那辆车走了哪条路？

朱恩·莫里斯：上了巴纳姆街。

安德森侦探：你确定那个跟你说他流鼻血的男人是特里·梅特兰？

朱恩·莫里斯：确定，是特里教练，T教练，我总能见到他。他没事吧？他做什么错了吗？我妈妈说我不能看报纸或电视新闻，但我非常确定公园里发生了不好的事情。等学校开学我就会知道，因为大家都很多嘴。特里教练和坏人打架了吗？他是因为那样才流鼻血的吗？

弗朗辛·莫里斯：警探先生，您问完了吗？我知道您需要了解一些信息，不过请记得，今晚要哄她睡觉的人是我。

朱恩·莫里斯：是我自己哄自己睡觉的！

安德森侦探：好的，差不多了。不过朱恩，走之前我想跟你玩个小游戏，你喜欢玩游戏吗？

朱恩·莫里斯：如果不无聊的话，我想我喜欢。

安德森侦探：我要把六张照片放在桌上……像这样……他们长得都有点儿像特里教练，我想让你告诉我……

朱恩·莫里斯：那个，4号。那个是特里教练。

# 7

特洛伊·拉梅奇拉开那辆无牌照警车的一扇后门，特里扭过头看到他们身后的玛茜，她怔怔地站在停车场边上，脸上露出极度痛苦困惑的表情。这时，《访问》的摄影师从玛茜身后赶来不停地咔嚓咔嚓拍照片，就连小跑着穿过草坪时手都不停。特里带着一丝满足，心想，那些照片一文不值。然后他朝玛茜大喊，"给霍伊·戈尔德打电话，告诉他我被逮捕了！告诉他——"

这时耶茨用手压着特里的头把他推进车里。"侧一下身，侧一下身，我给你系安全带的时候把手乖乖放在大腿上。"

特里侧身，保持手放在大腿上。透过挡风玻璃，他能够看到球场上的巨大电子记分板，两年前，他妻子曾领导基金会为之而努力。此刻，她就站在那里，脸上的表情让特里永远无法忘记，那个表情就像是一个第三世界的女人眼睁睁看着自己的村庄被大火吞噬一样。

拉梅奇负责开车，坐在副驾驶座的拉夫·安德森还没来得及关上车门，就只听轮胎吱扭一声，那辆无牌照警车已经倒出停车位，拉梅奇用手掌跟抵着方向盘，一个急转弯朝廷斯利大道驶去，他们没开警笛，但吸在仪表盘上的蓝色警灯闪烁起来。此刻，特里发觉车里有一股墨西哥菜的味道，真奇怪。当你的一天——你的人生突然翻过一个你甚至都不知道它存在的悬崖时，你会发现事情真是奇怪。特里向前探身。

"拉夫，听我说。"

拉夫直视前方，紧握双拳。"等会儿到了局里你可以畅所欲言。"

"该死，让他说吧，"拉梅奇说，"这样咱们还能省点儿时间。"

"闭嘴，特洛伊。"拉夫仍然目不转睛地望着前面的路。特里能够看到他脖颈后凸起的两条肌腱，就像阿拉伯数字 11。

"拉夫，我不明白你为什么会找到我头上，还有你为什么会当着半座城的居民的面逮捕我，但是你彻底搞错了。"

"他们都这么说。"坐在他身边的汤姆·耶茨有一搭没一搭地说，"手放在腿上，梅特兰，别挠鼻子。"

现在特里的脑子已经清醒了——虽然算不上非常清醒，但起码清醒点儿了——他小心翼翼地按照"耶茨警官"（他的制服衬衫上别着的名牌是耶茨）的指示去做。不管他是否戴着手铐，看起来耶茨都想找个借口揍这个囚犯一顿。

特里敢肯定之前有人在车上吃墨西哥玉米卷了，很可能是老乔家的，那是他女儿的最爱，每次她们两个吃的时候都会哈哈大笑——嘿，她们俩都那样——还在回家的路上互相指责对方放屁。"拉夫，请听我说。"

拉夫叹息道："好吧，我听着呢。"

"我们都听着呢，"拉梅奇说，"竖着耳朵，伙计，竖着耳朵。"

"弗兰克·彼得森是星期二遇害的，星期二下午报纸上登了，新闻也报道了。而星期二、星期二晚上还有几乎整个星期三，我都在盖城，我星期三晚上九点或九点半才回来，那两天球队的训练是由加文·弗里克、巴瑞·霍利亨和拜伯的父亲卢克什·帕特尔负责的。"

有那么一刻，车里鸦雀无声，连广播的打扰都没有，因为它已经被关掉。特里相信自己会有一个黄金时刻——是的，绝对有——那一刻拉夫会让坐在方向盘后面的那个大块头警察停车，然后扭过头来、瞪大眼睛一脸尴尬地对特里说："哦，天哪，我们真的搞错了，不是吗？"

然而拉夫并没有回头，他说的是："哈，鼎鼎有名的不在场证明来了。"

"什么？我不明白你什么意——"

"你是个聪明人，特里，从你在少年棒球联盟教德里克那时，从我第一次见到你的时候我就知道。如果你不立刻坦白——我一直希望你能坦白，但我并不指望你能——我早就非常确定你会拿出不在场证明，"最后他转过头来，特里看到的那张脸变得完全陌生，"我同样确定我们会把它击破，因为我们手里已经有了逮捕你的证据，绝对有。"

　　"你在盖城干什么，教练？"刚刚那个还叫特里不要挠鼻子的家伙声音突然变得友好起来，饶有兴趣地问道。特里差点儿告诉他答案，但他又决定不说了，反驳被思考取而代之，随着车里的墨西哥玉米卷的气味渐渐消散，特里意识到坐在这辆车里的统统是自己的敌人，是时候该闭嘴了，等霍伊·戈尔德到警察局再说。他们俩可以一起把这团乱麻理清，应该不会太久。

　　他还发现了一件事：他现在正怒火中烧，可能是此生最愤怒的时刻。在车子转入缅因街，朝弗林特市警察局驶去时，他暗下决心：等到秋天，也可能不需要等那么久，坐在他前面的那个曾被他视为朋友的人就得重新找工作了，也许是在俄克拉何马州的塔尔萨或得克萨斯州的阿马里洛当个银行保安。

# 8

**卡尔顿·斯考克罗夫特的口供（七月十二日晚九点半，拉夫·安德森侦探做询问笔录）**

**斯考克罗夫特：** 会很久吗，警探先生？我晚上通常睡得早，我是铁路维修员，要是早上七点钟我没到岗打卡，可就有好果子吃了。

**安德森侦探：** 我会尽快的，斯考克罗夫特先生，但这是件很严肃的事情。

**斯考克罗夫特：** 我知道，我会尽力协助你，只是，我没有什么可讲的，而且我想回家，不过我不知道我今晚能不能睡好，自从我十七岁在酒会上被抓来警察局之后，我就再没来过这儿。当年查理·伯顿是局长，我父亲把我们保释出来，不过那整个夏天我都被禁足在家。

**安德森侦探：** 嗯，我们很感激您今天能来，告诉我七月十日晚上七点左右你在哪儿。

**斯考克罗夫特：** 我刚进来的时候跟前台的伙计讲过，我那时候在脱衣酒吧，看见了那辆白色面包车，还看见了那个西部波普·华纳的棒球教练。我记不清他的名字，但报纸上总登他的照片，因为他今年在一个很出色的市棒球队当教练，报纸上说他们很可能冲进决赛。他是叫莫兰德吗？他当时浑身都是血。

**安德森侦探：** 你是怎么碰见他的？

**斯考克罗夫特：** 嗯，我下班之后有个规律，因为家里没有娇妻等我，我又不太会做饭，你明白我的意思吧？星期一和星期三我去弗林特餐厅，星期五去好运牛排屋，星期二和星期四我通常去脱衣酒吧来盘排骨、喝瓶啤酒。那个星期二我，哦，我应该是六点一刻到的，那时候那个孩子已经死很久了，对吧？

**安德森侦探：** 但七点钟左右你从后门出来了，对吧？在脱衣酒吧后面。

**斯考克罗夫特**：是的，我和莱利·富兰克林一起，我在后门那碰见他，于是就一起吃的饭，大家在那儿抽烟，就是沿着大厅出来，卫生间和后门之间那里，那儿有个烟灰筒，家伙什儿齐全。我们俩一起吃的饭，我吃的排骨，他吃的通心粉和奶酪，之后我们还点了甜品，趁甜品还没上桌的时候跑出去抽支烟。我俩在那站着的时候，就看见那个狗杂种开着一辆脏兮兮的白色面包车停进来，我记得那车挂了一张纽约牌照，停在一辆小斯巴鲁旁边——我觉得是斯巴鲁——之后那个叫莫兰德还是什么的家伙从车里下来了。

**安德森侦探**：他穿着什么？

**斯考克罗夫特**：嗯，我不确定他穿着什么裤子——莱利可能记得，应该是斜纹裤——但他穿的是白色衬衫，我记得很清楚，因为那衬衫前面都是血，好多，裤子上没多少，只有几块。他脸上也有血，鼻子下面、嘴周围，还有脸上都是，哥们，他简直浑身血淋淋的。我猜莱利碰见我之前肯定已经喝了几瓶啤酒，但我只喝了一瓶——所以莱利问他："和你打架那家伙长什么样啊，T 教练？"

**安德森侦探**：他叫他 T 教练。

**斯考克罗夫特**：当然啦。那个教练大笑着说："我没和别人打架。我的鼻子出血了，仅此而已，鼻血流得像黄石公园的老忠实泉一样。离这最近的急救箱在哪儿？"

**安德森侦探**：你的意思是像"即救"和"闪护"那种急救设施？

**斯考克罗夫特**：就是那个意思，因为他想去看看鼻腔里面是不是需要消毒处理，哎哟，看起来真够疼的，是吧？他说他之前经历过一次。我告诉他沿波菲尔德街走大概一英里，在第二个红绿灯左转就能看见一个牌子。你知道那个科尼·福特的广告牌吧？上面会显示等候时间和所有信息。然后他问他能不能把车停在酒吧后面的小停车场，因为楼后面有个标识写着那是员工专用停车场，不对客人开放，我说："那又不是我的停车场，不过要是你只停一小会儿的话应该没关系。"然后他说他把车钥匙放在吧台的酒保那里，以便别人挪车。这话让我们觉得有点儿诧异，莱利说："那样车很容易被偷，T 教练。"但他又说了一遍他不会离开太久，他还说怎么会有人想动那辆破车呢？你知道我怎么想吗？我觉得他可能就是故意想让人偷他那辆车，甚至可能就是想让我和莱利偷呢，你觉得有可能吧，警探？

**安德森侦探：** 接下来呢？

**斯考克罗夫特：** 他上了那辆绿色的小斯巴鲁离开了，这也让我觉得很奇怪。

**安德森侦探：** 哪里奇怪？

**斯考克罗夫特：** 他问能不能把车在那停一会儿——就好像他的车会被拖走或怎么的——可他的车明明一直安然无恙地在那停着啊。很奇怪，对吧？

**安德森侦探：** 斯考克罗夫特先生，我要给您看六张照片，希望您指认在脱衣酒吧后面见到的那个人。这六个人长得都很相像，所以我希望您慢慢仔细看，可以吗？

**斯考克罗夫特：** 当然，不过我根本不需要慢慢看，那个就是他，叫莫兰德还是什么的。现在我可以回家了吗？

# 9

坐在无牌照警车里的所有人都缄默不语，直到车子拐进警察局停车场，停在一个标着**警车专用**的停车位，拉夫才转过头看着他儿子的教练。特里·梅特兰头上的金龙队棒球帽有点儿被撞歪了，他那样歪戴着帽子看起来痞里痞气的；身上那件金龙队球服有一边从裤子里窜了出来；脸上汗迹斑斑。那一刻或许除了他那双与拉夫的正义双眸对视的眼睛，那双瞪得大大的、在默默控诉的眼睛，他整个人都看起来罪该万死。

拉夫迫不及待地问出自己心底的问题："为什么是他，特里？为什么是小弗兰克·彼得森？他今年在雄狮少年棒球联盟？你注意到他了，还是只是随机选择的？"

特里开口重申自己没有犯罪，可这有什么意义呢？拉夫是不会听的，至少现在不会，所有人都不会听，还是默默等待吧。这很艰难，但最终可能会更节省时间。

"继续，"拉夫语气温和地跟他聊着，"你之前那么想说，现在说吧，告诉我，让我知道事情的真相。此时，此地，趁咱们还没下车。"

"我想还是等我的律师吧。"特里说。

"如果你是无辜的，"耶茨说，"就不需要律师，你要是能说清楚就先缓一缓再请律师，我们甚至可以送你回家。"

特里仍然对视着拉夫·安德森的眼睛，用小到几乎让人无法听到的声音说："你这样做很不对，你甚至根本没有调查过我星期二在哪儿，对吧？我想你没有。"他顿了顿，若有所思，然后接着说，"你真是个混蛋。"

拉夫不打算告诉特里他已经和塞缪尔斯讨论过了，只是没有讨论多久。弗林特只是个小城，他们不想问那些会回到梅特兰身上的问题。"这件案子很罕见，我们不需要调查。"拉夫打开车门说，"走吧，给你建档、拍照，趁你的律师还没到——"

"特里！特里！"

玛茜·梅特兰并没有听拉夫的话，她竟然开着她的丰田从球场一直跟着这辆警车。她的邻居杰米·马汀利已经帮忙把萨拉和格蕾丝接回家了，两个小姑娘一直在哭，杰米也哭了。

"特里，你怎么了？我该怎么做？"

那一刻特里扭动着身体，挣开了被耶茨抓着的胳膊嚷道："给霍伊打电话！"

那是他仅有的机会。随后，拉梅奇拉开一扇标着警察专用的大门，耶茨一只手压着特里，粗暴地把他推搡进去。

拉夫把着门，在后面驻足片刻。"回家吧，玛茜，"他说，"趁媒体还没到你家，赶紧回去吧。"他差点儿加上一句"我对此感到非常遗憾"，可是他没有说出口，因为他内心并没有感到内疚。贝琪·里金斯和州警应该已经在候着她了，但回家对她来说仍然是最好的选择，那是她唯一能做的，真的。或许拉夫欠她的，因为她的两个女儿，当然——她们是整个事件中真正的无辜者——还有……特里的那句话：

"你这样做是不对的，我真没想到你竟然会这样做。"

拉夫没有理由为逮捕一个奸杀儿童的罪犯而感到内疚，但有那么一会儿他确实有内疚感。然后他想到犯罪现场的照片，那些卑鄙到让你恨不得希望自己是个瞎子的照片；他想到那根插进弗兰克直肠的枯树枝；他想到那根光滑树枝上的血迹。那根带着手印的树枝之所以光滑，是因为那只残忍的手剥去树皮后猛力插了进去。

比尔·塞缪尔斯指出简单的两点：首先，特里的犯罪事实证据确凿、铁证如山，没有道理再继续等下去。其次，如果给了特里时间，他很可能会逃跑，那样警方就会变得很被动，不得不赶在他找到下一个奸杀对象之前找到他。对此拉夫表示赞同，卡特法官也表示赞同，因为塞缪尔斯已经向卡特法官提交了各种证据。

## 10

**莱利·富兰克林的口供（七月十三日上午七点四十五分，拉夫·安德森侦探做询问笔录）**

**安德森侦探：**富兰克林先生，我要给您看六张照片，希望您指认出七月十日晚上在脱衣酒吧后面见到的人。慢慢看，不着急。

**富兰克林：**不需要，就是那个人，2号，T教练。我真不敢相信，他可是我儿子在少年棒球联盟的教练啊。

**安德森侦探：**可事实就是这样，他也是我儿子的教练。谢谢您，富兰克林先生。

**富兰克林：**给他用注射死刑简直是对他太仁慈了，应该用绳子把他慢慢绞死。

# 11

玛茜把车停在廷斯利大道上那家汉堡王的停车场，从钱包里拿出手机。她的双手瑟瑟发抖，手机掉到了地上，她弯腰去捡，头却重重地撞到方向盘，于是她又哭了起来。她的拇指笨拙地在手机屏幕上滑动，翻到霍伊·戈尔德的号码——梅特兰夫妇把霍伊的号码设为快速拨号，并不是因为他是他们的律师，而是因为前两个赛季霍伊和特里一起在波普·华纳当教练。响第二声铃时，霍伊接起电话。

"霍伊？我是玛茜·梅特兰，特里的妻子。"从二〇一六年开始，他们差不多每个月都会约在一起吃饭，但玛茜这口气却好像彼此不熟似的。

"玛茜？你哭了吗？怎么了？"

这么大一件事情，她真的不知道该如何开口。

"玛茜？你还在吗？你出事了，还是怎样？"

"我在呢。不是我，是特里，他们逮捕了特里，拉夫·安德森逮捕了特里，因为谋杀那个男孩，谋杀那个小彼得森，他们是这么说的。"

"什么？你在骗我吧？"

"他那天根本没在镇上！"玛茜号啕大哭，她能听见自己在怒吼，就像个青春期的少年在发脾气一样，可她却忍不住，"他们逮捕了他，还说警察正在家等我！"

"萨拉和格蕾丝在哪儿？"

"我把她们送到杰米·马汀利那儿了，她住在下一条街上，她俩暂时没事。"可她们刚刚目睹了自己的父亲被捕，被人铐走，能好到哪里去？

玛茜揉着前额，一边在想自己的额头刚刚会不会被方向盘磕出印儿，一边又纳闷自己为什么会在乎这个，因为可能已经有媒体在家门口等着她？如果真是那样，那些媒体就会看到她额头上的印儿，他们会以为特里对她家暴吧？

"霍伊，你能帮帮我吗？你能帮帮我们吗？"

"当然了。他们把特里带去警察局了？"

"是的！把他铐走了！"

"知道了，我这就出发。回家，玛茜，看看警察想问什么，如果他们有搜查令——他们肯定是因为这才去的，没别的原因——你就看一下，看看他们接下来要干什么，让他们进屋，但什么都别说。明白吗？什么都别说。"

"我……明白。"

"我想一下，彼得森是星期二被杀的。等一下——"电话里有人在一旁咕哝着，先是霍伊的声音，然后传来一个女人的声音，可能是霍伊的太太伊莱恩。之后霍伊对着电话继续说，"没错，是星期二，星期二特里在哪儿？"

"盖城！他去——"

"那个现在无关紧要。警察会问你的，他们会问你一切相关的事，告诉他们你听律师的建议要保持沉默，明白吗？"

"明——明白。"

"别让他们哄骗、引诱你说，别被逼供，他们很擅长这三招。"

"好的，好的，我不会的。"

"你现在在哪儿？"

她刚刚看到了标志，她明知道自己在哪儿，却还得再看一下才能确定。"汉堡王，廷斯利大道上的那家，我把车停在这里给你打电话。"

"你还能开车吗？"

她差点儿告诉他自己刚才撞了头，但她没有讲。"能。"

"深呼吸，深吸三口气，然后开车回家，全程限速，每个转弯都要打转向灯。特里有电脑吗？"

"当然，在他的办公室里。他还有一个平板电脑，虽然他不怎么用。我们俩都有笔记本电脑，姑娘们都有她们自己的迷你平板电脑，当然，还有手机，我们都有手机，格蕾丝三个月前过生日的时候刚刚拥有自己的手机。"

"他们会给你一张要带走的物品清单。"

"他们真的能够那样做吗？"她差点儿又怒吼起来，"就那样拿走我们的东西？"

"搜查令上列出的东西他们都可以带走，但你自己要有一份清单。姑娘们的手机随身带着吗？"

"开玩笑！那玩意就像长在她们手上一样。"

"好的，警察会想带走你的手机，拒绝他们。"

"要是他们非得拿走呢？要紧吗？真的要紧吗？"

"他们不会强制拿，如果你没有遭到指控，他们就不能。去吧，我忙完立刻就去找你。我向你保证，我们会把这件事解决的。"

"谢谢你，霍伊。"她又开始哭起来，"非常非常感谢你。"

"当然啦。记住：全程限速，刹车刹稳，打转向灯。记住了吗？"

"记住了。"

"我现在就去警察局。"说完他便挂断电话。

玛茜启动车，又停下。她深吸一口气，再吸一口，又吸了第三口。这简直是一场噩梦，但至少很快就会结束，他当时在盖城，他们很快就会知道，他们会将他释放的。

"之后，"她对着自己的车说（没有姑娘们在后座嬉笑吵闹，车里显得空荡荡的），"我们要告死他们。"

玛茜挺直身板，集中注意力，开车回到巴纳姆街的家。她一路保持限速，遇到每一个红灯都把车稳稳停好。

# 12

乔治·切尔尼的口供（七月十三日上午八点十五分，罗纳德·威尔伯福斯警官做询问笔录）

**罗纳德·威尔伯福斯警官**：感谢您的到来，车尔尼先生——

**切尔尼**：读作"切尔尼"。C-Z-E-R-N-Y，字母 C 不发音。

**罗纳德·威尔伯福斯警官**：嗯哼，谢谢，我会记下来的。稍后拉夫·安德森侦探也想跟您谈一下，但他现在正忙着询问别人，所以他让我趁您还记得清楚先询问一些基本事实。

**切尔尼**：你们拖走那辆车了吗？那辆斯巴鲁，你们应该把它扣下，那样就没人能破坏证据了，我可以告诉你，那上面有很多证据。

**罗纳德·威尔伯福斯警官**：有人正在处理，先生。那么，我想您今早出门是钓鱼？

**切尔尼**：嗯，原计划是的，可结果连渔线都没湿到。太阳刚出来我就出门了，去铁桥那里，你知道吗？就在老福吉路上。

**罗纳德·威尔伯福斯警官**：知道，先生。

**切尔尼**：那是个捕鲶鱼的好地方。很多人不喜欢钓鲶鱼，因为鲶鱼丑——更不用说有的时候取鱼钩时它会咬你了——但我太太放上盐和柠檬汁炸出来的鲶鱼真他妈的好吃，你要知道，柠檬汁是其中的秘诀；还有，必须用铸铁长柄平底煎锅，我妈妈常管那东西叫三脚架锅。

**罗纳德·威尔伯福斯警官**：那么，您把车停在了桥尾——

**切尔尼**：是的，但在高速路下面。那下面停着一艘旧船，几年前有人买了那块地然后用铁丝网围起来，上面标着"非请莫入"，但那里什么都没建，几亩地就在那荒着，而且有一半都淹在水里成了沼泽。我总是把我的卡车停在通向下面的铁丝网的小坡路上，今早就是，你猜我看到了什么？铁丝网被撞倒了，一辆绿色的小车停在那艘沉船边上，车子离水特别近，前轮半沉在沼泽里。于是我走了下去，因为我想肯定是谁昨晚在奶子酒吧喝醉了，离开之后从大路上开了下来，我想人可能在车里晕过去了。

**罗纳德·威尔伯福斯警官**：您说奶子酒吧，呃，是指镇郊那个"先生请进"酒吧吗？

**切尔尼**：是的，是的，男人们到那里喝得酩酊大醉，然后往那些姑娘的内裤里塞钱，直到口袋里分文不剩，之后醉醺醺地开车回家。我是理解不了那地方有什么吸引人的。

**罗纳德·威尔伯福斯警官**：嗯哼，于是你走下去查看车里的情况。

**切尔尼**：那是一辆绿色的小斯巴鲁，车里没人，但副驾驶座上有几件血衣，我立刻就想到那个被谋杀的小男孩，因为新闻上说警察正在找一辆与这起犯罪有关的绿色斯巴鲁。

**罗纳德·威尔伯福斯警官**：您还看到了什么？

**切尔尼**：副驾驶座那边的脚垫上也有血。

**罗纳德·威尔伯福斯警官**：您碰过什么东西吗？比如说车门？

**切尔尼**：天哪，没有。我和我老婆一集不落地看过电视剧《犯罪现场调查》。

**罗纳德·威尔伯福斯警官**：那您是怎么做的？

**切尔尼**：拨打 911。

# 13

特里·梅特兰坐在一间审讯室里等待着，警察给他摘掉了手铐，以免一会儿他的律师到了大呼小叫。拉夫·安德森背着手以稍息的姿势站着，透过单向玻璃注视着他儿子以前的教练，他把耶茨和拉梅奇派了过去，刚刚跟贝琪·里金斯通电话时贝琪告诉他梅特兰太太还没有回家。现在已经实施了逮捕，拉夫也冷静了一些，可他开始有点儿担忧办案进度是否有些过快。特里声称自己有不在场证明，这不足为奇，事实肯定会证明他证据不足，但是——

"嘿，拉夫。"比尔·塞缪尔斯一边整理着领带一边急匆匆地走过来，他的头发像打了几维牌鞋油一样乌黑锃亮，利落的短发向后梳成高立式造型显得更加年轻。拉夫知道塞缪尔斯已经成功诉讼六起谋杀案，其中两名凶手（他管他们叫"崽子"）现在被关押在麦卡莱斯特监狱的死囚区。一切都很好，自己的团队里有个奇才没什么毛病，但今晚这位弗林特县地方检察官看起来怪怪的，像极了那部老片子《小流氓》里面的埃尔法法。

"嗨，比尔。"

"他在那儿呢，"塞缪尔斯看着里面的特里说，"但我不喜欢看他穿着球衣、戴着金龙队棒球帽，要是他穿着棕色囚裤我就开心了，等他被关在有看守守卫的牢房里时我就更开心了。"

拉夫什么都没说，他想起玛茜像个迷路的孩子一样不知所措地站在警察局停车场边的样子，她当时慌乱地扭着双手盯着拉夫，仿佛他是一个完全陌生的人或恶魔。但事实上，她丈夫才是恶魔。

塞缪尔斯好像看透了他的心思，问道："他看起来并不像个恶魔，是吧？"

"他们这种人很少在表面上看起来像恶魔。"

塞缪尔斯把手伸进运动服口袋掏出几张折起来的纸。一张是从特

里·梅特兰在弗林特市高中的档案里调取的指纹，所有新教师在授
课前都要采集指纹；另外两张上面印着醒目的标题——州犯罪侦查报
告。塞缪尔斯举起手中的纸晃了晃说："这是最新最棒的。"

"从那辆斯巴鲁上采集的？"

"没错，州警总共采集到七十多个指纹，其中五十七个都是梅特
兰的。做指纹对比的技术人员说其余指纹相对都小得多，可能是两周
前盖城那个报警称汽车被盗的女失主的，叫芭芭拉·尼尔琳，她的指
纹都是很久以前的，因此可以排除她参与了谋杀彼得森。"

"好的，但我们仍然需要DNA鉴定报告，可是他拒绝采
血。"DNA采集不像指纹采集，根据这个州的法律规定，采血验
DNA是侵犯人权的。

"你他妈的很清楚我们不需要那些，里金斯和州警会带走他的剃
刀、牙刷，还有他枕头上的头发。"

"那还不够，我们在这里采集的样本与之匹配才行。"

塞缪尔斯歪着头看着拉夫，此刻，他看起来不再像《小流氓》里
面的埃尔法法，而是像极了一只古灵精怪的老鼠，或是一只眼睛正盯
着什么闪闪发亮的东西的乌鸦。"你想改变主意？拜托，告诉我你没
有，尤其是你今早跟我一样出发的时候。"

"当时我想的是德里克，"拉夫心想，"那时特里还没有直视我的
双眼，他好像很理直气壮，那时他还没有骂我混蛋。我当时应该暴跳
如雷反骂他才对，可我却没有。"

"没有改变主意，只是进度太快搞得我紧张，我习惯于慢慢构建
案子的来龙去脉，可这次我还没拿到逮捕令就开始行动了。"

"要是你看到一个小孩正在市广场交易可卡因，你需要逮捕
令吗？"

"当然不，但这不一样。"

"没什么不一样，真的，不过其实我已经拿到逮捕令了，是卡特
法官在你实施逮捕之前签发的，现在应该正躺在你的传真机里。所
以……我们进去讨论这件事好吗？"说话间，塞缪尔斯的眼睛比以往
任何时候都亮。

"我觉得他不会跟我们讲话。"

"是的，可能不会。"

塞缪尔斯笑了，拉夫在那个微笑里看到了那个曾经把两名谋杀犯送进死囚区的家伙，而且拉夫毫不怀疑这个家伙不久也会把德里克·安德森以前的少年棒球联盟教练送进去。只不过是比尔又多了一个"崽子"罢了。

"但我们可以跟他讲话，不是吗？我们可以让他明白真相在逼近，他很快就会不堪一击。"

# 14

**薇洛·雷恩沃特太太的口供（七月十三日上午十一点四十分，拉夫·安德森侦探做询问笔录）**

**雷恩沃特：**警官先生，我知道你心里在想我是你见过的最名不副实的人，虽然我叫薇洛①，却一点儿都不苗条。

**安德森侦探：**在我们这里您的身材不成问题，雷恩沃特太太，我们是来这讨论——

**雷恩沃特：**哦是的，确实，只是你不清楚我之所以会坐在这正是因为我的身材。到了晚上十一点，那个男人的天堂门前通常停着十多辆出租车，而我是唯一一位女司机，为什么？因为不管那些顾客醉成什么样，都没有一个人敢打我。高中的时候如果足球队收女生，我肯定是左后卫。嘿，而且有一半的顾客上车的时候竟然没发现我是女人，甚至好多人下车之后都没发现，我对此感到很满足。我就是以为你可能想知道我怎么会出现在这里。

**安德森侦探：**是的，谢谢。

**雷恩沃特：**那天晚上还不到十一点钟，大概是八点半。

**安德森侦探：**七月十日，星期二那天晚上。

**雷恩沃特：**没错。通常工作日晚上整座城的生意都萧条，因为油田多多少少都榨干了，好多司机干脆把车停在车库边扯淡、打牌、讲荤段子，但我对那些都不感兴趣，我喜欢去镇郊的弗林特酒店、假日酒店或希尔顿逸林酒店拉活儿，要么就到镇郊的"先生请进"。你知道，那里为那些还没喝晕到想酒驾回家的家伙准备了一个打车区，如果我到得早，我通常都排在第一位，至少排在前三位。等客人的时候我就坐那儿看 Kindle，天一黑就读不了纸质书了，但 Kindle 还好，

---

① 字面意思为垂柳。

真他妈的是个伟大的发明。请原谅我一时激动说起了方言。

**安德森侦探：**您能否告诉我——

**雷恩沃特：**我这就告诉你，但我得按照我自己的方式讲，自打穿开裆裤起我就这样，所以你别插话。我知道你想了解什么，我都会告诉你的，不管是在这儿还是在法庭。等他们把那个谋杀孩子的狗娘养的送进地狱的时候，我会盛装打扮、载歌载舞地庆祝个昏天暗地。咱们直奔主题吗？

**安德森侦探：**直奔主题。

**雷恩沃特：**那天晚上还早，只有我一辆出租车。我没看见他进去，对此我有一种推测，我敢跟你赌五美元我猜得没错。我觉得他之前并没进去玩女人，我想他是在我之前到的——或许就比我早到一点儿——他是专门进去叫车的。

**安德森侦探：**您肯定赌赢了，雷恩沃特太太，您的调度员——

**雷恩沃特：**星期二晚上是克林特·艾伦奎斯特做调度员。

**安德森侦探：**没错，艾伦奎斯特先生告诉叫车的客人去停车场的打车区看看，如果还没有出租车的话，很快就会有车来。那通电话是八点四十分打的。

**雷恩沃特：**没错，所以他就从酒吧里出来了，直奔我的车走过来——

**安德森侦探：**您能告诉我他当时的穿着吗？

**雷恩沃特：**蓝色牛仔裤和一件质地精良的纽扣衬衫。牛仔裤褪色了但很干净，在停车场的弧光灯下很难分辨出衬衫的颜色，但我想是黄色的。哦，他的皮带扣很别致，是一个马头形的。这个狗屎竞技者，开始我以为他可能只不过是个在原油价格暴跌的时候勉强保住饭碗的石油大亨，或者建筑师，后来他俯下身时我才发现竟然是特里·梅特兰。

**安德森侦探：**您确定吗？

**雷恩沃特：**对天发誓，那个停车场的灯亮得跟白天似的。酒吧把灯弄成那样是为了避免抢劫、打架和贩毒，你知道，因为那儿的客人都是一群"绅士"。我还在基督教青年会的皮埃尔里篮球联合会当过教练，球队是男女混合的，但大多数球员都是男孩，梅特兰以前常来——虽然不是每个星期六都来，但如果来就总是在星期六——他和那些家长一起坐在看台上看那些孩子打球，他告诉我说他正在为市棒球联盟物色好苗子，他说看一个孩子打篮球就能判断出他的防御天赋。我竟然像个傻子一样相信了他，他那个时候可能就是在观察，决定他要爆菊的对象，就像酒吧里的男人评判女人一样。他妈的变态流氓混蛋，物色好苗子，我去他妈的！

**安德森侦探**：他走到您车边时，您告诉他认出他了吗？

**雷恩沃特**：哦，是的。别人可能打不打招呼都无所谓，但我不是那种人，我跟他打招呼说："嘿，特里，你老婆知道你今晚在哪里吗？"他说："我来谈事情。"我说："你谈的事情包括坐大腿吗？"然后他说："你应该给里面的调度员打个电话告诉他我上车了。"于是我说："我会打的。回家吗，T教练？"他说："不，女士，把我送到杜布罗的火车站。"然后我说："四十块。"他说："开快点儿，我要赶去达拉斯的火车，付你二十块小费。"于是我说："赶紧上车，坐稳喽，教练，这就出发。"

**安德森侦探**：所以您把他送到了杜布罗的美铁站？

**雷恩沃特**：是的，我把他送到的时候离那趟开往达拉斯沃斯堡的夜班车的发车时间还早着呢。

**安德森侦探**：您在路上跟他聊天了吗？我之所以这样问是因为您看起来比较健谈。

**雷恩沃特**：哦，确实！我的舌头每天就像超市收银台的传送带一样吧啦个不停，随便问问谁都知道。我一开始问他有关市棒球联盟巡回赛的事，我问他会打败灰熊队吗，他说："我期待好的结果。"这回答就像魔法8号球占卜，是吧？我敢打赌他当时在想他干的坏事，就随意敷衍了我一句，像那样的回答肯定会让问话的人主动闭嘴的。警探，我有个问题，他到底为什么回弗林特市？他干吗不直接穿过得克萨斯州直接逃到墨西哥呢？

**安德森侦探**：他还说了什么？

**雷恩沃特**：没什么了，他说他要打个盹儿，然后就把眼睛闭上了，但我觉得他是装的，我猜他可能一直在眯着眼偷偷看我，可能在想着怎么收拾我。我真希望他当时对我动手了，我希望那时候我就知道了他干的坏事，不骗你，我会把他拽下车，把他的老二扯下来！

**安德森侦探：**你们到了美铁站之后呢？

**雷恩沃特：**我在下客区停车，他往前排的副驾驶座扔了三张二十美元，我还没来得及跟他说替我向他太太问好，他就走了。他之前是不是因为衣服上有血去男厕所换衣服了？

**安德森侦探：**下面我要给您看六张照片，雷恩沃特太太，他们长得都很相像，所以请慢——

**雷恩沃特：**用不着，那个就是他，那个梅特兰。赶紧去抓他，我真希望他拒捕，给纳税人省点儿钱吧。

# 15

玛茜·梅特兰上初中的时候有时会做噩梦，梦到自己赤身裸体出现在家中，而所有人都在哈哈大笑，说："蠢货玛茜·吉布森今天早上忘记穿衣服了！看哪，一览无余！"等到她上了高中，那个令人焦虑不安的噩梦变成了一个稍微更复杂的梦，玛茜梦到自己衣着整齐地来到教室，却发现自己马上就要参加人生中的大考，可她却忘记了学习。

当她驶入巴纳姆街开到巴纳姆球场时，那些噩梦曾经带来的恐惧和无助再次席卷而来。但这次她却无法靠喃喃低语一句"谢天谢地！只是一场梦"而得到甜蜜的安慰。玛茜家的车道上停着一辆警车，和载着特里到警察局的那辆警车一模一样，后面停着一辆无窗卡车，车身上印着大大的蓝色字**州警机动犯罪小组**。车道尽头停着两辆黑色标有 OHP① 的巡逻车，车顶闪烁的警灯在日光下显得黯淡无光。四个身材魁梧的州警站在步道上，头上那顶赫然印着**州警**的警帽让他们显得身长至少七英尺，他们双腿叉开稳稳地站着（玛茜心想，他们就好像下体那两个蛋长得太大而合不拢腿似的）。这一切已经够糟糕了，可还有更糟的事：邻居们都围在她家草坪外观望。他们知道警察为什么突然出现在整洁的梅特兰家门前吗？她猜大多数人已经知道了——都怪该死的手机——而且他们还会传话给其他人。

一名州警走到街上对她举手示意。玛茜随即停车摇下车窗。

"女士，您是玛茜·梅特兰吗？"

"是我。你们那些车挡着我的车道，我没法把车开进车库。"

"停路那边。"他指着一辆巡逻车后面说。

玛茜有一种强烈的冲动，她真想把身子探出车窗，直接冲他尖叫：

---

① 俄克拉何马州高速公路巡警。

"那是我的车道！我的车库！把你们那些破铜烂铁都给我弄出去！"

然而相反，她乖乖地把车停在路边下了车。她现在急着要上厕所，也许从警察给特里戴上手铐的时候她就想了，只是她吓懵了，直到现在才意识到。

一名警察对着肩头的对讲机说话；屋角那有个人一只手拿着对讲机，这才是今晚最怀有敌意的超现实主义者：一名身穿无袖印花连衣裙、挺着超大孕肚的孕妇。她撇着孕妇式外八字脚摇摇晃晃地像个鸭子一样径直从梅特兰家的草坪穿过来，似乎所有女人到了妊娠晚期时走路都那样。她朝玛茜走来，脸上看不出一丝微笑，她的脖子上挂着一张塑封的证件，连衣裙上别着一枚弗林特市警察徽章，像圣餐饼盘中的一块饼干一样突兀地垂在她硕大丰满的胸脯上。

"梅特兰太太？我是贝琪·里金斯侦探。"

她伸出手来，玛茜却没有跟她握手。虽然霍伊已经交代过，但她还是开口问道："你想干什么？"

里金斯向玛茜身后看了一眼，对她身后的一名州警示意。那个州警的衬衫袖子上有几道杠，他显然是这个搜捕小组的头儿。他拿出一张纸走上前说："梅特兰太太，我是尤内尔·萨布罗中尉。我们持有该房屋的搜查令，有权搜查及带走您丈夫特伦斯·约翰·梅特兰的所有物品。"

玛茜一把抢过那张纸，顶部标题印着哥特体的**搜查令**三个大字，接着正文是一大串法律文书废话，最后有一个签名，她起初错读成克莱特法官。玛茜暗想："他不是很久以前就消失了吗？"然后她眨眨眼挤出几滴液体——也许是汗水，也许是泪水——这时才发现那个名字是卡特，而不是克莱特。搜查令的落款日期是今天，而且显然刚签署了不到六个小时。

她把搜查令翻过来，皱起眉头说："上面什么都没有列出来，难道意思是你们连他的内裤都可以随便拿走吗？"

贝琪·里金斯当然清楚，他们会带走在从梅特兰家的脏衣篮里发现的任何一条内裤。她说："这听凭我们处置，梅特兰太太。"

"你们处置？你们处置？这算什么，纳粹德国吗？"

里金斯说："我们正在调查我从警二十年以来本州最令人发指的谋杀案，我们将带走一切需要带走的东西。我们已经表示礼貌了，一直在等您回家才——"

"见鬼去吧，还礼貌？如果我晚点儿回来你们会怎样？破门而入？"

里金斯看起来非常不舒服——玛茜想这并不是因为她刚刚的无礼言行，而是因为在七月这样燥热难耐的夜晚里金斯却在带着一堆人到处走，此时她本该舒舒服服地跷着脚坐在家里吹空调。可玛茜并不在乎，此刻她的头在嗡嗡作响，膀胱在鼓鼓跳动，双眼泪如泉涌。

"那是最后才会采取的措施，"那名袖子上有几道杠的州警说，"但那在我们的权力范围内，我刚刚给您看的搜查令上已经明确规定了。"

"让我们进去吧，梅特兰太太，"里金斯说，"我们越早开始就可以越早离开。"

"嘿，中尉，"另一名州警对他说，"狗仔队来了。"

玛茜转过身，只见街角驶来一辆卫星电视转播车，车顶的卫星电线尚未打开；后面跟着一辆SUV，引擎盖上贴着三个大大的白色字母KYO；紧跟着KYO的车屁股后面又来了另一辆电视台的卫星转播车。

"跟我们进去吧，"里金斯近乎连哄带骗地说，"你不希望他们赶到时自己还站在人行道上吧？"

玛茜屈服了，心想这才只是自己屈服的开始，接下来她的隐私和自尊、宝贝女儿的安全感，还有她的丈夫，难道这些她都将被迫放弃吗？当然不会。他们对特里的指控都是胡扯，他们还不如指控他绑架了林德伯格家的孩子呢！

"好吧，但我什么都不会跟你说，你想都别想。而且我没必要把我的手机交给你，是我的律师这样告诉我的。"

"好的。"里金斯挽起玛茜的胳膊，瞧她挺着个大肚子，这时本该是玛茜挽着她以防她摔倒才对。

一辆风格独特的KYO——"Ki-Yo"电视台的雪佛兰车停在路中间，从车上下来一位金发碧眼的美女记者，她下车时太匆忙，短裙都快滑到腰了，裙底风光一览无余，那几个州警大饱眼福。

"梅特兰太太！梅特兰太太，就问您几个问题！"

玛茜下车时忘了拿钱包，好在车就在她身后，她很轻松就够到了钱包侧袋里的钥匙。但她用钥匙开门时却出了状况——她的手抖得厉害，钥匙插不进锁孔！里金斯并没有接过玛茜手里的钥匙，而是抚上自己的双手来稳住她的手，最终钥匙成功回到自己的"归宿"。

这时身后传来媒体的质问："您丈夫因谋杀弗兰克·彼得森被逮捕了，这是真的吗，梅特兰太太？"

"退后，"一名州警说，"任何人不得越过人行道。"

"梅特兰太太！"

随后他们进入房子。虽然身边跟着那个怀孕的侦探，但玛茜感觉这样好多了。不过她感觉屋里看起来跟以前不一样了，玛茜心里清楚这个家再也不会像以前一样了。她突然想到那个把她心爱的女儿们从这里带走的女邻居，她想到所有人都在激动地大笑，这种痛苦的感觉就像是想到自己曾经心爱的女人，可她却已经离开了这个世界。

玛茜双腿发软，扑通一声瘫坐在大厅的长椅上。以前，冬天的时候两个女儿就坐在这里换靴子；有时特里出门去球场前也会坐在这里最后检查一遍自己安排的比赛阵容。贝琪·里金斯如释重负地"哎哟"一声在玛茜身边坐下，她肥嘟嘟的右臀挤着玛茜干巴巴的左臀。那个袖子上带狗屁警衔的警察萨布罗和其他两名警察戴起蓝色的厚胶皮手套从她们两个女人身边闪过，连看都没看一眼，玛茜这才发现他们脚上已经穿上了配套的蓝色短靴。玛茜猜想另外那名警察正在外面控制围观群众，在这栋坐落于宁静祥和的巴纳姆球场边的房前控制喧嚣混乱的围观群众！这可真讽刺。

"我要尿尿。"她对里金斯说。

"我也是，"里金斯说，"萨布罗中尉！跟你说句话！"

那个袖子上带狗屁警衔的警察走过来，另两名警察继续去厨房进行搜查，他们在那能发现的最糟糕的东西就属冰箱里吃剩一半的蛋糕了。

里金斯问玛茜："你家楼下有卫生间吗？"

"有，穿过食品储藏室就是，去年特里自己加盖的。"

"嗯哼。中尉，女士们要嘘嘘，所以你先从楼下的卫生间开始搜吧，尽快。"然后她对玛茜说，"你丈夫在家有办公室吗？"

"不太算办公室，他就在餐厅那头儿办公。"

"谢谢。中尉，下一步搜那里。"她又转过来对玛茜说，"趁这会儿，介意我问一个小问题吗？"

"介意。"

里金斯没理她，继续问："前几周你是否发现你丈夫有什么异常举动？"

玛茜冷冷一笑："你的意思是他在筹划实施谋杀？在屋里焦虑不安地摩拳擦掌、转来转去，或许还胡言乱语、自言自语？你是一孕傻三年吗，警探？"

"那我就当你说没有喽。"

"是的，没有。现在别再唠叨我了！"

里金斯向后靠着椅背，双手叠放在大大的孕肚上，任由玛茜在一旁一边忍着膀胱鼓鼓乱跳一边回想着加文·弗里克上周训练结束后跟她说的话——特里最近在想什么？他有一半的时间都心不在焉的，就像是感冒了还是怎样。

"梅特兰太太？"

"怎么？"

"你看起来有心事。"

"确实。我在想跟你挨在一起坐在这张长椅上真不舒服，就像是挨着一只会喘气的烤箱。"

贝琪·里金斯本就绯红的脸颊又泛起一层红晕。玛茜一方面被她刚刚的问话吓坏了——那话说得太残忍太过分了，另一方面一想到很快就可以回家了心里有点儿激动。

不管怎样，里金斯没再问任何问题。

她们等着上厕所那会儿仿佛度秒如年。萨布罗终于回来了，他手里拎着一个透明塑料袋，里面装着楼下药柜里的所有药品（这些都是非处方药，仅有少数几种处方药在楼上的两个卫生间里）和一管特里的痔疮膏。他说："一切正常。"

"你先吧。"里金斯说。

换作其他情况玛茜肯定会礼让孕妇，自己再委屈憋一会儿，但现在她才不呢。玛茜走进卫生间关上门，发现马桶盖歪了，她心想那两个警察肯定刚刚在那里找东西，天知道，最有可能是在找毒品。玛茜坐在马桶上"酣畅淋漓"，她低下头把脸埋进双手，这样就不用看满室狼藉了。玛茜暗自思忖，她今晚要不要把格蕾丝和萨拉接回来？她能护送她们穿过那些可怕的镁光灯吗？如果不回家，去哪里？酒店？可那些狗仔（警察就是这样叫的）岂不是依然会找到她们？

玛茜排泄痛快后轮到贝琪·里金斯进去上厕所。玛茜一点儿都不想继续跟她一起坐在大厅那张长椅上了，于是她溜进餐厅。警察们正在仔细检查特里的办公桌——说真的，更像是在强暴他的办公桌，抽屉统统被拉开，东西统统被堆在地上。特里的电脑已经被大卸八块，各部件都分别贴上黄色标签，好像在准备一场标签大甩卖一样。

玛茜的思绪又开始缥缈，一小时前，对我而言，人生最重要的事还是金龙队获胜、入围决赛呢。

贝琪·里金斯回来了。"哦，感觉好多了，"她在餐桌边坐下说，"十五分钟后就会好的。"

玛茜张开嘴巴，差点儿说出来："但愿你肚子里的孩子死掉。"

可是她却说："有人感觉好多了真是太棒了，哪怕只有十五分钟也好。"

# 16

**克劳德·博尔顿先生的口供（七月十三日下午四点半，拉夫·安德森侦探做询问笔录）**

**安德森侦探：**克劳德，你没惹麻烦、头脑清醒的时候来局里肯定感觉很棒吧？

**博尔顿：**你知道，确实有点儿。而且是坐在警车前排而不是后面，警灯闪起，警笛鸣起，所有家伙事都整起来，几乎全程以每小时九十码的速度从盖城直达这儿，你说得没错，这感觉棒极了！

**安德森侦探：**你去盖城干什么？

**博尔顿：**看风景。休两晚夜班，干吗不出去开心一下呢？这又不犯法，对吧？

**安德森侦探：**我知道你是和那个人称"梦中情人花仙子"的卡拉·杰普森一起看的风景。

**博尔顿：**你应该知道，因为她和我一起做巡逻车回来的。对了，顺便告诉你，她也很喜欢这趟旅程，她说警车真他妈的完爆大巴。

**安德森侦探：**你大部分时间都是在40号高速公路下面的西景汽车旅馆509房间看风景吗？

**博尔顿：**哦，我们没一直腻在那里。我们去好运牛排屋吃过两次饭，那儿的东西真他妈的好吃又便宜。卡拉想逛商场，所以我们还逛了会儿商场，那有个攀岩墙，我轻松搞定了那玩意儿。

**安德森侦探：**我敢打赌你能搞定那个。你知道弗林特市有个男孩被杀害了吗？

**博尔顿：**我好像在新闻上看到了。听着，你该不会以为我跟这事有关吧？

**安德森侦探：**没有，但你可能有和犯罪嫌疑人相关的信息。

**博尔顿：**我怎么会——

**安德森侦探：**你在先生请进酒吧当保镖，对吧？

**博尔顿：**我是保安，我们不叫"保镖"，"先生请进"是个高档场所。

**安德森侦探：**我们不争论这个问题。我听说星期二晚上是你当班，直到星期三下午才离开弗林特市。

**博尔顿：**是托尼·罗斯告诉你我和卡拉去了盖城的？

**安德森侦探：**是的。

**博尔顿：**我们在那家旅馆能享受优惠价，因为那店是托尼的叔叔开的。我和托尼的关系很铁，星期二晚上托尼也当班，我就是那时让他给他叔叔打的电话。我们四点到八点在门口站岗，八点到凌晨守舞台前面的舞池，先生们就坐在那里。

**安德森侦探：**罗斯先生还告诉我，你八点半左右见到一个认识的人。

**博尔顿：**哦，你是说T教练。嘿，你不会认为是他杀了那个孩子吧？T教练可是个大直男。他在波普·华纳和少年棒球联盟都是托尼侄子的教练。在我们那种地方见到他让我很吃惊，但不震惊。你永远猜不到舞池那都坐着些什么人——银行家、律师，甚至一对儿牧师。但就像人们说拉斯维加斯一样：先生酒吧里发生的事都……

**安德森侦探：**嗯哼，我相信你跟忏悔室里的神父一样小心谨慎。

**博尔顿：**随便你怎么开玩笑，但我们真的是那样。要想有回头客，自己就得把自己当客人。

**安德森侦探：**还是郑重声明一下，克劳德，你说的T教练是指特里·梅特兰吗？

**博尔顿：**当然。

**安德森侦探：**告诉我你是怎么碰见他的。

**博尔顿：**我们并不是一直守着舞池，明白吗？我们的工作远不止这些。大多数时间我们都巡查舞池，确保没有男人对姑娘们动手动脚，看到有要打起来的就上前拉架——你干警察这行肯定知道，男人有性冲动的时候也喜欢寻衅滋事。但舞池并不是唯一惹事的地方，它只是最容易惹事的地方，所以我们其中一个人一直守在那里，另一个人在酒吧巡逻，包括里面那间有几台游戏机和一张台球桌的小屋、私人包间，当然还有男厕所。毒贩子最爱在那做交易，我们要是看见了就会上前阻止，然后把他们赶出去。

**安德森侦探：**吸毒的人也可能会禁毒啊。

**博尔顿：**恕我冒昧，先生，但确实就是那个意思。我已经戒了六年了，你可以随便打听一下。需要我做个尿检吗？我非常乐意配合。

**安德森侦探：**没那个必要，恭喜你成功戒毒。所以，八点半左右你在酒吧巡逻……

**博尔顿：**没错。我巡查完酒吧后下楼到大厅去瞧一眼男厕所，在那碰见 T 教练正在挂电话。大厅后面有两部付费电话，但只有一部能用，他当时在……

**安德森侦探：**克劳德？你是在吊我的胃口吗？

**博尔顿：**我就是想想，回忆回忆。他看起来有点儿搞笑，好像一副茫然不知所措的样子。你真的认为是他杀了那个孩子？我想可能只是因为那是他第一次来这种漂亮年轻姑娘脱衣服的场所，有些男人确实会有点儿发懵犯傻，或者他可能喝醉了。我跟他打招呼说："嘿，教练，你们队表现得怎么样？"然后他竟然好像从来没见过我似的那样看着我。史蒂夫和斯坦利出场的每一场波普·华纳队的比赛我差不多都去看了，我还告诉他怎么用双反向传球战术跑垒，但他是绝对不会用的，因为他说对小孩来说那招太复杂了。但我认为，如果那些孩子能学会长除法，应该也能学会类似的东西，你不觉得吗？

**安德森侦探：**你能肯定那个人是特里·梅特兰吗？

**博尔顿：**哦，天哪，是他。他说球队表现得不错，他还告诉我说他只是进来叫辆车，这种借口有点儿像男人被老婆发现马桶边放着《花花公子》时，都喜欢说我们只是单纯在看文章。但我没再追问，随他怎么说。在先生请进酒吧，只要顾客没乱摸姑娘的奶子，他们就是上帝。我告诉他外面可能已经有一两辆车了，他说调度员已经告诉他了，然后他跟我说了一声谢谢就走了出去。

**安德森侦探：**他当时穿着什么？

**博尔顿：**黄色衬衫、牛仔裤、马头形皮带扣、很漂亮精致的球鞋，我记得很清楚，因为那身行头看起来相当昂贵。

**安德森侦探：** 只有你在酒吧见到他了吗？

**博尔顿：** 不，他出去的时候我看见两个人朝他招手，我不认识，而且你也可能很难找到他们，因为很多人都不愿意承认他们喜欢来先生请进酒吧这种场所，可是事实就是这样。有人认出他不足为奇，因为特里在这一带相当出名，我之前在报纸上看到，他几年前甚至还赢过奖。弗林特市虽然叫市，可它真的只是个小镇，镇上的人差不多互相都认识，至少面熟。只要谁家有个有运动细胞的儿子，都会认识教棒球或足球的 T 教练。

**安德森侦探：** 谢谢你，克劳德，你帮了我们一个大忙。

**博尔顿：** 我还记得一件事，不算什么大事，但如果他真的是杀死那孩子的凶手的话还挺诡异的。

**安德森侦探：** 继续讲。

**博尔顿：** 也就是一个凑巧，不是任何人的错。当时他要出去看看有没有出租车，对吧？我就突然伸出手说，"感谢你为托尼的侄子们所做的一切，教练，其实他们都是好孩子，只是有点儿难管教，或许是因为他们父母离异的缘故吧。是你给他们培养了兴趣，让他们有事可做，不再游手好闲、在镇上闲逛"。我想我的举动应该是惊到他了，因为他往后缩了一下身才跟我握手，但他手劲儿很大……看到我手背上这个小刮痕没？这就是握手的时候被他的小指指甲划伤的，现在已经好得差不多了，刚开始可不只是个印子。不过这点儿小伤让我有几秒钟想起了以前嗑药的日子。

**安德森侦探：** 为什么？

**博尔顿：** 有些家伙，主要都是些嗑药的地狱天使和魔鬼门徒过去常常会留一只小指指甲。我曾经见过一些人的指甲像中国古代皇帝的那么长，有些玩机车的家伙甚至还像女人一样做美甲，他们管那叫"可卡甲"。

# 17

拉夫在棒球场逮捕特里后便无权选择自己是扮演一名好警察还是坏警察，于是他干脆就那样靠着审讯室的墙站着，冷眼旁观。他已经做好了迎接特里发出又一波指责式怒视的准备，然而特里却只是面无表情地冷冷瞥了他一眼，而后便将注意力转向在对面落座的比尔·塞缪尔斯。

拉夫琢磨着塞缪尔斯，他开始明白了为什么塞缪尔斯的官职升得那么快。刚才他们两个站在单向玻璃的另一侧时，这位地方检察官只是因其高职而显得年轻，但现在，面对弗兰克·彼得森的奸杀凶手，他显得更年轻了，就像一名（或许由于糊涂）砸下大把时间不慌不忙地进行审问的律所实习生，就连后面那一小绺埃尔法法式翘起的头发也为他的角色增添了几分色彩：一个未经世事、能够在这儿处理案子而感到很开心的毛头小伙。他眨着那双大眼睛饶有兴致地说："你什么都可以跟我说，因为不管你说什么我都会相信。这是我第一次和大家伙们共事，我感觉没有什么会比这更好了。"

"嗨，梅特兰先生，"塞缪尔斯说，"我在地方检察官办公室工作。"

好一个开头，拉夫心想，你是地方检察官。

"你这是在浪费时间，"特里说，"在我的律师到达之前我是不会跟你谈的。我只会说你们大错特错了！我已经预见到你的超大号囚服在等着你呢！"

"我理解你现在很心烦，换作谁都会这样的，或许我们可以在这把事情解释清楚。你就告诉我彼得森被杀的时候你在哪里，可以吗？就是上星期二下午。如果你在别的地方，那么——"

"我就是在别的地方，"特里激动地抢过话说，"但在跟你谈之前我要先跟我的律师谈一下。我的律师叫霍华德·戈尔德，等他到了我想跟他单独谈谈。我想我有这个权利吧？因为在你们能够证明我确实有罪之前我都可以假定是无辜的。"

迅速满血复活啊，拉夫心想，职业罪犯都做不到这么好。

"确实如此，"塞缪尔斯说，"但如果你什么都没做过的话——"

"放弃吧，塞缪尔斯先生。不是你把我抓到这里来的，因为你是个好人。"

"事实上，是我干的，"塞缪尔斯真诚地说，"如果存在什么误会，我和你一样非常想把真相弄清楚。"

"你后面有一绺头发翘起来了，"特里说，"你想弄一下吧?！你那样看起来像我小时候常看的老喜剧片里的埃尔法法。"

拉夫差点儿没笑出声来，不过他实在忍不住嘴角上扬了一下。

特里的一席话瞬间打破了平衡，塞缪尔斯抬起一只手抚平脑后翘起的那绺头发，可那绺头发好像很调皮似的，刚乖乖躺下一会儿就又不听话地弹了起来。

"你确定不想把事情讲清楚吗？"塞缪尔斯向前探身，露出一脸真诚，好像在提醒特里，他正在犯一个严重的错误。

"我确定，"特里说，"而且我还确定有件特大号囚服在等着你。我觉得多少精神损失费都无法弥补你们这帮混蛋今晚对我造成的伤害——不仅对我，还有我的妻子和女儿——但我还是想找个办法让你们弥补。"

塞缪尔斯向前探身，用饱含希望的无辜的目光紧锁着特里，纹丝不动坐了一会儿，然后突然起身。此时他眼里那种无辜的神情不见了，转而换了一种态度说："好吧，好吧，梅特兰先生，你可以同你的律师协商，那是你的权力。我们不录音也不录像，而且还会拉上窗帘。如果你们二位能够很快谈好，或许我们今晚可以顺利地早早收场，我明早还早早约了开球时间呢。"

特里以为自己听错了，狐疑地问道："打高尔夫？"

"对，高尔夫。那种运动就是要努力把小球打进洞里，说实话我不太擅长，但我非常擅长办案这种游戏，梅特兰先生。尊敬的戈尔德先生会告诉你，我们无需指控就可以拘留你四十八小时，其实也用不着那么久。如果我们不能证实你有罪，星期一一早就会传讯你，到那时你被逮捕的消息将成为全州的头条新闻。我敢肯定那些媒体摄影师会把你拍得不赖。"

说完最后一番话，塞缪尔斯便趾高气扬地朝门口走去（拉夫猜想此刻塞缪尔斯依然因为特里嘲笑他的头发而怀恨在心），可他还没打开门就被特里的话拦住："嘿，拉夫。"

拉夫转身，在这般情况下特里竟然表现得异常淡定，真是太神奇了，但或许他的内心并非如此波澜不惊。有时候，那些真正冷血的反社会人物在经历最初的震惊后会冷静下来，继而开始倾尽全力长久伪装。拉夫以前见过。

"霍伊 ① 来之前我什么都不会讲，但我想告诉你一件事。"

"说吧。"塞缪尔斯接过话。他尽力表现出自己没那么迫切想听他开口，但听到特里接下来说的话后他的脸却拉得老长，感到非常失望。

"德里克是我教过的最棒的短传手。"

"哦不！"拉夫说，他能听到自己的声音在因愤怒而颤抖，像颤音一样，"别扯那些，我不想听到我儿子的名字从你口中说出，今晚不想，永远不想。"

特里点点头："我能感同身受，因为我也从未想过自己会在妻女和一千多人面前被公然逮捕，其中很多人还是我的邻居。所以，不用介意你不想听的话，听一下就够了。你那样龌龊地对我，我认为这是你欠我的。"

拉夫伸手开门，但塞缪尔斯却抓住他的手臂摇了摇头，他朝屋角那台闪着红光的摄像头轻扬起眼睛对拉夫示意。于是拉夫又关上门，转过身来双臂交叉在胸前面对着特里。他想到特里为了报复自己公开逮捕他，必然想伤害自己，但他知道塞缪尔斯是正确的，嫌疑人开口讲话总比拒不开口坐等律师来要好，因为他一旦讲出一件事就会引出另一件事。

---

① 霍华德的昵称。

特里说："德里克原来在少年棒球联盟打球时不过十一岁。我之前就见过他——去年我很努力地训练他，想让他进市队，果不其然——从那以后他长高了六英寸。我敢打赌，等他高中毕业的时候肯定会比你高。"

拉夫静静地等他接着说。

"他是个小个子，可他一点儿都不怕站在击球区，很多人都害怕，但德里克就算面对那些会猛抢球、抛出无法估测方向的球的投手也毫不畏惧。他只能击中半数球，却不甘示弱。"

特里说的是实话。拉夫见过儿子有几次比赛后负伤回家，小德脱下球服时屁股上、大腿上、手臂上、肩膀上都是淤青，有一次小德的后颈被棒球烙下一块圆圆的乌青印。珍妮特看到那些伤直抓狂，哪怕小德戴着棒球头盔也无法令她放心，每次小德走入击球区她都紧张地紧紧捏住拉夫的胳膊，力气大到差点儿掐出血来，生怕小德会被球砸中眉心昏迷过去。拉夫安慰她说那种事肯定不会发生，但当初听到德里克决定选择打网球时，他和珍妮一样开心得不得了，毕竟网球更柔软，安全系数更高。

特里向前探身，其实还略微面带微笑。

"那么矮的孩子通常都只负责满场跑——其实今晚比赛时我让特雷弗·麦克尔斯击球也是出于这个目的——但德里克才不愿意糊弄，什么球他都打，不管是垒内的、垒外的、从头顶飞过的还是落地的，他都打。于是有些孩子开始叫他'三振·安德森'，后来有一个孩子改叫他为那个鼎鼎大名的拖把品牌'速易洁'，意思说安德森就像那拖把一样，总是在关键时刻掉链子，至少有一阵子他确实那样。"

"真是有趣，"塞缪尔斯说，"可咱们为什么不聊聊弗兰克·彼得森呢？"

特里的双眸依然死死盯着拉夫。

"长话短说吧，我发现他不愿意满场跑之后就开始教他短打。其实像他那样十到十一岁的孩子很多都不愿意练短打，他们明知道需要练，却都不喜欢击球，尤其是面对强劲对手时。那些孩子总是琢磨着要是赤手被球砸中手指得多疼啊。不过德里克可不怕，你儿子浑身是胆，他真的能迅速跑到垒线，而且有好几次我派他上前线做牺牲品时，结果他都成功击中了球。”

拉夫既没点头赞许也没流露出任何关心，但特里在讲什么他心里一清二楚。他见证过德里克很多漂亮的短打并为之喝彩，他曾亲眼目睹自己的儿子像屁股着了火、脚踩风火轮一样飞奔向垒线。

“我只不过教了他找正确的击球角度。”特里举起双手比画着做示范。他手上还沾着泥，可能是今晚在赛前他陪孩子们练球弄得。“角度偏左打，球会飞上三垒线；角度偏右打，就上一垒。切忌向前发力去推球棒，那样无济于事，通常只会白白送给投手一个好球，只要在击球的最后一刻稍稍轻推球棒就可以了。德里克能够迅速掌握要领，于是那些孩子给他取了个新绰号，不再叫他‘速易洁’。我们队在比赛后期会有跑垒者跑到一垒或三垒，而且对手队很清楚德里克将会拿下一个垒——毫不夸张，投手刚一出手他就会立刻击球、扔棒、跑垒，同时休息区的孩子们大喊着‘中球！德里克，中球！’我和加文也会跟着一起喊。后来他赢得了区比赛，之后去年一整年他们都叫他‘中球安德森’。你知道的吧？”

拉夫不知道，或许因为那是球队内部的事吧。他只知道那年夏天德里克成长了许多，他开始爱笑了，而且他不像以前那样打完比赛后就耷拉着头、拎着棒球手套径直朝自己的车走，他开始想四处溜达溜达再回家了。

“他能取得成功大部分都是靠自己的努力——他疯狂练习直到正确掌握技巧——但最初是我说服他尝试练习短打的，多亏了我啊。”他顿了顿，接着非常柔和地说，“可你竟然这样对我。当着所有人的面，这样对我。”

拉夫此刻感觉双颊发热，他开口想解释点儿什么，却被塞缪尔斯拉到门外。塞缪尔斯停顿良久，然后朝背后丢出一句话：“梅特兰，不是拉夫这样对你，也不是我，是你自作自受。”

之后两人又来到单向玻璃那边看着审讯室，塞缪尔斯问拉夫还好吗。

“我没事。”拉夫回答说。他的双颊仍旧滚烫。

"有些罪犯特别擅长戳中别人的软肋，你懂吧？"

"懂。"

"他刚刚是故意这样做的，你知道吧？我从没遇到过关系这么棘手的案子。"

这才令我非常困扰啊，拉夫心想，之前还没有，但现在确实困扰我了。我不应该这样，塞缪尔斯说得没错，可我情不自禁呀。

"你刚刚注意他的手了吗？"拉夫问，"他举手示范怎样教德里克短打时，你注意看他的手了吗？"

"看到了，手怎么了？"

"没有长指甲，"拉夫说，"两只手都没有长指甲。"

塞缪尔斯耸了耸肩："那就是他剪掉了呗。你确定你没事吗？"

"我没事，"拉夫说，"我只是——"

这时，办公区与审讯室之间的门嘎吱一声响了，接着砰的一声被打开。进来的男人刚刚匆忙穿过走廊赶到这儿，他出门时可能太着急都没顾得上换衣服，身上还穿着星期六晚上穿的居家休闲装——褪色的牛仔裤配一件胸前印着超级青蛙的 T 恤——但他手里提着一只方方正正的公文包，绝对是律师的标配。

"你好，比尔，"他说，"你好，安德森侦探。您二位有谁想告诉我，你们为何逮捕弗林特市二〇一五年度人物吗？是不是有什么误会？那样的话咱们或许可以把事情摆平。要么是你们脑子进水了？"

霍华德·戈尔德到了。

## 18

致：弗林特县地方检察官威廉姆·塞缪尔斯

弗林特市警察局长罗德尼·盖勒

弗林特县警长理查德·杜林

艾弗里·鲁道夫上尉、州警第七支队、拉夫·安德森侦探、弗林特市警察局

发件人：州警第七支队侦探尤内尔·萨布罗中尉

日期：七月十三日

主题：杜布罗　沃格尔交通中心

鉴于地方检察官塞缪尔斯与安德森侦探的要求，我于今日下午两点半抵达沃格尔交通中心。这里是本州南部的主要陆路交通枢纽，运营三条主要汽车线路（灰狗长途巴士线、铁路专线、州中部线）以及美铁干线，此处还有几家租车行（赫兹、阿维斯、恩特普莱斯和爱路美出租汽车公司）。沃格尔交通中心有监控全面覆盖，因此我直接前往保安处，保安处长迈克尔·坎普进行接待。迈克尔·坎普先生已经将一切准备就绪，监控录像全部由电脑操控，可储存三十天，因此我可以查看从七月十日晚上起由十六个摄像头记录的全部监控录像。

据弗林特市出租车公司七月十日晚当班的调度员克林特·艾伦奎斯特先生所述，当晚九点半司机薇洛·雷恩沃特向总台汇报已将乘客送达。正如雷恩沃特太太所述，调查对象欲乘坐的是南方铁路的列车，该车于当晚九点五十分进沃格尔站，停靠在第3站台，下客时长为七分钟，即九点五十七分前往达拉斯沃斯堡的乘客开始检票上车，列车于十点十二分发车。所有抵离时间均由电脑操控记录，全部绝对精准。

我和保安处长坎普查看了七月十日晚九点（为了安全起见，提前半小时开始查看）至十一点（南方列车驶离站台约五十分钟后）由十六个摄像头记录的全部监控录像。我已将监控录像拷贝到我的平板

电脑中，但由于检察官塞缪尔斯称时间紧迫，因此我在此初步报告中将仅做概述。

晚九点三十三分：目标从北进站口进入车站——北进站口是常用的出租车下客区及旅客入口。目标身着黄色衬衫、蓝色牛仔裤，无手提行李。他穿过车站大厅，抬头看头顶的大钟时有二至四秒面部清晰可见（图像已发送至地方检察官塞缪尔斯和安德森侦探的电子邮箱）。

晚九点三十五分：目标在大厅中央的报刊亭逗留，付款购买一本平装书。监控中看不清书名，售货员也不记得，但如有需要我们或许可以查明。另，本段监控录像中可见目标的马头形皮带扣（图像亦已发送至地方检察官塞缪尔斯和安德森侦探的电子邮箱）。

晚九点三十九分：目标从位于蒙特罗斯大道上的门（南进／出站口）出站。此门虽对公众开放，但主要由沃格尔站的员工使用，因员工停车场位于大楼本侧。员工停车场有两个摄像头，目标人物均未出现在监控画面中，但我与坎普发现有一掠影闪过，向右朝一条服务通道走去，我们均认为此人很可能是目标人物。

目标并未购买南方铁路的车票，车站既无其现金支付也无信用卡支付记录。我们反复多次查看了第3站台的监控录像，画面十分清晰，我可以十分确定目标并未再次进站上车。

因此我得出结论，目标前往杜布罗可能只是为了混淆警方的追踪而故意伪造假行踪。我猜测目标可能在共犯的协助下或自行搭便车返回了弗林特市，还存在一种可能是目标盗窃车辆逃跑。案发当晚杜布罗警方未接到沃格尔交通中心附近有人报车辆失窃案，但保安处长坎普指出，目标可以在长期停车场盗车，那里的车即便失窃超过一周也不会有人报案。

若有要求，可调阅长期停车场的监控，但那里的监控不完整，而且保安处长坎普说那些摄像头经常失灵，尚待置换。至少出于时间的考虑，我认为最好先从其他途径着手调查。

侦探尤内尔·萨布罗中尉敬呈

参见附件

# 19

霍伊·戈尔德同塞缪尔斯和拉夫·安德森分别握手致意，然后透过单向玻璃盯着审讯室里的特里·梅特兰。特里还穿戴着金龙队的球服和幸运棒球帽，他后背笔挺、高昂着头，双手规规矩矩地叠放在桌上，完全没有表现出抽搐、不安或是紧张地侧目窥视。拉夫暗自承认特里表现得一点儿都不像罪犯。

最后，戈尔德转过身对塞缪尔斯说："说吧！"那口气好像是在命令一只小狗耍把戏。

"没什么好说的，霍华德。"塞缪尔斯抬手抚平脑后那绺翘起的头发，可它偏不听话，刚乖乖躺下就又翘了起来。拉夫突然想起那部老片子中埃尔法法和他哥哥小时候经常咯咯笑着说一句话：人一生不得不见一些仅有一面之缘的挚友。"这不是什么误会，而且我们的脑子也没进水，好得很呢。"

"特里说什么了？"

"到目前为止，只字未提。"拉夫说。

戈尔德来回踱步，眼镜后面那双蓝色的明眸略被放大，闪闪发光。"你误会了，安德森，我指的不是今晚，我知道他今晚什么都不会讲的，这点他很清楚，我是指之前的问话。你最好告诉我，因为他肯定也会告诉我的。"

"不存在什么之前的问话。"拉夫说。他没必要对此、对这件短短四天就定案的案子感到不安，可他还是控制不住自己的情绪。其中一部分原因是霍伊·戈尔德竟然直呼他的尊姓，陌生得好像他忘记了他们曾经一起在县法院对面的售货车请彼此喝东西。拉夫感觉自己很可笑，他居然迫不及待地想开口朝霍伊吼：别看我，看我旁边这个家伙。是他马不停蹄催命似的赶案子。

"什么？等等，等一下。"

戈尔德将双手插进裤兜，来来回回踱步。拉夫在县法院和区法院见过他这样很多次，他是在振作精神。拉夫被霍伊·戈尔德这样来回打量着感觉很不自在，尽管如此，他却没有表示不满或反抗，毕竟那是正当法律程序。

"你是说你都没给他机会辩解就直接当着两千人的面把他逮捕了？"

拉夫说："你是一名优秀的辩护律师，但上帝在这件案子上是不会放过梅特兰的。哦，对了，比赛现场大概有一千二百人，撑死一千五百人，埃斯特尔·巴尔加运动场可装不下两千人，那样的话看台会被挤塌的。"

戈尔德没有理会拉夫对他夸大事实的冷嘲热讽，他就像盯着个新品种臭虫似的一直盯着拉夫："可你是在公共场合逮捕他的，在那个他可能创造奇迹的神圣时刻——"

"你说什么？他的神圣什么？"塞缪尔斯笑着问。

戈尔德也没理塞缪尔斯，他仍旧盯着拉夫："你明明可以默默地在球场露个面，然后等比赛结束后在家里逮捕他，可你却丝毫没经过深思熟虑，偏偏在众目睽睽之下当着他妻女的面逮捕他。你凭什么呀？到底凭什么呀？"

拉夫感觉自己的脸又滚烫起来："你真的想知道吗，法律顾问先生？"

"拉夫！"塞缪尔斯立刻伸手拽住拉夫的胳膊，警告他不要冲动。

拉夫一把甩开塞缪尔斯的手，继续说："不是我逮捕的他，我派了两名警察实施逮捕，因为我怕自己会情绪失控亲手掐死他。那样的话，像你这样聪明睿智的优秀律师可就有的忙了。"说完他上前一步，让戈尔德无法再继续来回踱步，"他把弗兰克·彼得森抓到菲吉斯公园，用树枝强暴了那个孩子，然后把他杀了。你想知道他是怎样杀死他的吗？"

"拉夫，不能说！"塞缪尔斯厉声喝道。

拉夫没理会，继续道："初步鉴定表明他用牙齿撕开了那孩子的喉咙，他甚至可能还生吃了那孩子的肉。他之所以如此性兴奋是因为他脱了裤子把精液射得那孩子满大腿后面都是。这是我们迄今遇到的最卑鄙、龌龊、肮脏、下流、令人不齿的谋杀！上帝保佑再无来者！他肯定蓄谋已久。那个血腥的画面让我们所有人都永生难忘，而那一切都是特里·梅特兰干的，是 T 教练干的。前不久他还手把手教我儿子打球，他刚刚还跟我有板有眼地讲了一通，好像他的那些付出能让自己免罪或者怎样。"

戈尔德不再像盯着一只臭虫那样盯着拉夫，此刻他怨恼的眼神充满疑色，仿佛正面对一份不明天外来客留下的手作。拉夫才不在乎呢，他对此毫不在意。

"你也有个儿子——叫汤米，对吧？就因为当时汤米练棒球，你才到波普·华纳和特里一起当教练的，对吧？他也手把手教过你儿子，所以你现在要为他辩护了，哈？"

塞缪尔斯说："看在上帝的分上，闭上你的嘴吧！"

戈尔德不再乱吼，却寸步不让，他依然用那副不可思议的表情死死盯着拉夫。"连问都不问一下，"他气得大喘粗气，"甚至之前连讯问都没有！我真是从没……从没……"

"哦，得了吧，"塞缪尔斯强颜欢笑说，"霍伊，你什么没见过呀，而且见过不止一次。"

"我现在想单独和他谈谈，"戈尔德言辞干脆利落，"所以把你们那些狗屁监控都给我关上，把窗帘拉上。"

"好的，"塞缪尔斯说，"给你十五分钟，之后我们进去。我倒要看看教练有没有什么要说的。"

戈尔德说："我需要一小时，塞缪尔斯先生。"

"半小时。之后他要么坦白认罪，完全可以想象得到那样他就要到麦卡莱斯特监狱体验天翻地覆的生活了，要么他就先进号里蹲着，等待星期一传讯，一切取决于你。但你要是认为我们随便抓人，那就大错特错了。"

戈尔德走向审讯室的门，拉夫为他刷了门卡，只听哐啷一声，两条锁舌抬起，门开了。拉夫随即回到单向玻璃那侧看着戈尔德律师进入审讯室。只见梅特兰起身，朝戈尔德张开双臂，这一举动令塞缪尔斯心头一紧。不过梅特兰脸上流露出一副如释重负的解脱表情，并无攻击性。他给了戈尔德一个拥抱，戈尔德丢下手里的公文包，也张开双臂去拥抱梅特兰。

"哥们儿之间的拥抱，"塞缪尔斯说，"这是最亲密的举动了吧，哈？"

戈尔德仿佛听到了他的话一样，转过头指着还在闪着红灯的摄像头对着头顶的喇叭吼道："关掉！声音也关掉，拉上窗帘。"

录音录像的开关都在墙面的控制台上，拉夫按照他的要求关上了所有开关，审讯室墙角的摄像头的红灯随即悄然熄灭。拉夫冲塞缪尔斯点头示意，塞缪尔斯猛地用力拉上窗帘，窗帘嗞啦一声划过单向玻璃，令拉夫感到很不愉快。此前，也就是见比尔·塞缪尔斯这样拉窗帘之前，拉夫曾三次在麦卡莱斯特执行死刑，那里的执刑室与观察室之间长长的玻璃窗上也有个类似的窗帘（兴许是同一家公司的货呢！），观察员进入观察室时窗帘拉开，死刑犯被宣布死亡时窗帘立刻拉上，窗帘划过玻璃时也发出同样令人不快的嗞啦声。

"我要去街对面的佐尼家买份汽水和汉堡，"塞缪尔斯说，"今天晚饭的时候我紧张得不得了，完全吃不下。你要什么吗？"

"给我来杯咖啡吧，不加奶，加一块方糖。"

"你确定？我可喝过佐尼家的咖啡，他家的夺命黑咖可不是随便叫叫的。"

"没事，我愿意试试。"拉夫说。

"好吧，我十五分钟之内回来。里面要是提前结束了，等我回来再开始审。"

肯定不会不等他呀！拉夫认为现在就是塞缪尔斯的大秀，在这件如此可怕的案子里要是还有什么荣誉光环，就让他尽情拥有吧。大厅远端摆着一排椅子，影印机慵懒地沉寂着，拉夫坐在它旁边的椅子上，呆呆凝视着紧紧拉起的窗帘，猜想特里·梅特兰正在里面说什么，他会跟他在波普·华纳的前教练同事搞出什么荒谬的不在场证明。

恍惚间，拉夫想起那个把梅特兰从先生请进酒吧送到杜布罗的火车站的大块头印第安女人。她录口供时说："我在基督教青年会的皮埃尔里篮球联合会当教练。梅特兰常来，他就和那些家长一起坐在看台上看孩子们打球。他跟我说他正在为市棒球联盟物色好苗子……"

她之前就认识他，而且他肯定也认识她——就凭她的身材和种族也会令人很难忘。可他在车里却叫她"女士"。为什么呢？是因为他在基督教青年会认识她时只是面熟，但不记得她的名字？确实有可能，但拉夫可不信，再说了，薇洛·雷恩沃特这名字也没那么容易让人忘得一干二净。

"嗯，那就是他心里有压力，"拉夫对着沉寂的影印机咕哝道，"而且……"

这让拉夫又想到一件事，他觉得这才是梅特兰称呼她为"女士"的一个原因。拉夫有个比自己小三岁的弟弟约翰尼，约翰尼小时候不太会玩捉迷藏，很多时候他只会跑进卧室然后拿个东西蒙住自己的头，显然他很单纯地以为如果自己看不到拉夫的话拉夫也就看不到他。有没有这种可能，一个刚杀完人的禽兽也有这种一叶障目的心思？我不认识你的话，那么你也就不认识我。当然，这简直是痴人说梦，不过如此残暴的罪行的确是疯子才会干的事。而且这不仅可以解释特里对雷恩沃特的反应，还可以解释为何他自以为能够在犯下滔天大罪之后成功金蝉脱壳。他，弗林特市的知名人士，体育迷心中鼎鼎大名的特里教练。

可是之后拉夫又想到卡尔顿·斯考克罗夫特。拉夫闭上眼睛就可以联想到戈尔德正从斯考克罗夫特的证词中挑刺儿，准备向陪审团做总结陈辞呢，或许他盗用 O. J. 辛普森（被称为"世纪审判"辛普森案的主人公）的辩护律师的鬼点子——如果手套不合手，你就必定被无罪释放！约翰尼·科克伦当年这句名言换成戈尔德的版本差不多同样能吸引眼球，或许他会说："既然他一无所知，你就必须释放他。"

这可不行，两个案子完全不一样，不过——

据斯考克罗夫特称，梅特兰解释过自己为什么浑身是血，他说自己鼻子破了——"鼻血流得像黄石公园的老忠实泉一样，这附近有急救箱吗？"梅特兰是这样告诉他的。

除了大学四年，梅特兰这一辈子都住在弗林特市。他本不需要靠科尼·福特附近的闪护指示牌来指路，他也不需要先开口问人。那么他为什么那样做呢？

塞缪尔斯带着一杯可乐、一份用锡纸裹着的汉堡和一杯外带咖啡回来了，他把咖啡递给拉夫，问："里面没动静？"

"没有。他俩谈了二十分钟了，等他俩谈完我要劝他同意让我们给他做一个 DNA 检测。"

塞缪尔斯打开汉堡的包装，审慎地举起面包瞥了一眼说："我的天哪，这玩意看起来就像医护人员刮去的烧伤病人的焦肉一样！"尽管如此他还是开始大口吃起来。

拉夫考虑是否要跟塞缪尔斯提一下特里与雷恩沃特太太的对话，以及特里很怪异地问急救箱的事情，可他最终却没开口。他想跟塞缪尔斯提出自己的见解——特里本想伪装自己却没能成功，他甚至戴上墨镜企图遮挡自己的脸——但他依然选择缄默不语。拉夫之前提出过这些问题，却被塞缪尔斯丢在一边，他义正辞严地坚持认为，当这些问题对目击证人和法医证据造成不利时便会毫无意义。

咖啡真的像塞缪尔斯说的那样很难喝，但拉夫还是小口小口地抿光了一整杯，此时戈尔德按铃示意要从审讯室里出来。戈尔德的表情令拉夫·安德森感到胃里一阵痉挛，那表情既非忧虑、生气，亦非那种当律师意识到自己的委托人的麻烦大了时迸发的强烈愤慨。不，是同情，是看起来发自肺腑的同情。

"天哪，"他说，"你们俩惹上大麻烦了！"

## 20

**弗林特市总医院**
病理与血清科

致：拉夫·安德森侦探
尤内尔·萨布罗中尉
地方检察官威廉姆·塞缪尔斯
发件人：爱德华·博根医生
日期：七月十四日
主题：血型与DNA检验报告

血型：
对若干样本进行了血型检验。

首先是对十一岁白人男孩，受害人弗兰克·彼得森实施暴力肛交所用树枝。该树枝长约二十二厘米，直径约三厘米，下端约有半段被剥去树皮，可能因罪犯觉得树皮粗糙不便于手握（见附图）。于该段光滑剥皮树枝处发现指纹若干，州犯罪侦查科对物证进行拍照取证后经拉夫·安德森侦探（弗林特市警察局）和尤内尔·萨布罗中尉（州警第七支队）呈交予我。因此我声明该证据链完整。

该树枝末端五厘米处的血液为 O 型 RH 阳性，经弗兰克·彼得森的家庭医生贺拉斯·康纳利确认，实为受害者的血型。另该树枝上见多处该血型血迹，此由一种称为"血液飞溅"的现象造成。这可能为受害者被暴力性侵时血液飞溅造成，并且就此可完全假设血液持续大量反溅到罪犯的皮肤及衣服上。

另于诸样本中发现第二种血型，AB 型 RH 阳性，该血型非常稀有（全人类仅有百分之三）。我认为此为罪犯血型，且可推测他在用力使用树枝实施犯罪时割伤了手。

在脱衣酒吧（主街 1124 号）后面的员工停车场内发现的弃车，二〇〇七版亨来厢式货车的驾驶座、方向盘、仪表盘上发现大量 O 型 RH 阳性血。在方向盘上亦发现若干 AB 型 RH 阳性血迹。上述血样由埃尔默·斯坦顿中士和理查德·斯宾塞中士呈交予我，因此我声明该证据链完整。

在于 72 号公路（亦称老福吉路）附近的泊船处发现的二〇一一版斯巴鲁内取回的衣服（衬衫、裤子、袜子、阿迪达斯运动鞋、乔奇内裤）上发现大量 O 型 RH 阳性血。衬衫左袖口也发现一处 O 型 RH 阳性血迹。上述血样由约翰·科尔塔州警（州警第七支队）和州犯罪侦查科的斯宾塞中士呈交予我，因此我声明该证据链完整。如本报告记录，未在该斯巴鲁傲虎车内发现 AB 型 RH 阳性血。可能会发现该血液，但存在罪犯实施犯罪时形成的伤口在弃车时已凝结的可能，也存在他已将伤口包扎好的可能，虽然私以为这种可能性极小。经推断，罪犯的伤口应该极小。

因 AB 型 RH 阳性血相当稀有，我建议迅速查明犯罪嫌疑人的血型。


DNA：

盖城的待检 DNA 样本始终要排队很久，而且在正常情况下需数周乃至数月才能得到检验报告。然而，由于本案的作案手段极度残忍、受害者尚年少，本案犯罪现场的样本被列为"优先"。

其中最主要的是于受害人的大腿和臀部发现的精液，此外，在用于强暴彼得森的树枝上也采集到皮肤样本，当然还有前文已记录的血样。犯罪现场发现的精液 DNA 检测报告下周可以拿到以做对比。斯坦顿中士告诉我报告可能更早就会出来，但据我长期做 DNA 相关工作的经验来看，即便被列为优先，报告在下星期五才会出来的可能性更大。

虽然下面的内容超出工作范畴，但我不得不私自附加一条。我曾处理过诸多谋杀案受害人的证据，但本案是我迄今接手最为严重的犯罪，因而需要尽快将本案的罪犯缉拿归案。

爱德华·博根医生记录于上午 11 时

# 21

晚上八点四十分，霍伊·戈尔德整整提前十分钟结束了与特里的单独谈话。此时，拉夫和比尔·塞缪尔斯身边多了特洛伊·拉梅奇和八点就已经准时到岗的女巡警斯蒂芬妮·古尔德，古尔德手里拿着一个用塑料袋密封的 DNA 提取试剂盒。虽然霍伊嚷嚷着"天啦，你俩惹上大麻烦了！"，拉夫却没理会，而是直接问他能否给他的委托人做 DNA 拭子采样。

为了不让审讯室的门自动锁上，霍伊伸出一只脚挡着门说："特里，他们想做个 DNA 口腔内膜采样，你同意吗？反正他们早晚都会得到样本的，刚好我现在要打几个简短的电话。"

"好的，"特里同意了，他的双眼已经开始浮起黑眼圈，但语气却依然镇定，"把需要做的都做了吧，赶紧让我在午夜之前离开这里。"

他这话说得信心十足，好像完全笃定自己可以顺利离开一样。拉夫与塞缪尔斯互使眼色，之后塞缪尔斯扬起眉，那模样更像极了埃尔法法。

"给我太太打个电话，"特里说，"告诉她我没事。"

霍伊咧嘴一笑："这是首要任务。"

"走到大厅尽头，"拉夫说，"那里信号满格。"

"我知道，"霍伊回他道，"我之前来过这儿，故地重游。"然后他对特里说，"我回来之前一个字都不要说。"

拉梅奇警官用两个拭子从特里的双侧口腔各采集了一份内膜样本，而后对着摄像头举起拭子，将其分别放入两个小瓶中。古尔德警官将装有 DNA 拭子的小瓶放回包中，而后将其对着摄像头举起，用红色封条进行密封，之后在监管表上签字。接下来她将同拉梅奇警官护送样本至那间如壁橱见方的弗林特市警局物证室，归档前需再次对着头顶的摄像头进行证据确认。明天他们会同另两名警官，很可能是州警，一同将其护送至盖城。就像博根医生反复叮嘱的那样，证据链要完整。这话可能听起来有点儿大惊小怪，但确实是件非常严肃的事！开不得玩笑！拉夫盘算着，那条证据链上应该没有薄弱环节，毫无纰漏！无从推翻！决不允许！

塞缪尔斯正要起身回审讯室时被拉夫一把拉回来，此时霍伊正在办公室的门边打电话，拉夫想听听他的电话内容。霍伊跟特里的妻子只简短地说了两句——拉夫听到他说"一切都会没事的，玛茜"——之后他又打了一个电话，更简短，告诉电话那边的人特里的女儿们在哪，并提醒他巴纳姆球场附近蹲满了媒体，按计划相应进行。霍伊挂断电话回到审讯室："好了，咱们来看看能不能把事情搞清楚。"

拉夫和塞缪尔斯坐在特里对面，两人中间还空着一把椅子，而霍伊却站到他的委托人身边，一只手搭着他的肩膀。

塞缪尔斯以微笑开场。

"你喜欢小男孩，对吧，教练？"

特里对此毫不犹豫地回答："非常喜欢。我也喜欢小女孩，我自己就有两个女儿。"

"我敢肯定你女儿喜欢运动，有 T 教练这样的老爸，她们怎么会不喜欢运动呢？可你却从不教女队，是吧？不教足球，不教垒球，也不教曲棍球。你只教男孩，夏季在少棒，秋季在波普·华纳，冬季在基督教青年会，虽然我猜你只是去那进行观察。你把星期六下午去基督教青年会称为做球探，对吧？在那搜寻灵活敏捷的男孩，也可能顺便窥探一下他们穿短裤的样子。"

拉夫静候着霍伊开口打断这番话，没想到霍伊却保持沉默，至少暂时如此。他已经面无表情，整张脸除了两只眼珠在讲话人之间转来转去之外再无动静。拉夫心想，真他妈的可能是个厉害的纸牌玩家！

特里听了竟然开始笑了。"你是听薇洛·雷恩沃特说的吧，肯定是，不怎么招人喜欢，没错吧？你应该星期六下午去球场听听她是怎么吼叫的——'抢篮板，抢篮板，跳起来，**投篮**！'她还好吗？"

"你说呢？"塞缪尔斯说，"毕竟星期二晚上你刚见过她。"

"我没有——"

霍伊捏着特里的肩膀没让他讲。"停止这种教科书式的审问吧，好吗？就告诉我们为什么把特里抓来，把证据都亮出来吧。"

"告诉我们你星期二在哪里，"塞缪尔斯反问道，"是你先开头的，继续讲完。"

"我在……"

但霍伊·戈尔德又捏了一下特里的肩膀，比上次更用力，制止了他。"不，比尔，事情不是这么办的。就告诉我们你掌握了什么证据，否则我就直接去找媒体，告诉他们你们以谋杀弗兰克·彼得森的罪名逮捕了一名弗林特市最杰出的市民，损毁其声誉，惊扰其妻女，却不道其因。"

塞缪尔斯看了看拉夫，拉夫无奈地耸耸肩。要不是这位地方检察官先生在场，拉夫早就把证据全都亮出来了，好让面前这个罪人即刻招供了。

"继续，比尔，"霍伊说，"这个人得回家，他得和家人团聚。"

塞缪尔斯笑了，眼中却未闪露出一丝幽默，这是项专业基本功，"他会在法庭上见到的，霍华德。法庭星期一传讯。"

拉夫能够感觉到友好礼貌的气氛开始变得紧张，他认为责任多在比尔，是他亲手激怒了罪犯才导致了这场犯罪。换作谁都会这样激动……但正如拉夫的爷爷讲的，"这并不能起什么积极作用"。

"嘿，我们开始之前我想问个问题，"拉夫试图调节一下对立的气氛，"就一个，好吧？法律顾问先生。其实，没有我们找不到的证据。"

霍伊似乎很感激拉夫将自己的注意力从讨厌的塞缪尔斯身上转移开，他道"说来听听。"

"你是什么血型，特里？知道吗？"

特里看着霍伊，霍伊耸耸肩，然后他把头转回拉夫这边，说："我知道，我每年在红十字会献血六次，因为我是相当稀有的血型。"

"AB 型阳性？"

特里疑惑地眨眨眼。"你怎么知道？"然后他意识到自己必须把话圆过去，"不过也没那么稀有。要说真正稀有的是 AB 型阴性，只有百分之一的人拥有。红十字会将那些人的联系电话都设为紧急呼叫了。"

"提到稀有，我总会想到指纹，"塞缪尔斯好像在打发时间一样用漫不经心地口气说，"我想应该是因为指纹在法庭太常见了。"

"在法庭，指纹很少会在陪审团的裁决中起重要作用。"霍伊说。

塞缪尔斯没理他。"世界上没有两个完全相同的指纹，即便是同卵双胞胎的指纹也存在细微的差异。你不会恰好有一位同卵双胞胎吧，特里？"

"你不会是说你们在小彼得森的凶杀现场发现了我的指纹吧？"特里一脸完全不敢相信的表情。拉夫真是服了他，真是个该死的好演员，而且显然是有意要演到底。

"我们发现了很多指纹，数不胜数，"拉夫说，"你拐走小彼得森用的那辆白色面包车上到处都是指纹，还有在车后备厢发现的彼得森的自行车上、车里的工具箱上都有指纹。你在脱衣酒吧后面换的斯巴鲁上也到处是指纹。"拉夫顿了顿继续说，"用来鸡奸彼得森的那根树枝上也有指纹。这手段实在太恶毒了，单单凭它造成的体内伤害也可能足以使他致死。"

"连指纹显粉和紫外灯都不需要，"塞缪尔斯说，"彼得森的血液里就有那些指纹。"

这一条最有可能——差不多有百分之九十五吧——不管对方是不是律师，都能够将他击垮。然而，面前的这位是个例外，拉夫从这个男人的脸上只看到了震惊，却没有内疚。

霍伊重振精神，开口道："你们有指纹，没关系，又不是第一次遇到伪造指纹了。"

"几个或许可以伪造，"拉夫说，"但七八十个呢？还有血液里的和凶器上的呢？"

"我们还有好几个目击证人，"塞缪尔斯说，他开始数着手指头一一列举，"有人见到你在杰拉德精品杂货店的停车场搭讪彼得森；有人见到你将他的自行车放进你之前用的那辆面包车后面；有人见到他随你上了面包车；有人见到你满身是血从谋杀案发现场的树林里走出来。我还可以继续说，但我妈常告诉我做人要有所保留。"

"目击证人通常都不可靠，"霍伊说，"指纹是不确定的，但目击证人……"他摇摇头。

拉夫插话道："我同意，至少大多数案子是那样的。但这件案子可不是。我最近询问了一个人，他说弗林特市可真是个小镇。我不知道对他这话是否该完全相信，但弗市西部绝对是个相当紧密的小圈子，而梅特兰先生在此是众所周知的名人。特里，在杰拉德杂货店指认你的女士是你的街坊，那个看见你从菲吉斯公园走出来的小女孩非常了解你，不只因为她跟你同住在巴纳姆街，离你很近，而是因为你曾经把她跑丢的小狗送回来。"

"朱恩·莫里斯?"特里一脸完全难以置信的样子盯着拉夫看，"朱恩?"

"还有其他人，"塞缪尔斯说，"还有很多。"

"薇洛?"特里的声音听起来好像被人痛揍了似的透不过气来，"她也说?"

"很多。"塞缪尔斯又说了一遍。

"他们每个人都从六张照片中指认出你，"拉夫说，"毫不迟疑。"

"照片中我的委托人可能戴着金龙队棒球帽，身穿印着一个大C的T恤吧?"霍伊问道，"问话的警官是不是还用手指点着那张照片呀?"

"你好像懂很多，"拉夫说，"至少我希望如此。"

特里说："这简直是噩梦。"

塞缪尔斯满怀同情地微笑着说："我理解。要想结束这个噩梦，你只需要告诉我们你为什么要那样做。"

拉夫心想，好像这上帝创造的俗世里真的存在一个一切理智的众生皆可理解的理由。

"或许会宽大处理，"塞缪尔斯现在几乎是连哄带骗了，"但你得在DNA检测报告出来之前坦白。我们掌握了很多DNA样本，一旦和你的DNA拭子匹配……"他耸耸肩。

"告诉我们，"拉夫说，"我不知道你是暂时性精神错乱，还是神游状态，还是性冲动抑或什么，反正都讲出来吧。"拉夫听得到自己的嗓音越来越大，他本想克制一下自己，把声音压下来，但又想管他呢！"像个男人一样，告诉我们吧！"

特里开口："我根本不清楚这一切是怎么回事。星期二我甚至都没在城里。"特里这番话更多是讲给自己听的，而不是给对面那两个人听的。

"那么你在哪儿？"塞缪尔斯问，"接着讲，通通告诉我们。我喜欢听精彩的故事，最好是按照高中课本学的阿加莎·克里斯蒂的风格讲。"

特里转过头看着霍伊，霍伊冲他点头表示许可。然而拉夫却感觉霍伊现在看起来愁云满面。刚刚讲的血型和指纹的讯息狠狠地吓到他了，目击证人更是吓到他了，也许最令他震撼的要数小朱恩·莫里斯吧，她走失的小狗可是被善良而靠谱的老 T 教练送回来的。

"我在盖城。星期二上午十点离开的，星期三晚上很晚才回来，嗯，大概晚上九点半吧，这个时间对我来说够晚了。"

"我想你是一个人去的吧，"塞缪尔斯说，"孤身离开，想一个人静静，对吧？为'大事'做准备？"

"我……"

"你开的是自己的轿车还是那辆白色面包车？还有，你把那辆面包车藏哪里了？你之前是怎么凑巧偷了一辆纽约牌照的车？我想到了一种猜测，但我更想听你亲口承认或否认。"

"你到底想不想听我讲？"特里问，毫无疑问，此刻他又开始微笑了，"也许你很害怕听到下面的话，也许你就应该害怕。塞缪尔斯先生，你已经死到临头了。"

"是吗？那么为什么等谈话结束后，我是那个可以离开这里回家的人呢？"

"冷静点儿。"拉夫低声说。

塞缪尔斯转向拉夫，他脑后那缕翘起的头发随着身体前后颤动着，此刻拉夫完全感受不到滑稽好笑。"别跟我提什么冷静，探长大人。现在坐在我们面前的人用一根树枝奸杀了一个孩子，然后像……像他妈的该死的食人怪一样撕烂了他的喉咙！”

霍伊抬头直直地盯着墙角的摄像头，开口对不久将见到本录像的法官和陪审团讲，“不要再表现得像个愤怒的孩子，地方检察官先生，否则我将立刻终止本次讯问。”

“我不是一个人，”特里说，“而且我根本不知道什么白色面包车。我是和埃弗雷特·朗德希尔、比利·奎德还有黛比·格兰特一起去的。换句话说就是和整个弗林特高中英语组一起。我那辆探路者的空调坏了，在店里维修呢，所以我们坐埃弗的车去。他是英语组组长，所以他开的是宝马，车内空间很大。我们上午十点从高中出发。”

塞缪尔斯一时间被特里这番话搞得一头雾水，连最明显的问题都问不出了，于是由拉夫开口问：“盖城有什么大事竟然劳驾四位英语老师在大暑假里赶过去？”

“哈兰·科本。”特里说。

“哈兰·科本是谁？”比尔·塞缪尔斯问。显然，他对悬疑推理小说的兴趣顶多只到了解阿加莎·克里斯蒂那个水平。

拉夫知道哈兰·科本，虽然他自己不算小说迷，但他太太是。“那个推理小说家？”

“是的，推理小说家。”特里接着说，“有一个叫三州英语教师协会的组织，每年仲夏都会举办一场为期三天的会议，那也是全体成员一年一度相聚的机会。仲夏会有几场研讨会和座谈会之类的活动，每年都在不同的城市举办，今年在盖城。英语教师与众不同，即便是暑假也很难把他们聚齐，因为他们有太多没完没了的杂事——做教具、补做上学年未完成的任务、陪家人度假，还有各种暑期活动。至于我嘛，暑假无非就是到少棒和市棒上课。所以三州英语教师协会一直想在活动中期邀请一位重量级大人物来博眼球，届时几乎所有成员都会出席。”

“上星期二就是这个情况喽？”拉夫问。

“没错，今年的仲夏会议是从七月九日星期一到七月十一日星期三，在喜来登酒店举办。我已经有五年没参加过这种大会了，但埃弗告诉我说科本是本期的主讲人，而且其他英语老师也都去，于是我就安排加文·弗里克和拜伯·帕特尔的爸爸替我负责星期二和星期三的训练。那样做简直要我的命，因为马上就到半决赛了，不过星期四和星期五我就回来了，而且我不想错失见到科本的机会。我读过他所有的作品，情节设计巧妙，而且不乏幽默感。再一个，今年大会的主题是'论将畅销成人小说列入七至十二年级授课内容'，这可是近几年的热门话题，尤其是在我们西部这一带。"

"省省大会的内容吧，"塞缪尔斯说，"直接说重点。"

"好吧。我们去了，在那里参加了午宴，听了科本的演讲，参加了晚上八点的座谈会，还在那里过的夜。埃弗和黛比住单间，我和比利·奎德 AA 制分摊房费合住一个双人间。是比利提出来的，他说他正在扩建房子，得省着点儿花。他们都可以出庭为我作证。"特里看着拉夫，摊开双手，"我当时在那里，这就是事实。"

审讯室里一片死寂。最后塞缪尔斯打破僵局开口道："科本的演讲是几点？"

"三点，"特里说，"星期二下午三点。"

"真是个好时间哈！"塞缪尔斯挖苦道。

霍伊·戈尔德的嘴角咧开一个大笑道："对你就不是喽！"

三点钟，拉夫暗自合计着，那差不多就是艾琳娜·斯坦霍普说看到特里把弗兰克·彼得森的自行车装进那辆盗来的白色面包车后备厢，然后那孩子坐上副驾驶座跟他离开的时间啊。不，不是差不多。斯坦霍普太太说她当时刚好听到镇上的大钟敲了三声。

"演讲在喜来登酒店的大会议厅举行的？"拉夫问。

"是的，就在午宴厅的对面。"

"你确定是三点整开始的？"

"嗯，三点整三州英语教师协会主席开始絮絮叨叨地介绍，磨叨了十多分钟。"

"嗯哼，那科本的演讲有多久？"

"我想大概有四十五分钟吧，之后是提问环节，结束时大概是四点半。"

拉夫的脑子拼命地转，好像打印机卡纸了一样。他未料到自己生平会遇到如此出其不意攻其不备的一击。他们本该事先调查一下特里的行踪，但有人瞎指挥说星期一早上再做。他、塞缪尔斯和州警尤内尔·萨布罗当初一致认为在逮捕梅特兰之前先进行讯问会打草惊蛇，尤其他是一条异常危险的毒蛇。而且已经铁证如山，看似没有讯问的必要。可现在……

他瞥了一眼塞缪尔斯，却无济于事，那人的表情混杂着怀疑与困惑。

"你们犯了一个弥天大错，"霍伊说，"您二位现在心里肯定也清楚。"

"并无错误，"拉夫说，"我们有他的指纹，还有认识他的目击证人，而且我们很快就会拿到 DNA 检测报告，只要结果匹配就无懈可击。"

"啊，不过我们也可能很快就有新惊喜哦。"霍伊说，"此刻我的侦探已经秘密开工了。"

"什么？"塞缪尔斯厉声道。

霍伊·戈尔德笑着说："干吗要毁了这份惊喜呢，还是等着瞧亚力克能拿出什么吧。如果我的委托人所说的都是事实，那么我想你们又要遭受致命一击了。比尔，你们现在已经危在旦夕了。"

他所说的正在进行调查的亚力克就是亚力克·佩利，一名退休州警侦探，现在专为律师办刑事案件辩护。他收费高昂但专业性极强。有一次酒过三巡后，拉夫问佩利为什么要走这条黑道。佩利回答说他这一生至少误抓了四个人，直至后来才相信他们真的是无辜的，因此他觉得自己罪孽深重，需要赎罪。"而且，"他还说，"退休之后要是过不上打高尔夫那种日子是真差劲！"

不用推测佩利此刻正在查什么……要始终保持高度警惕，不要以为那只是幻想，不要把辩护律师的话当作虚张声势唬人的话。拉夫再次把目光转向特里，盯着他的脸继续寻找内疚的表情，然而却只看到了忧虑、愤怒和迷惘——那种因莫须有的罪名而被逮捕的人流露的表情。

除了警方认定他是凶手之外，一切证据都表明他就是凶手，而且DNA检测报告将给他致命一击。他的不在场证明纯粹是精心策划的误导，直接取自阿加莎·克里斯蒂（或哈兰·科本）的小说情节。明早拉夫将着手破解他的鬼把戏逃生术，他将逐一询问特里的同事，然后对仲夏会议做背景调查，重点调查科本露面的起止时间点。

甚至在开始这份美味大餐般的调查工作前，拉夫就发现了特里的不在场证明可能存在一个漏洞。艾琳娜·斯坦霍普三点钟看到弗兰克·彼得森跟随特里上了白色面包车；朱恩·莫里斯六点半左右看到特里满身是血出现在菲吉斯公园——朱恩妈妈说朱恩出门时当地新闻正在播天气预报，那是板上钉钉的事。这样看来就存在三个半小时的时间空当，对于从盖城驱车七十英里前往弗林特市来说时间绰绰有余。

假设斯坦霍普太太在杰拉德精品杂货店的停车场看到的不是特里呢？假设那是一个外观貌似特里的共犯呢？抑或那只是一个穿戴上金龙队球服和棒球帽，故意打扮成特里的人呢？不过这些都不太可能，除非斯坦霍普太太年事已高……还有她眼神不好。

"先生们，咱们结束了吗？"戈尔德问，"你们若是真想扣下梅特兰先生，那我可有的忙了。首先就是召开新闻发布会，虽然我不喜欢干这种事，但……"

"你撒谎。"塞缪尔斯酸溜溜地说。

"不过那样可能会把媒体从特里家引开，这样孩子们就有机会避开那些摄影师的长枪短炮安全回家了。最重要的是，可以还给那个家庭一份原属于他们的安宁，而这曾经的美好都是被你无情打破的。"

塞缪尔斯说："把这些话留着对媒体镜头说吧。"之后他也作势欲秀给法官和陪审团看，指着特里对霍伊说，"你的委托人蹂躏并谋杀了一个未成年人。如果说他的家人被无辜殃及，遭受了间接伤害，那就只能怪他咎由自取。"

"你真是不可思议，"特里说，"你逮捕我之前都没找我问过话，一个字都没问过。"

拉夫说："演讲结束后你做什么了，特里？"

特里摇摇头，并非表示否定，而似乎是意欲澄清。"之后？我和大家一起排队，但因为黛比的缘故我们排到了最后面。她要上卫生间，还想让我们等她以便大家一起行动。她去了很久，提问环节结束后很多人都冲向卫生间，但女人总是慢一些，因为……额，你懂的。于是我和埃弗还有比利走到报摊那边溜达。等黛比回到那里跟我们碰头的时候，队伍都已经排到大厅了。"

"什么队？"塞缪尔斯问。

"你是活在石器时代吗，塞缪尔斯先生？签名的队。大家人手一本他的新书《说到做到》，书钱含在仲夏会议的费用里。我也有一本，有签名和日期，如果你还没有把它连同我的其他物品从我家搜走的话，我很乐意拿给你看。我们排到签名台时已经五点半多了。"

拉夫又开始思考，如果是这样的话，特里的不在场证明存在的时间空当就微乎其微了。从理论上讲，一个小时是可以开车从盖城到达弗市的，高速公路限速七十码，速度不超过八十五码或九十码的话交警是不会拦你的——可那样的话特里怎么会有时间实施谋杀呢？除非是那个貌似特里的共犯杀的，可那是怎么做到的呢？到处都是特里的指纹，连那根树枝上也是。答案就是：不。还有，特里为什么要找个长得像他的帮凶呢？或者找人假扮他呢？答案是：他并没有。

"那几个英语老师始终和你一起排队吗？"塞缪尔斯问。

"是的。"

"签名也在大会议厅？"

"是的。我想他们管那里叫舞厅。"

"那么你得到签名后做了什么？"

"和几个排队时认识的断箭高中的英语老师一起出去吃饭。"

"在哪里吃的？"拉夫问。

"离酒店大概三个街区有一家叫印第安篝火的牛排屋。我们大概六点到那里，餐前喝了几杯，餐后吃了些甜点。我们聊得很开心。"他说这段话时表情近乎充满了渴望。"我记得我们当时总共有九个人，之后我们一起步行回酒店参加晚上的座谈会，当晚的话题是'如何应对《杀死一只知更鸟》《屠宰场之舞》这类书籍面临的挑战'。埃弗和黛比提前离开了，不过我和比利一直待到最后结束。"

"几点钟？"拉夫问。

"大概九点半。"

"之后呢？"

"我和比利在酒吧间喝了一杯啤酒，之后我们就上楼回房睡觉了。"

拉夫开始思考，小彼得森被掳走时他在听一位知名推理小说家的演讲；小彼得森被杀时他在同至少八个人共进晚餐；薇洛·雷恩沃特说从先生请进酒吧载他到杜布罗火车站时他在参加讨论禁书的座谈会。他肯定知道我们会询问他的同事，还会追查到断箭高中的教师，我们还会询问希尔顿酒店酒吧间的酒保。他肯定知道我们会调取酒店的监控录像，甚至他那本哈兰·科本新书上的签名。他肯定知道我们要做的一切，他是个非常聪明的对手。

待查明他编造的整个故事后，结论既不可避免也难以置信。

塞缪尔斯向前探出身体，下巴直逼特里："你觉得我们会相信星期二下午三点到八点之间你始终和别人在一起吗？始终？"

特里摆出一副中学教师独有的姿态（潜台词是：咱们彼此都清楚你就是个蠢货，但我不想当众说破让你难堪），看着塞缪尔斯说："当然不会。科本演讲开始前我去了一次卫生间，在餐厅吃饭时我也去了一次。也许你可以让陪审团相信，我在释放膀胱的一分半钟里从盖城往返了一趟弗林特市，还杀死了可怜的弗兰克·彼得森。你觉得他们会信？"

塞缪尔斯看着拉夫，拉夫也只能耸耸肩表示无奈。

"我想我们没有问题了，"塞缪尔斯说，"梅特兰先生将被押送到县监狱进行拘留，等候星期一法庭传讯。"

特里的肩膀重重地垂了下去。

"你是想这样玩到底啊，"戈尔德说，"看来你是真想啊。"

拉夫以为塞缪尔斯此刻会爆发，没想到这次地检先生却惊人地淡定。他的声音同梅特兰的表情一样疲惫不堪，"拜托，霍伊，证据摆在那里呢，你知道我也没办法。等 DNA 检测报告出来，证明匹配的时候一切就结束了"。

他再次向前探身直逼特里。

"你还有最后一次争取宽大处理的机会，特里。结果不会太好，但还有机会，我劝你赶紧抓住机会，别再胡扯了，坦白吧。就算是为了弗雷德和艾琳·彼得森夫妇，想想他们已经失去了心爱的儿子，而且孩子死得那么惨。这样你会好受一些。"

在塞缪尔斯的预料之中，特里并没有退缩，反而向前探身。而堂堂地方检察官却好像惧怕坐在桌对面的那个人有传染病一样向后缩身躲闪。"没什么可坦白的，先生。我没有杀害弗兰基·彼得森，我绝不会伤害一个孩子。你抓错人了。"

塞缪尔斯无奈地叹了口气，起身说："好吧，我给过你机会了。现在……只有上帝能救你。"

## 22

**弗林特市总医院**
病理与血清科

致：拉夫·安德森侦探
州警尤内尔·萨布罗中尉
地方检察官威廉姆·塞缪尔斯
发件人：病理科主任 F. 埃克曼医生
日期：七月十二日
主题：**尸体解剖附件 / 私人机密**

应贵方要求，本人意见如下：

七月十一日，由我本人主刀，阿尔文·巴克兰医生做助理，对弗兰克·彼得森的尸体进行解剖并出具尸检报告。虽然弗兰克·彼得森在遭受鸡奸后存在生还的可能，但毫无疑问，其直接死因是失血过多。

在彼得森残余尸体的面部、喉咙、肩膀、胸腔、右侧身体及躯干均发现齿痕。从伤口和凶杀现场的照片可推测行凶过程如下：彼得森被人用力摔到地上，背部着地，且至少被咬六次或甚至多达二十次。罪犯的行为丧心病狂。而后彼得森的身体被翻转过来鸡奸，可确定那时彼得森已几乎丧失意识。凶手于鸡奸过程中或事后进行射精。

出于本案某些方面的考虑，我已将此附件设为私人机密文件。如若其内容遭媒体披露，恐怕会引起本市乃至全国范围的轰动。部分尸体，尤其是右耳垂、右乳头、部分气管和食管缺失。凶手可能将这些尸体部位连同相当大一块后颈肉作为战利品带走了，这是最乐观的情况，而更糟糕的可能是他将这些部分吃掉了。

本案由诸位主管，敬请秉公执法，但我私人强烈建议不要将这些案件事实及我个人的结论对媒体公布，除非必须用于定罪，不到万不得已时也请不要在庭审时公布。家长们对这种信息的反应可想而知，但谁都不想这样的事情发生。如若我有越权敬请谅解，但我由衷觉得非常有必要对本案的信息保密。我是一名医生，是本市的法医，但我同样也是一位母亲。

我恳请各位务必尽快将蹂躏奸杀这个孩子的凶手捉拿归案。每迟一刻钟就很可能增加一个受害的孩子。

法医费莉西蒂·埃克曼
弗林特市总医院病理科主任
弗林特县首席法医

# 23

弗林特市警察局的大厅十分宽敞，不过静候特里·梅特兰的四个男人似乎占满了整个大厅，他们当中有两名州警、两名县监狱狱警，个个人高马大。虽然特里一直被发生在自己身上的事惊得不知所措，但他却不禁有点儿小开心，因为县监狱离这里只有四个街区，半英里之外一大堆媒体正等着他呢。

"伸出手来。"一名狱警说。

特里伸出双手，眼看着一副崭新的手铐啪的一声锁住了他的手腕。他突然像五岁第一次上幼儿园被妈妈撒开手时拼命找妈妈的样子，疯也似的到处找霍伊。霍伊正坐在角落里一张空桌子旁打电话，但当他看到特里的表情时便立刻挂断了电话。

"不许接近因犯，先生。"刚刚给特里戴手铐的警察开口道。

戈尔德没理他，他伸出一只手臂搂住特里的肩膀低语道："一切都会没事的。"随后——令戈尔德自己和特里吃惊的是——戈尔德竟然亲吻了特里的脸颊。

特里带着那个吻，在四名警察的押送下走下台阶，上了县监狱的押送车，前面有一辆州警察局的巡逻车闪着警灯开路。此时此刻当然少不了刺耳的话，尤其当媒体的镜头和闪光灯对着他闪起时，问题如子弹般飞来，字字扎心：您被控告杀人了吗？是你干的吗？你是无辜的吗？你坦白了吗？你有什么话想对弗兰克·彼得森的父母说吗？

戈尔德说过"一切都会没事的"，这句话是特里唯一的救命稻草。

不过，它当然不是。

# 二　对不起

七月十四日星期六——七月十五日星期日

# 1

亚力克·佩利开的那辆探路者的中控台上一直摆着一个蓄电池警灯，其实这东西有点儿处于灰色地带。从严格意义上讲，它现在属于非法持有，因为亚力克已经从州警局退休了，不过从另一方面看，也还算合法，因为亚力克现在是盖城警备队的模范预备警。不管怎么样，眼下这个情形都有必要把它摆到仪表盘上，让它威武地闪起来。

由警灯开路，所以亚克力成功地以破纪录的速度从盖城一路开到弗林特市，九点十五分便站在了巴纳姆街 17 号的门前敲门。这栋房前没有媒体，但他看到前面不远处的一栋房子前不停闪着刺眼的镁光灯，他猜那一定是梅特兰家。看来并非所有狗仔队都对霍伊在即兴召开的新闻发布会上爆出的猛料感兴趣啊，结果并未达到他的预期效果。

开门的是个沙色短发的矮胖男人，他双眉紧锁，双唇紧闭，嘴巴紧得都要看不见了，但能感觉"滚"字就在嘴边，他时刻准备着破口大骂。他身后站着一个金发碧眼的女人，比他高出一个额头，这位娇妻即便不施粉黛、素面朝天还红肿着双眼也比她丈夫好看得多。但此刻哭的不是她，而是屋子深处的某个人，是个孩子，亚力克猜应该是特里的女儿。

"是马汀利先生和马汀利太太吧？我是亚力克·佩利。霍伊·戈尔德给你们打过电话了吗？"

"是的，"女人说，"请进，佩利先生。"

亚力克刚要抬脚进屋，这位比他矮将近一头的马汀利先生却人小胆大，挡在门口问："能否请您先出示一下证件？"

"当然。"亚力克本可以出示驾驶证，但他偏偏选择出示自己的预备警官证。这夫妻俩无需知道，他近来的主要工作其实只能算一种慈善事业——通常无非就是在摇滚秀、竞技赛、职业摔跤赛还有每年在斗兽场举办三场的怪物卡车赛做荣誉保安。之前负责在盖城商业区处理违章停车的女交警请病假时，亚力克还在那里用粉笔标记过违停车辆。这段经历对于一个曾经领导过四州警探联合专案组的大警探而言简直是一段屈辱史，但亚历克并不在意。他喜欢待在户外晒太阳，再者说，他还算是个《圣经》学者，《雅各书》第四章第6节说，"上帝反对傲慢之辈，恩赐谦逊之徒"。

"谢谢。"马汀利先生说着移步让路，同时伸出手来自我介绍，"我是汤姆·马汀利。"

亚力克同他握了握手，他早就憋足了劲准备跟他"好好"握握手，果然，不失所望。

"我平常并不多疑，这边的街坊邻居都很好，但我告诉杰米必须非常小心，因为萨拉和格蕾丝在我们家。现在已经有很多人对T教练很生气了，相信我，这仅仅是个开始，一旦他的所作所为被传开，情况就会愈演愈糟。很高兴你来把她们从这儿接走。"

杰米·马汀利责备地看了他一眼说："不管她们的父亲做过什么——如果他真的做了什么——这两个孩子都是无辜的。"然后她对亚力克说："她们俩现在悲痛欲绝，尤其是格蕾丝。她们亲眼看到爸爸被人铐起来带走。"

"哦，上帝啊，等她们明白事情的缘由吧，"马汀利说，"她们会的，现在的孩子都这样。该死的互联网，该死的脸书，该死的推特。"他摇摇头，"杰米说得对，在被证明有罪之前都是无辜的，这是美国的规矩，但他们当时那样公开逮捕他……"他叹了口气，"想喝点儿什么吗，佩利先生？杰米在比赛前做了冰红茶。"

"谢谢，不过我还是先把姑娘们送回家吧，她们妈妈在等着呢。"送孩子不过是他今晚的第一项任务。在接受媒体采访前，霍伊像机关枪一样飞速脱口列出一系列待办事项，其中第二项任务就是飞速赶回盖城，并在途中打电话（寻求支援）。回到马背上的感觉真好，尽管这项任务会很艰巨，但比在米德兰大街上握着粉笔涂轮胎好多了。

姑娘们在一个房间里，从节松木墙上装饰的跃鱼标本来看，这一定是汤姆·马汀利的直男小窝。屋子里的电视机屏幕上，海绵宝宝正穿着比基尼蹦蹦跳跳，但电视是静音状态。两个小姑娘蜷缩在沙发上，身上仍穿戴着金龙队的 T 恤和棒球帽，脸上还画着黑金色的彩绘——有可能是几个小时前她们的妈妈给画的，那个时候世界尚似一条温顺友好的小狼狗，还没有跳起来在这个家庭的背后狠咬一口。不过妹妹脸上的彩绘差不多都哭花掉了。

此时姐姐看到一个陌生男人的身影赫然耸现在门口，她便把啜泣的妹妹搂得更紧了。虽然亚力克没有孩子，但他很喜欢孩子，萨拉·梅特兰的本能动作让他感到心头一阵刺痛：一个孩子保护另一个孩子。

亚力克站在屋子中间，双手在身前紧握。"你是萨拉？我是霍伊·戈尔德的朋友。你认识他，对吧？"

"是的。我爸爸还好吗？"她的声音小得像蚊子一样，而且由于之前哭过，现在嗓音很沙哑。格蕾丝一眼都没看亚力克，她把脸埋进姐姐的肩膀窝。

"他还好，他让我来带你们回家。"严格地说不是这样，但现在不是吹毛求疵的时候。

"他在家吗？"

"不，但你妈妈在。"

"我们可以走路，"萨拉虚弱无力地说，"我家就在前面，我可以拉着格蕾丝的手。"

格蕾丝·梅特兰依然把头靠在姐姐的肩膀上，她点点头。

"趁天黑之前，宝贝。"杰米·马汀利说。

亚力克心想，也不会是今晚。接下来的日日夜夜都不会。

"快点儿，姑娘们，"汤姆装出一副高兴的样子说（看起来相当令人毛骨悚然），"我送你们出去。"

在门廊的灯光下，杰米·马汀利的脸色显得异常苍白，短短三个小时，她好似从足球妈妈变成了癌症患者。"这太可怕了，"她说，"好像整个世界都颠倒了。谢天谢地，我家女儿正在参加夏令营。我们今晚去看比赛只是因为萨拉和莫琳是最好的闺蜜。"

一提到她的朋友，萨拉·梅特兰又开始哭起来，这样一来她的妹妹哭得更凶了。亚力克谢过马汀利夫妻后领着姑娘们朝他那辆探路者走去。两个小姑娘低着头，像童话故事里的小孩一样手牵手慢慢地走。亚力克已经把平时放杂物用的副驾驶座腾了出来，两个小姑娘一起挤在座位上，格蕾丝又把脸埋进姐姐的肩膀窝里。

亚力克没有给姐妹俩系安全带，这里距离被一圈镁光灯聚焦的人行道和梅特兰家草坪不到五分之一英里。房前只剩下一小堆美国广播公司盖城分公司的人，四五个男人围站一圈，在车载卫星天线的阴影下喝着一次性泡沫塑料杯里的咖啡，当他们看到一辆探路者驶入梅特兰家的车道时，急忙行动起来。

亚力克摇下车窗，用他最擅长的那副"不许动！举起手来！"的口吻命令，"不许拍照！不许对孩子拍照！"

这话仅仅让狗仔消停了一会儿，但仅仅持续了几秒。告诉狗仔不要拍照就像告诉蚊子不要叮人一样。亚力克还记得这里曾经情景不同（昔日，这里仍有绅士为女士开门），可惜昔日不复存在。一名选择留在巴纳姆球场的记者是个西班牙人，他已经抓起麦克风，在检查腰间的电源包。亚力克还依稀记得他，这家伙喜欢打领结，他在周末报道天气预报。

梅特兰家的前门开着，萨拉看到妈妈在那便起身要下车。"等一下，萨拉。"亚力克说着伸手向身后掏着什么东西。他出门前从家里楼下的浴室拿了两条毛巾，现在他递给两个女孩一人一条。

"把这个蒙在脸上，只露出眼睛。"他笑着说，"就像电影里的强盗一样，好吗？"

格蕾丝只是盯着他看，但萨拉伸手接过来，把其中一条毛巾蒙在妹妹的头上。萨拉用毛巾把自己蒙起来时，亚力克顺手用毛巾给格蕾丝擦了擦鼻子和嘴巴。姑娘们下了车，紧紧捂住毛巾，迅速穿过从媒体车那里发出的刺眼的闪光灯。她们看起来不像强盗，她们像沙尘暴里的小贝都因人，她们还是亚力克所见过的最伤心绝望的孩子。

玛茜·梅特兰没有用毛巾遮脸，于是摄影师把镜头对准她。

"梅特兰太太！"领结男朝她喊道，"对你丈夫被捕有何评论？你跟他谈过了吗？"

亚力克跨步挡在摄像机前，当摄影师试图拍出清晰画面转换角度时他便敏捷地随着镜头移动，他指着领结男说："禁止踏上草坪，小兄弟 ①，否则就到梅特兰的隔壁牢房里亲自问他那些狗屁问题。"

领结男恶狠狠地瞪了他一眼。"你叫谁小兄弟呢？我是在工作。"

"找一个心烦意乱的女人和两个小孩子的麻烦，"亚力克说，"这也算工作？！"

不过他自己在这里的工作已经完成了。梅特兰太太把两个女儿拢到身边，带进屋里，她们现在安全了，不管怎样，是目前最安全的了，虽然他有种预感，在接下来的很长一段时间那两个孩子都不会有安全感。

领结男小跑回人行道，指挥摄影师跟拍亚力克回到车上。"您是谁，先生？您贵姓？"

"Puddentane（你祖宗），再问，我还是这么回答。你要的猛料不在这儿，所以别来烦这些人，明白吗？她们与这件事毫无关系。"

围观的人们知道他刚刚可能讲了俄语。街坊们都回到各家草坪，等着看巴纳姆球场接下来即将上演的下一出好戏。

亚力克把车倒回车道，向西驶去，他也知道摄影师会拍摄他的车牌，他们很快便会知道他的身份以及他在为谁工作。这不是什么大新闻，但也是他们可以在午间新闻为八卦大众呈上的一道诱人甜品。他快速想了一下那所房子里现在正发生的事——惊恐的母亲正试图安慰两个惊恐的女孩，姑娘们的脸上还带着白天的赛日彩绘。

"是他干的吗？"霍伊给他打电话跟他简要介绍案件情况的时候他问过霍伊。这无关紧要，工作就是工作，但他总是喜欢了解清楚。"你觉得呢？"

"我不知道，"霍伊回答说，"但我知道你把萨拉和格蕾丝送回家后接下来立刻要做什么。"

亚力克看到第一个高速公路收费站指示牌时便打给盖城喜来登酒店，找礼宾员接电话。他们之前做过交易。

天哪，他几乎和他们所有人做过交易。

---

① 原文是西班牙语：hermano。

# 2

拉夫和比尔·塞缪尔斯坐在拉夫的办公室里，两个人的领带都垂下来、领口都松开着，一副邋遢相。十分钟前外面的电视媒体灯光已经熄了。摆在拉夫办公桌上的电话的四个按钮全部亮着，但此刻桑迪·麦吉尔正在处理来电，直到十一点时格里·莫尔登才会来接班。就目前而言，她的工作很简单，无非就是对着电话那端重复说：目前弗林特市警察局对此不予置评，调查正在进行中。

与此同时，拉夫也一直在接电话，现在他把手机放回大衣口袋。

"尤尼尔·萨布罗和他妻子到州北部去看望他的岳父岳母了。他说这事他已经推迟两次了，现在别无选择，除非他想睡一周沙发，他还说那样可相当不舒服。他明天回来，当然，他会出席传讯。"

"那我们派别人去喜来登吧，"塞缪尔斯说，"可惜杰克·霍斯金斯在度假。"

拉夫说："不，没什么可惜的。"这话引得塞缪尔斯哈哈大笑。

"好吧，你懂我。咱们的杰克仔也许不是全州最差劲的侦探，但我承认他也差不多是最差的了。盖城的每个侦探你都认识，开始打电话吧，直到找到一个喘气的理你的为止。"

拉夫摇摇头："应该让萨布罗去，他了解这个案子，而且他是我们和州警察局的联络员。今晚的状况和我们预想的大不一样，考虑到这一点，现在可不是冒险把他们惹毛的时候。"

这是本年度、甚至本世纪最保守的说法了。特里那副完全惊讶和看似无辜的表情甚至比那份不可能的不在场证明更使拉夫震惊，难道他内心的恶魔不仅杀死了那个孩子，还抹去了他对整件事的记忆？然后……什么？用一段详尽的在盖城参加一场教师协会会议的假历史填补了这段记忆空白？

"如果你不尽快派个人去，戈尔德雇用的那个家伙——"

"亚力克·佩利。"

"对，他。他就会赶在我们前面拿到酒店的监控录像。如果酒店还留着那些录像的话，必然。"

"会的，他们把所有记录都保留三十天。"

"你确定？"

"是的，但佩利没有搜查令。"

"拜托，你觉得他需要吗？"

事实上，拉夫觉得答案是不。亚力克·佩利在州警局当了二十多年的侦探，他在任职期间肯定结交了很多很多人，而为霍华德·戈尔德这样一位成功的刑事律师工作，他肯定同那些人长期保持联系。

塞缪尔斯说："当初你想当众逮捕他，现在看来真是个糟糕的决定。"

拉夫狠狠看了他一眼："那是你一直同意的。"

"我并没有很赞成。"塞缪尔斯说，"咱们来面对事实吧，既然大家都回家了，现在就剩咱俩了。而你也马上就要告老还乡了。"

"该死的，有话直说。"拉夫说，"确实如此。既然现在就剩咱俩了，我要提醒你，你所做的不仅仅是随声附和，今年秋天你就要参加选举了，一场众人瞩目的逮捕行动绝对会影响你的投票结果。"

"我可从没这样想过。"塞缪尔斯说。

"很好。你从没想过，你只不过是随波逐流。但如果你认为在球场逮捕他只关乎我自己的儿子，那你得再看看那些犯罪现场的照片，再想想费莉西蒂·埃克曼的尸检附件。这种人从不止步。"

塞缪尔斯的双颊开始泛红。"你以为我没有吗？天哪，拉夫，是我在案件记录中把他称作该死的食人魔的。"

啪的一声，拉夫给了自己一耳光。"现在在这争论谁说了什么、谁做了什么毫无意义。要记住的是，谁先拿到监控录像并不重要。如果佩利先拿到，他不能就那样明目张胆地把它夹在腋下带走，对吧？他也不能把它删除抹掉。"

"那倒是，"塞缪尔斯说，"而且不管怎样，监控录像也不太可能具有结论性。或许我们会在一些镜头中看到一个长得像梅特兰的人——"

"没错。但仅凭几个眼神就能证明是他，那就完全是另一回事了，尤其是把它同我们掌握的目击证人和指纹放到一起时。"拉夫起身打开门，"也许监控录像不是最重要的。我要打个电话，应该已经搞定了。"

塞缪尔斯跟着他走进接待室。桑迪·麦吉尔正在接电话，拉夫走近她，做了个割喉的手势。桑迪挂断电话，期待地看着他。

"埃弗雷特·朗德希尔，"他说，"高中英语组组长。找到他，给他打电话。"

"找到他不成问题，因为我已经有他的电话号码了。"桑迪说，"他打过两次电话过来，要求和首席调查员通话，但我只是让他按顺序排队。"她拿起一沓印着**有事外出**的纸条朝他挥了挥手，"我本打算放到你桌上明天用的。我知道明天是星期日，但我一直对那些人说，我非常肯定你会来。"

比尔·塞缪尔斯眼睛盯着地板而没有直视身边的拉夫，慢吞吞地说："朗德希尔打过电话，两次。我不喜欢这样，我一点儿都不喜欢这样。"

# 3

星期六晚上十点四十五分，拉夫回到家。他拍了一下车库开门器，把车开进去，然后又拍了一下。车库门咔嗒一声乖乖回到轨道上，至少这世界上还有一件事仍处于正轨。首先按下按钮 A，然后假设蓄电池箱 B 装满了相对崭新的金霸王电池，然后车库门 C 打开、关闭。

他关掉引擎，坐在黑暗中，用婚戒敲着方向盘，想起喧闹的少年时代哼唱的一首顺口溜：剃头、刮脸……当然了！妓院旁吟唱……四重奏！

门开了，珍妮特裹着睡袍走出来。透着厨房的微光，拉夫看到她脚上穿着小兔子拖鞋，那是她上次过生日时他送给她的玩笑礼物。而真正的礼物是基韦斯特岛之旅，完全的二人世界，他们在那玩得很开心，可现在他脑子里只剩下一段残余的模糊记忆，结果就像所有的假期一样：没有什么比糖果的余味更具有实质内容的东西了。而那双开玩笑送的拖鞋才是遗留下来的实物，在一元店买的粉红色拖鞋，兔子上面带着一双滑稽的小眼睛和一对可笑的耷拉下来的长耳朵。看到她穿着这双拖鞋，拉夫不禁感到双眼一阵刺痛。自从走进菲吉斯公园那片空地，看到那个可能崇拜蝙蝠侠和超人的小男孩血淋淋的残尸，拉夫感觉自己好像回到了二十多岁。

他下车，紧紧拥抱着妻子，把自己胡子拉碴的面颊紧贴在她光滑的面颊上，缄口不语，强忍着要流出的泪水。

"亲爱的，"她说，"亲爱的，你抓住他了。你抓住他了，可又怎么了？"

"也许什么事都没有，"他说，"也许事全来了。我本该先把他带回来审讯的，但上帝啊，我当时那么肯定！"

"进来，"她说，"我泡点儿茶，你可以跟我讲讲。"

"喝了茶我会失眠。"

她走回来，满眼爱意地望着他，年过半百的老夫老妻犹如年轻的热恋情侣一般。"那你要睡觉吗？"他没有回答，只说了三个字："结案了。"

德里克正在密歇根参加夏令营，所以现在家里是他们的二人世界。她问拉夫想不想到厨房看电视播晚间十一点的新闻，他摇摇头。他最不想看的就是揭露弗林特市怪兽是如何被人揪出水面的十分钟报道。珍妮特做了葡萄干吐司来配茶，拉夫坐在餐桌边看着自己的双手，把一切都告诉了珍妮特。他最后才讲了埃弗雷特·朗德希尔的事。

"他对我们所有人都很生气，"拉夫说，"但因为我是最终给他回电话的人，所以我就成了出气筒。"

"你是说他证实了特里的话？"

"一字不落。按照计划，星期二上午十点钟，朗德希尔在高中接了特里和其他两位老师——奎德和格兰特。他们到达盖城喜来登酒店时大约十一点四十五分，正好赶上领参会证件和午宴。朗德希尔说午餐后他大概有一小时没和特里联系，但他认为奎德和他在一起。不管怎么样，三点钟时他们都回到会议厅，也就是那时斯坦霍普太太看到他把弗兰克·彼得森的自行车——还有彼得森那孩子——装进一辆肮脏的白色面包车往南开去。"

"你和奎德谈过了吗？"

"谈过了，在回家的路上。奎德并没有生气——朗德希尔气急败坏地威胁说要求总检察长进行全面调查——但他不相信。他惊呆了，他说他和特里午宴后去了一家叫作第二版的二手书店，浏览了一圈之后回去听科本的讲座。"

"格兰特呢？他做什么了？"

"格兰特是个女的，黛比·格兰特。还没联系到她，她丈夫说她和其他女人一起出去了，这种情况下她总是关机。我明早联系她，我敢肯定到时候她一定会跟朗德希尔和奎德说的一样。"拉夫咬了一小口吐司然后放回盘中，"这是我的错，如果上星期四斯坦霍普太太和小朱恩指认特里之后，当天晚上我先把他带过来问话，就会知道我们存在问题了，就不会搞得现在电视和网络上都闹得沸沸扬扬。"

"但那时指纹已经和特里·梅特兰的匹配上了呀，不是吗？"

"没错。"

"面包车上有指纹，点火钥匙开关上有一枚指纹，他丢弃在河边的那辆车上有指纹，还有那根树枝，他用来……"

"是的。"

"还有那么多目击证人。脱衣酒吧后面的那个男人和他朋友，加上出租车司机，还有脱衣酒吧的保安。他们都认识他啊。"

"嗯哼，而且既然他已经被逮捕了，相信我们一定会从先生请进酒吧找到更多的目击证人。大多是单身汉，因为他们不需要向老婆解释跑那去干什么。我还是应该再等等，或许我应该给高中打个电话，查查他在谋杀当天的动向，但这大暑假的毫无意义。除了'他不在这儿'之外，他们还能告诉我什么？"

"你害怕一旦开始讯问，他就会知道。"

这在当时看来似乎是显而易见的，但现在看来却只是愚蠢，错，是粗心大意蠢到家了。"我这一生在工作上犯过一些错误，但都没有像这样。我好像瞎了眼似的。"

她使劲摇摇头说："你还记得你告诉我你打算怎么做的时候，我说的话吗？"

"记得。"

"放手去做吧，尽快把他从那些男孩身边带走。"当时她是这样说的。

他们坐在那里，隔着餐桌看着彼此。

"这不可能。"珍妮特终于开口说。

拉夫用手指指着她说："我想你已经想到问题的核心了。"

她若有所思地呷了一口茶，然后隔着杯沿看着拉夫："有句老话说，每个人都有二重身。我认为埃德加·爱伦·坡甚至还写了一个关于它的故事，叫《威廉·威尔逊》。"

"爱伦·坡的小说创作先于指纹和 DNA 技术。我们目前还没有

DNA 报告——检验结果尚悬着——但如果结果显示指纹是他的，凶手就是他，那样我可能就没事；如果指纹是别人的，他们就会把我送到疯人院去。之后我就会丢掉工作，被控非法拘捕，就这样。"

珍妮特拿起一片吐司，然后又放下。"'这儿'有他的指纹，'这儿'还会有他的 DNA，我很确定。可是拉夫……你却没有任何'那儿'的指纹或 DNA，'那儿'，盖城的会议，不管去参加会议的是谁。如果是特里·梅特兰杀了那个孩子，而参加会议的是他的替身呢？"

"如果……你是说特里·梅特兰有一个失散的同卵双胞胎，两个人具有相同指纹和 DNA，那不可能。"

"我没那么说，我是说你没有任何法医证据证明盖城的那个人是特里。如果特里当时在'这儿'，法医证据也证明他在'这儿'，那么那个替身肯定在'那儿'。这是唯一讲得通的。"

拉夫了解其中的逻辑，在珍妮特喜欢读的侦探小说里——阿加莎·克里斯蒂的、雷克斯·斯托特的、哈兰·科本的——在终章的核心部位，届时各大主人公马普尔小姐、尼诺·沃尔夫或迈伦·波利塔就会揭秘，呈现一个无懈可击、不容置疑、坚如磐石的事实：一个人不可能同时出现在两个地方。

但如果拉夫坚信"这儿"的目击证人，他就必须同样坚信那些声称和梅特兰一起在盖城的目击证人。可他怎么能不怀疑他们呢？朗德希尔、奎德和格兰特都是英语组的同事，他们每天都见梅特兰。拉夫该相信那三名老师勾结串通奸杀了一个孩子，还是他们和一个天衣无缝完美扮演的替身共处了两天却丝毫未察觉呢？可即便他自己相信，比尔·塞缪尔斯能令陪审团信服吗？尤其是特里拥有霍伊·戈尔德这样老练狡猾的辩护律师的支持。

"咱们上床睡觉吧，"珍妮特说，"我给你吃一片我的安必恩（美产安眠药），然后给你揉揉背，明早就会好多了。"

"你觉得会吗？"拉夫问。

# 4

　　珍妮特·安德森在给丈夫揉背时，弗雷德·彼得森和他的大儿子（现在弗兰克不在了，他就成了家里唯一的儿子）正在收拾碗筷、打扫客厅和休息室。虽然这只是一场小型追悼纪念聚会，但其过后的狼藉景象和任何大型持久的家庭聚会过后的狼藉没什么两样。

　　奥利今天的表现让弗雷德大吃一惊。这个男孩是典型的以自我为中心的青少年，平时连咖啡桌下面自己的袜子都不愿意捡，除非你告诉他两三次。今天家里的客人络绎不绝，晚上十点钟时艾琳·彼得森才送走最后一批客人，但从那一刻起，奥利竟然一直毫无怨言主动帮忙做家务。晚上七点，来访的邻居和朋友开始减少，弗雷德希望八点就可以结束——今天他不断听到有人跟他讲弗兰克现在上了天堂。上帝啊，他真是烦透了，只能冲他们点头回应——但接着传来特伦斯·梅特兰因谋杀弗兰克被捕的消息，这该死的消息再次掀起一个小高潮，第二轮几乎又成了一个派对，虽然气氛是沉痛悲伤的。弗雷德一遍又一遍地听着人们跟他讲，简直令人难以置信，T教练一向看起来很正常，但若是真，在麦卡莱斯特监狱给他执行安乐死就实在太便宜他了。

　　奥利端着杯子和餐盘穿梭于客厅和卧室，把它们放进洗碗机，效率之高超乎弗雷德的想象。当洗碗机装满时，奥利就启动它，接着洗更多的盘子，之后把它们堆在水槽上等着洗下一拨。弗雷德则忙着把人们丢在休息室里的盘子端进厨房，然而他发现后院野餐桌上的盘子更多，有些客人跑去那里抽烟。今天至少来了五六十人，附近的每位街坊和城里其他地方的好心人都来了，更不用说布里克斯顿神父和他在圣安东尼教堂的一众追随者了（他的粉丝，弗雷德想）。他们络绎不绝，来了一拨又一拨，尽是吊唁者和看热闹的人。

　　弗雷德和奥利默默做着清扫工作，各自沉浸在自己的思绪和悲痛中。连续数小时接受他人的哀悼之后——说句良心话，连那些素不相识的人都衷心致以哀悼——他们父子俩却无法互相安慰。这可能很奇怪，或许是因为悲伤真具有某种讽刺意味。弗雷德现在身心俱疲、悲痛欲绝，完全没有心思去思考这件事。

在这整个过程中，那位丧子的母亲身穿她最精致的丝绸礼裙坐在沙发上，双膝并拢，双手环抱自己胖嘟嘟的上臂，好像很冷似的。隔壁的老吉布森太太不出所料地一直待到最后，自从她，今晚的最后一位客人终于离开之前，艾琳一言不发。

"终于走了，她已经囤够了所有消息。"艾琳·彼得森边锁门边对丈夫说，之后把她那大身板靠在门上。

当年艾琳·彼得森身穿蕾丝白纱，由神父布里克斯顿的前任神父宣布她与弗雷德·彼得森结为合法夫妻时，还是个纤瘦苗条的美人。生完奥利后她仍然苗条美丽，可那已经是十七年前的老皇历了。生完弗兰克后她开始发胖，现在已经游走在肥胖的边缘了……虽然在弗雷德眼里她依然美丽，弗雷德却不忍听康纳利医生上次体检时提出的建议：弗雷德，你身体很好，只要不遭遇从楼上摔下来或被车撞到这类意外，再活五十年都没问题。但你太太患有Ⅱ型糖尿病，如果她想继续健康地活下去，需要减掉五十磅体重。你得帮助她，毕竟你们夫妻俩这一生还有很多值得拥有的东西。

只是现在弗兰克不仅死了，而且是被谋杀，他们为之而活的大部分事情都显得愚蠢无用、微不足道。在弗雷德心里，只有奥利依然弥足珍贵，即使他悲伤的时候也清楚他和艾琳在今后的几个星期甚至几个月里都必须小心待他。奥利非常悲伤，在弗兰克·维克多·彼得森的葬礼上，奥利本应该分担清理这最后一幕的遗物或做得更多些，但从明天起，他们要让他重新做回一个大男孩。这需要一些时间，但他终会做到。

下次看到奥利的袜子在咖啡桌下面时，我要表现得很高兴。弗雷德暗自承诺，而且只要我要多找点儿话说，就会打破这种尴尬、可怕、不自然的沉默。

但此时他脑中一片空白，当奥利拉着吸尘器的软管梦游般地从他身边经过、走进休息室时，弗雷德想，事情不可能更糟了（他根本不知道自己的想法有多么错误）。

弗雷德走到休息室的门口，看着奥利开始清扫那堆同样怪异、让人猜不透的灰色东西。奥利高效得惊人，他干了很久，甚至一点儿一点儿去擦，他先推着吸尘器走到一边，再拉着它走到另一边。一会儿，满地的奈卜、奥利奥和乐芝饼干的碎屑都消失得无影无踪。弗雷德终于找到可说的话了："我来打扫客厅。"

奥利说："没事，我来。"他的眼睛又红又肿。他和弗兰克年龄相差七岁，尽管如此，兄弟俩却惊人地亲密。其实也没啥好奇怪的，家里拥有足够的空间，这使兄弟间几乎无啥可竞争的，奥利甚至有时表现得有点儿长兄如父。

"我知道，"弗雷德说，"但要平分。"

"好吧，只是不要说'这是弗兰克想要的'就行，否则我就用吸尘器勒死你。"

弗雷德听到这笑了。自从上星期二警察来到家门口以来，他虽不是第一次笑，却是第一次真正的笑。"一言为定。"

奥利清理完地毯之后把吸尘器推到父亲面前。弗雷德把它拉进客厅，开始清理地毯。这时艾琳站起来，头也不回地蹒跚着朝厨房走去。奥利无奈地耸耸肩，弗雷德也耸耸肩，然后继续清扫。人们在他们悲痛之时纷纷伸出援助之手，弗雷德以为这很好，然而天哪，他们竟然留下了一片狼藉！他自我安慰地想，若是爱尔兰守灵节，那会更糟。自从奥利出生后，弗雷德就戒酒了，彼得森家一直干净清爽。

厨房传来一个最令人意想不到的声音：大笑声。

弗雷德和奥利面面相觑，奥利急忙跑到厨房，刚刚他妈妈发出的听似轻松自然的大笑现在竟变成歇斯底里的程度。弗雷德踩了一脚吸尘器的电源按钮，关掉它之后紧跟进来。

艾琳·彼得森背对着水池站着，捧着她那大肚子，笑得几乎要尖叫起来。她的脸涨得通红，像发高烧似的。眼泪顺着她的面颊流下来。

"妈?"奥利问，"怎么了?"

虽然客厅和休息室的餐盘已经清理干净了，但这里还有一大堆事要做。水池两边各有一个柜台，角落里有一张餐桌，大多数时候彼得森一家都坐在那吃晚餐。柜台和餐桌上都摆着吃剩的饭菜、特百惠保鲜盒以及用铝箔包着的残羹剩饭。炉子上还放着一只没吃完的鸡和满满一大碗凝结了的浓肉汤。

"这些剩菜够我们吃一个月的了！"艾琳·彼得森努力说出这几个字。她弯下腰大笑，然后又站直，她的脸变紫了。艾琳今天戴了一个发夹，现在她的红头发从发夹中散落出来，醒目耀眼的红色弯弯曲曲地围绕在她浑圆的脸周围，好似一个光圈，她这头红发既遗传给了站在面前的这个儿子，也遗传给了那个正安眠地下的儿子。"坏消息，弗兰克死了！好消息，我再也不用花好长……好长……好长……时间购物了！"

艾琳开始号啕大哭，那声音好似是从精神病院里而不是她家厨房里传出来的。弗雷德想迈出腿，走过去拥抱她，可它们竟不听使唤。奥利动身了，但他还没走到她面前艾琳就抓起炉子上那只鸡扔了出去。奥利闪开，只见那只鸡从厨房的一边飞到另一边，上面的汤汁肉屑在空中散落一地，然后狠狠撞到墙上，啪啦一声摔成一摊肉泥，在钟表下面的墙纸上留下一圈油脂印。

"妈，住手，住手！"

奥利试图抓住她的肩膀，把她搂进怀里，可是艾琳从他的手下闪过，朝一张柜台冲过去，仍然大笑着，哀号着。艾琳双手抓起一盘意大利千层面——那是布里克斯顿神父的一个马屁精端来的——倒在自己的头上。冰冷的意大利面掉落在她的头发和肩膀上，她举起盘子，扔进客厅。

"弗兰克死了，而我们他妈的竟然在这吃意大利自助餐！"

弗雷德终于动身了，但艾琳也从他身边闪开，她笑得像个兴奋过度的女孩在玩激烈的捉人游戏。艾琳抓起一个装满特丽牌棉花糖的特百惠保鲜盒，高高举起，然后摔到两脚之间。她的笑声停止了。一只手捧着她硕大的左乳，另一只手放在胸口。艾琳睁大眼睛看着她的丈夫，眼里还噙着泪水。

那双眼睛，弗雷德心想，是我当初深深爱上的。

"妈？妈，怎么了？"

"没什么，"她说，"我想是我的心脏。"她弯下腰去看地上的鸡肉和棉花糖，意大利面从她的头发上滑落，"瞧我干了些什么。"

她颤抖着、抽噎着深深喘了一口气。弗雷德抓住她，但她实在太重了，艾琳的身体从弗雷德的手臂间慢慢滑过，在她倒下之前，弗雷德看到血色正从她的脸上褪去。

奥利尖叫着，跪倒在她身旁。"妈！妈！妈！"他抬头望着父亲，"我觉得她没有呼吸了！"

弗雷德把儿子推到一边，喊道："快打911！"

弗雷德无暇去看奥利是否在打电话，他用一只手搂住妻子粗粗的脖子，摸着她的脉搏。他摸到了一个，但那个脉跳得杂乱无序：咚——咚，咚咚咚，咚——咚——咚。弗雷德跨坐在艾琳身上，用右手紧握自己的左腕，开始有节奏地慢慢向下按。他做得对吗？这算心肺复苏术吗？他不知道，但当艾琳睁开眼时，他自己的心好像从胸腔里跳了起来。她醒过来了，她醒过来了。

这不是真正的心脏病，你只是太累了，晕倒了，医生称之为"晕厥"。但我们要给你节食了，亲爱的。你今年的生日礼物将会是一个手环，可以测量你的……

"搞得一团糟，"艾琳小声说，"对不起。"

"别说话。"

奥利正在厨房接电话，语速很快，声音很大，几乎是在喊叫。他向电话里报了地址，叫他们快点儿。

"你又得重新打扫客厅了，"她说，"对不起，弗雷德，非常非常对不起。"

弗雷德刚想告诉艾琳不要说话，只要静静躺着直到她感觉好些，可他还没来得及说，艾琳竟又颤抖抽噎着深深喘了一口气。等她把那口气呼出来时，眼睛翻了白，她的脸充血肿胀、面色发青，看起来就像恐怖电影里死人的面孔，这可怕的画面将会铭刻在弗雷德的脑海，令他永生难忘。

"爸？他们已经在路上了，她没事吧？"

弗雷德没有回答，他正忙着给艾琳做半途停下的心肺复苏术，此刻他真希望自己认真学过急救——他之前怎么就没抽时间学学呢？他希望的太多了，如果可以，他宁愿拿自己的不朽的灵魂去换时间倒流，让时间回到这糟糕透顶的一周前。

按压，松手，按压，松手。

"你会没事的，"弗雷德对艾琳说，"你一定要好好的。'对不起'这三个字不可以是你留在这世上的最后的话，我决不允许。"

按压，松手，按压，松手。

# 5

格蕾丝提出今晚要和妈妈一起睡，玛茜·梅特兰很高兴，但当她问萨拉要不要跟她们一起睡时，她的大女儿竟然摇了摇头。

"好吧，"玛茜说，"如果你改变主意了，我随时欢迎。"

一个小时过去了，又一个小时过去了。她此生最糟糕的星期六捱到了最糟糕的星期日。她想起特里，他现在本该躺在她的身边酣睡（或许正梦到他赢得了市棒球联赛的冠军。既然灰熊队已经被淘汰了，冠军马上就是特里他们的了），可他现在却在监狱里。他也醒着吗？当然了。

玛茜知道接下来将会面临一些艰难的日子，但霍伊会把事情解决的。特里曾告诉她，他在波普·华纳的教练同事是西南地区最棒的辩护律师，兴许某一天会坐上州高级法院法官的位子。鉴于特里十分可靠的不在场证明，霍伊就不可能输。但玛茜每次想从这个想法中得到安慰好安心睡觉时，她就会想起拉夫·安德森，那个她一直当作朋友的混蛋叛徒，一想到这儿，她就又睡不着了。一旦这件事情结束，他们就会立刻以非法拘捕、损毁名誉等一切霍伊·戈尔德想得到的罪名起诉弗林特市警察局，而且一旦霍伊开始开启他的智慧，引爆他的法律炸弹时，她保证会让拉夫·安德森一切归零。他们能不能亲自起诉他？剥夺他的一切？玛茜希望如此。她希望他们能够把拉夫、拉夫的妻子，还有特里辛辛苦苦培养的拉夫的儿子一起拉到街上，让他们赤着脚、衣衫褴褛地上街乞讨。玛茜知道在这个文明先进的时代，这是不可能的，但她可以清楚地看到他们一家三口那副悲惨的模样——在弗林特市的大街小巷行乞——每当这时玛茜就又变得异常清醒，心中充满愤怒和满足感。

玛茜的大女儿出现在门口，这时床头柜上的时钟显示已经凌晨两点一刻了。她身上穿着一件宽大的奥基城雷神的 T 恤当作睡衣，只露出两条腿清晰可见。

"妈妈？你醒着吗？"

"是的。"

"我能进来跟你和格蕾丝一起睡吗？"

玛茜掀开被子往里挪了挪，萨拉钻进被窝。玛茜搂着她亲吻她的后颈，这时萨拉哭了起来。

"嘘，你会吵醒妹妹的。"

"我忍不住。我一直在想那副手铐，对不起。"

"那就安安静静的，安安静静的，宝贝。"

玛茜一直搂着萨拉，直到她把那些事情都忘掉。萨拉安静了五分钟左右时，玛茜以为她睡着了，现在两个小姑娘把她夹在中间，她也该能睡着了。但这时萨拉转过身来看着她，小姑娘湿润的眼睛在黑暗中闪闪发光。

"他不会进监狱的，对吗，妈妈？"

"不会的，"她说，"他什么都没做。"

"可是无辜的人也会坐牢，有时是好几年，直到最终有人发现他们是无辜的。然后他们才会出狱，可那时他们已经老了。"

"那不会发生在你爸爸身上的。那件事情发生时他在盖城呢，他们逮捕他是因为——"

萨拉说："我知道他们为什么逮捕他。"她擦擦眼泪，"我又不傻。"

"我知道，宝贝。"

萨拉不安地扭动着身体。"他们一定是有原因的。"

"他们或许这么认为，但他们错了。戈尔德先生会解释清楚他当时在哪里，他们不得不放他走。"

"好吧。"萨拉停顿良久，"但这件事结束之前，我不想回到夏令营，我觉得格蕾丝也不该回去。"

"你不必回去。等秋天到来的时候，这一切都将成为回忆。"

"一段不好的回忆。"萨拉抽了抽鼻子。

"是的。好了，现在睡觉吧。"

　　萨拉睡了，玛茜在女儿们的温暖环绕中也睡了，虽然她做了噩梦，梦中特里在众目睽睽之下被两名警察带走，拜伯·帕特尔哭了，加文·弗里克露出一副难以置信的表情盯着看。

# 6

午夜，县监狱里听起来就像到喂食时间的动物园——酒鬼纵歌、醉汉哭号、醉鬼站在牢房的栅栏边畅聊阔谈，甚至似乎还有打斗的声音，尽管所有牢房都是单间，特里不明白这是怎么回事，或许有两个人隔着栅栏在互殴。在走廊尽头的某个地方，有个人正扯着嗓子一遍又一遍地高声背诵《约翰福音》3:16 的内容，上帝慈爱世界！上帝慈爱世界！上帝慈爱**他妈的整个世界**！监狱里臭气熏天，空气中弥漫着大小便、消毒剂以及晚餐吃的酱汁意大利面的味道。

"这是我第一次入狱，"特里暗自惊叹道，"活了四十多年，我竟然沦落到这肮脏之地，这监狱里，这间老石头屋里，想想看啊。"

特里想去感受心里的愤怒，那种正义的愤怒，他猜那种感觉可能会随着白天的降临而到来，那时世界会重新回到人们的视线。而现在，星期日凌晨三点钟，随着叫喊声和歌声逐渐平息，这个世界的声音变成了鼾声、放屁声还有偶尔的呻吟声，此刻他感到的只有羞耻，好像他真的做了什么坏事一样。如果他真的做了被指控的事，他就不会有这种感觉了。如果他当时病了，以至于邪恶到对一个孩子犯下如此猥亵可憎的罪行，他就只会觉得自己像一只掉进陷阱的精明的动物，为了脱身而不顾一切，什么都愿意说，什么都愿意做。或者真的是那样？他怎么知道那种人会怎么想，会有什么感觉？这就像试图猜测一个来自太空的外星人在想什么一样难。

他毫不怀疑霍伊·戈尔德会把他救出去，即便是现在，身陷最黑暗的夜，他的思想仍在努力用寥寥几分钟的时间控制自己整个人生的改变方式，对此他毫不怀疑。但他也知道，并非所有扣在身上的屎盆子都能洗清。警方将会向他道歉，然后把他释放——不是明天就是传讯时，不是传讯时就是下一次，可能是在盖城举行大陪审团听证会时——但他清楚自己下次走上讲台时会从学生们的眼里看到什么，而且他作为少年体育教练的职业生涯可能终结了。如果他不自己辞职，各管理机构就会找各种借口，因为他们认为这样做是对的。无论是在西部的街坊邻居眼里，还是在所有弗林特市民的眼里，他都再也不会完全清白。他将永远是那种人们常说的"无风不起浪"的人。

如果事情只牵涉他一个人，他觉得自己可以应付。可当他教的那些男孩向他哭诉判决不公平时，他该怎么跟他们说呢？"忍忍吧，回去继续比赛"。但是必须忍受这一切的不只有他，玛茜会被贴上标签，她在工作和生活中会遭受窃窃私语和冷眼侧目，她的朋友不会再打电话来，也许杰米·马汀利是个例外，但特里甚至对她也有一些怀疑。

然后是姑娘们，萨拉和格蕾丝会遭受恶毒的流言蜚语和群体排挤，这种事只有他们这个年龄的孩子才做得出。他猜玛茜在事情水落石出之前会理智地让女儿们与外界屏蔽，远离那些来骚扰的媒体，甚至到了秋天，他被证明清白时，她们依然会被贴上标签。人们会对她们指指点点说："看到那个女孩了吗？她爸爸曾因谋杀一个小孩、往那孩子的屁股上插了一根棍子被逮捕。"

特里躺在自己的铺位上，抬头凝视着黑暗，闻着监狱里的恶臭，想着"我们必须搬家，也许搬到塔尔萨，也许搬到盖城，也许搬到南边的得克萨斯州。我总会找到一份工作的，即便他们不让我当少年男子棒球、足球、篮球教练。我有很棒的介绍信，如果他们敢拒绝我，就要小心我投诉他们歧视"。

只有逮捕——以及逮捕的原因——会像这牢房里的臭味一样一直跟着她们，尤其是姑娘们，单凭脸书就足够把她们搜索出来。网上会写道："这就是那两个女孩，她们的爸爸因谋杀罪被逮捕了。"

特里必须停止这些想法，去睡一觉，而且他必须停止因为别人犯了错——确切地讲就是拉夫·安德森——而自己感到羞耻。他必须记住，这些事在这短短的几小时里总是越想越糟。他现在被关在牢房里，穿着一件宽大的棕色囚服，背后印着 DOC 三个字母，在目前这样的处境下，恐惧在所难免，会膨胀得像假日游行队伍中的花车一样大。等到早上情况就会好转些，他对此很有把握。

是的。

但仍然感到羞耻。

特里遮住了眼睛。

# 7

　　星期日早上六点三十分，霍伊·戈尔德溜下床，不是因为他在那个时间能做什么，也不是因为个人习惯。像许多六十岁出头的男人一样，他的前列腺在随着退休金增长，而膀胱则似乎在随着性欲萎缩。一旦他醒了，大脑就开始不停地转，从天上想到地下，再想继续睡是不可能的。

　　霍伊留下伊莱恩继续在床上做梦，当然，他希望是开心的美梦。他光着脚轻轻走进厨房，开始喝咖啡、查看手机，昨晚临睡前他把手机调成静音放在了柜台上。凌晨一点十二分，亚力克·佩利发来一条短信。

　　霍伊喝着咖啡，正吃着一碗葡萄干麦片，伊莱恩走进厨房，她一边打着哈欠一边系着睡袍的腰带。"怎么了，亲爱的?"

　　"时间会证明一切。对了，你想吃炒鸡蛋吗?"

　　"早餐? 你做?"伊莱恩正在给自己倒咖啡，"今天既不是情人节也不是我的生日，我应该觉得可疑吗?"

　　"我只是消磨时间罢了。收到一条亚力克的短信，但我得等到七点钟才能给他打电话。"

　　"好消息还是坏消息?"

　　"不知道。你想吃鸡蛋吗?"

　　"好的，两个，要煎的，不要炒的。"

　　"你知道我总是把蛋黄打散。"

　　"既然我有幸能坐下来观看，我就会克制自己不做批评。请再加一份小麦吐司。"

　　很不错了，只有一个蛋黄打散了。当霍伊把盘子摆到伊莱恩面前时，她说:"如果真的是特里·梅特兰杀死了那个孩子，这个世界就疯了。"

"这个世界本来就疯了，"霍伊说，"但他没有杀人。他的不在场证明就像超人胸前的字母 S 一样可靠。"

"那他们为什么逮捕他？"

"因为他们相信他们的证据就像超人胸前的字母 S 一样可靠。"

伊莱恩思考着。"不可阻挡的力量遇上了不可动摇的物体？"

"没这回事，亲爱的。"

霍伊看了看手表，差五分钟七点，时间差不多了，他拨通了亚力克的手机。

这位调查员在第三声铃响时接了电话。"你好早啊，我在刮胡子。你能五分钟之后再打过来吗？换句话说就是七点钟，我之前跟你讲过的。"

"不能，"霍伊说，"不过我可以等你把电话那边脸上的剃须膏擦掉，怎么样？"

亚力克说："你可真是个严苛的老板。"但他这话听起来很幽默，虽然这个时间不太好，虽然他正在做着大多数男人们都不喜欢被打扰的事时被打断了。要知道，男人在刮胡子的时候都喜欢不被打扰，只专心致志地思考自己的事。这话给了霍伊希望，他已经有很多工作要做了，但他总是可以做更多事。

"好消息还是坏消息？"

"给我一分钟，好吗？这玩意弄得我满手机都是。"

他大概花了五分钟，不过好在他回来了。"是个好消息，老板。对我们是好消息，对地检是坏消息，非常坏。"

"你看到监控录像了？有多少？多少个镜头拍的？"

"我看了录像，有很多。"亚力克顿了顿，当他再次开口时霍伊知道他在笑，他能从亚力克的声音里听出来，"但还有更好的消息，好得多。"

# 8

六点四十五分时，珍妮特·安德森起床了，她发现丈夫睡的那侧床上是空的。厨房里弥漫着现磨咖啡的香味，但拉夫没在那里。珍妮特向窗外望去，看见拉夫正坐在后院的野餐桌边小口喝着咖啡，身上还穿着条纹睡衣。拉夫手里端着德里克今年父亲节送给他的搞笑杯子，杯子侧面印着蓝色大字：**在我喝咖啡前，你有权保持沉默**。珍妮特端起自己的杯子走到他跟前，亲吻了他的脸颊。今天将是个大热天，但现在清晨还是凉爽、宁静、令人愉快的。

"不能放走他，你会吗？"她问。

"我们谁都不会放走这个家伙，"他说，"一秒都不会。"

"今天是星期天，"她说，"休息日，你需要休息，不喜欢你现在的样子。上周我在《纽约时报》的健康版上看过一篇文章，上面说'您已进入心脏病多发国度'。"

"真让人高兴。"

珍妮特叹了口气。"你要做的第一件事是什么？"

"和另一位老师，黛博拉·格兰特谈谈。这是一条出路，我敢肯定她会证实特里当时在盖城，她有可能发现特里有些异样，而朗德希尔和奎德没有发现。女人更善于观察。"

珍妮特对这个想法表示怀疑，甚至觉得有点儿性别歧视，但现在不是说这个的时候。她把话题转回到他们昨晚的讨论，"特里当时在这儿，他确实杀了人。你需要的是从那儿找到的法医证据，我猜DNA是没戏了，但指纹呢？"

"我们可以清扫他和奎德住过的房间，但他们星期三上午就退房了，之后房间肯定已经打扫过，而且一直有人入住。几乎可以肯定不只被入住了一次。"

"但还是存在可能的，不是吗？有些酒店服务员尽职尽责，但其中很多人只是整理一下床铺、擦掉咖啡桌上的杯印和污渍，就说打扫好了。要是你只发现了奎德先生的指纹，而没有特里·梅特兰的呢？"

拉夫喜欢看她脸上露出小侦探般的兴奋，同时也希望自己不会让她感到沮丧。"那并不能证明什么，亲爱的。到时霍伊·戈尔德会告诉陪审团，他们不能因为没有指纹就证明谁有罪，他说的是对的。"

珍妮特思考着。"好吧，但我还是认为你应该采集那个房间里的指纹，尽可能多地确定身份。能做到吗？"

"能。这是个好主意。"至少这是又一条出路，"我会查清楚是哪个房间，不管谁在入住，都尽量让酒店请他们搬出来。我想他们会配合的，因为媒体都会播报。我们要从头到脚把那个房间打扫一遍，不放过一丝一寸。但我真正想要的是看看大会那几天的监控录像，可是萨布罗侦探——他是负责本案的州警察局领导——他今天晚些时候才能回来；所以我得亲自跑一趟了。我会比戈尔德的调查员晚到几个小时，但这没关系。"

珍妮特把一只手搭在拉夫的手上，说："答应我，时不时地停下来，承认这一天的到来，亲爱的。在明天之前，你只有这一天了。"

拉夫对她笑了笑，握紧她的手，然后又松开。"我一直在想他用过的那些车，一辆是他用来绑架小彼得森的，另一辆是他离开小镇时开的。"

"那辆伊克莱小面包和那辆斯巴鲁。"

"嗯哼。斯巴鲁并不怎么令我困扰，它是直接从一个市政停车场偷来的，大概从二〇一二年起，我们见过很多类似的盗窃案。新型无钥匙的点火装置是偷车贼的最爱，因为当你停好车，思考着必须做的差事或晚餐赴宴穿什么时，你不会看到点火开关那里有钥匙晃来晃去。人们很容易忘记拿电子车钥匙，尤其是当你戴着耳机或打电话时，根本听不到汽车发出的报警提示音。那辆斯巴鲁的车主——芭芭拉·尼尔琳——早上八点去上班时把电子车钥匙落在了汽车上的杯座里，停车牌放在仪表盘上，等她下午五点回来时发现车不见了。"

"停车场的看管员不记得是谁把车开走的？"

"不记得了，这并不奇怪。那个停车场很大，有五层，始终有人进进出出。出口处有一个摄像头，但每四十八小时就会清理一次监控录像。不过，那辆面包车……"

"面包车怎么了？"

"车主是一个叫卡尔·杰立森的兼职木匠杂工，他住在纽约州的斯拜廷基尔，一个位于波基普西和新帕尔茨之间的小镇。他下车时拿了钥匙，但车后保险杠下面的一个小磁箱里有一把备用钥匙。有人发现了那个磁箱，然后把车开走了。据比尔·塞缪尔斯推测，窃贼把车从纽约开到盖城……或杜布罗……或者直接开到弗林特市……然后停车的时候没有把备用钥匙从点火开关里拔出来。特里发现这辆车之后又把它偷走，然后藏在某个地方，也许是谷仓或镇外的小屋。天知道，自从二〇〇八年（经济危机）一切都出了问题之后，镇外有那么多废弃的农场。他把车丢在脱衣酒吧后面，车钥匙也留在车上，希望有人能再次把它偷走。可这不合理啊。"

"结果没人偷，"珍妮特说，"于是你把车扣押了，车钥匙也在你手上，那上面有一枚特里·梅特兰的指纹。"

拉夫点点头。"其实我们有一大堆指纹。那玩意都有十年了，而且至少有五年没清理了。我们排除了一些指纹——杰立森、他儿子、他妻子，还有两个他的工人。感谢纽约州警方，我们星期四下午就收到了那些文件，上帝保佑他们。有些州，大多数吧，需要让你等很久。当然，我们还发现了特里·梅特兰和弗兰克·彼得森的指纹。在副驾驶座的车门内侧发现四枚彼得森的指纹，那里油腻腻的，所以那些指纹像新铸造的硬币一样清晰。我想那些是在菲吉斯公园的停车场留下的，我推测当时特里试图把他从副驾驶座上拉下车，然后那孩子试图反抗。"

珍妮特皱了一下眉头。

"面包车上还有其他指纹，我们仍在等结果。上星期三就把那些指纹传到网上了，也许会有所收获，也许不会。我们猜有些指纹是原来那个斯拜廷基尔的偷车贼的，其他的可能是杰立森的朋友的，或者偷车贼载的顺风车乘客的。但最新的指纹不是彼得森的就是梅特兰的。那个偷车贼并不重要，但我想知道他把车丢在哪里了。"拉夫顿了顿，然后点点头说，"不合情理呀。"

"没有擦掉指纹？"

"不止这一点，为何先偷面包车和斯巴鲁呢？既然打算做那肮脏事，把自己的真实面目曝光给所有关注的人，那为何还要偷车呢？"

珍妮特听到这里时更沮丧了。作为拉夫的妻子，她不能对他提出的问题发问：如果你有疑问，为什么还要这样做呢？为什么还行动得这么快呢？是的，她鼓励过他，所以也许她对目前的麻烦负有一点儿责任，可她之前没有掌握所有信息啊。珍妮特心想，草率逮捕，也有我的责任……而后她又皱起眉头。

拉夫好像看透了她的心思（结婚近二十五年了，他很可能做得到）。他说："这并不全是你的错，你知道的——别这么想。我和比尔·塞缪尔斯谈过这件事，他说事情没必要讲得通。他说特里之所以这样做是因为他发疯了。据我所知，他做这件事的冲动就是他需要那样做，虽然我永远不可能在法庭上这样讲。这种冲动不断膨胀，持续增长。之前有过类似的案例。比尔说，'哦，是的，他打算做点儿什么，然后把一些东西都准备好，但是直到上星期二他看到彼得森推着链条断了的自行车时，所有的计划都被抛到九霄云外。变身的时刻到了，杰基尔博士变成了海德先生'。"

"一个疯狂的性虐待狂，"她喃喃地道，"特里·梅特兰，T教练。"

"这样当时就讲得通了，现在也讲得通。"拉夫近乎挑衅地说。

"也许吧。"珍妮特本可以这样回答，"可是接下来呢，亲爱的？当时事情结束了、他满足了之后呢？你和比尔考虑过吗？他怎么依然没有擦掉指纹，却光明正大地暴露自己的真实面貌呢？"

"面包车的驾驶座下面还有东西。"拉夫说。

"真的？是什么？"

"一张小纸片。也许是外面菜单上的一块，也可能没有任何意义，但我想仔细看看它。我相当确定这是经过查证的证据。"拉夫把剩下的咖啡倒在草坪上然后站起来，"我更想看看喜来登酒店上星期二和星期三的监控录像，还有他说的那些老师去吃饭的那家餐厅的录像。"

　　"要是你在监控录像中清楚地看到了他的脸，给我发一张截图。"拉夫扬起眉。"我认识特里的时间跟你一样长，如果盖城的那个人不是他，我肯定会知道。"珍妮特笑着说，"毕竟女人比男人更善于观察。这是你自己说的。"

# 9

　　萨拉和格蕾丝几乎没怎么吃早餐，玛茜对此并不太担心，只是因为现在旁边没有手机和平板电脑，姑娘们不习惯而已。警察允许他们把电子设备留下，但萨拉和格蕾丝看了几眼后就把那些玩意丢在了卧室里。无论她们在社交网络上看到什么新闻和言论，都不是她俩感兴趣的。玛茜往客厅的窗外瞥了一眼，发现路边停着两辆媒体车和一辆弗林特市警察局的巡逻车，她便拉上了窗帘。今天会有多漫长？上帝啊，她究竟该怎么办？

　　霍伊·戈尔德替她回答了这个问题。八点十五分，他打来电话，听起来非常乐观。

　　"咱们今天下午去看看特里，一起去。通常，必须是犯人提前二十四小时提出申请，得到批准后才能接受探视，但我有本事略过那一步。而我略不过的是不能进行直接接触。他现在是最高安全级别看守，这意味着只能隔着探视室的玻璃跟他说话，但这要比电影里演得好。到时候你就知道了。"

　　"好的，"玛茜紧张得感觉要喘不过气来，"几点？"

　　"下午一点半我来接你。带上他最好的西装，再带一条质地精良的深色领带，传讯时用。你还可以给他带点儿好吃的，坚果、水果、糖果。装在一个透明袋子里，好吗？"

　　"好的。可姑娘们怎么办？我要不要……"

　　"不，姑娘们待在家里，县里不是她们该去的地方。找个人照顾她俩，以防媒体死缠烂打。告诉她俩现在一切都很好。"

　　玛茜不知道自己能不能找到人来看孩子——自从昨晚之后，她讨厌看见杰米。当然，如果她跟门前巡逻车上的警察说一声，他会阻止媒体靠近草坪的。难道他不会吗？

　　"一切都很好吗？真的吗？"

"我想是的。亚力克·佩利刚刚在盖城戳中了一个巨大的大礼包，所有大奖都落在了我们手里。我一会儿给你发一条链接，要不要给小姑娘们看取决于你，但如果是我，我肯定会的。"

五分钟后玛茜坐在沙发上，身旁一边坐着一个小姑娘。她们在看萨拉的平板电脑，如果用特里的台式电脑和笔记本电脑会更好，但它们都被警方拿走了。不过平板电脑也足够了。不一会儿，她们三个高兴地又笑又叫，击掌庆贺。

这不仅仅是黑夜尽头的光明，玛茜心想，这他妈的简直是一道彩虹。

# 10

咚——咚——咚。

起初默尔·卡西迪以为这是自己在梦中听到的声音，是那些他的继父准备狠狠修理他的噩梦之一。那个死秃头自有一套敲厨房餐桌的方式，先是用指关节，然后再用整个拳头。那天晚上，他边敲边问事先准备好的问题，接着便引发了一场暴打：你跑哪里去了？晚餐总是迟到，戴手表还有什么用？为什么不帮你母亲？既然你他妈的从来不做作业，还把那些书背回家干吗？默尔的妈妈试图阻止，但继父根本没理她；她想干预，却被一把推开了。接着，那个一直在敲桌子的拳头被赋予了更大的力气开始砸到默尔身上，越来越大力。

咚——咚——咚。

默尔睁开眼，从梦中挣脱出来，他只有片刻的时间来品味这讽刺的梦：他现在离那个恃强凌弱的混蛋有一千五百英里远呢，至少一千五……而且睡得和每晚差不多。不过他今晚睡了整整一夜，自从他离家出走之后很少睡过这么久。

咚——咚——咚。

是警察，用警棍在敲。他很耐心。现在他将另一只手弯曲做出一个手势，意思是：把车窗摇下来。

默尔一时间不知道自己身在何处。他透过挡风玻璃看到自己正在一个一英里范围内几乎空空荡荡的停车场，对面是一家大卖场，若隐若现地赫然矗立在地上。埃尔帕索，这里是埃尔帕索（得克萨斯州一城市）。默尔开的那辆别克几乎没油了，他身上也几乎分文不剩了。昨晚他把车开进这个沃尔玛超市的停车场，想睡几个小时。也许等到早上他就知道下一步该做什么了。只是，现在很可能没有下一步了。

咚——咚——咚。

默尔摇下车窗。"早上好，警官。我昨晚开车太晚了，就把车停进来睡一会儿，我想在车上打个盹儿没关系的。要是我这么做不对，我很抱歉。"

"嗯哼，这真值得表扬。"警察说。他说这话的时候笑了，那是一个友好的微笑，默尔觉得自己有了一线希望。"很多人都这样做，不过大多数人看起来都不像十四岁的样子。"

"我十八了，只是长得显小。"但此刻他感觉一股巨大的疲惫感席卷而来，这与他过去几个星期严重缺乏睡眠无关。

"嗯哼，人们还总是把我当成汤姆·汉克斯呢，有些人甚至还找我要签名。让我来看看你的驾驶证和车辆行驶证吧。"

默尔再做一次努力，就像垂死之人的最后挣扎一样无力。"我本来放在大衣口袋里了，可是上洗手间时被人偷了。在麦当劳被偷的。"

"嗯，嗯，好的。你是哪里人？"

"凤凰城。"默尔心虚地说。

"嗯哼，那你这辆小车怎么挂着俄克拉何马州的车牌？"

默尔默不作声，无言以对。

"下车，孩子，虽然你看起来就像个弱鸡一样没什么危险性，不过，把手放在我能看到的地方。"

默尔下了车，心里没太后悔。这是一次不错的逃跑，说真的，很不错；回头想想，这简直是一次奇迹般的逃跑。自从四月底离开家以来，他本该被抓十多次了，却一次都没有。既然现在被抓了，又能怎么样呢？不过，他到底能去哪儿？哪儿都没去，哪儿都去了。只要远离那个死秃头就好。

"你叫什么名字，孩子？"

"默尔·卡西迪。默尔是默林的简称。"

几个早起购物的顾客看看他们，然后继续往那个二十四小时营业的奇迹——沃尔玛——里面走。

"跟那个巫师同名哈，嗯，好的。你带身份证了吗，默尔？"

他把手伸进后兜，掏出一个廉价的钱夹，上面缝着已经磨损的鹿皮。这是他八岁生日时妈妈送给他的生日礼物，那个时候只有他们母子俩在一起，世界还有意义。钱夹里有一张五美元和两张一美元，有一个隔层里面放着几张他母亲的照片，他从中取出一张带有他的照片的覆膜卡片。

"波基普西青年部，"警察若有所思地说，"你从纽约州来的？"

"是的，先生。"早些年前"先生"这个词就已经被他继父狠狠打进他心里了。

"你是那儿的人？"

"不，先生，但离那很近，是一个叫斯拜廷基尔的小镇，它的含义是'喷水的湖'。至少我母亲是这样告诉我的。"

"嗯哼，好的，有趣，你每天都学到一样新东西啊。你出逃多久了，默尔？"

"我想，有三个月了。"

"谁教你开车的？"

"我叔叔，戴夫。大部分是在田地里教我的。我是个好司机，手动挡和自动挡的对我来说没区别，都开得好。我叔叔戴夫突发心脏病死了。"

警察拿着那张覆膜卡片敲着自己的大拇指甲，此时没有发出咚——咚——咚的声音，而是哒——哒——哒的声音。他仔细考虑着。总的来说，默尔喜欢这个人，至少目前是。

"好司机，嗯，你肯定是从纽约州一路开到这个尘土飞扬、皱皱巴巴、位于边境的鬼地方来的。你偷了多少车，默尔？"

"三辆，不，四辆。这个是第四辆。只有第一辆是台面包车，是从我邻居那里偷的。"

"四辆，"警察打量着站在他面前这个脏兮兮的孩子说，"那你南下之旅的经济来源是什么，默尔？"

"嗯？"

"你怎么吃饭？在哪儿睡觉？"

"我基本上都睡在车里。我偷。"他垂下头，"主要偷女士的钱包，有时候她们没发现，但要是被她们发现了……我拔腿就跑。"眼泪开始从他的眼里流出来。在这段警察所谓的'南下之旅'中他没少哭，大都是在夜深人静时。但那些眼泪并没有给他带来安慰，而现在这些眼泪却给他带来了巨大的安慰，默尔不知道为什么，他也不在乎。

"三个月，四辆车。"警察继续用默尔的青年卡哒——哒——哒地敲着，"你在逃避什么，孩子？"

"我继父。你要是把我送回那个混蛋身边，我还会逃跑，一有机会就立刻跑。"

"嗯哼，嗯哼，我想得到。你到底多大了，默尔？"

"十二，但我下个月就十三了。"

"十二岁，可怜的孩子。你跟我来，看看我们该怎么处置你。"

在哈里森大街的警察局里，警察给默尔·卡西迪拍照、除虱、采集指纹，同时他也等待着社会服务人员的到来。指纹直接上传到网络，这只是例行公事。

弗林特市警察局要比哈里森大街那个埃尔帕索的小得多。拉夫来到局里，他马上要开着巡逻车赶去盖城，现在打算先给黛博拉·格兰特打电话。这时他看到比尔·塞缪尔斯在等他，比尔看上去病了，连他那绺埃尔法法式翘起的头发都跟他一起"垂头丧气"了。

"怎么了？"拉夫问，言外之意是又怎么了？

"亚力克·佩利给我发短信了，里面带一个链接。"

塞缪尔斯打开公文包拿出平板电脑（当然，是大的那款，平板电脑 Pro），然后开机。他在屏幕上点了几下，然后递给拉夫。佩利发来的信息写着：**你确定想起诉对梅特兰不利的案子吗？先看看这个。**下面有一个链接，拉夫点击它打开。

出现了一个 81 频道的网站：**盖城公共访问资源！**下面是视频版块，有市议会会议、一座大桥重新开放、一个叫**你的图书馆及其使用方法**的教程，还有一个叫**盖城动物园喜添新成员**的视频。拉夫怀疑地望着塞缪尔斯。

"往下滑。"

拉夫往下滑动网页，发现一个标题为**哈兰·科本为三州英语教师协会做讲座**的视频。播放键下层的画面上是一个戴着眼镜的女人，她的头发硬挺挺地竖起，非常费力地定型在头上，看起来好像你可以用棒球直接把她的头发弹开而不会伤到下面的头骨一样。她站在讲台上，身后有一个喜来登酒店的标志。拉夫把视频画面放大成全屏开始观看。

"嗨，大家好！欢迎你们的到来！我是本年度三州英语教师协会的主席，约瑟芬·麦克德莫特。很高兴来到这里，请允许我正式欢迎你们参加我们一年一度的心灵沟通会。当然，我们还准备了一些酒水。"此处引起一阵礼貌的笑声，"今年我们的出席率非常高，我想这与我的个人魅力有点儿关系"——一阵更礼貌的笑声——"我想这可能与今天出席的令人惊喜的客座演讲嘉宾有更大的关系，他就是……"

"有一件事梅特兰说的是对的，"塞缪尔斯说，"他妈的这个介绍没完没了。她几乎把那家伙写的每本书都讲了一遍。跳到九分三十秒，那里她讲完了。"

拉夫用手指拖动视频底部的进度条，现在确定他即将看到的内容。这是他不想看到的，可他还是看了，无法抗拒。

"女士们，先生们，下面请用热烈的掌声欢迎今天的客座演讲嘉宾，哈兰·科本先生！"

一位秃顶的绅士从侧台大步走上讲台，他长得非常高，当他弯腰同麦克德莫特女士握手时，那画面就像是一个大人在跟一个穿着成人裙子的小女孩打招呼。81频道认为这场盛会足够有趣，于是在现场设置了两台摄像机进行拍摄，现在镜头转向观众，大家正起立为哈兰·科本鼓掌喝彩。画面中，会场前面有一张桌子旁坐着三男一女。拉夫感觉他的胃像在坐特快电梯一样沉了下去，他点击视频将它暂停。

"天哪！"他说，"是他。特里·梅特兰和朗德希尔、奎德，还有格兰特。"

"根据我们掌握的证据，我不明白这是怎么回事，但那确实像极了他。"

"比尔……"拉夫一时间说不下去了，他完全惊呆了，"比尔，那个人教过我儿子，视频里的那个人不仅长得像他，那就是他。"

"科本讲了大约四十分钟。全程差不多只有他站在台上，但镜头偶尔会拍一下观众被他诙谐幽默的语言逗得哈哈大笑的画面——我可以这么说，他是个风趣幽默的人——或者他们专注聆听的画面。梅特兰——如果那个人真的是梅特兰的话——在大多数画面中都出现了。但致命一击就在大概第五十六分钟，你调到那里。"

保险起见，拉夫调到五十四分，视频中科本正在回答观众的问题。"我在书中从来不为了亵渎而使用亵渎的语言，"科本说，"但在某些情况下，似乎完全合适。用锤子砸自己拇指的人不会说'哦，泡菜'。"观众笑了。"我还可以再回答一两个问题。你有什么问题，先生？"

画面从科本切到下一个提问者。是特里·梅特兰，一个大大的特写镜头。就像珍妮特所建议的一样，拉夫本以为他们现在要解决替身的问题，但现在，最后一线希望也破灭了。梅特兰问："科本先生，当您坐下来写作时，您始终清楚谁是凶手吗，还是有时候结果甚至令你也感到惊讶？"

画面转回到科本身上，他笑着说："这个问题问得好。"

还没等他给出一个好答案，拉夫就把视频退回到特里站着提问的画面。拉夫盯着那个画面看了有二十秒，然后把平板电脑递给地方检察官。

"噗……"塞缪尔斯说，"这就是我们的案子咯。"

"DNA 的结果还悬着呢。"拉夫说……或者更确切地说，他听到自己在说。此刻他感觉自己好像灵魂出窍了。他猜，裁判停止双方搏斗前拳击手就是这种感觉。"我还需要跟黛博拉·格兰特谈谈，之后我要去盖城干点儿老侦探的工作。别在这跟我啰嗦了，去挨家挨户敲门吧，找酒店的人还有他们去吃饭的那家印第安篝火的人谈谈。"说完这些，拉夫想起珍妮特，"我还想看看能不能找到法医证据。"

"案发那天之后的几天是酒店在一周中生意最好的，你知道在偌大个城市酒店找法医证据的可能性有多小吗？"

"知道。"

"至于那家餐厅，很可能都没开门。"塞缪尔斯的声音听起来就像一个刚刚在人行道上被大孩子推倒而擦伤膝盖的小孩。拉夫马上意识到他不太喜欢这个家伙，他表现得越来越像一个半途而废打退堂鼓的懦夫。

"如果餐厅离酒店很近，有可能会供应早午餐。"

塞缪尔斯摇摇头，眼睛仍然盯着平板电脑上定格的特里·梅特兰的图像。"即便我们得到 DNA 的结果显示匹配……我现在都开始怀疑了……你干这行这么久了，应该知道陪审团很少根据 DNA 和指纹定罪。O. J. 辛普森的世纪审判就是个很好的例子。"

"目击证人——"

"戈尔德会统统推翻的。斯坦霍普？老眼昏花的，'你不是三年前就注销驾照了吗？'朱恩·莫里斯？看见街对面有个满身是血的男人，可她还是个孩子。斯考克罗夫特当时喝了酒，他朋友也是。克劳德·博尔顿是个瘾君子。你最好的证人就是薇洛·雷恩沃特了，不过哥们，有个消息要告诉你，在这个州，美国人还是不怎么喜欢印第安人。别太相信他们。"

"但我们已经陷得太深，没法走回头路了。"拉夫说。

"这恰好是糟糕的事实。"

他们静静地坐了一会儿。拉夫的办公室门开着，警局大办公厅几乎空无一人，在这个西南部小城，星期天早上通常都是这样。拉夫想告诉塞缪尔斯，这个视频使他们的关注点偏离了重心和初心：一个孩子被杀了，他们收集的每一点证据都证明他们抓的那个人就是凶手。而案发时梅特兰似乎正身处七十英里之外这一点必须得到解决和澄清。在此之前，他们俩谁都不能休息。

"如果你愿意，就跟我一起去盖城吧。"

"不可能的，"塞缪尔斯说，"我要带我的前妻和孩子们去奥科马湖，她准备了野餐。我们好不容易重修旧好，我不想把事情搞砸。"

"好吧。"反正这份邀请也不是诚心诚意的，拉夫本来就随口一提。他想自己一个人静静，想努力让自己的脑子想明白，为什么原本看起来非常明了的事情现在却变成一团糟。

拉夫站了起来。比尔·塞缪尔斯把平板电脑放回公文包里，然后也起身和他并肩站着，"拉夫，我想我们会因为这个案子丢掉工作。如果梅特兰被无罪释放，他一定会起诉，你很清楚他会的。"

"去野餐吧，吃点儿三明治。这个案子还没结束呢。"

塞缪尔斯先行离开办公室，他耷拉着肩膀、公文包沮丧地撞着膝盖，这副垂头丧气走路的样子激怒了拉夫。"比尔？"

塞缪尔斯回过头来。

"这城里的一个孩子被强暴了，不管在强暴之前还是之后，他都有可能被咬死了。我还在努力想这个案子。如果咱俩丢了工作或弗林特市政府被起诉，你认为他的父母就会开心了吗？"

塞缪尔斯没有回答，只是穿过空荡荡的大厅，走进清晨的阳光中。今天是个适合野餐的好日子，但拉夫觉得地方检察官先生不怎么会享受其中。

# 12

　　弗雷德和奥利刚好赶在星期六的午夜变成星期日的凌晨之前抵达慈爱医院急诊室的候诊室，仅仅比载着艾琳·彼得森的救护车晚到不过三分钟。那个时候，大大的候诊室里挤满了伤病之人，有流血受伤的，有醉酒抱怨的，有啼哭的婴儿，也有咳嗽的老人。同大多数急诊室一样，星期六晚上慈爱医院的急诊室忙得不可开交，可是一到星期天早上九点钟，便几乎空无一人。一名男子用临时绷带捂着一只流血的手；一个女人膝上抱着发烧的孩子，在看角落里高高挂起的电视机里播放的芝麻街；一个卷发少女闭着眼仰着头，双手紧紧捂着肚子。

　　然后就是他们，彼得森家仅剩的两名成员。大约六点钟时，弗雷德闭上眼渐渐睡去，而奥利只是坐在那里，眼睛盯着载着他妈妈消失的那部电梯，相信如果他睡着了妈妈就会死掉。耶稣曾问过奥利："你就不能陪我一起看守一个小时吗？"这个问题问得好，一个你无法回答的问题。

　　九点十分，电梯门开了，在他们到达后不久与他们交谈过的医生走了出来。他身穿手术服，头戴汗渍斑斑的手术帽，帽子上装饰的红心鲜艳夺目。医生看起来疲惫不堪，当他看到他们时，把身子转向一边，好像希望自己能够退回到电梯中去。奥利只要看到那个不自觉的退缩动作就知道了结果。他希望父亲可以一直睡过去，不要得知这个晴天霹雳般的噩耗，但那不可能，毕竟他了解她、深爱她的时间要比奥利来到这个世界的时间还久。

　　"嗯，"当奥利摇着他的肩膀时，弗雷德坐了起来，"怎么了？"

　　然后弗雷德看到了医生，他正摘掉手术帽，露出一头汗津津的浓密棕发。"先生们，我很遗憾地告诉你们，彼得森太太去世了。我们已经尽力了，起初我以为我们可以把她救过来，但她的心脏受损太严重了。我再次非常非常抱歉。"

弗雷德难以置信地盯着他看了一会儿，然后哭了起来。卷发少女睁开眼盯着他看，发烧的幼儿往妈妈的怀里畏缩。

抱歉，奥利心想，这是当今的流行词。上周我们还是一个完整的家庭，而现在却只剩下我和父亲。只能用抱歉来表达这一切，好吧，就是这个词，没有别的。

弗雷德捂着脸哭着，奥利伸出手臂把他搂在怀里。

# 13

玛茜和两个女儿午餐只吃了几口，午餐后，玛茜走进卧室去翻特里的衣柜。虽然特里是家里的另一半，但他的衣服只占了四分之一衣柜。他是一名英语老师、一名棒球和足球教练，需要资金时他还是一名募捐者——不过好像总是这样，他是一个丈夫、一个父亲，他把所有这些角色都扮演得很好，但只有教师这份工作有收入，所以他也没有太多讲究的衣服。那套蓝色西装是他最好的衣服，它可以衬托出他眼睛的颜色，但已经有磨损的痕迹了，任何一个有时尚男装眼光的人都不会把它误认为是布莱奥尼（意大利高级男装品牌）。这套西装的牌子是男人的衣橱，已经有四个年头了。玛茜叹了口气，把它取下来，配了一件白衬衫和一条深蓝色领带。她正把它们装进西装袋时，门铃响了。

是霍伊，他身上这身衣服比玛茜刚刚收起的衣服精致多了。霍伊简单抱了一下小姑娘们，然后吻了一下玛茜的脸颊。

"你要把我爸爸带回家吗？"格蕾丝问。

"今天不能，但很快就会了。"他接过西服袋说，"再带一双鞋吧，玛茜？"

"哦，上帝啊，"玛茜说，"我真是个白痴。"

那双黑皮鞋可以，但需要打一下鞋油，可是现在没时间了。玛茜直接把鞋子装进一个袋子，然后回到客厅。"我准备好了。"

"好的。大大方方地走出去，不要在意外面那些土狼。姑娘们，把门锁好，妈妈回来之前不要开门，不要接陌生电话。明白了吗？"

萨拉说："我们会好好的。"可是她看起来并不好，格蕾丝也是。玛茜不知道十一二岁的孩子是否有可能一夜之间暴瘦。当然不会。

霍伊说："我们走吧。"他兴高采烈、满脸喜悦。

霍伊提着西装，玛茜提着皮鞋，两人一起离开家。记者们再次拥到草坪边。梅特兰太太，你同你的丈夫谈过了吗？警察是怎么跟你说的？戈尔德先生，特里·梅特兰对这起指控做出回应了吗？你打算申请保释吗？

霍伊板着脸回答："我们现在无话可说。"他护送玛茜穿过媒体刺眼的闪光灯上了他的凯迪拉克。玛茜心想，在这晴朗的七月，完全没有必要开闪光灯啊。

霍伊在车道尽头摇下车窗，探出身子对其中的一名执勤警察说："梅特兰家的姑娘们在里面呢，你们两个有责任看好她们不被骚扰，对吧？"

两个警察都没有回答，他们只是用漠不关心或充满敌意的表情看着霍伊。玛茜说不准是哪种表情，但她更觉得是后者。

上帝保佑 81 频道，那段视频给玛茜带来的喜悦与宽慰至今仍未消退，但她家门前依然有媒体车和挥舞着麦克风的记者。特里仍被关在监狱里——用霍伊的话说是"在县里"——这是一个多么可怕的词啊，像是出自一首孤单寂寥的乡村与西部音乐的歌词。陌生人搜查过他们家房子，并且随便拿走了所有他们想拿的东西。然而，警察的冷脸无情和无动于衷才是最糟糕的，远比媒体的灯光和大声的提问更令人不安。她的家庭被一台冰冷的机器吞噬了。霍伊说他们会毫发无损地摆脱这一切，可好事还没有发生。

不，还没有。

# 14

一名睡眼惺忪的女警迅速对玛茜进行了搜身，她让玛茜把钱包放到塑料筐中，然后通过金属探测门。她还把他们的驾照装进一个袋子里，和许多其他人的东西一起挂到一块公告牌上。"还有西装和鞋子，太太。"

玛茜交给她。

"明早我来接他时，想看到他精神抖擞地穿着那套西装。"霍伊说着穿过安检门，这时警报响了。

"我们肯定会告诉他的。"站在安检门另一侧的警官说，"把你兜里的东西统统拿出来，再过一遍。"

原来是他的钥匙扣的问题。霍伊把它递给女警，又过了一遍安检门。"我来过这儿不下五千次了，总是忘记把钥匙拿出来，"他对玛茜说，"这肯定是有点儿弗洛伊德式的问题。"

玛茜紧张地笑了笑，没作声。她感觉喉咙很干，她想自己开口肯定是沙哑的声音。

另一名警官带着他们穿过一道门，然后又穿过一道门。玛茜听到孩子的笑声和大人喊喊喳喳的讲话声。他们穿过一个探视区，那里铺着棕色的地毯，孩子们正在玩耍，身穿棕色连体裤的囚犯正在和他们的妻子、爱人、母亲交谈。有一个大块头男人，一侧脸上长着一块紫色胎记，另一侧脸上有一块正在愈合的伤口，他正在帮年幼的女儿重新布置玩具屋里的家具。

这简直是做梦！玛茜心想，太生动了。梦醒时，我会发现特里在我身边，我要告诉他我做了一个噩梦，梦见他因谋杀罪而被逮捕了。听到这话我们肯定都会哈哈大笑。

一名囚犯指着她，完全没有掩饰的意思，他旁边的女人瞪大眼睛盯着玛茜看，然后跟另一个女人耳语。引路的警官手里拿着探视区另一边门的门卡，不过那张门卡好像出了问题，此刻玛茜难免会想他是在故意浪费时间。在门锁咔嗒一声响起、警官领着他们从那道门走出去之前，好像每一双眼睛都在盯着他们，连孩子都是。

门的另一边是一条走廊，走廊两侧排列着一些小房间，各房间之间用看似毛玻璃的东西隔开。特里正坐在其中一间，身上套着一件大得不像话的棕色连体裤。玛茜一看到他就哭了起来，她走进那个小隔间，隔着玻璃看着自己的丈夫。不，那根本不是玻璃，而是一块厚厚的透明塑胶。玛茜举起一只手，五指分开，特里也举起一只手，隔着有机玻璃与她的手相对。那上面有一个小圆孔，就像老式电话听筒上的小孔一样，可以用来通话。"别哭了，亲爱的。你要是再哭，我就要哭了。坐下吧。"

玛茜坐到长凳上，霍伊也挤坐在她身边。

"姑娘们还好吗？"

"很好。她们一直担心你，但今天好多了。我们有些非常好的消息。亲爱的，你知道吗？科本先生的演讲被公共频道拍摄了。"

有那么一会儿，特里就那样目瞪口呆地坐着，然后他开始大笑着说："你知道吗，我想介绍他的那个女人之前好像说过，但她太啰嗦了，我几乎都没听。"

"没错，纯属胡扯。"霍伊笑着说。

特里向前探身，前额都要顶上透明塑胶了。他眼睛明亮、目光专注，"玛茜……霍伊……我在提问环节问过科本一个问题，我知道拍摄的镜头比较远，但或许录上了声音。这样的话，或许他们可以做语音识别或什么的进行比对！"

玛茜和霍伊对视了一下，然后开始大笑。这种声音在高级安全探视区是不常见的，走廊尽头的警卫皱着眉抬头看了看。

"什么？我说了什么？"

"特里，你提问的时候上镜了，"玛茜说，"你明白吗？镜头把你拍下来了。"

特里一时间似乎没有理解她在说什么，然后他把拳头举到太阳穴旁挥舞着。这是玛茜常见的胜利手势，以前每当特里的球队得分或成功地做了一个漂亮的防守时，他都会做这个手势。玛茜不假思索地举起手来模仿他。

"你确定吗？百分之百确定？太棒了，这简直令人难以置信。"

"是真的，"霍伊咧着嘴笑，"事实上，你在视频中被录到六次，是在他们把镜头切到观众大笑或鼓掌时。你的提问只不过是锦上添花。"

"所以可以结案了，对吗？明天我就可以无罪释放了？"

"不要笑得太早。"霍伊的笑渐渐变成了相当严肃的冷笑，"明天只是传讯，他们手里有一大堆法医证据，而且他们引以为豪——"

"他们怎么能这样呢？"玛茜突然蹦出这句话，"他们怎么能这样呢？当时特里明明就在那里。录像可以作证！"

霍伊举起一只手示意她停止。"我们过后再谈要担忧的矛盾，不过我现在可以告诉你，我们比他们有胜算，可以轻易胜过他们。但某些机器已经启动了。"

"机器，"玛茜说，"是的，我们知道那台机器，对吧，特里？"

特里点点头。"我好像掉进了卡夫卡的小说，或是穿梭到了一九八四年，而且还把你和女儿一起拉下水了。"

"哇，哇，"霍伊说，"你没有把任何人拉下水，是他们干的。这件事会解决的，伙计们，霍伊叔叔向你们保证，而且霍伊叔叔永远说到做到。特里，你明天上午九点钟要在霍顿法官面前接受传讯。明天穿上你妻子带来的漂亮西装，你会精神抖擞、完好无损地出席，衣服在监狱储物柜里挂着。我打算见一下比尔·塞缪尔斯，跟他讨论一下保释的事情——如果他参加会议，就今晚见，如果他不参加，就明早见。他不会愿意的，他会坚持家中监禁，但我们会设法搞定，因为到那时，就会有媒体发现81频道的视频录像，而控方在案件上的问题就将公众皆知。我想你得抵押房屋来筹保释金了，不过那应该不会有太大风险，除非你打算割断脚踝上的监视器，逃到山里去。"

特里严肃地说："我哪里都不会去。"他的脸涨红了，"内战时期的某位将军是怎么说的？'我打算在这条战线上奋斗到底，哪怕要花上整个夏天的时间'。"

"好的，那么下一战是什么呢？"玛茜问。

"我要告诉地方检察官，向大陪审团提交起诉书不是个好主意。而且这个观点将会占上风，然后你就自由了。"

可是会吗？玛茜在心里画着问号，我们会吗？他们声称拥有他的指纹，还有看到他掳走那个小男孩和看到他满身是血地从菲吉斯公园走出来的目击证人呀！只要还未抓住真正的凶手，我们能真正自由吗？

"玛茜，"特里对她笑着，"放轻松。你知道我是怎么教那些男孩的——一次打一个垒。"

"我想问你点儿事，"霍伊说，"只是瞎猜而已。"

"随便问。"

"他们声称掌握了各种法医证据，虽然 DNA 报告还没出来——"

"结果不会匹配的，"特里说，"那不可能。"

"我想说的是指纹。"霍伊说。

"或许有人陷害他，"玛茜脱口而出，"我知道这话听起来很像偏执狂，但……"她耸耸肩。

"但什么？"霍伊问，"问题就在这。你们两个能想到谁会这样费尽心机地做这件事呢？"

梅特兰夫妻俩隔着有机玻璃思考着，然后都摇了摇头。

"我也是。"霍伊说，"现实生活中很少有人会模仿劳勃·勒德伦的小说内容。而且，他们有足够有力的证据让他们迅速实施逮捕，不过我敢肯定他们现在后悔了。我担心的是，即便我能把你从那台机器的手里救出来，他造成的阴影可能会留下来。"

"昨晚几乎一整晚我都在想这个事。"特里说。

"我到现在都还在想。"玛茜说。

霍伊向前探身，双手紧握。"如果我们能找到实物证据与他们的匹配，将会有所帮助。81 频道的录像很好，再加上你的同事，这可能就是所有我们需要的。但我比较贪心，我还想要更多。"

"盖城那家最大的酒店里的物证？而且在四天之后？"玛茜问，她不知道自己刚刚的话恰好与比尔·塞缪尔斯的话一样，"这似乎不太可能啊。"

　　特里皱起眉头望着空中："并非完全不可能。"

　　"特里?"霍伊问，"你想什么呢?"

　　他环视他俩，笑着说："可能会有什么，可能真的会有。"

# 15

印第安篝火确实在营业，供应早午餐，所以拉夫先去了那里。有两名谋杀案发当晚上班的员工仍在值班：一个女招待和一个男服务员。男服务员梳着平头，看上去差不多刚够买啤酒的合法年龄。女招待是帮不上忙了，她只甩出一句"那天晚上店里爆满"，而男服务员隐约记得接待过一群英语老师。拉夫带了一张从去年的弗林特市高中年鉴上找的特里的照片，当他把这张照片拿给那个服务员看时，他只是模棱两可地说是的，他有点儿记得有个长得像的人，但他不能确定那就是照片上的人。他说他甚至都不确定那个人是和那群英语老师一起的。"嘿，伙计，我可能只是在吧台给他上了一份辣翅拼盘。"

就这样。

拉夫在喜来登酒店的运气也好不到哪里去。他能够确认星期二晚上梅特兰和奎德入住的房间是 644 号，酒店经理也给他看了账单，但账单上是奎德的签名，是他刷万事达卡买的单。经理还告诉拉夫，梅特兰和奎德退房后 644 号房始终客满，每天上午都打扫。

"我们还提供加洁服务，"经理说，这话简直是雪上加霜，"意思就是大多数情况下房间每天都要打扫两次。"

是的，酒店欢迎安德森侦探来查看监控录像，而且拉夫对酒店怎么可以允许亚力克·佩利先这样做没有任何抱怨。（拉夫不是盖城的警察，这意味着外交手段要比有胆量更重要。）监控录像是彩色高清的——盖城喜来登酒店可用不老佐尼家的超市那种劣质摄像头。拉夫在监控录像中看到一个长得像特里的人在大厅、礼品店出现过，星期三上午在酒店的健身房锻炼，还有在酒店的舞厅外排队等候签名。出现在大厅和礼品店中的那个人不能确定，但使用健身房前做登记的那个人和排队等签名的那个人就是他儿子的教练，这应该没什么可怀疑的——至少在他心里是。那个人教过德里克短打，因此使他的绰号从

"速易洁"变成了"中球"。

在拉夫心里，他能听到妻子在告诉他现在缺的就是来自盖城的法医证据，这是破案的金奖券。她说过"如果特里当时在'这儿'，"——指在弗林特市杀人，"那么那个替身肯定在'那儿'，这是唯一讲得通的。"

"这些都讲不通啊。"拉夫看着监视器咕哝着。定格的画面上，一个绝对像特里·梅特兰的人和他的部门领导朗德希尔一起站在签名的队伍里，正在笑着什么。

"您说什么？"给他播放监控录像的酒店工作人员问。

"没什么。"

"您还需要我给您看什么吗？"

"没有了，谢谢。"这本来就是白费力气的事，反正81频道的演讲录像已经几乎可以让酒店的监控录像变得没有实际意义，因为问答环节的那个人就是特里。没有人会怀疑这一点。

不过在拉夫内心的某个角落里，他仍然怀疑。特里站起来提问时的样子，好像他事先知道摄像机会拍到他似的……这简直太他妈的完美了。有没有可能整件事都是一个圈套？一个惊人但最终还是可以解释的戏法？拉夫不明白这是怎么回事，他也不明白大卫·科波菲尔（美国超级大魔术师）到底是怎样穿越中国长城的，可他还是在电视上看到了。如果真是这样的话，特里·梅特兰不只是一个杀人犯，他还是一个正在嘲笑他们的杀人犯。

"警探，提醒你一下，"酒店的工作人员说，"我收到一张哈利·布莱特的便条，他是这儿的老板，他说您刚才看到的东西都要留给一位叫霍伊·戈尔德的律师。"

"我不在乎你怎么处理它，"拉夫说，"就算把它寄给阿拉斯加州那个婊子萨拉·佩林也与我无关。我要回家了。"没错，好主意，回家，和珍妮特一起坐在后院分享六瓶啤酒——他四瓶，她两瓶，尽量别被这该死的悖论折腾疯了。

酒店的工作人员送拉夫走到保安室门口。"新闻上说你们抓住了杀那个孩子的人。"

"新闻总是说很多。谢谢你的宝贵时间，先生。"

"始终乐意协助警方工作。"

拉夫心想，你要是不乐意就好了。

拉夫在大厅的另一边停下来，伸手去推旋转门，突然生出一个念头。既然他已经在这儿了，还有一个地方应该去看看。特里说，科本的演讲一结束，黛比·格兰特就跑去女厕排队了，她去了很久。特里说过，"我和埃弗还有比利走到报摊那边溜达，黛比回到那跟我们碰头。"

所谓的报摊原来有点儿类似一家礼品代卖店。柜台后面站着一位浓妆艳抹、头发花白的女人，正在摆放一些廉价首饰。拉夫向她出示了证件，然后问她上个星期二下午她是否在店里工作。

"亲爱的，"她说，"我每天都在这工作，除非我生病了。卖书刊杂志我是赚不到钱的，但卖这些珠宝和纪念咖啡杯是有提成的。"

"你还记得这个人吗？上星期二他和一群英语老师一起在这儿，来听讲座。"拉夫给她看了特里的照片。

"当然，我记得他，他问起一本弗林特县的书。天知道有多久没人问过那本书了。我没有把它收起来，从二〇一〇年我开始经营这家店起，那个鬼东西就在这儿了。我想我应该把它取下来，可是换成什么呢？你要是开一家这样的店就会发现，高于或低于视线高度的东西都是不会动的。至少最下面应该摆便宜的东西，架子顶层摆贵重的插图书和用铜版纸印刷的书。"

"你刚刚讲的是什么书？列——"拉夫看了一眼她戴的名牌，"列维勒女士。"

"那本，"她指着一本书说，"《弗林特县、多利县和坎宁镇历史图册》，书名真拗口哈？"

拉夫转过身，看到两架子读物和一架子纪念杯碟。一个书架上放着杂志，另一个混放着平装书和现在的精装本小说，后者的书架顶层有六本大书，珍妮管它们叫画册，这些书是塑封的，以防读者把书页弄脏或折角。拉夫走过去抬头看着那几本大书。特里要比拉夫高三英寸，他不需要抬头或垫脚就可以轻松把书取下。

拉夫伸出手准备去够她刚刚说的那本书，但他又突然改变了主意。拉夫转身走回列维勒女士面前说："跟我讲讲你还记得什么。"

"什么？关于那个家伙？没什么可讲的了。那天讲座结束后礼品店就忙得不可开交，我记得很清楚，可我这里就只有几位顾客。你知道为什么，对吧？"

拉夫摇摇头，尽量保持耐心。这里有料，好吧，他以为——其实是希望——自己知道这个料是什么。

"当然，他们不想失去排队的位置，而且他们人人手里都有科本先生的新书在排队时读。但这三位先生确实进来了，其中一位——胖胖的那个——买了丽莎·加德纳（美国惊悚小说家）的精装本新书，而另两位只是浏览了一下。然后一位女士探头进来，说她已经准备好了，于是他们就离开了。我猜是去要签名了。"

"但是其中一位——个子高高的那个——对那本弗林特县的书表现了兴趣。"

"是的，但我想是书名中的坎宁镇吸引了他的眼球。他说过他家在那里住了很长时间吗？"

"我不知道，"拉夫说，"得你告诉我。"

"我相当确定他说了。他把那本书取下来，但他看到价签上写着七十九点九九美元后就把它放回架子上了。"

哈，料来了。"从那以后有人看过那本书吗？把它拿下来用手拿着看？"

"那本？开什么玩笑。"

拉夫走到架子前，踮起脚取下那本塑封书。他用两只手掌抵着书的两端。书的正面是一张深褐色的照片，照片中是很久以前的一场送葬仪式，六个牛仔头戴破旧的帽子，带着装在皮套里的手枪，抬着一个木板棺材走进尘土飞扬的墓地。一名牧师（也带着一把装在皮套里的手枪）双手托着《圣经》，站在挖好的墓穴前等待他们。

列维勒女士脸上笑开了花。"你真的想买下它吗？"

"是的。"

"好的，递给我，让我扫描一下。"

"不可以。"拉夫举起书，把贴在塑封包装膜上面的条码对着她。她哔的一声扫了一下。

"加上税总共八十四点一四美元，我只收你八十四美元吧。"

拉夫小心翼翼地把书竖起来，腾出手来递信用卡，之后他把收据塞进前胸口袋，然后再次用两只手掌把书夹起来走了出去，好像捧着圣杯一样。

"他拿过它，"拉夫说，与其说是为了肯定珍妮的话，不如说是为了确认自己荒谬的运气，"你确定我给你看的照片上的那个人拿过这本书？"

"他把它拿下来，然后说封面的照片是在坎宁镇拍的，然后他看了看价格又把它放了回去。就像我告诉你的一样。这是证据还是什么？"

"不知道，"拉夫低头看着封面上古老的送葬者说，"但我会查出来的。"

# 16

弗兰克·彼得森的尸体在星期四下午被送到了唐奈利兄弟殡仪馆。艾琳·彼得森已经安排好了一切，包括讣告、鲜花、星期五上午的追悼会、葬礼、入葬仪式，以及星期六晚上亲朋好友的聚会。必须由她来安排啊，弗雷德向来不善于安排任何社交活动。

"但这次必须由我来做了，"弗雷德和奥利从医院回到家时告诉自己，"必须是我，因为除了他之外没有别人了。唐奈利家的那个人会帮他的，他们是这方面的专家。"只是，他该如何支付这第二场葬礼的费用呢？保险会赔偿吗？他不知道。所有这些事也都是一直由艾琳处理的。他们夫妻俩有一个约定：他负责赚钱，她负责买单。弗雷德必须去翻一翻艾琳的书桌找保险文件，一想到这他就感觉累了。

彼得森父子坐在客厅里，奥利打开电视机，娱乐体育节目电视网正在播放足球赛，虽然俩人都不喜欢这项比赛，但他们还是看了一会儿。他们父子俩是职业橄榄球运动员。最后，弗雷德站了起来，拖着沉重的脚步走进大厅，拿回艾琳那本红色的旧通讯录。弗雷德翻到 D 组，是的，有唐奈利兄弟，但是艾琳一贯工整的字迹在这里却是歪七扭八的。怎么可能会不这样呢？在弗兰克死前她本不会去记下殡仪馆的电话，她会吗？彼得森一家本该有好几年都不需要考虑葬礼，很多很多年。

通讯录的红色皮革已经褪色磨损了，弗雷德看着它想起自己曾无数次看到艾琳捧着它匆匆记下回信地址。过去是从信封上记下，最近大多是从互联网上了。弗雷德开始哭起来。

"我做不到，"他说，"我就是做不到。弗兰克刚死了没多久。"

电视上，主持人尖叫着"进球!"，身穿红色球服的运动员开始兴奋地从彼此身上跳过去。奥利关掉电视机，伸出手来。

"我来。"

弗雷德看着他，双眼通红，泪如泉涌。

奥利点点头。"没关系的，爸爸。真的，我会搞定的，所有事。你上楼躺一会儿吧。"

虽然弗雷德知道把这个重担留给他年仅十七岁的儿子可能是错误的，但他还是那样做了。他向自己保证，会及时承担起自己那份重担，但现在他需要打个盹儿。他真的很累很累。

# 17

星期天，亚力克·佩利直到下午三点半才摆脱家庭的束缚。他抵达盖城喜来登酒店时已经五点多了，但傍晚时分的太阳仍然挂在空中炙烤这座城市。亚力克把车停到酒店的回车道上，然后塞给代客泊车的服务生十美元，叫他把车开得近一些。在那个报摊，洛雷特·列维勒又在摆放她那点儿首饰。亚力克进去了一下很快就出来了，他走出酒店，靠着他那辆探路者给霍伊·戈尔德打电话。

"我抢在安德森前面拿到了监控录像——还有电视台的录像，但是他抢在我前面拿到了那本书，而且把它买走了。我猜你得重新洗牌了。"

"他妈的，"霍伊骂道，"他怎么会知道？"

"我想他之前并不知道，我觉得应该是运气加上老侦探查案的手法吧。报摊的那个女人说，科本演讲那天有个人把它拿下来，看到价格——将近八十美元——之后又把它放了回去。她好像不知道那个人是梅特兰，所以我猜她平时不看新闻。她告诉了安德森，安德森把书买了下来。她说他是拿着书的两头走出去的，用两个手掌。"

"他这是希望找出与特里的指纹不匹配的指纹，"霍伊说，"以此来说明当时拿那本书的人不是特里。没有用。上帝知道有多少人拿过那本书。"

"报摊的女人可不同意你这种说法。她说那本书就一直在那放着，月复一月。"

"没什么区别。"霍伊听起来并不担心，这让亚力克为他俩感到担忧。那本书不太重要，但它确实有影响，在一件案子中，很小的瑕疵会逐渐形成引人注意的大错。亚力克在心里提醒自己，"它只是可能，再说霍伊可以轻松把它绕过去，陪审团并不太在意'没有'什么。"

"老板，我只想让你知道，你花钱就是让我做这个的。"

"好的，现在我知道了。你明天会去传讯吧？"

"不会错过的。"亚力克说，"你跟塞缪尔斯谈过保释的事了吗？"

"谈了，谈话很简短，他说他会竭尽全力与之斗争到底。他只说了这几个字。"

"天哪，这家伙有关机按钮吗？"

"问得好。"

"不过，你能搞定吗？"

"我有个好机会，如果我能提供证据，就肯定能。"

"如果你能，告诉梅特兰不要出门在家附近溜达。很多人家里都备有防身武器，而现在他是弗林特市最不受欢迎的人。"

"他会被限制在家里的，警察会对他家房子进行全天候监视。"霍伊叹了口气，"那本书真可惜。"

亚力克挂断电话，跳上车。他想在《权利的游戏》开播前有足够的时间回家做爆米花。

# 18

傍晚，拉夫·安德森和州警尤尼尔·萨布罗侦探在弗林特县地方检察官比尔·塞缪尔斯家的客厅会面。比尔家位于市区北部，这里几乎是最奢侈的豪宅社区，尽管还没有达到麦氏豪宅那种地位。屋外，黄昏正在迎接夜幕的降临，塞缪尔斯的两个女儿正在后院的洒水器间追逐嬉戏。塞缪尔斯的前妻今天留了下来为他们准备晚餐。整个用餐过程中，塞缪尔斯与前妻的关系维持得很好，他经常拍拍前妻的手，甚至还握了一会儿，而她似乎也并不反对。拉夫心想，对于离异分居的夫妻来说这算相当亲密了，这对他俩来说是好事。但是现在晚餐结束了，前妻正在收拾姑娘们的东西，拉夫心想地方检察官塞缪尔斯的好心情很快也会结束了。

客厅的咖啡桌上摆着那本《弗林特县、多利县和坎宁镇历史图册》，拉夫出门前从家中厨房的抽屉里翻出一个透明塑料袋小心翼翼地套在书上，现在封面上的送葬队伍看起来很模糊，因为书的塑封包装膜上撒了一层指纹显粉。书的封面上靠近书脊的位置只有一个指纹——是拇指——凸显出来，就像一枚新硬币上的日期一样清晰可见。

"背面有四个更清晰的，"拉夫说，"这是拿起一本很重的书的方式——拇指在前，其余四指在后，微微张开以作支撑。我本来可以直接在盖城把指纹弄出来，但在那没有特里的指纹做对比，所以我到局里取了需要的材料和工具，然后回家弄的。"

塞缪尔斯扬起眉："你从证物里拿走了他的指纹卡？"

"没有，是复印的。"

"别卖关子了。"萨布罗说。

"不会的，"拉夫说，"它们匹配。这本书上的指纹是特里·梅特兰的。"

刚刚吃饭时坐在前妻身边的"阳光灿烂先生"不见了，现在取而代之的是"乌云密布先生"。"没有经过计算机对比你不能确定。"

"比尔，这世上还没有那东西的时候我就已经在干这个活儿了。"拉夫说完在心里嘀咕着"那时候你小子还在中学自习室想着法子偷看女生的裙底呢！"，之后他接着说，"就是梅特兰的指纹，计算机对比之后也会证实的。看看这些。"

拉夫从他的运动服内怀兜里掏出一小捆卡片，然后把它们放在咖啡桌上摆成两排。"这些是昨晚从特里的档案里复印的他的指纹。这些是塑封包装膜上面特里的指纹。现在你告诉我。"

塞缪尔斯和萨布罗把身子凑过去，从那两排卡片从左看到右。萨布罗率先坐回去，说："我信。"

塞缪尔斯说："没有计算机对比我是不会信的。"这句话听起来很生硬，因为他的下巴突出来。换作其他情况下，他那样子可能让人觉得很滑稽，不过现在拉夫却感受不到一丝幽默。

拉夫没有立即回答。他现在对比尔·塞缪尔斯很好奇，而且希望（发自内心地希望）他早先对这个人的判断是错的。今早他觉得塞缪尔斯是那种一面对英勇的反击就可能会夹着尾巴逃走的懦夫。显然，塞缪尔斯的前妻现在对他仍有感情，他的女儿们也深爱他，但这些证据只能说明一个男人性格的一方面。一个人在家时不一定和在工作中表现得一模一样，尤其是当这个在讨论中的家伙正充满雄心壮志时，突然遇到一个很可能将他那些正在萌芽中的大计划掐死的障碍。这些对拉夫而言都很重要，非常重要，因为他和塞缪尔斯在这件案子上是休戚相关的，无论输赢。

塞缪尔斯说："这不可能。"他举起一只手想去梳那绺翘起的头发，但是今晚那绺头发不在，所以他今晚只是空做动作。"他不可能同时身现两地。"

"然而现在看来确实是，"萨布罗说，"直到今天，一直都没有盖城的法医证据，现在有了。"

塞缪尔斯顿时脸上露出了灿烂的笑容："或许他是在之前去拿的那本书，准备他的不在场证明，这一切都是设计好的一部分。"显然他忘记了自己先前的推测——杀死弗兰克·彼得森的凶手当时无法控制自己内心的欲望，杀人是一时冲动的行为。

"这个想法不容小觑，"拉夫说，"但我看过很多指纹，它们都相当新。指纹的摩擦嵴细节非常清晰，如果是几周或几个月前留下的不会这样。"

萨布罗用小得让人几乎听不到的声音说："这手气，就好像你想摸副好牌却摸到个人头牌。"

"什么？"塞缪尔斯扭过头问。

"扑克牌二十一点。"拉夫说，"他是说，如果我们没有发现它，只是原地踏步，情况就会更好。"

他们考虑着这话。然后塞缪尔斯听起来好像只是在消磨时间一样愉快地说："有一个假设，如果你把指纹粉撒到塑封包装膜上，然后什么都没发现呢？或者只是发现了几个无法辨认的指纹呢？"

"那样我们好不到哪里去，"萨布罗，"但也不至于更糟。"

塞缪尔斯点点头。"那样的话——假如说——拉夫只是随手买了一本相当贵的书，他本以为那是本好书，但结果不好看，可是他不想把它丢掉，于是就把它摆到自己的书架上。当然，是在撕下塑封包装膜扔掉之后。"

萨布罗看看塞缪尔斯，然后又看看拉夫，面无表情。

"那这些指纹卡呢？"拉夫问，"它们怎么办？"

"什么卡？"塞缪尔斯问，"我没有看到任何卡片，你看到了吗，尤尼尔？"

"我不知道我有没有看到。"萨布罗说。

"你是说销毁证据。"拉夫说。

"根本不是。这只是假设。"塞缪尔斯又举起手去梳那绺不存在的头发，"但有一点需要考虑，拉夫。你先去了局里，但你在家里做的指纹对比。你妻子当时在吗？"

"珍妮当时在她的读书俱乐部。"

"嗯哼，看。这本书装在一个购物袋里，而不是警方正式的袋子里。没有进入证物程序。"

拉夫说："还没有。"此时他没有在想比尔·塞缪尔斯性格上的另一面，而是不禁在想他自己的另一面。

"我只是说，你自己脑子里可能也想过同样的假设。"

有吗？拉夫无法诚实地说。如果他真的想过，为什么呢？既然现在这个东西不仅无法被忽视，而且有翻盘的危险，所以是为了挽救他职业生涯上的一个丑陋的污点？

"不，"拉夫说，"它将被登入证据库，而且会成为发现的一部分。因为那个孩子死了，比尔，相比之下，发生在我们身上的事情都微不足道。"

"我同意。"萨布罗说。

"你当然同意，"塞缪尔斯说，他听起来很疲惫，"不管怎么样尤尼尔·萨布罗中尉都会从中幸存下来。"

"说到幸存，"拉夫说，"特里·梅特兰呢？如果我们真的抓错人了呢？"

"我们没有，"塞缪尔斯说，"证据表明我们没有。"

三个人的小型会议就此告终。拉夫回到警察局，把《弗林特县、多利县和坎宁镇历史图册》登入电脑，并把它存放到积累的文件中。拉夫很高兴摆脱了它。

拉夫绕着大楼去取他的私家车时，手机响了，来电屏幕上亮起他妻子的照片，当他接起电话时，被珍妮特的声音吓坏了。"亲爱的，你哭了吗？"

"德里克打电话来了，从夏令营打来的。"

拉夫的心脏猛地跳了一下。"他没事吧？"

"他很好，身体好着呢。但是一些朋友给他发了关于特里的邮件，他很不高兴。他说一定是搞错了，T教练绝对不会做出那种事。"

"哦，就这事吗？"拉夫继续向前走，用另一只手摸着找钥匙。

"不，还没完。"珍妮特厉声说，"你在哪里呢？"

"局里，马上回家。"

"你能先去一趟县里吗？找他谈谈？"

"找特里？如果他同意的话，我想我可以，可是为什么呢？"

"现在把所有的证据都抛到脑后，回答我一个问题，说真心话。你能做到吗？"

"好吧……"拉夫听到远处州际公路上的牵引式挂车发出嗡嗡的轰鸣声，近处，在这栋他工作了好多年的红砖房周围的草丛中，蟋蟀正在宁静的仲夏夜唱着歌。他知道珍妮特要问什么。

"你认为是特里·梅特兰杀了那个小男孩吗？"

拉夫想起那个坐着薇洛·雷恩沃特的出租车去杜布罗火车站的男人，他怎么会叫她女士，而不是直呼她的名字？他本应该知道她叫什么名字；拉夫想起那个把白色面包车停在脱衣酒吧后面的男人，他问离那儿最近的急救箱在哪里，可是特里·梅特兰在弗林特市住了一辈子了；拉夫想起那些发誓说特里始终和他们在一起，不论是掳走还是谋杀孩子时；然后拉夫又想起特里在哈兰·科本的演讲上不只是提个问题，而是站起来提问，好像是要确保他会被人看见、被摄像机拍下来似的。甚至连那本书上的指纹都……这一切多完美啊！

"拉夫？你在听吗？"

"我不知道，"拉夫说，"也许如果我像霍伊那样和他一起当教练就会……可是我只看过他训练德里克。所以我给你的答案——真的，说真心话——就是我不知道。"

"那就去那吧，"珍妮特说，"看着他的眼睛，亲口问他。"

"塞缪尔斯要是发现了会把我撕成碎片。"拉夫说。

"我不在乎比尔·塞缪尔斯，但我在乎我们的儿子，我知道你也是。为了他去吧，拉夫，为了德里克。"

# 19

　　事实证明，艾琳·彼得森确实有丧葬保险，所以这件事搞定了。奥利在她的小书桌的最底层抽屉找到了相关文件，那些文件装在一个文件夹里，夹在**抵押贷款协议**（说是抵押贷款，现在几乎已经还清了）和**设备保修证**之间。奥利给殡仪馆打了个电话，接电话的是一个带着职业送葬者的柔和嗓音的男人，也许是唐奈利家的兄弟。电话那边的人向奥利道谢，并告诉他"你母亲已经到了"，好像她是自己去的一样，也许是叫了一辆优步去的。职业送葬者问奥利是否需要登报的讣告表格。奥利说不，他正看着桌子上的两张空白表格。母亲一定是复印了她为弗兰克准备的表格，即便极度伤心也十分仔细地复印，唯恐弄错。所以，这件事也搞定了。他想明天来店里安排葬礼和下葬的事情吗？奥利说不。他认为这应该由他父亲来安排。

　　支付母亲临终仪式的费用的问题得到解决之后，奥利就把头埋在她书桌上哭了起来，他默默地哭，生怕吵醒父亲。等眼泪干了，他就填写了其中一张讣告表，然后把所有文件都打印出来，因为他的字太糟了。完成这些杂事之后，他走到厨房，打量着那里的一片狼藉：意大利面掉在油地毡上，挂钟下面躺着烤鸡的残骸，柜台上摆满了特百惠保鲜盒和盖起来的菜。这让他想起妈妈在大型家庭聚餐后常说的话——这群猪。奥利从水池下面拿出一个结实的袋子，把所有东西都倒进去，从那只看起来尤其可怕的鸡开始。然后清洗了地面。当一切都变得洁然一新（这也是他妈妈常说的一个词）的时候，奥利发现自己饿了，这似乎不对，可仍是个事实。此时他意识到，人基本上是动物，即便妈妈和弟弟去世了，你也得吃饭拉屎，这是生理需求。奥利打开冰箱，发现从上到下、从左到右都堆得满满当当，有炖菜、特百惠保鲜盒、冷盘。他挑选了一个表面覆盖着一层冻土豆泥的肉馅薯饼，放进烤箱，调到 350 华氏度。正当他靠在柜台上、像等待一位幻想中的来客一样等待着薯饼变热时，父亲走了进来。弗雷德的头发乱得像鸟窝一样，要是艾琳·彼得森还在，她肯定会说，你整个人都邋邋遢遢了。弗雷德该刮胡子了，他的双眼红肿而茫然。

"我吃了一片你妈妈的药，睡得太久了。"弗雷德说。

"别担心，爸爸。"

"你打扫厨房啦。我应该帮你的。"

"没关系。"

"你妈妈……葬礼……"弗雷德似乎不知道该怎样继续说下去，奥利注意到他裤子前裆的拉链没有拉，这让他整个人看起来一副可怜相。然而奥利不想再哭了，他似乎要大喊出来了，至少目前是。但还有件事是好的。奥利心想，一定要感到庆幸。

"我们现在很好，"奥利告诉父亲，"她有丧葬保险，你们俩都有，而且她……现在在那儿了，在那个地方，你知道的，殡仪馆。"奥利害怕说出"葬礼"这个词，因为那可能会使父亲哭起来。这个词可能会使奥利自己再次哭起来。

"哦，好的。"弗雷德坐下来，用手掌跟抵着前额，"那应该由我来做的，那是我的义务、我的责任。我从来没想睡这么久。"

"你可以明天去那里，挑选棺材，以及所有的东西。"

"哪里？"

"唐奈利兄弟家，和弗兰克一样。"

"她死了，"弗雷德惊叹道，"我甚至都不知道该怎么去想这件事。"

虽然奥利已经除此之外再也想不到别的了，他还是对父亲说："是啊。"她怎么会一直试图道歉呢，直到最后。好像这一切都是她的错一样，然而统统不是。"殡仪馆的人说有些事必须由你来做决定，你能做到吗？"

"当然，我明天就会好起来。什么东西，闻起来好香啊。"

"肉酱薯饼。"

"是你妈妈做的，还是别人送的？"

"不知道。"

"嗯，闻起来不错。"

他们坐在厨房的餐桌上吃饭，餐后奥利把盘子放到水池里，因为洗碗机已经满了。然后他们走进客厅，电视上娱乐体育节目正在播棒球赛，费城费城人队对战纽约大都会棒球队。父子俩默默地看着，各自用自己的方式探索着出现在生活中的那个深渊的边缘，以免掉进去。过了一会儿，奥利走到后门的台阶上，坐下来抬头仰望天上的星星。有好多星星啊，他还看见了一颗流星、一颗地球卫星和几架飞机。他想着母亲怎么会死了呢，她再也看不到这些东西了。生活竟然会是这个样子，这一切简直荒谬透了。当奥利走回客厅时，棒球赛马上进入第九局，现在双方打成平手。父亲已经在他的椅子上睡着了，奥利亲吻了他的额头，弗雷德一动没动。

# 20

拉夫在去县监狱的路上收到一条短信,是州警察局计算机取证中心的金德曼发来的。拉夫立刻停车给他回电话。金德曼在第一声铃响时就接起电话。

拉夫问:"你们这些家伙星期日晚上也不休息吗?"

"怎么说呢,我们这群人是极客。"拉夫听到电话背景里有重金属乐队的轰鸣声。"我一直认为好消息可以先放到一边等一等,但坏消息应该开门见山亮出来。我们还没有查完梅特兰的硬盘中的隐藏文件,有些恋童癖相当聪明,是电脑高手,但从表面上看,他没有问题。没有发现儿童色情片,没有发现任何色情片,台式电脑里没有,笔记本里没有,平板电脑里没有,手机里也没有。他看起来像个白帽好人 ①。"

"历史记录呢?"

"太多了,但都是你能想得到的——像亚马逊之类的购物网站、《哈芬顿邮报》之类的新闻博客,还有一半是体育网站。他记录了美国职业棒球联盟(MLB)积分榜,而且他似乎是坦帕湾光芒队的球迷,单凭这一点就说明他脑子有病。他在网飞播放器上看《黑钱胜地》,还在 iTunes 上看《美洲人》。我自己也喜欢看那个。"

"继续挖。"

"他们花钱就是让我干这个的。"

拉夫把车停在县监狱后面的一个警车专用车位,从汽车的置物箱里拿出工作牌放到仪表盘上。一名狱警正在等他,他的名牌上写着 L. 基恩。基恩警官陪同他走进一间审讯室。"这不合常规啊,探长,现在差不多十点钟了。"

---

① 在美国西部影片中,好人戴白帽子,坏人戴黑帽子。

"我清楚时间，我不是来这儿消遣的。"

"地方检察官知道你在这里吗？"

"我的级别比你高，基恩警官。"

拉夫坐在审讯桌的一边，等待看特里是否同意露面。特里的电脑里没有色情片，他家里也没有藏色情片，至少目前他们没有发现。但是，正如金德曼所说的，恋童癖通常很聪明。

可是，他有多聪明竟然敢公开露面呢？而且还留下指纹？拉夫心想。

他知道塞缪尔斯会怎么说：特里疯了。曾经有一次（似乎是很久以前的事了）拉夫甚至觉得这个说法很有道理。

基恩把特里领进来，特里身穿棕色的县监狱因服，脚上夹着廉价的塑料人字拖，双手铐在身前。

"摘掉手铐，警官。"

基恩摇摇头说："这是规定。"

"出了事我负责。"

基恩冷冷一笑："不，探长，你负不了责。这是我的监狱，如果他决定从桌子上跳过去掐死你，那就是我的责任。但我告诉你，我不把他铐在手铐栓上，怎么样？"

特里听了笑了笑，好像在说，你看，知道我现在的处境了吧？

拉夫叹了口气："你可以离开了，基恩警官，谢谢。"

基恩离开了，但他会透过单向玻璃一直看着他们，或许还会监听。这事会传到塞缪尔斯耳朵里的，这是没法避免的。

拉夫看着特里说："别光站着了，看在上帝的分上，坐下。"

特里坐下来，双手交叉放在桌子上，手铐链撞到桌子上发出哐啷一声。"霍伊·戈尔德是不会同意我见你的。"他边说边继续笑起来。

"塞缪尔斯也不会，所以咱俩扯平了。"

"你想知道什么？"

"答案。如果你是无辜的，为什么我会有一大堆指认你的目击证人？为什么那根用来鸡奸那个男孩的树枝上会有你的指纹，而且用来掳走他的面包车上也到处都是？"

特里摇摇头，脸上的笑容消失了。"我和你们一样困惑不解。我只是感谢上帝，感谢耶稣还有一切圣徒，我可以证明我当时身在盖城。如果我不在呢，拉夫？我想咱们俩都知道，夏天结束之前我就会在麦考莱斯特的死囚牢房，两年后我就会被执刑注射死，也许会更早，因为各级法院一直被操纵直到最高层，而你的朋友塞缪尔斯会对我的上诉置之不理，就像推土机直接碾过孩子的沙堡一样。"

拉夫很想马上说"他不是我的朋友"，但他却说："那辆面包车勾起了我的兴趣，挂着纽约州牌照的那辆。"

"在这一点上我帮不了你。我上次去纽约是度蜜月的时候，那是十六年前的事了。"

现在轮到拉夫笑了。"这个我不知道，不过我知道你最近没去过那里。我们查了你过去六个月的行踪，只有四月份去了一趟俄亥俄州旅行。"

"是的，去了代顿。姑娘们的春假时去的。我想去看看我的父亲，"特里说着撇撇嘴，扮了个怪相，"结果她们也想去，玛茜也想去。"

"你父亲住在代顿？"

"如果你能把那也称为活着的话，是的。那就说来话长了，而且都与这件案子无关，与罪恶的白色面包车无关，甚至连跟我家的轿车都无关，我们是坐飞机去的西南部。我不管你在绑架弗兰克·彼得森的面包车上找到了多少我的指纹，我没有偷车，我从没见过那辆车。我不指望你相信，但这是事实。"

"没有人认为你在纽约州偷了那辆面包车，"拉夫说，"比尔·塞缪尔斯推测，偷车的人把车扔在附近某个地方，没有拔车钥匙，而你再次偷了它，然后把它藏起来，直到你准备……做你干的那件事。"

"那他可真是相当谨慎了，干那种事还敢光明正大地露着脸出门。"

"塞缪尔斯会告诉陪审团你当时的精神处于杀人狂状态，他们会相信的。"

"在埃弗、比利和黛比作证之后他们还会相信吗？在霍伊给陪审团看了科本讲座的录像之后呢？"

拉夫不想提那些，至少现在还不想。"你认识弗兰克·彼得森吗？"

特里大笑一声。"这是霍伊不想让我回答的问题之一。"

"这是否意味着你不会回答？"

"事实上，我会。我认识他，见面打招呼那种程度——西部的大多数孩子我都认识——但我当时不认识他，现在认识。不知道你能否明白我的意思。他还在上小学的时候不参加体育运动，不过他那头红头发逃不过我的眼睛。那头发像个红灯一样，他和他哥哥都是。奥利之前在少年棒球联盟，我教过他，但后来他到十三岁时没有进入市棒球联盟。他在外场打得不错，他能击中几个球，但他后来就对棒球失去了兴趣。有些孩子就是这样。"

"这么说你当时没有看上弗兰克？"

"没有，拉夫。我对小孩没有'性趣'。"

"你没有碰巧看见他推着自行车走过杰拉德精品杂货店的停车场，说'啊哈，我的机会来了'？"

特里默默地蔑视着拉夫，这让拉夫感到难以忍受，但是他并没有垂下眼睛。过了一会儿，特里叹了口气，对着玻璃举起戴着手铐的手，喊道："我们谈完了。"

"没完全结束，"拉夫说，"我需要你再回答一个问题，我希望你回答时看着我的眼睛。你杀了弗兰克·彼得森吗？"

特里的目光没有动摇："我没有。"

基恩警官把特里带走了。拉夫坐在原地，等待基恩回来送他穿过这间审讯室和外面的自由空气之间锁着的三道门。所以，现在他有了珍妮特让他问的问题的答案，而那个人用毫不动摇的目光给出的答案是"我没有"。

拉夫想相信他。

但他做不到。

# 三　传讯

七月十六日星期一

# 1

"不，"霍伊·戈尔德说，"不，不，不。"

"这是为了保护他，"拉夫说，"你当然看到了——"

"我看到的是报纸的头版照片，我看到的是每个电视频道的头条新闻都在播放我的委托人在西装外面穿了一件防弹背心走进地方法院，换句话说，就是看起来已经被定罪了。戴手铐就已经够糟糕的了！"

县监狱的探视室里，玩具已经被整整齐齐地收进五颜六色的塑料盒子里，椅子都翻过来摆在桌子上。房间里有七个人，霍伊陪着特里·梅特兰站在一边，对面站着县警长迪克·杜林、拉夫·安德森、助理地方检察官弗农·吉尔斯特莱普，塞缪尔斯已经到了县法院，在等候他们的到来。杜林警长沉默着，手里依旧拿着那件防弹背心，背心背面用代表控诉方的明黄色印着 FCDC 四个夺目的字母，是弗林特县惩教署（Flint County Department of Corrections）的缩写，背心上面的三条魔术贴绑带垂下来，其中两条是用来系在胳膊上的，另一条是系在腰间的。

两名狱警（如果你叫他们警卫，他们会纠正你的叫法）交叉着肥硕的双臂站在大厅门口，其中一位刚刚负责监视特里用一次性剃刀刮脸，另一位负责检查玛茜给他送来的西装和衬衫的口袋，同时也没有忘记检查一下蓝色领带背面的缝线。

助理地方检察官吉尔斯特莱普看着特里说："你说呢，朋友？想冒着被枪击的危险吗？如果你想的话，我无所谓。刚好在你接受安乐死之前为州政府省下一大笔诉讼费。"

"没有那个必要。"霍伊说。

吉尔斯特莱普只是得意地笑了一下。他是一位资深老地检了，如果比尔·塞缪尔斯在即将到来的大选中失利，他几乎肯定会选择退休

（并享有丰厚的养老金）。

"嘿，米切尔，"特里喊道。刚刚监视特里刮脸，确保犯人不会用刀片割喉的那名狱警扬起眉，但依然没有放下交叉的双臂。"外面有多热？"

"我刚才进来的时候是 84 华氏度，"米切尔说，"广播里说，到中午会升到将近 100 华氏度 ①。"

特里对警长说："我不要穿防弹背心。"特里突然笑了，显得很年轻，"我不想汗流浃背地站在卡特法官面前，我在少年棒球联盟教过他的孙子。"

吉尔斯特莱普听到这话吓了一跳，他从格子外套的内怀兜里掏出一个笔记本，草草记下了什么。

霍伊说："咱们走吧。"说着，他抓起特里的胳膊。

拉夫的电话响了，他从皮带左边拿出电话（皮带右边挂着枪套），看着屏幕。"等一下，等一下，这个电话我必须接。"

"哦，拜托，"霍伊说，"这是什么？是传讯，还是盛大表演？"

拉夫没理他，径直走到房间另一边，那里有几台投币式零食汽水自动贩卖机。他站在一块写着"仅供探视者使用"的标牌下面，简短地说了几句，然后听着电话。结束通话后，他回到其他人身边说："好了，走吧。"

米切尔警官在霍伊和特里之间站了好一会儿才咔嗒一声把手铐戴在特里的手腕上。"太紧了？"他问。

特里摇摇头。

"那我们走吧。"

霍伊脱下西服，盖在手铐上。两名狱警带着特里走出探视室，吉尔斯特莱普在前面昂首阔步地带路，像个军乐队女指挥一样。

霍伊走到拉夫身边，低声说："这群混蛋。"拉夫没有任何回应，于是霍伊继续说："好吧，好吧，你拒绝开口，那就随便你，但从现在到在大陪审团面前，咱们都必须坐下来——你、我、塞缪尔斯。

---

① 84 华氏度，约等于 29 摄氏度；100 华氏度，约等于 38 摄氏度。

如果你想的话，佩利也会一起。案件的真相不会在今天出来，但迟早一定会出来的，到那时你要担心的就不只是州或地区的新闻头版了，有线电视新闻网（CNN）、福克斯（FOX）、微软国家广播公司（MSNBC）、网络博客统统不会缺席，各大媒体都会细细品味这个离奇事件。到时候就是 O. J. 辛普森与驱魔师的对决了。"

没错，拉夫知道霍伊会竭尽所能让那一切发生。如果他能够让媒体把注意力集中在一个同时分身两处的男人身上，就不必担心媒体把注意力集中在那个被人强奸、谋杀，或许还被生吃了的男孩身上。

"我知道你在想什么，但我不是你们的敌人，拉夫。除非你只想看到特里被定罪，而不在乎其他任何事，不过我不相信你会那样，那是塞缪尔斯，不是你。难道你不想知道到底发生了什么吗？"

拉夫没有回答。

玛茜·梅特兰正在大厅等着，被夹在怀孕晚期挺着大肚子的贝琪·里金斯和州警尤尼尔·萨布罗中间的玛茜显得特别矮小。她一看到自己的丈夫就向前走过去，里金斯试图把她拉回来，但玛茜轻而易举地把她甩开了，而萨布罗只是站在原地看着。玛茜刚好好看了丈夫一眼，亲吻了他的脸颊，米切尔警官搭着她的肩膀，轻柔而坚决地把她推向了警长。此时，他手里仍然拿着防弹背心，好像被拒绝之后现在不知道该如何处理它。

"走吧，快点儿，梅特兰太太，"米切尔说，"这是不允许的。"

"我爱你，特里，"警官带着特里朝门口走时，玛茜喊道，"女儿们也让我告诉你她们爱你。"

"我更爱你们所有人，"特里说，"告诉她们一切都会没事的。"

然后他走到外面，暴露在炙热的晨光和即将降临的烈火般的发问中，铺天盖地的问题一下子猛地高声抛来。拉夫还在大厅里，对他而言，那些混杂的声音听起来更像咒骂，而非审问。

拉夫不得不给霍伊的毅力点赞，在这般情形下他依然没有放弃。

"你是个好侦探，从不受贿，从不作伪证，始终走正道。"

*我想我昨晚差点儿就做伪证了，拉夫在心里暗暗地想，就差一点儿。如果当时萨布罗不在，如果只有我和塞缪尔斯……*

霍伊的表情几乎是在恳求。"你从没遇到过这样的案子吧，咱俩都没有。现在，不只关系到那个小男孩了，他妈妈也死了。"

拉夫早上没有开电视，他停住脚步，盯着霍伊问："你说什么？"

霍伊点点头。"昨天，心脏病发作。这使她成为了二号受害人，所以，拜托，难道你不想知道事情的真相吗？难道你不想把这件事查清楚吗？"

拉夫再也忍不住了。"我知道，正是因为我知道，我现在就免费送给你一个真相，霍伊。我刚才接的电话是市总医院病理与血清科的博根医生打来的，他还没有得到全部的DNA对比结果，至少还需要两周时间，但他们检测了从男孩大腿上提取的精液样本，结果显示与我们星期六晚上采集的口腔内膜拭子相匹配。你的委托人杀了弗兰克·彼得森，鸡奸了他，还撕掉了几块他的肉。他之所以如此兴奋都是因为他往尸体上射精了。"

拉夫大步走开，留下霍伊·戈尔德呆在原地动弹不得，也说不出一个字。这是好事，因为关键的悖论仍然存在。DNA没有撒谎，但特里的同事也没有撒谎，拉夫可以很确定，再加上报摊那本书上的指纹和81频道的录像。

拉夫·安德森现在犹豫不决，现在他脑子里两个不同版本的答案快要把他逼疯了。

# 2

二〇一五年之前，弗林特县法院一直坐落在弗林特县监狱旁边，这很方便，只需要把被传讯的犯人从一座哥特式石屋带到另一座哥特式石屋就可以了，就像一群过早发育的孩子去户外考察一样（当然，去户外考察的孩子很少戴手铐）。现在，隔壁正在修建市政中心，因此，不得不把犯人送到六个街区外的新法院，那是一个九层楼的玻璃房，有些爱开玩笑的人把它戏称为"鸡笼子"。

监狱前的路边，大部队正等待出发：两辆闪着警灯的警车、一辆蓝色小巴，还有霍伊那辆闪亮的黑色 SUV。黑色 SUV 旁边的人行道上站着一个身穿深色西装、戴着更深色墨镜，看起来像私家司机的人，那是亚力克·佩利。街道另一边，在警察局设的路障后面，有记者、摄影师和一小群好事之徒。其中一些人举着标语，有一条写道**处决杀死孩子的凶手**，另一条写道**梅特兰，你会下地狱活活烧死**。玛茜在顶层台阶止步，惊慌沮丧地盯着这些标语。

底层台阶有县监狱的狱警在站岗，那是他们的职责。负责今早的法律例行公事的是杜林警长和助理地方检察官吉尔斯特莱普，两人押送特里上了打头的警车。拉夫和尤尼尔·萨布罗上了第二辆，霍伊拉着玛茜的手，领着她上了自己的凯迪拉克凯雷德。"不要抬头看，不要让摄影师拍到脸，只把头顶露给他们。"

"那些标语……霍伊，那些标语……"

"不要理它们，继续往前走。"

由于天气炎热，蓝色小巴的车窗开着，坐在车里的也是一些犯人，因为一系列较轻的指控而被传讯。他们看见特里时，把脸紧贴在铁丝网上，发出嘘声。

"嘿，基佬。"

"你把你的 ×× 弯着塞进去了吗？"

"你要去埃针了，梅特兰！"

"你咬掉他的老二之前吸过它吗？"

亚力克刚要绕到凯雷德的侧面去开副驾驶座那侧的车门，但霍伊摇摇头，示意他回到原位，并指了指靠路边那侧的后车门。他想让玛茜尽量远离街对面的人群。玛茜垂着头，头发遮住脸，但当霍伊把她领到亚力克打开的车门时，他甚至在骚乱中听到她在啜泣。

"梅特兰太太！"路障后面一个大嗓门的记者喊道，"他告诉过你他要做那件事吗？你是否试图阻止过他？"

霍伊说："不要抬头看，不要回应。"他真希望他可以告诉她不要去听，"一切都在掌控之中。上车，咱们出发。"

当霍伊拉着玛茜的手扶她上车时，亚力克在霍伊耳边咕哝道："是个美人，哈？全市一半的警察都在休假，无畏的弗县警长现在几乎连麋鹿烧烤店的人群都无法控制。"

"别废话，开车，"霍伊说，"我和玛茜一起坐后面。"

亚力克坐上驾驶座，关上了所有车门，顿时来自人群和小巴的喊叫声都弱下来。凯雷德前面的警车和小巴正在驶出，车队移动的速度慢得像送葬的队伍。亚力克开着凯雷德排在车队中，霍伊看见记者们像离弦的箭一样冲向人行道，不顾炎热的天气，一心想赶在特里到达时赶到"鸡笼子"。那些媒体车应该已经排在那里了，像一群正在吃草的乳齿象一样头尾相接。

"他们恨他，"玛茜说，她今早化的淡淡的眼妆——主要是为了遮盖眼袋——已经花了，让她看起来像个小浣熊，"他为这个城市做的都是好事，可他们都恨他。"

"当大陪审团驳回起诉时，情况就会改变，"霍伊说，"他们会驳回的，我很清楚，塞缪尔斯也很清楚。"

"你确定吗？"

"我确定。玛茜，在有些案子中，必须奋力找到合理的疑点，哪怕只有一处。这件案子是他们编造出来的，大陪审团不可能起诉。"

"我指的不是这个，你确定人们会改变想法吗？"

"他们当然会。"

　　霍伊从后视镜中看到亚力克听到这句话后撇了撇嘴做了个苦相，但有时谎言是必要的，而这句话就是其中之一。直到杀死弗兰克·彼得森的真凶被找到——如果他真的能被找到的话——弗林特市的人才会相信特里·梅特兰是被冤枉的，他才会洗脱谋杀的罪名，他们会相应对待他。但现在，霍伊唯一能做的就是集中精力面对传讯。

# 3

　　只要是处理乏味的日常琐事，比如晚餐吃什么、和珍妮特一起去杂货店购物、德里克从夏令营打来电话（现在那孩子的思乡之情减轻了，电话也就没那么频繁了），这些对于拉夫而言或多或少都还好。但当他的注意力集中在特里身上时——现在就是必须的事情——一种超意识进入了他的脑子，好像他的内心在安抚自己，一切都还像往常一样，上就是上，下就是下。汗水在顺着他的鼻尖往下滴，车里的空调坏掉，夏天的热气闷在里面。每一个日子都值得享受，因为生命短暂，他明白这个道理。但太多就是太多了，已经承受不起，当大脑的过滤器消失时，脑海中的大的画面随之消失。眼前，没有森林，只有树，最糟糕时，连树都没有，只有树皮。

　　那一小列车队抵达弗林特县法院时，拉夫紧跟在警长的车后面，太阳照在杜林的巡逻车后保险杠上形成的光斑看得一清二楚：总共四个光斑。之前在县监狱的记者已经赶到并迅速挤入人群，这里的人有县监狱门前的两倍之多，他们在台阶侧面的草坪上比肩接踵地挤成一团。拉夫能够看到那些电视记者的保罗衫上印着各个台的台标，还有他们腋下汗湿的深色圆圈。盖城7频道的那名漂亮的金发女主播也到了，她的头发乱成一团，汗水频频流下，在她那张画了歌舞演员式浓妆的脸上形成一道道沟。

　　县法院也设了路障，但是拥挤的人群推搡着一前一后地涌动，已经把一些路障撞歪了。现场总共有十二名警察，一半来自市警局，一半来自县警局，他们在竭尽全力地保持台阶和人行道上没有人挤入。拉夫估计十二名不够，还差得远呢，但夏季总是缺人手。

　　记者们争抢着草坪上的最佳拍摄点，他们毫不客气地用肘把围观群众向后推。7频道的金发女主播脸上挂着她在当地著名的招牌微笑，试图在前排占个位置，结果被一块仓促制作的标语牌狠狠砸中。牌子上的标语**梅特兰接药吧**下面胡乱画了一支皮下注射器。女主播的摄影师推了一把举牌子的家伙，结果肩膀不小心撞倒了一位老妇人，另一个女人扶住了她，然后举起钱包往摄影师头顶猛揍了一下。拉夫注意到那个钱包是假鳄鱼皮的，而且是红色的。

"狗仔怎么这么快就到了？"萨布罗惊叹道，"伙计，只要目标一出现，他们比蟑螂跑得还快。"

拉夫只是摇了摇头，他越来越沮丧地望着人群，试图看到全景，但自己目前处于高度警惕的状态，实在做不到。杜林警长从车上下来（棕色制服衬衫的一边从他的武装带上面窜了出来；腰间露出一圈粉嘟嘟的肥肉），但他打开后门让特里下车时，有个人开始大喊："处死，处死！"

人们听到这句话后，开始像足球赛上的球迷一样跟着一起不停地大声喊：

"*处死！处死！处死！*"

特里盯着人群，梳得整整齐齐的头发中有一绺松散了，垂在他的左眉上（拉夫感觉自己能数得清每一根），脸上显出一副痛苦而迷茫的神色。那些都是他认识的人，拉夫心想，他教过他们的孩子，他训练过他们的孩子，他邀请过他们去他家参加季末赛烧烤派对，可是他们现在都呼喊着叫他去死。

有一个路障哗啦一声散在街面上，横木滚到了一边。人们拥上人行道，其中一些是手里拿着麦克风和笔记本的记者，其余的都是当地居民，他们似乎准备把特里·梅特兰吊到身边最近的路灯柱上。两名负责控制人群的警察冲了过去，用力把人群向后推，毫不留情，另一名警察跑去更换一个新路障，这使得人群有了一个新突破口。拉夫看到人群中举起二十多部手机在拍照、录像。

"快点儿，"他对萨布罗说，"趁他们还没堵住台阶，咱们赶紧他妈的把他弄进去。"

他们下车急忙向法院的台阶走去，萨布罗示意杜林和吉尔斯特莱普往前走，拉夫看见比尔·塞缪尔斯正站在法院的一扇门里，目瞪口呆……可是怎么会这样呢？他怎么会没想到这一点呢？杜林警长怎么会没想到呢？也该怪他自己——他怎么没坚持把特里从后门带进去呢？那里是工作人员通道。

"大家退后！"拉夫喊道，"这是正规程序，请尊重法律的正规程序！"

吉尔斯特莱普和警长每人抓着特里的一只胳膊，带着他朝台阶走。拉夫的目光再次落到吉尔斯特莱普身上的那件格子外套上，他纳闷这件衣服是不是吉尔的妻子帮他选的，如果是的话，那她一定在暗地里恨他。而此时，蓝色小巴里的犯人也开始扯着嗓子加入混乱，一些人有节奏地高喊着"处死！处死！"，其余的一边用拳头猛砸安装在窗玻璃上的铁丝网，一边像土狗野狼一样嗷嗷嚎叫。这些可怜的犯人需要一直待在车里忍受暴热的酷暑，任凭汗水生炖了自己，直到这位明星犯人的传讯处理完毕。

拉夫转过身对着霍伊的凯雷德举起手掌，比出一个"停"的手势，他想让霍伊和亚力克先把玛茜留在原地，直到特里进入法院，这样人群才能安静下来。然而，毫无作用。凯雷德靠在人行道这一侧的车后门开了，玛茜从车上下来，她肩膀一沉，从霍伊·戈尔德抓着她的手中轻松躲开，就像在县监狱的大厅里躲开贝琪·里金斯的手时一样。玛茜跑来追赶丈夫，拉夫注意到她脚上穿着低跟鞋，小腿上刮了一道口子，拉夫心想她的手一定在颤抖。当玛茜喊出特里的名字时，几个媒体的镜头都转向她，总共有五个，那些镜头像一只只死死盯着人凝视的眼睛。有人朝玛茜扔了一本书，拉夫无法看到书名，但他认识那个绿色封皮，是哈珀·李的《守望之心》，他的妻子珍妮曾经在她的读书俱乐部读过那本书。那本书打在玛茜的肩膀上，然后弹开，书的封皮松了，其中一页书哗啦哗啦地在热浪中飘动。

"玛茜！"拉夫抬脚离开台阶，大喊着，"玛茜，到这儿来！"

玛茜环顾四周，也许是在找他，也许不是。她看起来好像梦游一样。特里一听到妻子的名字就停下脚步，转过身来，当杜林警长试图继续拉着他往台阶走时，他表示反抗。

霍伊赶在拉夫之前来到玛茜身边。正当他抓着玛茜的胳膊时，一个身材魁梧身穿机械师工作服的壮汉翻过一个路障朝她冲过来质问道:"你包庇他了吗? 你这个婊子,你包庇他了吗?"

霍伊已经六十多岁了,但他体格依然很好,而且他毫不畏缩。拉夫看到他屈膝,用肩膀撞向那个壮汉的右腹,把他撞到了一边。

拉夫说:"我来帮你。"

霍伊说:"我可以照顾她。"他的脸一直红到头发根,让人不禁注意到他日渐稀疏的头发。霍伊一只手搂着玛茜的腰,对拉夫说:"我们不想要你的帮助,把他带进去,立刻!天哪,你这个家伙,你在想什么呢?这里乱得像个马戏团!"

拉夫想说,这是警长的马戏团,不是我的。至少有一部分是他的。那塞缪尔斯呢?他预见到这一切了吗?甚至希望如此?因为铺天盖地的头条新闻都是这件事,人们肯定会知道。

拉夫转过身,正好看见一个身穿牛仔衬衫的男人绕过一名控制人群的警察,飞快地穿过人行道,朝特里脸上啐了一口唾沫。那家伙还没来得及跑开,就被拉夫伸出一只脚绊倒,四脚八叉地扑到地上。拉夫看到他牛仔裤上的标签:**李维斯喇叭裤**;他右侧的后裤兜上被史酷尔鼻烟罐磨出一个褪色的环形印。拉夫指着一名控制人群的警察说:"把那个人铐起来,塞到你的巡逻车里。"

那名警察说:"我们的车……车……都在后……后面。"他是县警局的,看起来不比拉夫的儿子大多少。

"那就把他塞到小巴里!"

"那丢下这些人群——"

拉夫没再理会,因为他看见了一件惊人的事。当杜林和吉尔斯特莱普盯着几个围观的人时,特里把那个身穿牛仔衬衫的人扶了起来。他对牛仔男说了什么,拉夫没有听到,此刻拉夫的耳朵似乎接收了整个宇宙的声音,嗡嗡一片。牛仔男点点头就走开了,同时弓起一只肩膀去擦脸颊上的一块擦伤。以后,拉夫会记得这场大闹剧中的这个小瞬间,在夜不能寐的漫漫长夜,他会深深地思考这个瞬间:特里用戴着手铐的手扶起那个朝他脸上吐唾沫的人,甚至唾液正顺着他的脸颊流下来。拉夫心想"这他妈的真像《圣经》里的感人画面啊"。

围观的几个人变成了一群人,现在这群人正处于暴动的边缘。虽然警察在尽力将人群向后推，但有些人不顾警察的阻拦，已经爬上了通向法院大门的二十多级花岗岩台阶。两名法警——一名中年发福的男警，一名骨瘦如柴的女警——走出来，试图帮忙驱散人群。有些人离开了，但其他的围观群众继而又蜂拥上来。

上帝保佑，现在吉尔斯特莱普和杜林竟然吵了起来。吉尔斯特莱普想让特里先回到车里等待这边维持好秩序，而杜林想让特里马上进入法院。拉夫心里清楚，杜林警长是对的。

"走吧，"拉夫对他们说，"我和尤尼尔来守着。"

"拔出你的枪，"吉尔斯特莱普气喘吁吁地说，"那样他们就会把路让出来。"

当然，这样不仅违反规定还很疯狂，杜林和拉夫心里都清楚。警长和助理地方检察官再次抓起特里的胳膊，开始再次前进。至少台阶下面的人行道上没有人，拉夫看见水泥地面中零零星星的云母碎片正闪闪发光。他想，我们一进去，那些小闪光就会在我眼前留下余像，它们会像一个小星座一样一直飘在我眼前。

蓝色小巴里，快乐的囚犯从一边窜到另一边，他们嘴里仍然同外面的人群一起有节奏地大喊着"处死！处死！"，蓝色小巴随之摇来晃去。两名年轻男子站在一辆崭新的雪佛兰科迈罗上跳舞，一个站在引擎盖上，一个站在顶棚上，这辆大黄蜂的警报开始响个不停，但车主却不知所踪。拉夫看见摄像机在拍摄人群，他确切地知道，当这段视频在六点钟的晚间新闻播出时，他所在的这个小城的人们在本州其他人民的眼中会是什么样：像一群鬣狗。这里的每个人都引人注目，每个人都如释重负，每个人都丑陋怪诞。拉夫看见 7 频道的金发女主播再次被那块画着注射器的标语牌砸中头，跪在地上，他看见她接着站起来，他看见她摸了摸自己的头，然后看着手指上的血，拉夫看见那张漂亮脸蛋扭曲着，露出一种难以置信的冷笑；拉夫看见一名手上有文身、头上包着黄色大方巾的男子，他整张脸上大部分都是手术也无法修复的老旧烧伤疤痕。拉夫心想，是一场油火，也许是他某次喝多了，想做排骨吃的时候弄的；拉夫看见一名男子挥舞着一顶牛仔帽，好像现场是盖城的摇滚节一样；拉夫看见霍伊领着玛茜朝台阶走去，两个人都低着头，好像是在顶着凛冽的狂风前行一样，这时围观群众有一个女人向前探出身子对着他们竖起中指；拉夫看见一名男子，肩上背着一个帆布报纸袋，在这大热天里头上还紧紧扣着一个冬天戴的针织帽；拉夫看见一个肩膀很宽的黑人妇女抓住那名发福的法警的腰带，发福的法警从后面推了她一下才稳住自己没跌倒；拉夫看见一个十几岁的男孩，他的女朋友骑坐在他的肩上，女孩挥舞着拳头大笑着，一根文胸肩带从肩头滑落，垂在肘部，那根肩带也是亮黄色的；拉夫看见一个兔唇男孩，身穿一件印着弗兰克·彼得森的笑脸的T恤，上面还写着**记住受害者**几个字。拉夫看见挥动的标语，他看见张得大大的、呼喊的嘴巴里露出白花花的牙齿和像红色缎衬一样的舌头。拉夫听见有人在按自行车喇叭：噗嘎——噗嘎——噗嘎。拉夫看着萨布罗，他正张开手臂站在那里，挡住后面的人群。拉夫可以从这名州警察局探长的表情中读到：他妈的！

杜林和吉尔斯特莱普终于夹着特里走到了台阶底下，霍伊和玛茜也过来了。霍伊对助理地方检察官喊了什么，然后又对警长喊了什么别的，人群的呼喊声实在太大了，拉夫听不清霍伊喊的是什么，但听到霍伊的话后他们开始继续往前走。玛茜向丈夫伸出手，杜林把她推开。这时有人大喊："去死吧，梅特兰，去死吧！"然后随着特里和押送他的两名警官开始往陡峭的台阶上走，人群开始有节奏地齐呼："去死吧，梅特兰，去死吧！"

拉夫的目光又回到那个背着报纸袋的男子，袋子侧面印着**弗林特市快报**几个字，不过红色字体已经褪色了，好像那个包丢在外面被雨淋过。一个人竟然在盛夏的上午戴着一顶针织毛线帽，而且现在气温已经将近85华氏度了。那个人此时把手伸进包里。拉夫突然想起他和斯坦霍普太太的那次谈话，就是看见弗兰克·彼得森跟着特里上了那辆白色面包车的老太太。拉夫当时问她："您确定您看到的是弗兰克·彼得森吗？"老太太回答说："哦，是的，就是弗兰克。彼得森家有两个男孩，都是红头发。"拉夫看到他那顶针织帽下面露出一些头发，那不就是红头发吗？

斯坦霍普太太还说过，"他过去常给我们送报纸。"

针织帽男子的手从报纸袋里掏出来，而他手里拿的不是报纸。

拉夫屏住呼吸，同时拔出他的格洛克手枪。"枪！枪！"

奥利周围的人们尖叫着四散奔逃。助理地方检察官吉尔斯特莱普正抓着特里的一只胳膊，但当他看到那支老式长管手枪时，他松开了手，像蛤蟆一样蹲在地上向后退。警长也放开了特里，但他是为了拔出……或试图拔出自己的武器。他枪套上的安全带还紧紧地系着，枪仍静静地躺在枪套里。

拉夫没有开枪。7 频道的金发女主播刚刚头部受了一击后，仍然头晕目眩，她现在几乎就直接站在奥利·彼得森的正前方，鲜血顺着她的左脸颊慢慢流下来。

萨布罗大喊道："趴下，女士，趴下！"他单膝跪地，右手握着自己的格洛克手枪，左手作支撑。

当奥利瞄准特里开枪时，特里伸手抓住妻子的前臂——手铐链刚好够长——一把将她推开。子弹从金发女主播的肩膀上方飞过，她尖叫一声，用一只手捂住她那只无疑聋了的耳朵。子弹划破了特里的头部侧面，他的发丝随子弹飞起，随之一股鲜血喷涌而出，落到西装的肩部。那是玛茜之前好不容易熨烫好的肩线。

"杀了我弟弟不够，你还杀了我妈妈！"奥利大喊着，接着又开了一枪，这次子弹击中了街对面的那辆大黄蜂。刚才站在车上跳舞的两个年轻人为了避开子弹尖叫着跳了起来。

萨布罗跳上台阶，抓住金发女主播，把她拉下来，然后趴在她身上。"拉夫，拉夫，动手！"他喊道。

这时拉夫瞄准了目标，但就在他开枪的时候，一个围观群众跳起来撞进他的怀里。子弹没有打到奥利，而是击中了一台肩扛式摄像机，把它打得粉碎。摄像师放下它，双手捂着脸跟跟跄跄地向后退。鲜血从他的手指间流出来。

"混蛋！"奥利尖叫着，"凶手！"

他开了第三枪。特里咕哝了一声，退到人行道上。他把戴着手铐的双手举到下巴那里，好像突然想到一个需要严肃考虑的问题一样。玛茜爬到他身边，双臂搂住他的腰。杜林仍然在猛拉被安全带扣住的自动手枪枪托，吉尔斯特莱普正往街上跑，他那件丑陋的格子运动外套后面分开的小尾巴在他身后拍打着。拉夫仔细瞄准，又开了一枪，这次没有人推他了。随着砰的一声，奥利的前额像是被锤子砸了一样向内塌陷，当那发直径九毫米的子弹在他颅腔内爆炸时，他的双眼从眼眶中凸出来，露出一副卡通人物式的惊讶表情。他双膝分开，倒在他的报童包上，左轮手枪从他的手指间滑落，当啷当啷在地上滚了两三下才停住。

现在我们可以走上台阶了，拉夫心想，他依然保持着射击的姿势，没问题了，全部清理干净了。然而这时玛茜大喊道："救救他！哦，上帝啊，求求你们救救我丈夫！"玛茜的呼救声告诉拉夫，再也没有理由爬上那些台阶了，今天没有，或许永远都没有了。

# 4

奥利·彼得森的第一发子弹只是划破了特里头部侧面，只是皮外伤，流点儿血而已，它会给特里留下一道疤和一段故事。然而，第三发子弹打穿了他的左胸，连西装都打穿了，鲜血从枪眼涌出，染红了里面的衬衫。

如果他当初不拒绝的话，子弹就会打到防弹背心上，拉夫心想。

特里躺在人行道上，他睁开眼睛，嘴唇翕动。霍伊想蹲到他身旁，但拉夫使劲大手一挥，将这名律师推开，霍伊翻倒在地上。玛茜紧紧抱住她的丈夫，嘴里嘟囔着："没事的，特里，你没事的，醒一醒。"拉夫用手掌跟抵住她柔软而有弹性的胸脯，也将她推开。特里·梅特兰的意识仍然清醒，但他没有多少时间了。

一个阴影笼罩下来，是一家该死的电视台的该死的摄像师。尤尼尔·萨布罗一把抓住他的腰，将他甩了出去。摄像师的双脚跟跄了几下，然后交叉到一起，他倒了下去，双手将摄像机举起，唯恐它被摔坏。

拉夫喊着，"特里！"他能看见自己额头的汗珠滴在特里的脸上，与特里头上的血交融在一起。"特里，你会死的，你明白我的意思吗？他击中了你，而且瞄准了你。你会死的。"

"不！"玛茜尖叫起来，"不，他不能死！姑娘们需要他们的爸爸！他不能死！"

玛茜想接近他，这次，亚力克·佩利把她拉住。佩利现在脸色苍白，神情严肃。霍伊跪下来，但他也不想再干预拉夫和特里了。

"打中我的……哪里了？"

"你的胸部，特里。他击中了你的心脏，或是上面一点点。现在你需要做一份临终声明，好吗？你需要告诉我你杀死了弗兰克·彼得森，这是让你无愧于良心的最后机会。"

特里笑了，一股血从他的一侧嘴角流出。"可是我没有。"他的声音十分微弱，但完全可以听得见，"我没有杀人，所以告诉我，拉夫……你打算怎样无愧于你的良心呢？"

特里闭上了眼睛，又挣扎着睁开。有那么一两次，他的眼中有什么东西，之后又不见了。拉夫把手指放到特里的鼻子边。没有了呼吸。

拉夫艰难地转过头，很艰难，因为他的头现在好像有千斤重。他看着玛茜·梅特兰说："对不起，你的丈夫去世了。"

杜林警长悲伤地说："如果他当时穿着防弹背心……"他摇了摇头。

这位新寡妇难以置信地看着杜林，但她扑向的却是拉夫·安德森，亚力克·佩利无可奈何，只有左手握着一片她衬衫的碎片。"这都是你的错！如果你没有公开逮捕他，那些人就不会在这儿！你应该一枪崩了你自己！"

拉夫任凭她的手指在他的左脸上挠下去，任凭她让他流血，因为也许这是他的报应……也许根本就没有也许。

拉夫抓住她的手腕说："玛茜，是弗兰克·彼得森的哥哥开的枪，不管我们在哪里逮捕特里，他都会出现在这里。"

亚力克·佩利和霍伊·戈尔德扶着玛茜站起来，小心翼翼地怕踩到她丈夫的尸体。霍伊说："那也许是真的，安德森侦探，但不会有他妈的这么多人围着他，也不会让他这么显眼。"

亚力克只是用一种冷酷而轻蔑的眼神看着拉夫。拉夫转过头看尤尼尔，但尤尼尔把目光移开，弯下腰去扶哭泣的 7 频道金发女主播站起来。

"哈，至少你拿到了你想要的临终声明了吧，"玛茜向拉夫伸出两只鲜红的手掌，上面沾满了她丈夫的鲜血，"没错吧？"拉夫默不作声，这时玛茜转过去看着比尔·塞缪尔斯。他终于走出了法院，站在顶层台阶上的两名法警中间。

"他说他没有杀人！"玛茜朝比尔·塞缪尔斯尖叫道，"他说他是无辜的！我们都听到了，你这个狗娘养的！我丈夫躺在那里奄奄一息的时候，他——说——他——是——无——辜——的！"

塞缪尔斯没有作声，只是转过身走了进去。

警笛响起，大黄蜂的报警器也响起。枪声一停，兴奋的围观群众又回来了，他们叽叽喳喳个不停，想看尸体，想拍照然后发到自己的脸书上。霍伊先前脱下西服盖在特里的手铐上，以免被媒体和摄像机拍到，而现在那件西服正躺在街上，满是尘土和血迹。拉夫把它捡起来，盖在特里的脸上，这一举动惹得特里的妻子发出一声可怕的哀号。然后他走向法院的台阶，坐下来，把头埋在两个膝盖之间。

# 四 脚印与哈密瓜

七月十八日星期三—七月二十日星期五

# 1

　　拉夫怀疑弗林特县检察官塞缪尔斯可能心里就期望有一群愤怒的市民出现在法院，因为他们的愤怒是有正当理由的，但拉夫没有把他心里阴暗的想法告诉妻子珍妮，所以当比尔·塞缪尔斯星期三傍晚出现在他家门口时，珍妮让他进了屋，但她明确表示自己帮不上他的忙。

　　"他在后院，你认识路的。"珍妮说着转身回到客厅，电视上正在播亚历克斯·崔柏克主持的竞赛游戏节目《危险边缘》。

　　塞缪尔斯今晚穿着牛仔裤、运动鞋和一件纯灰色的 T 恤，他在前厅站了一会儿，然后跟着珍妮进了客厅。电视机前面有两把安乐椅，更大、更舒适的那把空着，两把椅子之间摆着一张咖啡桌。塞缪尔斯拿起桌上的遥控器，把电视调成静音。然而珍妮继续看着电视，这时《危险边缘》的参赛选手们正在激烈地进行一个叫作"文学大反派"的比赛环节，大屏幕上显示着她想要砍掉爱丽丝的头。

　　"这道题简单，"塞缪尔斯说，"是红皇后 ①。他怎么样，珍妮？"

　　"你觉得他怎么样？"

　　"事情发展成这个样子，我感到很抱歉。"

　　"我们的儿子发现他父亲被停职了，"珍妮仍然看着电视说，"网上已经登了。当然，他为此很不高兴，但他也因为自己最喜欢的教练在法院门前被枪杀而感到伤心。他想回家，我告诉他再等几天，看看他是否会改变主意。我不想告诉他真相，他爸还没有做好见他的准备。"

　　"他没有被停职，只是被责令行政休假，是带薪的。这是枪击事

---

① 此处塞缪尔斯答错了，答案应该是红桃皇后。红桃皇后（The Queen of Hearts）是《爱丽丝梦游仙境》（*Alice's Adventures in Wonderland*）中的人物，她性情残暴，经常说要砍掉人们的脑袋；红皇后（The Red Queen）是《爱丽丝梦游仙境 2：梦中奇遇记》中的人物，与白皇后相对。

件后的强制性处理。"

"你说番茄，我说西红柿，咱俩说的是一回事儿。"节目里的大屏幕上显示这个护士很可怜。

"他说如果他同意接受强制性的心理评估，可能要休假在家六个月。"

"为什么不呢？"

"他在考虑离职。"

塞缪尔斯把手举到头顶，但今晚他头顶那绺头发很规矩，并没有翘起来——至少目前是，然后他又把手放下来。"那样的话，或许我们可以一起下海做生意，这个小城需要有一家像样的洗车店。"

珍妮这时开始看塞缪尔斯了。"你在说什么呢？"

"我已经决定放弃竞选连任了。"

珍妮对他微微一笑，那个笑连她亲妈都可能认不出来。"打算在公众炒你鱿鱼之前主动辞职？"

"如果你想这样说的话，是的。"他说。

"我确实是这么想的。"珍妮说，"去后院吧，暂时的检察官先生，还有，随意跟他说说合伙的建议。但你应该做好推卸责任的准备。"

# 2

拉夫手里拿着一罐啤酒，正坐在一张草坪躺椅上，身旁放着一个泡沫塑料冷藏箱。当厨房纱门砰的一声关上时，他回头看了一眼，看到是塞缪尔斯之后又把头扭回来，继续盯着篱笆外的一棵朴树。

"那儿有一只五子雀，"拉夫指着那边说，"我好久都没有见过那东西了。"

草坪上只有一把椅子，于是塞缪尔斯坐到长长的野餐桌边的长凳上。他以前曾经在这里坐过几次，都是开心的时刻。塞缪尔斯看着那棵树说："我没看见。"

这时，朴树上有一只小鸟张开翅膀飞走了。拉夫说："它飞走了。"

"我想那是一只麻雀。"

"你该去检查检查眼睛了。"拉夫把手伸进冷藏箱，递给塞缪尔斯一罐闪耀牌啤酒。

"珍妮说你在考虑退休。"

拉夫耸耸肩。

"如果你担心的是心理评估，放心，你一定会顺利通过的。你当时是迫不得已。"

"不是那样的，连打中摄像师的那一枪都不是。你知道他吧？子弹击中他的摄像机时——就是我开第一枪时——碎片崩得到处都是，其中一片崩进了他的眼睛里。"

塞缪尔斯知道这件事，但他没作声，只是抿着啤酒，尽管他不喜欢喝闪耀。

"他很可能会失去那只眼睛，"拉夫说，"奥基城麦吉医院的医生们正在试图挽救，但是，他很可能会失去那只眼睛。你认为一个只有一只眼睛的摄像师还能工作吗？很有可能，还是也许，还是完全没可能？"

"拉夫，你当时开枪的时候有人撞你，而且听着，如果当时没有摄像机挡着他的脸，那个家伙现在很可能已经死掉了。要想想这是眼下这糟糕局面的好的方面。"

"是啊，去他妈的一堆好的方面。我打电话向他的妻子道歉，结果她说，'我们要起诉弗林特市警察局，要求赔偿一千万美金。一旦我们胜诉，就会从你身上开刀'。然后她就把电话挂了。"

"那永远不可能。当时彼得森手里有枪，而你只是在履行职责。"

"同时那个摄像师也在履行他的职责。"

"那不一样，他有得选择。"

"不，比尔，"拉夫从椅子上转过身，"他有一份工作。哈，那是一只五子雀，该死的。"

"拉夫，你现在得听我说。梅特兰杀了弗兰克·彼得森，彼得森的哥哥又杀了梅特兰。大多数人都会认为这是边远地区的正义。怎么不是呢？这个州不久之前还是边远地区呢。"

"特里说他没有杀人，那是他的临终声明。"

塞缪尔斯站起来，开始踱步。"当时他的妻子就跪在他身边号啕大哭，他还能说什么？难道他会说，'哦，是的，没错，我鸡奸了那个孩子，之后我咬了他——不一定是这个顺序——然后我往他身上射了精'？"

"有大量的证据可以支持特里临终时说的话。"

塞缪尔斯怒气冲冲地走到拉夫身边，站在那里低头看着他。"精液样本中含有的他妈的是他的 DNA，而 DNA 永远胜过一切。是特里杀了他，我不知道他是如何谋划安排其余事情的，但就是他干的。"

"你是来说服我的还是来说服你自己的？"

"我不需要做任何说服，我只是来告诉你，现在已经知道了最初盗窃那辆白色伊克莱面包车的人。"

拉夫问："现在说这个还有意义吗？"拉夫话虽这么说，但是塞缪尔斯最终从眼前这个男人的眼睛里发现了一丝兴趣。

"如果你是问它是否能让眼下这一团糟的局面变得明朗一些，答案是否定的。但这件事很令人着迷，你想不想听？"

"想听。"

"是一个十二岁的男孩偷的。"

"十二岁？你在开玩笑吧？"

"没有。他在路上跑了好几个月，一路跑到埃尔帕索，后来在一家沃尔玛的停车场被警察逮住了，当时他正在一辆偷来的别克车里睡觉。那小子总共偷了四辆车，那辆面包车是第一辆，他把车一直开到俄亥俄州，然后把车丢了，换了另一辆。他弃车的时候把点火开关的钥匙留在了车里，就像咱们猜的那样。"塞缪尔斯说这话时带着几分自豪，不过拉夫认为他确实有这个权利，至少他们的推测中有一条被证实是正确的，这很好。

尽管如此，却有什么东西一直困扰着拉夫，是一些细节性的东西。他问："但是我们仍然不知道那辆车是怎么到这儿来的，对吧？"

"是的，我们不知道。"塞缪尔斯说，"至少那些松散的线里终于有一根被我们拉紧了。我想你会想知道的。"

"现在我知道了。"

塞缪尔斯咽了一大口啤酒，然后把易拉罐放在野餐桌上。"我不参加竞选连任了。"

"不竞选了？"

"不了。让那个混蛋懒骨头里士满来做这份工作吧，看看当他拒绝起诉堆在他办公桌上的百分之八十的案子时，人们会有多喜欢他。我已经告诉你妻子了，不过她完全没有对我表示同情。"

"如果你认为我一直在跟她讲这一切都是你的错，比尔，那你想错了。我没有说过一句你的坏话，我为什么要说呢？要在那个该死的棒球赛上逮捕他是我的主意，等到星期五跟内部审查的人谈话时，我会把这事说清楚。"

"我并没有指望你那样做。"

"但就像我可能已经提到过的，你之前没有真正想找我谈过，没有劝我不要那样做。"

"当时我们认为他有罪，我到现在仍然相信他有罪，不管有没有临终声明。我们之前没有查过他的不在场证明，因为他认识这该死的小城里的每一个人，我们担心会打草惊蛇——"

"当时我们也不明白这一点，伙计，我们是不是错怪了——"

"是啊，好吧，我他妈的接受你这个该死的观点。当时我们还认为他是一个极度危险的人物，尤其是对年少的男孩，而上星期六晚上他身边就围着一大群男孩。"

"咱们到达法院的时候，本应该带他从后门进去的，"拉夫说，"我本应该坚持的。"

塞缪尔斯使劲地摇摇头，摇得他头顶那绺头发都松了，翘了起来。"不要把责任都揽到你自己身上。把犯人从县监狱转移到法院属于县局警长的职权范围，不是市警察局的。"

"杜林会听我的话，"拉夫把空易拉罐放回冷藏箱，直视着塞缪尔斯，"他也会听你的，我想你清楚这一点。"

"覆水难收，或者说木已成舟，随便那句见鬼谚语是怎么说的，现在一切都结束了。我想，从技术层面上讲，这件案子可能会一直结不了案，但是——"

"技术术语叫 OBI，就是未结案冻结状态。甚至即使玛茜·梅特兰对市警察局提起民事诉讼，控诉由于相关部门玩忽职守导致她的丈夫被杀，这件案子的结果也不会发生改变。当然，她一定会赢得这场诉讼。"

"她说她要那样做了吗？"

"我不知道，我还没有鼓起足够的勇气去和她讲话。霍伊或许会告诉你她的想法。"

"也许我会找他谈谈，尽量息事宁人吧。"

"今天晚上您可真是妙语连珠啊，检察官先生。"

塞缪尔斯举起他的啤酒罐，然后做了个怪脸把它放回冷藏箱。他看到珍妮·安德森正站在厨房的窗边向外看着他俩，她就静静地站在那儿，脸上的表情让人琢磨不透。"我母亲以前总是听天由命，她相信命运。"

"我也是，"拉夫闷闷不乐地说，"但是自从特里出事之后，我就不那么确定了。彼得森家的那个孩子就那样不知道从哪儿冒了出来，突然就冒出来了。"

塞缪尔斯微微一笑。"我说的并不是宿命论，我说的只是小时候我母亲常给我读的一本茶余饭后的小杂志，里面尽写些鬼魂、麦田怪圈、UFO之类的故事，天知道还有什么。其中有一篇故事尤其让我着迷，叫《沙漠中的足迹》，故事讲的是一对新婚夫妇去莫哈维沙漠度蜜月，去露营，你知道的。有一天晚上，他们在一片棉白杨树林里搭起小帐篷，第二天早晨，当年轻的新娘醒来时，发现她的丈夫不见了，于是她就走出树林，来到沙漠，她在那里看见了丈夫的脚印。新娘呼喊他的名字，但是却没有任何回应。"

拉夫发出一声恐怖电影中的声音：呜——呜——

"新娘顺着脚印走过了第一个沙丘，然后又翻过第二个沙丘，脚印越来越新。她跟着那些脚印翻过第三个沙丘……"

"接着是第四个，第五个！"拉夫用敬畏的口气说，"直到今天，她还在继续走！比尔，我不想打断你讲的露营篝火的故事，但我想吃一块馅饼了，然后洗个澡，上床睡觉。"

"不，听我说。她就走到第三个沙丘，她丈夫的脚印一直延伸到那个沙丘的另一边，然后就停住了，就那样停住了，周围除了茫茫无际的沙子之外什么都没有。她再也没有见过她的丈夫。"

"你相信这个故事吗？"

"不，我确定它是胡扯。但相信不是关键，关键是隐喻。"塞缪尔斯试图把脑后那绺翘起的头发抚平，可它偏不听话。"我们之前追踪特里的足迹，因为那是我们的工作，或者如果你更喜欢用'职责'这个词的话，那是我们的职责。我们一直追踪他的脚印，直到星期一上午那些脚印突然消失了。这其中有什么神秘吗？有。是不是总会存在没有答案的问题？除非有一些新的、惊人的信息掉到我们的面前，而且这会发生的，有的时候会发生这种情况。这就是为什么人们一直想知道吉米·霍法① 到底出了什么事，这就是为什么人们一直想弄清楚

① 人类史上最神秘失踪悬案之一。1975年7月30日，六十二岁的工会运动家兼罪犯吉米·霍法（Jimmy Hoffa）在密歇根州奥克兰县一家餐馆的停车场里神秘消失。他原本是到餐厅与两位黑帮老大会面的。

玛丽·赛勒斯特号①船员的下落，这就是为什么人们争论奥斯瓦尔德刺杀肯尼迪总统时是否是单独行动的。有的时候脚印就是突然消失了，而我们不得不接受这个事实。"

"有一个很大的不同。"拉夫说，"在你讲的有关脚印的故事里，那个女人相信她的丈夫还活着，她可以继续相信下去，直到从一位年轻的新娘变成一个老太婆。但是，当玛茜走到她丈夫脚印的尽头时，特里就在那里，死在人行道上。她在今天的报纸上登了讣告，上面说她明天要给他下葬。我想只有她和她的两个女儿会出席葬礼，还有五十多家媒体的狗仔趴在篱笆外面，扯着嗓子问问题，不停地拍照。"

塞缪尔斯叹了口气。"够了，我要回家了。顺便告诉你，那个偷车的孩子叫默林·卡西迪，我看得出你也不想再听别的了。"

"不，等等，再坐一会儿。"拉夫说，"你给我讲了一个故事，现在我也要给你讲一个故事，但不是出自什么灵异现象杂志，这是我的亲身经历。每一个字都属实。"

塞缪尔斯坐回到长凳上。

"当我还是个孩子的时候，"拉夫说，"在我十岁或十一岁——大概就像弗兰克·彼得森那么大——哈密瓜应季的时候，我母亲有时会从农贸市场买一些瓜回来。那个时候我喜欢吃哈密瓜，因为它们的味道香甜而浓郁，那是西瓜所不能媲美的。有一天，我母亲用网兜带了三四个哈密瓜回家，我问她能不能给我吃一块。她说'当然可以，记得把瓜瓤刮出来倒到水槽里就行'。其实她没必要告诉我，因为那时候我已经切开一个哈密瓜了。到目前为止你听懂了吗？"

"嗯哼，我猜你切到自己的手了，对不对？"

"不对，但是我母亲以为我切到手了，因为我尖叫了一声，他们可能在隔壁听到了。我母亲跑了过来，而我只是指着放在柜台上的那个被切成两半的哈密瓜，瓜里面满是蛆和苍蝇，那些虫子纠缠在一起

---

① 玛丽·赛勒斯特号（Mary Celeste）是一艘航行的木船。1872 年 11 月初，它载着 1701 桶易爆的酒精从纽约出发。在另一艘船发现它以前，它失踪了一个月，虽然完成了整个航程，但它走的是一条奇怪的航线。另一艘船的几名船员登上玛丽·赛勒斯特号进行调查，发现船上居然空无一人，玛丽·赛勒斯特号是自己航行的！

蠕动着。我母亲拿来灭虫剂，往柜台上的哈密瓜上喷了一通，之后她拿来一块抹布，把那两半瓜包在里面，扔到了外面的泔水桶里。从那天起，我就再也无法忍受看哈密瓜，更不用说吃一块了。这是我对特里·梅特兰的隐喻，比尔。那个哈密瓜外表看起来很好，并没有绵软，外皮也是完整的，按道理说那些虫子是不可能进去的，但不知道怎么的，它们还是进去了。"

"去你的哈密瓜，"塞缪尔斯说，"去你的隐喻，我要回家了。拉夫，辞职之前认真考虑考虑，好吗？你妻子说我要在被公众炒鱿鱼之前落荒而逃，她可能说对了，但是你不必面对选民。只有三名退休警察是这个城市处理不好内部事务时的借口，同时他们还削减市政经费以公饱私囊，除此之外还有别的。如果你辞职，人们会更加确信是我们把这件事情搞砸了。"

拉夫盯着他看，然后大笑起来，这是发自肺腑的，一连串的哄笑从他的肚子里涌上来。"但是我们确实把事情搞砸了！难道你还没明白吗，比尔？我们搞砸了，确确实实。我们买了个哈密瓜，它看起来像是个很好的瓜，可是当我们在全市人民的面前把它切开时，里面全是蛆。那些蛆是不可能进去的，但它们就在那儿。"

塞缪尔斯拖着沉重的脚步朝厨房的门走去，他打开纱门，然后转过身，头上那绺翘起的头发轻快地前后跳动着。他指着那棵朴树说："那是一只麻雀，该死的！"

# 3

　　午夜刚过（这时彼得森家的最后一名成员正在学习如何制作人上吊用的绳套，多亏了维基百科），玛茜·梅特兰被大女儿卧室里的尖叫声惊醒了。开始是格蕾丝——身为妈妈总是知道的——但之后萨拉也跟着叫起来，两个小姑娘简直创作了一部可怕的二重奏。今晚是姑娘们第一次离开玛茜和特里的卧室，但是两个孩子当然还睡在一起，玛茜想她们以后可能还会一起睡。这样很好。

　　然而不好的是那些尖叫声。

　　玛茜不记得自己是怎么跑到萨拉的卧室，她只记得自己从床上跳起来，然后就站在了萨拉的卧室里抱着她的两个女儿。萨拉的卧室门是开着的，七月的满月月光透过窗户倾泻在房间里，两个小姑娘在月光中直挺挺地坐在床上，紧紧地抱在一起。

　　"怎么了？"玛茜问道。她四下里张望着，寻找不速之客，起初她以为他（肯定是一名男性）蜷缩在角落里，但那只是一堆被丢在一边的童装连体裤、T恤衫和运动鞋。

　　"是她！"萨拉哭了，"是格蕾丝！她说有个男人！上帝啊，妈妈，她把我吓死了！"

　　玛茜坐到床上，把小女儿格蕾丝从萨拉的怀里搂过来，抱在自己怀里。她仍然四处张望着，他在壁橱里吗？他也许在吧，壁橱的折叠门是关着的，他可能听到她过来时就已经躲进去了。或者他在床下面？童年的恐惧涌了上来，玛茜在等待一只手紧紧握住她的脚踝，而那个男人的另一只手里握着一把刀。

　　"格蕾丝？格蕾丝？你看见谁了？他在哪儿？"

　　格蕾丝哭得太厉害了，没法回答，但她指着窗户。

　　玛茜走到窗边，她的心里害怕极了，每走一步都感觉膝盖要脱臼了。警察还在监视房子吗？霍伊说他们会定期巡视一会儿，但那并不意味着他们一直都在。而且，萨拉的卧室窗户——他们家所有的卧室窗户——都既能看到后院，也能看到他家和邻居甘德生家之间的侧院。甘德生一家去度假了。

窗户是锁着的，院子里空无一人，每一片草似乎都在月光下投下一个影子。

玛茜回到床边。她坐下来，抚摸着格蕾丝的头发。小女儿的头发被汗水湿透了，结成一缕一缕的。"萨拉？你看见什么了吗？"

"我……"萨拉思考着。她仍然抱着格蕾丝，妹妹正靠在她的肩膀上啜泣。"没有，我本来以为我看见了什么，只是一瞬间，但那是因为她在尖叫'那个男人，那个男人'。可那里根本没有人。"然后她对格蕾丝说，"没有人，格蕾丝，真的。"

玛茜说："你做了个噩梦，亲爱的。"她思考着，或许是许多噩梦中的第一个。

"他在那儿。"格蕾丝低声说。

萨拉说："若在，肯定是飘在空中，因为我们在二楼，你知道的。"对于一个几分钟前刚被惊醒的人来说，萨拉这话说得相当理智，令人钦佩。

"我不管，我就是看见他了。他的头发又短又黑，立着，他的脸上长着好多疙瘩，凹凸不平的，像用培乐多橡皮泥捏出来的一样。他的眼睛是稻草做的。"

"噩梦。"萨拉用一副实事求是的口吻说，好像这句话该结束今晚的话题了。

"来吧，你们两个，"玛茜竭力装出同样实事求是的口吻说，"今天晚上你们两个就跟我一起睡吧。"

小姑娘们没有任何抗议就跟着玛茜走了。她俩各自睡在玛茜一边，安顿好后，十岁的格蕾丝又睡着了。

"妈妈？"萨拉低声地呼唤。

"怎么了，亲爱的？"

"我害怕爸爸的葬礼。"

"我也是。"

"我不想去，格蕾丝也不想去。"

"宝贝，咱们三个都不想去，但我们要去，我们会勇敢起来的。这是你爸爸想要的。"

"我满脑子都是对爸爸的思念。"

玛茜亲吻了萨拉太阳穴上轻轻跳动的凹陷处。"睡吧，宝贝。"

萨拉终于睡着了。玛茜躺在两个女儿中间睡不着，她望着头顶上的天花板，想着格蕾丝在梦中转向窗户，她做的梦是那么真实，以至于她以为自己是醒着的。

他的眼睛是稻草做的。

# 4

凌晨三点刚过（这时弗雷德·彼得森正拖着沉重的步伐从房子里走出来，他左手拎着从客厅里拿的一只脚凳，右肩上搭着一条上吊绳走进后院），珍妮特·安德森醒了，想上厕所，她发现身边的床上是空的。解决完个人问题后，她走下楼，发现拉夫正坐在他的熊爸爸安乐椅上，盯着电视机上的一片空白。珍妮用妻子疼爱的眼光打量着拉夫，她注意到自从发现弗兰克·彼得森的尸体以来，他瘦了好多。

珍妮将一只手温柔地放在他的肩上。

拉夫没有回头。"比尔·塞缪尔斯说了一些话，让我心烦意乱。"

"什么事？"

"问题就在这儿，我不知道是什么。就好像有个词就在嘴边。"

"是关于偷面包车的那个男孩吗？"

临睡前还没关灯的时候，他们两个躺在床上，拉夫把他和塞缪尔斯之间的谈话告诉了珍妮，之所以告诉她并不是因为什么实质性的内容，而是因为他觉得一个十二岁的男孩靠连续偷车竟然从纽约州中部一路开到埃尔帕索有点儿不可思议。也许那些讲命运的杂志并不令人惊奇，但仍然相当疯狂。珍妮关灯睡觉之前说过，那孩子一定特别恨他的继父。

"我想是有关那孩子的事情，"拉夫说，"而且那辆面包车里有一张纸片，我本来打算再查一查的，但它好像在混乱中弄丢了。我记得好像没有跟你提过它。"

珍妮笑了笑，拨弄着拉夫的头发，他的头发看起来比春天的时候更稀少了，就像他睡衣下面的身体越来越消瘦一样。"你提过，真的。你说它可能是外卖菜单上的一部分。"

"我相当确定它在证物里。"

"这个你也跟我说过，亲爱的。"

"明天我去局里看一看，也许它能帮我弄清楚比尔之前讲的话到底是什么意思。"

"我认为这是个好主意。除了闷闷不乐地整天坐在家里之外，是时候该做点儿什么了。我重新读了一遍埃德加·爱伦·坡的那个故事，叙述者说，他在学校的时候有点儿是称王称霸的角色，但后来另一个男孩来了，跟他同名。"

拉夫拉起她的手，心不在焉地吻了一下。"到目前为止，故事还算可信。威廉·威尔逊这个名字也许不像乔·史密斯那么常见，但它也不像兹比格涅夫·布热津斯基那么罕见。"

"是的，但是后来叙述者发现他们两个人的出生日期是同一天，而且他们总是穿着相似的衣服出现，最糟糕的是，他们还长得特别像，于是大家总是把他俩混为一谈。听起来是不是很熟悉？"

"是的。"

"威廉·威尔逊一号在后来的生活中不断遇到威廉·威尔逊二号，而每次碰面都是以一号的不幸告终。后来一号开始了犯罪生涯，并把责任推给二号。你听懂了吗？"

"尽管现在已是凌晨三点一刻，但我想我脑子还是清醒的。"

"嗯，最终，威廉·威尔逊一号用剑刺了威廉·威尔逊二号好几下，结果当他看着一面镜子时，发现他刺的是自己。"

"因为根本就没有第二个威廉·威尔逊，我相信。"

"但是有，很多人看见了威廉·威尔逊二号。但是最终，威廉·威尔逊一号产生了幻觉，自杀了。我猜是因为他受不了这种二重身了。"

她以为拉夫会嘲笑她，但他却表示赞许地点了点头。"好吧，这确实说得通。事实上，这是相当好的心理学，尤其是对于……什么？十九世纪中叶？"

"差不多吧，是的。我在大学的时候上过一门课，名字叫美国哥特式文学，我们在课上读过很多坡的小说，包括那本。教授说人们错误地认为坡写的是关于超自然的怪诞故事，而实际上他写的是有关变态心理的真实的故事。"

"不过是在指纹和 DNA 技术出现之前。"拉夫笑着说，"咱们去睡觉吧，我想我现在可以睡着了。"

但是珍妮把他拉住了。"我现在要问你一件事，我的丈夫。可能因为现在已经很晚了，而且只有我们两个人，如果你嘲笑我，也没有其他人会听到，但请你不要笑，因为那会让我很难过。"

"我不会笑的。"

"你会。"

"我不会的。"

"你给我讲了比尔的故事，讲的是莫名其妙戛然而止的脚印的故事；你也给我讲了你的故事，讲的是蛆虫不知道怎么地钻进了哈密瓜里，但是你们两个都在用隐喻。正如坡的小说是分裂的自我的隐喻……至少我的大学教授是这样说的。但是如果抛开隐喻，你会发现什么呢？"

"我不知道。"

"是无法解释的现象。"珍妮说，"所以我的问题很简单，如果只有超自然才能解开两个特里的谜团呢？"

拉夫没有笑，他没有想笑的冲动。夜很深了，笑不出来，或者说天太早了，反正是太怎么样了。"我不相信超自然力量，这个世界上不存在鬼魂，不存在天使，也不存在天神耶稣。当然，我去教堂做礼拜，但只是因为那里是个安静的地方，有时候，我可以在那里听见自己的心声，而且那是我所期望的事情。我猜那也是你去教堂的原因，或者你是因为德里克去的。"

"我愿意相信上帝，"珍妮说，"因为我不愿意相信我们就这样终其一生，虽然那样的结局遵从了平衡——我们从黑暗中来到这个世界，又回归黑暗，这似乎是合乎逻辑的。但是我相信星星，相信宇宙是无穷的，那是宇宙的伟大之所在。而在这里，我相信每一捧沙里都存在更多的宇宙，因为无穷是一条双行道。我相信，在我意识到的每一个想法背后，我的脑海中都排列着另外十几个想法。我相信我的意识和无意识，尽管我不清楚它们究竟是什么。我相信柯南·道尔，他创造的人物夏洛克·福尔摩斯说，'一旦排除了不可能，剩下的，不论多么不可能，一定是真相。'"

"他不是那个相信有仙子的家伙吗？"拉夫问。

珍妮叹了口气。"上楼吧，咱们做一下运动，或许之后我们俩就都能睡着了。"

拉夫心甘情愿地跟她上楼了，但即使是在他们做爱的时候（除了达到高潮那一刻大脑一片空白），拉夫发现自己脑子里想的都是柯南·道尔的那句名言。这句话很巧妙，合乎逻辑。但能否将其改为'一旦排除了自然现象，剩下的一定是非自然现象'呢？不能。拉夫不相信任何违背自然规律的解释，不仅仅是作为一名警察，还是作为一个普通的自然人。杀害弗兰克·彼得森的是一个真正的人，而不是漫画书里的幽灵。那么剩下的，不论多么不可能，是什么呢？答案只有一个。杀害弗兰克·彼得森的凶手就是特里·梅特兰，现在他已经死了。

# 5

在那个星期三的晚上，七月的月亮升起来了，像一颗巨大的热带水果膨胀在空中，发出橙色的光。到了星期四凌晨，弗雷德·彼得森站在自家后院的脚凳上。曾经，在许多个星期日下午的橄榄球比赛期间，他都把脚放在上面歇脚。此时，月亮已经缩成一枚冰冷的银币，高高挂在头顶。

弗雷德把绞索套在脖子上，猛地一拉，直到绳结紧紧卡住他的下巴，正如维基百科词条中详细说明的那样（提供了很有用的完整插图），绳子的另一端绑在一棵朴树的树枝上。彼得森家的这棵朴树就像拉夫·安德森家篱笆外的那棵一样，只是要老得多，更是弗林特市的代表性植物，这棵树早在美国往日本广岛投下一枚原子弹时（这件事对于那些身处远处看到原子弹而没有被它吞噬的日本人来说当然也是一个超自然现象）就发芽了。

那个脚凳在弗雷德脚下不稳，前后摇晃。他听着蟋蟀的叫声，感受着夏夜的微风拂过他汗湿的面颊——在一个炎热的白天之后，和另一个他不想看到的炎热白天之前，这微风凉爽而令人欣慰。弗雷德决定将彼得森这个姓氏从弗林特市的通讯录中划去，让彼得森一家人团圆，一部分原因是他希望弗兰克、艾琳和奥利还没有走远，至少现在还没有，他还有可能追上他们。而更多的原因是，他无法承受早上要在同一家殡仪馆参加两个人的葬礼，他真的做不到。这家唐奈利兄弟殡仪馆下午将又要埋葬他这个双人葬礼的负责人。

弗雷德最后看了一眼周遭，问自己是否真的想要这样做。答案是肯定的，于是他蹬开脚凳，希望在那条光之隧道在他面前打开之前听到自己的脖子咔嚓一声断裂，深深裂进头颅。他的家人正站在那条光之隧道的尽头，召唤他共同前往一段更美好的新生活，那里没有无辜的男孩被奸杀。

然而，没有咔嚓声。原来弗雷德忽略了维基百科词条中所述的一个体重二百五十磅的人是如何需要用力将身体向下坠才能使颈骨断裂的那部分。弗雷德没有死，而是开始被勒得窒息。当他的气管闭合，眼球从眼窝中凸出来时，弗雷德自身体内的警钟叮当响起，生理的警灯也闪起，他先前昏睡过去的求生本能顿时苏醒过来。在三秒钟的时间里，他的身体压倒了他的大脑，求死欲转而变为极强的求生欲。

弗雷德举起手，摸索到了绳子，然后他使出全身力气去拉，绳子松了，他能够吸一口气了——只能浅浅地吸一口，因为绳套仍然很紧，绳结像肿大的甲状腺一样深深卡进他的喉咙一侧。他一只手抓着绳子，摸索着他系绳子的那根树枝，他的手指唰地抓了一下树枝的下缘，撸掉了几片树皮飘落在他的头发上。但是他只能够到那儿了。

弗雷德人到中年，并不算健康，他平日里的运动就是在看他最爱的达拉斯牛仔的橄榄球赛期间去冰箱里再拿一罐啤酒，即便是高中时上体育课时，他也顶多只能做五个引体向上。弗雷德感觉到自己握着绳子的那只手在往下滑，于是他用另一只手再次抓住绳子，让绳子松那么一下足够他再小吸半口气，但是他无法将自己拉得更高一些了。他的脚在草坪上方八英寸的高处来回摆动，他的一只拖鞋掉了，接着另一只也掉了。他试图呼救，但努力的结果是只能发出沙哑的呼哧呼哧声……在凌晨这个时候，谁会醒着听到他的声音呢？隔壁好管闲事的吉布森老太太？她肯定手里握着念珠，梦着布里克斯顿神父，在床上睡得正香呢。

弗雷德的两只手都滑了下来，树枝嘎吱嘎吱作响，他的呼吸停止了。他能够感觉到被困在大脑中的血液在跳动，准备随时在脑子中爆炸。他听到一个刺耳的刮擦声，心想，结局不应该是这个样子的。

弗雷德拼命摇动着绳子，像一个快要淹死在湖里的人伸手拼命去够湖面。巨大的黑色孢子出现在他的眼前，然后突然变成巨大的黑色毒蘑菇。但是在弗雷德失去视觉之前，他看见月光中有一个男人站在露台上，那人一只手随意放在那个弗雷德再也不会用来烤牛排的烧烤架上。也许那根本就不是一个人，弗雷德看到的容貌非常粗糙，就像一位盲人雕刻家冲压出来的人形一样。而且，那人的眼睛是稻草做的。

# 6

琼·吉布森碰巧就是那个做意大利千层面的女人，艾琳·彼得森在突发心脏病前就是把她送的千层面扣到了自己头上。吉布森没有睡着，她也没有在想布里克斯顿神父，她自己现在也很痛苦，非常非常痛苦。她已经有三年没有犯坐骨神经痛了，她本来还妄想这个病彻底好了呢，可是现在它又来了，真是个讨厌的不速之客，一闯进来就扎根不走了。在隔壁彼得森家的葬礼聚会之后，她只感觉左膝后面有一点儿僵直的迹象，但她知道自己是怎么回事，便去求里奇兰医生给她开一个羟考酮（镇痛药，含吗啡）的处方，里奇兰医生很不情愿地给她开了。这个药只起一点点作用，她的左半边身体从背部一直疼到脚踝，那里疼得就像戴了一个满是刺的脚镣。不知怎的，她的坐骨神经痛有个最残忍的特性，躺下来非但不能缓解疼痛，反而还会加剧疼痛。于是，她就穿着睡袍和睡衣坐在客厅里，一会儿看看电视上购物广告中的性感腹肌，一会儿用儿子在母亲节送给她的苹果手机玩纸牌接龙。

吉布森的背不好，视力也不好，她把电视广告调成了静音，她的听力没有毛病。这时她清楚地听到隔壁传来一声枪响，一下子就跳了起来，根本没有想过那股突然袭来的剧痛会让她整个左半边身子从上疼到下。

*天哪，弗雷德·彼得森开枪打死了自己。*

她抓起拐杖，像个丑陋的老太婆一样，弯着腰一瘸一拐地走到后门。在门廊上，借着无情的银色月光，她看见彼得森瘫倒在他家草坪上。根本不是枪声。彼得森的脖子上缠着一根绳子，绳子另一端绑在不远处的一根树枝上。

吉布森太太扔下拐杖——这东西只会让她走得更慢——侧着身子蹒跚着爬下后门门廊的台阶，她一瘸一拐地小跑着完成了两家后院之间的九十英尺距离，完全没有意识到当她的坐骨神经好像从瘦骨嶙峋的臀部一直撕裂到左脚脚后跟时自己发出的痛苦的哀号声。

吉布森太太跪在彼得森先生身旁，看着他肿胀青紫的脸、长长伸出的舌头，还有深深卡进他脖子厚肉里的绳子。她慢慢扭动着手指塞到绳子下面，然后用尽全身力气一拉，又发出一声痛彻心扉的哀号。这一次她意识到了自己的号叫声：一声高声、绵长、哀号的尖叫。街对面的灯亮了，但是吉布森太太没有看见。感谢上帝、耶稣、圣母玛利亚和所有圣徒，绳子终于松了，吉布森太太等待着彼得森先生喘过气来。

可是，他没有。

在她职业生涯的第一阶段，吉布森太太曾在弗林特市第一国民银行担任出纳员。当她到了六十二岁的法定年龄从那个岗位上退休之后，吉布森太太上了家庭帮工必修课，使自己成为一名合格的家庭帮工。那份工作是她用来贴补七十四岁之前开销的，其中有一门课就是必要的急救措施。吉布森太太现在跪在彼得森先生那相当大的身躯旁，仰起他的头，捏紧他的鼻孔，掰开他的嘴，然后将自己的嘴唇压在他的嘴唇上。

当街对面的贾格尔先生走到她身边，拍了拍她瘦骨嶙峋的肩膀时，吉布森太太已经在吸第十口气了，此时她明显感觉头晕眼花。"他死了吗？"贾格尔先生问。

"如果我能救他的话，他就死不了，"吉布森太太说，她紧紧抓住自己的睡袍口袋，摸索着长方形的手机，然后把它拿出来，盲目地扔到身后，"快打911。还有，如果我晕过去了，你就得接手。"

但是她没有晕过去。吉布森太太屏住第十五次呼吸，就在她正要呼气的时候，弗雷德·彼得森自己流着口水深深吸了一口气，然后又吸了一口。她等待着他睁开眼睛，可是他没有，于是她掀起他的一只眼睑，下面的眼球上除了巩膜之外什么都没有，他的巩膜不是白色的，而是红色的，因为血管全部破裂了。

弗雷德·彼得森吸了第三口气，然后又停了下来。吉布森太太开始竭尽全力给他做胸外按压，虽然她不确定这会不会起作用，但感觉至少不会有害。此时她感觉自己的背部和下半身的疼痛减轻了，有没有可能把坐骨神经痛震出身体？当然不会，这个想法简直太荒谬了。这只是肾上腺素的作用，一旦体内的肾上腺素耗尽，她只会感觉更糟。

清早的黑暗中飘来警笛声，越来越近。

吉布森太太又开始把自己的气强制性吹到弗雷德·彼得森的喉咙里（这是自从二〇〇四年她丈夫去世以来她和男人最亲密的接触），每次人工呼吸的间歇她都感觉自己快要晕过去了。贾格尔先生并没有提出来接替她，她也没有要求他来做。在救护车抵达之前，这都是她和彼得森之间的事。

有的时候当她停下来时，彼得森先生会流着口水深吸一口气，有的时候他不会。当急救车上闪烁的红灯在两家院子之间迅速闪动、闪过彼得森先生上吊的那棵朴树上参差不齐的断枝时，吉布森太太几乎没有注意到。一名急救员慢慢扶着她站起来，这时她竟然能够毫无痛觉地站起来，简直太神奇了。无论这奇迹多么短暂，她都会怀着感谢接受。

"现在由我们来接管，太太。"急救员说，"您干得实在太棒了。"

"你真的太棒了，"贾格尔先生说，"琼，你救了他！你救了这个可怜的家伙的性命！"

吉布森太太擦着下巴上温热的口水——那是她和彼得森的混合口水，她说："也许是吧。也许，如果我没有救他，也许会更好。"

# 7

星期四早上八点，拉夫正在后院割草。今天他无所事事，割草是他唯一能想到的用来消磨时间的工作了……但他的思想可不在割草上，此刻他的脑子正转个不停：弗兰克·彼得森残缺的尸体、目击者、电视台的录像、DNA检测报告、法院前面的人群，大多数都是这些内容。出于某种原因，他的注意力一直停留在那个女孩垂下来的内衣肩带上——当她坐在男朋友的肩上挥舞着拳头时，一条亮黄色的带子上下跳动着。

拉夫几乎没有听到他手机的木琴音铃声，他关掉割草机，站在那里接起电话，脚下的运动鞋和裸露在外面的脚踝上沾满了草。"我是安德森。"

"我是特洛伊·拉梅奇，头儿。"

原来是那天真正逮捕特里的两名警官之一，拉夫觉得那似乎是很久以前的事了。用他们的话说，那是天翻地覆的生活。

"怎么了，特洛伊？"

"我和贝琪·里金斯在医院呢。"

拉夫笑了，这个表情最近太少见了，甚至让他感觉自己的脸有些异样。"她要分娩啦？！"

"不，还没有。局长让她过来是因为你在休假，而杰克·霍斯金斯还在奥科马湖边钓鱼呢。派我一起过来是为了陪她。"

"什么事？"

"几个小时前，急救员送来了弗雷德·彼得森。他企图在自己后院上吊自杀，但是系绳子的树枝断了，隔壁一位叫吉布森太太的给他做了口对口人工呼吸，把他救了过来。她来了医院，想看看他怎么样了，局长想要她做一份笔录，我猜是出于礼节，不过对于我这似乎是小事一桩。天知道那个可怜的家伙有一大堆理由寻短见。"

"他的状况怎么样？"

"医生说他的大脑功能很微弱，活过来的可能性只有百分之一。贝琪说你会想知道这件事，所以我就给你打电话了。"

有那么一会儿，拉夫感觉他早餐吃的那碗麦片要从胃里反上来了，他立刻把头扭向右边，避开割草机，以免吐得上面到处都是。

"老大？你在听吗？"

拉夫把一口酸乎乎的牛奶和麦片混合物咽了回去。"我在听呢，贝琪现在在哪儿？"

"她和吉布森太太一起在彼得森的病房里。因为 ICU 病房是禁烟区，所以里金斯侦探派我出来给你打电话。医生给她们提供了一间可以谈话的房间，但是吉布森说她想和彼得森一起回答里金斯侦探的问题，好像她以为他能听见她讲话一样。这位老太太人很好，但是她的后背疼得要命，从她走路的样子就能看出来。她为什么还在医院待着啊？那里又不是'好医生'医院，在那儿不会出现什么奇迹般的康复。"

拉夫能够猜到原因。这位吉布森太太曾经和艾琳互换过食谱，她是看着奥利和弗兰克长大的，也许弗雷德·彼得森还曾在弗林特市罕见的一场暴风雪过后帮她铲过车道的雪。她在那里是出于悲伤和尊重，甚至是内疚，她可能认为自己应该就那样让彼得森离去，而不该让他被迫无限期地躺在医院的病房里，连呼吸都要靠呼吸机。

过去八天的全部恐怖如同一个巨浪席卷了拉夫。凶手不满足于仅仅杀死那个男孩，他还夺走了彼得森全家的性命。用他们的话说，一扫而光。

不是"凶手"，就是特里，不需要把他匿名。凶手就是特里，没有其他目标嫌疑人。

"我想你会想知道的。"拉梅奇又说了一遍，"嘿，看看光明的一面。也许贝琪在这家医院就会分娩，这样就省得她丈夫跑一趟了。"

"叫她回家。"拉夫说。

"好的。嗯……拉夫？法院的事情闹成那个样子，我感到很遗憾。真是垃圾。"

"这个词总结得好,"拉夫说,"谢谢你打电话来。"

拉夫回到草坪上,推着那台噪声巨大的老式割草机慢慢走着(他真该去家得宝①买台新的回来;现在他有大把的时间,再也没有借口拖延这件日常琐事了),就在他快要完成最后一点儿的时候,他的手机又开始响起木琴布吉乐。他以为是贝琪,但并非如此,虽然这个电话也是从弗林特市总医院打来的。

"仍然没有拿回所有的 DNA 检测报告,"爱德华·博根医生说,"但是我们已经得到了那根用来鸡奸男孩的树枝的检测结果。血液,再加上那个罪犯,额⋯⋯你知道的,抓住树枝来那个什么时留下的皮屑⋯⋯"

"我知道,"拉夫说,"别卖关子。"

"不卖关子了,探长先生,树枝上的样本与梅特兰的口腔内膜拭子相匹配。"

"知道了,博根医生,谢谢你。你需要把它交给盖勒局长和州警萨布罗中尉,我正在行政休假中,而且很可能接下来的整个夏天都在休假。"

"荒唐。"

"这是规定。我不知道盖勒局长会指派谁和尤尼尔一起工作——杰克·霍斯金斯正在度假,贝琪·里金斯随时都可能迎来她的第一个孩子——但他会找到合适的人选。而且你想想看,梅特兰死了,就没有要办的案子了。我们只是在填补空白。"

"这些空白很重要,"博根说,"梅特兰的妻子可能会决定提起民事诉讼,这份 DNA 证据可能会让她的律师叫她改变主意。在我看来,这样的诉讼很下流。她的丈夫用可以想象的最残忍的方式谋杀了那个男孩,如果她不知道他的事⋯⋯他的癖好⋯⋯她就是没有注意。性虐狂总是有预兆迹象的,总是有。在我看来,你应该被授予一枚奖章,而不是被停职。"

"谢谢你这么说。"

---

① 家得宝(Home Depot),美国家居连锁店。

"只是说出我的想法而已。还有更多的样本在等待处理，有很多，报告出来的时候，想让我通知你吗？"

"好的。"盖勒局长可能会让霍斯金斯早点儿回来，但是那个人即便清醒的时候也是个浪费空间的货色，更何况他很少是清醒的。

拉夫挂断电话，修剪好最后一条草坪，然后把割草机推进车库。他一边打扫房子，一边想着爱伦·坡的另一个故事，那是一个关于一个人被砌进酒窖墙里的故事。他没有读过原著，但是看过那个故事改编的电影。

被砌进墙里的人尖叫着"看在上帝的分上，蒙特雷索！"，而把他砌进墙里的人也同样说着"看在上帝的分上"。

在这件案子中，特里·梅特兰就是那个被砌进墙里的人，只是本案中的砖是DNA，而且他已经死了。是的，目前有很多互相矛盾的证据，这很麻烦。但他们现在有弗林特市的DNA，却完全没有盖城的。没错，还有报摊那本书上的指纹，但指纹是可以伪造的，虽然那并不像侦探剧里演的那么容易，但也是可以做到的。

那目击证人呢，拉夫？那三个认识他很多年的老师。

不用管他们。想想DNA，那是铁证，最可靠的证据。

在爱伦·坡的故事中，蒙特雷索最终被一只黑猫置于死地。因为他把受害者砌进墙里时无意间把那只黑猫一起砌了进去，黑猫的哀号声把来客引到了酒窖。拉夫猜想，那只猫是另一个隐喻：它是凶手自己内心良知的声音。只是有些时候雪茄就是烟，猫就是猫。没有理由总是记着特里临死时的眼睛，或者他的临终声明。就像塞缪尔斯说的，他临终时他的妻子就跪在他的身边，握着他的手。

拉夫坐在工作台上，感觉疲惫不堪，虽然只是修剪了后院的一小块草坪而已。枪击前最后几分钟的画面始终在他眼前挥之不去：大黄蜂的警报声、金发女主播看见自己被打得流血（也许只是一个小伤口，但有利于收视率）时脸上露出讨人嫌的冷笑、手上满是文身的烧伤男、兔唇男孩、阳光照在人行道上的云母映出复杂的星座般的光斑、女孩的黄色内衣肩带上下跳动。拉夫的眼前浮现的尽是这些画面，似乎想要把他引到别的地方，但有时一条内衣肩带就是内衣肩带。

"而且一个人不可能同时出现在两个地方。"他咕哝着。

"拉夫？你是在自言自语吗？"

拉夫一惊，抬起头。原来是珍妮，她正站在门口。

"既然这里没有别人，那一定是我喽。"

"有我啊，"她说，"你还好吧？"

"不太好。"他说，然后把弗雷德·彼得森的事情告诉了她。珍妮明显地垂下了身子。

"我的上帝啊，那个家毁了，除非他痊愈。"

"不管他是否痊愈，那个家都已经毁了。"拉夫站了起来，"过一会儿我要去局里，看看那块破纸，菜单还是什么的。"

"先洗个澡，你浑身都是油和草的味道。"

拉夫笑着向她敬了个礼。"遵命，长官。"

珍妮踮起脚尖吻了吻他的脸颊。"拉夫？你会挺过这一切的，你一定会的，相信我。"

# 8

关于行政休假，有很多拉夫不知道的规矩，他之前从来没有经历过这个。其中一条规矩就是他是否被允许进入警察局。考虑到这一点，他一直等到下午三点左右才去局里，因为那个时间局里是最清闲的。当他到达时，大办公厅里除了斯蒂芬妮·古尔德和桑迪·麦吉尔之外没有任何人。斯蒂芬妮身上还穿着便服，正在用一台老电脑填报告。市议会早就许诺要把那些老电脑换掉，可一直都没动静。桑迪坐在调度台边读着《人物周刊》，盖勒局长的办公室里没有人。

"嘿，探长，"斯蒂芬妮抬起头说，"你怎么来了？我听说你在带薪休假。"

"设法让自己忙起来呗。"

"这个我可以帮你。"斯蒂芬妮拍了拍电脑旁边的一堆文件说。

"改天吧。"

"事情发展成那个样子，我感到很遗憾。我们都是。"

"谢谢。"

拉夫走到调度台，管桑迪要证物室的钥匙，她毫不犹豫就把钥匙给他了，几乎都没有抬头，仍旧埋头看着手里的杂志。证物室门旁边的挂钩上挂着一块写字板和一支圆珠笔，拉夫考虑着不想登记，但还是继续填下了姓名、日期、时间——下午三点半。别无选择，真的，古尔德和麦吉尔都知道他在这，也知道他为什么来。如果有人问他想看什么，他会坦白地告诉他们。毕竟他现在是被责令行政休假，而不是停职。

这个小房间不比壁橱大多少，里面又闷又热，头顶的荧光灯闪个不停，跟那些古老的电脑一样，需要换掉。在联邦政府的资助下，弗林特市确保警察局配备所需的所有武器，甚至更多。那么，要是基础设施破败不堪了呢？

如果弗兰克·彼得森的谋杀案发生在拉夫刚进警局工作的那个年代，这里就会有四箱，甚至六箱梅特兰的证物，但在计算机时代，机器代替人工完成了惊人的大量工作，现在这里只有两箱证物，再加上从面包车后面拿来的工具箱。那个工具箱里有一系列标准工具，有扳手、锤子、螺丝刀。特里的指纹没有出现在任何一件工具和工具箱上，拉夫认为，这表明工具箱是属于原被偷面包车的，而特里在偷车之后从未检查过车里的物件。

其中一个证物箱上标着**梅特兰家**。另一个证物箱上贴着**面包车 / 斯巴鲁**的标签，这个才是拉夫想要的，他割开胶带，打开箱子。没有理由不这么做，因为特里死了。

简单搜寻一番之后，拉夫拿起一个塑料证物袋，里面装着他记得的那张纸片。那张纸片是蓝色的，大致呈三角形，顶部用粗体黑字印着 TOMMY AND TUP，TUP 后面的内容不见了，上面的角上印着一个小馅饼，馅饼的皮上还冒着热气。虽然拉夫没有特别记得这一点，但一定是它让拉夫认为这张纸片是外卖菜单的。今天早上他和珍妮聊天的时候，珍妮说什么来着？我相信，在我意识到的每一个想法背后都排列着另外十几个想法。如果这是真的，拉夫愿意出一大笔钱抓住潜伏在那根黄色内衣肩带后面的那个想法。因为那后面确实存在一个想法，他几乎可以肯定。

他几乎可以肯定的另一件事是，这张纸片怎么会恰巧出现在那辆面包车上。它泊车的时候，有人把菜单塞到那片停车区域所有车辆的挡风玻璃雨刷下面了，司机——也许是那个在纽约偷了它的孩子，也许是在那个孩子弃车之后又偷了它的人——没有抬起雨刷，直接把菜单撕了下来，于是剩下了三角形的一角。司机当时没有注意到它，但是当他启动雨刷时就会发现它，也许他把手伸到窗外把它拉了出来，然后扔到脚下，而没有把它乱丢到窗外。可能因为他天生就不是个喜欢乱丢垃圾的人，只是个小偷。可能因为当时他后面跟着一辆警车，所以他不想做任何会引起注意的事情，哪怕是往车窗外扔张纸片这样的小事。甚至还有可能是他把它扔到窗外，但是被一阵风吹回了车里。拉夫曾经调查过交通事故，其中有一起相当严重，是由烟蒂引起的。

拉夫从裤子后兜掏出自己的笔记本——随身携带这个本子是他的第二天性，不论是不是在行政休假——在一张空白页写上 TOMMY AND TUP。之后他把那个**面包车／斯巴鲁**箱子放回架子上，离开证物室（没有忘记登记离开时间），重新锁上门。把钥匙还给桑迪时，他打开笔记本放到她面前，桑迪撇开正在看的詹妮弗·安妮丝顿最新的冒险，抬头看了一眼。

"对你有什么意义吗？"

"没有。"

桑迪低下头继续看她的杂志。拉夫走到古尔德警官身边，她还在把信息输入某个数据库，按错键的时候嘴里还骂骂咧咧，这种情况似乎经常发生。古尔德瞥了一眼拉夫的笔记本。

"TUP 是一句老式英国俚语，意思是性交，我想是的——比如说'哥们儿，昨晚我睡了我的女朋友'——不过我也想不出别的。它很重要吗？"

"我不知道，可能不重要吧。"

"干吗不上网用谷歌查一下？"

当拉夫等待他自己那台老掉牙的电脑开机时，他决定试着问一下自己娶回家的那个活数据库。珍妮在响第一声铃时就接起了电话，而且，当拉夫问她时，她想都没想就回答了。

"可能是 Tommy And Tuppence。汤米和塔彭丝是阿加莎·克里斯蒂笔下的一对甜蜜夫妻档侦探，是当她不写赫尔克里·波洛和马普尔小姐的时候创设的人物。如果是那样的话，你可能要去找一家几个英国侨民开的餐馆，专卖泡泡和吱吱的（卷心菜煎马铃薯）。"

"泡泡和什么？"

"无所谓啦。"

"它可能毫无意义。"拉夫也这样认为，但也可能有。不管怎么样，你把这个狗屁东西追查下去就好了；在此向夏洛克·福尔摩斯致以歉意，但大多数侦探的工作就是追查一些狗屁东西。

"不过我很好奇，等你回家告诉我吧。哦，对了，家里没有橙汁了。"

"我回来的时候去一趟杰拉德。"拉夫说完挂断了电话。

他打开谷歌，输入 TOMMY AND TUPPENCE，然后又在后面加上 RESTAURANT。警察局的电脑是旧的，但无线网络是新的，网速很快。几秒钟的工夫拉夫就找到了自己要找的东西，汤米和塔彭丝酒吧咖啡厅在俄亥俄州代顿的诺斯伍兹大道。

代顿？代顿怎么了？这桩悲惨的案子里是不是出现过这个地名？如果是的话，在哪儿呢？拉夫靠在椅子上，闭起眼睛。无论他想通过那条黄色内衣肩带找到什么联系，答案总是躲着他，但这次他找到了一个。代顿是在他与特里·梅特兰最后一次真正的谈话中提到的。当时他们一直在谈论那辆面包车，特里说他上次去纽约是和妻子度蜜月的时候，他最近唯一的一次旅行就是去俄亥俄州，准确地说，是去代顿。

当时特里说，"姑娘们放春假时去的，我想去看看我的父亲。"拉夫问他父亲是否住在那里，特里说，"如果你能把那也称为生活的话，是的。"

拉夫给萨布罗打电话。"嘿，尤尼尔，是我。"

"嘿，拉夫，退休生活过得怎么样？"

"挺好，你应该看看我的草坪。我听说你因为趴到那个蠢猪记者诱人的身体上而受到表扬了。"

"他们是那么说的。这样说吧，我这个墨西哥贫苦农民的儿子一直生活得很好。"

"我记得你告诉过我你父亲是阿马里洛最大的汽车经销商。"

"我想我可能说过吧。但当你必须在真相和传说之间抉择时，就选择传说。这是约翰·福特执导的电影《双虎屠龙》中的智慧。我能为你做什么？"

"塞缪尔斯有没有告诉你最初偷面包车的那个孩子的事？"

"告诉了。那有点儿扯啊。那孩子的名字叫默林，你知道吗？他一定是会魔法，竟然一路开到了得克萨斯州南部。"

"你能联系上埃尔帕索警方吗？他是逃到那里被抓的，但我从塞缪尔斯那得知，那孩子把车扔在了俄亥俄州。我想知道的是，他是不是把车扔在了代顿的诺斯伍兹大道上一家叫汤米和塔彭丝的酒吧咖啡厅附近。"

"我想我可以试一试。"

"塞缪尔斯告诉我，这个神奇的默林在路上走了很长时间。你能不能也试着查一下他是什么时候把面包车扔掉的？是不是在四月？"

"这个我也可以试着查一下。不过，你能告诉我为什么吗？"

"特里·梅特兰四月份在代顿，看望他父亲。"

"真的吗？"尤尼尔现在听起来很来劲，"一个人？"

"和他的家人，"拉夫实话实说，"往返都是坐的飞机。"

"那就不是了。"

"也许吧，但是它仍然对我的意识产生了某种特殊的魔力。"

"您可悠着点儿啊，探长先生，我只是个穷苦的墨西哥农民的儿子。"

拉夫叹了口气。

"让我看看我能查到什么。"

"谢谢啦，尤尼尔。"

就在拉夫挂电话的时候，盖勒局长走了进来，他手里提着一只健身包，看上去好像刚洗过澡。拉夫朝他挥挥手，结果换来一张阴沉的脸。"你不应该出现在这里，侦探。"

啊哈，这就知道答案了。

"回家去，修剪修剪草坪什么的。"

"我已经干完了，"拉夫说着站了起来，"接下来要清理地窖。"

"好，那就赶快动手吧。"盖勒在办公室门口停下来，"拉夫……我为这一切感到很遗憾，非常遗憾。"

大家都这么说，拉夫一边想着，一边走进下午的热浪中。

# 9

　　当天晚上九点一刻，珍妮正在洗澡，尤尼尔打来电话。拉夫把尤尼尔告诉他的所有信息都记在本子上，虽然不多，但足够有趣。一个小时后，拉夫去睡觉了，自从特里在法院台阶下被枪击后，这是他第一次真正睡着。星期五凌晨四点，拉夫从梦中醒来，他梦见一个十一二岁的女孩坐在她男朋友的肩上，对着天空挥舞着拳头。拉夫直挺挺地从床上坐起来，仍然睡意蒙眬，他甚至没有意识到自己在大喊大叫，直到受惊的妻子坐起来抓住他的肩膀，他才彻底清醒过来。

　　"怎么了？拉夫，怎么了？"

　　"不是那个带子！那个带子的颜色！"

　　"你在说什么呢？"珍妮摇着他，"你是在做梦吗，亲爱的？噩梦？"

　　"我相信，在我意识到的每一个想法背后，我的脑海中都排列着另外十几个想法。"这是她说的，这也是我梦到的——不过它们已经像其他梦一样消散了。拉夫梦到了那背后的其中一个想法。

　　"我想到了，"拉夫说，"我在梦里想到了。"

　　"想到了什么，亲爱的？有关特里的事？"

　　"有关那个女孩，她的内衣肩带是亮黄色的，除非某个别的东西也是亮黄色的。在梦里我知道了那是什么，可是现在……不见了，我忘了。"拉夫把脚从床上甩起来，双手抓着睡觉穿的那件宽大的平角裤下面的膝盖，坐在床上。

　　"会想起来的，躺下，你吓死我了。"

　　"对不起。"拉夫又躺了下来。

　　"你还能睡着吗？"

　　"不知道。"

　　"萨布罗中尉给你打电话的时候说了什么？"

"我没有告诉你吗？"他明知道自己没有告诉她。

"没有，我当时也不想逼你说，因为当时你一副若有所思相。"

"等早上我再告诉你。"

"既然你已经把我吓醒了，也可以现在说。"

"没什么好说的。尤尼尔通过逮捕那个男孩的警官找到了他，那个警官喜欢这个孩子，对他有点儿兴趣，所以一直在追踪他。目前，这位年少的卡西迪先生在埃尔帕索寄养中心。他必须在少年法庭上就汽车盗窃案接受某种形式的审讯，但目前还没有人知道具体会在哪里举行，纽约州的达切斯县似乎是最有可能的，但他们并不真正急于抓他回去，而他也不急于回纽约州。所以说，他暂时处于一种法律三不管的状态，而且尤尼尔说他很喜欢现在这种状态。这孩子的故事是，经常性地遭受继父的毒打，而妈妈假装什么都没发生，不闻不问。相当典型的虐待。"

"可怜的孩子，难怪他会离家出走。那他会怎么样呢？"

"哦，他最终还是会被送回去。正义的轮子转得很慢，但始终在前进。他会被判缓刑，或者在他寄养期间，警察会算出他需要服刑的时间。他家镇上的警察会留心他家的家庭状态，但最终一切都会重新开始。虐童狂有时会暂停施虐行为，但他们很少会停止。"

拉夫把手放到脑后，想起了特里。特里没有一丝暴力迹象，甚至都没有碰撞过裁判。

"那个孩子当时确实在代顿，"拉夫说，"那时他开始对那辆货车感到紧张，他把车停在一个公共停车场，因为那是免费的，因为那里没有看守人员，还因为他看见了几个街区外的金拱门。他不记得是否经过汤米和塔彭丝咖啡厅，但是他记得有一个穿衬衫的年轻人在后面说过汤米什么的，那个人手里拿了一叠蓝色的纸，往路边汽车的挡风玻璃雨刷下面塞。他注意到了那个叫默林的孩子，提出给他两块钱，让他把菜单塞到停车场里所有汽车的雨刷下面。那孩子说不用了，谢谢，然后就去麦当劳吃午饭了。当他回来的时候，发传单的那个人不见了，但是停车场上每辆车上都有菜单。那孩子善变，感到那不是个好兆头，天知道为什么。不管怎么说，他觉得是时候该换车了。"

"如果他不那么随机应变，可能早就被抓住了。"珍妮说。

"你说得没错。总之，他在停车场里闲逛，查找没有上锁的车。他告诉尤尼尔，他惊讶地发现竟然有那么多。"

"我敢打赌你不会感到惊讶的。"

拉夫笑了。"人们都很粗心。那是他发现的第五或第六辆没上锁的车，遮阳板后面藏了一把备用钥匙，这车对他来说太完美了——一辆纯黑色的丰田，每天满大街都是。不过，在默林这孩子开着它离开之前，他把面包车的钥匙插回了点火装置。他告诉尤尼尔，他希望有人把它偷走，因为，他是这样说的，'那样可能会甩掉我身后的警察'。你知道，这话就好像他因谋杀而被六个州联合通缉，而不是一个只会打转向灯的逃跑的孩子一样。"

"他说的？"珍妮听起来觉得很好笑。

"是的。顺便说一句，他还得回到面包车上拿点儿别的东西。他一直坐在一堆压扁的纸箱上，这样就能使他在方向盘后面看起来更高一些。"

"我有点儿喜欢上这个孩子了。德里克是永远不会想到这一点的。"

我们从没给过他这样做的理由啊，拉夫心想。

"你知道他有没有把菜单留在面包车的雨刷下面吗？"

"尤尼尔问过了，那孩子说他当然留下了，他干吗要拿走呢？"

"所以，把它撕下来的人——留下一张碎片，而且那张纸片最终在车内——是从代顿的停车场偷面包车的人。"

"几乎可以肯定。下面就是让我昨晚摆出一副若有所思相的事情了。那孩子说他认为当时是四月，我对此半信半疑，因为我怀疑记日期对他来说是不是很重要。但他告诉尤尼尔，当时是春天，树上都长出了叶子，天气还不太热。所以很可能是四月，而四月正是特里在代顿看望他父亲的时候。"

"只有他和他的家人，而且他们坐的是双程飞机。"

"我知道，你可以称之为巧合。只是那时，同一辆面包车出现在弗林特市，这让我很难相信两次巧合都与同一辆福特伊克莱有关。尤尼尔提出一个想法，特里可能有一名共犯。"

"一个看起来跟他一模一样的人？"珍妮扬起一根眉毛，"可能是一个名叫威廉·威尔逊的双胞胎兄弟？"

"我知道，这个想法很荒谬。但是你也看到了这事情有多奇怪，是吧？特里在代顿，面包车也在代顿。特里回到弗林特市，面包车也出现在弗林特市。有一个词来形容，但是我记不得是什么了。"

"你想说的那个词可能是'巧合'吧。"

"我想和玛茜谈谈，"拉夫说，"我想问问她关于梅特兰一家代顿之旅的事，她记得的一切。只是，她是不会愿意跟我谈的，我完全没有办法强迫她。"

"你会试一试吗？"

"哦，是的，我会试一试。"

"你现在能睡着了吗？"

"我想是的，爱你。"

"我也爱你。"

拉夫的意识开始游离，他正慢慢睡去，这时珍妮对着他的耳朵坚定而近乎刺耳地问了一句话，想吓他一跳，"如果它不是内衣肩带，是什么？"

有那么一会儿，拉夫清清楚楚地看见一个词"不可能"飘在自己眼前，只是这个词是蓝绿色的，而不是黄色的。那里有个东西，拉夫伸手去抓，可是它溜走了。

"不可能。"拉夫说。

"你还没有找到，"珍妮回答道，"但你会找到的，我了解你。"

他们睡着了。拉夫醒来时，已经早上八点钟了，所有的鸟都在唱歌。

# 10

星期五上午十点，萨拉和格蕾丝已经拿到了《一夜狂欢》那张专辑，玛茜想她自己可能真的会疯。

姑娘们在特里车库的工作台上发现了他的唱机——他曾向玛茜保证，那是从易趣（eBay）上淘来的便宜货——还有他精心收藏的披头士的专辑，她们把唱机和唱片拿到格蕾丝的房间，从《遇见披头士！》开始听。"我们要把它们全部播放一遍，"萨拉告诉妈妈，"来纪念爸爸，如果可以的话。"

玛茜告诉她们可以。看着她们苍白、严肃的小脸和红红的眼睛，她还能说什么呢，只是她没有意识到那些歌曲会给她带来多么大的打击。当然，这些唱片姑娘们全都熟悉；以前，只要特里在车库，唱机上的转盘始终都在悠闲地旋转，让整个车间都弥漫着那些英伦入侵乐队的调调，只可惜他出生有点儿太迟了，没能赶上听首发，不过他所热爱的都一样：搜索者、僵尸乐队、戴夫克拉克五号、奇想乐队、T. Rex，以及——当然——披头士。大都是这些。

姑娘们因为她们父亲喜欢所以也喜欢这些乐队及他们的歌曲，但她们不知道这些歌曲唤起的绵长的情感。她们不知道玛茜和特里在他父亲的车后座上做爱时听过《我轻唤你的名字》，伴着那首歌感受着特里火热的双唇亲吻她性感的脖颈，感受着特里的手伸进她的毛衣里探索。楼上飘来《真爱无价》，她们不知道玛茜曾和特里手牵着手，坐在他们即将一起生活的第一间公寓的沙发上，一边用破旧不堪的家庭影院看着黑白画面的《一夜疯狂》，一边听着这首歌。那套家庭影院是他们花二十美元在一场义卖上精挑细选出来的，当时看着画面里播放着年轻的披头士横冲直撞一路疯狂，玛茜知道在特里还没意识到之前，她自己就已经决定要嫁给坐在她身边的这个年轻男人了。当年他们看那盘旧录像带时，约翰·列侬已经死了吗？就像她丈夫一样，在街上被人枪杀？

　　玛茜不知道，她不记得了。她只知道她、萨拉，还有格蕾丝保全了她们的尊严，参加了葬礼，但现在葬礼结束了，她作为一名单身母亲（哦，这个可怕的字眼）的生活正在面前展开。那些欢快的音乐令她悲伤得发狂，每一个和谐的声音，每一段机灵的乔治·哈里森的即兴重复，对于玛茜而言都是一个新伤口。玛茜坐在厨房的餐桌旁，面前摆着一杯冷掉的咖啡，她两度站起来，两度走到楼梯口，深吸一口气，想大叫一声"够了！关掉它！"，但她两度又回到厨房。姑娘们也很悲伤。

　　这次，她站起来，走到餐具抽屉那里一把将它拉出来。她以为那里什么都没有，但是她的手摸到了一包温斯顿香烟，里面还剩三支，不，是四支——还有一支藏在最里面。自从小女儿的五岁生日之后，她就再也没有抽过烟，那时候，她在为格蕾丝的生日蛋糕搅拌面糊时咳嗽了一阵，于是发誓从那以后永远不再抽烟。然而，她并没有把那些致癌的催命小鬼扔掉，而是把它们扔到了餐具抽屉后面，仿佛在她内心深处某个黑暗而有先见之明的角落知道，她最终会再次需要它们。

　　它们已经五岁了。它们会发霉。

　　你可能会一直咳嗽，直到晕过去。

　　好，这样就更好了。

　　玛茜从盒里拿出一支烟，垂涎已久。她心想，吸烟者永远不会停止吸烟，他们只会暂停。玛茜走到楼梯那里，仰起头，《我爱她》已经曲终，唱机里现在问着《告诉我为什么》，玛茜心想"这是个永恒的问题"。她可以想象得到姑娘们正坐在格蕾丝的床上，一言不发，只是静静地倾听，或许，还手拉着手，接受爸爸的圣礼。爸爸那些专辑，有些是在盖城那家唱片店买的——时光倒流，有些是在网上买的。现在那些唱片都握在那些曾经被爸爸牵着的小手里。

　　玛茜穿过客厅，走到那个他们只有在非常寒冷的冬季夜晚才会点燃的大肚子火炉旁，她闭着眼在旁边的架子上摸索着火柴，之所以闭着眼，是因为架子上面摆着一排照片，而她现在不忍去看。或许一个月后可以，或许一年后吧。从悲伤的第一个最痛苦的阶段恢复过来需要多长时间？她也许能在医疗网站上找到一个相当明确的答案，但是她不敢看。

至少在葬礼之后记者们已经离开了，他们赶回盖城去报道新的政治丑闻了，而玛茜也不必冒险到后门门廊去，因为如果姑娘们向窗外看，就会发现她在重拾恶习；她也不敢到车库去，因为如果她们下来找一捆新的唱片，可能会闻到烟味。

她打开前门，拉夫·安德森正站在那里，他举着拳头正要敲门。

# 11

玛茜惊恐地盯着他，好像他是某种怪物，也许是电视剧里的僵尸，她眼中的惊恐就像一记重拳狠狠地打在拉夫的胸口。在她的惊恐之余，拉夫看见她蓬头垢面，家居袍（对她来说太大了，也许是特里的）的翻领上有一块污渍，指间夹着一支略微弯曲的香烟，还有其他一些东西。她一直是一个精致漂亮的女人，但是现在她已经失去了往昔的美貌。拉夫觉得简直不可思议。

"玛茜——"

"不，这里不欢迎你，你得离开。"她声音低沉，呼吸急促，好像被人打了一拳。

"我需要跟你谈一谈，请让我跟你谈一谈吧。"

"你杀死了我的丈夫，除此之外没有什么可说的。"

玛茜正要一把关上门，但是拉夫用手挡住。"我没有杀他，但是是的，我参与了，如果你想的话，就叫我共犯。我当初绝不该那样逮捕他，天知道，那错得有多离谱。我有我的理由，但不是好的理由。我——"

"把你的手从门上拿开，立刻，否则我就报警逮捕你。"

"玛茜——"

"别那样叫我。在你做了那些事之后，你没有权利那样叫我。我现在没有疯了一样地尖叫的唯一原因是我的女儿们正在楼上，听着她们死去的父亲的唱片。"

"求你了。"拉夫想说"别逼我求你"，但那是错的，因为那根本不够，于是他说，"我现在求求你，请跟我谈谈吧。"

玛茜举起手里的烟，发出一声可怕的闷笑。"我本来想，既然那些小虱子（指媒体）不在了，我可以在自家门口抽支烟了，可是看啊，现在来了只大虱子，虱中之王。最后一次警告，害死我丈夫的虱子先生，给——我——滚！"

"如果他没有杀人呢？"

玛茜睁大了眼睛，按在门上的手也松开来，至少暂时松开了。

"如果他……？上帝啊，他告诉你了他没有杀人！他躺在那快要死去的时候告诉你了！你还想要什么，让加百列天使①亲手送来电报？"

"如果他没有杀人，那么不管真凶是谁，仍然逍遥法外。而他应该为彼得森一家以及你家的毁灭负责。"

玛茜想了一会儿，然后说："奥利·彼得森死了，因为你和那个狗娘养的塞缪尔斯非得要上演你们的马戏。是你杀了他，难道不是吗，安德森侦探？一枪击中他的头部。击中了你的人，抱歉，是你的孩子。"

玛茜当着他的面砰的一声把门关上。拉夫又举起手要敲门，但是想了想，便转身离开了。

---

① 加百列（Gabriel），替上帝把好消息报告世人的天使。

# 12

　　玛茜站在门边瑟瑟发抖，她感觉自己两腿发软，费了好大力气才把自己挪到门边的长凳上，那只是平时人们坐着换鞋的长凳啊。楼上，披头士里面那个被人枪杀的披头（约翰·列侬）正在唱着他回家后打算做的所有事情。玛茜看着手指间的香烟，似乎不知道它是怎么出现在那的，然后她把烟掰成两半，塞进了身上的长袍口袋里（那确实是特里的）。至少他让我免于重吸那狗屁东西了，玛茜心想，也许我应该给他写一封感谢信。

　　他曾经拎着撬棍来到她家，拿着它乱砸一通，直到把她家里的一切都毁掉之后，他竟然还有勇气来敲她的门。这可真是残忍至极、咄咄逼人的勇气啊！只是……

　　如果他没有杀人，那么不管真凶是谁，仍然逍遥法外。

　　可是，她该怎么处理这件事情呢？她连上医疗网站查询悲伤的第一阶段会持续多久的勇气都没有。而且她为什么要做些什么呢？那怎么会是她的责任呢？警方抓错了人，却仍然固执地坚持，甚至明知特里不在场的证据如同直布罗陀海峡一样可靠之后。让他们去找真正的凶手吧，如果他们有那个胆子的话。而她的任务就是不要发疯，好好地度过今天，然后——那是难以预计的某个未来时刻——想清楚接下来的人生该怎样过。她应该继续留在这里生活吗？现在半个城的人都认为刺杀她丈夫的人是在替天行道。她应该把女儿送到那个称为初中和高中的吃人小社会里去吗？在那里，甚至连穿错运动鞋都会遭受嘲笑和排挤。

　　把安德森打发走是正确的做法，我不能允许他进我的家门。是的，我听到了他语气中的诚恳——至少我认为是的——但是，在他做了那一切之后，我怎么能够呢？

　　如果他没有杀人，那么不管真凶是谁……

"闭嘴，"玛茜自言自语道，"闭嘴，请闭嘴。"

……仍然逍遥法外。

如果他再次杀人呢？

# 13

　　弗林特市较富裕阶层的大多数人士都认为霍华德·戈尔德是一个含着金汤匙出生的富二代，家境富裕，或至少比较富裕。虽然他从不为自己接受的那种用尽一切办法赚钱的抚养方式感到羞耻，毫不羞耻，但他也从不刻意向大众解释真相。事实上，他父亲只是一个流动农工，有时也做牛仔，偶尔还会做竞技表演牛仔，开着房车带着妻子和两个儿子——霍华德和爱德华，在西南地区巡回表演。霍华德靠自己读完大学，之后也资助埃迪（爱德华的昵称）读完大学。他还照顾退休的父母，因为他的父亲安德鲁·戈尔德一分钱都没有攒下。

　　霍华德是洛特利和洛凌山庄乡村俱乐部的会员；他会带着自己的重要客户去弗林特市最好的餐厅（总共有两家）共进晚餐；他还资助十几家不同的慈善机构，包括埃斯特尔·巴尔加公园的运动场；他可以订到顶级红酒；每年圣诞节，他都会给最大的客户送去精美的哈里与大卫礼盒。然而，当他独自在办公室的时候，就像这个星期五下午，他更喜欢像儿时一样吃东西。那个时候，他始终在路上，在俄克拉何马州的霍特和内华达州的霍勒之间奔波；那个时候，他用收音机听克林特·布莱克的歌，不在学校的时候，就在母亲身边学习功课。霍华德总是喜欢吃特别油腻、那种油透了的食物，他猜他的胆囊终将会因为忍受不了重荷而停止工作，但他现在已经六十多岁了，却从来没有医生建议他做一下内窥镜检查，所以，上帝保佑他的遗传基因好。电话铃响起的时候，他正在吃煎蛋三明治和炸薯条，三明治上面涂着厚厚的蛋黄酱，薯条按照他喜欢的方式炸成发焦酥脆的样子，并涂上厚厚的番茄酱。办公桌边上还有一块雪顶苹果派在等着他享用，上面的冰淇淋已经在融化了。

　　"我是霍华德·戈尔德。"

　　"我是玛茜，霍伊。拉夫·安德森今天上午来了。"

霍伊皱起眉头："他到你家来过？他无权那样做，他正在行政休假，即使他能恢复原职的话，也需要一段时间。你是想让我给盖勒局长打电话，在他耳边吹吹风吗？"

"不，我当着他的面把门重重地关上了。"

"干得漂亮！"

"那让我感觉不太好。他说了一些话，我始终忘不掉。霍华德，跟我说实话，你认为是特里杀了那个男孩吗？"

"天哪，不。我告诉你，我们有证据，咱们两个都知道，但是也有太多对立的证据。他本该会被无罪释放的。但是没关系，他本性就不是会做这种事的人，而且他还说了临终声明。"

"人们会说那是因为他不想在我面前承认，他们可能已经在这样说了。"

宝贝，霍华德心想，我甚至都不确定他当时知道你在。

"我认为他说的是实话。"

"我认为也是。如果他说的是实话，那么真凶仍然逍遥法外，如果他杀死过一个孩子，他迟早会再杀死另一个孩子。"

"看来这就是安德森往你脑子里植入的事喽。"霍伊说，他把剩下的三明治推到一边去，不想再吃了，"我对此一点儿都不惊讶，引起内疚感是警方的老把戏，但是他想在你身上玩这招可就错了。拉夫需要点儿压力，至少要给他来一份强烈的谴责。看在上帝的分上，你才刚刚安葬了你的丈夫。"

"可是他说的是事实。"

或许是吧，霍伊心想，但这不禁令人想问——他为什么要跟你说这个呢？

"还有一件事，"玛茜说，"如果没有找到真正的凶手，我和姑娘们就必须从这个城市搬走。我自己也许可以忍受背后的议论和流言蜚语，但让姑娘们忍受就不公平了。我能想到的唯一能去的地方就是我在密歇根州的姐姐家，但那样对黛布拉和山姆不公平，他们有两个孩子，而且房子很小。对我来说，那就意味着一切都要重新开始，可我感觉好累，我做不到。我感觉……霍伊，我感觉要崩溃了。"

"我理解。你想让我做什么？"

"给安德森打电话，告诉他我今天晚上会在家里见他，他也可以提问。但我希望你也在，还有你雇的那位调查员，如果他有空而且愿意来的话。你会来吗？"

"当然，如果你希望这样。而且我肯定亚力克也会来。但我想……说真的，不是警告你，你要保持警惕。我敢肯定拉夫对发生的事情感到很难过，我猜他向你道歉了——"

"他说他是在求我。"

这有点儿不可思议，但也许并不是完全不符合他的性格。

"他不是个坏人，"霍伊说，"他是一个犯了严重错误的好人。但是玛茜，证明特里是杀害小彼得森的凶手对他而言仍然有既定的好处。如果他能够证明，他的事业就会回归正轨；如果两种结果都无法得到最终证明，他的事业仍然会回归正轨；但是如果真凶现身了，拉夫就不再是弗林特市警察局的一员了，他的下一份工作就会是拿着一半的薪水在盖城当保安。这甚至还没有算上他可能要面对的诉讼。"

"我明白，但是——"

"我还没说完。他问你的所有问题都必须是关于特里的，也许他只是随便问问，但是也有可能他认为自己掌握了什么，可以从另一个方面把特里和谋杀案联系在一起。那么，现在你还想让我安排你们见面吗？"

电话里沉默了一会儿，然后玛茜说，"杰米·马汀利是我在巴纳姆街最好的朋友，特里在球场被逮捕后，她收留了我的女儿们，可是现在，我打电话给她时，她不接电话，而且她还在脸书上跟我解除了好友关系。我最好的朋友跟我正式解除了好友关系。"

"她会回心转意的。"

"如果真正的杀人凶手被抓到，她会的。然后她会跪着来找我，也许我会原谅她屈服于她的丈夫——因为我相信事实就是这样的——也许我不会原谅她。但是，如果一切会好转的话，在一切好转之前我无法做出决定。所以我给你的答案是，去做吧，安排见面。你会在那里保护我，佩利先生也会。我想知道为什么安德森会鼓起足够的勇气出现在我的门前。"

# 14

那天下午四点钟，一辆道奇旧皮卡在弗林特市以南十五英里的一条牧场大道上嘎嘎作响，在车身后扬起一道鸡尾状灰尘。车子经过一个叶片破损的废弃风车、一栋窗玻璃已经碎掉只剩下一个个暗黑空洞的牧场平房、一块在当地被称为"牛仔坟场"的荒废已久的墓地、一块字迹已经褪色写着**特朗普让美国再次伟大特朗普**的巨石。镀锌的牛奶罐在皮卡的车厢里滚来滚去，撞着车厢两侧哐啷啷作响，司机是一个名叫道吉·艾夫曼的十七岁男孩。他一边开车一边不停地查看手机，等他驶入 79 号高速公路时，手机还剩下两格电，他想这足够了。道吉在十字路口停下来，下了车，回头看了看，什么都没有。当然什么都没有，不过，他还是松了一口气。他打电话给他的爸爸，克拉克·艾夫曼在第二声铃时接起电话。

"那些罐子在谷仓里吗？"

"在，"道吉说，"我拿了两打，不过它们需要彻底清洗一下，还是闻起来有一股酸了的牛奶味。"

"马具呢？"

"不见了，爸爸。"

"嗯，这不是本周最好的消息，但也没我预想的那么糟。你打电话来有什么事，儿子？你在哪儿呢？你那里听起来像是在月球的黑暗面。"

"我刚上 79 号高速公路。听着，爸，有人一直在那里待着。"

"什么？你是指像流浪汉或嬉皮士？"

"不是。那里没有乱丢的东西——没有啤酒罐、包装纸或酒瓶——也没有人在那里大便的迹象，除非他们步行四分之一英里，到最近的灌木丛里解决。也没有营火的痕迹。"

"谢天谢地，"艾夫曼说，"那里还像往常一样干燥。你发现什么了？我想没那么重要，那里没有什么可偷的，而且那些老房子都塌了一半了，一文不值。”

道吉不停地回头看，路上空荡荡的，一切正常，但他希望尘埃可以快点儿落定。

“我发现了一条看起来很新的牛仔裤、一条也很新的乔奇内裤，还有一双非常昂贵而且也很新的运动鞋，那里面有些胶状的东西。只是它们上面都沾着什么东西，而且把下面的干草也染脏了。”

“血？”

“不，不是血。管它是什么，反正干草被染成黑色了。”

“油？摩托车油之类的？”

“不是，那个东西本身不是黑色的，只是干草变黑了。我不知道它是什么。”

但道吉其实知道那条牛仔裤和内裤上面那一块块发硬的东西是什么。自从十四岁起，他就一直每天手淫三次，有时候四次，他会射到一块旧毛巾上，然后趁他爸妈不在家的时候把它拿到后院用水龙头冲洗出来。但有的时候他会忘记，那块毛巾就会变得像结了一层硬壳一样。

只是谷仓里的那些衣物上有好多那东西，好多！说真的，谁会往一双全新的售价高达一百四十美元的高端阿迪达斯霍华德篮球鞋上射精？白痴也不会吧？换作其他情况，道吉可能会考虑把那双鞋据为己有，但肯定不是带着那黏糊糊的玩意以及他看到的其他东西。

“好吧，随它去吧，回家来吧，”艾夫曼说，“至少你装回了那些牛奶罐。”

“不行，爸，你得报警。那条牛仔裤上有条腰带，上面有一个闪亮的马头形皮带扣。”

“那对我来说没有任何意义，孩子，不过我想它对你确实有意义。”

“新闻上说，有人在杜布罗火车站看到特里·梅特兰时，他身上就戴着那样的皮带扣。是在他杀死那个小男孩之后。”

“新闻上说的？”

"是的，爸爸。"

"该死！你在十字路口那等着别动，等我给你回电话，但是我猜警察会过去。我也会过去。"

"告诉他们，在比德尔商店见。"

"比德尔……道吉，那里离弗林特市有五英里呢！"

"我知道，但我不想待在这儿。"此时尘埃已经落定，车后面什么都没有，但道吉仍感觉不对劲儿。自从他开始和父亲打电话以来，没有一辆车在主干路上经过，他想在一个有人的地方待着。

"怎么了，儿子？"

"当我在发现衣服的那个谷仓里时——那个时候我已经装好牛奶罐了，你说马具可能在那里，所以我当时正在那里找马具——我就开始觉得不对劲儿了。好像有人一直在监视我一样。"

"你只是心里发毛而已。杀死那个男孩的人已经化成灰了。"

"我知道，不过你就告诉警察我们在比尔德商店见，之后我会带他们过来，但是我现在不想一个人待在这里。"克拉克还没来得及跟他争辩，他就挂断了电话。

# 15

　　和玛茜的会面时间定在当天晚上八点，地点在梅特兰家。拉夫接到霍伊·戈尔德打来的"通行"电话，他告诉拉夫，亚力克·佩利也会到。拉夫问他如果尤尼尔有空的话，他能否带上尤尼尔·萨布罗一起。

　　"决不可能，"霍伊回答说，"如果带上萨布罗中尉或其他任何人，甚至你可爱的妻子，会面就取消。"

　　拉夫表示同意，他别无选择。他在地窖里磨蹭了一会儿，主要就是把那些箱子从一边搬到另一边，然后再折腾回来。眼下还有两个小时的时间，他从餐桌边起身，"我要去医院看看弗雷德·彼得森。"

　　"为什么？"

　　"我就是觉得我应该这么做。"

　　"如果你愿意，我可以和你一起去。"

　　拉夫摇了摇头，"我一会儿直接从那去巴纳姆街。"

　　"你现在把自己搞得精疲力竭，我祖母会这样说'忙得脚打后脑勺了'。"

　　"我没事。"

　　珍妮对他笑了笑，表示她更了解他，然后踮起脚尖给了他一个吻。"记得给我打电话，不管发生什么事，给我打电话。"

　　他笑了。"胡说。我会回来亲自告诉你的。"

# 16

　　拉夫正往医院的大厅里走时，遇见了他们部门那位消失了好久的侦探，他正往外走。杰克·霍斯金斯是个身材瘦小的男人，他的头发过早地花白了，眼睛下面挂着两个大大的眼袋，还长着个红鼻头。他身上仍然穿着钓鱼装备——有很多口袋的卡其布衬衫和卡其裤——但是他的盾形警察徽章还在腰带上别着。

　　"你怎么会在这儿，杰克？我以为你在度假呢。"

　　"被提前三天叫回来，"他说，"刚开车回到城里不到一个小时，我的渔网、渔漂、渔竿、渔具箱还在我的卡车上呢。头儿可能觉得他至少要有一名能执行任务的侦探吧。贝琪·里金斯正在五楼生孩子呢，她从今天下午就开始分娩了，我跟她丈夫聊过了，他说她还早着呢，说得好像他知道似的。不过你……"他故意停顿了一下，"你现在真是一团糟，拉夫。"

　　杰克·霍斯金斯毫不掩饰自己的得意。一年前，上面要求拉夫和贝琪·里金斯填写一份对杰克的常规评估表，当时杰克具备加薪的资格。贝琪是他们当中资历最浅的侦探，她写尽了一切好话，而拉夫交给盖勒局长的评估表上只写了四个字：没有意见。那并没有妨碍霍斯金斯获得加薪，但是他同样对此有意见。霍斯金斯本来不应该看到评估表，也许他并没有看到，但是拉夫的评估表上写的内容肯定传到了他的耳朵里。

　　"你去看过弗雷德·彼得森了吗？"

　　"是的，我去了，"杰克噘起下嘴唇，吹起前额稀疏的头发，"他的房间里有很多监护仪，每台仪器上面显示的指数都很低。我认为他不会醒过来。"

　　"嗯，欢迎回家。"

　　"去你的，拉夫，我还有三天假呢，鲈鱼正在那湖里游呢，我甚至连回家换衬衫的机会都没有，我身上闻起来都是鱼内脏的腥臭味。盖勒和杜林警长都给我打电话了，我必须一路开去城外那个荒凉的叫坎宁镇的久旱区，据我所知，你的朋友萨布罗已经在那儿了。我今晚可能要到十点或十一点才能到家。"

拉夫本来可以说"别怪我"，但还能怪谁呢？面前这个几乎是废物、只会随波逐流的家伙？怪贝琪去年十一月份怀孕了？拉夫想完问道："坎宁有什么情况？"

"天哪，内裤和运动鞋。一个孩子替他爸爸在一间小屋或是谷仓里找牛奶罐时发现了它们，还有一条带着马头形皮带扣的皮带。当然啦，移动犯罪实验室已经在那里了。我去了就相当于公牛身上的奶子——纯属摆设，但是局长——"

"皮带扣上会有指纹，"拉夫打断他，"而且那里可能还会有面包车或斯巴鲁或两者的轮胎痕迹。"

"别在那儿对你老子指手画脚，"杰克说，"你还穿着校服的时候我就已经戴着警察徽章了。"拉夫听到的潜台词是，不久之后等你在索斯盖特当个小保安的时候，我还会戴着它。

杰克·霍斯金斯离开了。拉夫很高兴看到他走了，只是他希望自己能够亲自去。在眼下这个关头，新的证据可能会很宝贵，好在还有一线希望，萨布罗已经在现场了，他将负责监督法医部工作，他们会在杰克到达之前完成大部分工作。那个废物也许会把事情搞砸，就像在之前的案子中一样，据拉夫所知，至少有两次。

拉夫先去了楼上的妇产科等候室，但那里是空的，所以也许贝琪分娩的速度要比比利·里金斯这个新手爸爸预料的更快。拉夫拦住一名护士，让她转告贝琪他祝她一切顺利。

"有机会我会转达的，"护士说，"但是现在她很忙。她肚子里那个小伙子急着要出来。"

拉夫眼前瞬间浮现了弗兰克·彼得森被奸污后血淋淋的尸体的画面，他想，如果那个小伙子知道这个世界是什么样子，他就会拼命待在里面。

拉夫乘电梯下了两层楼到ICU。彼得森家的最后一员住在304病房，他的脖子上缠着厚厚的绷带，戴着颈托。人工呼吸器呼哧呼哧地响着，里面那个手风琴状的小装置上下跳动着，就像霍斯金斯说的那样，他病床周围的监护仪上显示的生命指数都非常非常低。病房里没有鲜花（或许 ICU 里不允许放鲜花），但是床尾拴着两只氢气球飘在天花板下面，上面印着拉夫不喜欢看的欢快的祝福语。拉夫听着呼吸器呼哧呼哧地响着，为弗雷德辅助呼吸；他盯着监护仪上的极低的生命指数线，想起杰克的话，我认为他不会醒过来。

拉夫坐在病床边时，想起了高中时代的一段记忆。那个时候所谓的环境研究只不过是古老的地球科学，当时他们一直在研究污染问题。有一次，格里尔先生拿出一瓶波兰矿泉水，倒进一只玻璃杯里，然后他邀请一个孩子到教室前面，米斯迪·特伦顿去了，她当时穿着诱人的短裙。格里尔先生让她喝一小口杯中的水，米斯迪照做了，接着格里尔先生拿出一只滴管，浸到一瓶卡特墨水中，然后往玻璃杯中挤了一滴。学生们痴迷地看着，只见那滴墨水往下沉，后面拖着一道靛蓝色的尾巴，这时格里尔先生轻轻摇了摇杯子，很快杯子里的水全部变成了蓝色。"你现在还想喝吗？"格里尔先生问米斯迪。她使劲摇了摇头，以至于头上的一根发夹都掉了下来，全班同学，包括拉夫在内，哄堂大笑。可是现在，他没有笑。

不到两个星期前，彼得森一家还是一个非常完好的家庭，后来，滴进来一滴墨水。你可以说那滴墨水是弗兰克·彼得森的车链条，如果它没有断，他就会安然无恙地回到家。但是，如果特里·梅特兰没有在那家杂货店的停车场等着，弗兰克只要继续推着自行车走，不需要骑着它也同样可以安然无恙地回到家。特里才是那滴墨水，自行车链条不是。是特里首先污染了彼得森一家，然后又毁掉了整个彼得森家。是特里，或者某个戴着特里面具的人。

"抛开隐喻，"珍妮说过，"剩下的就是无法解释的现象，是超自然现象。"

"只不过那是不可能的，超自然可能只存在于书中或电影中，但不存在于现实世界中。"

不，不存在于现实世界中，现实世界是像杰克·霍斯金斯那种酒鬼废物都能获得加薪。拉夫近五十年的所有生活经历都否定这个观点，甚至否认这种东西存在的可能性。然而当他坐在那看着弗雷德（或者说他的躯壳）时，拉夫不得不承认，那孩子死亡的传播方式有些邪恶，它不仅带走了他们家的一两名核心家庭成员，还带走了整个家庭。伤害也并不会止步于彼得森家，毋庸置疑，玛茜和她的女儿们一定会带着心灵创伤度过余生，甚至是永久的残疾。

拉夫可以告诉自己，每一个暴行之后都会有类似的附加伤害随之而来。他见得还少吗？不，他常常见到。然而，不知道为什么，这一次的案件似乎含有太多私人情感，就好像这些人几乎早就被人设为了既定的目标。那拉夫自己呢？难道他就不是附加伤害中的一部分吗？还有珍妮呢？就连德里克也受到了附加伤害。他现在打算从夏令营回来，然而他会发现许多他认为理所当然的事情——比如他父亲的工作——都面临着危险。

人工呼吸器运转着，弗雷德·彼得森的胸腔随之起起伏伏。他不时地发出一声粗重的声音，那声音听起来很奇怪，像是在咯咯地笑，仿佛这一切都是宇宙间的一个玩笑，但是你只有在昏迷状态中才能明白。

拉夫再也受不了了。他离开了病房，当他到达电梯时，几乎是在跑。

# 17

一跑出医院，他就坐到一个阴凉处的长凳上，给局里打电话。

桑迪·麦吉尔接起电话，当拉夫问她是否有坎宁镇的消息时，她停顿了一下。当她终于开口说话时，声音听起来很尴尬。"我不应该跟你讲这些，拉夫，盖勒局长下达了特别指示。对不起。"

"没关系。"拉夫说着站起来。他的影子被拉得长长的，像一个上吊的人的影子，当然，这让他又想起了弗雷德·彼得森。"命令就是命令。"

"谢谢理解。杰克·霍斯金斯回来了，他去那儿了。"

"没关系。"拉夫挂断电话，开始朝临时停车场走。他告诉自己没关系的，尤尼尔会让他知道一切的。

或许吧。

拉夫打开车门，上了车，打开空调。现在是晚上七点十五分，回家太晚了，去梅特兰家又太早了，他只能像个自我陶醉的少年一样，漫无目的地在城里乱逛了。还有思考，思考特里怎么会称呼薇洛·雷恩沃特为女士呢；思考特里在弗林特市住了一辈子，怎么会问最近的急救箱在哪儿呢；思考特里竟然和比利·奎德住一间房，那样不是很方便啊；思考特里怎么会站起来向科比先生提问，那样甚至更方便让他被摄像机拍到。拉夫还思考那杯水中的一滴墨水，它把水染成了淡蓝色；脚印莫名其妙就停止了；外表看起来完好无损的哈密瓜里莫名其妙地有好多蛆在蠕动。拉夫想，如果一个人真正开始考虑超自然存在的可能性，那个人将不再能够认为自己是一个完全理智的人，思考自己是否还理智本身也许就不是件好事。这就像去想你的心跳：如果你已经注意到了你的心跳，那你可能已经有麻烦了。

拉夫打开汽车的收音机想找一些刺激的音乐听，终于，他找到了动物乐队的《嘭嘭》。他继续开着车乱逛，等待去巴纳姆街梅特兰家的时间来到。终于到了八点钟。

# 18

开门的是亚力克，他领着拉夫穿过客厅来到厨房。楼上在播放摇滚乐，拉夫又听到了动物乐队的歌，这是他们乐队最火的那首歌——"许多可怜的男孩都被毁了，"楼上传来埃里克·伯顿的哀号嘶吼，"上帝，我知道我就是其中一个。"

拉夫心想都是"巧合"，珍妮肯定会这么说。

玛茜和霍伊·戈尔德正坐在餐桌旁，他们刚刚在喝咖啡，亚力克的位置也有一杯，但是没有人主动提出要给拉夫也倒一杯。拉夫心想"我这是来到了敌人的阵营"。然后坐下来。

"感谢你同意见我。"

玛茜没有回答，她只是用一只颤动的手端起咖啡。

"这对我的委托人来说是件很痛苦的事，"霍伊说，"所以，咱们长话短说，你就告诉玛茜你想跟她谈——"

"是需要，"玛茜打断霍伊的话，"他今早说的是需要跟我谈一谈。"

"清楚了。那么，你需要跟她谈什么呢，侦探先生？如果是道歉的话，尽管说，但是你要明白，我们会保留我们所有的合法权利。"

尽管发生了这么多事，拉夫却依然没有做好道歉的准备。因为眼前这三个人都没有见过弗兰克·彼得森的下体插着一根血淋淋的树枝的样子，但是拉夫亲眼见过。

"有了新的消息。也许它是非实质性的问题，但暗示着一些东西，虽然我不清楚具体是什么。我妻子说都是'巧合'。"

"你能说得再具体一点儿吗？"霍伊问道。

"原来那辆用来掳走彼得森的面包车是被一个只比他大一点儿的孩子偷的。那个孩子叫默林·卡西迪，为了逃离他的虐待狂继父，他离家出走一直在流浪，从纽约一直逃到得克萨斯州南部才被捕，在此期间他偷了好几辆车。四月份的时候，他把那辆面包车丢在了俄亥俄州的代顿。玛茜——梅特兰太太——四月份时你和你的家人在代顿吧？"

玛茜正端起咖啡要喝，但是听到这话后砰的一声把杯子放下了。"哦，不是吧，你不会要把这件事也算在特里头上吧。我们往返都是坐的飞机，除了特里去看望他父亲之外，我们一家人始终在一起。故事讲完了，我想你该走了。"

"哦，"拉夫说，"我们知道那是一次家庭旅行，也知道你们是坐飞机去的，几乎从特里成为嫌疑人的时候起就知道了。只是……难道你看不出这有多奇怪吗？当你们一家在那里的时候，那辆面包车也在那里，之后它又出现在这里。特里告诉我说，他从来没有见过那辆车，更不用说偷了。我想相信他的话，尽管我们在那辆该死的车上发现到处都是他的指纹，但我依然想相信他的话，而且我几乎可以相信。"

"我对你这话表示怀疑，"霍伊说，"休想把我们套进去。"

"如果我告诉你，我们现在有了特里当时在盖城的物证，喜来登酒店报摊的一本书上面有他的指纹，证据表明他留下那些指纹的时间几乎与彼得森被掳走的时间差不多，你们会相信我的话吗？甚至稍微信任我一点儿？"

"你是在开玩笑吗？"亚力克·佩利问，他的声音听起来几乎是感到震惊的。

"没有。"即使这件案子跟特里一样已经是一件结不了案的死案子，但如果比尔·塞缪尔斯发现拉夫把《弗林特县、多利县和坎宁镇历史图册》的事告诉了玛茜和玛茜的律师，他一定会暴怒的。但是拉夫决心不让这次会谈在没有得到一点儿答案的情况下就结束。

亚力克嘘声说："天哪！"

"这么说，你知道他当时在那儿！"玛茜涨红了脸颊嚷道，"你不得不承认！"

但拉夫不想把话题扯到那儿去，他为此已经挣扎很久了。"我最后一次跟特里谈话时，他提到了代顿之旅。他说他想去看望他父亲，但他说'想'那个字的时候撇撇嘴做了个怪相，而且当我问他父亲是否住在那里时，他说，'如果你能把那也称为活着的话'。那么，那到底是怎么一回事？"

"事情就是彼得·梅特兰现在患了重度阿尔茨海默症，"玛茜说，"他现在在海斯曼记忆疗养院，疗养院隶属于亲慈综合医院。"

"原来如此。我想，对特里来说去看他很不容易啊。"

玛茜赞同道："非常不容易。"她的情绪现在有所缓和，拉夫很高兴地发现自己并没有丧失所有职业技能，但是这和跟一名嫌疑犯在审讯室里不一样。霍伊和亚力克都处于高度戒备状态，如果他们一旦发现玛茜就要踩到拉夫埋的雷，就会阻止她说下去。"但那并不仅仅因为彼得已经不认识特里了，事实上他们已经很长一段时间都没有什么关系了。"

"为什么？"

"这和案子有关吗，侦探先生？"霍伊问道。

"我不知道，也许没有。但既然咱们现在不是在法庭上，律师先生，让她回答一下这个该死的问题又何妨呢？"

霍伊看着玛茜耸了耸肩，意思是说，随你便。

"特里是彼得和梅琳达唯一的孩子，"玛茜说，"你知道的，他是在弗林特市长大的，除了在俄克拉何马州读了四年书之外，他这辈子一直都住在这儿。"

"你就是在那认识他的？"拉夫问。

"是的。彼得·梅特兰以前在喜约石油公司工作，那个年代这片地区还盛产相当多的石油。可是后来他爱上了他的秘书，并且和他妻子离婚了，两个人彼此都怀恨在心，而特里站在他母亲那一边。特里……他从小就是个忠诚的孩子，他把他的父亲视为负心汉，当然，他确实如此，而且彼得所有的辩解都只会使事情变得更糟。长话短说，彼得娶了他那个名叫德洛丽丝的秘书，并要求调到公司总部去工作。"

"在代顿？"

"没错。彼得没有试图申请共同监护权之类的，他明白特里已经做出了自己的选择。但是梅琳达坚持让特里时不时去看看他，她说男孩子需要了解自己的父亲。于是特里就去，可那只是为了取悦他母亲。他一直把他的父亲视为落荒而逃的老鼠、抛弃妻子的胆小鬼。"

霍伊说："这跟我认识的特里很相符。"

"二〇〇六年，梅琳达突发心脏病去世。两年后，彼得的第二任妻子也死于肺癌。为了纪念他的母亲，特里每年都要到代顿去一两次，而且他和他父亲也处得相当融洽，我猜也是出于同样的原因。二〇〇一年一月，我记得是，彼得开始健忘，他会做出把鞋子忘在淋浴间而不是放在床下，把车钥匙忘在冰箱里之类的事情。因为那个时候特里是他唯一在世的血亲，所以特里安排他住进了海斯曼记忆疗养院。那是在二〇一四年。"

"那种地方收费很昂贵的，"亚力克说，"谁来支付费用？"

"保险，彼得·梅特兰买了很好的保险，是德洛丽丝坚持让他买的。彼得一生都是个大烟鬼，抽烟抽得很凶，德洛丽丝可能以为彼得走后她能继承一大笔钱，可没想到她自己先走了，可能是因为吸了他的二手烟吧。"

"你这样讲，说得好像彼得·梅特兰已经死了似的。"拉夫说，"是这样吗？"

"没有，他还活着。"然后玛茜就像是故意模仿她丈夫的话一样说，"如果你能把那也称为活着的话。他甚至已经连烟都戒了，海斯曼那里不允许吸烟。"

"你们上次在代顿待了多长时间？"

"五天。我们在那里的时候，特里去看了他父亲三次。"

"你和姑娘们从来没有跟他一起去过？"

"没有。特里不想，我也不想。彼得不可能像一个爷爷一样对待萨拉和格蕾丝，而格蕾丝是不会理解的。"

"他探望父亲的时候你们做什么？"

玛茜听到这话笑了。"你说得好像他会陪他父亲很久一样，但事实并非如此，他去那里的时间都很短，不超过一两个小时，大多数时候都是我们一家四口在一起。特里去海斯曼的时候，我们三个就在酒店里闲逛，姑娘们在室内游泳池游泳。有一天我们三个去了艺术馆，还有一天下午，我带姑娘们去看了一场日场迪士尼。酒店附近有一家电影院，我们还看了两三次电影，不过是全家人一起去看的，我们一家人还去了空军博物馆和布恩肖福特科技馆，小姑娘们爱死那里了。这就是你想知道的基本家庭假期，安德森侦探，只是特里离开了几个小时去尽孝。"

拉夫心想，也许是去偷车呢。

那确实是有可能的，默林·卡西迪和梅特兰一家当然有可能同时出现在代顿，但似乎很牵强。即便真的是巧合，还有一个问题，就是特里是如何把面包车弄回弗林特市的？还有，他何苦要大老远的这么麻烦呢？弗林特市市区多的是车可以偷，芭芭拉·尼尔琳的斯巴鲁恰好就是个例子。

"你们可能出去吃过几次饭吧？"拉夫接着问。

霍伊听了这话，身子往前坐了坐，但一时也没说什么。

"我们叫了好多客房服务，萨拉和格蕾丝很爱吃，但是当然了，我们也出去吃。如果酒店的餐厅也算外面的话，那就是了。"

"你们有没有在一家叫汤米和塔彭丝的店吃过饭？"

"没有。如果有餐厅叫那样一个名字的话，我肯定会记得。有一天晚上我们是在国际煎饼屋（IHOP）吃的，还在饼干桶①吃过两顿。为什么这么问？"

"没什么。"拉夫回答说。

霍伊冲拉夫笑了一下，意思是说他比玛茜更了解，但他只是向后坐了回去。亚力克双臂交叉抱在胸前，面无表情地坐在那里。

"就这些吗？"玛茜问，"因为我已经烦透了这一切，我对你感到厌烦。"

"你们在代顿期间有没有发生什么不寻常的事？譬如其中一个小姑娘不见了一会儿，特里说他遇到了一位老朋友，你遇见了一位老朋友，再或者说有一个快递包裹——"

---

① 饼干桶（Cracker Barrel），美国连锁快餐零售店。

"一个飞碟?"霍伊问,"一个穿着军用风衣的男人送来一份加密信息?或是火箭女郎舞团在停车场大秀热舞?"

"律师先生,你说那些风凉话没有用,信不信由你,我来这儿是想解决问题的。"

"没有。"玛茜站起来,开始收拾餐桌上的咖啡杯,"特里去探望他的父亲,我们度过了一个愉快的假期,然后乘飞机回家。我们没有在那个汤米什么的店里吃过饭,我们也没有偷车。现在我希望你——"

"爸爸伤了一个口子。"

餐厅里所有人都把头转向门口,萨拉·梅特兰正站在那里,小姑娘面色苍白憔悴,身上穿着宽大的蓝格斯T恤衫和牛仔裤,显得整个人更加瘦骨嶙峋。

"萨拉,你怎么跑这儿来了?"玛茜把咖啡杯放到柜台上,走到女儿面前,"我不是告诉过你和妹妹乖乖待在楼上,直到我们谈完吗?"

"格蕾丝已经睡着了,"萨拉说,"她昨晚一直醒着,做了更多关于那个眼睛是稻草做的男人的噩梦。我希望她今晚不会再做噩梦了,如果她醒了,你应该给她打一针镇静剂。"

"我确定她今晚会一觉睡到天亮。上楼去,立刻。"

但萨拉仍然站在原地不动,她盯着拉夫看,目光里并不是带着她母亲的那种厌恶和不信任,而是带着一种专注的好奇,这令拉夫感到非常不舒服。他想要与她对视,却发现实在太难了。

"我妈妈说,你害死了我爸爸,"萨拉开口说,"是真的吗?"

"不。"道歉的话终于到了拉夫嘴边,然而令他惊讶的是,那些话竟然几乎毫不费力地就说出口来,"但是我参与其中,为此我感到非常抱歉。我犯了一个错误,这个错误将伴随我的余生,我一辈子都不会原谅我自己。"

"也许那是好事,"萨拉说,"也许那是你应得的。"然后她对妈妈说,"现在我要上楼了,但如果格蕾丝半夜开始大喊大叫,我就去她房间睡。"

"萨拉,你上楼之前能跟我讲讲那个伤口吗?"拉夫问。

"是他去看望他父亲时弄的，"萨拉说，"弄伤之后立刻就有护士帮他处理好了，她给他涂了点儿必妥碘，还给他贴了创可贴。没事的，他说不疼。"

"你给我上楼去！"玛茜喊道。

"好吧。"所有人看着她光着脚丫啪啪啪地朝楼梯走去，当她走到楼梯口时，转过身来说，"那家汤米和塔彭丝餐厅就在我们住的那家酒店的那条街上，我们坐车去艺术馆的时候，我看见那个招牌了。"

"跟我讲讲那个伤口吧。"拉夫说。

玛茜把双手放在双臀上，"干吗？难不成你还能从它开刀搞出什么大事来？那件小事根本不值一提。"

"他之所以问这个，是因为这是他唯一能问的问题。"亚力克说，"不过，我对此也很感兴趣。"

"如果你感觉太累了——"霍伊开口道。

"不，没关系。那没什么大不了的，只是一点儿擦伤，真的。那是他第二次去看他父亲吧？"玛茜皱着眉低下头，"不，是最后一次，因为我们第二天早上就要坐飞机回家。特里离开他父亲的房间时，撞上了一名护工，他说他们俩走路的时候都没有看路。本来应该只是撞了一下，说声对不起就完了，但是当时一个清洁工刚擦完地板，地板还是湿的，那名护工就滑了一跤，他当时抓着特里的胳膊，但还是摔倒了。特里把他扶起来，问他是否还好，那人说他没事，特里就走了。特里下楼走到一半才发现他的手腕出血了，肯定是那名护工怕摔倒，伸手抓特里的时候用指甲划伤了他。就像萨拉说的那样，护士给伤口消毒之后贴了一块创可贴。就是这么回事，它能帮你破案吗？"

拉夫说："不能。"但这件事不像那条黄色内衣肩带，只是一种联系——用珍妮的话说，只是巧合——拉夫心想他可以把它搞清楚，但他需要尤尼尔·萨布罗的帮助。于是拉夫站了起来，"谢谢你的宝贵时间，玛茜。"

玛茜回给他一个冷笑，"你应该叫梅特兰太太。"

"明白。霍华德，谢谢你的安排。"拉夫向律师先生伸出手，然而，他的手尴尬地在空中悬了一会儿，但霍伊最终还是跟他握了握手。

"我送你出去。"亚力克说。

"我想我自己能找到路。"

"我当然确定你能，但既然是我接你进来的，就应该送你出去，这叫有进有出。"

他们穿过客厅走到门厅，亚力克打开门，拉夫迈步出门，令他惊讶的是亚力克也跟着他走了出来。

"那个伤口怎么了？"

拉夫看了他一眼，"我不知道你在说什么。"

"我想你知道，刚刚你的脸色变了。"

"有点儿消化不良，我的胃有这个毛病。今晚这场会谈很艰难，虽然没有那个小姑娘看我的眼神那么艰难，但我觉得自己就像陡坡上的一只小虫，真的是举步维艰。"

亚力克关上他们身后的门，拉夫站得比他低两个台阶，但由于身高的缘故，这两个男人的视线几乎仍然是水平的。"我要告诉你一件事。"亚力克说。

"好的。"拉夫做好了面对的准备。

"那次逮捕真 ××，×× 透顶了。我敢肯定你现在也知道了。"

"我想我今晚不需要再挨骂了。"拉夫转身准备离开。

"我还没说完呢。"

拉夫又转回身，低着头，双脚微微张开，那是战士的姿态。

"我没有孩子，玛丽不能生育。但如果我有一个儿子也像你儿子那么大，如果我有确凿的证据能够证明一个对他而言很重要的人是性变态杀人狂，而他却很敬仰这个人，我可能也会做出同样的事，或者更糟。我想说的是，我理解你为什么会失去理智。"

"好吧，"拉夫说，"虽然这话不能扭转局面，让事情变好，但是谢谢。"

"如果你改变主意了，想告诉我那个伤口是怎么回事，给我打电话。也许我们现在站在统一战线了。"

"晚安，亚力克。"

"晚安，侦探先生。保重。"

# 20

拉夫正在跟珍妮讲事情的经过时，电话响了，是尤尼尔打来的。"我们明天能谈谈吗，拉夫？那孩子在谷仓里发现了梅特兰在火车站时穿的那身衣服，那个谷仓里有件奇怪的事，实际上不止一件。"

"现在就告诉我。"

"不，我要回家了，我累了，我需要认真思考一下。"

"好吧，明天。在哪儿见？"

"找个安静、偏僻的地方。不能被人看见我跟你谈话，你现在正在行政休假，而我现在不管这件案子。事实上，现在也没有案子了，因为梅特兰已经死了。"

"那些衣物将会怎么处置？"

"将被送到盖城做法医检查，之后，将被移交给弗林特县治安部。"

"开什么玩笑！应该把它们和梅特兰的其他证物放在一起，再说，迪克·杜林是个没有使用说明都不能自己动手擤鼻子的蠢货。"

"那倒是真的，但是坎宁镇是个小乡镇，不是市级，所以归警长管。我听说盖勒局长派出一名侦探，不过只是出于礼貌，做做样子罢了。"

"霍斯金斯。"

"是的，就是这个名字。他现在还没到这儿，等他到这的时候，大家都撤了。可能他迷路了。"

拉夫心想，更有可能的是他停在哪儿喝了几杯。

尤尼尔说："那些衣物最终会被装到一个证物箱里存放在县治安部，而且会一直摆在那儿直到二十二世纪初。没有人会在乎它，感觉就像那事儿就是梅特兰干的，梅特兰已经死了，生活照旧继续。"

"我可没准备那样做，"拉夫说，此时，珍妮坐在沙发上对他竖起两只大拇指，拉夫冲她笑了笑，接着问电话那边，"你呢？"

"如果我准备那样做，现在还会跟你打电话吗？咱们明天在哪儿见？"

"杜布罗火车站附近有一家咖啡厅，叫欧玛莉爱尔兰风情，你能找到吗？"

"没问题。"

"十点钟？"

"好的。如果我临时有急事，会给你打电话重新安排时间。"

"你有所有的证人证词吧？"

"都在我的笔记本电脑里呢。"

"一定要把它带来，我所有的东西都在警局呢，可我不能去那儿。我有很多事要告诉你。"

"我也是，"尤尼尔说，"我们也许还能把这案子破了，拉夫，但我不知道我们是否会喜欢查出的结果，这件案子是一个相当深的森林，迷雾重重。"

事实上，拉夫挂断电话时心想，这件案子就是一个哈密瓜，这该死的东西里面满是蛆虫！

# 21

　　杰克·霍斯金斯在去艾夫曼的牧场途中，在先生请进酒吧停了下来。他点了一杯伏特加汤力，觉得自己在度假时被提前叫回来，点杯好酒才聊以慰藉。他一大口干了那杯酒，然后又点了一杯，小口呷着品尝。舞台上有两个脱衣舞娘，两个人都还穿得严严实实的（在先生酒吧，穿得严严实实的意思就是她们还穿着胸罩和内裤），但她们慵懒暧昧地互相抚摸挑逗着彼此，使得杰克下面那个大家伙不禁硬了起来。

　　当他掏出钱包买单时，酒保挥挥手说："店里请客了。"

　　"谢了。"杰克在吧台留下小费之后离开，感觉自己心情稍微好点儿了。当他再次上路时，从汽车的杂物箱里拿出一卷薄荷糖，嘎吱嘎吱地嚼了两颗。人们说喝完伏特加嘴里不臭，但那都是胡扯。

　　通往牧场的路被黄色警戒线围了起来——是县警局的，不是市的。霍斯金斯下车，拉开绑着警戒线的一个路障，把车开过去，然后又把路障放回原位。杰克在心里嘀咕着，屁股真他妈的疼，当他开到一堆摇摇欲坠的建筑物（一个谷仓和三个棚子）前时，他的屁股疼得更厉害了。杰克试着用对讲机呼叫，想跟人诉诉苦，唠叨一下自己的沮丧，即使对讲机那头只有桑迪·麦吉尔会做他的听众，杰克认为她是个大惊小怪的神经质娘们儿。然而，对讲机里传来的只是静静的电波，因为在市南部这个鸟不拉屎的地方连手机信号也没有。

　　杰克抓起长筒手电从车上下来，主要是为了伸伸腿，这儿也没啥可做的事情。这就是件傻瓜做的差事，而他就是那个傻瓜。一阵大风吹来，炽热的气息扑面而来，如果灌木丛起火，这风可是好帮手。外面有一个旧水泵，周围有一片棉白杨，树叶在风中舞动摩擦，在月光中投下一地掠影。

　　在发现衣物的那个谷仓入口处还有更多的警戒线。当然，那些衣物早已被打包好，现在正在被送往盖城的路上，但想到梅特兰杀死那个孩子之后来过这里，还是让人毛骨悚然。

从某种程度上讲，杰克心想，我在重走他走过的路。经过他换下血衣驻脚的地方，之后去了先生请进酒吧。他从奶子酒吧去了杜布罗，不过，之后他肯定又绕回到……这里。

敞开的谷仓门就像一个张开的大嘴，等待着吞噬进入的人。霍斯金斯不想靠近它，不想在这荒无人烟的偏僻地方独自一人去靠近它。梅特兰已经死了，这个世界上也没有鬼魂之类的东西，但他还是不想靠近那里。他只能迫使自己一步一步地慢慢走近，直到他能够照亮谷仓里面。

谷仓最里面站着一个人！

杰克轻轻叫了一声，伸手往腰间的配枪摸去，然而这时他才发现自己没有带枪，他那把格洛克手枪放在车上的小保险箱里！杰克的手电筒掉到了地上，他弯下腰，嗖地一下把它捡起来，此时他感觉刚才喝的伏特加在脑袋里翻腾着，虽然不至于令他醉倒，但足以让他感到头晕目眩，脚下也站不稳了。

杰克拿着手电又往谷仓里面照，然后大笑起来。原来根本没有人，那只是一个旧挽具上面的马颈轭，已经旧得不成样子，几乎要裂成两半了。

是时候该离开这里了，也许该到先生请进酒吧再喝上一杯，然后回家，直接上——床字还没在心里嘀咕完，杰克就怔住了。

他身后有个人！而且这不是幻觉，他能看见一个影子，细长细长的，而且……那是呼吸吗？

下一秒，他就会抓住我。现在我需要蹲下拔腿就跑。

只是，他做不到。他的身体像是被定住了，动弹不得。刚才他看到这里空无一人的景象时为什么没有转身离开呢？他为什么没有把枪从保险箱里拿出来呢？他一开始为什么要从车里出来呢？杰克突然明白自己即将在坎宁镇这条土路的尽头死去。

就在这时，那人触摸了他的身体。一只如暖水瓶般炙热的手抚摸着他的后颈，杰克试图尖叫，却无法发出声音，他的胸腔像他车上保险箱里的格洛克手枪一样被牢牢锁住。现在，另一只手即将像第一只手一样抚摩上来，然后就会开始掐死他。

只是，那只手缩了回去，但手指却依然停留在他的肌肤上。那人的手指——仅仅是指尖——轻轻地前后移动着，在杰克的皮肤上穿梭，留下一道道炙热。

杰克动弹不得，他不知道自己在那里站了多久，可能是二十秒，也可能是两分钟。这时，一阵风吹来，撩乱他的头发，也抚摩着他的脖颈，像那几根手指一样。棉白杨的影子映在尘土和杂草间，像正在逃跑的鱼一样。那个人——或者说那个东西——站在他的身后，影子细长细长的，触摸着，抚摩着。

然后，手指和影子都消失了。

杰克转过身，这时尖叫声从他的喉咙中冲破出来，哀转久绝，响彻夜空，运动外套的尾部在他身后被风吹得翻飞而起，噼啪作响。杰克盯着——

一个人都没有。

只有几栋废弃的建筑和一英亩左右的荒地。

那里没有人，没有人在那里出现过。谷仓里没有人，只有一个破旧的马颈轭；他汗如雨下的后颈上没有手指，只有风。杰克大步流星地朝自己的车走，不停地回头看着背后，一次，两次，三次。他钻进车里，当一个被风吹来的影子迅速掠过后视镜时，他畏缩地蜷起身体，然后发动引擎，以每小时五十英里的速度沿着牧场的路往回开，经过那片古老的墓地和废弃的牧场平房，这次他没有在黄色警戒线前停车，而是直接开车闯了过去。轮胎发出刺耳的声音，车子急转弯上了79号高速公路，朝弗林特市的方向驶去。当他穿过城市边界线时，杰克说服了自己，确信在那个废弃的谷仓里什么事情都没有发生，他后颈的跳动也不意味着任何东西。

什么事都没有发生。

# 五　黄色

七月二十一日星期六——七月二十二日星期日

# 1

星期六上午十点钟，欧玛莉爱尔兰风情咖啡厅像往常一样，几乎空无一人。店里前面坐着两个怪老头，两人中间摆着一个国际象棋棋盘，旁边摆着两杯咖啡。店里只有一个女服务员，她正目不转睛地盯着柜台上方的小电视机，电视上正在播放商业广告，广告里卖的似乎是某种高尔夫球杆。

尤尼尔·萨布罗坐在最里面的一张桌子旁。他今天穿着褪色的牛仔裤和一件紧身T恤，那件T恤紧得足以炫耀他那令人羡慕的肌肉，而拉夫自从二〇〇七年左右就已经没有令人羡慕的肌肉了。尤尼尔也在看电视，但当他看到拉夫时，便举起一只手召唤他过来。

拉夫刚坐下来，尤尼尔就开口说："我不知道那个女服务员为什么对那种特殊的球杆那么感兴趣。"

"女人就不打高尔夫吗？你生活在怎样一个大男子主义的世界里啊，朋友！"

"我知道女人打高尔夫，但是那种特殊球杆是中空的。意思就是，如果你打到第14洞的时候内急，就可以朝里面撒尿，它甚至还带一个小围裙，可以把排泄物倒出来。但是那东西对女人不适用。"

女服务员来到他们桌边点餐。拉夫低头看着菜单而没有看她，要了一份炒鸡蛋和黑麦吐司，他生怕自己笑出来。这是他今天上午没有料到需要竭力克制的一种冲动，但是，他还是憋不住小声咯咯地笑了一下，因为他想到了那围裙。

对此，女服务员完全不需要会读心术。"是的，从某方面来看它可能很搞笑，"她说，"但若你有个前列腺肥大得像个葡萄柚的丈夫而且他还是个疯狂的高尔夫球迷的话，你就知道该送他什么生日礼物了。"

拉夫和尤尼尔彼此相视，然后两个人都笑翻了。他们俩放声大笑，引得那两个下棋的怪老头不以为然地朝他们瞥了一眼。

女服务员问尤尼尔："亲爱的，你打算点点儿什么吃，还是只喝咖啡嘲笑那个可以小便的铁头球杆？"

尤尼尔点了一份墨西哥煎蛋卷。女服务员走后，他说："这真是个奇怪的世界，到处都是奇怪的东西。难道你不觉得吗？"

"鉴于咱俩来这儿要讨论的内容，我不得不同意你的说法。说说看，坎宁镇那儿有什么奇怪的事？"

"很多。"

尤尼尔有一个皮质单肩包，拉夫之前听过杰克·霍斯金斯轻蔑地管那种包叫男士手袋。尤尼尔从那个包里拿出一个迷你平板电脑，它的保护壳已经磨损得破旧不堪，由此可见这东西用的时间不短了。拉夫注意到现在越来越多的警察都带着这个小玩意儿，他猜测到二〇二〇年，最迟到二〇二五年，平板电脑可能会完全取代警察用的传统的纸质笔记本。世界在进步，你要么与时俱进，要么落伍淘汰。总之，拉夫宁要一个平板电脑作为生日礼物，也不愿意要一个可以小便的铁头球杆。

尤尼尔在屏幕上戳了几下，展示出他的笔录。"昨天傍晚，一个名叫道格拉斯·艾夫曼的孩子发现被弃衣物，认出新闻中报道的马头形皮带扣，然后给他父亲打电话。其父立即与州警取得联系，我同移动犯罪实验室于下午五点四十五分左右抵达现场。至于牛仔裤，谁知道呢，蓝色牛仔裤满大街都是，但我马上就认出了那个皮带扣。你自己看。"

尤尼尔又点了几下屏幕，一个皮带扣的特写呈现在全屏。拉夫毫不怀疑，它就是在杜布罗沃格尔交通中心的监控录像中看到特里戴的那个。

拉夫既是自言自语，也是对尤尼尔说："好的，线索链中又多了一环。他把面包车丢在脱衣酒吧后面，开走斯巴鲁，然后把它丢在铁桥附近，换上新衣服——"

"501牛仔裤、乔奇内裤、白色运动袜，还有一双相当昂贵的运动鞋。再加上一条带着精致皮带扣的皮带。"

"嗯哼，没错。他一换上没有血的干净衣服后，就从先生请进酒吧搭出租车去了杜布罗，只是当他到达车站后，并没有坐上火车。为什么呢？"

"也许他是为了制造一条假行迹，如果是这种情况，折返就一直是他计划中的一部分。或者……我有一个疯狂的想法，想听吗？"

"当然。"拉夫说。

"我猜梅特兰本打算逃跑的，本打算乘那辆火车到达拉斯沃斯堡，然后继续走，也许会去墨西哥，也许会去加利福尼亚。他杀死彼得森后知道很多人都见过他，他为什么还想留在弗林特市呢？只是因为——"

"只是因为什么？"

"只是因为他不甘心放弃那场重大比赛就离开。他想训练他的孩子们再赢一场，让他们进入决赛。"

"这个想法真疯狂。"

"比一开始就杀了那个男孩还疯狂？"

尤尼尔抛出了问题，但女服务员来给他们送餐时，拉夫却无法作答。女服务员刚离开，拉夫就接着说："皮带扣上面的指纹呢？"

尤尼尔划着他的迷你平板电脑，又给拉夫展示了一张那个马头的特写。在这张照片中，皮带扣的银色光辉被白色的指纹粉遮盖了，拉夫可以看到一层又一层的指纹叠在一起，就像那种老式跳舞毯上面的脚印一样。

"法医小组的计算机里有梅特兰的指纹，"尤尼尔说，"程序立刻就将它们匹配了。但第一件奇怪的事出现了，拉夫。皮带扣上面的指纹的线条和螺纹都非常模糊，甚至有几处完全是残缺的。虽然这些指纹足可以进行匹配，作为法医证据呈上法庭，但是做过无数次指纹匹配的鉴定技术人员却说，这些指纹像是老年人的，可能八十多岁，甚至九十多岁。我问他是否可能是因为梅特兰急于换上另一套衣服离开那里，把弄皮带扣的时候动作太快导致的。技术人员说有那种可能，但我从他的表情可以看出，他说的不是真心话。"

"嗯。"拉夫哼了一声，埋头吃他的炒鸡蛋。他的胃口好极了，就像他刚刚因为那个两用球杆而憋不住的大笑一样。"这很奇怪，但它可能是非实质性的问题。"

可是拉夫想知道，他到底还要继续多久用"非实质性问题"来解释这件案子中层出不穷的反常现象呢？

"还有一套指纹，"尤尼尔说，"同样也是模糊不清——实在是太模糊了，连计算机鉴定技术员都懒得把它们上传到FBI的国家数据库。但是那个技术员有面包车上的所有指纹，还有那个皮带扣上的其他指纹……看你怎么想？"

尤尼尔把平板电脑递给拉夫。屏幕上显示两组指纹照片，一组标着**面包车不明嫌疑人**，另一组标着**皮带扣不明嫌疑人**，两组照片看起来相像，但只是有点儿像。如果把它们作为证据呈上法庭是站不住脚的，尤其是有霍伊·戈尔德那样疯狗般的辩护律师在，一旦他提出质疑，它们必然无效。拉夫不会出庭，但他认为这两套指纹出自同一个不明嫌疑人之手，因为这与他昨晚从玛茜·梅特兰那里得知的事情相符。并不完全相符，不，但已非常接近，尤其是对于一名被责令行政休假的侦探来说已属不易，要知道这一切并没有烦劳他的上司（尤尼尔·萨布罗这位州警）和一位拼命想竞选的地方检察官（比尔·塞缪尔斯）来帮忙。

尤尼尔吃他的墨西哥煎蛋卷时，拉夫跟他讲述了自己和玛茜的会谈，但有件事他未讲。

"谈的都是关于那辆面包车的事。"拉夫讲完之后总结道，"法医小组可能会发现一些最初偷车的那个孩子留下的指纹——"

"已经发现了。我们从埃尔帕索警方那里得到了默林·卡西迪的指纹，计算机技术员把他的指纹同面包车上的一些零散指纹进行了比对，发现他的指纹主要都出现在工具箱上，卡西迪肯定是打开了工具箱，想翻翻看里面有没有什么值钱的东西。他的指纹非常清晰，而且都不是那两套模糊指纹中的。"尤尼尔划动平板电脑屏幕上的照片，又切回标着面包车和皮带扣的不明嫌疑人的指纹。

拉夫推开自己的餐盘，向前探身认真地看。"你看出来没有，它们多吻合啊？咱们知道在代顿偷车的人不是特里，因为梅特兰一家是坐飞机回家的，但是如果面包车和皮带扣上那些模糊的指纹确实是同一个……"

"你终究还是认为他有共犯，那个人把面包车从代顿开到弗林特市。"

"肯定有，"拉夫说，"没有别的解释。"

"那个人跟他长得一模一样？"

"又回到那个话题了。"拉夫说着叹了口气。

"两套指纹都出现在了皮带扣上，"尤尼尔紧抓着那个话题不放，"这意味着梅特兰和他的共犯系过同一条皮带，或许还穿过同一套衣服。那么，他们俩身材相同，对吧？孪生兄弟，一出生就分开了。不过记录上说特里·梅特兰是独生子。"

"你还有什么线索？还有吗？"

"当然有，现在咱俩谈到真正奇怪的事情了。"尤尼尔把他的椅子拉过来，坐到拉夫身边。他的平板电脑上展现的是一张牛仔裤、袜子、内裤和运动鞋的特写照片，所有衣物都乱七八糟地堆在一起，旁边摆着一块塑料证物标记板，上面标着 1。"看到那些污渍了吗？"

"看到了，那是什么东西？"

"我不知道，"尤尼尔说，"法医们也不知道，但他们当中有一个人说看起来像精液，我对此有点儿赞同。你在照片上看不太清楚，但是——"

"精液？开什么玩笑？！"

这时女服务员过来了，拉夫把平板电脑的屏幕扣下。

"你们两位先生有谁想再续点儿咖啡吗？"

他们两个都续了一杯。女服务员转身离开后，拉夫又把平板电脑翻过来，将两根手指在屏幕上展开，将那张衣物的照片放大，继续研究着。

"尤尼尔，牛仔裤的裤裆上都是那玩意，一直流到两条裤腿上，连裤脚上都是……"

"内裤和袜子上也有，"尤尼尔说，"更不用提运动鞋了，鞋里鞋面上都是，干得像陶瓷上釉的裂纹一样光滑锃亮。不管它是什么，那东西多得都足够填满一根空心的铁头球杆了。"

拉夫听到这话并没有笑，"不可能是精液，就算约翰·霍姆斯[①]年轻精壮的时候也不——"

"我知道，而且精液也不会这样。"

尤尼尔说着又滑动屏幕，这张是谷仓地面的广角照片，另一块标着 2 的证物标记板立在一堆松散的干草旁边，至少拉夫认为那是干草；照片最左边，3 号证物标记板被摆在一个软塌塌堆下来的大包上面，那个大包看上去已经在那儿放了很久很久了，包身大部分是黑色的，包的一边也是黑色的，好像有某种腐蚀性的黏液顺着包流到了地板上。

"是同样的东西吗？"拉夫问，"你确定吗？"

"百分之九十。阁楼上还有更多呢，如果是精液，那可是一场堪比吉尼斯世界纪录的大型夜间排泄活动了。"

"不可能，"拉夫低声说，"是别的东西。首先，精液不会使干草变黑，那没有道理。"

"我也觉得不可能，但是当然啦，我只是一个墨西哥农民家庭出身的孩子。"

"不过，法医正在进行分析吧。"

尤尼尔点点头："现在进行时。"

"你会告诉我结果的吧。"

"当然。现在你明白我之前说这个案子越来越奇怪是什么意思了吧。"

"珍妮称之为无法解释的现象，"拉夫清了清嗓子，"其实她用的是'超自然'这个词。"

"我们家加布里埃拉也表达了同样的观点，"尤尼尔说，"也许这是女人的思想吧，也或者是墨西哥思想。"

拉夫惊讶地扬起眉毛。

"Si, Señor（是的，先生），"尤尼尔搞怪地讲了一句西班牙语，

---

① 约翰·霍姆斯（John Holmes），知名 A 片明星演员。

然后笑起来，"我岳母英年早逝，我妻子是在她外婆膝下长大的，老太太给她讲了很多传奇故事。当我跟她讲了这件乱糟糟的案子时，加比给我讲了一个关于墨西哥夜魔的故事。这个夜魔很可能是一个患了肺结核的将死之人，有一位住在荒漠里的老智者告诉他，他的病可以通过喝孩子的血，把他们的脂肪擦在他的前胸和下体得到治愈，于是这个夜魔就那样做了，而且他现在永生不死。据说他只抓行为不端的孩子，把他们塞进一个随身携带的黑色大包里。加比告诉我，她小的时候，大概七岁的时候，她弟弟得了猩红热，有一次医生来家里给他看病，加比突然尖叫起来。"

"因为那个医生有一个黑色的大包。"

尤尼尔点点头："那个夜魔叫什么名字来着？就在我嘴边，可是我想不起来了。你也很讨厌这样吧？"

"所以，你认为我们现在的情况就是那样？夜魔？"

"不。我可能是一个贫困墨西哥农民家的孩子，也可能是阿马里洛汽车经销商家的孩子，但不管怎么样，我不是个迷信的人。一个人杀了弗兰克·彼得森，像你我一样活生生的凡人，而且几乎可以肯定那个人就是特里·梅特兰。如果我们能够弄清楚到底发生了什么，一切都会回归正轨，我也可以回去踏踏实实地一觉睡到天亮。这件破案子简直要把我烦死了。"尤尼尔看了看表说，"我该走了，我答应过妻子要带她去盖城参加一个手工艺品展览会。你还有什么问题吗？你应该至少有一个问题，因为现在就有个更奇怪的东西正盯着你的脸看。"

"谷仓里有车辙吗？"

"我当时没有想到这个，但事实上，有。不过，都是没有用的，可以看到一些印记，还有一点儿油，但没有足够清晰的轮胎印用来做对比。我猜，那是梅特兰用来掳走那个孩子的面包车留下的胎痕，因为从胎痕看，车轮间距比较宽，不可能是斯巴鲁留下的。"

"嗯哼。听着，你用你那个神奇的小玩意记录了询问目击者的所有证词，对吧？你走之前，找到我询问克劳德·博尔顿的那份。他是先生请进酒吧的保安，虽然我记得他很计较保安这个词。"

尤尼尔打开一份文档，摇了摇头，又打开一份，然后把平板电脑递给拉夫。"往下划。"

拉夫照做，略过他不需要的内容，最终把文档停在那句口供。"在这儿，博尔顿当时说，'我还记得一件事，不算什么大事，但如果他真的是杀死那孩子的凶手的话还挺诡异的。'博尔顿说那个人划伤了他，当我问他那是什么意思时，博尔顿说他感谢梅特兰辛苦训练他朋友的侄子们，然后跟他握了握手，他们俩握手的时候，梅特兰的小指指甲划伤了博尔顿的手背，划了一个小口。博尔顿说那让他想起了以前嗑药的日子，因为有些跟他一起鬼混的瘾君子过去常常留小指甲，用来吸可卡因。显然，那是一种时尚象征。"

"而这很重要，因为?"尤尼尔又看了看手表，丝毫不加掩饰，相当招摇。

"也许不是，也许是……"

但拉夫不想再说"非实质性"了，这个词每从他嘴里说出来一次，他就越不喜欢它。

"也许没什么大不了的，但我妻子称之为'巧合'。特里去代顿的一家老年痴呆疗养院探望他父亲时，也被类似地划了一个口子。"拉夫快速地跟尤尼尔讲了一遍那个护工是如何滑倒，如何抓住特里，在那个过程中把他划伤的。

尤尼尔想了想，耸耸肩说，"我认为这纯属巧合。我真的得走了，我可不想惹加布里埃拉发怒，但你还遗漏了一样东西，我指的不是轮胎印。你那位博尔顿甚至也提到过，往回翻，你就会找到。"

但其实拉夫根本不需要，那东西就在他面前。"裤子、内裤、袜子、运动鞋……没有衬衫。"

"对!"尤尼尔说，"要么那是他最喜欢的，要么是他离开谷仓的时候没有别的衣服可换。"

# 2

在回弗林特市的半路上，拉夫终于意识到那个一直困扰着他的内衣肩带是怎么回事了。

他把车开进拜伦酒庄占地两英亩的停车场，按下快速拨号，电话转到了尤尼尔的语音信箱。拉夫没有留言便挂断了电话，尤尼尔已经打破常规了，让他好好过个周末吧。既然他现在有时间仔细思考一下这个问题，拉夫决定好好保守这些巧合的秘密，不跟任何人分享，不过也许除了他的妻子之外。

在特里被枪击前那段高度警惕的时刻，内衣肩带并不是他看到的唯一亮黄色的东西，只是他的大脑被一个更大的怪诞画面中的某个部分占据了，而且在奥利·彼得森的阴影笼罩下显得黯然失色，几秒钟后那孩子便从他的报纸袋中掏出一把老旧的左轮手枪。难怪被拉夫忘记了。

那个脸上满是烧伤疤痕、手上有文身的男人当时头上戴着一块黄色大方巾，也许是为了遮盖更多的伤疤。不过，那是方巾吗？会不会是别的东西？比如说，那件丢失的衬衫？那件特里在火车站时穿的衬衫？

我在接近答案了。拉夫心想，也许是的……除了他的潜意识（他的想法背后潜藏的那些想法）一直在对他大喊大叫。

拉夫闭上眼睛，努力回忆自己在特里生命的最后几秒钟到底看到了什么。金发女主播看着自己手指上的血时脸上露出讨人嫌的冷笑；写着**梅特兰接药吧**的注射器标语牌；兔唇男孩；向前探身对着玛茜竖中指的女人。还有那个烧伤的男人，他的样子就好像上帝用一块巨大的橡皮擦掉了他的大部分五官，只留下疙疙瘩瘩的结块、粉红色的新生皮肤，以及大火前鼻子的位置上剩下的两个洞。那场大火在他脸上留下的图腾远比他文在双手上的图腾凶猛得多。在此刻的回忆画面中，拉夫看到那个男人头上包的不是一块方巾，而是一个比方巾更大的东西，那东西像头饰一样一直垂到他的肩上。

是的，那个东西有可能是一件衬衫……但即便是，就意味着它就是那件衬衫吗？特里在监控录像中穿的那件？有没有办法找到它呢？

拉夫认为有，但他需要寻求珍妮的帮助，她可远比拉夫更精通电脑。此外，也许是时候该停止把霍华德·戈尔德和亚力克·佩利视为敌人了。佩利昨晚站在梅特兰家的门廊上说，也许我们现在站在统一战线了，也许他说的是真的，或者可能是吧。

拉夫把车启动，挂上挡，一路以最大的限速朝家里驶去。

拉夫和妻子坐在餐桌旁，两个人面前摆着珍妮的笔记本电脑。盖城总共有四家主要的电视台，每个台各对应一个电视网，再加上公共频道81频道，它播报当地新闻、市议会会议，以及各种社区事务（譬如哈兰·科本的讲座，特里就曾意外地像客串明星一样出现在镜头中）。枪击事件当天，五家电视台全部都在法院报道特里的传讯，五家电视台全部都录下了枪击的过程，而且它们全部都至少应该拍下了一些人群画面。当然，枪声响起时所有镜头都转向特里，拍下他头上的血顺着脸往下流，拍下他把妻子从火线上推开，还拍下子弹打中他时他倒在街上。但在那之前，CBS的镜头一片空白，因为拉夫的子弹击中的那台摄像机正是CBS的，它被打得粉碎，还崩瞎了摄像师的一只眼睛。

他们夫妻俩把所有视频都看了两遍之后，珍妮把头转向拉夫，她双唇紧闭，什么也没说。因为她没有必要开口。

"再放一遍81频道的视频，"拉夫说，"枪击一开始他们的镜头就东倒西歪乱成一团，但枪击之前的人群画面他们是拍得最好的。"

"拉夫，"珍妮摸了摸他的胳膊，"你没事——"

"很好，我很好。"拉夫其实并不好，他感觉好像整个世界都在倾斜，他可能很快就会从边缘滑下来，摔得粉身碎骨。"请你再放一遍，调成静音，那个记者嘴巴不停地评论，真让人分神。"

珍妮按照拉夫的要求做了，他们一起又看了一遍。电脑屏幕上，标语挥舞、人们无声地呐喊着，他们像离开了水的鱼一样，嘴巴不停地一张一合。在某一刻，镜头在人群间迅速来回移动，虽然没有来得及拍到那个朝特里脸上吐口水的人，却及时拍下了拉夫将那个捣乱分子绊倒的画面，看起来会让人误解拉夫好像是无缘无故地袭击人。拉夫看着特里把那个朝他吐口水的人扶起来的画面（他记得自己当时心里想"这他妈的真像《圣经》里的感人画面啊"），然后镜头又转回人群。拉夫看见画面中那两名法警——一个胖胖的，一个瘦瘦的——正在竭力保持台阶上没有围观群众；他看见 7 频道的金发女主播站了起来，仍然难以置信地看着自己手指上的血；他看见奥利·彼得森背着报纸袋，几撮红头发从头顶的针织帽下面露出来，那时距离他成为万众瞩目的焦点还差几秒；他看到了兔唇男孩，81 频道的摄像师把镜头在他 T 恤上印的弗兰克·彼得森的笑脸上停留了很久，之后镜头转向远处——

"停，"拉夫说，"定格，就在那儿定格。"

珍妮照做了，他们看着屏幕上的画面——由于摄像师尽力想捕捉现场的每一个画面，镜头移动得太迅速，所以画面有些模糊。

拉夫点了一下屏幕。"看到这个挥舞着牛仔帽的家伙了吗？"

"当然。"

"那个烧伤的男人当时就站在他身边。"

"好吧。"珍妮说……但她的语气奇怪而又紧张，拉夫记得他从未听过珍妮这样说话。

"我向你发誓，他当时就在那儿。我看见他了，我当时就像是吃了摇头丸或麦斯卡林之类的致幻剂一样，什么都能看见。再放一遍其他的视频，这个是拍人群拍得最好的，但福克斯分社拍得也不差，而且——"

"不。"珍妮重重地按下电源键，合上了笔记本电脑，"这些视频里都没有你看见的那个男人，拉夫，你跟我一样清楚。"

"你认为我疯了，是吗？你认为我现在……你知道的……"

"崩溃？"珍妮把手又放到拉夫的胳膊上，但是现在她的手在轻轻颤抖，"当然没有。如果你说你看见他了，你就是看见他了。如果你认为他当时头上围着那件衬衫是为了防晒，或者是当抹布，或者是反正我也不知道的什么目的，那么他可能就是像你想的那样。你这个月过得很糟糕，这可能是你一生中最糟糕的一个月，但是我相信你的观察力。只是……现在你必须明白……"

珍妮的声音变得越来越小。拉夫等着她把话讲完，最终珍妮继续说下去。

"这件案子非常不对劲儿，而你调查得越深，就越会发现它不对劲儿。这让我十分害怕。尤尼尔给你讲的那个故事也让我害怕，它基本上就是一个吸血鬼的故事，不是吗？我上高中的时候读过布拉姆·斯托克的小说《吸血鬼德古拉》，我记得书里讲过的一条就是吸血鬼不会出现在镜子中。如果一个东西不会在镜子中映出影子，那么它可能也不会出现在电视新闻的镜头中。"

"胡说八道。根本没有鬼魂、女巫、吸血鬼之类的东——"

珍妮将那只张开的手重重往桌子上一拍，那类似枪声的声音把拉夫吓了一跳。只见珍妮的眼睛怒火中烧，她干脆地厉声说："醒醒吧，拉夫！醒来看看现在在你面前的一切！特里·梅特兰同时身现两处！如果停止追查，不再试图寻求解释，就那样接受它——"

"我无法接受，亲爱的。这与我一生的信仰背道而驰，如果我接受那样的思想，我真的会疯的。"

"会个鬼！你比自己想象的强得多。但是你甚至都不用去考虑那个想法，这就是我想告诉你的。特里已经死了，你可以放手了。"

"如果我那样做，而杀死弗兰克·彼得森的凶手真的不是特里呢？玛茜怎么办？她的女儿们怎么办？"

珍妮站起身，走到水池旁的窗边，向窗外望着后院。她把双手紧握成拳头，开口说："德里克又打电话来了，他还是想回家。"

"你怎么跟他说的？"

"我让他坚持在那儿待到下个月中旬季赛结束。虽然我很想让他回家，但我最终还是说服他留在夏令营。你知道为什么吗？"珍妮转过头问拉夫，"因为我不希望你仍然在深挖这个烂摊子的时候，让他待在镇上，因为天黑的时候，我就会感到很害怕。假设这件案子真的是某种超自然生物干的呢，拉夫？要是它发现你正在找他呢？"

拉夫把珍妮抱在怀里，他能够感觉到她在瑟瑟发抖。拉夫心想，她真的有些相信了。

"虽然尤尼尔给我讲了那个故事，但是尤尼尔认为凶手是一个自然人，我也这样认为。"

珍妮把脸贴在拉夫的胸前，她说："那为什么所有视频中都没有出现那个面部烧伤的男人呢？"

"我不知道。"

"我在乎玛茜，我当然在乎。"珍妮仰头看着拉夫，拉夫发现妻子竟然哭了，"我也在乎她的女儿们，我在乎特里，那件事……还有彼得森……但是我更在乎你和德里克，你们两个是我的全部。难道你就不能就此放手吗？安心休完行政假，去看心理医生，然后把这件事情翻篇儿？"

"我不知道。"拉夫嘴上说不知道，但其实心里很清楚，他只是不想在珍妮现在这种奇怪的状态下跟她那样讲罢了。他无法翻篇儿。

现在还不能。

# 4

　　那天晚上，拉夫坐在后院的野餐桌边，一边抽着帝帕里罗雪茄，一边抬头望着天空。今夜没有星星，云朵正在空中飘动，但他仍然辨认出云层后面的月亮。拉夫心想，真相往往就如同云层后面那一圈朦胧的光晕，它时而穿破云层显现，时而被浓云遮蔽，黯然无光完全消失。

　　有一件事是可以肯定的：夜幕降临之际，尤尼尔·萨布罗的童话故事中那个骨瘦如柴的结核病人就变得更加可信。但不可能是真的，拉夫都不相信这个世界上存在圣诞老人，他更不相信会存在那种东西。他能够想象出那个夜魔的样子：一个如同《瘦长鬼影》中的神秘人一样皮肤黝黑、身材颀长的男人，就像青春期的美国女孩眼中的恐怖鬼怪。他穿着一袭黑衣，显得高大而严肃，他的脸如同一盏灯，手里提着一只大包，大到可以装下一个抱膝团成一团的小孩。据尤尼尔说，那个墨西哥夜魔靠喝小孩的血和把小孩的脂肪涂在身上来续命……然而确切地讲，那些遭遇并没有发生在小彼得森身上，不过也差不多。很可能凶手——也许是梅特兰，也许是指纹模糊的不明嫌疑人——真的把自己当成吸血鬼或某种其他超自然生物了？杰弗里·达默 ① 杀死那些无家可归之人时不也认为他是在制造僵尸吗？

　　这些想法没有一个能够解决那个烧伤的男人为什么没有出现在新闻视频的镜头中。

　　这时珍妮叫他："快进来，拉夫，要下雨了。如果你必须抽那臭烘烘的东西，可以在厨房里抽。"

　　那才不是你想让我进屋的原因，拉夫心想，你想让我进来是因为你忍不住会想尤尼尔讲的那个拎着袋子的杀人夜魔正潜藏在外面，就

---

① 杰弗里·达默（Jeffrey Dahmer），连环食人杀手，嗜血狂魔。

在后院灯光照不到的地方。

当然，这很荒谬，但是拉夫能够理解她的不安，他自己也感觉到了不安。珍妮是怎么说的来着？"你调查得越深，就越会发现它不对劲儿"。

拉夫走了进来，把他那支帝帕里罗雪茄浸在水池的水龙头下面，然后从充电插座上抓起手机打了个电话。霍伊在另一边接起电话，拉夫说："你和佩利先生明天能来一趟吗？我有一堆事要告诉你们，其中有一些相当令人难以置信。来吃午饭，我去鲁迪家买一些三明治。"

霍伊立刻同意了。拉夫挂断电话，看见珍妮站在门口，正叉着双臂看着他。"就不能放手吗？"

"不能，亲爱的，我做不到。对不起。"

珍妮叹了口气："你自己会当心吗？"

"我每一步都会非常小心的。"

"最好那样，否则我就会不小心踩到你头上。还有，不用去鲁迪家买三明治了，我来做饭。"

# 5

　　星期天下着雨，所以大家聚在安德森家很少使用的餐桌旁：拉夫、珍妮、霍伊，还有亚力克。霍伊·戈尔德的笔记本电脑摆在餐桌上，家住盖城的尤尼尔·萨布罗也通过 Skype 加入了这次会谈。

　　拉夫先把他们知道的所有事情都一五一十地讲了一遍，然后让尤尼尔接着讲，尤尼尔给霍伊和亚力克讲述了他们在艾夫曼家谷仓里的发现。当他讲完后，霍伊说："这些全都说不通，事实上，在时间上就根本说不通。"

　　"这个人一直睡在一个废弃谷仓的阁楼上？"亚力克问尤尼尔，"躲在那儿？你就是这么想的？"

　　"这是说得通的假设。"尤尼尔说。

　　"如果是这样的话，那个人不可能是特里，"霍伊说，"那个星期六他一整天都在城里，那天上午他带两个女儿去了市政游泳池，整个下午他都在埃斯特尔·巴尔加公园准备比赛场地——作为主场教练，那是他的义务。那两个地方都有很多目击证人。"

　　"从星期六到星期一，"亚力克接着霍伊的话说，"他都被关押在县监狱，拉夫，这一点你也很清楚。"

　　"特里每一步的下落几乎都有各种各样的目击证人，"拉夫对此表示赞同，"这就是问题的根本症结所在，但是先把它放在一边吧。我想给你们看样东西，尤尼尔已经看过了，他今天早上刚重看了录像。但是在他看之前，我问了他一个问题，现在我也想先问问你们。那天在法院，你们有谁注意到一个严重毁容的男人了吗？当时他头上围着什么东西，但是我现在不想说那是什么。你俩有谁见过吗？"

　　霍伊说他没有注意到，当时他的注意力全都集中在他的委托人和其妻子身上。然而，亚力克·佩利这边的答案却不同。

　　"是的，我看见他了。看起来他像是被火烧伤了，他头上围的是……"亚力克停了下来，眼睛睁得大大的。

"继续，"视频那边，尤尼尔在他盖城家中的客厅里说，"说出来，朋友，你会感觉好很多。"

亚力克揉着太阳穴，好像头痛似的。"当时我以为那是块方巾或手帕。你知道的，因为他的头发在大火中被烧掉了，可能因为疤痕的缘故再也长不出来了，所以我以为他是想遮住头骨，以免被太阳晒伤。只是，那有可能是一件衬衫，是谷仓里不见的那件衬衫，你是这么想的吗？是特里在火车站的监控录像里穿的那件？"

"恭喜你，赢得了一个丘比特娃娃！"尤尼尔在视频里激动地说。

霍伊朝拉夫皱着眉头："你还想把这个算在特里头上？"

珍妮第一次开口了："他只是想弄清楚事情的真相……实际上，我不确定这是不是个好主意。"

"看这里，亚力克，"拉夫说，"指出那个烧伤男。"

拉夫播放了 81 频道的视频，然后又播放了福克斯的视频，之后，在亚力克的要求下又重新播放了一遍 81 频道的视频。亚力克的脸现在紧紧凑在珍妮的笔记本电脑前，鼻子都要贴到屏幕上了。最后他坐了回去，"他不在视频里，这不可能啊。"

尤尼尔说："他当时站在那个挥舞着牛仔帽的家伙身边，对吗？"

"我想是的，"亚力克说，"挨着他，而且比那个被标语砸到头的金发记者要高。我看见了那个记者和那个挥舞标语的人……可是我没有看到他。怎么会这样呢？"

所有人都没有回答。

霍伊说："咱们先回头说说指纹吧。尤尼尔，面包车上有多少套不同的指纹？"

"法医那边认为有六套之多。"

霍伊抱怨了一声。

"放轻松，我们已经至少排除了其中的四套：车主——纽约那个农民，农民的大儿子——他有时候会开车，偷车的男孩，还有特里·梅特兰。还有一套待确定的清晰指纹，有可能是那个农民的朋友的，或者是他的小儿子在车里玩时留下的。还有一套模糊的指纹。"

"和你在皮带扣上发现的那套模糊指纹是同一套。"

"可能吧，但我们不能确定。那些指纹上有一些可见的线条和螺纹，但是达不到呈交法庭做身份鉴定证据的清晰程度。"

霍伊听完之后开口说："嗯哼，好的，明白了。那么，让我来问您三位先生一个问题，难道一个手和面部被严重烧伤的人不可能留下这样的指纹吗？那种模糊到无法辨认的指纹？"

"有可能。"尤尼尔和亚力克异口同声。只是由于计算机信号传输有短暂延迟，两个人的声音略有重叠。

"有一个问题，"拉夫开口了，"法院那个烧伤男子的双手上有文身，如果他的指尖被烧掉了，他的脚趾是不是也会被烧掉？"

霍伊摇了摇头说："不一定。如果我身上着火了，我可能会用手把自己身上的火扑灭。但是我不会用手背，对吧？"他一边说着，一边开始拍打自己那宽大的胸脯做示范。"我用的是手掌。"

餐厅里一阵沉默。然后，亚力克·佩利用让人几乎听不见的低沉声音说："那个烧伤男当时在那儿，我敢对着一堆《圣经》发誓。"

拉夫说："据推测，州警察局的法医小组会对谷仓里使干草变黑的物质进行分析，但是在此期间我们能做什么吗？我想听听你们的建议。"

"回到代顿。"亚力克最先开口，"我们知道梅特兰之前在那里，而且我们也知道那辆面包车之前也在那里，至少有一些答案也可能在那里。我自己不能飞过去，现在手头事情太多，但我认识一个靠谱的好人。让我给他打个电话，看看他是否有空。"

事情就这样定了。

# 6

自从爸爸被杀之后，十岁的格蕾丝·梅特兰一直睡得很不好，就算她好不容易睡着了，也都是被噩梦萦绕。那个星期天下午，所有的倦意像一个软绵绵的重物一样一下子都压到她身上，当妈妈和姐姐在厨房里做蛋糕时，格蕾丝蹑手蹑脚地跑上楼躺在床上。虽然天在下雨，但是光线依然很充足，这样很好，因为她现在已经被黑暗吓坏了。她听见妈妈和萨拉正在楼下说话，这也很好。格蕾丝闭上了眼睛，虽然她感觉自己只是过了一两分钟就睁开了眼睛，但肯定已经过了好几个小时，因为外面的雨下得更大了，光线也变得昏暗了。她的房间里布满阴影。

一个男人正坐在格蕾丝的床上看着她，他穿着牛仔裤和一件绿色T恤，他双手上的文身一直蜿蜒到手臂，刺青的图腾有蛇、一个十字架、一把匕首，还有一个骷髅，他的脸看上去不再像一个没有天赋的孩子用培乐多橡皮泥捏出来的，但格蕾丝还是认出了他。原来就是那天在萨拉卧室窗外的那个人，只是此刻他的眼睛不是稻草做的。现在，他拥有了她父亲的眼睛，无论何时何地格蕾丝都能认出那双眼睛。她不知道这是真的，还是只是一场梦，如果是梦的话，总比那些噩梦要好，不管怎么样，还是好一点儿。

"爸爸？"

"当然是我，"那人的绿色T恤变成了她爸爸的金龙队运动衫，所以格蕾丝知道这终究只是一场梦。接着，那件运动衫又变成了一件罩衫式的东西，然后又变回了绿色的T恤。"我爱你，格蕾丝。"

"你的声音不像他，"格蕾丝说，"你是在假扮他。"

那个人向她靠过来，格蕾丝往后缩着身子，眼睛死死盯着那双她父亲的眼睛，它们比那个说"我——爱——你"的声音要好多了，但这依然不是他。

"我想让你走开。"格蕾丝说。

"我知道你当然这样想，地狱中的人也想要冰水。你难过吗，格蕾丝？你想你的爸爸吗？"

"是的！"格蕾丝开始大叫起来，"我想让你走开！那不是我爸爸的眼睛，你只是假装的！"

"别指望我会同情你，"那个人说，"看到你很难过我感到很高兴，我希望你会难过很长一段时间，而且会哭，哇——哇——哇，像个婴儿一样不停地哭。"

"请走开！"

他坐了回去。"如果你为我做一件事，我就照做。你愿为我做点儿什么吗，格蕾丝？"

"什么事？"

那个人告诉了她，而这时萨拉正在摇着她，叫她下楼来吃蛋糕。所以，这终究只是一场梦，一个噩梦，而且她不需要做任何事情。不过，如果她照做的话，那个噩梦可能永远都不会回来了。

格蕾丝真的一点儿都不想吃蛋糕，但是她还是强迫自己吃了一些。当妈妈和萨拉坐在沙发上看一部蠢电影时，格蕾丝说她不喜欢看爱情片，她要上楼去玩愤怒的小鸟。只是，她并没有那样做，她走进父母的卧室（而现在这只是她妈妈一个人的卧室了，这多么令人难过啊），从梳妆台上拿起妈妈的手机。妈妈的手机通讯录里没有那个警察的号码，但是有戈尔德先生的，于是她就给他打了电话。格蕾丝用两只手用力握着手机，以免它颤抖，她在心里祈求着戈尔德先生会接电话。而他真的接电话了。

"玛茜？怎么了？"

"不，我是格蕾丝，我在用我妈妈的电话。"

"为什么，你好啊，格蕾丝。很高兴接到你的来电，你为什么要给我打电话呢？"

"因为我不知道该怎么给那个侦探先生打电话，就是逮捕我爸爸的那个人。"

"你为什么要——"

"我要给他捎个口信，是一个男人给我的。我知道那可能只是个梦，但我觉得还是小心为妙。我来告诉你，然后你可以转告侦探先生。"

"什么人，格蕾丝？谁给你的口信？"

"我第一次见到他时，他的眼睛是稻草做的。他说如果我给安德森侦探捎个口信他就不会再回来了。他试图想让我相信他拥有我爸爸的眼睛，但是他没有，并不是真的拥有。他的脸现在好多了，但还是很吓人。我不想让他再回来了，即使那只是一场梦，所以你能转告安德森侦探吗？"

这时，妈妈正站在门口，静静地看着她。格蕾丝心想她可能惹上麻烦了，但她不在乎。

"我该告诉他什么，格蕾丝？"

"住手。如果他不想发生不好的事情，就住手，告诉他必须停下来。"

# 7

格蕾丝和萨拉坐在客厅的沙发上，玛茜挽着两个女儿的胳膊坐在她们中间。霍伊·戈尔德坐在原本属于特里的那把安乐椅上，原来那个时候这个世界还没有颠覆。安乐椅旁边带着一个搁脚凳，拉夫·安德森把它拉到沙发前坐在上面，他的腿太长了，以至于膝盖几乎都要挡住他的脸了。拉夫心想他现在看上去一定很滑稽，不过如果那能让格蕾丝·梅特兰放松一点儿就再好不过了。

"那肯定是个吓人的噩梦，格蕾丝。你确定那真的是梦吗？"

"当然是，"玛茜说，她面色苍白，脸绷得紧紧的，"这个房子里压根没有男人，而且就算他真的上楼了，我们也不可能没有发现。"

"或者至少听到声音，"萨拉插了一句，但是她听起来很胆怯，"我们家的楼梯嘎吱嘎吱的响得要命。"

"你来这里只有一个原因，就是为了让我女儿安心，"玛茜说，"请你这样做，好吗？"

拉夫说："不管那是什么，你知道的，现在这里没有人了，对吗，格蕾丝？"

"是的，"她看上去很确定的样子，"他已经走了。他说如果我给你捎口信的话，他就会离开。我觉得他不会再回来了，不管他是不是梦。"

萨拉夸张地叹了口气，说："那不就算解脱了吗？"

"嘘，小东西。"玛茜叫她不要插话。

拉夫拿出他的笔记本。"跟我讲讲他长什么样，就是你梦里的那个人。因为我是一名侦探，所以我现在确定它就是梦。"

虽然玛茜·梅特兰不喜欢拉夫，也许永远都不会喜欢他，但她至少为此给了拉夫一个表示谢意的眼神。

"好一些了，"格蕾丝说，"他看起来比以前好一些了。他那张培乐多橡皮泥捏出来似的脸不见了。"

"他之前就长成那个样子，"萨拉告诉拉夫，"是格蕾丝说的。"

玛茜说："萨拉，跟戈尔德先生到厨房里去，给每个人拿一块蛋糕，好吗？"

萨拉看了看拉夫："也给他拿一块蛋糕吗？我们现在喜欢他了吗？"

"每人一块蛋糕，"玛茜巧妙地回避了萨拉的问题，"这叫作款待客人。去吧，快。"

萨拉从沙发上起来，穿过客厅走到霍伊面前："我被踢出局了。"

"因为你是一个好人，"霍伊说，"走吧，让我跟你一起躲进深闺。"

"躲进什么？"

"无关紧要，孩子。"说着他们两个一起到厨房去了。

"请你长话短说，"玛茜对拉夫说，"我让你来这里只是因为霍伊说这很重要，它可能与……那个有关，你懂的。"

拉夫点点头，他的目光依然一直落在格蕾丝身上。"这个有一张培乐多橡皮泥似的脸的男人第一次出现的时候……"

"还有用稻草做的眼睛，"格蕾丝说，"它们凸出来，就像动画片里一样，而人们眼睛中的黑圈在他眼睛里是两个洞。"

拉夫在笔记本上记下"稻草做的眼睛？"，"嗯哼，你说他的脸看起来像培乐多，有没有可能是因为他被烧伤过？"

格蕾丝想了想说："不，更像是他的脸还没有做好，还没有……你知道的……"

"没有长完整？"玛茜问。

格蕾丝点点头，然后把大拇指塞进嘴里吸起来。拉夫心想，这个十岁大还吃手指的小家伙一脸的受伤相……她也是我的女儿。确实如此，永远不会变，即使证据越来越清晰。

"他今天长什么样子呢，格蕾丝？就是你梦里的那个人。"

"他留着黑色的短发，都竖起来了，像个豪猪一样，他的嘴巴周围有点儿胡子，他有我爸爸的眼睛，但那不是真的，他的两只手上有文身，一直到胳膊上都是，有一些蛇。一开始他的T恤是绿色的，后来就变成了我爸爸的印着金龙的棒球衫，然后又变成了白色的，就像格森太太给我妈妈做头发时穿的衣服一样。"

拉夫看了玛茜一眼，玛茜说："我想她指的是罩衫。"

"是的，"格蕾丝说，"就是它。但是后来它又变回了绿色的T恤，所以我知道我是在做梦。只是……"她的嘴颤抖着，眼里噙满了泪水，顺着她通红的脸颊流下来，"只是他说的话让我很在意。他说看到我很难过他感到很高兴，他还管我叫小婴儿。"

格蕾丝把脸埋进妈妈的胸脯哭了起来。玛茜看着拉夫，有那么一会儿她没有生他的气，只是担心自己的女儿。她心里清楚那不只是个梦，拉夫看着玛茜心想，她看出来那对我来说很重要。

待到小姑娘的哭声平息下来时，拉夫说："你做得很棒，格蕾丝。谢谢你跟我讲了你的梦，现在那一切都结束了，好吗？"

"是的，"格蕾丝哭过之后用嘶哑的嗓音说，"他已经走了，我按照他说的做了，他走了。"

"咱们一会儿在这里吃蛋糕吧，"玛茜说，"去帮你姐姐拿盘子。"

格蕾丝跑了过去。当客厅里只剩下玛茜和拉夫时，玛茜说："那件事对她们两个来说一直都很艰难，尤其是格蕾丝。我想说只是因为这个，但霍伊不这么认为，而我觉得你也不这么认为，对吗？"

"梅特兰太太……玛茜……我不知道该怎么想。你检查过格蕾丝的房间吗？"

"当然，她一告诉我为什么给霍伊打电话，我就去检查了。"

"没有闯入者的迹象？"

"没有。窗户是关着的，屏风也是完好的，关于楼梯，萨拉说的是真的，这是一座老房子，每走一步都嘎吱嘎吱响。"

"她的床呢？格蕾丝说那个人当时坐在那里。"

玛茜心不在焉地大笑起来。"谁知道呢，她睡觉一直翻来覆去的，自从……"玛茜用一只手捂住了脸，"这太可怕了。"

拉夫站起来，走到对面的沙发，他只是想安慰安慰她。但是玛茜挺直起身子往后缩，"请不要再坐下了，别碰我。让你来我已经够容忍了，侦探先生。也许我的小女儿今晚睡觉的时候不会把整座房子喊塌。"

没等拉夫回答，霍伊和梅特兰家的两个小女儿就回来了，格蕾丝小心翼翼地两只手各端着一个盘子。玛茜迅速擦了擦眼睛，动作快得几乎让人看不见，然后她给了霍伊和女儿们一个灿烂的微笑，欢呼着"蛋糕万岁"！

拉夫接过属于他的那一份，说了声谢谢。他在想，他已经把整件该死的案子里所有可怕的事都跟珍妮讲了，但他不打算告诉她这个小女孩的梦。不，这个不能告诉。

# 8

　　亚力克·佩利本以为他的手机通讯里有他想要的那个号码，可是当他拨通电话时，电话那边提示说该号码已经无法接通。于是他翻出自己那本黑色的旧通讯簿，这个老家伙曾经是一直伴随在他左右的忠实伙伴，只是到了这个计算机时代，它就被丢到了书桌的抽屉里，而且还是下层抽屉。亚力克又试了另一个号码。

　　"您好，这里是'先到先得'，"电话那边传来一个声音。亚力克以为这是自动应答，因为现在是星期日晚上，所以这样推测很合理。他等待着电话那边继续播报办公时间，接着是一个选项菜单，可以通过按不同的键选择各种不同的扩展服务，最后就会是在哔的一声之后发出留言邀请。然而相反，电话那边的却传来一个听起来有些怨怒的声音，"喂？有人在吗？"

　　这时亚力克意识到这是一个他熟悉的声音，虽然他叫不上名字。他有多久没和电话那边的那个人讲话了？两年？三年？

　　"我要挂……"

　　"别，我在呢。我叫亚力克·佩利，我想找比尔·霍奇斯①，几年前，就在我刚从州警察局退休后，我跟他合办过一个案子。当时有一个叫奥利弗·马登的蠢货从一个得克萨斯州的石油商那里偷了一架飞机，那个石油商叫——"

　　"德怀特·克莱姆，我记得是。我还记得你，佩利先生，虽然我们从未谋面。很遗憾，克莱姆先生没有按时付钱给我们，我至少给他送了六次发票，后来还威胁他要诉诸法律。我希望你做得会更好。"

　　"那事花了点儿工夫，"亚力克笑着说，"他寄给我的第一张支票

---

① 比尔·霍奇斯（Bill Hodges）是斯蒂芬·金创作的"梅赛德斯先生"三部曲中的主角。

被退回了，但第二张正常通过了。你是霍莉 [①]，对吗？我记不得你姓什么了，但是比尔对你评价很高。"

"霍莉·吉伯尼。"电话那边的女士说。

"很高兴再次与您通话，吉伯尼女士。我试过比尔的手机号，但是我想他换号了。"

一阵沉默。

"吉伯尼女士？你还在吗？"

"在，"她说，"我在呢。比尔两年前去世了。"

"哦，天哪，听到这个消息我感到很遗憾。是心脏病吗？"亚力克和霍奇斯的大部分业务都是通过电话和电子邮件完成的，亚力克只见过霍奇斯一次，他比亚力克更胖。

"是癌症，胰腺癌。现在由我和彼得·亨特利一起经营公司，他是比尔以前在警局的老搭档。"

"嗯，这样对你来说很好。"

"不，"她说，"对我来说不好。现在生意很好，但如果能让比尔健康地活着，我愿意立刻放弃一切。癌症真的很讨厌。"

亚力克差点儿要就此对她表示感谢，然后再次表示慰问，之后挂断电话。过后，亚力克回想起来如果他当时那样做了，事情会发生多么大的变化。但他想起了比尔在帮德怀特·克莱姆找回他的国王飞机时对这个女人的评价：她是个古怪的人，有点儿强迫症，人际交往不多，但她从来不会漏下任何一丝骗局把戏。霍莉完全可以成为一名绝佳侦探。

"我本想雇比尔帮我做一些调查，"亚力克说，"但也许你可以接下这项任务，他真的对你评价很高。"

"听到你这么说我很高兴，佩利先生，但我怀疑我是否是合适人选。我们'先到先得'公司的主要业务是追查在保释中的逃匿者和失踪人员。"霍莉停顿了一下，然后补充说，"还有一个事实，我们这边

---

① 霍莉（Holly）和下文出现的彼得·亨特利（Peter Huntley）、杰罗姆（Jerome）都是"梅赛德斯先生"三部曲中的重要角色。

离你很远，除非你现在人在我们东北部。"

"我不在，但我的兴趣点恰好在俄亥俄州，而我自己不方便飞过去，我这边现在有很多事情需要我一直待下去。你那里离代顿有多远？"

"稍等，"霍莉说，然后她几乎立刻做出回答，"根据地图查询（MapQuest）网站的数据，是二百三十二英里。这样看来这是个不错的项目。你需要调查什么，佩利先生？在你回答之前，我得告诉你，如若有任何可能涉及暴力，我真的不得不放弃这个案子。我痛恨暴力。"

"没有暴力，"亚力克说，"这件案子之前存在暴力，是谋杀儿童案，但它是在我们这边发生的，而且逮捕的犯罪嫌疑人已经死了。问题是，他是否是真正的凶手，而要想回答这个问题，就得追溯四月份他和家人去代顿的一次旅行。"

"我明白了，那么谁来为公司的服务买单呢？你？"

"不，是一位叫霍华德·戈尔德的律师。"

"据你了解，这位戈尔德律师付钱会比德怀特·克莱姆更痛快吗？"

亚力克听了这话不禁咧起嘴笑了。"绝对的。"

虽然预付费用由霍伊支付，但是假设霍莉·吉伯尼女士同意接手代顿的调查，那么"先到先得"公司的全部服务费最终将由玛茜·梅特兰支付，她有能力支付这笔费用。保险公司不愿意赔偿一个被控谋杀的犯人，但既然特里从未被正式判定有罪，他们就没有任何追索权。此外，还有一起针对弗林特市的不正当死亡诉讼，霍伊将会代表玛茜提起诉讼，他曾告诉亚力克，市政府可能会设定一个七位数的赔偿金额。虽然一笔丰厚的银行存款不能让玛茜的丈夫起死回生，但它可以支付调查费用，如果玛茜认为搬家是最佳选择的话，还可以支付搬迁费用，以及两个小姑娘将来的大学教育费。亚力克认为，金钱虽无法治愈悲伤，但可以让人在相对舒适的环境中进行哀悼。

"跟我讲讲这件案子吧，佩利先生，我会告诉你我是否能够接手。"

"这需要一些时间，如果你方便的话，我可以明天上班时间给你打电话。"

"今晚就可以。等我一下，我把正在看的电影关掉。"

"打扰你休息的夜晚了。"

"并没有。《光荣之路》我已经看过不下十次了，它是斯坦利·库布里克导演最佳的影片之一，在我看来，它比《闪灵》和《乱世儿女》要好得多，不过当然，他拍《光荣之路》的时候要年轻得多。在我看来，年轻的艺术家才更有可能成为冒险者。"

"我不是个电影迷。"亚力克回答道。他想起霍奇斯说过的话："古怪，又有点儿强迫症。"

"我认为，他们照亮了这个世界。等一下……"这时，电话背景中微弱的电影音乐停了，接着霍莉回来了，"告诉我，你需要我在代顿做什么，佩利先生。"

"这不仅是一个很长的故事，还是一个奇怪的故事。我先提前警告你。"

霍莉大笑起来，这声音比她平日谨慎的言辞要丰满得多，她的笑声让她显得更年轻了。"相信我，你的故事不会是我听到的第一个怪诞故事。当年我和比尔在一起的时候……算了。不过，如果我们要谈上一会儿的话，你也可以叫我霍莉。我现在要开免提了，以便我腾出手来。等一下……好了，现在把一切都告诉我吧。"

听到霍莉这样说之后，亚力克开始讲起来。电话的背景声不再是电影音乐，他听到的是她做记录时敲击键盘不断发出的啪嗒啪嗒声。在谈话结束之前，亚力克很庆幸自己之前没有挂断电话。霍莉提出的问题很好，很尖锐，这件案子的古怪之处似乎丝毫没有令她感到不安。比尔·霍奇斯去世了，真是太可惜了，不过亚力克认为他可能找到了一个完美的替代者。

当他终于讲完案情时，问道："你有兴趣吗？"

"是的，佩利先生——"

"亚力克。我叫你霍莉，你叫我亚力克。"

"好的，亚力克。'先到先得'公司将接手这件案子。我会通过电话、电子邮件或视讯电话（FaceTime）定期给你发送报告，我觉得视讯电话比 Skype 好得多。待我竭尽所能掌握了一切信息时，我会给你一份完整的总结报告。"

"谢谢，这听起来非常——"

"是的。现在我来给你一个账号，这样你就可以按照我们商定的金额把预付费用转到我司的银行账户。"

# 六　霍莉

七月二十二日星期日—七月二十四日星期二

# 1

霍莉把办公电话（她总是把它带回家，皮特为此常嘲笑她）放回电话座上，和她的家庭电话摆在一起，然后静静地在电脑前面坐了大概三十秒。然后她按下 Fitbit 智能手环上的按键，测量自己的脉搏——七十五，比平时快了八到十次。霍莉对这个结果并不感到诧异，佩利讲的梅特兰事件在某种程度上令她非常激动，自从结束布莱迪·哈茨费尔德案 ①（非常恐怖）后，她从未如此激动且专注过。

准确地说，事实是自从比尔死后，她就没有真正激动过。彼得·亨特利人很好，但是——既然她现在是只身一人待在自己安静舒适的公寓里，她就可以承认——皮特这人做事有点儿慢吞吞的，他只是个实干家，喜欢追查那些老赖、保释中的逃匿者、偷车贼、丢失的宠物，以及拖欠子女抚养费的不良父亲。而霍莉之前跟亚力克·佩利讲的是实话——她真的痛恨暴力，电影中的暴力除外；暴力使她感到胃疼——追查哈茨费尔德使她前所未有地感觉自己还活着。追查莫里斯·贝拉米 ② 也是，那个疯狂的文学爱好者竟然杀死了他自己最喜欢的作家！

代顿那里不会有布莱迪·哈茨费尔德和莫里斯·贝拉米那种变态杀人狂等着她，这很好，因为皮特正在明尼苏达州度假，而她的年轻朋友杰罗姆也正跟他的家人在爱尔兰度假。

那天霍莉在机场给杰罗姆送行时，他用一口爱尔兰土腔对霍莉说："我会替你亲吻巧言石的，亲爱的。"那口音简直跟他模仿阿莫斯

---

① 布莱迪·哈茨费尔德（Brady Hartsfield）是《梅赛德斯先生》中的主人公，他是一名精神错乱的冰淇淋卡车司机兼高级黑客，也是变态杀手梅赛德斯先生（Mr. Mercedes）。

② 莫里斯·贝拉米（Morris Bellamy）是"梅赛德斯先生"三部曲的第二部《先到先得》（Finders Keepers）中的主人公。

和安迪秀时的口音一样可怕，他现在偶尔还会用那种腔调跟霍莉讲话，不过大多数时候都是为了惹她生气。

"你最好别，"霍莉在机场时回答他，"想想那上面的细菌，唷！真恶心……"

亚力克·佩利竟然以为我会被那案子中的怪异吓跑，霍莉想到这儿微微一笑，他以为我会说"这不可能，人不可能同时身现两地，也不会从新闻视频中凭空消失。它要么是恶作剧，要么是骗局"。只是亚力克·佩利并不知道，而且我也不会告诉他，人是可以同时身现两地的。布莱迪·哈茨费尔德就做到过，他最终死的时候是死在了另一个人的躯壳中。

"一切皆有可能，"霍莉对着空荡荡的房间说，"一切。这个世界到处充满着奇怪的事情。"

霍莉打开火狐浏览器，找到汤米和塔彭丝酒吧咖啡厅的地址，距离它最近的宾馆是位于诺斯伍兹大道的美景酒店。梅特兰一家当时住的也是这家酒店吗？她会发邮件问一下亚力克·佩利的，不过这似乎很有可能，因为她记得梅特兰家大女儿说的话。霍莉在搜索引擎"去旅游"（Trivago）上查了一下，发现她可以以每晚九十二美元的价格住到一个不错的房间，她考虑着想换房住一个小套房，不过只想了一下便放弃了，那会虚报开支，是卑劣的商业行为，会导致业务滑坡效应的。

霍莉给美景酒店打了电话（用办公电话打的，因为这是合法消费），预定了从明天开始三个晚上的住宿。然后她打开电脑上的计算器，她认为计算器是解决日常问题的最佳应用程序。美景酒店办理入住的时间是下午三点钟，而她那辆丰田普瑞斯最佳油耗速度是每小时六十三英里，算上中间在服务区停下来加一次油，然后随便吃一顿毫无疑问是低于标准的饭……再算上道路施工会不可避免地造成交通迟缓，加上这四十五分钟……

"我明早十点钟出发，"霍莉说，"不，最好定在九点五十，保险起见。"而为了更保险，她还用手机上的 Waze APP 找了一条备用路线，这应该很有必要。

霍莉洗了个澡（这样明早就不用洗了），换上睡衣、刷牙、用牙线清洁牙齿（最新研究表明，用牙线洁牙并不能有效防止蛀牙，但这已经成为霍莉每天日常的一部分，而且她在做这件事情的时候感到很满足，所以她愿意一直用牙线直到死去那一刻），之后拿出几根发夹，把它们整齐地排成一排，然后赤着脚走进家里那间空着的客卧。

客卧是她的电影资料室。架子上面摆满了 DVD，其中有一些装在色彩斑斓的光盘盒里，它们大多数都是她用自己那台最先进的光盘刻录机自制的。架子上有好几千张（目前是四千三百七十五张）光盘，但她可以轻松找到自己想要的那一张，因为这些光盘都是按首字母顺序排列的。霍莉取下那张光盘，把它放到床头柜上，这样她第二天早上收拾行李的时候肯定能看到。

一切安排好之后，她跪下来，闭上眼睛，双手合十，开始祈祷。做晨祷和晚祷是霍莉的精神分析师给她的建议，当霍莉对此表示抗议说她并不完全相信上帝时，她的精神分析师告诉她，即使不相信上帝，对着一个假想的更高权力大声说出自己的担忧和计划也会对她有所帮助。事实似乎确实如此。

"又是我霍莉·吉伯尼，我仍然在努力做到最好。如果您在的话，请在皮特钓鱼的时候保佑他，因为只有不会游泳的傻子才会坐船出海钓鱼。请保佑远在爱尔兰的罗宾森一家，如果杰罗姆真的想亲吻巧言石，我希望你能让他三思。我现在在喝助长饮料（Boost），为了增加一点儿体重，因为斯通菲尔德医生说我太瘦了。我不喜欢喝，但它的标签上写着每罐含二百四十卡路里。我在服用我的依地普仑 ①，而且我现在不抽烟。明天我要去代顿，请保佑我一路平安，遵守交通规则，并帮助我尽我所能掌握案件的事实，它们很有意思。"霍莉默默地祈祷着，"我仍然思念比尔。我想今晚的祈祷就这样了。"

她上了床，五分钟后就睡着了。

---

① 依地普仑（Lexapro），抗抑郁药。

# 2

下午三点十七分，霍莉抵达美景酒店，虽未完全准时，但也不错。要不是从高速公路出来后被该死的红灯拦了一路，估计应该三点十二分就到了。房间很不错，挂在浴室门后的浴巾有一点儿歪，但她上完厕所洗手洗脸之后就把它们摆正了；电视机没有带 DVD 播放机，不过以每晚九十二美元这个价格看，她也没指望会有。如果她想看自己带来的那张电影光盘，用笔记本电脑就足够了，那部电影制作成本低廉，拍摄时间可能不超过十天，它不是那种需要高分辨率和杜比音效的电影。

汤米和塔彭丝离酒店不到一个街区，霍莉一从酒店的遮阳篷下走出来就看到了那个招牌。她走过去，研究着贴在橱窗里的菜单，左上角是一个皮上冒着热气的馅饼，下面印着**本店特色牛排腰子馅饼**几个字。

霍莉又走了一个街区，来到一个停车场，大约四分之三都停满了车，前面有一块牌子上写着**市停车场　限停 6 小时**。她走了进去，寻找着挡风玻璃上的入场券或交通管理员用粉笔在轮胎上做的记号，可是她什么都没有看到，这意味着这里没有人管理六小时的限停。完全是靠人自觉的诚信制度啊，这在纽约州肯定是行不通的，不过在俄亥俄州也许实行得很好。这里没有监控器，所以无法知道默林·卡西迪把那辆面包车丢弃之后它在这里停了多久，但是当时车门没有锁，车钥匙就诱人地插在点火装置上，所以霍莉猜测它很可能没有停太久。

她又走回汤米和塔彭丝，向店里的女招待自我介绍说她是一名调查员，正在办一件案子，案子牵涉的一个人春天的时候在附近待过。结果没想到那个女招待就是餐厅老板，于是那个晚上她们聊了一个多小时，她很健谈。霍莉问她是否还记得餐厅是什么时候往周边发菜单传单的。

女老板问："那小子干什么了？"她名叫玛丽，不叫塔彭丝；她讲话是新泽西州口音，不是英国纽卡斯尔的。

"我不能随便说，"霍莉告诉她，"这是法律问题，你可以理解的。"

"好吧，我记得，"玛丽说，"如果我不记得，那就太好笑了。"

"为什么这么说？"

"两年前我们首次开业时，这家店叫'弗雷多的地盘'，你知道，就是出自电影《教父》。"

"知道，"霍莉说，"虽然弗雷德在《教父Ⅱ》中最令人难忘，尤其是当他弟弟迈克亲吻他，并对他说'我知道是你，弗雷德，你伤透了我的心'时的场景。"

"我不知道那些，但我知道代顿大概有二百家意大利餐厅，而且我们快经营不下去了。所以我们决定试试英国菜，确切地讲，它们称不上菜，因为只是炸鱼和薯条、香肠和土豆泥，甚至是烘豆吐司。然后我们把店名改成汤米和塔彭丝，出自阿加莎·克里斯蒂的书。那个时候我们觉得已经没有什么可输的了，就放手一搏，结果你猜怎么着，成功了！我当时惊呆了，相信我，店里生意变好了，中午来这里吃午餐的顾客爆满，大多数时候晚餐也是爆满的。"玛丽把身子往前凑了凑，霍莉从她的呼吸中闻到了杜松子酒的味道，清爽而豪爽，"想知道一个秘密吗？"

"我喜欢秘密。"霍莉诚实地说。

"我们家的牛排腰子馅饼是从帕拉莫斯①的一家公司冷冻运输过来的，我们只是把它们放进烤箱里加热一下。还有，你知道吗？《代顿日报》的餐厅评论家喜欢吃这馅饼，他给了我们五星好评！我不骗你！"她把身子又往前凑了一点儿，小声对霍莉说，"你要是敢告诉别人，我就杀了你。"

霍莉用拇指抹了一把她薄薄的嘴唇，然后假装交出一把钥匙给玛丽。这是她之前见过比尔·霍奇斯在很多场合做过的一个动作。"那

---

① 帕拉莫斯（Paramus），美国新泽西州东北部城市。

么，当你们换了新店名和新菜单重新开业时……"

"我丈夫约翰尼想提前一个星期给周边的街坊发传单，但是我告诉他那样不行，人们会忘记的，所以我们提前一天发的。我们雇了一个小孩，印了足够覆盖九个街区的菜单给他。"

"包括街上那个停车场？"

"是的，这个重要吗？"

"你能查一下日历，告诉我那天是星期几吗？"

玛丽拍了拍前额说："不需要，那日子就刻在我脑子里。四月十九日，星期四。我们开业——重新开业，实际上——是在星期五。"

霍莉很想纠正玛丽的语法错误，但是她克制住了那种冲动，她向玛丽道谢之后就转身要离开。

"你确定不能告诉我那家伙干了什么？"

"非常抱歉，那样我会丢掉工作的。"

"好吧，如果你住在城里的话，至少进来吃顿晚餐吧。"

霍莉说："我会来的。"但她不会那么做，天知道菜单上还有什么也是从帕拉莫斯冷冻运过来的。

# 3

下一步是去海斯曼记忆疗养院，如果特里·梅特兰的父亲今天过得不错的话（假设他现在还有好日子过），找他谈一谈。即便他现在浑浑噩噩过得云里雾里的，她或许也能够跟那里的工作人员谈一谈。想到这，此时她已经回到舒适的酒店房间了。霍莉打开笔记本电脑，给亚力克·佩利发了一封电子邮件，标题是：**吉伯尼报告 #1**。

四月十九日，星期四，汤米和塔彭丝餐厅的菜单被派发到九个街区。根据对餐厅女老板玛丽 霍利斯特的询问，我确定该日期准确，由此我们可以确定这就是默林 卡西迪在附近停车场丢弃面包车的日期。已知梅特兰一家约在四月二十一日星期六中午抵达代顿，我几乎可以肯定彼时面包车已经不在。明日我将找当地警方查询，希望可以排除一种可能，之后我将前往海斯曼记忆疗养院。如有任何问题，请发电邮或打电话。

霍莉·吉伯尼
先到先得事务所

处理好这些事务之后，霍莉下楼去了酒店的餐厅，点了一份简餐（她从未考虑叫客房服务，那总是贵得离谱）。她在房间的电影菜单上发现了一部她没有看过的梅尔·吉布森的电影，于是她购买了——九点九九美元，她会从开支报告中扣除这笔钱。电影并不出色，但是吉布森已经尽了最大努力。霍莉在她现在的电影日志中记录下片名和片长（她已经记满二十多本了），然后给了它三星评价。做完这些之后，她去确认了房间的两道锁都已经锁好，然后开始做祈祷（最后，同以往一样，告诉上帝她思念比尔），接着上床睡觉。她睡了八个小时，没有做任何梦。至少她一个都不记得了。

# 4

第二天早上，喝过咖啡之后，霍莉轻快地走了三英里路，到附近的一家咖啡馆吃了早餐，接着回酒店洗了个热水澡。然后她给代顿警察局打电话，找交通部门，短暂的等待之后，一位林登警官接了电话，问她需要什么帮助。霍莉感到很高兴，遇到一位彬彬有礼的警察总是会让她心情愉悦一整天，说句公道话，虽然这种好警察大多数都在美国中西部。

霍莉向对方表明了自己的身份，说她想查一辆白色伊克莱面包车，那辆车四月份停在诺斯伍兹大道的一个公共停车场里，然后她问当地警方是否定期检查本市的诚信停车场。

"当然了，"林登警官说，"但并不强迫执行限停六小时。他们是警察，不是专门处理违停的女交警。"

"我明白，"霍莉说，"但他们肯定会密切关注可能的弃车吧，难道不是吗？"

林登笑了起来："你们公司肯定处理很多回购回收业务。"

"还有在保释中的逃匿者，他们才是我们的谋生之道。"

"那你就知道事情的处理方式了。我们尤其关注那些在停车场，包括城里的和机场的长期停车场，停留有一段时间了的高价车，像德纳里、凯迪拉克、捷豹、宝马。你说你要查的那辆面包车挂的是纽约州牌照？"

"没错。"

"像那样的车，第一天可能不会引起太大注意——纽约人跑到代顿来，虽然看起来有点儿怪——但如果第二天它还停在那里的话就很可能引人注意了。"

那在梅特兰一家抵达代顿前还有一整天呢。"谢谢你，警官。"

"如果需要，我可以帮你查一下被扣押的车。"

"没有必要，那辆面包车后来出现在代顿以南一千五百多英里的地方。"

"如果你不介意的话，我可以问一下你为什么对它感兴趣吗?"

"哦，完全不介意，"霍莉大方地回答说，毕竟电话那边的这位是一名警察，"那辆车被用来掳走了一个孩子，随后那个孩子遭人杀害了。"

# 5

现在可以百分之九十确定，那辆面包车在四月二十一日特里·梅特兰和他的妻女到达代顿之前就已经不在了。霍莉开着她的丰田普瑞斯去了海斯曼记忆疗养院，那是一座狭长低矮的砂岩建筑，坐落在一片方圆四英亩多的维护良好的场地中间，一片树林将它与亲慈医院隔开，海斯曼疗养院可能隶属于亲慈医院，从中可以收获一笔很可观的利润，这里看起来确实不便宜。霍莉内心认同地想着，彼得·梅特兰要么是有一大笔储蓄，要么是有很好的保险，或者两样都有。早上这个时间有很多接待室都空着，但霍莉选择了最里面的一间，因为她的手环上的每日运动目标是一万二千步，所以每一步都有助于达标。

她停住脚步，站在那里看了一会儿，三名护工陪护三位住客走过去，其中一位住客看起来好像清楚自己正身在何处。然后她继续往里走，大厅的天花板举架很高，令人心情愉快，但是下方却充斥着地板蜡和家具漆釉的刺鼻味道，霍莉还能闻到一股淡淡的尿味从这栋建筑的深处飘来。此外这里还有某种别的味道，更强烈，如果把它称之为绝望的味道会显得很愚蠢很夸张，但对于霍莉来说，这就是它的味道，一模一样。她心想，也许是因为我早年面对太多的黑暗深渊而不是美好的甜甜圈才导致我有这样的想法吧。

前台摆着一个写着**所有访客必须登记**的牌子，坐在那儿的女人（根据柜台上的小牌子看，她应该叫凯利太太）对霍莉报以欢迎的微笑，她说："您好，有什么能帮您的吗？"

到目前为止，一切都正常，但是当霍莉问她能否探望彼得·梅特兰时，凯利太太的微笑变成了只是挂在嘴角的假笑，霍莉可以看出她眼睛里的笑意已经消失了。"您是他的家人吗？"

"不，"霍莉说，"我是他们家的朋友。"

她对自己说，这并不完全算撒谎。毕竟她是在为梅特兰太太的律师工作，而那位律师是为梅特兰太太工作的，如果她是被雇来为那位寡妇已故的丈夫正名的，那她们之间应该能算得上是一种友情吧，不是吗？

凯利太太说："那恐怕不可以。"她脸上仅存的微笑现在纯属敷衍了事，"如果您不是家庭成员，恐怕我不得不请您离开。反正梅特兰先生也不会认识您，今年夏天他的病情恶化了。"

"只是今年夏天，还是从春天特里来看过他之后？"

现在，霍莉面前那个假笑彻底消失了。"你是记者吗？如果是的话，我有权依照法律要求你告诉我，而我会立刻要求你离开此处。如果你拒绝，我就叫保安来把你带走。我们已经受够了你们这些家伙。"

真有趣，也许这跟她来调查的事情没有任何关系，但是也许有关，毕竟在霍莉提到彼得·梅特兰的名字之前，这个女人的表现没有任何反常。霍莉告诉她："我不是记者。"

"我暂且相信你的话，但如果你不是亲属，我还是必须要求你离开。"

"好吧。"霍莉说完就转身离开，刚走了一两步，突然灵机一动，然后又转过身来问，"如果我让梅特兰先生的儿子特里打电话来为我担保，可以吗？"

凯利太太看起来很不情愿，她说："我想可以吧，不过他得回答几个问题，好让我相信他不是你的共犯冒充的梅特兰先生。吉伯尼女士，您可能觉得这有点儿偏执，但我们这里已经经历了太多，真的太多，而我对待工作是非常认真负责的。"

"我理解。"

"也许你能理解，也许你并不理解，但不管怎么样，跟彼得讲话对你没有任何好处。警察都已经发现了，他现在是阿尔茨海默症末期，如果你跟小梅特兰先生讲，他会告诉你的。"

听到这话，霍莉在心里默默地对她讲："小梅特兰先生是不会告诉我任何事情的，凯利太太，因为他已经死了一个星期了，但你不知道这个消息，对吧？"

"警察上次来找彼得·梅特兰谈话是什么时候？我是以他们家的朋友的身份来问这个问题的。"

凯利太太考虑了一下，然后说："我不相信你，也不会回答你的问题。"

如果现在比尔在这儿，他一定会表现出非常友好、非常可信的样子，他甚至可能会和凯利太太互换电子邮箱地址，并承诺彼此在脸书上保持联系。然而霍莉虽然是一名优秀的演绎思想者，但她仍然在研究她的精神分析师所谓的"人际交往技巧"。她离开了，有点儿沮丧，但并没有气馁。

这件事变得越来越有趣了。

# 6

在那个阳光明媚的星期二，上午十一点钟时霍莉坐在安德鲁·迪恩公园的长椅上，喝着从附近的一家星巴克买的拿铁，思考着她和凯利太太之间的奇怪对话。

那个女人不知道特里已经死了，有可能海斯曼的工作人员都不知道这件事，不过霍莉对此并不感到意外。弗兰克·彼得森和特里·梅特兰的凶杀案都发生在距离这里以南一千五百英里的一座小城市，如果是一名极端组织 ISIL 的支持者在田纳西州的一家购物中心开枪打死了八个人，一场龙卷风将印第安纳州的一个小镇夷为平地，这样的大事件才会在一周之内成为全国新闻，而彼得森案这种新闻只会暂时出现在《赫芬顿邮报》的最下面的角落里，转瞬就会被人遗忘。而且玛茜·梅特兰似乎也不会联系她的公公，告诉他这个不幸的消息——那个老头都已经是痴呆的状态了，何必还要告诉他呢？

凯利太太之前问过："你是记者吗？我们已经受够了你们这些家伙。"

好的，这说明记者去过那里，警察也去过，而作为海斯曼记忆疗养院的前台，凯利太太不得不忍受他们的骚扰。但是，那些记者和警察的问题不是关于特里·梅特兰的，否则她就会知道特里已经死了。那么，到底是什么大事呢？

霍莉把咖啡放到一边，从她的单肩包里取出平板电脑，开机之后发现电池是满电的，这样她就不用再去星巴克了。霍莉花了一笔小钱登陆了当地日报的档案库（她当即就把这笔开销在开支报告中注明了），然后开始查询四月十九日的新闻，那天默林·卡西迪丢下了那辆面包车，而且几乎可以肯定，同一天那辆车就再次被人偷走了。霍莉仔细地查看了当地新闻，没有发现任何与记忆疗养院相关的内容，接下来的五天也是如此，虽然那些天发生了许多其他的新闻：若干起车祸、两起入室抢劫、一个夜总会发生火灾、一个加油站发生爆炸、学校的一名部门官员挪用公款、搜寻附近的特罗特伍德的一对失踪姐妹（白人）、一名警官被控枪杀一位未携带武器的少年（黑人）、一座犹太教堂遭到纳粹党万字符的丑化。

然后，在四月二十五日，报纸头版用惊叹号醒目地写着"特罗特伍德的失踪女孩安珀·霍华德和乔琳娜·霍华德被发现死于离家不远的峡谷，尸体残缺不全。一名不愿意透露姓名的警方人士称'那两个女孩遭受了令人难以置信的野蛮行为'。是的，两个女孩均遭受了性侵"。

四月二十五日特里·梅特兰在代顿，当然，是和他的家人在一起，但是……

四月二十六日，也就是特里·梅特兰最后一次去探望他父亲的那天，案件没有任何新的进展；二十七日，梅特兰一家坐飞机回弗林特市那天，依然没有进展；然后，在二十八日星期六，警方宣布他们正在审问一名"嫌疑人"；两天后，那名嫌疑人被逮捕，他的名字叫希斯·霍尔姆斯，三十四岁，代顿居民，是海斯曼记忆疗养院的一名护工。

霍莉端起她的拿铁，一大口喝进去半杯，然后瞪大眼睛盯着公园深处的阴影。她查看了一下她的手环，此时她的脉搏已经飙升到每分钟一百一十次，而这不仅仅是咖啡因的作用。

霍莉把目光转回《代顿日报》的档案库，从五月一直翻到六月，追查那件案子的进展。希斯·霍尔姆斯不像特里·梅特兰，他活着完成了传讯，但是他也和特里很像（珍妮·安德森一定会称之为巧合），他永远都不会被正式认定谋杀了安珀·霍华德和乔琳娜·霍华德——因为六月七日他在蒙哥马利县监狱自杀了。

霍莉又查看了一下她的手环，现在她的脉搏已经升到一百二十次了。但她没管那些，还是把剩下的拿铁喝光了。现在她的身体状况很危险。

比尔，我希望你现在陪在我身边，我非常非常希望，还有杰罗姆，我也希望他在。这样我们三个就可以一起抓住他的把柄，稳稳掌控他，直到这个恶魔跑不掉为止。霍莉在心里默默念叨着。

但是比尔去世了，杰罗姆也远在爱尔兰，霍莉已经尽了最大努力，她无法更接近真相了，至少仅凭她一个人是做不到的。但是，这并不意味着她在代顿的工作就这样无疾而终了。不，还不完全是这样。

霍莉回到酒店，从客房服务处点了一份三明治（真是死贵死贵的），然后打开笔记本电脑，把现在掌握的情况加到了与亚力克·佩利通电话时做的笔记上。她盯着电脑屏幕，当她上下滚动着页面时，脑子里突然蹦出她母亲常说的那句老话：东家不闻西家事。对啊，代顿的警察不知道弗兰克·彼得森被谋杀的事，而弗林特市的警察也不知道霍华德姐妹被谋杀的事。他们怎么可能知道呢？两起谋杀案时隔数月发生在这个国家的不同地区。没有人知道特里·梅特兰在这两个地方都待过，也没有人知道这跟海斯曼记忆疗养院的关系。两件案子都有一条信息贯穿其中，而这条信息至少有两点是残缺的。

"但是我知道，"霍莉自言自语道，"至少我知道一部分。只是……"

这时传来的敲门声把她吓了一跳。霍莉请客房服务员进来，在账单上签了名，又给了他百分之十的小费（在她确定账单不包含服务费后），然后赶紧让他离开了。接着她在房间里踱来踱去，大口嚼着一个培根生菜番茄三明治，几乎都没尝是什么滋味。

有什么已知的真相是她不知道的呢？霍莉感到很困扰，甚至要抓狂了，她总觉得自己正在努力解开的这道谜题有缺失部分。并不是因为亚力克·佩利故意隐瞒了什么，霍莉根本不这么认为，而是因为确实存在一些信息——非常重要的信息——只是他却认为它们并不重要。

霍莉觉得她可以给梅特兰太太打个电话，只是那个女人肯定会哭，而且会伤心透了，可是霍莉却不知道该如何安慰她，她从来没做过这种事。不久以前，她曾帮助杰罗姆的姐姐度过了一段艰难的时期，但一般来说，她很不擅长做这种事。另外，那个可怜的女人会因为极度悲伤而思绪不清，她还可能会忽视一些重要的事实，而那些小细节会影响他们对整个大局面的判断，就好像桌子上的一套拼图中有三四块掉到了地上，而你无论怎样都看不出整幅图是什么样，直到四处寻找最终找到它们为止。

最有可能了解所有细节，无论小细节还是大细节的那个人就是那位逮捕梅特兰的侦探，因为大部分目击证人的笔录都是由他做的。自从同比尔·霍奇斯共事以后，霍莉就非常信任警探，当然，并非所有警探都是好的，霍莉就不尊重比尔退休后彼得·亨特利换的新搭档伊莎贝拉·杰恩斯。而这位侦探，拉夫·安德森，犯了一个严重的错误，他竟然当众逮捕了梅特兰。不过一个糟糕的选择并不一定说明他是一位糟糕的侦探，而且佩利已经解释了其中的重要情况和复杂关系：特里·梅特兰一直与安德森的儿子关系密切。当然，安德森做的笔录似乎足够周密。霍莉认为他是最有可能掌握缺失信息的人。

这是一件值得思考的事情。与此同时，霍莉已经准备就绪重返海斯曼记忆疗养院。

# 7

　　下午两点半，霍莉抵达海斯曼，这次她开车绕到了大楼的左侧，那里有两块写着**员工专用**和**保持救护车通道畅通**的标识。她选择了停车场尽头的一块空地，把车倒进去，这样她就能监视整栋大楼了。两点四十五分时，随着那些值三点到夜间十一点时段下午班的工作人员到岗，有车辆开始渐渐驶入。大约三点钟时，上白班的员工开始离开，他们当中大部分是护工，还有少数几个西装革履的人，可能是医生吧。其中一名穿西装的男子开着凯迪拉克走了，另一名开的是保时捷，他们都是医生，没错。霍莉仔细地打量着其他人，然后锁定了一个目标：她是一名中年护士，穿着一件印着几只跳舞的泰迪熊的短外套，她开的是一辆本田思域，车子侧面锈迹斑斑，有一个尾灯裂了，上面贴着强力胶带，保险杠上贴着一张已经褪色的**我支持希拉里**的贴纸。上车前，她站在那里点了一支烟。车子很旧而烟很贵，呵，她的日子会越来越好。

　　霍莉跟着她把车开出停车场，然后向西行驶了三英里，她们驶出城区，先是来到一片讨人喜欢的郊区，然后又来到一片不那么讨人喜欢的郊区。这时，那个女人把车拐进一所房子的车道，房子所在的街上都是同它类似的房子，一栋紧挨一栋，很多房子前的草坪上扔着一些廉价的塑料玩具。霍莉把车停在路边，做了一个简短的祈祷，她向上帝祈求力量、耐心和智慧，然后下了车。

　　"夫人？护士？打扰一下。"

　　那个女人转过来。她满脸皱纹，散发着浓浓烟味的头发过早地花白了，所以很难判断她的年龄。也许四十五，也许五十。而且她没有戴婚戒。

　　"有什么能帮你的吗？"

　　"是的，而且我会为此支付您一些费用，"霍莉说，"如果你能跟我讲讲希斯·霍尔姆斯的事，以及他和彼得·梅特兰的关系，我就付给你一百美元现金。"

"你是从我工作的地方跟踪来的？"

"事实上，是的。"

那个女人皱起眉头。"你是记者吗？凯利太太说今天来了一个女记者，谁要是敢跟她谈话就肯定会被开除。"

"我就是她提到的那个女人，但我不是记者。我是一名调查员，而且凯利太太永远不会知道你跟我谈过话。"

"让我看看你的证件。"

霍莉把驾驶证和先到先得事务所保释担保人的名片递给她。那个女人认真地检查一番，然后把它们还给霍莉。"我叫坎迪·威尔逊。"

"很高兴认识你。"

"嗯哼，很好，但如果我要为了你而拿我的工作冒险，那就要二百，"她停顿了一下，然后加了一句，"五十。"

霍莉答应了她的条件说："好的。"其实她猜她可以跟这个女人把价格讲到二百，甚至一百五，但是她不擅长讨价还价（她母亲总是管这个叫"砍价"）。而且，这位女士看起来确实需要钱。

"你最好进来，"威尔逊说，"这儿的街坊都是好事之徒。"

# 8

屋子里充斥着浓重的烟味，这让霍莉多年来第一次真正又吸烟了。威尔逊扑通一下坐到一张安乐椅上，那张安乐椅跟她的汽车尾灯一样，是用强力胶带修补过的。椅子旁边放着一个立式烟灰缸，自从霍莉的祖父去世（老爷子死于肺气肿）后，她就再没见过这种烟灰缸。威尔逊从她的尼龙裤子口袋里一把掏出一包香烟，弹出一支。她没有主动把那包烟递给霍莉，想想现在香烟的价格，这并不奇怪。不过霍莉还是要感激她，如果威尔逊递给她，她可能真的会抽一支。

"先给钱。"坎迪·威尔逊说。

霍莉在她第二次去疗养院的路上没有忘记在ATM机前停一下。她从包里拿出钱夹，数出了那个数目递给威尔逊，威尔逊又数了一遍，然后连同烟一起放进口袋。

"我希望你说话算话，今天的事不要说出去，霍莉。上帝知道，我真的需要这笔钱，我那混蛋丈夫离开的时候把我们的银行账户都清空了，但凯利太太说话可不是闹着玩儿的。她就像那个电视剧《权利的游戏》里的一条龙。"

霍莉再次做了那个动作，用拇指抹了一把她薄薄的嘴唇，然后假装交出一把钥匙。坎迪·威尔逊笑了，似乎放松了下来，她环视了一下客厅，那是一间又小又黑的屋子，家具都是早期美国旧货市场上的东西。"这个鬼地方太丑了，是吧？我们之前在西区那边有一栋漂亮的好房子，不是豪宅，但比这个小窝要好。我那混蛋丈夫在驶船去看日落之前就在我眼皮子底下把它卖掉了。你知道人们怎么说吗？他们说没有比我更瞎的人了。我真希望我们有孩子，那样我就让他们反对他了。"

如果比尔在，他肯定知道该如何做出回应，但是霍莉不会，所以她干脆拿出笔记本，直奔主题。"希斯·霍尔姆斯在海斯曼当护工。"

"是的。我们通常叫他帅哥希斯，这是半开玩笑半认真的，他虽然没有克里斯·派恩和抖森那么帅，但长得也不难看。他也是个好人，大家都那么认为。这只能证明你永远不知道男人的心里在想什么。我发现我那混蛋丈夫也是这样，但至少他从来没有强奸或残害过任何小女孩。你看过报纸上的照片了吗？"

霍莉点点头。两个可爱的金发女孩，有着一模一样的漂亮笑脸，她们俩一个是十二岁，一个是十岁，和特里·梅特兰的两个女儿年龄一模一样，这又让人感觉两件案子好像有联系。也许不是那样，但是在霍莉的心底里，那个窃窃私语着"这两件案子实际上就是同一件案子"的声音越来越响。如果再多上几个这样的事实，它就真的变成真正的观点了。

威尔逊问道："那是谁干的？"然而这是个反问句，接着她就自答了，"是禽兽干的。"

"你和他在一起工作了多久，威尔逊女士？"

"干吗不叫我坎迪呢？当那些人为我支付下个月的水电费时，我就让他们这样直接称呼我的名字。我跟希斯共事七年了，从来没有发现他有什么异常迹象。"

"报纸上说那两个女孩遇害的时候，他正在度假。"

"是的，他去了代顿北边的瑞吉斯，离这儿大概有三十英里。他去了他母亲家，老太太告诉警察他一直都在那儿。"威尔逊的眼珠滴溜溜地转了转。

"报纸上还说他之前有犯罪记录。"

"哦，是的，不过没什么大不了的，只是他十七岁的时候偷了一辆车去兜风。"威尔逊皱着眉头盯着她指间的香烟，"按理说报纸上不应该登那个，你知道，他当时还未成年，那些不良记录应该是保密的。如果那些记录没有保密的话，即便他接受过军事训练，还有五年在沃尔特·里德陆军医院工作的经历，他也不会得到海斯曼这份工作。"

"听起来你好像很了解他似的。"

"我不是在为他辩护，别那样想。我只是跟他喝过酒，当然，不是约会之类的，完全不是那回事。过去我们有一伙人下班之后常去三叶草酒吧，那时候我还有点儿钱，轮到我买单的时候我还能付得起钱。可惜那些日子已经不在了，宝贝儿。不管怎么说，我们几个过去常常自称为'健忘五人组'，因为——"

"我想我知道你是什么意思。"霍莉说。

"是啊，我敢打赌你肯定知道，我们都知道那些老年痴呆病人的笑话，他们当中一些人很刻薄，但多数病人都很好，但我们告诉他们要……我不知道该怎么跟你说……"

"潇洒地死去？"霍莉替她表达了。

"没错，就是那样。你想来瓶啤酒吗，霍莉？"

"好的，谢谢。"其实霍莉并不太喜欢喝啤酒，而且服用依地普仑的时候最好不要喝酒，但霍莉希望谈话能够顺畅地进行下去。

威尔逊拿了两瓶百威清啤回来，给霍莉倒了一杯，那点儿酒没有她的一支烟贵。

"是啊，我知道他休假时突然被逮了，"威尔逊又坐回那边修补过的安乐椅上，椅子被压得吱扭吱扭响，"我们几个都知道。你知道的，人们喝点儿酒之后什么都说，口无遮拦。但是那些跟他四月份干的事完全不同，我至今都无法相信。在去年圣诞节的派对上，我在槲寄生树枝下亲吻了那个男人。"威尔逊在瑟瑟发抖，或者是在假装瑟瑟发抖。

"所以四月二十三日那周他在度假。"

"应该是吧，我只记得当时是春天，因为当时我的过敏症犯了。"威尔逊说着又点了一支烟，"他说他要到瑞吉斯去。他爸一年前就去世了，他说他和他妈要给他爸办一项服务，他说叫'记忆服务'。也许他真的去了，但是又回来杀了那两个特罗特伍德的小姑娘，这一点毫无疑问，因为有人看见他了，加油站的监控录像也拍到他给车加油了。"

"给什么车加油？"霍莉问，"是一辆面包车吗？"这种问题是在诱引目击证人，比尔是不会同意的，但是霍莉实在忍不住。

"我不知道，不确定报纸上说了什么。可能是他的卡车吧，他有一辆雪佛兰塔荷（Tahoe），特别炫酷，是定制的镀铬轮胎，他还有一辆露营车。他可以把她们装在那里面，麻醉她们，也许直到他准备……你知道的……干她们。"

"唷……"霍莉忍不住叫了出来。

坎迪·威尔逊点点头。"是啊，有些事儿你不想去想象，但就是忍不住。至少我忍不住。他们还发现了他的 DNA，这一点我敢肯定你知道，因为报纸上也写了。"

"是的。"

"那个星期我看见他了，因为有一天他来上班。当时我问他'你就是离不开这个地方，对吧？'结果他什么都没说，只是诡异地朝我笑了一下，然后继续往大楼的 B 区走了。我从来没见过他那样笑过，从来没有。我敢打赌，当时他的指甲里还有她们的血呢，甚至他的鸡巴和蛋蛋上可能也有。上帝呀！一想到这儿我就浑身发毛。"

这也让霍莉感觉心里发毛，但是她没有说出来，只是抿了一口啤酒，然后问威尔逊那是哪一天。

"我现在一下子想不起来，但那是在那两个女孩失踪之后。你等等？我打赌我能准确地告诉你那个日期，因为我预约了那天下班之后去做头发，是去染发。从那以后我再也没去过美容院，我猜你肯定看得出来。等一下。"

威尔逊走到房间角落里的一张小书桌前，拿出一本预约簿，往前翻了翻。"这儿呢，黛比美发厅，四月二十六日。"

霍莉把它记下来，在后面加了一个感叹号。那天是特里最后一次去探望他父亲，第二天他们一家就飞回弗林特市了。

"彼得·梅特兰认识霍尔姆斯先生吗？"

威尔逊笑了起来，"彼得·梅特兰其实谁都不认识，宝贝儿。去年，甚至今年年初有些日子他的脑子还清楚呢，他还记得自己去餐厅要巧克力——他们这种人真正喜欢的东西就是他们大多数人记忆最长久的东西。但现在他只是坐在那里呆呆地盯着看。如果我活成那样了，我就趁自己还有足够的脑细胞记得那些药是干什么用的时候吃一把药死掉。但如果你问希斯是否认识梅特兰，答案是肯定的。有些护工是轮换照顾病人的，但希斯几乎一直负责 B 区奇数号的房间，他以前常说，即使那些病人的大部分记忆都消失了，他们还是会认识他。梅特兰就住在 B-5 套房。"

"你见到他的那天，他去梅特兰的房间了吗？"

"肯定去了。我知道一些报纸上没有报道的事情，但是如果他真的受到审判了，你可以肯定，这件事对他的审判会起到重要作用。"

"什么事，坎迪？是什么事，什么？"

"当警察发现他在凶杀案后进了记忆疗养院，他们就搜查了所有 B 区的套房，尤其仔细搜查了梅特兰的套房，因为卡姆·梅林斯基说他看到希斯从那里出来了。卡姆是清洁工，他是最可能注意到希斯的了，因为他——额，我指的是卡姆——他当时在擦大厅的地板，希斯滑了一跤，摔了个大屁蹲儿。"

"你确定吗，坎迪？"

"我确定。猛料在这儿呢！跟我关系最好的护理人员是一个叫佩妮·普鲁德霍姆的女人，那些警察搜查完 B-5 套房之后，她听到其中一个警察对着对讲机说他们在房间里发现了一根头发，是金色的。你怎么想？"

"我想他们肯定拿它进行了 DNA 检测，看看它是否是其中一个霍华德家女孩的。"

"我敢肯定他们就是这么干的，那是犯罪现场调查的套路。"

"那些结果从来没有公开过，是吗？"霍莉问道。

"没有。但是你知道警察在霍尔姆斯太太家的地下室发现了什么，对吧？"

霍莉点点头。案件的那些细节被公之于众，那些家长读起来肯定感觉像是被一支箭射进了心脏。人们口口相传、报纸刊登报道，或许电视上也播报了。

"很多性变态杀手都会带走战利品，"坎迪用权威的口吻说，"我在《法医档案》和《日界线》中看过，这是那些疯子的普遍行为。"

"虽然在你眼中希斯·霍尔姆斯从来都不是一个疯子。"

"他们会把它藏起来。"坎迪·威尔逊继续说着这些不吉利的话。

"但是他并没有尽力去隐藏这桩罪行，对吧？人们看到他了，甚至还被监控录像拍下来了。"

"那又怎么样？他发疯了，疯子才不管那些呢。"

霍莉心想，我敢肯定安德森侦探和弗林特县地方检察官对特里·梅特兰的行为也是这样说的。虽然有些连环杀手——用坎迪·威尔逊的词说就是性变态杀手——多年来一直逍遥法外，泰德·邦迪 ①是其中一个，另一个是约翰·维恩·加西 ②。

霍莉起身对威尔逊说："非常感谢您的宝贵时间。"

"谢谢你，确保凯利太太不会发现我跟你谈过话。"

"我会的。"霍莉说。

当她走出门时，坎迪说："你知道他母亲的事吧？希斯被捕入狱后她做的事？"

霍莉停了下来，手里拿着钥匙："不。"

"是一个月后发生的事，我猜你没有调查到那么久。她上吊了，跟她儿子一样，只不过她是在自己家的地下室里上吊的，而不是在牢房里。"

"该死！她留下遗言了吗？"

"那我就不知道了，"坎迪说，"但警察就是在地下室发现那些血淋淋的内裤的，那上面印着维尼、跳跳虎、袋鼠小豆。如果你唯一的儿子做出了这种事，还用留什么遗言吗？"

---

① 泰德·邦迪（Theodore Robert，"Ted" Bundy）于 1973 年至 1978 年间实施连环杀人；于 1978 年 2 月最后一次被捕，在此之前他曾两度从县监狱成功越狱。最终于 1989 年在电椅上被执行死刑。

② 约翰·维恩·加西（John Wayne Gacy），外号"胖子"（The Fat Man）、"杀人小丑"（Killer Clown），于 1972 年至 1978 年 12 月实施连环杀人；1978 年 12 月被捕；1980 年 3 月 12 日被控 33 起谋杀罪名成立，获死刑；1994 年 5 月 10 日被处注射死。

# 9

每当霍莉不确定自己下一步该做什么时，几乎总是找一家国际煎饼屋或丹尼快餐坐下来。这两家连锁店都全天候供应早餐，你可以坐在店里慢慢享受可口的食物而不受酒水单和咄咄逼人的服务员的打扰。她在酒店附近发现了一家国际煎饼屋。

霍莉一进店就选了角落里的一张双人桌坐下，点了一份煎饼（小份）、一个炒蛋和一份薯饼（国际煎饼屋的薯饼始终是非常美味的）。在等餐时，霍莉打开她的笔记本电脑，搜索拉夫·安德森的手机号码，结果她没有找到。这并没有什么稀奇的，美国的警官几乎总是不公开登记他们的手机号码。尽管如此，霍莉几乎肯定能把他的号码搞到手，因为比尔教过她所有的诀窍。霍莉确定自己非常想跟他谈谈，因为她确定他们两个手里都掌握着对方缺失的重要信息。

"他是东家，我是西家。"霍莉自言自语道。

"你刚刚说什么，亲爱的？"问话的女服务员，她手里端着霍莉的晚餐。

"哦，我只是在说我好饿啊。"霍莉说。

"最好如此，因为你点了好多啊。"女服务员把一个个餐盘放在霍莉的餐桌上，"不过你可以多吃点儿，如果你不介意我这样说的话，你实在太瘦了。"

"我以前有个朋友总是这样跟我说。"霍莉说着突然想哭，是因为话里的那几个词——以前有个朋友。时间已经过去了，时间也许真的可以治愈一切伤，但是上帝啊，有些伤愈合得好慢。而"我有"和"我以前有"之间的差异是一道无法逾越的鸿沟。

霍莉慢慢地吃着，小口小口地享受着煎饼上的糖浆，它不是真正的糖浆，不是枫糖，但很好吃，味道是一样的。而且，能够坐下来慢慢地吃一顿饭是很好的享受。

她吃完后，她做出了一个很不情愿的决定。如果她想继续查这件案子的话，未经佩利许可就给安德森侦探打电话是很容易被炒鱿鱼的，这是比尔习惯说的话。更重要的是，这是违背职业道德的。

女服务员过来给她续咖啡，霍莉接受了。星巴克是没有免费续杯的，而国际煎饼屋的咖啡虽说算不上美味，但已经足够好了，就像他们家的糖浆一样。霍莉心想"也像我一样"，她的治疗师说，一天中自我肯定的时刻非常重要。我也许不是神探夏洛克或者案子里的汤米和塔彭丝，但我已经足够好了。而且我知道我必须做什么，佩利先生也许会和我争论，而我是个讨厌争论的人，但是如果有必要的话，我会反驳他。我会跟着我内心的比尔·霍奇斯走，那是我的真实想法。

霍莉打出电话时心里那样想着。当佩利接起电话时，她说："特里·梅特兰没有杀彼得森家的小男孩。"

"什么？我以为你刚刚是说——"

"没错，我在代顿这儿已经发现了一些有趣的事，佩利先生。但是在我向你汇报之前，我需要跟安德森侦探谈谈。你有什么反对意见吗？"

佩利并没有像她担心的那样跟她争论。"这件事我得跟霍伊·戈尔德说一下，而他得跟玛茜讲清楚。但是我想他们两个都会同意的。"

霍莉放松下来，抿了一口咖啡。"那太好了。请尽快跟他们讲清楚，然后把他的电话号码给我。我想今晚就和他谈谈。"

"可是为什么呢？你发现了什么？"

"让我问你一个问题，你是否知道在特里·梅特兰最后一次来探望他父亲那天，海斯曼记忆疗养院发生了什么不寻常的事情吗？"

"什么样不寻常的事情？"

这一次霍莉没有诱引他的询问对象。"所有的。你可能不知道，但过一会儿你就会知道了。比如特里回到酒店后，他是否跟他妻子说了什么？任何事情？"

"没有……除非你是说特里出门的时候撞上了一名护工，那个护工摔倒了，因为当时地面是湿的。但那只是个偶然的意外，他们两个都没有受伤或是怎么样的。"

霍莉气得紧紧握着她的手机，关节嘎嘣嘎嘣作响。"你之前从来没有说过这些。"

"我并没有以为这很重要。"

"这就是为什么我需要跟安德森侦探谈。有很多缺失的信息，而你只给了我一条，但他可能会有很多。而且，他能找到我找不到的东西。"

"你是说梅特兰出门的时候不小心撞了一下跟案子有关吗？如果是的话，有什么关系呢？"

"让我先跟安德森侦探谈谈，请！"

电话那边沉默了好长一会儿，然后佩利说，"让我看看我能做什么。"

霍莉把电话放进衣服口袋时，女服务员把账单放在了她的桌上。"听起来对话很激烈啊。"

霍莉对她露出一个微笑，"谢谢你为我提供这么好的服务。"

女服务员离开了。账单上总共是十八点二零美元，霍莉在餐盘下面留了五美元小费，这比正常标准多多了，但是霍莉很兴奋。

她刚回到房间，手机就响了。屏幕上显示的是**未知号码**。"您好？我是霍莉·吉伯尼，请问您是哪位？"

"我是拉夫·安德森，亚力克·佩利把你的电话号码给了我。吉伯尼女士，告诉我你正在做什么。我的第一个问题是，你知道你在做什么吗？"

"是的，我知道。"霍莉有很多担忧，即使经过多年的治疗，她依然是一个非常多疑的人，但就这一点而言，她很确定。

"嗯哼，嗯哼，好的，也许你知道，也许你不知道。我说不上来，对不对？"

"没错，"霍莉表示赞同，"至少此刻是这样。"

"亚力克说你告诉他特里·梅特兰没有杀弗兰克·彼得森，他说你似乎非常确定。我很好奇，彼得森谋杀案发生在我们弗林特市，而你人在代顿，你是如何得出这样的结论的。"

"因为当梅特兰在这里的时候，同一时间这里也发生了类似的犯罪。被杀的不是一个男孩，而是两个小女孩。同样的基本手段：强奸和毁尸。警察逮捕的那个男人声称一直同他的母亲待在三十英里以外的一个小镇上，他母亲也证实了这一点，但是有目击者见到他出现在那两个小女孩被绑架的郊区，特罗特伍德，而且还有他的监控录像。这听起来熟悉吗？"

"熟悉但不惊奇。大多数凶手一旦被捕后都会立刻拿出点儿不在场证明，你干追查保释逃匿者这一行可能对我们的业务不在行，吉伯尼女士——顺便说一句，亚力克告诉了我贵公司主要是做什么业务的——但是你肯定从电视上看过。"

"这个人是海斯曼记忆疗养院的一名护工，虽然他当时应该在度假，但是在梅特兰先生去探望他父亲的那个星期，他至少有一次在疗养院。在梅特兰先生最后一次去探望的时候，也就是四月二十六日，这两位嫌疑犯真正撞上了对方。我是说真的。"

"你在开玩笑吗？"安德森几乎喊了出来。

"没有，这就是我在'先到先得'的老搭档所说的'真实无虚的情况'。这激起你的兴趣了吗？"

"佩利有没有告诉你，那个护工摔倒时把梅特兰抓伤了？他伸出手去抓梅特兰，然后抓伤了他的胳膊。"

霍莉沉默了。她在想着装在手提行李中的那部电影，她没有沾沾自喜的习惯——恰恰相反——但现在看来，这是一种直觉性的天才表现。她只是曾怀疑过梅特兰的案子中有什么极不寻常的东西吗？并不是。这主要是因为她跟骇人听闻的变态杀手布莱迪·威尔逊·哈茨费尔德打过交道，那种经历往往会相当大程度地开阔人的眼界。

"而且那不是唯一的伤口。"拉夫听起来像是在自言自语，"还有一处，不过它是在我们这里，在弗兰克·彼得森被杀之后。"

这又是一条缺失的信息。

"告诉我，侦探。快告诉我，告诉我，告诉我！"

"我想……不能在电话里说。你能飞过来吗？我们应该坐下来谈谈，你、我、亚力克·佩利、霍伊·戈尔德，还有一位一直在调查这个案子的州警侦探。还有玛茜，她也应该一起。"

"我认为这是个好主意，但我必须跟我的客户佩利先生商量一下。"

"还是跟霍伊·戈尔德谈吧，我把他的电话号码给你。"

"协议呢……"

"是霍伊雇的亚力克，所以协议不是问题。"

霍莉仔细考虑了一下。"你能跟代顿警察局和蒙哥马利县地方检察官取得联系吗？关于霍华德家的两个女孩被杀的资料和那个护工希斯·霍尔姆斯的资料，我无法一探究竟所有我想了解的，但我想你可以。"

"这个家伙的审判还在进行中吗？如果是的话，他们可能不愿意透漏太多信——"

"霍尔姆斯先生已经死了，"霍莉停顿了一下，"就像特里·梅特兰一样。"

"天哪！"拉夫喃喃道，"这也太奇怪了吧？"

霍莉说："是奇怪。"这又是她确认无疑的一点。

"更奇怪，"拉夫重复着她的话，"哈密瓜里的蛆。"

"你说什么？"

"没什么。给戈尔德先生打电话，好吗？"

"我还是觉得我最好先给佩利先生打个电话，只是为了保险起见。"

"如果你真的这样想的话，那就这么办吧。还有，吉伯尼女士……我想也许你对你的业务很在行。"

这话让霍莉笑了。

# 11

佩利先生给霍莉开了绿灯，于是霍莉立刻给霍伊·戈尔德打了电话。此时她忧心忡忡地在酒店房间的廉价地毯上来回踱步，强迫症似的按着手环上的按钮读取自己的脉搏。霍莉在心里盘算着，如果戈尔德先生同意，那他就认为让她飞到弗林特市是个好主意；如果戈尔德先生不同意，那她就免得坐一趟经济舱遭罪了。这时霍伊开口了，"订商务舱，空间宽敞能伸开腿。"

"好的，"霍莉感到一阵眩晕，"我会订的。"

"你真的不相信是特里杀了小彼得森？"

"我也不认为是希斯·霍尔姆斯杀了那两个女孩，"霍莉说，"我认为是另外一个人干的，我想他是个局外人。"

# 七　夜魔来访

## 七月二十五日星期三

# 1

星期三凌晨两点钟，弗林特市警察局的杰克·霍斯金斯侦探在三重痛苦中醒来：宿醉、晒伤、大号内急。他心想，这都怪我在洛杉矶非常莫利诺餐厅吃饭闹的。不过……他真的在那儿吃饭了吗？他非常确定自己吃了墨西哥辣肉玉米卷和辣奶酪，但也不能完全肯定。也有可能是在大庄园吃的，他昨晚什么都不记得了。

必须少喝点儿伏特加了，假期已经结束了。

是啊，而且是提前结束了，因为他们这个狗屎小部门目前只剩一名在职侦探了。生活有的时候就是个婊子，甚至是经常。

杰克从床上爬了起来，他的脚着地时，头一跳一跳地痛得他龇牙咧嘴，同时还伸手搓着晒伤的后颈。杰克脱下短裤，从床头柜上抓起报纸，拖着沉重的脚步艰难地走向卫生间去解决他的个人问题。他舒服地在马桶上坐下来，等着体内那股半液体状的东西从下面喷涌而出。他每次吃完墨西哥菜之后六个小时左右，都会例行这个私事，难道他就不能长点儿记性吗？杰克打开《弗林特市日报》，一边看着上面的漫画，一边咯咯地笑，这是这份当地报纸唯一值得看的版块。

他正眯着眼看"变糊涂"上面的小字，这时听到浴帘哗啦作响，杰克抬起头，看见那些印花小雏菊后面有一个影子，他的心脏猛劲怦怦直跳，都跳到了嗓子眼儿。有个人正站在他的浴缸里，是一个不速之客，不像是一个摇摇晃晃从浴室窗户翻进来，看到卧室灯亮了就逃到那个唯一可藏身的浴帘后面的神志不清的瘾君子。不，这就是之前在坎宁镇那个该死的废弃谷仓里站在他身后的那个人，是同一个人，这一点杰克非常确定，就像他非常确定自己姓甚名谁一样。那次邂逅（如果那算得上是一次邂逅的话）始终在他的脑海中挥之不去，而他却似乎一直期待着这个……这个人或什么东西的再次来到。

杰克·霍斯金斯在心里安慰自己，你知道那都是胡扯的，之前你以为你在谷仓里看见了一个人，但当你用手电去照他时，结果发现那里除了一件坏掉的农具之外什么都没有。现在你以为你的浴缸里有一个人，但那个看起来像人头的东西只不过是淋浴的喷头，而看起来像胳膊的东西只不过是塞在墙面扶手上的拉背巾，而你听到的咔咔声要么是穿堂风，要么就是你臆想出来的。

他闭起眼睛，然后再次睁开，盯着印着小雏菊的塑料浴帘，这种愚蠢到家的浴帘只有他的前妻才会喜欢。现在他已经完全清醒，现实重现了，那里只有淋浴喷头，只有塞着拉背巾的扶手。他可真是个白痴，一个宿醉的、宿醉透顶的白痴，他——

浴帘再次哗啦作响。它哗啦作响是因为，杰克本以为是浴巾的东西现在长出了模糊的手指，那只手伸过来要触碰塑料浴帘；淋浴喷头此时转过来，似乎要透过浴帘盯着他看。霍斯金斯手指一松，报纸从他的手中滑落，啪地轻轻一声掉到了地面的瓷砖上，他的头一跳一跳地疼，后颈也在火烧火燎地疼。他的肠子一下子放松了，狭小的卫生间里充满了辛辣的味道，这时杰克突然间确定这是他上顿饭的味道。那只手伸到浴帘的边缘，再过一秒钟，最多两秒，浴帘就会被拉开，而杰克就会看到一些非常可怕的东西，相比之下，他最可怕的噩梦也会显得是一场甜美的白日梦。

"不，"杰克低声说着，"不！"他奋力地想从马桶上站起来，但是他的腿却不听使唤，无法支撑起他的身体，杰克肥大的臀部又砰的一下重重地落回到马桶圈上。

一只手沿着浴帘的边缘慢慢地移动，但它没有拉开浴帘，手指只是在它周围蜷曲。那些手指上文着两个字：**不能**。

"杰克。"浴帘后面的那个人开口叫他。

杰克无法开口应答，他一丝不挂地坐在马桶上，肠子里最后那点儿屎仍然在滴答着，扑通扑通地落进马桶里。他的心脏就像一个失控的引擎在胸腔里就高速跳着，杰克感觉它马上就要从嘴里跳出来了，而他在这世上看到的最后一幕将是他的心脏掉到瓷砖上，伴随着它最后几下跳动，鲜血溅到他的膝盖和《弗林特市日报》的漫画版块上。

"那不是晒伤，杰克。"

杰克希望自己晕倒，从马桶上摔下来，如果他倒在地板上摔成脑震荡，甚至头骨骨折，那又能怎样？至少他可以摆脱这一切。但他的意识却顽固地一直都在，浴缸里那个模糊的人影一直都在，浴帘上的手指一直都在：褪了色的蓝色文身**不能**赫然在目。

"摸摸你的后颈，杰克。如果你不希望我拉开这个浴帘，不想看到我的真面目，就乖乖照做。"

霍斯金斯举起一只手，按在脖子后面。他的身体立刻有了反应：一阵可怕的疼痛拧劲儿地从两个太阳穴一直贯穿到两肩。他看着自己的手，发现上面沾满了血。

"你已经得了癌症，"浴帘后面的那个人告诉他，"是胰腺癌、喉癌和鼻窦癌。它就在你的眼中，杰克，它正在吞噬你的眼睛。很快你就能看到，那些癌细胞形成的灰色恶性小肿瘤在你的视野中游来游去。你知道你是什么时候得的癌症吗？"

杰克当然知道，就是在这个家伙在坎宁镇用手碰他、抚摸他的时候。

"是我把它传给你的，但我可以把它收回。你想让我把它收回来吗？"

"是的，"杰克小声地回答，然后他开始大叫，"把它收回去！求你了，把它收回去！"

"如果我让你做一件事，你愿意吗？"

"是的。"

"你不会犹豫？"

"不会！"

"我相信你，你不会给我任何让我不相信你的理由，对吗？"

"不会！不会！"

"很好。现在把你自己收拾干净，你真的臭死了。"

那只文着**不能**的手缩了回去，但浴帘后面的身影依然在盯着他。那终究不是一个人，是比这世上最坏的人远远要坏得多的东西。霍斯金斯伸手去够厕纸，这时他意识到自己的身体正从马桶上向一边倾倒，与此同时，世界正变暗、缩小。这很好。他跌倒了，没有疼痛感，在他倒在地上之前，已经失去了意识。

# 2

那天凌晨四点钟，珍妮·安德森醒来，像往常一样，她的膀胱一到这个时间就涨得鼓鼓的。平常她都会用主卧的卫生间，但自从特里·梅特兰被击毙之后，拉夫一直睡得不好，而今晚他睡得尤其不安稳。珍妮下床，经过德里克的卧室门前朝走廊尽头的卫生间走去。她考虑着上完厕所后要不要冲水，因为她甚至觉得那也会吵醒拉夫，所以，等到早上起床再冲也可以。

还有两个小时才会天亮，上帝啊，珍妮离开卫生间时在心里想着，还能再好好睡上两个小时，那就是我想——

她走到走廊的一半时停了下来。刚才她离开卧室时楼下是漆黑一片的，难道不是吗？她现在是困得蒙蒙眬眬的状态，并不清醒，但是刚才如果有灯亮着她肯定会注意到。

*你真的确定吗？*

不，不完全确定，但现在楼下确实有灯亮着。是白色的灯，比较昏暗，在壁炉上面。

珍妮走到楼梯边，站在顶上看着下面的灯，然后皱起眉头，沉思着。他们睡觉之前把防盗报警器打开了吗？是的，打开了。每天睡前打开报警器是这个家的家规，今晚是她打开的，然后在他们上床睡觉前拉夫又去检查了一遍。反正总是有一个人去把它打开，但二次检查就跟拉夫睡眠不好一样，只是从特里·梅特兰死后开始的。

珍妮考虑叫醒拉夫，但最终决定不去打扰他，他需要好的睡眠。她考虑回去取拉夫的公用左轮手枪，就放在壁橱里高架子上面的盒子里，但壁橱的门会嘎吱嘎吱响，那样肯定会吵醒他。而且，会不会是她太疑神疑鬼了？那个灯可能在她刚刚去卫生间时就是亮着的，只是她没有注意罢了；或者也许是它出了故障，自己亮了。珍妮蹑手蹑脚地走下楼梯，一会儿靠楼梯左边走，一会儿靠楼梯右边走，生怕自己会弄得楼梯嘎吱嘎吱响，那声音简直不敢想象。

她走到厨房门口，朝里面环视一圈，感觉自己既傻得可笑又完全不傻。她叹了口气，把额头的刘海吹到了后面。厨房里空无一人。她正抬脚朝房间的另一头走，准备去关掉炉子上的灯，然后停了下来。厨房的桌子边应该有四把椅子，三把是给家里人用的，还有一把是为客人准备的。但是现在那里只剩下三把。

"别动，"有人说，"如果你敢动，我就杀了你；如果你敢叫，我就杀了你。"

珍妮站住，脉搏咚咚咚地用力跳着，脑后的头发都立起来了。如果她下来之前没上厕所，现在尿就会顺着她的两条腿流到地上了。那个人，那个不速之客正在客厅里坐在那把客用椅上，离拱门的距离刚好让她只能看到他的膝盖以下。他穿着褪色的牛仔裤和一双莫卡辛鞋，没有穿袜子；他的脚踝布满红色的斑疹，可能是牛皮癣。他的上半身只是一个模糊的轮廓，珍妮只能看出他的肩膀很宽，有点儿下垂——似乎不是因为他累了，而好像是他的肩膀长满了锻炼出来的肌肉，无法伸平。这很好笑，此刻你只能看到这些。恐惧使珍妮的大脑丧失了平日的理智，所有事情都毫无偏见地涌了上来。眼前这个人就是杀死小彼得森的人，就是这个人像个野兽一样撕咬他、用一根树枝强暴了他。而这个人现在就在她的家里，她现在穿着睡衣和短裤，乳头毫无疑问地正像车前灯一样凸起。

"听我说，"那个人又开口了，"你在听吗？"

"是的。"珍妮小声地回答，因为她的身体已经开始摇晃，马上就要晕倒了。她担心他还没来得及说出他想要说的话，她就晕过去了，如果那样的话，他就会杀了她，之后他可能会离开，也可能上楼去杀了拉夫，他会在拉夫还没有清醒过来、还不知道发生了什么事之前就把他杀死了。

那样德里克从夏令营回到家时就会成为孤儿。珍妮想到这害怕极了。

不不不。

"你……你想要怎样？"

"告诉你丈夫，弗林特市这里结束了，告诉他住手。告诉他如果他停手，一切都会恢复正常；告诉他如果他还不放手，我就杀了他，我就杀了他们所有人。"

他的手从客厅的阴影中露出来，伸到那个荧光灯投出的微弱灯光中。那只手很大，随后握成一个拳头。

"我的手指上写着什么？读给我听。"

珍妮盯着那几个褪色的蓝色字。她努力地想说话，但是发不出声音，她的舌头好像只是粘在上颚上的一块肉一样。

他向前探出身子。珍妮看见一个宽额头，下面长着一双眼睛，黑色的头发，短得足以立起来。那双黑色的眼睛不仅将目光落在她身上，那双眼睛还在她的眼中，探寻着她的内心和思想。

"上面写着**必须**，"他告诉珍妮，"你看到了吧？"

"是——是——是的——"

"而你必须做的就是告诉他住手。"猩红色的两片嘴唇在一撮乌黑的山羊胡子中一张一合。"告诉他，如果他或者他们当中的任何一个人试图找到我，我就会杀了他们，然后把他们的肠子扔到沙漠里喂秃鹰。你听明白了吗？"

"是的。"珍妮努力想告诉他，但她的舌头就是无法动弹。此时珍妮双腿发软，她张开双臂想避免自己摔倒，但她不知道自己最终到底有没有摔倒，因为她倒在地上之前就眼前一片漆黑晕了过去。

# 3

早上七点钟，明亮耀眼的夏日阳光透过窗户照在杰克的床上，他醒了。窗外的小鸟叽叽喳喳地叫着，他笔直地坐在床上，用力地扭着头环视四周，这才迷迷糊糊地意识到自己昨晚喝了伏特加，导致现在头一跳一跳地疼。

他迅速翻身下床，拉开床头柜的抽屉，拿出一把点三八口径的开拓者，那是他放在那儿用于家庭防身的。他把枪举在右脸边，枪管对着天花板，大跨步穿过卧室，当他走到那扇开着的门时，在门边停住，后背紧贴着墙。里面飘出的味道真正变淡，那是熟悉的味道：昨晚历经墨西哥辣肉玉米卷之险后的排泄物。他昨晚起来排泄了；这很好，至少证明那不是个梦。

"有人吗？如果有，立刻回答。我有武器，我会开枪的。"

没有任何动静。杰克深吸一口气，以门框为轴绕到卫生间里，小心翼翼地屈身缓步前行，把枪口对着前方，从卫生间的一端扫视到另一端。他看见马桶盖是打开的，马桶圈是放下来的；报纸在地板上，有漫画的那一面朝上；浴缸边上的半透明碎花浴帘被拉开，浴帘后面有个影子，但只是淋浴喷头和安装在墙上的扶手，以及塞在上面的搓背巾。

你确定吗？

杰克绷紧的神经还没有放松下来，他往前迈了一步，结果踩到了浴室脚垫上滑了一跤，他怕摔个大屁蹲儿就伸手抓住浴帘。浴帘被杰克从挂环上扯得松落，整个盖到他脸上，他尖叫着，一把将浴帘扯掉，然后用那把点三八口径的枪指着空空如也的浴缸。那里没有人，没有夜魔。杰克凝视着浴缸底部，他平时并不很注意保持浴缸的卫生，不过如果有人在那里面站过，应该会留下脚印。但是干巴巴的香皂和洗发水的浮沫上没有任何脚印，那只是一场特别生动的噩梦。

尽管如此，杰克还是检查了浴室的窗户和通向外面的全部三扇门，把所有地方都检查个遍。

那么好了，是时候该放松，或者说差不多该放松了。杰克又回到卫生间看了一眼，这次他检查了毛巾柜（什么都没有），然后厌恶地用脚踢了一下掉下来的浴帘。该换掉这个破东西了，他今天会顺便去一趟家得宝。

杰克无意识地伸手去摸自己的后颈，没想到手指一碰就疼得他嘶嘶地叫，于是他走到洗手池边，转过身去看。但一个人想转过身去看自己的后颈是徒劳的，于是他拉开洗手池下面最顶层的抽屉，但里面只有剃须用具、几把梳子、一卷未拆封的布织绷带和一管世界上最古老的达克宁。那管达克宁也是格丽塔时代的纪念品，跟那个浴帘一样蠢。

杰克终于在最底层抽屉里找到了自己想要的东西，一个小镜子，不过把手已经坏了。他擦掉镜面上的灰，向后退了几步，直到屁股顶到洗手池边缘，然后举起那把小镜子。他从镜子中看到自己的后颈通红通红的，而且可以看到上面长了小水泡。这怎么可能呢？他每次都涂上厚厚的一层防晒霜，而且身体其他地方都没有晒伤。

那不是晒伤，杰克。

霍斯金斯小声地呜咽了一下。当然，今早没有人在他的浴缸里，没有一个令人毛骨悚然的手指上文着**不能**的怪人，当然没有，但有一点是可以肯定的：他们家有家族遗传性皮肤癌。他母亲和他的一位舅舅都是死于这种病，他父亲的左臂取过几个皮赘，小腿上取过几颗癌变前期的痣，后颈上取过基底癌细胞。他还对杰克说过，"红头发的人最容易得这种病"。

杰克记得他舅舅吉姆的脸上有一颗巨大的黑痣，那颗痣一直在长，不停地长。他记得他母亲的胸骨上有几块生疮，一直溃烂到她的左臂。人的皮肤是人体最大的器官，一旦皮肤出了问题，结果就不妙了。

"你想让我把它收回吗？"浴帘后面的那个男人这样问过他。

"那是一个梦，"霍斯金斯安慰着自己说，"我那天在坎宁镇被吓坏了，而且昨晚我胡吃了一大堆巨辣的墨西哥菜，所以做了个噩梦。就这样，没别的。"

说完这些，也没有阻止他伸手去摸自己的腋下、下巴两侧和鼻窦位置，去感受肿块，然而根本什么都没有。只是他的脖子后面晒得太严重了，只有那一条在疼，唯一奇怪的就是其他地方都没有晒伤。他的后颈实际上也并没有出血，这在某种程度上证明了他凌晨的遭遇只是一场可怕的噩梦——但脖子上已经长出了水泡。也许他应该去找医生看看，他会去的……不过先给它几天时间让它自己恢复一下，就这样。

如果我让你做一件事，你愿意吗？你不会犹豫？

杰克看着镜子里自己的后颈，心想，没有人会犹豫的。如果另一种选择是被人吃掉——活活生吃——没有人会犹豫。

# 4

　　珍妮一觉醒来，眼睛盯着卧室的天花板，起初不明白自己为什么浑身上下都感觉惊慌，就好像她差一点儿就严重地摔了一跤；她也不明白自己的双手为什么是举起来的，掌心摊开，摆出一副防御阻挡的姿势。然后她看到自己左侧的那半边床空着，听到拉夫在淋浴时溅起水花的声音，这时她想，那是一场梦。可以肯定地说，这是有史以来最生动的一场噩梦了，但也只是一场梦，仅此而已。

　　只是，并没有一丝得到安慰的感觉，因为她不相信那是梦。它不像一般的梦一样，通常醒来时就会渐渐忘记梦的内容，即使是最糟糕的噩梦也会渐渐散去。但她现在什么都记得，从看见楼下的灯亮到那个男人就在拱门对面的客厅中坐在客用椅上。她记得那只手伸到昏暗的灯光中，然后握成拳头，好让她读文在指关节间的褪色的字：**必须**。

　　你必须做的就是告诉他住手。

　　她掀开被子，几乎跑着离开了卧室。厨房里，炉子上的灯是关着的，餐桌边的四把椅子也都摆在平时的位置。按理说应该不一样啊。

　　但没有。

# 5

拉夫一只手把衬衫塞进牛仔裤里，另一只手拎着运动鞋，当他这样走到楼下时，发现他的妻子正坐在厨房的桌子边。她的面前没有早餐咖啡，没有果汁，也没有麦片。拉夫问她是否还好。

"不好。昨晚有个男人在这里。"

拉夫在原地站住，衬衫的一角被塞进了裤子里，另一角露在外面，盖住皮带。他放下手中的运动鞋吃惊地问："你说什么？"

"一个男人，杀死弗兰克·彼得森的那个人。"

拉夫环顾四周，头脑顿时变得非常清醒。"什么时候？你在说什么呢？"

"昨晚。他现在已经走了，但是他让我给你捎个口信。坐下，拉夫。"

拉夫听话地坐了下来，珍妮把今天凌晨事情的经过跟他讲了一遍。拉夫默默地听着，同时看着珍妮的眼睛，她满眼都是对她的所述内容绝对确定。珍妮讲完后，拉夫起身去后门检查防盗报警器。

"它是开着的，珍妮，而且门是锁着的。至少这个门是锁着的。"

"我知道它是开着的，所有门都是锁着的，我已经检查过了，窗户也是锁着的。"

"那么他是如何——"

"我不知道，但他当时就在这里。"

"就坐在这里是吧？"拉夫指着拱门问。

"是的，好像他不想离灯光太近。"

"而且你说他身形很大？"

"是的，也许没有你那么壮——我判断不出他有多高，因为他当时一直坐在那里——但是他的肩膀很宽，而且有很多肌肉。就像一个每天会在健身房锻炼三个小时，或是在监狱里每天举重的人。"

拉夫离开桌子，跪在厨房的木地板上观察客厅的地毯。珍妮知道他在寻找什么，而且她知道拉夫是不会有发现的。这一点她自己也检查过了，但结果并没有改变她的想法。如果你没有疯掉，你就一定能够分得清梦境与现实，甚至当现实已经远远超出了正常生活的范围时，也依然能够分得清。珍妮曾经也怀疑过这一点（她知道拉夫现在就在怀疑），但现在她不再怀疑了。现在她更清楚了。

拉夫站起来说："那是一块新地毯，亲爱的，如果有人在那里坐过，哪怕只是一小会儿，椅子腿都会在地毯上留下痕迹。但是那儿完全没有。"

珍妮点点头："我知道，但他当时就在那里。"

"你在说什么呢？难道他是鬼？"

"我不知道他是谁，但我知道他说的是对的，你必须住手。如果你还继续查下去，就会发生不好的事情。"珍妮走到他身边，仰起头来正视他的脸，"非常可怕的事情。"

拉夫握住她的手说："珍妮，这段时间精神压力太大了，对你我来说都一样——"

珍妮把手抽回来："别扯那些，拉夫。他当时就在这里。"

"我们不争论，就算他当时真的在这儿。我以前也受到过威胁，任何一个称职的警察都受到过威胁。"

"你不是唯一一个受到威胁的人！"珍妮强忍着不对拉夫大喊。这就好像被困在一部荒诞的恐怖电影里，女主角说杰森、弗雷迪或迈克尔·迈尔斯又回来了，但是没有一个人相信她。"他在我们家里！"

拉夫想再跟珍妮重复一遍：门是锁着的、窗是锁着的、报警器是开着的而且没有发出警报。他想再提醒她一遍，她今早醒来时是在自己的床上，安然无恙。拉夫从她的脸上看出，说这些都无济于事，只会让争论变得更凶。而在他妻子现在这种状态下跟她争论是拉夫最不愿意做的事。

"他有烧伤吗，珍妮？就像我在法院看到的那个人一样？"

珍妮摇摇头。

"你确定？因为你说他当时在阴影里。"

"他往前探了一下身，我看见了一点儿，但那足够了。"珍妮颤抖着说，"宽额头，遮住他的眼睛，是深色的眼睛，也许是黑色，也许是棕色，也许是深蓝色，我说不清楚。他的头发很短，又粗又硬，有一些白发，但大部分头发都是黑色的。他有山羊胡，他的嘴唇非常红。"

珍妮的这番描述让拉夫想起一个人，但他不相信自己的感觉，这有可能是被她的紧张影响而做出的错误判断。上帝知道他真的想相信珍妮的话，哪怕这件事中有一丁点儿实证证据，他就可以如愿……

"等一下，他的脚！他当时穿着一双莫卡辛软皮鞋，没有穿袜子。他的脚上全是红色的斑疹，我开始以为那是牛皮癣，不过我猜有可能是烧伤。"

拉夫打开咖啡机。"我不知道该跟你说什么，珍妮，你今早醒来时是在床上，而且没有任何迹象表明有人在——"

"曾经，你切开一个哈密瓜，里面满是蛆虫，"珍妮说，"那件事就是发生了，你知道的。可你为什么就不能相信这件事发生了呢？"

"即使我相信，我也不能停下来。难道你不明白吗？"

"我明白的是，那个坐在我们家客厅的男人说的有一点是对的：事情已经结束了。弗兰克·彼得森已经死了，特里也已经死了。你会官复原职，而且我们……我们能……我们可以……"

珍妮把话收了回去，因为她看到拉夫的表情明确表明她继续说下去是毫无意义的。拉夫的表情不是不信任，而是失望，没想到珍妮竟然认为拉夫可以选择放下一切往前看。这整件事就像一套多米诺骨牌，在埃斯特尔·巴尔加球场逮捕特里·梅特兰就是第一张牌，这张牌引发了暴力与痛苦的连锁反应。而现在，他和他的妻子正在为一个不存在的人争吵。拉夫认为这都是他的错。

"如果你不停手，"珍妮说，"你就又要开始随身带枪了，我会带三年前你送我的那把点二二口径的小手枪。那个时候我觉得它可真是个愚蠢的礼物，但现在我想你当初是对的。嘿，也许你当初有未卜先知的特异功能。"

"珍妮——"

"你想吃鸡蛋吗？"珍妮没等他说完就问。

"我想，嗯，好的。"拉夫其实并不饿，不过如果今天早上能为她做的就是吃她做的饭，那么他很乐意这样做。

珍妮从冰箱里拿出鸡蛋，没有回头就对他说："我希望晚上有警察保护我们，不必要从黄昏一直守到黎明，但我想有人定期巡逻。你能安排一下吗？"

警察的保护对鬼来讲作用不大，拉夫心想……但结婚这么久了，他了解珍妮，所以他没有反驳，"我想可以。"

"你也应该告诉霍伊·戈尔德和其他人，虽然这听起来很疯狂。"

"亲爱的——"

但珍妮又抢了他的话："他说到你或者他们当中的任何一个人，他说他会把你们的肠子扔到沙漠里喂秃鹰。"

拉夫听了这话后想提醒她，虽然他们偶尔会看见秃鹰在空中盘旋（尤其是在垃圾日），但弗林特市周围没有多少沙漠。单凭这一点就足以说明她的整个遭遇就是一场梦，但拉夫也没有把它说出来。他不想刚风平浪静再去掀起波涛。

拉夫说："我会的。"而这句话是他会信守的诺言。他们得把所有事情都摆到桌面上说清楚，包括每一件疯狂的小事。"你知道我们今晚要在霍伊·戈尔德的办公室开会，对吧？就是跟亚力克·佩利雇来调查特里去代顿旅行的那个女人。"

"那个明确声称特里是无辜的女人。"

似乎，在长期的婚姻中总是有很多无言的对白。这一次，拉夫自己在心里想着而又没有说出口的是，尤里·盖勒 ① 还明确声称他可以用意念力将勺子掰弯呢。

"是的，她会坐飞机过来。也许结果证明她是一派胡言，不过她之前和一名退休的警察一起合伙经营生意，而且她的程序似乎足够合

---

① 尤里·盖勒（Uri Geller），以色列魔术师。1946 年出生于以色列特拉维夫一个犹太家庭，20 世纪 70 年代在欧美、日本等地作巡回表演，引起了极大的轰动。他是世界闻名的特异功能者，最著名的本领是用意念力把汤匙或钥匙弯曲，他甚至接受了很多科学家的检验。

理，所以也许她真的在代顿发现了什么。天知道她怎么听起来对自己那么有把握。"

珍妮开始打鸡蛋，"即使我下楼发现报警器被人掐断了、后门是开着的、地毯上有他的脚印，你也会继续查下去的，而且你会查得更认真。"

"是的。"拉夫不加掩饰地回答。他觉得应该让珍妮知道真相。

然后珍妮转过身来，高高举起手里的铲子，就像举起一件武器一样，"我能说我觉得你有点儿傻吗？"

"你想说什么就说什么，但是你得记住两件事，亲爱的。不管特里是无辜的还是有罪的，他被杀我都有责任。"

"你——"

"嘘，"拉夫指着珍妮说，"你要明白，我在讲话呢。"

珍妮闭嘴了。

"如果他是无辜的，就还有一个杀童狂逍遥法外。"

"我明白这一点，但是你正面对的可能是远远超出你的理解能力的东西。或者也超出了我的理解能力。"

"超自然的东西？你是在说它吗？因为我无法相信它，我永远都不会相信。"

"爱信不信，"珍妮说着转过身继续对着炉子做饭，"但是那个人当时就在这儿。我看见他的脸了，我也看见他手指上的字了——**必须**。他很……可怕。这是我唯一能想到的词。你竟然不相信我，那真的让我想哭，或者把这锅鸡蛋扣到你的头上，或者……我也不知道。"

拉夫走到她身边，搂住她的腰。"我相信你，相信它，这是千真万确的。我给你一个承诺：如果今晚的会议没得出任何成果，我就愿意放手了。我知道有凡事都有度。这样可以吗？"

"我想必须这样，只是目前暂时是。我知道你在球场犯了一个错误，我知道你想赎罪，但是如果继续追查下去就是在犯一个更严重的错误呢？"

"假设在菲吉斯公园发现的男孩是德里克呢？"拉夫反问道，"你也想让我放手吗？"

　　珍妮对这个问题很反感，她认为这是一记手段卑鄙的还击，却让她无法回答。因为如果被杀的是德里克，她会希望拉夫一直追查那个凶手——或者那个东西——直到天涯海角，而且她会一直陪在他的身边。

　　"好吧，你赢了。不过还有一件事，是不容商量的。"

　　"什么事？"

　　"你今晚去参加那个会议的时候，我要跟你一起去。别跟我扯那是你们警察的事，因为咱们两个都清楚它不是。现在吃你的鸡蛋吧！"

# 6

珍妮列了一张购物清单，让拉夫去克罗格超市，因为无论昨晚是谁出现在这所房子里，无论是人是鬼，抑或只是一场极其生动的梦中的人物，安德森先生和安德森太太都得吃饭。去超市的半路上，所有信息一下子都涌入拉夫的脑中。那件事没有什么可奇怪的，因为最显著的事实一直就在那里，就摆在他眼前，确切地讲，就在警察局的审讯室里。难道他把杀害弗兰克·彼得森的真凶当成了目击证人，还感谢他的帮助，然后把他放走了？这似乎不可能啊，因为大量证据都将特里与谋杀联系在一起，可是……

拉夫把车停在路边，给尤尼尔·萨布罗打了个电话。

"别担心，我今晚会到的，"尤尼尔说，"经历这该死的一切之后，我才不愿意错过俄亥俄州那边所有的消息呢。我已经找到希斯·霍尔姆斯的资料了，不过还没有太多，但是等我们聚到一起的时候，我应该就会有很多了。"

"很好，但我打电话不是为了这个。你能查一下克劳德·博尔顿的前科吗？他是先生请进的保镖。调查他是否曾经持有毒品，可能因为携带毒品被打伤一两处，他打算要卖掉它们，并且认罪了。"

"他就是那个更喜欢别人叫他保安的家伙，对吗？"

"是的，先生，就是我们的克劳德。"

"他怎么了？"

"如果真的证明有什么的话，我今晚再告诉你。现在，我只能说，似乎从霍尔姆斯到梅特兰再到博尔顿之间有一串连锁事件。可能我的判断都是错误的，但我认为我没有错。"

"你真是要急死我了，拉夫。快告诉我！"

"现在还不能，等我确定了再告诉你。我还需要你做一件事。博尔顿简直就是个行走的文身广告牌，我相当确定他的手指上有文身。

我之前本该注意到的，但你知道，当你在审讯室问话时是怎么做的，尤其是坐在审讯桌另一边的那个人有前科。"

"你的眼睛会一直盯着他的脸。"

"没错，始终盯着脸。因为当博尔顿这样的家伙开始撒谎时，他们可能同时也会露出一副'我现在纯属胡扯'的表情。"

"你认为博尔顿说梅特兰进来打电话是在说谎？但是那位女出租车司机证实了他的话啊。"

"当时我并没有那样认为，但是现在我有一点儿。看看你能不能查出来他的手指上文了什么，如果真的有什么的话。"

"你觉得上面会文了什么呢？"

"我现在不想说，但如果我是对的，他的案底上就会多一条犯罪记录了。还有一件事，你能用邮件给我发张照片吗？"

"很乐意效劳，等我几分钟。"

"谢谢，尤尼尔。"

"有什么和博尔顿先生联系的计划吗？"

"暂时还没有，我不想让他知道我盯上他了。"

"你今晚真的打算解释这一切吗？"

"是的，尽我所能。"

"会对案子有帮助吗？"

"讲真话？我不知道。你在谷仓里发现的衣服和干草上的那东西，查得有什么进展吗？"

"还没有。让我看看我在博尔顿身上能查出什么来。"

"谢谢。"

"你现在在忙什么？"

"去超市购物。"

"希望你记得要用你太太的优惠券。"

拉夫笑了笑，看着身边车座上放着的那一沓用橡皮筋绑起来的东西。"她才不会让我忘的。"

# 7

拉夫拎着三大袋东西从克罗格超市走出来，把它们放进后备厢，然后看着自己的手机。尤尼尔·萨布罗发来两条信息，他先用照片附件打开其中一条信息。入案照片上的克劳德·博尔顿看起来比拉夫在逮捕梅特兰之前讯问的那个人要年轻得多，不过他的两腮还是像被石头砸了一样深陷进去：眼睛瞪得大大的，脸颊擦伤，下巴上有什么东西，可能是鸡蛋或呕吐物。拉夫记得博尔顿说过，那段日子他去了戒毒互助会，他已经有五六年不吸毒了。他说的也许是实话，也许不是。

尤尼尔发来的第二封邮件的附件是逮捕记录。上面有大量他身上的伤痕，大部分都是小伤，还有大量标志性记号，其中包括背部一处伤疤、胸廓最下方一处伤疤、有太阳穴一处伤疤，以及二十多个文身——一只鹰、一把刀尖带血的刀、一条美人鱼、一个眼窝里插着蜡烛的骷髅，还有许多拉夫不感兴趣的东西。而让拉夫感兴趣的是他手指上文的字：右手上是**不能**，左手上是**必须**。

在法院门前的那个烧伤男子的手指上也有文身，不过是**不能**和**必须**吗？拉夫闭上眼睛努力回想，但没有任何结果。他凭经验知道，手指文身在监狱的那些囚犯身上并不少见，他们可能是在电影里学来的，文**爱**和**恨**这两个字很流行，**善良**与**邪恶**也是一样。他记得杰克·霍斯金斯曾经跟他讲过，有一个长得贼眉鼠眼的窃贼一直在显摆他手指上文的 × 和**舔**，杰克说那家伙可能不是靠那两个文身泡到那么多妞儿的。

有一点拉夫可以确定，那个烧伤男子的手臂上没有文身，而克劳德·博尔顿的手臂上却有很多，不过当然，大火烧伤了那个男人的脸，也会烧掉他的文身。只是——

"只是在法院的那个人根本不可能是博尔顿，"拉夫睁开眼，盯着超市里进进出出的人流说，"不可能。博尔顿没有被烧伤。"

这也太奇怪了吧？昨晚拉夫曾在电话里问过吉伯尼那个女人，而她回答说，"是越发奇怪"。她说得太对了！

# 8

拉夫和珍妮一起把买回来的杂货收拾好，做完那些杂务后，他告诉珍妮，他想让她看看他手机里的东西。

"为什么？"

"就看一看，好吗？记住，照片中的人现在已经老了很多。"

拉夫把手机递给珍妮，她盯着那张入案照片看了十秒钟，然后把它递了回去。她的脸已经完全失去了血色。

"就是他。现在他的头发更短，而且他有一大把山羊胡，而不只是嘴唇上那点儿小胡子，但他就是昨天晚上在咱们家的人。那个说如果你不住手他就杀了你的人。他叫什么名字？"

"克劳德·博尔顿。"

"你要逮捕他吗？"

"还没有，我不确定我能不能逮捕他，即使我想，现在在行政休假也没有执法权。"

"那你打算怎么办？"

"现在？找到他在哪儿。"

拉夫的第一个念头就是给尤尼尔回电话，但尤尼尔正在挖代顿那个凶手霍尔姆斯的相关信息。他第二个想法是找杰克·霍斯金斯，但这个想法刚冒出来就被他立刻否决了，那个人是个酒鬼，而且多嘴。不过还有第三个选择。

拉夫给医院打了个电话，被告知贝琪·里金斯已经带着她的小宝贝回家了，然后他又打到她家。拉夫首先询问了新生儿的近况，由此引发了长达十分钟的热聊，从母乳喂养一直聊到帮宝适纸尿裤的高昂价格，然后拉夫问贝琪是否介意以她的官方身份打一两个电话，帮帮他这位老大哥。拉夫把自己的需求告诉了她。

"是关于梅特兰的事？"贝琪问。

"呃，贝琪，考虑到我目前的情况，最好彼此不问不说。"

"如果是的话，你可能会惹上麻烦，我也可能会因为帮你而受到牵连。"

"如果你担心的是盖勒局长，他是不会从我这里听说任何消息的。"

电话那边沉默了好长一会儿，拉夫在等她回复。最后贝琪说："我为梅特兰的妻子感到很难过，真的很难过。她让我想起电视新闻里讲的自杀性爆炸袭击的余波，那些幸存者满头鲜血四处游荡，都不知道刚刚发生了什么。这件事能帮她摆脱困境吗？"

"有可能，"拉夫说，"我不想再进一步说了。"

"让我想想我能做些什么。约翰·泽尔曼并不是个彻头彻尾的混蛋，他那个乡镇色情酒吧每年都需要办新的营业执照，所以他也许愿意帮忙。如果事情没办妥，我会给你回电话；如果事情按我理想的方向发展，他会给你打电话。"

"谢谢，贝琪。"

"这是你我之间的秘密，拉夫。我还指望休完产假后回去上班呢。告诉我你听到了。"

"一清二楚。"

# 9

约翰·泽尔曼是先生请进酒吧的老板兼经营者，十五分钟后，他给拉夫打来电话。他听起来并不生气，而是好奇，而且很愿意帮忙。是的，他确定那个可怜的孩子被害的时候博尔顿在酒吧。

"你为什么这么肯定，泽尔曼先生？我以为他下午四点才上班呢。"

"是的，但那天他来得很早，两点左右就到了。他想请假，跟一个脱衣舞娘一起去趟大城市。他说那女的有私事，"泽尔曼哼了一声，"是他有私事吧，就是他裤子拉链下面私处的事儿。"

"是那个叫卡拉·杰普森的姑娘？"拉夫一边翻着平板电脑上博尔顿的笔录一边问道，"人称梦中情人花仙子。"

"就是她，"泽尔曼笑着说，"要是没有奶子，那个老姑娘就会被晾在一边很长时间，但有些男人就是喜欢那样的，别问我为什么。她和克劳德有一腿，但他俩不会长久的。她丈夫现在在麦卡莱斯特监狱呢，我想是因为空头支票，但圣诞节的时候他就会出来了。那女的跟克劳德在一起只是为了消磨时间，我告诉过他，但你知道他们是怎么说的吗？——他的包皮就是想进去。"

"你确定他来得早的那天是七月十日？"

"我确定。我把它记下来了，因为克劳德的假期马上就要到了——注意，是带薪的——还有不到两周，所以他在盖城待那两天我是不会给他工资的。"

"有点儿反常哈。那你考虑过辞退他吗？"

"没有。至少他很诚实，你知道吗？听着，克劳德是一个好保安，这种保安现在很少见。大多数保安要么看起来很壮，但办起事儿来就是个娘炮，一遇到酒后闹事的就躲到一边去了；要么就是点火就着的暴脾气，客人稍微对他们有一点儿不客气，他们就立刻变身绿巨人。克劳德在必要的时候能出头把闹事的家伙扔出酒吧去，但大多数时候他都不会那样做。他很擅长让闹事的家伙安静下来，他会一招触摸安抚，我想那是因为他参加了那些会议。"

"是戒毒互助会，他告诉过我。"

"是的，对于这件事他很坦诚，事实上，他为此感到骄傲，我想他有那个权利。很多人一旦沾上毒品，就甩不掉了，毒品那玩意可强得很，不管你躲多远它都能勾着你。"

"之后他一直没复吸，是吗？"

"如果他吸了，我能看出来。我能分辨出那些吸毒的人，安德森侦探，相信我。先生酒吧是块清净地。"

拉夫对此还是怀疑的，但随它去吧，他现在可不想管那些。"他也没有失足犯错过？"

泽尔曼笑了。"他们都犯错，只在一开始的时候，但自从博尔顿为我工作以来他们就都消停了。博尔顿也不喝酒，有一次我问他，如果吸毒算是大毛病，那为什么不喝酒呢。他说那两样东西都一样，说如果他喝上一杯，哪怕是欧杜尔酒，他就会出去找人打架，甚至做出更出格的事。"泽尔曼停顿了一下，然后说，"也许他以前吸毒的时候是个人渣，但他现在不是了。他表现得很得体，在这种客人来喝玛格丽特、盯着剃了毛的小妹妹看的行业，像他这种人很少见。"

"我知道了。博尔顿现在在度假吗？"

"是的，从那个星期日开始的，十天了。"

"是你们所称的本地度假吗？"

"你是指在弗市这儿？不，他在得克萨斯呢，在奥斯汀附近，那是他的故乡。等一下，我给你打电话之前把他的档案找出来了。"电话里传来翻书纸的声音，然后泽尔曼接着说，"那个镇叫马里斯维尔，用他的话说，在地图上就是路上的一个小点儿。我之所以知道地址，是因为我每隔一个月就要把他的一部分薪水寄到那儿给他妈妈，她年迈体弱，还患肺气肿。克劳德去之前跟他妈妈商量过，看看能不能把她送到疗养院去，但是他不抱太大希望，说他妈是个固执的老太太。再说，就凭他在这儿赚的那点儿钱，我觉得他也付不起那钱。说到照顾老人，政府应该给像克劳德这样的普通人提供救助，但政府做了吗？他们做个屁。"

拉夫心想，话虽这么说，没准儿你当初还给唐纳德·特朗普投票了呢！

"谢谢你，泽尔曼先生。"

"我能问一下你为什么要找他谈话吗？"

"只是一些后续的问题，"拉夫说，"都是小事。"

"就像'i'的点和't'的横，能导致大差别的小差异，哈？"

"说得对。你有详细地址吗？"

"当然，得给她寄钱嘛！你有笔吗？"

拉夫有的是一台可靠的平板电脑，他打开便签 APP，然后对电话那边说："说吧。"

"得克萨斯州马里斯维尔镇乡村之星 2 路 397 号。"

"他母亲叫什么名字？"

泽尔曼愉快地大笑起来。"洛维（字面有爱情片之意）。是个好名字吧？洛维·安·博尔顿。"

拉夫谢过泽尔曼，然后挂断电话。

"怎么样？"珍妮问。

"等一下，"拉夫说，"没看到我现在露出一张思考脸吗？"

"啊，确实是。那么你可以一边思考一边喝一杯冰茶吗？"珍妮笑着说。她笑起来很好看，看来事情正在朝正确的方向发展。

"毫无疑问。"

拉夫将注意力转回到他的平板电脑上（心里纳闷如果没有这个鬼东西他是怎么过得下去的），发现马里斯维尔在奥斯汀以西七十英里，它不仅仅是地图上的一个小点，镇上有一个唯一出名之处，叫马里斯维尔洞。

拉夫一边喝着冰茶，一边考虑着下一步该怎么做，然后他给得克萨斯州高速公路巡逻队的贺拉斯·金尼打了个电话。金尼现在是一名上尉，大部分时间都是坐在办公室里，但拉夫曾经和他联手办过好几件州际大案，那个时候他还是一名骑警，每年要在得克萨斯州北部和西部巡逻上九万英里。

　　两个故人开完玩笑寒暄过后，拉夫对他说："贺拉斯，我需要你帮个忙。"

　　"大忙小忙？"

　　"中等，但需要精密一点儿。"

　　金尼听了哈哈大笑。"哦，想要精密，你得去纽约州或康涅狄格州，老兄，这里是得克萨斯。你需要我做什么？"

　　拉夫把事情告诉他。金尼说他手下刚好有个人，碰巧就在那片区域。

# 10

当天下午三点钟左右，杰克·霍斯金斯站在弗林特市警察局的调度员桑迪·麦吉尔的办公桌前，桑迪抬起头看见杰克正背对着他。

"杰克？你有什么需要吗？"

"看看我脖子后面，告诉我你看到了什么。"

桑迪困惑不解，但又心甘情愿地站起来看了看。"往光这边转一点儿。"杰克按照她的话照做后，桑迪惊呼起来，"哎哟，好严重的一片晒伤呀。你应该去沃尔格林① 买点儿芦荟胶。"

"能把这皮肤修复好吗？"

"只有时间才能把这修复，不过它能缓解刺痛。"

"但这只是晒伤，对吧？"

桑迪皱起眉头。"当然啦，不过也是晒得够严重的，有些地方都起水泡了。难道你在外面钓鱼的时候不知道涂防晒霜吗？你想得皮肤癌吗？"

听到桑迪大声说出这几个字，杰克的脖子后面顿时感觉更加灼热了。"我想我是忘记了。"

"你的胳膊晒得有多严重？"

"不太严重。"其实，他的胳膊一点儿都没有晒伤，浑身上下只有他的后颈被晒伤了。就是后颈那里，有个人在那个废弃的谷仓用手碰了他，还用指尖抚摩了他。"谢谢，桑迪。"

"金发的人和红发的人最容易得皮肤癌，如果你那里情况不见好，就应该去找医生看看。"

杰克没有回答便离开了，他想着自己梦里的那个男人，那个藏在他家浴帘后面的男人。

---

① 沃尔格林（Walgreen），美国最大连锁药店，财富 500 强公司之一。

是我把它传给你的，但我可以把它收回。你想让我把它收回来吗？

杰克心想，它会像其他晒伤一样，自己慢慢就会好的。

也许会吧，但也许不会，不过它现在真是疼得更厉害了。杰克几乎不敢去碰它，而且他脑子里一直想着那些溃疡侵蚀着他母亲的肉的画面。一开始，癌症只是慢慢扩散，但它一旦形成实质的肿瘤，便开始飞一样地迅速扩散，到最后，它侵噬了母亲的喉咙和声带，将她刺耳的尖叫声变成了低沉的咆哮声。不过，当年十一岁的小杰克·霍斯金斯隔着母亲紧闭的病房门仍然能够听到母亲对父亲说的话：让她摆脱痛苦。母亲发出低沉沙哑的声音，"你可以为一只狗那样做，为什么就不能为我做呢？"

"只是晒伤了，"杰克说着发动了车，"仅此而已，该死的晒伤。"

他需要喝一杯。

# 11

当天下午五点钟,一辆得克萨斯州高速公路巡逻队的警车驶入乡村之星 2 路,然后拐进 397 号住宅的车道。

洛维·博尔顿正手里夹着香烟坐在自家的门廊上,她的氧气罐装在一个带胶轮的小托架里,就摆在她的摇椅旁边。

"克劳德!"她扯着粗嗓门大声喊道,"来客人了!是州巡逻队的!你最好过来,看看他有什么事!"

老博尔顿太太家住的是一个狭窄的盒式房屋,克劳德此时正在杂草丛生的后院,他把洗干净的衣服从晾衣绳上取下来,然后整整齐齐地叠好,放进一个柳条筐里。妈妈的洗衣机没什么问题,但是在他来之前不久,烘干机就把妈妈的床上用品都搅坏了,而这几天她气短得厉害,自己都没办法晾衣服。克劳德本来打算在走之前给她买一台新烘干机,但一直拖着,现在该抓紧把这件事办了,除非妈妈的身体出了什么大问题,不过她几乎不会的。妈妈的身体有很多毛病,但是她的眼睛特别好。

克劳德绕到房前,看见一名个子高高的警察从一辆黑白相间的 SUV 里走出来,他一看到驾驶室侧门上的金色得克萨斯州标志就感到肚子发紧。他已经有很长很长一段时间没有做过什么坏事以致遭到逮捕了,但是肚子发紧只是他自身习惯性的条件反射。克劳德把手伸进口袋里,紧紧握着他那枚有六年之久的戒毒互助会大奖章,他一紧张的时候就习惯做这个动作,这已经成为了他的下意识动作。

克劳德的母亲挣扎着想从摇椅上站起来,这时那名骑警将他的太阳镜塞进胸前的口袋。

"别,夫人,别起来,"他说,"我不值得劳您大驾。"

老太太用沙哑的嗓音咯咯地笑起来,然后坐了回去。"难道你不是什么大人物吗?你叫什么名字,警官?"

"赛普，夫人，下士欧文·赛普。很高兴见到您。"他握了握老太太没有拿烟的那只手，心里很嫌弃她肿胀的手指关节。

"我也很高兴见到您，先生。这位是我儿子，克劳德，他是从弗林特市过来的，可是我的好帮手。"

赛普转向克劳德，克劳德立刻松开手里的大奖章，然后向面前这位警官伸出手。赛普握住克劳德的手说："很高兴见到您，博尔顿先生。"他握了一会儿那只手研究了一下，接着说，"哦，你的手指上有个文身啊。"

"你得一起看两只手上的，才能看到全部内容。"克劳德说完伸出另一只手，"这是我自己文的，在监狱里的时候。不过如果你来这儿是找我的，那你可能知道这一点。"

赛普骑警没有理睬克劳德的问题，只是念着他两只手上的文身："**不能**和**必须**。我以前见过很多文在手指上的文身，但从来没见过你这样的。"

"啊，这两个文身背后有一个故事，"克劳德说，"我能讲的时候就会讲给人听，它是关于我是如何弃恶从善的故事。我现在不吸毒了，但那是个非常艰难的过程。我被关进监狱的时候去参加了很多戒毒互助会和戒酒互助会，一开始只是因为他们那里有卡卡圈坊的甜甜圈可吃，但是最后他们讲的东西留住了我的心。我从那里学到，每一个瘾君子都知道两件事：他'不能'吸而他'必须'吸。那是你的心结，明白吗？你不能戒掉它，你不能摆脱它，所以你必须学会凌驾于它之上。这是可以做到的，但是你必须要记住基本原则——你'必须'吸但你'不能'吸。"

"嗯，"赛普说，"有点儿像寓言，不是吗？"

"现在他既不喝酒也不吸毒，"洛维坐在摇椅上说，"他甚至都不碰这玩意儿。"她把手里的烟蒂扔进土里，"他是个好孩子。"

"我来这里并不是因为有人认为他做了什么坏事。"赛普温和地说。这话让克劳德放松下来，至少放松了一点儿，当一名州巡警突然来了个不期而至的造访时，你绝对不会想太放松。"我们接到一个从弗林特市打来的电话，我猜最有可能是要结案了，他们需要你核实一些有关一个叫特里·梅特兰的人的情况。"

赛普拿出手机，摆弄了两下，然后给克劳德看了一张照片。

"这是你看见梅特兰那天晚上他戴的皮带扣吗？别问我这是什么意思，因为我真的不知道。他们只是派我来问这个问题。"

这并不是赛普被派来的真正原因，但是赛普从贺拉斯·金尼那里收到的由拉夫·安德森传达的消息是，要确保一切都保持友好，不要引起怀疑。

克劳德认真看了看手机上的照片，然后把它递还给赛普。"不能肯定——那是一段时间以前的事了——但我确定它看起来像这个。"

"好的，谢谢你，谢谢您二位。"赛普把手机装进口袋，转身就要离开。

"就这事儿？"克劳德问，"你大老远开车来就为了问一个问题？"

"这就是长话短说吧，我想一定有人真的很想知道。感谢你的宝贵时间，我会在回奥斯汀的路上把这个消息传回去。"

"那是很长一段路啊，警官，"洛维说，"你干吗不先进来，喝杯甜茶再走呢？虽然只是混合的，不过还不错。"

"额，我不能进来坐，因为我想尽量在天黑之前赶到家，不过如果您不介意的话，我很愿意在这儿尝一杯您的茶。"

"我们一点儿都不介意。克劳德，进去给这个好人倒杯茶来。"

赛普用大拇指和食指比画了一个小玻璃的大小说："一小杯就好，我喝两口就得上路了。"

克劳德走进屋里。赛普将一只肩膀靠在门廊上，抬头看着洛维，她那张和善的脸上布满了皱纹。

"我猜，您儿子对您很好吧？"

"如果没有他，我就完了。"洛维认真地说，"他每隔一周就寄给我一份生活费，而且他一有空就过来陪我。他想在奥斯汀给我找一家养老院，如果他能付得起钱的话，我也许有一天会去的，但是他现在负担不起。赛普警官，他是最好的儿子：以前是个喝酒吸毒的捣蛋鬼，后来是个值得信赖的好人。"

"我听说了，"赛普说，"据说，他曾经带您去过路那边的盛餐 7

号？他们家的早餐相当丰盛。"

"我不相信路边的咖啡厅，"她从家居袍的口袋里拿出烟，往嘴里塞了一支，用上下假牙的牙托叼住，"一九七四年的时候，在阿比林市的一家店吃东西中了尸碱毒，很想死。我儿子来的时候负责做饭，他虽然不是名厨埃默里尔，但他做的也不赖。他知道该怎么用煎锅，不会把培根煎糊掉。"博尔顿太太点燃香烟时冲赛普眨了眨眼，赛普回敬给她一个微笑，心里忐忑地希望她的氧气罐密封良好，她抽的烟不会把他们俩都炸飞。

"我猜他今天早上肯定给你做早餐了。"赛普说。

"你猜对了。有咖啡、葡萄干吐司，还有加了很多黄油的炒鸡蛋，正是我喜欢的样子。"

"您平时起得早吗，夫人？我这么问只是因为，您有氧气和所有——"

"他和我都起得早，"老太太说，"跟着太阳走，天一亮就起床。"

克劳德用一个托盘端着三杯冰咖啡回来了，两个大杯，一个小杯。欧文·赛普两大口喝掉了他那小杯，咂咂嘴，然后说他得走了。博尔顿母子俩目送他离开，洛维坐在她的摇椅里，克劳德坐在台阶上，皱着眉头看着那位骑警把车倒回主路后卷起的公鸡尾巴状灰尘。

"看，你不做坏事的时候警察多好啊！"洛维对儿子说。

"是啊。"克劳德说。

"大老远开车过来就为了问一个皮带扣的事，看看哪！"

"那不是他来的原因，妈。"

"不是？那是什么？"

"不确定，但不是那个。"克劳德把他的杯子放到台阶上，看着他的手指，看着上面文的**不能**和**必须**，那是他最终战胜的心结。他站起来，对妈妈说，"我最好把剩下那些衣服都从晾衣绳上取下来，然后我想去乔治家，问问他明天需不需要我帮忙。他在盖屋顶。"

"你真是个好孩子，克劳德。"他看到她眼中噙着泪水，自己也被感动了，"过来，给你妈一个大大的拥抱。"

"遵命，夫人。"克劳德说完上前给了她一个大大的拥抱。

# 12

拉夫和珍妮夫妻俩正准备去霍伊·戈尔德的办公室参加会议，这时拉夫的手机响了，是贺拉斯·金尼打来的。拉夫跟他讲着话，同时珍妮戴上耳环，穿上了鞋。

"谢谢，贺拉斯，我欠你一个人情。"拉夫挂断了电话。

珍妮满脸期待地看着他。"怎么样？"

"贺拉斯派了一名得克萨斯州高速巡警去了一趟马里斯维尔的博尔顿家。他对文身编了一个幌子，但是他去那儿真正是为了——"

"我知道他去那儿是为什么。"

"嗯哼，博尔顿太太说，今天早上六点钟左右，克劳德给他们俩做了早餐。如果你四点钟在楼下看见他——"

"我起床小便的时候看表了，"珍妮说，"当时是四点零六分。"

"弗林特市到马里斯维尔之间的距离是四百三十英里，他不可能从这里及时在六点钟赶到那里做早餐。"

"他母亲可能在撒谎。"珍妮说这句话的时候语气不太肯定。

"赛普——贺拉斯派去的那名骑警——说据他的观察没有发现那一点，他认为如果对方撒谎的话，他应该能看出来的。"

"所以这又是特里事件咯，"珍妮说，"一个人同时现身两个地方。因为他当时在这里，拉夫，他在这里。"

拉夫还没来得及回答，门铃就响了。拉夫扯了一件运动外套披在身上，遮住他腰带上的格洛克手枪，走下楼。站在安德森家前门廊的原来是地方检察官比尔·塞缪尔斯，他今天穿了一条牛仔裤和一件纯蓝色的 T 恤衫，这么休闲的打扮很不像他平时的穿衣风格，看起来让人感觉有点儿怪。

"霍华德给我打电话了，他说要在他的办公室开个会，他的原话是'关于梅特兰事件的一个非正式会议'，他说我可能想来参加。我想如果可以的话，我们可以一起过去。"

"我想是的，"拉夫说，"但是听着，比尔——这件事你还跟谁说过？盖勒局长？杜林警长？"

"没跟任何人说。我虽然不是天才，但也没蠢到从天上掉下来大头朝着地。"

珍妮也来到门口，一边检查着她的包一边跟比尔打招呼："嗨，比尔，我很惊讶在这里见到你。"

塞缪尔斯不失礼貌地笑了一下，但不存在丝毫幽默感。"跟你说实话，我也很惊讶自己出现在这里。这件案子就像个僵尸一样，怎么样都不会死。"

拉夫问，"你前妻对整件事怎么看？"这时珍妮对他皱了皱眉头，直男拉夫接着直白地说，"如果我的问题越界了就直接告诉我。"

"哦，我们已经讨论过了，"塞缪尔斯说，"只是那并不完全算讨论，全程都是她论我听。她认为梅特兰被杀我负有责任，她说的并没有完全错误。"塞缪尔斯尽力想微笑，却怎么都笑不出来，"可我们当时怎么会知道呢，拉夫？你告诉我。当时那就是一件扣篮似的绝对会成功的事，不是吗？回头想想……就算我们现在知道了一切……你能诚实地说你的做法会有什么不同吗？"

"会，"拉夫说，"我不会当着全镇人的面逮捕他，而且我会确保他从法院的后门进去。好了，走吧，我们要迟到了。"

# 八　东家要闻西家事

## 七月二十五日星期三

二

# 1

事实上，霍莉最终并没有乘坐商务舱，虽然她本可以选择乘坐十点十五分的达美航空航班，坐着舒舒服服的商务舱十二点半就能抵达盖城。但由于她想在俄亥俄州再多待一段时间，竟然订了一趟非常折腾的需要转三班机的航班，小飞机颠簸得要命，都要把她颠到七月份闷热难耐的大气中去了。机舱里拥挤不堪，虽不是特别舒服，但还可以忍受，然而令她最难忍受的是，她得知自己要到晚上六点钟才能抵达弗林特市，而且前提是一切都要顺利。在戈尔德律师的办公室举行的会议定在晚上七点钟，如果要问霍莉最讨厌的一件事情是什么，那就是迟到。迟到是一切正确进程的错误打开方式。

霍莉收拾好简单的行李，退房，然后驱车三十英里来到瑞吉斯。她先去了希斯·霍尔姆斯度假时和他母亲一起住的那所房子，房子被警方封了起来，窗户上钉着木板被封起来，可能是因为有蓄意搞破坏的人一直用它们来练习打靶。房前的草坪杂草丛生，急切需要修剪，上面立着一块牌子，写着：**待售，请联系代顿第一国家银行。**

霍莉看着面前的房子，心里清楚过不了多久当地的孩子们就会窃窃私语说这所房子闹鬼（虽然它可能还没有闹鬼），而且自带悲剧色彩。悲剧就像麻疹、风疹或腮腺炎一样，会传染，但悲剧又不像这些传染病一样，因为它没有疫苗。弗林特市弗兰克·彼得森的不幸遇害已经影响了他的整个家庭并波及整座城，这令霍莉不禁怀疑，在这个人们之间长期联系较少的城郊社区情况是否也会如此，但是霍尔姆斯一家确实已经不复存在了，除了眼前这所空荡荡的房子之外什么都不剩了。

霍莉犹豫不决，思量着是否要给这所门前立着待售牌子的房子拍张照片，它一定是一张充满悲伤和失落感的照片，但她最终还是决定不拍了。她即将要见的那些人当中有一些人可能会理解，可能会感受到照片背后的情感，但大多数人可能不会，对他们而言那只不过是一张照片。

霍莉离开霍尔姆斯家老宅，驱车来到位于镇郊的逝者安息的墓地。在这里，她发现霍尔姆斯一家团圆了：父亲、母亲，还有他们唯一的儿子。墓地上没有鲜花，希斯·霍尔姆斯的墓碑甚至还被人推倒了。霍莉可以想象特里·梅特兰的墓碑可能也遭遇了同样的厄运。悲伤会传染，愤怒亦如此。希斯·霍尔姆斯的墓碑上只刻了逝者姓名和生卒日期，上面还有一小块可能是有人扔鸡蛋留下的干渍。霍莉费了一番力气把希斯的墓碑扶了起来，她不指望那块可怜的墓碑会一直好好地立在那儿，但她只是做了一个人该做的事情。

"霍尔姆斯先生，你没有杀人，对吧？你只是在错误的时间出现在了错误的地点。"霍莉发现旁边的一座坟墓上有一小束花，便从中抽了几支摆在希斯的墓前。在坟前摆上采来的花是一种可悲的纪念，因为那花已是失去生命的亡花，但有总比没有强。"但你还是无法摆脱被人冤枉的罪责，这里没有人会相信真相，我觉得我今晚要见的那些人也不会相信的。"

尽管如此，霍莉同样会试图去说服他们。无论是扶起被人恶意推倒的墓碑，还是试图说服二十一世纪的男男女女这个世界上存在恶魔，而那些恶魔最大的优势就是自认为理性的人类不愿意相信它们的存在。

霍莉环顾四周，看见附近一座矮丘上有一个墓穴（在俄亥俄州的这片地带，所有的山丘都很低矮）。霍莉走了过去，她凝视着墓穴洞门上方的花岗岩上刻着的名字——格雷夫斯①，真是再合适不过了——然后走下三级石阶，她朝里面瞥了一眼，看见一个石凳，人们可以坐在那里冥想格雷夫斯家的各位昔日被安葬的情景。那个局外人干完肮脏龌龊的勾当之后，有没有在这儿藏身？霍莉认为他没有，因为随便一个人，甚至是推倒希斯·霍尔姆斯墓碑的蓄意破坏者都有可能溜达到这里往里瞧一眼，此外，时值下午，太阳光会照射到石凳那

---

① Graves，本为坟墓之意。

块冥想区一两个小时，自然会带来一阵短暂的温热。如果那个局外人真的如霍莉所想的一样，那么"他"一定更偏爱黑暗，虽然"他"不总是身处黑暗，不，在某些特定的时候"他"一定也会暴露在日光下的，那一定是至关重要的时候。霍莉对本案的调查尚未完成，但这一点她几乎可以肯定，另外还有一点：杀戮可能是它一生的事业，但悲伤则是它的食粮，还有愤怒。

不，那个恶魔没有来过这个墓穴休息，但霍莉认为它一定来过这片墓地，或许甚至是在梅维斯·霍尔姆斯和她儿子自杀之前就来过。霍莉觉得（她清楚那可能只是她自己的幻觉）她能够闻到它出现时留下的气息，当初布莱迪·哈茨费尔德身上就有他自己特有的气味，那种非自然的臭味，比尔也知道这一点，照顾哈茨菲尔德的护士们也知道这一点，虽然当时人们认为他正处于类紧张性精神分裂症状态。

霍莉缓缓走到墓地大门外的小停车场，手中的包不停地撞着她干瘦的臀部。停车场里只有她那辆普瑞斯在酷暑中孤零零地等候自己的主人，霍莉从它旁边走过，然后三百六十度转了一圈环顾四周，仔细研究着每一寸周遭环境。她现在置身于一个农庄附近——她能够闻到化肥的味道——但她所在的地方是一个丑陋而又贫瘠的工业废弃区过渡带。这里的照片一定不会出现在商会（假设瑞吉斯有商会的话）的宣传册上，因为这里毫无利益可言，不仅没有什么可吸引眼球的亮点，反而会令人反感，似乎这里的每一寸土地都在说着"走开，这没有什么你要的东西，再见，永远别回来！"。是的，这里有墓地，但是一旦冬季到来，很少会有人来这片安息地，就连极少数来向逝者草草致敬的活人也会被刺骨的北风冻跑的。

墓地北边是火车道，但那里的铁轨已经生锈了，枕木间杂草丛生。旁边有一个废弃已久的火车站，窗户上也钉着木板被封起来，就像霍尔姆斯家的窗户一样。车站后面的岔道上孤零零地停着两节货车车厢，车轮被厚密的藤蔓覆盖，它们看起来好像从越战时期就停在那里了一样。废弃的车站附近是一些同样废弃已久的仓库之类的东西，霍莉猜那应该是废弃的修理棚。修理棚后面，有一间破工厂坐落在齐腰深的大片向日葵和灌木丛中，摇摇欲坠的粉色砖墙上喷着一个纳粹的万字符，而在很久很久以前那些砖头曾是赤红色的。她看到了自己离开这个小镇时可以走的高速公路，路的一边立着一块倾斜的广告牌，上面写着：**堕胎即是扼杀生命！珍爱生命！**路的另一边是长长的一排低矮建筑，屋顶上写着**罗伯洗车**的标语，空荡荡的停车场里还有一句标语，霍莉今天已经见过一次了：**待售，请联系代顿第一国家银行。**

我认为你在这里，不在那个墓穴里，但在那附近。在一个起风时你能够闻得到眼泪的地方，在一个你能够听得到大人或孩子推倒希斯·霍尔姆斯的墓碑，甚至之后朝着他的墓碑撒尿时哈哈大笑的地方。

尽管天气很热，但霍莉此时却感觉一阵发冷。如果有更多的时间，她可能会去调查那些空荡的地方，那些地方没有危险，因为那个局外人早就已经离开了俄亥俄州，很有可能也已经离开了弗林特市。

霍莉拍了四张照片：火车站、货车车厢、工厂、废弃洗车场。霍莉拍完后又把照片查看了一遍，认为那些照片拍得可以，也必须可以，因为她要赶飞机。

是的，还要去说服那些人。

如果她可以说服他们就最好。霍莉刚刚感觉自己非常渺小、非常孤独。对于自己即将在弗林特市说的话、做的事，她很容易想象到人们的嘲笑奚落，她很自然地就会想到这些事情，但她会尽力去说服。她必须要尽力，是的，为了那些被杀害的孩子——包括弗兰克·彼得森、霍华德家的两个女孩，以及所有即将遭到毒手的孩子们——还为了特里·梅特兰和希斯·霍尔姆斯。霍莉要尽力去做身为一个人该做的事情。

她还有一个地方要去，庆幸的是，那个地方顺路。

# 2

　　一位老人坐在特罗特伍德社区公园的长椅上，他很乐意地为霍莉指了那两个可怜的小女孩的尸体被发现的地方。他说那儿不远，霍莉到了那儿就会知道了。

　　事实证明，她确实找到了。

　　霍莉把车停在路边，下了车，眼前那条峡谷俨然已经被哀悼者以及伪装成哀悼者的寻求刺激的狂热分子装扮成了一片圣地。峡谷里遍地都是闪闪发光的卡片，上面写着**悲伤**和**天堂**之类的字眼；那里有很多气球，有些已经漏气了，有些还是崭新的，尽管早在三个月前安珀·霍华德和乔琳娜·霍华德就被发现遇害了，但可见至今仍不断有人前来悼念；还有一尊圣母玛利亚的塑像，有爱搞恶作剧的人还给她画上了小胡子；地上有一只泰迪熊，胖乎乎的棕色熊身已经发霉，长满绿色的毛，让霍莉不禁打了个寒战。

　　霍莉举起平板电脑拍了一张照片。

　　这里没有她在墓地闻到（或想象闻到）的那股味道，但是霍莉毫不怀疑那个局外人在安珀·霍华德和乔琳娜·霍华德的尸体被发现后来过这里。他一定是把前来这块临时圣地进行悼念的朝圣者们流露的悲伤视为一瓶上好的勃艮第佳酿享用，他一定还享受那些前来冥想霍华德家的两个女孩遭受凌辱的细节的人流露的兴奋和发出的尖叫——并不会有很多人，但会有一些，总是会有几个人那么变态。

　　*是的，你来过，但没有太早。你是等到不会引起不必要的注意时才来的，就像弗兰克·彼得森的哥哥开枪打死特里·梅特兰那天的时机一样。*

　　"只有那个时候你才无法抵抗，对吧？"霍莉小声地自言自语着，"就像一个非常饥饿的人无法抵抗一顿丰盛的感恩节大餐一样。"

　　一辆小型面包车停在霍莉的普瑞斯前面，那辆车的保险杠一侧贴着妈妈的出租车贴纸，另一侧贴着**我相信第二修正案，我投票赞成。**从车上下来的女人三十多岁，穿着考究，身材丰满，是个美人。她手里拿着一束鲜花，跪下来，把花摆在一个木制十字架旁边，十字架的一端写着**小姑娘们**，另一端写着**与耶稣同在**。然后漂亮女人站了起来。

"真令人悲伤，是吧？"她对霍莉说。

"是啊。"

"我是基督徒，但我很高兴凶手死了，真的很高兴，我也很高兴他下地狱了。我这样是不是很可怕？"

"他没有下地狱。"霍莉说。

漂亮女人好像挨了一巴掌一样往后缩了一下身子。

"他把地狱带到了人间。"

霍莉开车前往代顿机场。她走得有点儿迟了，但她仍然忍住不超速驾驶。法律之所以成为法律是有原因的。

# 3

迫不得已坐通勤班机（比尔称之为"罐罐航空"）有它的优势。一方面，最后一段航程飞机在弗林特市的基奥瓦机场着陆，省了从盖城到弗市的七十英里车程。另一方面，航程有三次转机，这间隙使得她有机会继续进行调查。在短暂的转机期间，霍莉利用机场 WiFi 以最快的速度下载了最多的信息，而在飞机航行期间，她又全神贯注地快速读完了下载的资料。霍莉的注意力高度集中，以至于在第二段航程中，那架三十座的小涡轮螺旋桨机遇到气流，像电梯一样突然快速下坠时，她几乎都没有听到乘客们惊慌的叫喊声。

霍莉的航班只延误了五分钟，她下飞机后第一个冲上一辆赫兹出租车，最后一步冲刺时引得不堪重负的销售员狠狠瞪了她一眼。在进城的路上，霍莉眼看约定的时间逼近，终于向超速的诱惑屈服了，但她每小时只超速了五英里。

# 4

"那个是她，肯定是。"

霍伊·戈尔德和亚力克·佩利正站在霍伊的办公楼外。这时霍伊指着从对面的人行道小跑过来的一位身形苗条、身穿灰色套装和白色衬衫的女人说。

一只大托特包随着她的脚步不停地撞着她干瘦的臀部，她的头发剪到齐下巴的长度，看起来利落干练，白发恰如其分地止于眉毛处，她的唇上可略见一点儿口红的残色，但除此之外她再没有化妆。太阳开始落山了，但盛夏一整天的酷热尚未消散，一滴汗水顺着她的面颊淌下。

"吉伯尼女士？"霍伊上前一步问道。

"是我，"霍莉去气喘吁吁地应道，"我迟到了吗？"

"实际上，您提前到了两分钟。"亚力克说，"我来帮您拿包吧？它看起来很重。"

"没关系的，我还好。"霍莉的目光从矮壮的秃顶律师身上转移到雇用她的调查员身上，佩利比他的律师老板至少高出六英尺，花白的头发直接梳到脑后，他今晚穿了一条褐色便裤和一件领口敞开的白衬衫。"其他人都到了吗？"

"差不多了，"亚力克说，"安德森侦探——啊，说曹操，曹操到。"

霍莉转过身来，看见三个人走过来。走在中间的是一个风韵犹存的中年女人，虽然她略施脂粉局部遮盖了一下黑眼圈，但她的眼睛下面那两个重重的黑圈依然很明显，由此可以推测她最近可能一直没有睡好。走在她左侧的是一位身材消瘦、神情紧张的男人，他的头发打理得异常整齐，甚至让人觉得死板，但单单脑后有一绺头发从整齐的发型中松散出来。走在她右侧的是……

安德森侦探是一个高个子男人，他的两肩不平，向一侧倾斜，如果他不开始加强锻炼身体并注意饮食，很可能就会变得大腹便便。他的头微微向前探，那双蓝色的明眸把霍莉从头到脚彻头彻尾地打量了一番。这个人不是比尔，他当然不是，比尔两年前就已经离开了，再也没有回来，而且这个男人比霍莉当年初识比尔时的比尔还要年轻得多，但这个男人脸上那种急切的好奇同比尔脸上的一模一样。这个男人握着那个女人的手，这说明她就是安德森太太了。真有趣，她竟然跟他一起来了。

双方成功会师，开始一片人物介绍。那个脑后梳着一绺头发的细高个男人原来是弗林特县地方检察官威廉姆·塞缪尔斯。他自我介绍说"请叫我比尔"。

"咱们上楼吧，别在外面受热了。"霍伊提议。

安德森太太——珍妮特——问霍莉旅途是否顺利，霍莉做出了恰当的回答。然后她转向霍伊，问他们即将开会用的房间是否配有视听设备，霍伊回答她说当然有，并告诉她如有需要敬请使用。众人走出电梯时，霍莉礼貌地询问能否借用一下卫生间。"我需要借用一两分钟，我是从机场直接赶过来的。"

"当然可以。在大厅尽头，左转，应该没有锁。"

霍莉担心安德森太太会主动提出陪她一起去，但幸好珍妮特没有那样做。这样很好，霍莉确实需要小便（她妈妈总是说"上厕所"），但她脑子里有更重要的事情要做，这件事只能完全由她一个人参与。

霍莉坐在女卫生间的小隔间里，撩起裙子，把包夹在脚上穿着的那双舒适的乐福鞋之间。她闭上眼睛，不禁心想这样一间贴满瓷砖的房间简直就是一个浑然天成的扩音器。霍莉开始默默祈祷。

又是信徒霍莉·吉伯尼，上帝，现在我需要你的帮助。你知道我向来不擅长和陌生人相处，而今晚我要应付六个陌生人！如果梅特兰先生的寡妇也在的话，那就是七个！我害怕极了，但如果我不承认自己害怕的话，那我就是在撒谎。比尔可以从容应对这样的事，但我没他那个本事。请帮帮我，让我能够像他那样应对这种情况吧！请帮帮我，让我能够理解他们不相信恶魔的存在只是处于天性，让我不要畏惧。

霍莉大声做完祈祷，但最后小声嘀咕着："上帝啊，求你帮帮我不要把事情搞砸了！"她停顿了一下，接着又补充一句，"我现在不抽烟了。"

# 5

会议在霍华德·戈尔德的办公室举行，这间办公室比美剧《傲骨贤妻》(霍莉看完了全部七季，现在正在追续集)里的那间还要小，但它布置得非常精美——极具艺术品位的装饰图片、抛光的红木桌子、高档的皮质椅子。梅特兰太太果然来了，她坐在戈尔德先生的右手边，此时坐在桌子主位的霍伊正在问她家里的两个小姑娘在由谁照看。

玛茜面色苍白地对他笑了一下。"卢克什·帕特尔和钱德拉·帕特尔夫妻俩主动提出帮忙。他们的儿子拜伯·帕特尔之前是特里的队员，事实上，那天当……"她看了一眼安德森侦探，然后接着说，"当你的人逮捕他的时候，拜伯正在三垒。拜伯非常伤心，他无法理解。"

安德森抱起双臂，一言不发。他的妻子将一只手搭在他的肩上，在他耳边低语了几句不能让外人听到的话，然后安德森点了点头。

"现在我宣布会议正式开始，"戈尔德先生说，"我没有制定议程，但或许我们的客人想最先发言吧。这位是霍莉·吉伯尼，是亚力克在本案末期雇来调查代顿方面信息的私家侦探。现在我们假设代顿与弗市的两起案件有关联，至于他们是否确实有关联，这也是我们今天汇集于此要决定的事情之一。"

"我不是私家侦探，"霍莉否定了霍伊的介绍，"我的搭档彼得·亨特利才持有私家侦探执照。我们公司经营的主要业务是回购、追债，偶尔也会做不会遭到警方斥责的刑事调查，比如，我们在寻找丢失宠物方面一直做得很好。"

霍莉这番话讲得很蹩脚，她感觉自己的脸在发烫。

"吉伯尼女士有点儿太谦虚了，"亚力克说，"我相信贵方曾成功追捕过一位名叫莫里斯·贝拉米的暴力犯罪逃犯。"

"那是我搭档的案子，"霍莉说，"我的第一任搭档，比尔·霍奇斯的。他已经去世了，佩利先生——亚力克——您是知道的。"

"是的，"亚力克说，"我对此深表遗憾。"

安德森侦探已经向霍莉介绍过了那位拉美裔州警，尤尼尔·萨布罗。这时，尤尼尔清了清嗓子说："我相信您和霍奇斯先生还办过一宗大型连环杀人及蓄意制造恐怖案，嫌犯是一位名叫哈茨菲尔德的年轻人。而您，吉伯尼女士个人成功阻止了他在一个人群众多的礼堂引发一场重大爆炸，挽救了成千上万年轻人的性命。"

尤尼尔的这番话引起席间一阵窃窃私语。霍莉此时的脸越发烫了，她本想告诉在座的各位其实她并没有成功，她当初只是暂时阻止了布雷迪的杀人野心，他回来只是为了制造更多的死亡。但此时说这些，时机和地点都不合适。

萨布罗中尉继续说："我想您一定受到市政府的嘉奖了吧？"

"我们总共有三个人受到了嘉奖，但所有的奖励只是一把金钥匙和一张有效期十年的公交卡。"霍莉环视了一圈在座的各位，不幸地发现自己竟然还在像一个十六岁的孩子一样脸羞得通红。"那是很久以前的陈年旧事了。至于这件案子，我想把我的调查报告和我个人的结论留到最后向大家陈述。"

"就像那些老式英国侦探小说的终章里大侦探最后解开谜团时一样，"戈尔德先生笑眯眯地说，"我们所有人陈述已知的信息，然后你站起来解释谁是凶手、是如何行凶的，让在座的各位大吃一惊。"

"祝我们好运！"比尔·塞缪尔斯开口说道，"现在一想到彼得森的案子我就头疼。"

"我想我们已经掌握了案件的大部分信息碎片，"霍莉说，"但我认为，即使是现在，这些信息也并没有全部都摆在我们眼前。我心里一直记得的是——我敢肯定你们会认为这很愚蠢——那句老话'东家不闻西家事'，但现在东家和西家都在这儿了——"

霍伊插嘴道："更不用提南家、北家、中家了。"他看到霍莉的表情后接着说，"我不是在开玩笑，吉伯尼女士，我同意你的观点，把所有信息都摊开摆到桌面上，谁先开始？"

"尤尼尔先来吧，"安德森说，"因为我现在正行政休假。"

尤尼尔把公文包放到桌上，然后拿出他的笔记本电脑。"戈尔德先生，您能教我如何使用这个投影设备吗？"

霍伊很乐意效劳，而霍莉则在一旁认真看着霍伊的操作，这样等会儿轮到她时，她自己就可以得心应手，不必麻烦别人了。线路连接好后，霍伊调暗室内灯光。

"好的，"尤尼尔说，"吉伯尼女士，如果稍后我的陈述与您在代顿查到的信息相悖，我要先提前向您道个歉。"

"完全没问题。"霍莉回答说。

"我同代顿警察局的比尔·达尔文上尉和特罗特伍德警察局的乔治·海史密斯中士进行了交谈，我告诉他们我方也有一件类似的案子，很可能与出现在我方及他方案发现场附近的一辆被盗面包车有关，他们表示很乐意提供帮助。多亏神奇的远程通信技术，如果设备正常的话，现在所有的资料都会出现在这儿。"

会议室的背投屏幕上出现尤尼尔的电脑桌面，他点击了一个命名为**霍尔姆斯**的文件夹。第一张照片是一名身穿县监狱橙色连体囚服的男子，红褐色平头短发，两侧脸颊有短胡茬，男子的眼睛微微眯起，看起来让人感觉就像一名罪犯，或者他只是在拍照时想到自己的人生发生了转折而感到震惊。霍莉在四月三十一日的《代顿日报》头版见过这张照片。

"照片上的这名男子是希斯·霍尔姆斯，"尤尼尔介绍道，"三十四岁，因谋杀安珀·霍华德和乔琳娜·霍华德的罪名被捕。我有两个女孩犯罪现场的照片，但我不想在此展示给诸位看，因为你们看后会睡不着觉的，这是我迄今为止见过最严重的残尸。"

席间七位观众都默不作声。珍妮紧紧抓着丈夫的手臂，玛茜则像被催眠了一样，眼睛都不眨一下地一直盯着霍尔姆斯的照片，并用一只手捂着自己的嘴巴。

"霍尔姆斯除了未成年时有盗窃车兜风的不良记录和几张超速罚单外，无犯罪记录。他的工作每年有两次评估记录，首先是亲慈医院的，其次是海斯曼记忆疗养院的，评估结果都非常完美。同事和患者对他的评价都很高，大家对他的评价类似都是'他总是很友好很真诚地照顾人''他非常努力'。"

"他们也都是这样评价特里的。"玛茜咕哝了一句。

"这毫无意义，"塞缪尔斯提出反对，"人们也是这样评论连环杀手泰德·邦迪的。"

尤尼尔继续说："霍尔姆斯告诉他的同事，他计划休假那一周去瑞吉斯陪他的母亲，瑞吉斯是代顿和特罗特伍德以北三十英里的一个小镇。在他休假期间，霍华德家两个小女孩的尸体被一名邮递员发现，邮递员在送信途中发现霍华德家一英里外的峡谷里聚集了一大群乌鸦，于是就停下来一探究竟。结果，他宁愿自己没有去看。"

尤尼尔点击屏幕，红褐色平头希斯·霍尔姆斯的照片变成了两个金发小女孩的，照片是在一个嘉年华或游乐场拍的，霍莉看到背景中有一个大摆锤。安珀和乔琳娜正像举着奖品一样高高举起手中的棉花糖，对着镜头微笑。

"此处不应该指责受害者，但霍华德家的两个小女孩确实是棘手的麻烦精。母亲酗酒、父亲不明、家庭收入低、住在脏乱差的街区，校方把这两个小女孩列入'危险后进生'。她俩曾多次逃学，四月二十三日星期一上午十点左右时就是这个情况，当时安珀没课，乔琳娜声称自己要去卫生间，所以这两个孩子很可能是提前计划好要逃学的。"

"《逃离恶魔岛》哈。"比尔·塞缪尔斯说了一句。

这个笑点没有引发席间任何人发笑，所有人都面色凝重。

尤尼尔继续说："正午之前不久，有人在离学校五个街区的一家小啤酒杂货店见到她们。这一点得到证实，店里的监控镜头拍下了她们俩。"

屏幕上出现一张清晰的黑白照片——霍莉心想，这有点儿像充满恐惧、邪恶色彩的老式黑色电影。她盯着大屏幕上那两个金色头发的小姑娘，一只手里拿着两杯汽水，另一只手里拿着两根棒棒糖，两个人身上都穿着牛仔裤和 T 恤，两个人看起来都不高兴。手里拿着棒棒糖的那个小女孩嘴巴张得大大的，皱着眉头，正用手指着售货员。

"店员知道她们当时应该在学校上课，所以不卖给她们东西。"尤尼尔说。

"没开玩笑，这是真的，"霍伊说，"你几乎可以听到那个大女儿正在骂他。"

"没错，"尤尼尔说，"但这还不是有趣的地方。请看镜头右上角，人行道上有个人正透过窗户往里看。这里，我把画面放大一点儿。"

玛茜轻声说了点儿什么，可能是惊叹了一句"天哪"。

"是他，对吧？"塞缪尔斯激动地说，"是霍尔姆斯，他正看着她们。"

尤尼尔点点头。"店员是安珀和乔琳娜生前的最后一位目击者，但是有很多监控摄像头拍到了她们。"

尤尼尔点击鼠标，会议室前的屏幕上呈现出另一个监控摄像头拍下的画面。这张照片是一个加油站的监控摄像头拍下的，画面下角显示的时间是四月二十三日下午十二点十九分。霍莉心想这肯定是她那位海斯曼的护士线人提到的加油站监控照片，之前坎迪·威尔逊猜测监控画面中拍到的那辆车很可能是霍尔姆斯的卡车，他那辆炫酷花哨的改装版雪佛兰，但没想到她猜错了。监控画面显示，希斯·霍尔姆斯正迈着步子走回一辆车身上印着**代顿景观绿化与游泳池清理**的镶板卡车，他可能已经付过加油费了，正一只手拿着一杯汽水回到车上。霍华德家的大女儿安珀正从驾驶座那边的车窗探出头来。

"那辆卡车是什么时候被盗的？"拉夫提问到。

"四月十四日。"尤尼尔回答到。

"他一直把车藏起来，直到准备就绪，也就是说，这是一起有计划的犯罪。"

"是的，看起来确实如此。"

珍妮开口了："那两个女孩就……就那样跟他上车了？"

尤尼尔耸耸肩。"还得说，不应该指责受害者，你不能因为两个这么小的孩子做了错误的选择而去指责她们，但这张照片确实表明她们是自愿跟他走的，至少一开始是。霍华德太太告诉海史密斯警官，大女儿安珀喜欢到处乱跑，她养成了一个坏习惯，一想去哪儿就搭车。虽然母亲教育过女儿很多次，说那样很危险，可她就是不听。"

霍莉认为这两张监控摄像头拍到的照片讲述了一个很简单的故事：局外人见到两个女孩在啤酒杂货店遭到店员的拒绝售卖，便主动提出付油费的时候可以帮她们捎带买汽水和棒棒糖，之后他可能还告诉她们可以载她们回家或者到她们想去的地方。他表现出好像自己只是一个向两个逃课的小女孩伸出援手的好心人一样，毕竟他自己也年轻过。

"霍尔姆斯最后一次露面是在下午六点多一点儿，"尤尼尔接着说，"出现在代顿郊区的一家华夫饼屋。他当时脸上、手上还有衬衫上都是血，他告诉女服务员和快餐厨师说自己的鼻子流血了，然后就到男卫生间去清洗了。他从卫生间出来之后，点了一些食物要外带，在他离开的时候，厨师和女服务员发现他的衬衫背后和屁股后面的裤子上也有几处血迹，这令他们对他的话产生了怀疑，因为众所周知，人的鼻子都长在前面。于是女服务员记下他的车牌号，然后报了警。后来他们两人都从六张嫌犯照片中指认出了霍尔姆斯，他那头红褐色的头发很难让人认错。"

"他在华夫饼屋的时候还是开着那辆镶板卡车？"拉夫再次提问。

"嗯哼。两个小女孩的尸体被发现后不久，警方就在瑞吉斯市政公园的停车场发现了那辆被遗弃的车，警方在车后座发现了大量血迹，车上到处都是他的指纹和两个小女孩的指纹，有些指纹甚至在血迹中。同样，这与弗兰克·彼得森的谋杀案高度相似，事实上，这令人非常震惊。"

"他位于瑞吉斯的家距离镶板卡车弃车的位置有多远？"霍莉问道。

"不超过半英里。根据警方推断，他把车抛弃在那儿，之后步行回家，换下血衣，然后给他妈妈做了一顿丰盛的晚餐。当地警方几乎立刻就完成了采集指纹的工作，但是花了好长一段时间才办完手续，最终得出他的名字。"

"因为霍尔姆斯偷车兜风的时候还是个未成年人，那不属于非法犯罪。"拉夫解释道。

"Si, Señor（是的，先生），"尤尼尔一激动又蹦出了这句西班牙语，"四月二十六日，霍尔姆斯走进海斯曼记忆疗养院，主管女士，琼·凯利太太问他休假的时候跑到那里做什么，他说他要去储物柜里取点儿东西，还说既然他已经在那儿了就顺便去查看几位患者。他的话令凯利太太觉得非常奇怪，因为只有护士才配有储物柜，而护工只在休息室拥有塑料小格子，此外，护工入职时就接受过培训，规定要称那些付费患者为居民，而霍尔姆斯则通常非常友好地直接称呼他们为伙计们、姑娘们。不管怎么样，特里·梅特兰的父亲就是那天他查看过的患者之一，之后警察在梅特兰先生的浴室发现了几根金色的头发，经法医鉴定，与乔琳娜·霍华德的头发匹配。"

"这他妈的也太方便了，"拉夫说，"难道没有人认为那是故意设计好的吗？"

"证据越来越多，他们就认为他是粗心大意了，或者是故意想被抓。"尤尼尔说，"镶板卡车、指纹、监视器拍下的画面……在他家地下室发现的两个小女孩的内裤……还有锦上添花的一笔，DNA 对比结果匹配。从被拘押的嫌犯身上采集的口腔内膜拭子与犯罪现场留下的精液相吻合。"

"我的上帝啊！"比尔·塞缪尔斯惊叹道，"这真的是旧戏重演哪！"

"只是有一个很不同的例外，"尤尼尔说，"希斯·霍尔姆斯没有那么幸运，霍华德家的姑娘们被掳走奸杀的同一时间，希斯没有在讲座上被摄像机拍到。只有他母亲坚持发誓称他一直都在瑞吉斯，说他从来没有去过海斯曼，当然也没有去过特罗特伍德。老太太说'他干吗要去那儿呢？那个到处都是烂人的烂镇'。"

"她的证词对陪审团而言不会起任何作用。"塞缪尔斯说，"嘿，如果你亲妈都不会为你撒谎，谁还会？"

"他休假的那周，周围的邻居也都见到了他。"尤尼尔接着说，"他替他母亲修剪草坪、修理排水沟、粉刷门廊，还帮助住在街对面的女士种花，而那件善举恰好就是他在霍华德家的女孩遇害那天做的。而且，他开着他那辆炫酷的改装车四处跑腿时，很难不被人注意。"

霍伊问："住在街对面的女士能证实那两个女孩被杀前后霍尔姆斯跟她在一起吗？"

"她说当时是上午十点左右，接近一份不在场证明，但不确凿。瑞吉斯到特罗特伍德的距离可比弗林特市到盖城的距离要近得多，警方推断他帮邻居种完花什么的之后，便立即开车前往市政停车场，把他那辆雪弗兰换成了镶板卡车，之后就去狩猎了。"

"特里要比霍尔姆斯先生幸运，只是还不够幸运。"玛茜先看了看拉夫，然后又看了看比尔·塞缪尔斯，拉夫与她的目光相对，而塞缪尔斯要么是不能、要么是不愿意去直视她的眼睛。

尤尼尔说："我还有一件事——用吉伯尼女士的话说，是还有一片谜团的拼图——但我要把它留到拉夫简述完梅特兰案的调查情况之后再讲，不管他讲的大家是赞成还是反对。"

拉夫长话短说，像在法庭呈上证据一样，言简意赅地汇报了梅特兰案。他还告诉诸位，克劳德·博尔顿曾告诉他，特里同博尔顿握手的时候用指甲划伤了他。之后他告诉诸位，在坎宁镇发现了衣物，有裤子、内裤、袜子、运动鞋，但没有衬衫，然后他又回过头说起他在法院门前的台阶上看到的那个烧伤男。他说自己无法断定那名男子当时用的就是特里在杜布罗火车站时穿的那件衬衫来蒙住他那想必伤痕累累、毫发不生的头，但他相信那很可能是真的。

"当时法院现场肯定有电视台的录像，"霍莉提出疑问，"你们查过了吗？"

拉夫和萨布罗中尉交换了一下眼神。

"我们查过了，"拉夫回答说，"但是那个男人没有出现在录像画面中，所有的录像中都没有他。"

这话又引起席间一阵骚动，珍妮又一次抓住拉夫的胳膊，真的，紧紧地抓着。拉夫伸出手轻轻拍着爱妻，安慰她，但他的眼睛却看着那位从代顿远道飞来的女士。霍莉的脸上没有丝毫困惑的神情，她看起来感到很满意。

# 6

"杀死霍华德家女孩的凶手开的是一辆镶板卡车，"尤尼尔说，"他完成犯罪之后就将车抛弃在一处很容易被人发现的地方；杀死弗兰克·彼得森的凶手也是同样处理那辆用来掳走彼得森的面包车的，事实上，凶手将车停在脱衣酒吧后面，并同几名目击证人讲话，是为了故意吸引人们对那辆车的注意，霍尔姆斯同华夫饼屋的女服务员和厨师讲话也是同理。俄亥俄州警方在那辆镶板卡车上发现大量指纹，既有凶手的，也有受害者的；我们在面包车上也同样发现了大量指纹。但面包车上的指纹包含至少一套不明指纹，直至今日依然不明。"

拉夫把身体向前探出，十分专注地听着尤尼尔的汇报。

"我给你们看点儿东西。"尤尼尔说罢摆弄着他的笔记本电脑，随之屏幕上出现两张指纹的照片，"这些是纽约那个偷面包车的孩子的指纹，一个是从面包车上采集的，另一个是他在埃尔帕索被捕时警方录入的。现在请诸位看好。"

尤尼尔又摆弄了几下电脑，只见两个指纹重叠在一起，完全吻合。

"这是默林·卡西迪的。现在来看弗兰克·彼得森的——一个是法医采集的，一个是从面包车上采集的。"

两个指纹再次重叠，同样完全吻合。

"接下来，梅特兰的。一个是从面包车上采集的——在此我要补充一句，这个是在许多他的指纹中随机挑选出的一个——另一个是在弗林特市警察局录入的。"

尤尼尔将它们重叠在一起，两个指纹依然完全吻合。玛茜叹了口气。

"好了，现在各位请小心你们的下巴，不要太吃惊。左侧的是从面包车上采集到的一个不明嫌犯的指纹，右侧的是希斯·霍尔姆斯在俄亥俄州蒙哥马利县警察局录入的指纹。"

尤尼尔将两个指纹重叠,这次两个指纹并没有完全吻合,但高度吻合。霍莉相信陪审团会承认该比对结果为吻合,她当然相信。

"诸位会发现这两个指纹之间存在细微的差异,"尤尼尔说,"那是因为面包车上的霍尔姆斯的指纹有一点儿模糊变浅了,这可能是由于时间太久的关系。但它们足可以让我相信希斯·霍尔姆斯曾出现在那辆面包车中。这是一条新信息。"

房间里一片沉默。

尤尼尔又展示了两个指纹。左边的非常清晰,霍莉意识到他们刚刚看过这个指纹,拉夫也意识到了。"是特里的,"他说,"面包车上的。"

"正确!右边的是从谷仓的皮带扣上采集的。"

这两个指纹上的螺纹全部相同,但奇怪的是有些地方的螺纹消失不见了。当尤尼尔将这两个指纹重叠时,面包车上的指纹填补了皮带扣上的指纹的缺失部分。

"毫无疑问他们是相同的,"尤尼尔说,"都是特里·梅特兰的。只是皮带扣上的那个指纹看起来像是一个高龄长者的。"

"那怎么可能呢?"珍妮不禁发问。

"不可能,"塞缪尔斯提出反对,"我见过一套梅特兰的入案资料上的指纹……就是在他最后一次触碰那个皮带扣后不久,全部都是非常清晰的,每条线条和螺纹都是完整的。"

"我们从皮带扣上也采集到一个不明嫌疑犯的指纹,"尤尼尔说,"就是这个。"

这个指纹是不会被陪审团接受作为证物的。它上面确实有几条线条和螺纹,但全部非常模糊,几乎都要不见了。整个指纹几乎都是模糊不清的。

尤尼尔说:"这个指纹的清晰度太低,不可能得到确定,但我认为它不是梅特兰先生的指纹,也不可能是霍尔姆斯的指纹,因为那个皮带扣首次出现在火车站的监控视频中时他已经死很久了。然而……希斯·霍尔姆斯曾出现在掳走彼得森的面包车上。我不知道该如何解释那是什么时间、怎样，或者为什么发生的，但毫不夸张地说，我敢打赌我知道是谁在那个皮带扣上留下了模糊的指纹，而且我至少有五成的把握知道梅特兰的指纹为什么会看起来那么像一位老人的。"

尤尼尔拔掉他的笔记本电脑，回到座位上坐下来。

"现在很多信息都已经摆在我们眼前了，"霍伊开口说，"但如果这些信息真的能呈现出一个完整的案件，那我就要崩溃了。还有谁有什么要说的吗？"

拉夫转过头看着他的爱妻。"告诉他们，"他说，"告诉他们你梦到谁在咱们家。"

"那不是梦，"珍妮反驳道，"梦会渐渐被遗忘，但现实不会。"

珍妮一开始慢条斯理地讲，但是后来越讲越快，她告诉大家自己看到楼下有灯亮着，然后发现拱门后面有个男人正坐在原本摆在厨房的桌子边的一把椅子上。最后她告诉大家，那个男人用手指上褪色的蓝色文身字加以强调，让她转告警告——你**必须**告诉他住手。"我当时晕了过去，我这辈子从来没晕倒过。"

"她早上醒来时是在床上，"拉夫说，"家里没有入侵的痕迹，防盗报警器也是打开的。"

"就是一场梦。"塞缪尔斯断然说道。

珍妮用力摇着头，头发都甩起来了。"他当时就在那里。"

"有事情发生了，"拉夫说，"我非常确定。那个面部烧伤的男人的手指上有文身——"

"那个没有出现在录像画面中的男人。"霍伊说。

"我知道这听起来很——疯狂。但是在这件案子中，另一个人手指上也有文身，而我最终想起来他是谁了。我让尤尼尔给我发了一张照片，珍妮指认了他，珍妮在梦里——或者真的是在我们家——看到的那个人是克劳德·博尔顿，先生请进酒吧的保镖。就是跟梅特兰握手时被划伤的那个家伙。"

"就像特里撞上那名护工时被划伤一样，"玛茜开口说，"而那个护工就是希斯·霍尔姆斯，对吧？"

"哦，当然了，"霍莉盯着墙上的一幅画，心不在焉地回答她，

"除了他还能是谁?"

这时亚力克·佩利开口了:"你们有没有谁查过博尔顿的行踪?"

"我查了,"拉夫回答了他,之后详细解释道,"他当时在得克萨斯州西部一个叫马里斯维尔的小镇,那里距离这儿有四百英里,除非他偷偷藏了一架私人飞机,不然珍妮看到他的时候他是不会出现在我们家的。"

"除非他母亲在撒谎,"塞缪尔斯说,"就像我们之前提到的,当儿子成为警方的嫌疑人时,做母亲的始终愿意为自己的孩子撒谎。"

"珍妮也是这样想的,但那似乎不太可能。去他们家做调查的警察当时找了一个借口,而且他说博尔顿母子当时看起来都很放松,都是实话实说,没有遮遮掩掩。所以可疑度为零。"

塞缪尔斯将双臂交叉在胸前:"我不信。"

"玛茜?"霍伊说,"我想该轮到你来给这个谜案加点儿料了。"

"我……我真的不想讲。让警探讲吧,格蕾丝都跟他讲过。"

霍伊握起她的手说:"为了特里。"

玛茜叹了口气说:"好吧。格蕾丝也看见过一个男人,总共两次。她第二次见到他出现在我们家时,我以为她只是做了个噩梦,因为她爸爸去世后她一直很不开心……任何一个孩子都会那样的……"玛茜停了下来,咬着自己的下嘴唇。

"拜托,"霍莉说,"这非常重要,梅特兰太太。"

"是的,"拉夫也表示赞同,"这真的非常重要。"

"我确定那不是真的!绝对不是!"

"她描述那个人的样子了吗?"珍妮问道。

"算是吧。那个人第一次出现大概是在一周之前,当时格蕾丝和萨拉正一起在萨拉的卧室睡觉,然后她说那个人就飘在窗外。她说他的脸像是用培乐多橡皮泥捏出来的,他的眼睛是用稻草做的。任何一个人都会认为那只是一场噩梦的,不是吗?"

没有人对此做出回应。

"第二次是在星期日,她说她打了个盹儿,醒来的时候发现那个人正坐在她的床上。格蕾丝说那个人的眼睛不再是用稻草做的了,他拥有了她爸爸的眼睛，但他还是把格蕾丝吓坏了。他的手臂上有文身，还有他的手上。"

拉夫开口说："格蕾丝告诉我说那个人的培乐多橡皮泥脸不见了，他梳着黑色短发，头发都立着，嘴周围有一点儿胡须。"

"是山羊胡，"珍妮纠正他，她脸色苍白，看起来像病了一样，"是同一个人。她第一次可能是在做梦，但第二次……那个人就是博尔顿，肯定是。"

玛茜用两个手掌按压着太阳穴，好像头疼一样。"我知道这听起来像真的，但它肯定是一场梦。格蕾丝说那个人跟她讲话的时候他的衬衫在变换颜色，这种事情只会在梦里发生。安德森侦探，你想接着讲剩下的内容吗？"

拉夫摇了摇头对她说："你讲得很好。"

玛茜猛地拍了拍自己的双眼。"格蕾丝说那个人取笑她，他管格蕾丝叫小婴儿，然后格蕾丝哭了起来，这时他说格蕾丝伤心很好。之后他让格蕾丝给安德森侦探捎个口信，告诉他必须住手，不然就会有不好的事情发生。"

"用格蕾丝的话说，"拉夫说，"那个人第一次出现时，他看起来还没有做好，还没有完工。他第二次出现时，格蕾丝描述的那个很确定就像克劳德·博尔顿。只是他当时人正在得克萨斯，各位尽情猜想吧。"

"如果博尔顿当时在那儿，他就不可能在这儿。"比尔·塞缪尔斯听起来十分恼怒，"那是相当显然的事情。"

"特里·梅特兰的事也是显然的，"霍伊说，"而且现在，我们已经发现，希斯·霍尔姆斯的事也是如此。"他将注意力转向霍莉。"今晚我们这里没有马普尔小姐，但我们有吉伯尼女士。您能够替我们将这些信息碎片拼凑到一起吗？"

霍莉似乎没有在听他的话，她仍然在盯着墙上的一幅画看。"稻草做的眼睛，"她说，"是的，当然了，稻草……"她的声音越来越小。

"吉伯尼女士？"霍伊呼唤着她，"您有什么要对我们说的吗？还是没有？"

霍莉回过神来："是的，我有。我能够解释发生的一切，但我唯一的要求是，你们要保持思想开放。不过我想你们很快就会做到的，接下来我要给你们看我带来的电影中的一个片段，它就在我包里的DVD 机上。"

霍莉在心里又默默做了一次祈祷，她祈祷上帝赐予她力量（并在众人提出质疑或者表现愤怒时，请比尔·霍奇斯降临到她身边）。霍莉站了起来，将自己的笔记本电脑放在刚刚尤尼尔的电脑摆在桌上的位置，然后拿出她的 DVD 外部驱动器，将它连上投影仪。

# 7

　　杰克·霍斯金斯曾考虑为自己后颈的晒伤请病假，并向局长强调自己家有皮肤癌家族遗传病史，但他最终认为这不是一个好主意，便打消了请假的念头。事实上，他是觉得那样很可怕。如果家族性皮肤癌这件事情被盖勒局长知道，他几乎肯定会打发霍斯金斯收拾东西滚蛋，到时候消息一传开（罗德尼·盖勒的嘴巴可不严），霍斯金斯侦探就会成为全局的笑柄。虽然局长大人不太可能会批准他的病假，但万一他批准了，霍斯金斯就得立刻去看医生，可实际上他还没有做好心理准备。

　　杰克·霍斯金斯被提前三天召回来，然而，这很不公平，因为早在五月份时他的名字就已经列在休假人员的花名册上了。想到这里，杰克觉得自己有权像拉夫·安德森说的那样，来一个"宅家休假"，所以他整个星期三下午都泡在酒吧里。逛到第三家酒吧时，他几乎已经可以把坎宁镇那段令人毛骨悚然的小插曲忘得一干二净了，逛到第四家酒吧时，他已经不再那么担心自己后颈晒伤的事了，也不再那么担心昨晚自己遭遇的那场极其逼真的梦了。

　　逛到第五家酒吧时，杰克·霍斯金斯来到了脱衣酒吧。当值的酒保是一个非常漂亮的女人，虽然那个美人穿着紧身牛仔裤，凸显出她那双性感迷人的大长腿，但是霍斯金斯现在已经想不起她的名字了。他让那个美女酒保看了看他的脖子后面，然后告诉他什么样。美女酒保照做了。

　　"是晒伤。"她说。

　　"只是晒伤，对吗？"

　　"是的，只是晒伤而已。"她停顿了一下，然后接着说，"但是相当严重，那里起了一些小水泡，你应该抹点儿——"

　　"芦荟胶，我知道，有人告诉过我了。"

喝了五杯（也可能是六杯）伏特加汤力之后，杰克·霍斯金斯开车回家去，他挺直腰板，眼睛盯着方向盘后面的仪表盘，把车速刚好卡在最大限速。被交警拦下了可不是什么好事，这个州的法定车速上限是八十。

那边霍莉·吉伯尼在霍华德·戈尔德的会议室里开始她的汇报时，这边杰克·霍斯金斯几乎同时抵达了他的老庄园。他脱下内裤，记得锁好所有的门，然后迫不及待走进卫生间去缓解他的肾脏，他已经快要憋不住了。这个私人问题解决完毕之后，他再次拿起小镜子，对着卫生间的大梳妆镜查看自己的后颈。他心想，现在他的晒伤肯定在好转，可能已经开始脱皮了。然而当他看到镜子中的后颈时，结果并没有。晒伤的皮肤已经发黑了，皮肤上裂开了几个十字形的小口子，几滴珍珠般大小的脓水从其中两个皮肤裂口中流出来。杰克·霍斯金斯痛苦地呻吟着，他闭上眼睛，然后再次睁开，这时才松了一口气。镜子中没有发黑的皮肤、没有裂口、没有脓水，但是他的脖子后面通红通红的，是的，上面有一些小水泡。现在后颈的皮肤摸起来已经不像之前那么疼了，他已经喝了满满一肚子俄罗斯麻醉剂（俄国人的伏特加真是个好东西），怎么可能还会疼呢？

我必须控制酒量了，他暗自想着，该死，我现在已经发生幻视了，居然会看到一些不存在的东西。这是相当明显的信号，甚至可以说，这是警告。

家里没有芦荟胶，于是杰克·霍斯金斯往后颈晒伤的皮肤上厚厚涂了一层山金车酊凝胶（有促进伤口愈合的功效）。涂上药膏之后脖子后面发出一阵刺痛，但疼痛很快就消失了，至少缓解了，只剩下一丝轻微的抽痛。这样很好，不是吗？他拿了一条毛巾，盖在枕头上，以免沾上药膏被弄脏，他躺下来，然后关上灯。但是黑暗可不好，似乎在黑暗中疼痛感会变得更清晰，而且在黑暗中很容易想象房间里有什么东西跟他在一起。那个东西就是在废弃的谷仓里站在他身后的东西。

那里的东西只是我的幻想，皮肤发黑也只是我的幻想，还有裂口和脓水。

　　他想的这些都是真的，但是当他打开床头灯时，他心里感觉好多了，这也是真的。临睡前他最后的想法是，睡个好觉，一切就都会恢复正常。

"需要我把灯光再调暗一点儿吗?"霍伊问。

"不用,"霍莉说,"这是学习信息,不是休闲娱乐,而且虽然这部电影很短,只有八十七分钟,但我们不用看完整部片子,甚至都不用看大部分。"霍莉现在不像原先担心的那么紧张,至少目前还没有。"但是在看电影之前,我需要把一些话说清楚,虽然你们可能还没有完全准备好让自己的理性意识去承认一些真相,但我认为现在在你们必须要知道这些事。"

大家默默地看着霍莉,会议室里鸦雀无声。七双眼睛正齐刷刷地盯着霍莉,她几乎不敢相信自己正在做这样一件事——霍莉·吉伯尼肯定做不出这样的事,那个向来都是躲在教室最后一排的胆小鬼,那个上课从不敢举手发言的胆小鬼,那个上体育课时始终把运动服套在衬衫和短裙里面的胆小鬼,那个甚至二十多岁时都不敢跟妈妈顶嘴的霍莉·吉伯尼,那个曾经两次失去理智的霍莉·吉布尼。

但那一切都是在认识比尔之前的事了。他相信我会变得越来越好,而为了他我真的变得更加勇敢、自信了。现在,为了面前的这些人,我同样会变得更加勇敢、自信。

"特里·梅特兰并没有杀害弗兰克·彼得森,希斯·霍尔姆斯也没有杀害霍华德家的小女孩,那些谋杀都是由一位局外人做的。他利用我们的现代科技——我们的现代法医证据——来对付我们,但他真正的武器则是利用我们拒绝相信他存在的心理。我们向来接受的训练都是要遵从真相,有时当真相互相矛盾时,我们会察觉到他的存在,却拒绝遵从我们的直觉。他很清楚这一点,于是他就利用这一点。"

"吉伯尼女士,"珍妮·安德森说,"你是说那些谋杀是由超自然生物做的吗?类似吸血鬼之类的?"

霍莉咬着自己的嘴唇,认真思考着这个问题,最后开口回答道:

"我不想回答这个问题，现在还不想，我想先给你们看一段我带来的电影。这是一部墨西哥电影，五十年前由我们国家制成英文配音，然后在一些露天汽车电影院放映。它的英文片名叫《墨西哥女摔跤手奇遇恶魔》，但它的西班牙片名——"

"哦，拜托，"拉夫不耐烦地说，"这太可笑了！"

"闭嘴！"珍妮开口训斥自己的丈夫，她说的声音很小，但房间里的所有人都听到了她语气中的愤怒，"给她一个机会。"

"可是——"

"你昨晚没在楼下，但我在。你得给她一个机会。"

拉夫跟塞缪尔斯刚才的姿势一样，双臂交叉抱在胸前。霍莉非常了解这个姿势，从心理学的角度来讲，这是一个防御性姿势，意思是"我才不会听"。霍莉没有理会，继续讲。

"墨西哥片名是《女斗士罗西塔与大名鼎鼎的厄尔·库科》，其西班牙文意思是——"

"就是它！"尤尼尔突然激动地大叫起来，把所有人都吓了一跳，"这就是我想说的那个片名，星期六我们在餐厅吃饭的时候我讲的就是这部电影！拉夫，你还记得我跟你讲的那个故事吗？就是我妻子小的时候她外婆给她讲的那个故事。"

"我怎么可能会不记得呢？"拉夫说，"那个家伙有一个黑色的大包，他专杀儿童，然后用他们的脂肪涂抹……"拉夫停住了，他想起——当然不是他自己——想起弗兰克·彼得森和霍华德家的两个小女孩。

"抹什么？"玛茜·梅特兰问到。

"喝他们的血，用他们的脂肪涂抹他的身体，"尤尼尔替拉夫接着说，"应该是为了让他——厄尔·库科——那个老夜魔保持年轻。"

"是的，"霍莉说，"在西班牙，人们称他为'El Hombre con Saco'，意思是'黑包男'。在葡萄牙，他被称为'南瓜头'。万圣节时，美国的孩子雕刻的南瓜就是照着厄尔·库科的样子雕的，就像几百年前伊比利亚的孩子们所做的那样。"

"有一首关于夜魔厄尔·库科的儿歌，"尤尼尔说，"外婆过去有的时候会唱，在晚上唱。睡吧，我的小宝宝……剩下的我记不清了。"

"睡吧，孩子，睡吧，"霍莉用英文念起那首儿歌的歌词，"厄尔·库科在屋顶，他来吃你了。"

"好一首睡前儿歌，"亚力克不禁嘲讽道，"孩子听了肯定会做个美梦！"

"天哪！"玛茜小声说，"你认为那天在我们家的就是这种东西吗？坐在我女儿的床上？"

"是，也不是，"霍莉说，"让我来给你们放电影吧，大概看前十分钟左右就够了。"

# 9

杰克·霍斯金斯又做梦了，他梦到自己正在一条荒无人烟的双车道高速公路上开车，道路两旁也是一片荒野，只有头顶是一望无际的蓝天。他驾驶的是一辆大卡车，也许是一辆油罐车，因为他能够闻到汽油的味道。他的身旁坐在一位梳着黑色短发、留着一把山羊胡的男人，那人的手臂上满是文身。霍斯金斯认识这个人，因为他经常光顾先生请进酒吧（虽然上班时间很少去），而且他和克劳德·博尔顿进行过很多次愉快的交谈，那个家伙有不良记录，但自从他戒毒之后就改过自新了，绝对不是个坏人。只是，此时霍斯金斯眼前的这个克劳德是个罪大恶极的坏人，就是眼前这个克劳德拨开霍斯金斯的浴帘，让他看清他手指上的文的词：**不能**。

卡车经过一个写着**马里斯维尔，人口：1280**的标牌。

"那个癌症正在迅速扩散。"克劳德说。是的，杰克·霍斯金斯听出来了，这就是浴帘后面的那个声音。"看看你的手，杰克。"

杰克·霍斯金斯低头看了一眼，发现握着方向盘的手已经变黑，当他继续盯着自己那双发黑的手看时，它们竟然掉下来了。他开的那辆油罐车随之冲下高速公路，车身开始倾斜，马上就要侧翻。杰克知道卡车即将爆炸，这爆炸发生前，他一下子从那个噩梦中惊醒过来，大口喘着粗气，眼睛盯着头顶的天花板。

"天哪！"他低声惊叹着，看了一下自己的双手是否还在。他的手还在，戴在手腕上的手表也还在，看了一眼时间之后，他发现自己睡了还不到一个小时。"上帝——"

话还没说完，他突然感觉自己左边有个人动了一下。有那么一会儿，他在想自己是不是把那个大长腿的美女酒保领回家了，但是又想到并没有，他是一个人从酒吧回来的。再说，像她那样一个年轻漂亮的女人才不会愿意跟自己有什么来往呢，在她眼里，自己只不过是一个四十多岁、肥胖超重的油腻老酒鬼，已经开始脱发——

杰克·霍斯金斯环顾四周，躺在他身边的女人竟然是他的母亲！他只知道那个女人就是他母亲，因为她稀疏的头发上别着一个玳瑁发夹，她母亲下葬的那天，她头上一直戴着那个发夹。那天殡葬服务人员给她化了妆，把她的脸抹得煞白，像个娃娃一样，但总的来说还不错。而此刻，那张脸几乎不在了，肉已经腐烂，从骨头上脱离；她的睡袍紧紧粘在身上，因为它已经被脓水浸透了；她身上发出腐肉的臭味。杰克·霍斯金斯试图尖叫，但是无法发出声音。

"杰克，这个癌症在等着你。"她开口说道。杰克能够看到她的上下牙在动，因为她的嘴唇已经不见了。"它正在吞噬你的身体。现在他可以把它收回去，但很快就会来不及了，他快没时间了。你愿意按照他说的去做吗？"

"愿意，"霍斯金斯低声回答，"愿意，做什么都可以。"

"那就听好。"

杰克·霍斯金斯认真听着。

# 10

霍莉给大家播放的电影片头没有 FBI 式的预警，拉夫对此并不感到意外。谁会愿意自找麻烦为这样一部片头很垃圾的老片子去申请版权呢？！背景音乐交织着凄婉的小提琴和格格不入的欢快的手风琴，让人感觉营造出很虚假的恐怖气氛。电影的字幕斑驳不清，好像电影放映员们不太把它当回事儿，多次播放却没有小心呵护它一样。

我真不敢相信我竟然还在这儿坐着，拉夫在心里嘀咕着，这简直就是精神病。

然而他的妻子和玛茜·梅特兰却像正在备考期末考试的小学生一样，全神贯注地看着大屏幕，而其余人虽然没有对电影投入太多精力，但他们的眼睛也在紧紧盯着大屏幕。尤尼尔·萨布罗的嘴角挂着一丝淡淡的微笑，拉夫认为他的笑不是一个人在看见荒唐可笑的东西时发自内心的嘲笑，而是在瞥见一丝过往时会心的喜悦。尤尼尔定是回忆起了童年听过的传奇故事。

电影开头，镜头呈现的是一条夜晚的街道，街上开张的店铺似乎不是酒吧就是妓院，或者是二合一的酒吧兼妓院。之后镜头跟随着一个穿着短裙的漂亮女人，女人手里牵着四岁左右的女儿。已是夜间，这个时候孩子本该在床上安稳地睡着，可这对母女却漫步在镇上这片红灯区，至于原因，导演在影片后面的情节中应该会有解释，但是不在霍莉给拉夫等人看的这部分片段中。

一个醉汉摇摇晃晃地走到女人跟前，他开口跟女人搭讪，电影的配音演员模仿着墨西哥口音说："嘿，宝贝儿，想约会吗？"这口音像极了电影《飞毛腿冈萨雷斯》中的男主角冈萨雷斯。女人从他身边闪开，继续向前走，当她走到两盏路灯之间的阴暗地带时，一个身穿黑色长斗篷、形同吸血鬼德古拉的男人突然从旁边的巷子中扑过来，他一只手提着一只黑色的大包，另一只手抓起她的孩子。妈妈尖叫着上前追赶，并在下一盏路灯下面追上了他，一把抓住他手里的包，男人转身，路灯照到他的脸上，那是一位中年男子，额头上有道伤疤。

斗篷先生咆哮着，露出满嘴獠牙（电影中的塑料假牙实在是太假了）。女人向后退步，举起双手，她看起来不像是一位惊恐的母亲，反倒更像《卡门》中正准备开口唱咏叹调的歌剧演员。偷小孩的男人把斗篷往小女孩身上一掀，拔腿就跑，但就在这时，一个人从街上的一家酒吧里走出来跟他打招呼，也操着冈萨雷斯式口音："嘿，埃斯皮诺萨教授，你要去哪儿啊？我请你喝一杯吧！"

下一幕，那位母亲被带到镇上的停尸房（镜头拍着一扇结霜的玻璃门，门上用墨西哥文写着**停尸房**几个字），当尸体上的白色床单被掀开，露出她心爱的女儿的残尸时，不出观众意料，那位饰演母亲的女演员装腔作势地发出了尖叫声。接下来，那个额头有伤疤的男被逮捕了，原来他是附近一所大学里备受尊敬的教育家。

接下来的情节就是电影中惯用的简短审判。那位母亲出庭作证，还有两个操着冈萨雷斯式口音的男人也出庭作证了，其中包括那个曾提出请教授喝酒的男人。法官宣布休庭，陪审团陆续退出，以商议最终裁决。这时电影中出现了超现实的一幕，法庭后排出现了五个身穿类似超级英雄服装、并佩戴面具的女人，然而坐在法庭席间的众人，包括法官在内，似乎没有任何人发现她们正站在那里。

随后陪审团回到法庭，宣告埃斯皮诺萨教授被判犯了最残忍的谋杀罪，教授垂下头，看上去很内疚。其中一个戴着面具的女人跳起来嚷道："这是不公平的判决！埃斯皮诺萨教授绝对不会伤害孩子！"

"但是我看到他了！"那位母亲大声喊道，"这次你错了，罗西塔！"

身穿超级英雄服的蒙面女人们踩着酷酷的靴子结队走出法庭，这时电影画面切换成了刽子手的绞索的特写，之后镜头向后拉，画面呈现围观群众将绞刑架围得水泄不通，埃斯皮诺萨教授被人押上台阶。当刽子手将绞绳套在他的脖子上时，他的眼睛死死盯着站在人群最后面的一个男人，那男人身上穿着修道士的带兜帽长袍，脚下穿着修道士的凉鞋，他的两脚之间放着一只黑色的包。

这是一部制作粗糙的蠢电影，但仍然让拉夫感觉毛骨悚然，当珍妮伸出手来抓住他时，他也用自己的手握住了她的手。拉夫非常清楚接下来他们会看到怎样的一幕，那个伪装的修道士摘下兜帽，露出埃斯皮诺萨教师的脸，额头上也有一道一模一样的伤疤，他咧着嘴阴险地坏笑，露出那些荒唐可笑的塑料獠牙……用手指着脚下的黑包……得意地大笑起来。

"那儿！"真正的教授站在绞刑架上尖叫起来，"他在那儿，那里！"

围观的群众纷纷转过身看，但是那个拿着黑包的人已经不见了。埃斯皮诺萨得到了属于他自己的黑包：一个黑色的死刑头套套到了他的头上。他在头套里面尖叫着："恶魔，恶魔，恶——"绞绳另一端的闸被拉开，他的身体骤然坠落。

接下来的一幕是那群戴着面具的超级女英雄在屋顶穷追假修道士，这时霍莉将电影暂停下来。"二十五年前，我看过一个非英文配音的版本，"她对大家说，"教授临终时喊的是'厄尔·库科，厄尔·库科'。"

"还有什么？"尤尼尔咕哝着，"天哪，我小的时候从来没有看过这样的斗士片。肯定有十几部这样的电影吧。"他看了一圈大家，好像刚从梦里醒过来似的，"斗士片——女斗士片。演罗西塔的这个女明星很有名，你们应该看看她摘下面具的真面目，天哪！"他甩了甩手，就像碰到什么东西被烫到了一样。

"不只有十几部，至少有五十部，"霍莉平静地说，"每一位墨西哥人民都热爱斗士片，那些电影就如同当今美国的超级英雄大片，当然，没有美国大片那样的大制作。"

她很想跟这些人细细道来墨西哥斗士电影史的迷人之处（她个人认为这类电影是迷人的），但现在时机不适，而且安德森侦探看起来好像吃到了一大口恶心的东西一样，很不愉快，所以她也不想告诉这些人她也很热爱斗士片。克利夫兰电视台曾经在每星期六晚上的劣片剧场将这些斗士片作为娱乐影片播放，只为博观众一笑，霍莉猜想那些高中生喝醉酒看到这类电影后肯定会嘲笑电影中蹩脚的配音和做作的服装及道具，但对于霍莉这样高中时期怯懦胆小而又不闷闷不乐的小女生而言，这些斗士片一点儿都不滑稽。女斗士中的卡洛塔、玛利亚和罗西塔都强大而又勇敢，她们总是帮助贫苦百姓和受压迫的人民，其中最有名的罗西塔·穆诺兹甚至自豪地称自己为"巧力达"。正是受到她的感染和鼓舞，曾经那个闷闷不乐的高中小女生才一直觉得自己是个混血异能人。一个怪胎。

"大多数墨西哥女斗士电影讲述的都是古老的传说，这部电影也不例外。现在你们明白它与我们对这些谋杀案的了解有什么关系了吗？"

"完全明白，"比尔·塞缪尔斯抢先答道，"我可以这样回答你。唯一的问题就是，这太疯狂了，不切实际。吉伯尼女士，如果你真的相信这个世界上有夜魔厄尔·库科，那你就是他的孪生妹妹小夜魔厄尔·库克。"

拉夫听了塞缪尔斯的话后心想，这个曾经给我讲过消失的脚印的家伙竟然说出这样的话。拉夫不相信有厄尔·库科，但他认为站在大家面前的这个女人在给他们播放这部电影之前就肯定已经知道大家会做出这样的反应，而她一定是鼓起了极大的勇气才敢这样做的。拉夫饶有兴趣地等着瞧这位先到先得事务所的吉伯尼女士会如何应对。

"据说厄尔·库科以儿童的鲜血和脂肪为食，"霍莉说，"但在实际生活中——在我们的真实生活中——他不会只靠那些东西为生，而是靠跟你的想法一样的那些人为生，塞缪尔斯先生，而我猜在座的各位想法都一样。我再给你们看一点儿东西，我保证，只有一小段。"

她将 DVD 调到第九章倒数第三节。画面中，在一个废弃的仓库里，其中一名女斗士卡洛塔正把戴着兜帽的修道士逼到墙角。修道士企图从一把折叠梯子上逃走，卡洛塔从后面一把抓住他身上飘起的长袍，给他摔了个过肩摔，修道士在空中翻了一圈，然后四仰八叉地摔倒在地上。他的兜帽掉了下来，露出一张完全不能称为脸的脸，那只能算一块肉。当那张脸上本应长着眼睛的地方出现两个闪闪发光的叉齿时，卡洛塔尖叫起来，那双叉齿肯定起到了某种神奇的退敌作用，因为卡洛塔被吓得跟跟跄跄地靠在墙上，并举起一只手按住自己脸上的面具，试图保护自己。

"停，"玛茜说，"哦，上帝啊，求你了，别放了。"

霍莉按了一下电脑的键盘，画面从屏幕上消失了，但那个画面仍然停留在拉夫的眼前：在当今这个时代，在随便一家影城都可以看到相比之下精湛得多的电脑合成画面，但如果你曾亲耳听过一个小女孩跟你讲，有那样的人侵入了她的卧室，那种画面效果不是高科技可以匹敌的。

"您以为那就是您女儿看到的吗，梅特兰太太？"霍莉问道，"不完全是，我的意思是，只是——"

"是的，当然。稻草做的眼睛，她就是那样说的，稻草做的眼睛。"

# 11

拉夫站了起来，他的声音平静而又平淡："恕我直言，吉伯尼女士，鉴于您过去的……哦，功绩……毫无疑问我向您表示敬意，但这个世界上不存在一个名为厄尔·库科的靠吸食儿童血为生的超自然恶魔。在这件案子——现在看来越来越可以确定这两件案子有联系，如果它们确实有联系的话，那么我应该说在这两件案子中——我第一个承认其中存在一些非常奇怪的现象，但是你正在把我们往错误的方向引导。"

"让她讲完，"珍妮开口，"看在上帝的分上，在你把自己的思想完全封闭起来之前，让她先把话讲完。"

拉夫发现他妻子的小愠怒已经升级到了勃然大怒的边缘，他能够理解这是为什么，甚至对她表示同情。在珍妮看来，拉夫拒绝倾听吉伯尼讲的厄尔·库科的荒诞故事，他也是在拒绝相信珍妮今天凌晨在自己家厨房的所见所闻。拉夫想要相信她的话，不只是因为他爱她、尊重她，而是因为她描述的那个人与克劳德·博尔顿完全吻合，但他无法做出合理解释。然而，拉夫还是坚持要把话讲完，对所有人，尤其是对珍妮，他必须这样做，因为这是他一生赖以生存的基本真理。没错，哈密瓜里确实存在蛆虫，但它们肯定是通过某种自然的方式进入的。不了解真相并不代表就会不相信真理，或否定真理。

拉夫接着说："如果我们相信有恶魔存在，相信超自然力量，那我们还有什么不信的呢？"

拉夫坐下来，去握珍妮的手，但珍妮却把手抽开了。

"我理解你的感受，"霍莉说，"我理解，相信我，我真的理解。但是安德森侦探，我曾亲眼看见过一些事情，所以我才会相信。哦，不是电影里的，更不是电影背后取材的传说，真的，但每一个传说的背后都蕴藏着一条真理，信不信由你。现在，我想给你们看一套我离开代顿前整理的时间轴，可以吗？不会占用太多时间的。"

"您请。"霍伊赞同道。他的口气听起来十分困惑茫然。

霍莉打开一个文件，将其投影到墙上。字很小，但很清晰，拉夫认为她画的这个时间轴在任何一个法庭上都能合格通过。他不得不给予她这样高的评价。

"四月十九日，星期四。默林·卡西迪将面包车弃于代顿市政停车场，我认为同日车即被盗。我们不称盗车者为厄尔·库科，我们只称他为局外人，这样安德森侦探会感觉舒服些。"

拉夫没吭声。这次他去握珍妮的手时，她没有把手抽开，虽然她没有回应地握起拉夫的手。

"他把车藏在哪里了？"亚力克忍不住问道，"有什么想法吗？"

"我们等会儿再讨论那个问题，但现在先让我把代顿案的时间轴讲完好吗？"

亚力克举起一只手，示意霍莉继续。

"四月二十一日，星期六。梅特兰一家飞抵代顿，入住酒店。真正的希斯·霍尔姆斯身在瑞吉斯陪同母亲。"

"四月二十三日，星期一。安珀·霍华德和乔琳娜·霍华德遇害，局外人吃其肉、饮其血。"霍莉看着拉夫说，"不，我不知道，不能确定。但是通过报纸上的报道，我确定有部分尸体失踪，且该部分的肉几乎血液尽失。彼得森的尸体也有相似遭遇吗？"

这时官方权威比尔·塞缪尔斯开口了："既然梅特兰案已经结案，而我们正于此进行非正式讨论，那么我不妨就告诉各位真相。弗兰克·彼得森的颈部、右肩、右臀，以及左侧大腿处均有肉缺失。"

玛茜发出一声作呕的声音。珍妮刚要起身到她身边，玛茜朝她摆摆手说："我很好。我的意思是……不，我感觉并不好，但我不会呕吐或晕倒之类的。"

拉夫发现她面色惨白，所以不确定她是否真的不会晕倒。

霍莉说："局外人将用于掳走霍华德家女孩的镶板卡车弃于霍尔姆斯家附近，"这时她笑了，"这样他便能够保证车会被人发现，因而成为对他所挑选的替罪羊的不利证据。他将女孩们的内裤留在霍尔姆斯家的地下室，又一个铁证。"

"四月二十五日，星期三。霍华德家女孩的尸体在位于代顿与瑞吉斯之间的特罗特伍德被人发现。"

"四月二十六日，星期四。当希斯·霍尔姆斯在瑞吉斯帮助母亲做家务、四处跑腿时，局外人现身海斯曼记忆疗养院。他是专门去找梅特兰老先生或其他某个人吗？对此我不能确定，但我认为他盯上了特里·梅特兰，因为他预先得知梅特兰一家要从另一个很远的州过来探亲。不管你称局外人为自然人还是非自然人，抑或超自然生物，他在一个方面上同许多连环杀手很相像，他喜欢四处游荡。梅特兰太太，希斯·霍尔姆斯有可能知道您丈夫打算去探望他父亲吗？"

"我想是的，"玛茜说，"如果有家属即将从我国的其他地方来探亲，海斯曼疗养院喜欢提前知晓，他们会为此做特别的准备，给居民剪发或烫发，如果可能的话，还会安排出院探亲。但特里的父亲是不可能的，他的脑子病得太严重了。"玛茜的身体向前探出，眼睛紧紧盯着霍莉。"但如果这个局外人不是霍尔姆斯，即便他长得很像霍尔姆斯，那么他是如何得知的呢？"

"哦，如果你能够接受一个基本的前提，那就很简单了。"拉夫帮忙解答道，"如果那个家伙在'复制'霍尔姆斯，也就是说，他很有可能能够进入霍尔姆斯的大脑，获取他的全部记忆。我说的对吗，吉伯尼女士？是这个理论吗？"

"咱们暂且说是的，至少在一定程度上是的，但别纠结于此。我敢肯定大家都累了，梅特兰太太现在可能很想回家陪在女儿身边。"

拉夫心想，但愿她在晕倒之前能到家。

霍莉继续讲："局外人知道自己在海斯曼记忆疗养院会被人见到而且注意到，同时他肯定在那里留下了更多能够证明真正的霍尔姆斯在场的证据——其中一个被害女孩的头发。但我相信四月二十六日他前往那里的最主要原因是把取点儿特里·梅特兰的血，就像后来他把克劳德·博尔顿先生弄出血一样。手段始终是一模一样的。首先是谋杀；然后选好下一个受害者，做好标记，就是他的替身；之后他躲藏起来，不过那真的是一种蛰伏，就像熊一样，他可能时不时地会四处走动，但大部分时间他都会在预先选好的巢穴待上很长一段时间，进行休养整顿，那时也就是他变身的时刻。"

"传奇故事中讲，需要花上好几年时间才能完成变身，"尤尼尔说，"可能要一整代的时间。不过那都是传说，你认为变身不需要那么久，是吗，吉伯尼女士？"

"我认为只需要几个星期，最多几个月。在他从特里·梅特兰变身成克劳德·博尔顿的过程中，有一段时间他的脸看起来可能会像是用培乐多橡皮泥捏出来的样子。"霍莉讲到这转过身，她想直直地盯着拉夫，却发现很难，但有时候这样做很有必要。"或者，看起来像是严重烧伤了。"

"我不信，"拉夫反驳道，"而且这样讲太轻描淡写了。"

"那么为什么那名烧伤的男子没有出现在录像画面中呢？"珍妮质问起自己的丈夫。

拉夫叹了口气。"我不知道。"

霍莉说："大多数传说也都有些许的真实性，但它们不是全部的真相，不知道你们能否明白我的意思。在故事中，厄尔·库科像吸血鬼一样，以血肉为食，但我认为这种生物也以人类的不良感受为食，可以说是'精神食粮'。"她把脸转向玛茜，"他告诉你女儿说，你女儿伤心难过令他很开心。我相信这是真的，我相信他是在享用你女儿的悲伤。"

"还有我的，"玛茜说，"还有萨拉的。"

霍伊开口了："虽然听起来不可能是真的，但彼得森一家就是按这个剧情发展的，不是吗？一家除了父亲之外全都不在了，而那位父亲完全就像个植物人。一个以不快乐为食的生物——一个食悲者，不是一个食罪者——一定爱上了彼得森一家。"

"还有那天他在法院门前的现身呢？"尤尼尔插进来一句，"如果这个世界上真的存在一个专门食用消极情绪的恶魔，那么那天的场面对他来说简直就是感恩节大餐了。"

"你们这些人知道自己在说什么吗？"拉夫问着刚刚表示赞同的几个人，"说真的，你们真的知道吗？"

"醒醒吧，"尤尼尔厉声吼道，这令拉夫惊得直眨眼，好像自己刚刚被人扇了一巴掌似的，"我知道这有多不切实际，我们都知道，你不用一直提醒我们，好像你是一间疯人院里唯一的一位圣人一样。但现在确实出现了超出我们人生经历之外的东西，法院门前的那个人，那个没有出现在任何新闻录像中的人只是这其中的一部分。"

拉夫感觉自己的脸越来越烫，他的情绪快要爆发了，但他收起了责骂，安静地闭起嘴巴。

"你得停止不停地反驳，我知道你不喜欢这个谜团，我也不喜欢，但至少得承认这个解释说得通一切。现在各条信息已经形成一条信息链了，从希斯·霍尔姆斯到特里·梅特兰，再到克劳德·博尔顿。"

"我们知道克劳德·博尔顿现在身在何处，"亚力克说，"我认为下一步我们去一趟得克萨斯，找他当面问清楚是符合逻辑的。"

"为什么，看在上帝的分上？"珍妮问，"我在这儿看见那个跟他长得很像的男人了，就在今天早上！"

"我们应该讨论一下。"霍莉说，"但我想先问梅特兰太太一个问题，您丈夫葬在哪里了？"

玛茜吃惊地看着她："葬在……？为什么这么问？在这里啊，就在城里，在纪念公园墓地。我们之前没有……你知道的……没有为这种事做过计划，完全没有。我们为什么要考虑墓地的事呢？特里到今年十二月份才刚满四十岁……我们原本以为我们还会活好多年……我们值得活好多年啊，像其他人一样好好地生活……"

珍妮从自己的包里拿出一块手帕，递给玛茜，玛茜开始像出神似地用它慢慢擦拭着眼睛。

"我不知道我应该……我当时只是……你知道的，惊呆了……我尽力让自己避开他已经去世了这个现实。殡葬师唐纳利先生向我推荐了纪念公园的墓地，因为那里放眼望去到处都是山……而且在城的另一边，旁边……"

拉夫想对霍伊说，让她不要再讲了。随后他又想，说这些既痛苦又毫无意义，他葬在哪儿都跟案子没有关系，只跟玛茜和她的女儿有关。

但他再次安静地闭起嘴巴，因为他刚刚想说的那些话也是一种责骂，只是形式不同罢了，难道不是吗？虽然玛茜·梅特兰可能不是故意讲这些的。拉夫告诉自己一切最终都会结束，他最终会从该死的特里·梅特兰的阴影中解脱出来，开启新生活。他不得不相信未来还有美好生活在等待他。

"我还知道一个地方，"玛茜继续讲，"我当然知道啦，但我从来没有想过跟唐纳利先生提它。特里带我去过那里一次，但那里在城外很远……而且非常凄凉……"

"另一个地方在哪儿？"霍莉接着问道。

拉夫的脑海中不禁浮现出一幅画面——六个牛仔抬着一副棺材。他意识到又出现了一个"巧合"。

"那个老墓地在坎宁镇，"玛茜说，"特里带我去过那里一次，看起来好像已经很久没有人在那里下葬了，甚至都没有人去过。那里没有鲜花，也没有纪念旗，只有一些已经碎掉的墓碑，大多数连上面刻的名字都看不出来了。"

拉夫心头一惊，看了一眼尤尼尔，尤尼尔微微点头回应。

"所以他才对书架上的那本书感兴趣！"塞缪尔斯低声说，"《弗林特县、多利县和坎宁镇历史图册》。"

玛茜继续拿着珍妮的手帕擦着眼睛，"他当然会对那种书感兴趣了，自从一八八九年土地热潮开始，梅特兰家族就一直生活在州上的这片地区。特里的曾曾祖父母，或者是更老一辈的人，我也不太确定，他们就是在坎宁镇定居下来的。"

"不是在弗林特市？"亚力克问道。

"那个时候还没有弗林特市呢，只有一个叫弗林特的小村子，一个不起眼的小地方，直到二十世纪初期成立州，坎宁成为这片地区最大的镇。当然，它是以镇上最大的大地主的名字命名的，论拥有的土地面积算，梅特兰家族排名不是第二就是第三。坎宁一直是一个重要的城镇，直到二三十年代的大尘暴袭来，大多数优良的表层土壤都流失了。那个时候那里只剩下一家商店和一所教堂，几乎人迹罕至。"

"还有那块墓地，"亚力克说，"那里曾经埋葬很多人，包括很多特里的祖先，直到后来小镇空了。"

玛茜微微一笑，"那块墓地……我觉得它很可怕，就像一所没人打理的空宅子一样。"

尤尼尔说："如果这个局外人在变身的过程中一直在读取特里的思想和记忆，那么他就会知道那块墓地。"现在他也盯着墙上的一幅画看起来。此时拉夫的脑子里想到了一个好主意，尤尼尔也同样想到了——那个谷仓，以及那些被丢弃的衣物。

"有关厄尔·库科的传说有十几个版本，根据传说，这种生物喜欢充满死亡气息的地方，"霍莉说，"那里让他们最有回家的感觉。"

"如果有专食悲伤的生物，"珍妮沉思着说，"那么一块墓地就是他最好的咖啡厅了，不是吗？"

拉夫极度希望自己的妻子今晚没有来这里参加会议，要不是为了她，拉夫早在十分钟之前就夺门而出了。没错，发现衣物的谷仓离那个尘土飞扬的老墓地很近；没错，使干草变黑的东西很奇怪；没错，也许那里藏着一个局外人。这是一个他愿意接受的观点，只是目前如此。这能够解释很多问题，一个有意创造了一个墨西哥传奇的局外人能够解释更多……但它无法解释在法院门前消失的人，也无法解释特里·梅特兰为什么会同时身现两地。拉夫的脑子里不断冒出与那些理论相悖的观点，它们就像鹅卵石一样堵在他的喉咙。

霍莉说："我来给你们看几张我在另一块墓地拍的几张照片，如果安德森侦探或萨布罗中尉愿意跟俄亥俄州蒙哥马利县的警察进行交流，这些照片也许会为我们的调查开拓一条更正常的路。"

尤尼尔说："在这个时候，如果有什么能够帮助理清这个谜案，我愿意跟警方交涉。"

霍莉把照片一张一张地投影到屏幕上：火车站、一面旗上喷着纳粹党万字符的工厂、废弃的洗车场。

"这些照片是我从瑞吉斯的安息墓地的停车场拍的，希斯·霍尔姆斯和他的父母就葬在那里。"

霍莉再次循环展示了一轮这几张照片：火车站、工厂、洗车场。

"我认为局外人从代顿的停车场偷了面包车后把车藏到了其中一

处，而且我在想你们是否能够说服蒙哥马利县警方对这些地方进行搜查，也许有一些轮胎印尚在。警方甚至可能会发现他的痕迹，在那里，也或许在这里。"

这次她将货车车厢的照片投到大屏幕上，那两节车厢孤零零地被弃在铁轨岔线上。"他不会把面包车藏在这两节车厢里，但是他可能在其中一个里面待过，因为它们离墓地更近。"

终于有拉夫能够切实抓住的东西了，是真真正正存在的东西。"藏身处。即便现在已经是三个月之后，但那里可能还会有痕迹。"

"轮胎印，"尤尼尔说，"或许会有更多丢弃的衣服。"

"或者其他东西，"霍莉说，"你会去查吗？警方应该准备做一项磷酸盐检验。"

"精斑检验。"拉夫心里暗想。他想起了谷仓里的东西，尤尼尔说什么来着？"一场堪比吉尼斯世界纪录的大型夜间排泄活动"，是吧？

尤尼尔赞赏地说道："您很专业啊，女士。"

霍莉的脸颊浮上一丝羞红，她低下头说："是比尔·霍奇斯很专业，他教给我很多东西。"

"如果有需要的话，我可以给蒙哥马利县的检察官打个电话，"塞缪尔斯说，"从那个什么镇，瑞吉斯的警方人员找一个有司法权的人来协调州间联合办案的事务。鉴于那个叫艾夫曼的孩子在坎宁镇的谷仓里发现的东西，值得一查。"

"什么？"霍莉脸上立刻露出喜悦的神情，她急忙问道，"除了带指纹的皮带扣之外，他还发现了什么？"

"一堆衣物，"塞缪尔斯说，"裤子、内裤、运动鞋，那些衣物上面有一种东西，干草上也有，它把干草变黑了。"他停顿了一下，"但是没有衬衫，衬衫不见了。"

尤尼尔说："那件衬衫可能就是我们看见那个烧伤男在法院前面像一块围巾一样蒙在头上的东西。"

"这个谷仓离墓地有多远？"霍莉问。

"不到半英里，"尤尼尔说，"衣物上的残留物看起来像精液。这是您在想的吗，吉伯尼女士？您之所以想让俄亥俄州警方做一项磷酸盐检验，是因为这个吗？"

"不可能是精液，"拉夫说，"那里有太多了。"

尤尼尔没理他，他一直盯着霍莉，好像对她着迷了一样。"您是不是认为谷仓里的东西是他变身后留下的一种残余物？我们已经在做样本检测了，但结果还没有出来。"

"我不知道我在想什么，"霍莉说，"目前我对厄尔·库科的调查仅限于我飞来这里的途中读的一些传说，而且那些故事都不可靠，它们只是一代一代口口相传下来的，那个时候还没有现代技术的法医证据呢。我只是说俄亥俄州警方应该搜查一次我拍的那几处地方，他们有可能什么都没有发现……但我认为他们会有所发现的，我希望他们会。就像安德森侦探说的，轮胎印。"

"您讲完了吗，吉伯尼女士？"霍伊问到。

"是的，我想是的。"她坐了下来。拉夫觉得她看起来很疲惫，当然了，怎么会不累呢？这几天她忙坏了，除此之外，疯狂的感觉会让一个人精疲力竭。

霍伊说："女士们，先生们，诸位对我们接下来的进程有什么想法吗？任何人有任何建议尽情畅所欲言。"

"下一步似乎很明显，"拉夫说，"这个局外人现在可能就在弗市——我太太和格蕾丝·梅特兰的证词似乎就可以证明这一点——但我们需要一个人到得克萨斯去找克劳德·博尔顿做个问讯，看看他知道些什么。如果没意见的话，我主动自荐。"

亚力克说："我想跟你一起去。"

"我觉得这趟旅程我也想加入，"霍伊说，"萨布罗中尉，你呢？"

"我很乐意，但我手头有两件正在法庭审理的案子，如果我不出庭作证的话，两个穷凶极恶的小男孩就会逃脱法网。我要给盖城的检察院打个电话，看看是否能够延期，但我不抱太大希望。我总不能告诉他我在追查一个墨西哥变身恶魔吧？！"

霍伊笑了，"我觉得应该不可以。您呢，吉伯尼女士？想再往南走一遭吗？当然，我们会继续付给您报酬。"

"我愿意。博尔顿先生可能知道一些我需要查明的东西，如果是那样的话，我们就可以直接切入正题，提一些关键问题。"

霍伊说："你呢，比尔？想把这件事搞清楚吗？"

塞缪尔斯微微一笑，摇了摇头，然后站起来。"这一切都一直很有趣，甚至有点儿疯狂，但就我个人认为，这件案子已经结案了。我会给俄亥俄州的警方打几个电话，但我的参与到此结束。梅特兰太太，我对特里的事深感抱歉。"

"你应该的。"玛茜说。

塞缪尔斯听到这话退缩了一下，但之后又继续说："吉伯尼女士，您讲得很精彩。我很感激您的专业和勤恳，您也让这件案子有了惊人而奇妙的进展，我讲这话丝毫没有嘲讽之意。但现在我要回家了，从冰箱里拿一瓶啤酒出来，然后开始将整件事忘掉。"

大家看着塞缪尔斯收好他的文件夹离开，他出门的时候，头顶那绺翘起的头发呼扇呼扇的，好像一根竖起的手指在警告大家。

他离开后，霍伊说他会为大家的旅程做安排。"我会租一架我常坐的国王航空，飞行员知道距离最近的着陆跑道，我也会安排一辆车，如果只有我们四个人去，一辆轿车或小型 SUV 就够用了。"

"给我留个位置，"尤尼尔说，"万一我能从法院跑出来呢？"

"乐意之至。"

亚力克·佩利说："今晚需要一个人跟博尔顿先生联系一下，告诉他我们要来访。"

尤尼尔举起手："这件事我可以做。"

"跟他讲清楚，我们不是因为他犯了什么违法的事来追查他的，"霍伊说，"我们最不希望他跑到什么别的地方去了。"

"你跟他谈好之后给我打个电话，"拉夫对尤尼尔说，"晚点儿也不怕。我想知道他是什么反应。"

"我也想知道。"珍妮说。

"你应该再告诉他一件事，"霍莉说，"你应该告诉他自己小心点儿，因为我十分确定，他就是下一个目标。"

# 12

当拉夫一众人走出霍伊·戈尔德的办公楼时，天已经完全黑了。霍伊还在楼上为得克萨斯州之行作安排，他的调查员也还在楼上陪他。拉夫心想，其余人都离开后他们两个会谈些什么呢？

"吉伯尼女士，您住在哪里？"珍妮问道。

"弗林特奢华汽车旅馆，我在那儿预订了一间房。"

"哦不，您不能去那儿，"珍妮说，"那儿唯一奢华的就是招牌上奢华那两个字了，那个地方真的糟透了。"

霍莉听完表现得很焦虑："嗯，城里肯定会有一家假日酒店——"

"住我们家吧。"拉夫抢在珍妮前面向霍莉发出了友好的邀请，他希望自己能从珍妮那里赢回几分好感。上帝知道他可以利用它们。

霍莉犹豫不决。她不习惯住在别人家里，甚至每次回家探望母亲时，在那个她从小长大的家里也住不习惯。她很清楚自己住在陌生人的家里会怎样——晚上会躺在床上久久难眠，早上又会早早醒来，她能够听得到每一面陌生的墙和每一块陌生的地板发出的声音，她会倾听安德森一家人喃喃细语，心里纳闷他们是不是在谈论自己……而他们几乎肯定会那样做。霍莉希望如果自己夜里起来上厕所时，不会被他们听到。她需要良好的睡眠，这次会议的压力已经够大的了，安德森侦探始终不信，他不断提出反驳，霍莉认为这是可以理解的，但也让她精疲力竭。

但是，就像比尔·霍奇斯会说的那样，"但是"。

安德森的不信是有转折机会的"但是"，这也是她不得不接受这份邀请的原因。霍莉接受了安德森的邀请。

"谢谢您，您真是太好了，但是我得先去办点儿事，不会太久的。把您家的地址告诉我，我跟着平板电脑上的导航就能找到您家的。"

"有什么我能帮忙的吗？"拉夫问，"我很乐意——"

"不需要，真的，我一个人没事的。"她跟尤尼尔握了握手，"如果可以，您就跟我们一起去吧，萨布罗中尉，我敢肯定您想去。"

尤尼尔笑了。"我真心想去，相信我，但这就像那句诗说的，我有承诺要遵守。"

玛茜·梅特兰独自一人站在那里，把钱包挡在肚子前面，一副惊慌失措的样子。珍妮毫不犹豫地走到她面前，拉夫饶有兴趣地观望着，一开始玛茜警惕地向后退，然后又接受了珍妮的拥抱，过了一会儿，她甚至把自己的头靠在珍妮·安德森的肩上，也伸出手臂拥抱珍妮。她看上去像个疲惫的孩子。两个女人分别的时候都哭了。

"我对你的遭遇感到很遗憾。"珍妮说。

"谢谢你。"

"如果有什么我能为你或你的女儿们做的，任何事情——"

"你不能，但是他能。"玛茜把目光转向拉夫，虽然她的眼中还噙着泪水，但她的目光却十分冰冷。她用命令似的口吻说，"这个局外人，我希望你能找到他，不要因为你不相信他的存在而让他跑掉！你能做到吗？"

"我不知道，"拉夫说，"但我会尽力的。"

玛茜没再说什么，只是挽起尤尼尔伸出的手臂，让他把她带到自己的车前。

# 13

过了半个街区，杰克把车停在那家停业已久的沃尔沃斯门前，他坐在卡车里，喝着瓶里的酒，看着人行道上的一群人。其中唯一一个他不认识的是一个身材苗条的女人，那女人穿着一套商务套装，梳着短发，花白的刘海有点儿参差不齐，似乎是她自己动手剪的。她肩上背着的箱子看起来大得足够装下一台短波收音机。当那个吃墨西哥卷饼长大的州警萨布罗服侍梅特兰太太离开时，陌生女人一直注视着他，然后她走到自己的车边，那车很明显就是在机场租来的。霍斯金斯的第一个想法就是跟着她，但他最终决定跟着安德森夫妻，毕竟他是奔着拉夫来的。不是有句俗话吗？带着哪个姑娘出门就得带着哪个姑娘回家，做人要善始善终。

再者说，安德森值得一看。霍斯金斯向来不喜欢他，而且一年前他卑鄙地在霍斯金斯的评估报告上只写了四个字"没有意见"，就四个字……真他妈的，从那以后霍斯金斯就对他怀恨在心。当霍斯金斯得知安德森在逮捕梅特兰这件事上翻了车时，他高兴坏了，现在他毫不惊讶地发现安德森这个自以为是的混蛋正在插手一些本该放手的事情，比如说，一件已经结案的案子。

杰克伸手摸了摸自己的后颈，痛得他龇牙咧嘴，然后他发动了车子。他本想看着安德森夫妻俩进了家门，自己就可以回家了，但后来想了想，也许他可以把车停在路边，盯着他们家，看看到底会发生什么。杰克的车上有一个佳得乐空瓶，他可以往那里面解决个人问题，如果他脖子后面那持续火辣辣的抽痛可以消停一会儿的话，他甚至还可以小睡一下。这已经不是他第一次在这辆卡车里睡觉了，自从他的老伴抛下他离开这个家那天起，他已经在车里睡过好几次了。

杰克不确定接下来会发生什么，但他非常明确自己的基本任务：阻止安德森的插手！至于安德森在插手什么事，杰克无从而知，他只知道那与被害的小彼得森有关，还有坎宁镇的那个谷仓。先不谈他的晒伤，或者也可能是皮肤癌，这些就足够了，杰克对这件事越来越感兴趣了。

他觉得当采取下一步行动的时机到来时，自然会有人告诉他。

# 14

在手机导航的帮助下，霍莉开着车很快便轻松找到了弗林特市的沃尔玛。她很喜欢沃尔玛，喜欢它大小适中的规模，喜欢它简单朴素的风格。在沃尔玛，购物者不会像在其他店里那样去看别的购物者，就好像每个购物者都安心躲在自己的私人空间里，大量地买着服饰、电子游戏或卫生纸。如果你使用自助结账系统，甚至都不需要跟收银员讲话，而霍莉始终就是那样做的。她的购物速度很快，因为她明确知道自己想要什么，先到**办公用品区**，然后到**男装区**，最后到**汽车配件区**。霍莉把购物篮拿到自助结账机，把收据塞进钱包，这些属于公务花销，她希望可以报销。如果她能活着回来的话，肯定会报销。她觉得拉夫·安德森与比尔·霍奇斯在一些方面如出一辙，但在另一些方面又截然不同。霍莉有一个想法（这时她听到比尔·霍奇斯在对她说，霍莉鼎鼎有名的直觉），她觉得如果拉夫能够克服他思想中的分歧，这种想法（或比尔所谓的直觉）就更有可能实现。

霍莉回到车里，准备开车去安德森家。但在离开停车场之前，她在车里做了一个简短的祈祷，为即将踏上冒险之旅的所有人。

# 15

当拉夫和珍妮正往厨房走时，拉夫的手机响了，是尤尼尔打来的。他从先生请进酒吧的老板约翰·泽尔曼那里要到了洛维·博尔顿在马里斯维尔的电话号码，并且毫不费力地联系上了克劳德。

"你怎么跟他讲的？"拉夫问。

"差不多就像我们在霍伊的办公室里决定的一样，我告诉他我们现在对特里的罪行有些疑点，想找他问一些问题，我还强调说我们并没有认为博尔顿本人犯了罪，大家都是严格以私人身份前来见他的。他问你是否会来，我告诉他会，我希望你不会介意。但我觉得他好像很介意。"

"很好。"珍妮直接上楼去了，拉夫听见他们夫妻俩公用的台式电脑被启动了，"还有什么？"

"我说如果梅特兰是被陷害的，那么博尔顿很可能会面临同样的危险，尤其他还是个有前科的人。"

"他有什么反应？"

"他只说了一句'好的'，没有做出任何辩解。但随后他说了一件有趣的事，他问我是否能够确定，在小彼得森被杀的那天晚上他在酒吧看见的那个人真的是特里·梅特兰。"

"他说的？为什么？"

"因为那天梅特兰表现得好像从来没有见过博尔顿一样，而且当博尔顿问他棒球队表现得怎么样时，梅特兰只是很敷衍地说了一句概括性的话，没有讲任何细节，可当时他们队已经打进季后赛了。他还告诉我，梅特兰当时穿了一双高档球鞋，他说'就像孩子们为了买那双鞋会攒很久的钱，然后穿上它就能看起来像个黑帮成员一样'。博尔顿说，他从来没有见过梅特兰穿那样的鞋。"

"就是我们在谷仓发现的那双鞋。"

"没法证明，但我敢肯定你猜的没错。"

这时拉夫听见楼上传来他们家那台老掉牙的惠普打印机工作时发出的低沉而又刺耳的声音，他很纳闷珍妮到底在搞什么鬼。

尤尼尔说："还记得吉伯尼女士告诉我们，警方在疗养院里梅特兰父亲的房间发现了头发吗？是其中一个被害女孩的。"

"当然。"

"如果我们查梅特兰的信用卡消费记录，你敢打赌我们会发现他购买那双运动鞋的记录吗？"

"我猜这位假想的局外人可以做到，"拉夫说，"但除非是他偷了一张特里的信用卡。"

"他甚至都不需要那样做。记住，梅特兰一家一直住在弗林特市，他们很可能在市中心的半数商店有过购物记录，这个家伙只需要走进一家运动用品店，挑中那双高档球鞋，签个他的名字就可以了。有谁会问他呢？城里的每一个人都认识他。遇害女孩的头发和内裤也是同理，难道你不明白吗？他顶着他们的脸，做着他自己的龌龊事，但他觉得那样还不够，他还把他们逼上绝路。因为他专食悲伤，他专食悲伤啊！"

拉夫停顿了一会，举起一只手捂住双眼，用大拇指揉着一侧太阳穴，其余手指揉着另一侧太阳穴。

"拉夫，你在听吗？"

"是的，我在。但是尤尼尔……你进入得太快了，我还没有准备好。"

"我理解，就连我自己现在也不能百分之百接受这个，但你至少需要记住这种可能性。"

"但它不是一个'可能性'，"拉夫心想，"它是一个'不可能'。"

他问尤尼尔是否告诉博尔顿要多加小心。

尤尼尔笑了。"我说了，他笑了，他说他们家有两杆步枪、一把手枪，而且他老妈即使患着肺气肿，老太太的枪法比他的都好。伙计，我真希望我能跟你们一起南下。"

"尽力成行吧。"

"我会的。"

拉夫挂断电话,这时珍妮手里拿着一小沓纸从楼上下来。"我刚刚上网搜了霍莉·吉伯尼,你猜怎么着,那个讲话柔声细语、完全没有穿衣品味的女人经历过很多事!"

拉夫刚接过那些纸,他家车道就亮起了车灯。他刚看了一眼第一张纸上的新闻标题:**退休警官同另外两人在明戈礼堂的音乐会挽救数千人**,珍妮就一把将那些纸抢了回去。拉夫猜霍莉·吉伯尼女士便是"另外两人"之一。

"去帮她拿行李,"珍妮说,"这些你可以在床上看。"

# 16

霍莉的行李包括一个装着笔记本电脑的单肩包、一个小得足可以放在飞机行李架上的手提行李箱，还有一个沃尔玛塑料购物袋。她让拉夫帮她拿那个手提行李箱，却坚持要自己拿单肩包和她在世界第一大超市买的那堆东西。

"您收留我实在是太好了。"她对珍妮说。

"这是我们的荣幸。我可以叫你霍莉吗？"

"当然可以。那样很好。"

"我们家的客房在楼上走廊的尽头，床品都是新的，房间有独立卫生间。只是如果你夜里要去卫生间时，小心别被我的缝纫机绊倒。"

霍莉听到这些话后，脸上掠过一丝明显的宽慰，她笑了。"我会尽量小心的。"

"你想喝可可吗？我可以冲一些，或者喝点儿别的更浓烈的东西？"

"还是直接上床睡觉吧。我并不想失礼，但今天真的很累。"

"当然啦，我来给你带路。"

但霍莉站在原地逗留了一会儿，透过拱门往安德森家的客厅望去。"你今早从楼上下来的时候，那个闯入的不速之客就坐在那里？"

"是的，坐在我们家厨房的一把餐椅上。"珍妮指了一下，然后屈起双肘，将双臂交叉，"起初我只能看见他的膝盖以下，然后我看见他手指上文的字**必须**，然后他把身体向前倾，我就看到了他的脸。"

"博尔顿的脸。"

"是的。"

霍莉思索了一会儿，然后突然露出灿烂的笑容，这令拉夫和他的妻子都大吃一惊。霍莉笑起来显得年轻了许多。"抱歉，我要去投入我的梦乡了。"

珍妮领她上楼，两个女人边走边聊。拉夫心想，她居然让珍妮放松下来了，这是我永远无法做到的，这是一种天赋，而且这种天赋甚至很可能在这个极其特别的女人身上奏效。

霍莉也许很特别，但很奇怪，她很讨人喜欢，虽然她对特里·梅特兰和希斯·霍尔姆斯有一些疯狂想法。

恰好符合事实的疯狂想法。

但那是不可能的。

完全符合事实。

"还是不可能。"拉夫自言自语着。

楼上，两个女人在哈哈大笑，拉夫听到之后笑了。他一直在原地等着，直到听到珍妮朝他们的卧室走去的脚步声，然后拉夫也上楼了。走廊尽头的客房门紧闭着。那沓纸——珍妮上网匆忙调查的成果——正摆在拉夫的枕头上。拉夫脱下衣服，上床躺下，然后开始读起有关霍莉·吉伯尼女士，一家名为先到先得的逃债追踪公司的合伙人的故事。

# 17

在安德森家房子外的街区尽头，杰克坐在他的卡车里，看到那个穿着套装的女人开车拐进了安德森家的车道，安德森从家里出来帮她拿东西，她的行李不多，一看就是轻装出行。其中有一袋从沃尔玛买的东西，所以，原来她刚刚就是去了那里，也许是去买睡衣和牙刷吧。从她的打扮来看，她选的睡衣应该会很丑，她选的牙刷应该会超级硬，都能把牙龈刷出血。

杰克拿起酒瓶喝了一小口，当他正拧起瓶盖想着要回家时（既然所有这些乖孩子都进屋准备睡觉了，他为什么不回家呢？），他意识到卡车里不只有他自己。有个人正坐在他身边的副驾驶座上，刚刚霍斯金斯从眼角的余光中看到他了。当然，这不可能，但他不会一直就坐在那里吧，他能吗？

霍斯金斯两眼直视前方，脖子后面的晒伤本来已经消停下来，这时又开始抽动起来，而且非常疼。

一只手进入他的余光，飘浮在空中，那只手似乎是透明的，他几乎可以透过它看到副驾驶座。那只手的手指上刺着一个褪了色的蓝色词**必须**。霍斯金斯闭上眼睛，祈祷这位常来的不速之客不要碰他。

"你需要开车跑一趟，"访客说，"除非你想像你母亲那样死去。你还记得她是怎样尖叫的吗？"

是的，杰克一直记得，直到她不能再尖叫为止。

"直到她不能再尖叫为止。"访客一字不差地说出霍斯金斯刚刚在心里想的话。那只近乎透明的手轻轻地触摸着杰克的大腿，杰克心里很清楚那块皮肤很快就会开始刺痛灼烧，就像他脖子后面的皮肤一样，他腿上穿的裤子起不到丝毫防护作用，毒素会直接渗进皮肤。"是的，你一直记得，你怎么会忘记呢？"

"你想让我去哪儿？"

访客告诉了他，然后那只可怕的触摸他的手消失了。杰克睁开眼，环顾四周，他身边的车座上空无一人，安德森家的灯熄了，杰克看了看表，现在是十点四十五分。他刚刚睡着了，他几乎可以相信自己刚刚做了一个梦，一个非常可怕的噩梦。除了一件事是真的。

他发动卡车，挂上挡，他要到城外 17 号公路边的加油站停下来加油。那里是个正确的选择，因为在那儿上夜班的家伙科迪手头总是会有货——那些小白药片，他会把那玩意儿兜售给北上去芝加哥和南下去得克萨斯的卡车司机们，而对于弗林特市警察局的杰克·霍斯金斯侦探，那玩意儿是免费的。

杰克卡车的仪表盘上积了厚厚一层灰，开到第一个红绿灯时，他向副驾驶座那侧探出身子，把仪表盘擦干净，把那个访客用手指在上面写的字擦掉。

**必须**。

# 九 宇宙无尽头

## 七月二十六日星期四

# 1

拉夫的睡眠很浅，而且做了好几个噩梦。在其中一场噩梦中，他把奄奄一息的特里·梅特兰抱在怀里，特里对他说："你抢走了我的孩子。"

凌晨四点半，拉夫醒来，他很清楚自己再也睡不着了。此时他感觉自己好像进入了一个前所未有的未知世界，然后他告诉自己，在朦胧的凌晨时分，每个人都会出现这种感觉。在这种状态下，他起床去了浴室，刷牙。

珍妮正像往常一样在酣睡中，她把被子拉得高高的，只露出一头蓬松的秀发。她的发丝间也像拉夫的一样，已经有了白发，并不多，但很快就会出现更多。没关系，时间的流逝一直是一个谜，但是个正常的谜。

空调里吹来的微风把珍妮昨晚打印的几页纸吹到了地板上，拉夫把它们放回到床头柜上，拿起他的牛仔裤，决定再穿一天（尤其是在得克萨斯州南部那种尘土飞扬的地方）。他拿着牛仔裤走到窗前，看到一缕朦胧的晨光，今天将是个大热天，而他们即将去的地方则会更炎热。

拉夫发现霍莉·吉伯尼正在楼下，虽然拉夫说不出为什么，但他对此并没有感觉太意外。霍莉身上也穿着一条牛仔裤，正坐在后院草坪的椅子上，就是拉夫自己一个多星期之前坐的那把椅子，当时比尔·塞缪尔斯来家拜访，那天傍晚比尔给他讲了消失的脚印的故事，而拉夫也给他讲了生了蛆虫的哈密瓜的故事。

拉夫穿上手里的牛仔裤和一件俄克拉何马雷霆队的 T 恤，又看了一眼珍妮，然后左手用两根手指拎着那双被他当作卧室拖鞋的老旧磨损的莫卡辛鞋轻手轻脚地离开了卧室。

# 2

　　五分钟后，拉夫从后门走了出来。听到他走近的脚步声，霍莉转过头来，她的小脸谨慎而警觉，但并没有（至少拉夫希望如此）不友好之意。霍莉看到拉夫的手里端着一个旧可口可乐托盘，托盘里有两个马克杯，这时她的脸上又露出了灿烂的笑容。"端的是我心里正想要的吗？"

　　"如果您想喝咖啡的话，那就是了。我喝清咖，但我担心您不喜欢，所以还给您拿了咖啡伴侣。我妻子喝咖啡喜欢加很多糖和奶，她说她的咖啡就像她本人一样，又白又甜。"说到这里，拉夫幸福地笑了。

　　"清咖就好，非常感谢。"

　　拉夫把托盘放在野餐桌上，霍莉坐在拉夫对面，端起一个杯子，抿了一口。"哦，味道很好，浓香而醇厚。早晨，没有什么比喝上一杯浓浓的苦咖啡更好的了，反正我这么认为。"

　　"您起床多久了？"

　　"我睡得不多。"霍莉巧妙地回答了这个问题，"这里很舒服，空气真新鲜。"

　　"相信我，当风从西边吹来的时候就没那么新鲜了，那个时候您会闻到盖城炼油厂飘来的味道，真让我头疼。"

　　拉夫停顿了一下，看着霍莉。霍莉把目光移开，把杯子举到面前，好像是用来挡住拉夫目光似的。拉夫回想起昨晚，想起她每一次同别人握手时好像都要鼓起勇气做好思想准备一样，拉夫想，社交中许多日常的肢体接触和关系互动对于这个女人而言都非常困难。但是，这个女人也曾做过一些了不起的事情。

　　"我昨晚仔细研究了有关您的资料，亚力克·佩利说的没错，您的简历惊人地出色。"

霍莉没有回答。

"除了阻止哈茨菲尔德对一群孩子实施爆炸之外，您和您的搭档霍奇斯先生——"

"是霍奇斯侦探，"霍莉纠正道，"退休的。"

拉夫点点头。"除此之外，您和霍奇斯侦探还从一个叫莫里斯·贝拉米的疯子手中成功营救了一个被他绑架的女孩，贝拉米在那次营救中死掉了。您还被卷入了一场与医生的枪战，那名医生做出了越轨之事，杀死了自己的妻子。去年，您还抓住了一群偷稀有品种良犬的家伙，那些家伙向狗的主人勒索高价赎金，如果狗的主人不愿出钱赎回，他们就把狗卖掉。所以，您说您的其中一部分业务是寻找丢失的宠物，那话不是开玩笑的。"

霍莉的脸又红了起来，从脖子根一直红到前额。很显然，一细数她过去的丰功伟绩，她就感到非常不舒服。她觉得那是令人非常痛苦的事。

"那些事主要都是比尔·霍奇斯做的。"

"追踪盗狗贼可不是，他在那件案子的前一年就去世了。"

"是的，但那个时候我有了彼得·亨特利，前侦探亨特利。"霍莉抬起眼睛直视拉夫，她逼迫自己那样做。霍莉的眼睛清澈湛蓝，"皮特很好，如果没有他我的生意就没法维持了。但比尔更好，不管我现在有多大的成就，都是比尔造就了我。我欠他的一切，我欠他一条命。我真希望他现在在这里。"

"您的意思是，而不是我在这里？"

霍莉没有回答。当然，沉默即是回答——默认。

"他会相信这个会变身的厄尔·库科恶魔存在吗？"

"哦，会的。"霍莉毫不犹豫地说了出来，"因为他……和我……还有跟我们一起工作的朋友杰罗姆·罗宾逊，我们曾经历过一些你没有经历过的事情，并从中积累了经验。但也许你也会有的，那要取决于接下来几天的情况。也许在今天太阳下山之前，你就会有所收获。"

"我可以加入你们吗？"

珍妮来了，她的手里也端着一杯咖啡。

拉夫做了个手势请她坐下。

"如果我们吵醒了你，很抱歉，"霍莉礼貌地说，"您让我留下来真是太好了。"

"是拉夫把我吵醒的，他踮着脚走路还像头大象。"珍妮说，"我本来可以继续睡的，但我闻到了咖啡味，实在无法抗拒。哦，太好了，你把咖啡伴侣拿出来了。"

霍莉说："不是那个医生干的。"

拉夫扬起眉毛问："你说什么？"

"他的名字叫巴比诺。他做出了越轨之事，没错，但他是被迫的，他没有杀死巴比诺太太，是布莱迪·哈茨费尔德干的。"

"可是，我在我妻子昨晚上网查的新闻报道中说，在您和霍奇斯查到巴比诺之前哈茨费尔德就已经死在医院里了。"

"我知道新闻报道上是怎么说的，但他们说的不对。我可以告诉你真实的故事吗？其实我不想讲，我甚至都不想去回忆那些事情，但也许你需要听一听，因为马上即将涉入危险境地，如果你一直坚信我们在追查的是一个人——扭曲、变态、嗜杀，但他仍然只是一个活生生的人——那么你就会把自己置身于更大的危险之中。"

"危险就在这里，"珍妮反对道，"那个局外人，那个长得像克劳德·博尔顿的人……我看见他在这里了。我昨天晚上在会上已经说过了！"

霍莉点点头。"我认为局外人曾经就在这里，我甚至可以向你证明这一点，但我认为他并不完全在这里。他现在已经不在这里了，他现在在那儿，在得克萨斯，因为博尔顿在那儿，局外人会接近他。他必须接近他，因为他已经……"霍莉停了下来，咬着嘴唇，"我认为他已经在消耗自己，他不习惯别人追查他，不习惯别人知道他的真实身份。"

"我不明白。"珍妮说。

"我可以给你们讲一个有关布莱迪·哈茨费尔德的故事吗？也许会有所帮助。"霍莉看了看拉夫，她再次努力地与拉夫的目光相遇，

"也许你不会相信这个故事，但它会让你明白为什么我会相信。"

"讲吧。"拉夫说。

霍莉开始讲起来，当她讲完时，太阳已经染红了东边的天。

# 3

"哇!"拉夫惊叹了一声,这是他唯一能够想到的话。

"这是真的吗?"珍妮问,"布莱迪·哈茨费尔德……什么?他怎么能够将他自己的意识植入到那医生脑中呢?"

"是的,也许是巴比诺给他服用的试验药物的作用,但我从不认为那是他能够那样做到的唯一原因。哈茨费尔德的身体里已经有什么东西存在了,我给他当头一棒,把那东西敲了出来,我相信就是那样的。"霍莉转向拉夫,"但你不相信,对吧?我可以让杰罗姆打个电话,他会跟你说同样的话……但你也不会相信他的话。"

"我不知道我该相信什么,"拉夫迷茫地说,"这一连串的自杀行为竟然是由电子游戏中的潜意识信息引发的……报纸上报道了吗?"

"报纸、电视、互联网,统统报道了。"

霍莉停顿了一下,低头看着自己的手。她的指甲没有涂指甲油,但十分整齐;她已经戒掉啃指甲的毛病了,就像她已经戒烟了一样。霍莉已经摒弃了曾经的习惯,有的时候她认为,自己摆脱坏习惯便是走向精神稳定之旅(如果不是有真正的精神问题的话)。摒弃恶习是一个很难的过程,恶习就像朋友一样不离不弃。

这时霍莉没有看他们两个任何人,而是望向远方,她开口继续说:"比尔被诊断出患上了胰腺癌,与此同时,巴比诺和哈茨费尔德之间的事情开始了。之后比尔住了一段时间的院,但他很快就回家了,那个时候我们所有人都知道结局会是怎样……包括他自己,虽然他从来没有那样说过,他一直在和该死的癌症斗争,直到生命的最后一刻。那个时候,我几乎每天晚上都会去看望他,一方面是为了确保他在正常饮食,另一方面只是为了和他在一起坐着,为了陪在他身边,但也是为了……我也不知道……"

"当你和他一起时,"珍妮替霍莉说,"他就是你生活的全部?"

霍莉又笑了，那种灿烂的笑容让她显得很年轻。"是的，就是那样，完全正确。有一天晚上——就在他再次住院之前不久——他们家那片区域停电了，是一棵树倒了砸到了电线，还是怎么回事，当我到比尔家时，他正坐在门前的台阶上，抬头望着星星。他说，'街灯亮着的时候，你永远不会看到这样的星空，看看！有多少星星啊！多亮啊！'"

"那天晚上，就好像能够看到整条银河一样。我们在那里坐了一会儿，我想大概有五分钟吧，我们两个没有讲话，就那样抬头看着星星。然后他说，'科学家们开始相信宇宙是没有尽头的，我上周在《纽约时报》上读到的。当你能够看到所有可见的星星，并知道在它们之外还有更多的星星时，那就容易让人相信了。'比尔病重之后我们就没再谈论过布莱迪·哈茨费尔德和他对巴比诺所做的事，但现在想来，他当时讲的那些话就是在说那件事。"

"天地之间的事情远超我们的想象。"珍妮说。

霍莉笑了。"我想莎士比亚说得最好，我想，他说的所有话几乎都是绝句。"

"也许他当时不是在说哈茨费尔德和巴比诺，"拉夫说，"也许他是在讲他自己的……病情。"

"他当然是了，"霍莉说，"他也是在讲这世间所有的谜，那也是我们需要做的——"

话还没说完霍莉的手机就响了起来，她从裤子后兜拿出手机，看着屏幕读了信息。

"是亚力克·佩利发来的，"霍莉说，"戈尔德先生的包机计划于九点半起飞。您还打算踏上这趟探险之旅吗，安德森先生？"

"绝对的。既然我们要一起——管它什么呢——你最好开始叫我拉夫吧。"他两大口喝完杯子里的咖啡，然后站起来，"珍妮，我不在的这几天，我想安排两个人盯着咱们家，你有什么意见吗？"

珍妮眨了眨眼睛说："只要长得好看就行。"

"我会试着联系一下特洛伊·拉梅奇和汤姆·耶茨，他们两个长得都不像电影明星，但就是他们俩在球场亲手逮捕的特里·梅特兰。

感觉至少让他俩为这件案子做点儿贡献是好事。"

霍莉说："有件事我需要检查一下，我想现在就做，赶在天亮之前。我们回房间里好吗?"

# 4

应霍莉的要求，拉夫拉上了厨房的窗帘，珍妮拉上了客厅的窗帘，而霍莉自己则拿着在沃尔玛超市办公用品区买的马克笔和思高隐形胶带坐在厨房的餐桌旁。她撕下两小条胶带，用马克笔涂成蓝色，贴到她的苹果手机闪光灯上，然后又撕下一条，贴到蓝色胶带上，并用马克笔涂成紫色。

霍莉站起来，指着离拱门最近的那把椅子问："他当时坐的就是那把椅子吗？"

"是的。"

霍莉给那个座位拍了两张照片，然后走到拱门那里，又指着一处说："他就是坐在这里。"

"是的，就是那里，但早上地毯上没有任何痕迹，拉夫看过了。"

霍莉单膝跪地，给地毯拍了四张照片，然后站了起来。"好了，这样应该可以了。"

"拉夫，"珍妮问自己的丈夫，"你知道她在干什么吗？"

"她把自己的手机变成了一个临时的紫光灯。"拉夫说着心想，如果我当时真的相信我的妻子，我自己本可以做这件事的，五年前我就知道这个特别的小把戏。然后他对霍莉说："你是在找污渍，对吗？残留物，就像谷仓里那东西。"

"是的，但如果真有的话，这里会很少，否则你用肉眼就能看到。你可以在网上买一个工具包来做这种检测——叫'检测伴侣'——但这样应该也会奏效，比尔教过我。如果当真有什么的话，现在来看看我们发现了什么。"

拉夫和霍莉围到她身边，一边一个。而霍莉这次却没有介意自己的身体被人亲密接触，她实在太专注了，太抱有希望了。她在内心告诉自己，我拥有霍莉牌希望。

那里果然有污渍，珍妮的闯入者曾经坐的那把椅子上有淡淡的黄色污迹，拱门边缘的地毯上还有更多，像几小滴油画颜料一样。

"见鬼！"拉夫小声咒骂道。

"看看这个，"霍莉说着用两根手指放大照片中地毯上的一块污迹，"看到它的角度了吗？那是一条椅子腿上的。"

她起身回到那把椅子边，又给它拍了一张照片，这次只是拍了下面。三个人再次围成一圈盯着霍莉的苹果手机，霍莉再次用手指放大图片，一条椅子腿充满了画面。"就是从它上面滴下来的，现在可以拉开窗帘了，如果你们愿意的话。"

当厨房再次充满晨光时，拉夫拿起霍莉的手机又看了一遍照片，一张接着一张地看，然后又倒着看回去。他感觉自己内心那堵不信任的墙开始坍塌，最后只剩下苹果手机小屏幕上的一堆照片。

"这是什么意思？"珍妮问，"我的意思是他到底来过这还是没来过？"

"我告诉你，我从没有机会做过能够让我得到肯定答案的大量研究，但如果让我猜的话，我会说……两者都有。"

珍妮摇了摇头，似乎想让自己的头脑清醒一下。"我不明白。"

拉夫正想着当时门是锁着的，防盗报警器也是开着的，听到霍莉的话，他问："你是说这个家伙是个……""鬼"是他脑子里第一个想到的词，但这个词并不准确。

霍莉说："我什么都没说。"拉夫心想，没错，你是没说，因为你想让我说出来。

"他是个投影？或者是个化身？就像我们儿子玩的电子游戏里的那种？"

霍莉说："这是一个有趣的想法。"她的眼睛闪闪发光。拉夫有了一个想法（但他对此有点儿生气），他认为霍莉刚刚可能憋回去了一个微笑。

"有残留物，但椅子却没有在地毯上留下痕迹。"珍妮说，"从任何物理学意义上讲，如果他当时在这里，那么他就是……光，也许他都没有一个羽绒枕头重。而且你说做这个……这个投影……会使他消耗?"

"至少在我看来，这似乎是合乎逻辑的。"霍莉说，"可以肯定的是，昨天早上你下楼时，有'东西'在这里。你同意吗，安德森侦探?"

"同意。不过如果你还不开始叫我拉夫的话，我就要逮捕你了，霍莉。"

"那我是怎么回到楼上的?"珍妮问，"他有没有……请告诉我，我晕倒之后他没有背我。"

霍莉说："我对此表示怀疑。"

拉夫说："也许有点儿……我只是在这里猜测啊……催眠术似的?"

"我不知道，有很多事情我们可能永远都不会知道。我想去洗个热水澡，可以吗?"

"当然，"珍妮说，"我去给大家煎点儿鸡蛋。"这时，霍莉突然大叫起来，"哦! 上帝啊!"

霍莉转过身。

"炉子上的灯，灯是开着的，燃气灶上面的那个。那里有个按钮。"刚刚看照片时，珍妮看起来很兴奋，而现在，她的脸上只有恐惧，"必须按那个按钮才能把灯打开。至少，已足够证明他在这里做过这事。"

霍莉对此什么都没说。拉夫也没有说。

# 5

早餐过后，霍莉回到客房，应该是去收拾行李了。但拉夫猜她实际上是留给他一点儿时间和隐私同自己的爱妻告别。霍莉·吉伯尼有她的怪癖，她确实有，但她并不愚蠢。

"拉梅奇和耶茨会在外面密切监视的，"拉夫告诉珍妮，"他俩都请了私假。"

"他们这样做是为了你？"

"我认为也是为了特里，他们对事件后续发展的感觉几乎跟我一样糟糕。"

"你带枪了吗？"

"在我的随身行李里，一着陆我就把枪套挂在腰带上，亚力克也会带枪。希望你也把你的枪从盒子里拿出来，随身携带。"

"你真的认为——"

"我不知道该怎么想，在那一点上我和霍莉的观点一致。把枪随身携带，但小心别走火。"

"听着，也许我应该跟你们一起去。"

"我不认为那是一个好主意。"

今天拉夫不希望他们夫妻俩共同乘机，但他不想说出原因，不想让她更担心。他们夫妻俩有一个儿子要考虑，一个正处于打棒球或者对着草把射箭，抑或制作串珠腰带年龄的儿子。德里克不比弗兰克·彼得森大多少，他和大多数孩子一样，单纯地认为他的父母是不朽的。

"你也许是对的，"珍妮说，"如果小德打电话来，家里应该有人在，对吗？"

拉夫点点头并亲吻了她。"我就是这么想的。"

"多加小心。"珍妮眼睛睁得大大的，抬头望着拉夫。这让拉夫突然想起，曾经那双眼睛也同样充满爱恋、希望和担心，犀利地望着他，那是十六年前在他们的婚礼上，当他们两人站在亲朋好友的面前交换誓言的时候。

"我会的，我会小心。"

拉夫意欲抽身离开，但珍妮把他拉了回来，她紧紧地抓着拉夫的前臂。

"我知道，但这次和你以前办的其他案子不一样，现在我们两个都很清楚。如果你能够抓住他，就抓住他。如果你不能……如果你遇到了无法处理的事情……就撤退。撤退然后回家，回到我身边，你听明白了吗？"

"我听到了。"

"别说你听到了，说你会的。"

"我会的。"此时拉夫又想起了他们对彼此许下誓言的那一天。

"希望你是认真的。"眼前还是那犀利的目光，充满爱恋和担心。那个曾经对他说"我将我的一生托付给你，请不要让我后悔"的人。"我要告诉你一件事，这很重要。你在听吗？"

"是的，我在听。"

"你是一个好人，拉夫，一个犯了严重错误的好人。你不是第一个那样做的人，你也不会是最后一个。你必须接受现实，要容忍它，我会帮助你的。如果你能，就让事情变得更好，但请不要让事情变得更糟，求你了。"

霍莉大摇大摆地走下楼来，确保他们夫妻俩能够听见她走近了。拉夫又在原地站了一会儿，低头望着爱妻瞪得大大的眼睛——那双眼睛和几年前一样美丽动人，然后吻了吻她，向后退了一步。珍妮紧紧地捏了一下他的手，非常用力，然后才放开他。

# 6

拉夫开着他的车载着霍莉一同前往机场，霍莉把她的单肩包放在大腿上，两膝紧紧地并拢，笔直地坐着。"你妻子有枪吗？"她问。

"有，而且她曾经参加过部门达标排位赛。这个州允许女士和女孩那样做。你呢，霍莉？"

"当然没有。我是坐飞机过来的，但不是包机。"

"我保证我们可以给你弄一把，毕竟我们要去的是得克萨斯州，不是纽约州。"

霍莉摇了摇头。"比尔在的时候我从来没开过枪，在我们合作的最后一个案子里，我开了一枪，可我还打偏了。"

拉夫没再说话，直到他们汇入了通往机场和盖城的高速公路上的大量车流。完成了这个危险的壮举后，他开口了："从谷仓采集的那些样本在州警察局的法医实验室呢，你认为当他们用尽各种各样的设备对它们进行检验后，最终会有什么发现？你有什么想法？"

"基于在椅子和地毯上发现的东西，我猜主要是水，但它的 pH 值很高。我猜会有那种由尿道球腺分泌的黏液状液体痕迹，尿道球腺也称库珀氏腺，是以解剖学家威廉·库珀命名的，他——"

"所以你真的认为是精液。"

"更像是射精前的分泌物。"她的面颊泛起了淡淡的红晕。

"你很专业。"

"比尔去世后，我上过一门法医病理学课程。事实上，我上过好几门课。上课嘛……消磨时间。"

"弗兰克·彼得森的两条大腿后面有精液，相当多，但超出了正常量。DNA 与特里·梅特兰的相匹配。"

"不管它们有多么相似，谷仓里的残留物和你家里的残留物不是精液，也不是射精前的分泌物。当实验室检验在坎宁镇发现的物质时，我认为法医会发现未知成分，并会将其作为污染物排除。他们只会很高兴那些样品不会作为证物呈上法庭，他们不会认为自己是在处理一种完全未知的物质：他变身时分泌或喷出来的东西。至于在小彼得森身上发现的精液……我敢肯定局外人杀害霍华德家的小女孩时也留下了精液，要么是在她们的衣服上，要么是在她们的尸体上。那只是另一份在场证据，就像在梅特兰先生的浴室里发现的铁证头发，还有你发现的所有指纹一样。"

"别忘了目击证人。"

"没错，"霍莉对此表示同意，"这种生物喜欢被人目击，如果他能顶着另一个人的脸露面，为什么不呢？"

拉夫跟着指示牌来到了霍华德·戈尔德常用的飞机租赁公司。"所以你认为这两起案子不是真正的性侵案？它们只是被故意设计成貌似那样的？"

"我不会做那样的假设，但是……"霍莉转过头看着拉夫，"在那个男孩的大腿后面射精，但是体内……你懂的……没有？"

"没有。他是被用一根树枝插——强暴的。"

"哟！"霍莉做出一副龇牙咧嘴的表情，"我怀疑对那两个女孩的尸检是否也在她们体内发现了精液。我认为他的杀戮可能存在性因素，但他可能没有实际行动的能力。"

"许多正常的连环杀手都是这样的。"拉夫对此一笑置之——这和大虾一样是一种自相矛盾的说法——但他没有收回这句话，因为他唯一能想到的替代品就是人类的连环杀手。

"如果他以悲伤为食，他也肯定食用受害者垂死之时的痛苦。"霍莉脸上的红晕消退了，剩下一张苍白的脸，"那很可能极其丰盛，就像饕餮盛宴或苏格兰佳酿一样，而且没错，那会激发他的性欲。我不喜欢想这些事情，但我相信知己知彼百战不殆。我们……我认为你应该在那左转，安德森侦探。"霍莉指着前方说。

"叫拉夫。"

"是的，左转，拉夫。那条路才是通往雷加航空的。"

## 7

霍伊和亚力克已经到了，而且见到拉夫和霍莉时他笑了。"起飞时间会推迟一点儿，"他说，"萨布罗已经在路上了。"

"他是怎么做到的?"拉夫问到。

"他没有做到，是我做到了。嗯，我安排了其中一半。马汀内兹法官因溃疡穿孔住进了医院，那是上帝的安排，也或者只是因为他吃了太多辣酱。我自己是个得克萨斯辣酱迷，但那个家伙直接一股脑儿倒在上面吃，他那种吃法让我都感到颤抖。至于萨布罗中尉需要出庭作证的另一件案子，他们检察院欠我一个人情。"

"我能问问为什么吗?"拉夫问到。

"不能。"霍伊现在笑得更欢了，连他的后牙都露出来了。

既然还有时间，四个人便坐在小等候室里——没有候机室那么豪华——看着飞机起飞降落。霍伊说："昨晚回家后，我上网查阅了有关二重身的资料。因为这个局外人就是个二重身，你们不这样认为吗?"

霍莉耸耸肩，"这是一个很好的词。"

"有关它的最著名的小说就是埃德加·爱伦·坡写的一个短篇故事，叫《威廉·威尔逊》。"

"珍妮知道那个故事，"拉夫说，"我们讨论过它。"

"但现实生活中也有很多，好像有好几百例。卢西塔尼亚号上就有一例，头等舱有一名乘客叫瑞秋·威瑟斯，在航行中，有几个人看到了另一个跟她长得一模一样的女人，只是那个女人有些白发，有人说那个二重身在驾驶舱里，有人说她是一名员工。威瑟斯小姐和一位绅士朋友去找她，据猜测，他们看到她仅几秒钟后德国潜艇发射的一枚鱼雷就击中了卢西塔尼亚号的一侧船身。威瑟斯小姐不幸丧生，但她的那位绅士朋友幸存了下来，他称威瑟斯小姐的二重身为'厄运感召者'。法国作家盖伊·德·莫泊桑有一天在巴黎的一条街上走路时就遇见了他的二重身，跟他同样的身高、同样的发型发色、同样的眼睛、同样的胡子、同样的口音。"

"嗯哼，法国人。"亚力克耸耸肩说，"你能指望什么？莫泊桑大概请他喝了一杯酒。"

"最著名的案例发生在一八四五年，在拉脱维亚的一所女子学校。一个老师正在往黑板上写字，这时她的二重身走进教室，就站在那个老师的身边，模仿着她的一笔一画，只是二重身的手里没有粉笔，然后她走出了教室。班里的十九个学生都目睹了那一切。这是不是太神奇了？"

没有人回答。拉夫在想着一个满是蛆虫的哈密瓜、消失的脚印还有霍莉死去的朋友说的话：宇宙没有尽头。拉夫认为有些人可能会为之感到振奋，甚至感觉优美极了。但拉夫觉得这很可怕，他是一个一辈子实事求是的人。

"这很神奇。"霍伊有点儿沉重地说。

亚力克说："告诉我，霍莉，如果这个家伙变成受害者的脸时——我猜是通过某种神秘的输血方式——吸收了他们的思想和记忆，那他怎么会不知道离那最近的诊所在哪儿呢？还有薇洛·雷恩沃特，那个出租车司机，梅特兰在基督教青年篮球会就认识她了，但是坐她的车去杜布罗火车站的那个男人却表现得好像从来没有见过她一样，他没有叫她薇洛或雷恩沃特太太，而是叫她'女士'。"

"我不知道，"霍莉相当粗鲁地说，"我所知道的一切都是在我飞过来时掌握的，我说的是真的，因为我是在飞机上阅读的材料。我唯一能做的就是猜测，而且我已经厌倦了。"

"也许就像速读一样，"拉夫说，"速读者为自己能够一口气读完一本又一本的大部头书籍感到非常自豪，但他们掌握的大多是大意，如果你就细节问题向他们提问，他们通常会一无所知。"拉夫停顿了一下，"至少我妻子是这样说的，她参加了一个读书俱乐部，有一位女士对她的阅读技巧引以为豪，那令珍妮很抓狂。"

大家看着地勤人员为国王航空加油，两名飞行员在做飞前检查。

霍莉掏出她的平板电脑，开始阅读（拉夫觉得她的阅读速度相当快）。差一刻钟十点时，一辆斯巴鲁开进了小雷加停车场，尤尼尔·萨布罗从车上下来，一边打着电话，一边往肩上背一个迷彩背包。他进屋时挂断了电话。

"朋友们！你们好吗？"

"好！"拉夫说着站了起来，"咱们上路开始这场大秀吧！"

"我刚刚在跟克劳德·博尔顿通话，他要去普莱恩维尔机场接我们。那里离他所在的马里斯维尔大概有六十英里。"

亚力克扬起眉毛问："他为什么要去接我们？"

"他很担心。他说他昨晚没怎么睡，翻来覆去醒了五六次，总感觉有人在盯着他家房子。他说那让他想起在监狱里的日子，那个时候每个人都预感到有什么事要发生，但没有人确切知道到底会发生什么事，大家只知道要发生不好的事，他说他妈也开始浑身起鸡皮疙瘩了。他问我到底发生了什么事，我告诉他等我们到那儿的时候会告诉他的。"

拉夫转向霍莉问："如果这个局外人真的存在，如果他很接近博尔顿的话，博尔顿能感觉到它的存在吗？"

霍莉这次没有因为被要求猜测而再次抗议，她用柔和而坚定的声音回答："我敢肯定。"

# 十　欢迎来到得克萨斯州

## 七月二十六日星期四

# 1

七月二十六日凌晨两点左右，杰克·霍斯金斯越过州界，进入得克萨斯州境内，当东方亮起第一道曙光时，他入住了一家名为印第安汽车旅馆的跳蚤窝。他付给睡眼惺忪的店员一个星期的房费，刷的是他的万事达卡，那是他唯一一张还没有被刷爆的卡，要了一间在那座摇摇欲坠的大楼尽头的房间。

房间里有一股年久的烟酒味，床罩已经被磨得破旧不堪，那张摇摇晃晃的床上的枕头套因为年代已久或汗液酒渍，抑或二者兼有的缘故，已经严重发黄。他坐在房间里唯一的一把椅子上，飞快但不太感兴趣地阅读着手机上的短信和语音邮件（凌晨四点左右时，信箱已经满了）。所有信息都是局里发来的，很多都是盖勒局长亲自发来的，西部发生了一起双重谋杀案。由于拉夫·安德森和贝琪·里金斯都不在岗，杰克是唯一的当值侦探，所以不管他在哪里，他都得立刻赶到案发现场，等等。

他躺在床上，一开始仰面朝天躺着，但那样弄得晒伤太疼了，于是他翻过身来侧卧，床垫里的弹簧在他的重压之下发出刺耳的抗议声。杰克心想，如果癌症占据了我的身体，我的体重就会减轻，最后瘦得只剩下一层皮包着的一副骨架了。一副会尖叫的骨架。

"那不会发生的，"杰克对着空荡荡的房间说，"我他妈的只是需要睡一会儿，那会管事的。"

四个小时就够了，如果他够幸运的话，他能睡上五个小时。但他的大脑并没有休息，它就像发动机在齿轮的空挡中飞速转动。科迪那个在加油站推销毒品的小鬼头有小白药片没错，他还有上好的可卡因，他自己声称他的货几乎是纯的。杰克现正躺在一张勉强可称之为床的床上（他甚至没有想过要上床，上帝知道那床单上可能正有什么东西在爬），从他现在的感觉来看，科迪说的是真的。杰克只打了几声呼噜便醒了，午夜过后的几小时似乎很漫长，前方的路似乎永远没有尽头，他感觉自己可能再也睡不着了，事实上，他感觉自己好像可以跳上房顶，然后跑上五英里。然而，困意最终还是袭来了，虽然他睡得很浅，而且有好几次还梦到他的母亲。

当他醒来时已经是下午了，房间里臭烘烘的，虽然空调不好算一个差劲的理由。他走进卫生间，小便，然后尽力想看看还在抽痛的后颈。他看不到，也许那样最好，于是他走回房间，坐在床上准备穿鞋，但他只能找到其中一只鞋。他伸手到床下摸索另一只鞋，结果鞋被推到了杰克手里。

"杰克。"

杰克僵住了，胳膊上起了一层鸡皮疙瘩，脖子后面的汗毛也立了起来。在弗林特市站在浴缸里的那个人现在就像杰克小时候害怕的怪物一样，正藏在他的床下。

"听我说，杰克，我要确切地告诉你需要做什么。"

当那个声音终于停止给他传达指令时，杰克意识到他脖子后面的疼痛消失了。这有点儿好笑，他一直管那处叫老伤。嗯，几乎消失了。他要做的事似乎很直截了当，虽然有点儿极端。没关系，因为他相当确定自己能够捣乱，把那件事情搞砸，而且阻止安德森前进绝对是一件乐事。毕竟，安德森是主要的干预者，谁让他写"没有意见"呢，自作自受。其他人也坏透了，但他们不是杰克的目标，因为他们是被安德森拉下水的。

"一群臭味相投的家伙，臭鱼和烂虾。"杰克咕哝了一句。

他穿上鞋，跪在地上，检查床下，那里除了厚厚一层灰之外什么都没有，虽然有的地方看起来像有人动过，但那里确实没有人。这很好，杰克可以松一口气了。毫不怀疑，那位访客来过了，而且他清清楚楚地看到刚刚把他的鞋推出来的那只手上文的字是：**不能**。

后颈晒伤的疼痛渐渐减轻，杰克的头脑也相对清醒了，他想他可以吃点儿东西了。也许就吃牛排配煎蛋吧，面前还有一件工作在等着他呢，他必须保持精力充沛。人可不能光靠喘气和吃小药片活着，如果不吃饭，他可能会在那炎炎烈日底下晕倒，然后就会被晒伤。

说到烈日，杰克出门的时候那大太阳就像一记重拳打在他脸上一样，他的脖子也发出警告性的抽痛。他惊慌地意识到自己出门前没涂防晒霜，而且还忘记带芦荟胶了。也许汽车旅馆的咖啡厅会卖类似的东西，收银员会将这类东西和其他一些比如 T 恤衫、棒球帽、乡村乐 CD、柬埔寨产的纳瓦霍纪念品之类的小东西摆在一起，离这里最近的镇是——

杰克突然停住，伸出一只手抓着咖啡厅的门，透过灰蒙蒙的门玻璃往里看。他们在里面！安德森和他那帮快乐的混蛋，那个留着花白刘海的瘦女人，一个坐在轮椅上的老家伙和一个梳着黑色短发、留着一把山羊胡的肌肉男。老家伙不知听到了什么，开始笑起来，然后开始咳嗽，杰克站在门外都能听到她咳嗽的声音，那声音就像是一台该死的慢吞吞行驶的挖掘机，那个留着山羊胡的男人拍了几下她的背，然后所有人都笑了起来。

杰克心想：等我跟你算完账，你就会换上另外一张该死的脸笑了。他们笑得很开心，但事实上这样很好，否则他们可能就会发现杰克。

杰克转身离开，绞尽脑汁地想搞清楚他自己看到的一切，不是指那群凑在一起嘻嘻哈哈的家伙，他才不在意那个呢，而是刚刚当那个山羊胡男拍轮椅女的后背时，杰克看见了他手指上的文身。咖啡厅的玻璃上蒙着厚厚一层灰，文身的蓝色字迹也褪色了，但杰克很清楚那个手指上的文身是什么字：**不能**。那个人是怎么从他的床底下爬出来，又很快进入餐厅的？这是个谜，但杰克·霍斯金斯根本懒得去思考，他有一份工作要做，那就足够了，而除掉正在他身上不断扩散的皮肤癌便占据了那份重大工作的半席之地。除掉拉夫·安德森就是另外一半，而且这将是一件令他很愉快的工作。

除掉那个写"没有意见"的老家伙！

# 2

普莱恩维尔机场坐落于年代已久的小城城郊的一片灌木丛中，机场只有一条跑道，拉夫觉得它短得不得了。飞机的轮子一着地，飞行员便全力刹车，一些没有固定的物体就飞了起来。飞机在那条狭窄柏油路尽头的一条黄线处停住，不到三十英尺外就是一条长满野草、飘满啤酒罐的死水沟。

亚力克像做开场白一样说："欢迎来到这个特别的无名之地！"此时国王航空的这架飞机正朝一座组合式的航站楼缓缓滑行，那座航站楼看上去在下一场暴风中就会被吹走。一辆满是尘土的道奇货车正在等候他们，拉夫甚至在看到残障人士车牌之前就认出了它是一款可以搭载轮椅的车型。克劳德·博尔顿站在那辆道奇旁边，身材魁梧、肌肉发达的他穿着一条褪色的牛仔裤、蓝色的工装衫、破旧的牛仔靴，戴着一顶得克萨斯州蓝格斯鸭舌帽。

拉夫第一个从飞机上下来，他伸出一只手，克劳德犹豫了一下，同他握了握手。拉夫发现面前这个男人手指上文的已经褪色的字很难不被人注意。

"谢谢你来接机，这让我们方便多了，"拉夫说，"其实你没有必要这么做，我很感激。"拉夫向克劳德·博尔顿介绍了其他人。

霍莉最后一个同克劳德·博尔顿握手，她说："你手指上的那些文身……是关于酗酒的吗？"

拉夫心想，是的，这便是谜团中被我忘记的一小块拼图。

"是的，女士，说得正确。"此时的博尔顿讲起话来就像一位成绩优异且深受学生喜爱的授课教师，"这里的 AA 会通常会这样宣传这样一个大悖论，我第一次是在监狱里听说的，'你必须喝酒，但你不能喝酒'。"

霍莉说："我感觉烟也是同理。"

博尔顿咧嘴笑了。拉夫觉得很奇怪，他们这个小团体中最不善于社交的人居然令博尔顿感觉自在。现在的博尔顿已经不是刚刚那个看起来一脸担忧、处处戒备的博尔顿了，他说："是的，女士，烟很难戒。您戒得怎么样？"

"几乎有一年没有抽了，"霍莉说，"但有时我会一天抽一次。'不能'和'必须'。我喜欢。"

她真的知道博尔顿手指上文身的含义吗？拉夫不得而知。

"破除'不能-必须'悖论的唯一方法就是借助一种更高的力量，所以我得到了属于我自己的力量。我把我的戒瘾奖章随时带在身边，我所学到的是，如果你想喝酒，就把那个奖章含在嘴里，如果它融化了，你就可以喝一杯。"

霍莉听完笑了——拉夫越来越喜欢那个灿烂的微笑了。

道奇车的侧门打开了，一条生了锈的坡道嘎吱嘎吱地伸出来，一位顶着一头夸张白发的身宽体胖的女士坐在轮椅上顺着坡道滑下来，她的大腿下面放着一个绿色的矮氧气瓶，一根塑料管从氧气瓶中伸出，连通她的鼻子。"克劳德！你怎么还跟这群人站在这么热的地方？如果我们要走，就立即走，都快到中午了。"

"这位是我母亲，"克劳德说，"妈，这位是安德森侦探，我之前跟你说过的那件事，他找我问过话。其他这些人我还不认识。"

霍伊、亚力克和尤尼尔分别向老太太做了自我介绍。霍莉排在最后，"很高兴见到您，博尔顿太太。"

洛维笑起来："好吧，等你了解我之后咱们再看你是怎么想的。"

"最好先去看看我们租的车，"霍伊说，"我想应该是停在门口的那辆。"他指着一辆深蓝色中型 SUV。

"我开车带路，"克劳德说，"你们跟在我后面就绝对不会有问题，去马里斯维尔的路上没有那么多车。"

"宝贝，你干吗不跟我们坐一辆车呢？"洛维·博尔顿向霍莉发出邀请，"请跟一个老太太做个伴吧。"

拉夫本以为霍莉会拒绝，可没想到她立刻就同意了。"等我一分钟。"

　　她给拉夫使了个眼色，当克劳德看着他母亲调转轮椅沿着斜坡回到车上时，拉夫会意地跟着霍莉朝国王航空走去。一架小飞机正要起飞，一开始拉夫听不清霍莉在问他什么，他弯下腰把耳朵凑近霍莉。

　　"我该怎么跟他们说，拉夫？他们肯定会问我们来这里做什么。"

　　拉夫考虑了一下，然后说："你为什么不直说呢？"

　　"他们不会相信我的！"

　　拉夫听了这话笑了，"霍莉，我认为你能很好地处理他人的质疑。"

# 3

克劳德·博尔顿跟许多有前科的人一样（至少是那些不想冒险再重回监狱的乖宝宝），把车速控制在限速内，开着他那辆道奇残障伴侣车以每小时五英里的速度行驶。半个小时之后，他的车拐进印度汽车旅馆 & 咖啡厅，克劳德·博尔顿从车上下来，几乎用道歉的口吻对驾驶那辆出租车辆的霍伊说："希望你不介意我们停下来吃点儿东西，我妈要是不按时吃饭，有的时候身体就会出问题，而她今天连做三明治的时间都没有。之前我怕我们会迟到。"他压低声音，好像在吐露一个可耻的秘密，"她的血糖有问题，血糖过低的时候她就会晕倒。"

"我相信我们所有人都需要吃点儿东西。"霍伊说。

"那位女士讲的这个故事——"

"等我们到你家的时候再谈吧，克劳德。"拉夫说。

克劳德点点头："是的，那样会更好。"

那件咖啡厅闻起来——气味不太好——弥漫着油脂、豆子和煎肉的味道。自动点播机里正放着尼尔·戴蒙德唱的西班牙语版的《我就是我》；柜台后面贴着本店特色菜（其实并不太特色）；厨房通道的上方贴着一张被丑化的唐纳德·特朗普的照片，他那头金发被人涂成了黑色，还被人画上了刘海和小胡子；照片下面被人用西班牙文印上"扬基滚回家"几个字。起初拉夫感到很惊讶——毕竟得克萨斯州是红州，就跟这个州州民的肤色一样红——但后来他想起来，在如此靠近边境的地方如果白人不是真正的少数民族，那就是一场势均力敌的战斗。

他们坐在咖啡厅的最里面，亚力克和霍伊坐在一张双人桌上，其余人坐在旁边的一张大桌上。拉夫点了一个汉堡；霍莉点了一份沙拉，一盘几乎都是干掉的冰镇生菜；尤尼尔和博尔顿母子点的是纯正的墨西哥菜，包括一份塔可、一份墨西哥卷和一份肉馅卷饼。服务员没打招呼就砰的一声把一壶甜茶摔在桌子上。

洛维·博尔顿研究着尤尼尔，她的眼睛如猎鹰般明亮："萨布罗，你说你姓什么？是个很有趣的姓。"

"是的，我们这个姓氏的人不多。"尤尼尔说。

"你是从那边过来的，还是本地人？"

"本地人，夫人，"尤尼尔回答道。他咬了一口手里的塔可，那个填满馅料的塔可就只剩下半个了。"我是第二代。"

"哈，你可真好！美国制造！我以前住在南部的时候认识一个叫奥古斯汀·萨布罗的人，那个时候我还没结婚呢。他在拉雷多和新拉雷多开卡车送面包，当他路过我家时，我和我的姐妹们经常叫嚷着要泡芙。我想，你跟他没有关系吧？"

尤尼尔那张橄榄色的脸颜色变深了一点儿——不太算变红——但他向拉夫投去的目光却很有趣。"夫人，那应该是我爸。"

"哟，世界可真小哈？"洛维说完大笑起来。她笑着笑着就变成了咳嗽，咳着咳着就变成了窒息。克劳德用力拍着她的后背，力气过大，她鼻子里的氧气套管都掉到了餐盘里。"哦，儿子，看哪，"她喘过气来时对克劳德·博尔顿说，"我的墨西哥卷饼上沾上了我的鼻涕。"她把氧气管塞回鼻子里说，"哈，无所谓，源自我身，回归我身。毫无伤害。"她咯咯地咬起来。

拉夫笑了起来，其他人也跟着笑起来，甚至连霍伊和亚力克也跟着笑了起来，虽然他俩错过了最精彩的部分，根本都不知道大家在笑什么。有那么一会儿，拉夫想着笑声是如何把人们吸引到一起的，他很高兴克劳德把他母亲一同带来了。她是个抢手货。

"世界可真小，"老太太重复了一遍，"真是小。"她向前探了探身子，那对肥硕丰满的胸脯把她的餐盘挤得往前挪了一点儿。她仍然用那双猎鹰般的明眸望着尤尼尔，"你知道她给我们讲的故事吗？"她看了霍莉一眼，霍莉皱了皱眉头，正要往嘴里送一口沙拉。

"是的，夫人。"

"你相信吗？"

"不知道，我……"尤尼尔放低了声音，"我倾向于相信。"

洛维点点头，也放低了声音："你见过新城的游行吗？帕索斯游行？也许你小的时候见过。"

"是的，夫人。"

洛维把声音压得更低了："他呢？法尼柯克？你见过他吗？"

尤尼尔回答道："是的。"虽然洛维·博尔顿已面色苍白，但拉夫认为尤尼尔已经开始不假思索地讲西班牙语了。

洛维再度把嗓音压低："他让你做噩梦了？"

尤尼尔犹豫了一下，然后说："是的，很多噩梦。"

洛维往后一靠，满意而严肃。她看着克劳德说："你听听这些人说的话，儿子，我想你惹上大麻烦了！"她朝尤尼尔眨了眨眼，但那不是在开玩笑，她脸色凝重严肃，"大麻烦。"

# 4

当这一小队人驶上高速公路时，拉夫向尤尼尔问了有关帕索斯游行的事情。

"那是圣周期间的游行，"尤尼尔说，"它虽然没有完全得到教会的认可，但教会也对它视而不见。"

"法尼柯克？跟霍莉讲的厄尔·库科一样？"

"比他更可怕，"尤尼尔看起来一脸凝重，他说，"甚至比那个'麻袋男'更可怕。法尼柯克是'兜帽男'，是'死亡先生'。"

# 5

　　所有人抵达博尔顿位于马里斯维尔的家时，已经将近下午三点钟了，闷热的天气就像把锤子砸在身上，压得人透不过气来。大家挤进一间小小的客厅，客厅里的空调是一台噪声极大，震得窗玻璃直颤的老家伙，身为警察的拉夫从职业角度来看这台旧空调已经达到危害社会安全的程度，但它还在尽力给这么多滚烫的身体降温。克劳德走出客厅，从厨房搬回来一个泡沫塑料冷藏箱，里面装着好几罐可乐。"如果你们希望喝啤酒，就没那么幸运了，"他说，"我这里没有酒。"

　　"这样很好，"霍伊说，"我认为我们在尽最大能力解决这件事情之前，所有人都不会喝酒。现在跟我们讲讲昨晚的事吧。"

　　博尔顿看了一眼他的母亲，洛维抱起双臂朝他点了点头。

　　"嗯，"博尔顿开口讲道，"其实事情的结果是，真的没有什么大不了的。昨晚我像往常一样，看完晚间新闻之后就上床睡觉了，开始我一直感觉很好，然后——"

　　"放屁！"洛维插嘴道，"自从你来这儿以后就跟以前不一样了。焦躁不安……"她眼睛扫视一圈客厅里的客人们，"……吃不下饭……说梦话——"

　　"你想让我讲，还是你讲，妈？"

　　洛维伸出一只比画了一下，示意儿子继续讲，然后抿了一口可乐。

　　"是的，她说得没错，"博尔顿承认，"虽然我不想让我单位的那些家伙知道这些事，你们知道的，像先生请进酒吧那种地方的安保人员无论如何都不应该被吓到。但我害怕了，有点儿，只是从来没有像昨晚那样过。昨晚不一样，大约凌晨两点的时候，我从一场噩梦中醒来，起身去锁门。我在这儿的时候从来不锁门，但我妈自己在的时候，我告诉她等普莱恩维尔的家政服务员下午六点钟离开后就要把门锁起来。”

“你做了什么梦？”霍莉问，“你还记得吗？”

“有人在我的床下，躺在那里抬头看。我只能记住这些。”

霍莉点点头示意他继续讲。

“去锁前门之前，我走到外面，在门廊上看了一圈，发现所有的土狼都停止了号叫。通常，月亮一升起来，它们就会像其他动物一样开始不停嚎叫。”

“除非有人在附近时它们才会停下来，”亚力克说，“就像蟋蟀一样。”

“想想看，我听不见狼号叫了，而我妈的花园外面通常尽是土狼。我回到床上，但是睡不着，然后我想起来我没有锁窗户，于是就起来去锁窗。钩子发出吱吱的声音，把我妈吵醒了，她问我在干什么，我让她接着睡。我爬回床上，差点儿睡着——那个时候应该将近三点钟了——然后我又想起来我没有锁浴室的窗户，就是浴缸上面的那扇，我想到有人正从那里爬进来，所以我就下床跑过去看。我知道现在这话听起来很蠢，但是……”

克劳德·博尔顿抬起头看着大家，他发现没有一个人在笑或对他表示怀疑。

“好吧，好吧。我猜既然你们大老远地跑到这里来，你们可能就不会觉得这话听起来很蠢。不管怎么说，我被我妈的跪垫绊倒了，这次她真的起来了，她问我是不是有人想进屋，我说没有，但为了她我就待在她的房间了。”

“我这儿没什么人，”洛维得意地说，“除了我丈夫以外，我从来没有在意过任何男人，而他很久以前就已经不在了。”

“浴室里没有人，也没有人企图从那扇窗户爬进来，但我有一种感觉——我无法告诉你那种感觉有多强烈——他就在外面，在躲着，等待机会。”

“不在你的床下？”拉夫问到。

“没有，我第一件事就查了床下。当然很疯狂，但是……”克劳德·博尔顿停顿了一下，“我直到天亮才睡着，后来我妈把我叫醒，说我们得去机场接你们了。"

"我尽量让他多睡一会儿，"洛维说，"这就是为什么我连三明治都没有做的原因，面包放在冰箱顶上，如果我伸手去够，就会喘不上气来。"

"你现在感觉怎么样?"霍莉问克劳德。

他叹了口气，然后把一只手放到一侧脸上，大家能够听到他蹭胡子的声音。"不太好。早在我不相信有圣诞老人的时候，我就也不相信有夜魔了，但我整个人都感觉沮丧透了、偏执透了，就像我喝可乐的时候一样。这个家伙是在追我吗? 你们真的相信他的存在吗?"

他挨个看着在座的各位来客。霍莉回答了他的问题，她说:"我信。"

## 6

大家沉默了一会儿，所有人都在思考着。然后洛维说话了，"厄尔·库科，你是这样叫他的。"老太太对霍莉说。

"是的。"

老太太点了点头，用她关节严重肿胀的手指轻轻敲了敲她身边的氧气瓶："我小的时候，墨西哥的孩子们管他叫'库基'，英国人管他叫'库奇'或'楚奇'，或者就叫他'楚克'。我甚至还看过一本关于那个吸血鬼的图画书。"

"我猜我也有一本一样的，"尤尼尔说，"我奶奶给我的。是一个长着一只红色大耳朵的巨人？"

"是的，是的，我的朋友。"洛维拿出烟，点燃一支。她开始吞云吐雾，咳嗽，再吞云吐雾，咳嗽，循环往复，"那个故事里讲，有三姐妹，最小的小女孩负责做饭、打扫房间、做所有家务活，两个大一点儿的女孩很懒，还经常捉弄取笑妹妹。然后厄尔·库科来了，房子是锁着的，但他看起来就像她们的爸爸，所以她们就让他进屋了。厄尔·库科把两个坏姐姐抓走了，给她们一点儿教训，他把好妹妹留下来，妹妹为独自抚养女儿的父亲非常辛苦地工作。你还记得吗？"

"当然，"尤尼尔说，"小时候听的故事人都不会忘。那本故事书塑造的厄尔·库科应该是一个好人，但我只记得他把那两个坏女孩拖到山顶他的洞穴里时我有多害怕。小女孩们大哭着乞求他放她们走。"

"是的，"洛维说，"最后，他放她们走了，那两个坏女孩改过自新了。这就是那本故事书的版本。但真正的库基才不会放孩子走呢，不管他们怎么哭闹，怎么哀求，他都不会放他们走。你们都知道的，对吗？你们见过他的杰作。"

"所以你也相信他的存在。"霍伊说。

洛维耸耸肩。"就像他们说的，谁知道呢？我相信有卓柏卡布拉吗？那些老印第安土著是怎么叫吸山羊血的吸血鬼的？"她哼了一声，"就像我不相信有大脚怪一样。但确实有一些奇怪的事情，一模一样的。有一次，是耶稣受难日，在加尔维斯顿街的圣礼上，我看见一尊圣母玛利亚的雕像流了血泪，所有人都看到了。后来，杰奎因神父说，只是屋檐下湿漉漉的铁锈顺着她的脸流了下来，但我们更知道真相，其实神父也知道，从他的眼睛里就能看出来。"她把目光转向霍莉，"你说你亲眼见过一些事。"

"是的，"霍莉静静地说，"我相信确实有一些东西存在，也许不是传统的厄尔·库科，但传说不就是基于现实生活的吗？我认为是的。"

"你讲的那个男孩和那两个女孩，他喝了他们的血，吃了他们的肉？那个局外人？"

"也许是的，"亚力克说，"从犯罪现场来看，有这种可能。"

"而现在他就是我了，"博尔顿说，"你们就是这么认为的。他只需要一点儿我的血就可以做到，他喝我的血吗？"

没有人回答他的问题，但拉夫确实看到了那个东西长着特里·梅特兰模样做出的那些事，他看得一清二楚。这件疯狂的事已经深深扎根在他的脑海里了！

"昨晚是他在这里鬼鬼祟祟的吗？"

"如果说他的肉身，他可能并没有在这里，"霍莉说，"而且他可能还没有完成变身成为你，他可能正在变身。"

"也许他是来房子这里踩点。"尤尼尔说。

也许他是在试图找我们的下落，拉夫心想，如果是那样的话，那么他已经找到了。克劳德知道我们要来。

"那么接下来会发生什么事？"洛维问道，"他会在普莱恩维尔或奥斯汀再杀一两个孩子，然后企图栽赃到我儿子头上吗？"

"不一定，"霍莉说，"我怀疑他现在是否足够强大。从希斯·霍尔姆斯变身成特里·梅特兰有好几个月的时间，而他一直在……在活跃。"

"还有另外一点，"尤尼尔说，"一个实际方面的因素。我们国家这个地区对他来说太热了，如果他很聪明——当然，他一定很聪明才能活了这么久——他就会想继续前进。"

这话听起来很有道理。拉夫可以想象霍莉讲的局外人顶着克劳德·博尔顿那张脸和肌肉发达的身躯坐着奥斯汀的汽车或火车往西部黄金地带转移,可能是去拉斯维加斯,也可能去洛杉矶。不管他要去哪里,那里可能都会发生另一次巧合,一个男人(或者甚至是一个女人,谁知道呢)意外地出了点儿血。连环杀人案又多了一环。

赛琳娜唱的《跳起这支昆比亚》的开头几小节音乐从尤尼尔的前胸口袋传来,他好像被吓了一跳。

克劳德咧嘴笑了:"哦,是的,就连我们这里也有信号覆盖的,二十一世纪了嘛,哥们儿。"

尤尼尔掏出手机,看了一眼屏幕,然后说:"蒙哥马利县警察局的电话,我最好接一下。抱歉,失陪一下。"

霍莉看起来也吓了一跳,甚至有些警惕。当尤尼尔接起电话,嘴里一边说着"喂,您好,我是萨布罗中尉",一边走到门廊上时,霍莉也说了一声抱歉之后便跟着他出去了。

霍伊说:"也许是关于——"

拉夫不知为何摇了摇,至少那并不是他有意识的行为。

"蒙哥马利县是哪儿?"克劳德问。

"亚利桑那州,"拉夫抢在霍伊和亚力克回答之前脱口而出,"是另一件案子,跟这件事无关。"

"我们到底该怎么处理这件事?"洛维问道,"你们想到什么抓住这个家伙的方法了吗?我儿子可是我的一切啊,你们知道的。"

霍莉回来了,她走到洛维身边,弯下腰,在她耳边耳语了几句。克劳德俯下身去偷听,洛维比画了一个"嘘"的手势,"到厨房去,儿子,把那些巧克力风车饼干拿进来,但愿它们在这大热天里还没有化掉。"

克劳德显然很听话,他立刻就走出客厅到厨房里去了。霍莉继续对洛维耳语,洛维的眼睛睁得大大的,她点了点头。克劳德拿着一包饼干回来了,与此同时,尤尼尔也从门廊回来了,一边走一边往口袋里塞手机。

"是——"他刚要开口说，又停了下来。霍莉微微转过身，背对着克劳德，她把一根手指放到嘴唇上，轻轻摇了摇头。

"是什么事儿都没有，"尤尼尔立刻改口说，"他们抓到了一个人，但不是我们一直在找的那个人。"

他们家的饼干严重融化了，都沾到袋子上了。克劳德把饼干放到桌子上，满腹狐疑地环视了一圈屋里的人，"我觉得那不是你一开始要说的话，这是怎么回事？"

拉夫认为克劳德问了一个好问题。这时，屋外的郊区公路上有一辆卡车咣当咣当地驶过，床上的锁盒反射着太阳光，刺得他睁不开眼。

这时洛维开口了："儿子，我想让你开车到提皮特去，到高速路天堂给大家买点儿鸡肉餐。那是个相当棒的地方，咱们今天把这群人喂饱，然后他们就能改道离开，到印第安汽车旅馆那儿过夜了。那个地方不怎么样，但至少是个能留宿的落脚地。"

"提皮特离这儿四十英里！"克劳德提出抗议，"买七人份的晚餐要花一大笔钱，而且等我回来的时候饭都凉透了！"

"我会在炉子上加热的，"霍莉平静地说，"饭会像新鲜出炉的一样好吃。去吧，快点儿。"

拉夫喜欢看克劳德双手叉腰的样子，克劳德用带着幽默兼恼怒的眼神看着他母亲说："你想把我支走！"

"就是这样。"她毫不掩饰地承认道，她把烟蒂放到一个锡制烟灰缸里，里面堆满了抽完的烟屁股，"因为如果霍莉小姐说的是对的，那么你知道什么，他就知道什么。也许那不重要，也许会搞砸所有的事，但也许它真的重要。所以，做个好孩子，听话，去买晚餐。"

霍伊拿出他的钱夹，说："让我来付吧，克劳德。"

"没关系，"克劳德面色有点儿阴沉，"我能付得起，我又没破产。"

霍伊露出他那律师式的招牌微笑，说："但我坚持付。"

克劳德伸手接过钱，把钱塞进挂在腰带上的钱包里。他环视了一圈家里的客人，仍然想继续摆出一副闷闷不乐的样子，但他突然哈哈大笑起来。"我妈总是能够如愿以偿，"他说，"我猜你们现在应该看出来了。"

## 7

博尔顿家所在的小路，就是乡村之星 2 路，能最终通往一条真正的高速公路：奥斯汀城外的 190 号高速公路。通到那里之前，有一条土路——四车道宽，但现在已经破烂不堪——向右岔开。有一块广告牌指着那条土路，但也破烂不堪，广告牌上描绘了一个幸福的家庭从一个螺旋楼梯上走下楼，他们手里举着煤油灯，看着高悬在头顶的钟乳石，脸上露出敬畏的表情。这家人的照片下面醒目地写着**马里斯维尔洞之旅，大自然最伟大的奇迹之一**。克劳德知道过去那句话是怎么说的，那个时候他还是一个被困在马里斯维尔洞里躁动不安的少年，但现在你只能看到上面写着**参观马里斯维尔并探索奇迹**。有一条宽宽的封锁带封住了其余的部分，上面写着**已封闭，开通时间静待通知**。

当他开车经过当地孩子所谓的通洞路时，突然一种头晕目眩的感觉迎面袭来，但当他车里的空调开到最大时，那种感觉就消失了。虽然克劳德在家时提出了抗议，但实际上他很高兴离开了家，因为那种被监视的感觉已经消失了。他打开收音机，调到"亡命徒乡村音乐"，电台正在播放韦伦·詹宁斯的歌，真是棒极了！然后开始跟着唱起来。

选择吃高速公路天堂店里的鸡肉餐也许不是一个坏主意，克劳德一个人可以吃掉一整份洋葱圈，在回家的路上趁着它们刚出锅还热乎新鲜，可以一路吃回家。

# 8

杰克在印第安汽车旅馆的房间里等待，他把百叶窗拉下来，透过缝隙向外张望，直到他看见一辆挂着残疾人牌照的道奇货车驶上公路，那个肯定是老家伙的车。一辆蓝色的 SUV 跟在道奇后面，毫无疑问，车上坐满了那些从弗林特市来的爱多管闲事的人。

当他们消失在视线中时，杰克走到咖啡厅，吃了一顿饭，然后看了一圈前台售卖的货品，没有芦荟胶，也没有防晒霜，于是他买了两瓶水和两条贵得离谱的扎染印花大手帕。大手帕对于得克萨斯州炎热的太阳不会起太大的保护作用，但总比什么都没有好。他上了卡车，朝西南边那群多管闲事的人去的方向驶去，一直开到那个广告牌和通往马里斯维尔洞的路。他在那里转了弯。

大约走了四英里，他来到路中央的一间破败不堪的小木屋，他猜想，那一定是马里斯维尔洞生意火热时的售票亭。墙上的涂鸦曾经是鲜红的，现在已经褪色成了粉红色，如同血滴在水中被稀释的颜色。前方有一块指示牌，上面写着景区关闭，**请于此调头**。售票亭后面的路已经用铁链锁起来了，杰克绕过铁链，在土路上费力地颠簸着，车轮里卷入了风滚草，车子在山艾树间直接穿梭。杰克的卡车最终嘭地反弹了一下，然后他又回到了路上……如果那能够称为路的话。铁链的这一边是一堆杂草丛生的坑坑洼洼，从来没有被填平过。他的车子被高高弹起，幸好配备四轮驱动，车子很轻松地就能冲过去，从硕大的钟乳石下面碾压着泥土和石头飞过。

十分钟后车子缓缓前进了两英里，杰克来到了一个占地一英亩左右的空停车场，停车场里车位的黄线已经褪色几乎看不清，柏油路裂开了大口子。左边，靠着一座陡峭的被灌木覆盖的小山丘，是一家废弃的礼品店，上面有一块倒下的牌子，写着纪念品和正宗印第安工艺品。正前方是一条宽阔的水泥路废墟，这条路一直通向山上的一个洞口。那里曾经有一个洞口，现在已经用木板封起来了，上面贴着几块标牌，写着**远离此处，禁止入内，私人财产，县治安部巡逻区域**。

是的，杰克心想，他们可能每年二月二十九日会过来巡逻一圈。

另一条坎坷的路离开停车场、途经礼品店，爬上一个斜坡，然后从斜坡的另一边下去。杰克首先来到一堆摇摇欲坠的游客木屋，然后是一个类似服务棚的地方，也许公司的车辆和设备曾经就存放在那里。这里出现了更多禁止入内的标志，但多了一块欢快有趣的标志，上面写着**小心响尾蛇**。

杰克把他的卡车停在那个建筑的阴凉处，下车前，把一块扎染印花大手帕系在头上，那让他看起来很怪，像极了特里·梅特兰被枪杀那天拉夫在法院门前看见的那个男人，另一块大手帕被他围在脖子上，用来防止那该死的晒伤恶化。杰克用钥匙打开卡车底座的锁盒，虔诚地拿出枪盒，那个枪盒里装着他的骄傲与快乐：一杆温彻斯特点三零零口径的步枪。克里斯·凯尔就是用同款枪打爆了所有那些烂货的头，杰克已经看过八遍《美国狙击手》了。配上一个利奥波德VX-1瞄准镜，他能够击中两千码以外的目标，天气好而且没有风的时候可以六发四中。他并没有想过会在哪个距离进行射击。如果需要开枪的时候到了，他就会瞄准。

杰克在杂草间发现了几件被人遗忘的工具，是一把用来防响尾蛇的生锈的干草叉。建筑物后面有一条小路通向山后，马里斯维尔洞的洞口就在那里。山的这一边岩石更多，它根本就不是一座小山丘，而是一块被侵蚀的峭壁。沿途有几个啤酒罐，还有几块被人写上**斯潘基11号**和**嘟嘟爸到此一游**的石头。

走到半路，又岔开了一条路，显然是绕回礼品店和停车场的。这里有一个被风雨侵蚀的、布满弹孔的木牌，上面画着头戴全套头饰的印第安酋长，酋长下面是一个箭头，箭头上的字已经被侵蚀得几乎看不清了：**最佳古代壁画，请这边走**。大酋长的嘴巴上不久前刚刚被人被人用马克笔恶意涂鸦了几个字：**卡洛琳·艾伦吃过我的红色大鸡巴**。

这条路更宽，但杰克来这里不是为了欣赏印第安土著艺术的，所

以他继续向上爬。爬山并不特别危险，但过去的几年杰克的练习主要
都是在各种各样的栏杆间屈肘练习臂力，当他爬到四分之三高度时，
已经累得上气不接下气了，他身上的衬衫和两条扎染印花大手帕都被
汗水浸透了。他把枪盒和干草叉放下，弯下腰，紧紧抓着膝盖，直到
一直在他眼前舞动的黑斑消失不见，心率恢复正常。他来这里是为了
避免自己死于母亲那种可怕的、吞噬皮肤的恶性癌症，但为了避免死
于那种可怕的病而死于心肌梗塞可就成了一个可怜的大笑话了。

杰克挺直腰板，然后停下来，眯起眼睛。在一个突出的平台下
面，避开所有日晒的阴凉处，有更多的涂鸦。如果这些涂鸦是孩子
们留下的，那么孩子们早就死了，而且已经死了好几百年了。其中
一幅画展示的是一群印第安人手持棍棒长矛围着一只可能是羚羊的动
物——反正是长着角的动物；在另一幅画中，几个印第安人站在一个
看起来像圆锥形帐篷的东西前面；第三幅画褪色太严重，几乎无法辨
认了——一个印第安人站在另一个俯卧着的印第安人身上，高高举起
手里的长矛显示自己的胜利。

杰克心想，古代壁画，甚至刚才那幅大酋长的壁画，都不怎么
样，幼儿园的孩子都可以画得更好，但即使我离开人世，尤其是患癌
离开后，这些画还会在这里。

想到这里，杰克感觉很生气。他捡起一块锋利的石头，不停地用
力地砸向那些古代壁画，直到它们被砸得不见了。

杰克心想，看，看吧，你个该死的混账东西，现在你不在了，我
赢了。

杰克突然想到他可能要疯了……或者已经疯了。他把那个想法抛
到脑后，继续往上爬，当他走到悬崖顶时，他发现自己正站在一个视
野非常好的地方，可以清楚地看到停车场、礼品店和用木板封住的
马里斯维尔洞口。他那位手指上文着刺青的访客不确定那群多管闲事
之徒会不会来，但如果他们真的来了，杰克就要把他们解决掉，而且
毫无疑问，他可以用那把温彻斯特解决他们。如果他们不来，如果他
们跟那个谈话对象谈完话后直接回到弗林特市去，杰克的任务就完成
了。不管他们来还是不来，不速之客都向杰克保证他的身体会完好如

初。没有患上癌症。

如果他在说谎呢？如果他能让你患上癌症却不能把癌症收回呢？或者如果所有这一切根本就不是真实的呢？如果他根本不存在呢？如果只是你脑子疯掉了呢？

他把这些想法也抛到脑后，打开枪盒，拿出那杆温彻斯特步枪，眼睛对准瞄准镜。瞄准镜将停车场和洞口拉得近在眼前，如果他们来了，杰克就会清楚地看到他们，他们会被瞄准镜放大得像售票亭一样大。

杰克首先查看了一块突出的岩石的阴影里是否有蛇、蝎子或其他野生动物，在确认安全之后，他爬了进去，喝了一口水，就着水吞下两片药，然后他又咕咚咕咚地喝了一口科迪卖给他的那瓶酒（这种哥伦比亚军用物可不是免费的）。现在只剩监视了，就像他做警察的那些年一直在干的事，他等待着，时而把枪放到大腿上打个盹儿，但始终能够觉察到动静。他一直等到太阳落山，然后站起来，抖动了一下僵直的肌肉。

"不会来了，"他自言自语道，"至少今天不会来了。"

他听到那个手指刺着文身的人也表示赞同说"是的"，或者那是杰克自己想象出来的，但是你明天还得回来，不是吗？

事实上他明天确实还要来，如果说时间的话，要持续一个星期，甚至一个月。

他开始小心翼翼地下山，经历数小时的烈日暴晒后，他最不希望的就是扭伤脚踝。他把枪放回锁盒，喝了一些留在卡车驾驶室里那瓶水，那水现在热得要命，然后开车回到高速公路上。这次他朝提皮特的方向拐去，他在那里也许可以买到一些补给品：防晒霜是肯定要买的，还有伏特加，不需要太多，他有任务在身，但得足够能让他喝得迷迷糊糊的，躺在那张摇摇晃晃的破烂床上不用去想床下那只鞋是怎么被推到他手里的。上帝啊，他为什么要去坎宁镇那个该死的谷仓！

他开着他的卡车和克劳德·博尔顿的车擦身而过，两个人谁都没有注意到对方。

# 9

"好吧，"当克劳德启程上路消失在大家的视野中时，洛维·博尔顿问，"这到底是怎么回事？你到底不想让我儿子听到什么事情？"

尤尼尔暂时没有理会她，而是把脸对着其他人说："蒙哥马利县的警长办公室派了两名代表去看了霍莉拍照的地方，他们在那座有一面墙上喷着纳粹万字符的废弃工厂里发现了一堆沾满血的衣服，其中有一件是护工服，上面缝着一个 HMU 财产的标签。"

"HMU，海斯曼记忆疗养院，"霍伊说，"等他们分析衣服上的血迹时，你们猜结果会是其中一个女孩的，还是两个女孩的都有？"

"再加上他们发现的所有指纹都会被证明是希斯·霍尔姆斯的，"亚力克补充道，"如果他当时已经开始变身了，那些指纹可能是模糊的。"

"或者不是，"霍莉说，"我们不知道变身需要多长时间，甚至不知道每次变身是否都是一样的。"

"那儿的警长有问题要问，"尤尼尔说，"被我推掉了。考虑到我们可能正面对的情况，我真希望我能够永远推迟回答他。"

"你们这些人不要再互相议论了，快告诉告诉我吧，"洛维说，"求你们了，我很担心我儿子，他和那两个人一样无辜，而他们两个都死了。"

"我理解你的担心，"拉夫说，"等一分钟。霍莉，你从机场回来的路上告知博尔顿母子的时候，你有没有告诉他们有关墓地的事？你没有吧，对吗？"

"没有，你说只让我讲重点，我就照做了。"

"哦，等一下，"洛维说，"等一下。我小时候在拉雷多看过一部电影，是关于那些女斗士的电影——"

"《墨西哥女摔跤手奇遇恶魔》，"霍伊说，"我没看过，吉伯尼女士给我们带来过一个拷贝。虽不是什么获奖影片，但同样有趣。"

"那是其中一部有关罗西塔·穆诺兹系列电影，"洛维说，"真正的斗士，我们，我和我的朋友们曾经都想成为她，有一次万圣节我甚至还打扮成她的样子，是我妈妈给我做的服装。那部关于库科的电影可真恐怖，里面有一个教授……或者科学家……我记不清了，但厄尔·库科就顶着他的脸，当女斗士们最终找到他时，他正住在当地墓地里的一个地窖或墓穴里。故事是那样的吧？"

"是的，"霍莉说，"因为传说的一部分，至少西班牙版本的传说是那样讲的，库科和死人睡在一起，就像吸血鬼一样。"

"如果这东西真的存在，"亚力克说，"它就是个吸血鬼，至少在某种程度上是。它需要喝人血来制造变身链上的下一环，来延续自己的生命。"

拉夫又一次在心里想，你们这群人知道自己在说什么吗？他很喜欢霍莉·吉伯尼，但他也希望自己从来没有遇到过她。拜她所赐，他的脑子里正在进行思想斗争，他强烈希望自己的两个想法能够休战。

霍莉转向洛维，对她说："俄亥俄州警方发现血衣的那座废弃工厂距离埋葬希斯·霍尔姆斯和他父母的墓地很近，在特里·梅特兰家祖先埋葬的旧墓地附近的一个谷仓里发现了更多的衣服，所以问题来了：这儿附近有墓地吗？"

洛维思考了一会儿，他们等待着她的回答。最后她说："普莱恩维尔有一块墓地，但马里斯维尔没有。见鬼，我们这里连一座教堂都没有，以前有一座，是我们的宽恕女神，但它在二十年前被一场大火烧光了。"

"见鬼！"霍伊咕哝着。

"那有家族墓地吗？"霍莉问，"有的时候人们把家人埋葬在自家土地上，对吧？"

"哦，我不知道其他人怎么样，"老太太说，"但我们家从来没有过。我妈和我爸都葬在家乡拉雷多，他们的爸妈也葬在那里。过去那里是印第安纳州，内战结束后，我的族人就从那里移民过来了。"

"你丈夫呢？"霍伊问。

"乔治？他们家族人都来自奥斯汀，就葬在那里，就葬在他父母旁边。我过去偶尔会坐公共汽车去看他，通常都是在他生日那天，带着鲜花什么的，但自从我得了这个该死的肺气肿，我就再也没有去过。"

"嗯，我猜就是那里。"尤尼尔说。

洛维似乎没有听到他的话，她自顾自地继续说："我可以唱歌，你知道的，那个时候我还风韵犹存。我还会弹吉他，高中毕业之后我从拉雷多来到了奥斯汀，就是为了音乐。他们管那里叫南部的纳什维尔。当我等待自己在《旋转木马》或《突破者说》之类的节目上的大秀时，我在布拉佐斯街的一家造纸厂找了一份工作，糊信封。我从未等到大秀的机会，但我嫁给了工头，就是乔治。直到他退休我都没有后悔过。"

"我想我们有点儿跑题了。"霍伊提醒道。

拉夫说："让她讲。"他有一种预感，他总觉得会露出什么端倪，有用的信息要出现了。虽然老太太把话题都要扯到天边了，但没错，信息要出现了。"请继续，博尔顿太太。"

她满脸狐疑地看着霍伊，但当霍莉朝她点头微笑时，洛维回敬给她一个微笑，点燃一支烟，然后继续讲起来。

"等到乔治够三十年工龄，领了养老金时，他把我们从奥斯汀搬到了这里。克劳德那个时候只有十二岁，因为我们生他生晚了，在我们决定上帝不会赐予我们一个孩子之后很久，我们才有了克劳德。我儿子从来就不喜欢马里斯维尔，他怀念奥斯汀的明亮灯光和他那些一文不值的朋友——我儿子这一生身边总是缠着一些狐朋狗友。起初我并不太喜欢这地方，但我渐渐喜欢上了它的安宁。当人上了年纪的时候，想要的就只是安宁，你们这些年轻人现在可能还不会相信，但你们迟早会明白的。不过那个家庭墓地是个不错的想法，现在我要考虑一下。我可能死在外面无法尸骨还乡，但我想克劳德最终会把我的骨灰带回奥斯汀的，那样我就可以跟我的丈夫躺在一起了，就像以前一样，而且，现在看来也不会太久了。"

洛维咳嗽了一阵，然后厌恶地看着她手里的烟，把它扔在已经满是烟蒂的烟灰缸里继续闷烧。

"你知道我们为什么最后来到了马里斯维尔吗？乔治突然有了养羊驼的想法，结果没过多久他养的羊驼就都死掉了，之后他就改养黄金贵宾了。不知道你是否知道，黄金贵宾犬是金毛犬和贵宾犬的杂交品种，你认为进化论允许那种杂交吗？我真他妈的怀疑。他哥哥给他灌输了那个观念，这个世界上没有比罗杰·博尔顿更傻的家伙了，但乔治认为他们赚到钱了。罗杰带着他的家人搬到这里，他们兄弟两个成为了生意合伙人。不管怎么说，那些黄金贵宾犬跟那些羊驼一样，最后全都死光了，在那之后，我和乔治手头儿紧了一段日子，但是我们的积蓄还足够度日。但是罗杰把他所有的积蓄都投到那项该死的蠢项目上了，于是他开始四处求职，而且……"

洛维停顿了一下，脸上露出了一副震惊的表情。

"罗杰怎么了？"拉夫问到。

"该死，"洛维·博尔顿说，"我老了，但那不能成为借口，内心的想法都暴露在脸上。"

拉夫向前探出身子，握住她的一只手。"你在说什么，洛维？"拉夫像在审讯室里一样，最后对坐在他面前的人都直呼名字，他现在就这样直接叫了洛维的名字。

"罗杰·博尔顿和他的两个儿子，也就是克劳德的堂哥，都葬在离这里不到四英里的地方，还有另外四个人，也许是五个人，当然，还有那两个孩子，那对双胞胎。"洛维缓缓地前后摇着头，"当克劳德在盖茨维尔因偷窃罪被抓起来六个月时，我气坏了，而且当他开始吸毒时，我感到非常羞耻，你知道的。但是后来我发现这是上帝对我的仁慈，因为如果他当时没有进监狱，他就会跟他们一起死在那里了。他爸不会死，那个时候乔治已经犯过两次心脏病了，他去不了，但克劳德……没错，他就会跟他们一起死在那里了。"

亚力克问道："哪里？"现在他也向前探出身子，聚精会神地凝视着洛维。

"马里斯维尔洞，"洛维说，"那些人就是死在那里的，他们现在仍然埋在里面。"

# 10

洛维告诉他们，事情就像《汤姆索亚历险记》里汤姆和贝克在山洞里迷路的那一段，只是汤姆和贝克最终活着走出了山洞，而杰米逊家的两个双胞胎，他们当时才十一岁，却永远没能活着走出来，就连进去营救他们的人也没能活着走出来，马里斯维尔洞夺走了他们所有人的命。

"你大伯哥的黄金贵宾犬生意失败后就在那里找了工作？"拉夫问。

洛维点点头说："他曾经在那里探索过，不是在公共区域那一块，而是在亚希加那一侧，所以当他申请导游的职位时，立刻就被聘用了。他和其他的导游带团体游客进到里面去过十几次，那里是全得克萨斯州最大的洞穴，但最受游客欢迎，是人们真正想看的主洞穴。没错，那是个相当不错的地方，像个大教堂一样，他们管它叫'声音之堂'，之所以这么叫，是因为它具有音响效果。其中一名导游会站在洞底，下面四五百英尺的地方，然后低声念诵效忠誓词，而站在洞顶的人们能够清楚地听到每一个字。回声似乎会永远回荡，而且，洞壁上有印第安人的画，我忘了那个词叫什么——"

"壁画。"尤尼尔说。

"对，就是它。你进去的时候拿一盏煤油灯，那样就能看见那些壁画了，或者你抬头看从头顶上垂下来的钟乳石，它们就画在上面。那里有一个螺旋形铁楼梯，一直通到洞底，有大概四百多级台阶，一圈一圈又一圈的。我毫不怀疑，它现在还在那里呢，虽然现在我什么也不会信了，那儿下面很潮湿，铁都生锈了，我只走过一次那个螺旋楼梯，让我晕得要死，我跟大多数人一样，甚至都没敢抬头看那些钟乳石。你知道，我是乘电梯回到洞顶的，走下去是一回事，但只有真正的傻瓜才会在不用爬上去的时候还往上爬四百多级台阶呢！"

"洞底有两三百码宽，那里安装了彩灯来凸显那些石头上的所有矿物纹理，那里还有一个小吃店。洞底总共有六到八条通道可供探索，每条通道都有一个名字，我记不全了，但有一条'纳瓦霍艺术长廊'，那里有更多的壁画，还有'魔鬼滑梯''蛇腹'等通道，你在那里只能弯着腰甚至爬行。你能想象得到吗？"

"噢噢！能。"霍莉说。

"那些是主要的通道，从它们之中还有更多分支岔路，但都被封闭起来了，因为马里斯维尔洞不是单单一个洞，而是十几个洞，一个套着一个，有些永远探索不到尽头。"

"很容易迷路。"亚力克说。

"你说对了，那事儿就发生了。从蛇腹那条通道岔出了两三个洞口，既没有用木板封住，也没有用栅栏挡住，因为人们认为它们太小了，不用担心。"

"只是它们对于那两个双胞胎来说并不小。"拉夫猜道。

"一点儿都没错，先生，你说到点子上了。卡尔·杰米逊和卡尔文·杰米逊那两个一个模子刻出来的麻烦精肯定是发现了，他们跟着大队人一起进了蛇腹，在队尾跟着他们爸妈，但等大家出来的时候大人发现他们家的两个孩子并没有跟在身后。他们的父母……哦，不用我告诉你他们的反应，对吧？我的大伯哥不是杰米逊家庭所在的那组游客的导游，但他去救援了，我猜，他带领着救援队，虽然我也没法知道事实到底是怎么样。"

"他的儿子们也是救援队成员？"霍伊问道，"克劳德的堂哥？"

"是的，先生，那两个孩子在马里斯维尔洞做兼职，他们一听到消息就立刻赶过去了。很多人都过去了，因为消息不胫而走，传得沸沸扬扬。一开始看起来不会有什么问题，搜救人员在蛇腹的所有洞口都能够听到那对双胞胎发出的叫声，他们准确地知道那两个孩子是从哪个口进去的，因为当一名导游拿着手电筒往里照时，他们看到了杰米逊先生给其中一个孩子在礼品店买的一个小塑料亚希加酋长玩偶，那肯定是他往里爬的时候从裤子口袋里掉出来的。就像我说的，他们能够听见孩子们在里面叫，但是没有一个大人能够钻进那个小洞，他们连玩具都够不到。他们对着洞里大喊，让两个孩子顺着他们的声音爬过来，如果没有转身的空间，就向后退。救援队用手电往洞里照，起初听起来好像那两个孩子离得越来越近了，但后来他们的声音开始变得越来越小，越来越小，直到最后完全消失了。要我说，他们从一开始离洞口就不近。"

"都是回声效果搞的鬼。"尤尼尔说。

"是的，先生。所以后来罗杰说他们可以绕道亚希加那边，他之前在那边探索过，很了解那边的地形。他们一到达那边之后，就再次听到了两个孩子的声音，听得一清二楚，是孩子们的哭喊声，于是他们从设备间拿了绳索和手电，进入里面去把他们救出来。那看起来似乎是没有问题的，但结果却恰恰相反，他们也搭上了自己的性命。"

"发生了什么事？"尤尼尔问道，"你知道吗？有人知道吗？"

"嗯，就像我跟你讲的一样，那个地方就是个该死的迷宫。他们留下一个人来放绳索，那个人是伊夫·布林克利。后来不久他就离开了，去了奥斯汀，他的心碎了，但是……至少他还活着，还能够重见天日。而其余那些人……"洛维说着叹了口气，"再也不能重见天日了。"

拉夫思考着洛维讲的事，思考着其中的恐怖，同时他从其他人脸上也看出了同样的感受。

"伊夫把绳子放到只剩下最后一百英尺时听到了什么声音，他说听起来像一个孩子把一只爆竹点燃扔到一只碗里扣起来发出的声音，那肯定是某个该死的蠢货开了一枪，希望能够把孩子们引到救援队那边，结果发生了塌方。那肯定不是罗杰干的，我敢赌一千美金不是他干的，老罗在很多事情上表现得都是个蠢货，尤其是那些狗的事，但他从来不会蠢到在一个山洞里开枪，子弹在洞里可是会被弹得到处乱飞的。"

"枪声还可能会把洞顶震下来一块，"亚力克说，"那肯定就像是在一块高地上开了一枪引起了雪崩一样。"

"所以他们被埋在里面了。"拉夫说出了猜测的结局。

洛维叹了口气，把已经歪斜的氧气套管子在鼻子里塞好。

"不，如果是那样的话就好了，至少会死得很痛快。但是在大洞穴'声音之堂'里的人们能够听到他们在呼救，就像那些迷路的孩子一样。到那个时候，已经有六七十个男男女女聚在那里了，大家都渴望自己能够尽一份力。我们家的乔治坚持要去那里，毕竟他哥和他侄子都在被困者之列，最后我放弃了把他强留在家里的想法，我跟他一起去了，为了确保他不会做出什么该死的傻事，比如试图跳进去。那样肯定会要了他的命。"

"当这件意外发生的时候，"拉夫说，"克劳德正在监狱接受改造？"

"我认为他们是这样称呼它的，盖茨维尔培养学校，不过是的，他在接受改造。"

霍莉从她随身携带的手提包里拿出一个黄色的信笺簿，然后弯下腰记笔记。

"那个时候我跟乔治一起去了洞里，里面很黑，像停车场那么大，但里面几乎是满满当当的。他们在里面安装了带灯杆的大灯，所有的卡车和人都围在里面，那架势就像是在拍摄好莱坞大片一样。他们头戴安全帽，身穿像防弹衣一样的鼓鼓的外套，手拿高亮度手电筒，从亚希加那边的入口进去。那是一条漫漫长路，有的地方还有涉过积水。岩崩很严重，他们花了一整个晚上和第二天的半个上午才清出一条可以通过的路，那个时候，大洞穴里的人已经听不到那些迷路的人发出的呼喊声了。"

"我猜，你大伯那队人没有等到另一边的救援队。"尤尼尔说。

"是的，没有，他们已经断气了。罗杰或者其余人中的一个可能以为自己找到了一条通往大洞穴的路，或者他们可能害怕洞顶会坍塌得更严重，说不上来。但他们留下了行迹，至少一开始是的，洞壁上有记号，地上有垃圾、硬币以及被拧成螺旋状的纸，有个人甚至丢下了他在提皮特路办的保龄球卡，报纸上说，再打一次他就可以兑换一个免费的球了。"

"就像汉瑟和格丽特一样，在身后撒面包屑。"亚力克若有所思地说。

"然后一切突然停止了，"洛维说，"就在画廊的正中央，那些记号、掉落的硬币还有纸团，突然就停止了。"

拉夫心想，就像比尔·塞缪尔斯故事里讲的脚印一样。

"第二支救援队继续前进了一段，他们呼喊着，摇晃着手里的手电筒，但没有人回应。后来那群奥斯汀报的撰稿人采访了第二支救援队的那些家伙，他们都说了同样的话，里面有太多的路可选，所有的路都是通往下面的，有些是死路，有些通往伸手不见五指的通道。因为害怕再一次发生塌方，他们本不应该大叫，但是后来其中一个人还是大喊了一声，当然，声音大得足够使一块洞顶塌下来。那时，他们决定最好还是撤出来。"

"当然，他们在尝试了一次之后没有放弃搜救。"霍伊说。

"是的，当然没有。"洛维从冷藏箱里又拿出一罐可乐，把它打开，一口气喝掉半罐，"我不习惯讲太多话，我现在口干舌燥。"她检查了一下她的氧气瓶，接着说，"这东西也差不多要用完了，不过浴室里还有一瓶，跟我其他的医疗用品放在一起。有人愿意去帮我拿过来吗？"

亚力克·佩利主动接下来这项任务，拉夫帮她换氧气罐时，这个女人没有试图点支烟，这令拉夫松了一口气。氧气咕嘟咕嘟地再次从她的鼻子流进肺部时，她又开始继续讲起她的故事。

"在过去的几年里，去过十几支救援队，直到二〇〇七年的地震，从那以后，人们认为那里太危险了，虽然只有三四里氏震级，但你知道，山洞是很脆弱的。'声音之堂'依然完好地屹立在那里，虽然洞顶有几块钟乳石掉了下来，而其他的一些通道坍塌了，我知道那条叫'艺术长廊'的通道塌了。自从那次地震以后，马里斯维尔洞就关闭了，主洞口被封起来了，而且我相信亚希加那边的洞口也被封起来了。"

有那么一会儿，没有人开口说话。拉夫不知道其他人在想什么，但他自己在想，在地下深处、在黑暗之中慢慢死去是什么滋味。他不想去想，但他却忍不住去想。

洛维说："你知道罗杰曾经跟我说过什么吗？就在他死前不到六

个月的时候，他说马里斯维尔洞可能一直通向地狱。这样一来，你们那位局外人就刚好会感到宾至如归了，你们不这样认为吗？"

"克劳德回来的时候一个字都不要提。"霍莉说。

"哦，他知道的，"洛维说，"那些是他的亲人，他不太喜欢他的堂哥们，因为他们比他大，经常讲一些吓人的话吓唬他，但他们终究还是他的亲人。"

霍莉笑了，并不是那种灿烂的微笑，她的眼角没有露出笑，"我敢肯定他知道，但是他不知道我们知道。事情必须保持这个状态。"

# 11

洛维现在看起来疲惫不堪,她说厨房太小了,坐不下七个人,所以大家必须把饭拿到外面那个她所谓的凉亭里吃,她骄傲地告诉他们,那是克劳德亲自动手为她造的,就用了一个在家得宝买的工具箱。

"刚开始可能有点儿热,但通常每天的这个时候就会有些微风,而且有防蚊虫的屏障。"

霍莉建议老太太躺下来歇一会儿,他们几个可以自己动手准备在外面吃晚饭。

"可是家里的东西你都找不到啊!"

"别担心,"霍莉说,"你知道的,我就是靠找东西谋生的,而且我敢肯定,这几位绅士也会伸手帮忙的。"

洛维听了霍莉的话,不再坚持,她坐着轮椅回到了卧室。大家听到她费力地打着呼噜,接着她的弹簧床垫轰隆轰隆地发出巨响。

拉夫走到前门的门廊上,给珍妮打电话,刚响第一声铃珍妮就接起了电话。"外星人给家里打电话啦!"电话里传来她欢快的声音。

"一切都好吗?"

"除了电视之外一切都好,拉梅奇警官和耶茨警官一直在这里看全美汽车竞赛。我只是猜测,但我敢肯定他们把我的布朗尼全都吃掉了。"

"听到这个消息让我很难过。"

"哦,贝琪·里金斯来过了,她跑过来炫耀她的新生儿,我永远都不会把这话跟她说的,不过她的儿子真的长得有点儿像温斯顿·丘吉尔。"

"嗯哼。听着,我建议应该让特洛伊或汤姆晚上留下来守夜。"

"我在想应该让他们两个都留下,跟我一起睡在房里,我们可以拥抱，甚至可以爱抚。"

"真是个好主意，一定要确保拍一些照片哦。"一辆车驶近，是克劳德·博尔顿，他带着鸡肉餐从提皮特回来了，"别忘了把门窗锁好，把报警器打开。"

"那天晚上锁和报警器都没有用呀。"

"不管怎么样，迁就迁就我，照做吧。"此时，那个跟那天晚上夜访拉夫爱妻的不速之客长得一模一样的男人正从车里下来，看见他使拉夫产生了一种奇怪的双重视觉的感觉。

"好吧，你们发现什么了吗？"

"很难说，"这是在回避真相，拉夫认为他们已经发现了很多，但没有一件是好事，"稍后我会尽量再给你打电话的，但现在我必须挂了。"

"好的，注意安全。"

"我会的，爱你。"

"我也爱你。我说认真的：注意安全！"

拉夫走下门廊的台阶，去帮克劳德拿从高速公路天堂买来的六个塑料打包盒。

"就像我说过的，食物都凉透了，但她听吗？她从来不听，从来不会听。"

"没事的。"

"重新加热的鸡肉总是很硬，我买了薯条需要重新加热，所以又配了土豆泥。就这样吧。"

他们俩开始朝屋里走，克劳德在门廊的台阶底下停住脚步。

"你们这些家伙跟我妈聊了很多吧？"

"确实。"拉夫回答道。他不知道到底该如何处理眼前这个局面，结果，克劳德替他处理了。

"别告诉我那个家伙能够读取我的思想。"

"所以你相信他的存在？"拉夫真的很好奇，他诚实地问了出来。

"我相信那个女人所相信的，那个霍莉，而且我相信昨晚附近可能真的有人。所以不管你们聊了什么，我都不想听。"

"那样也许最好。但是克劳德，我认为今晚我们应该留一个人在这里陪你和你母亲，我在想萨布罗中尉可以。"

"你不会觉得麻烦？我现在除了饿之外什么都感觉不到。"

"不麻烦，真的，"拉夫说，"我只是在想，如果这附近发生了什么坏事，碰巧又有一个目击者说是一个看起来很像克劳德·博尔顿的人干的，那样你手头有一个警察能够证明你从来没有离开过你妈家可能会好一些。"

克劳德考虑了一会儿，说："这也许不是一个坏主意。只是我们家没有客房之类的，那个沙发可以变成一张床，但有时候我妈睡不着的时候可能会起来，从卧室里出来看电视，她喜欢看那些整天喊着要奉献爱的毫无价值的传教士。"他眼睛一亮，"但后面有一张备用床垫，今晚会很暖和，我想他可以在屋外露营。"

"在凉亭里？"

克劳德咧着嘴笑了。"是的！那是我亲手盖的。"

# 12

霍莉把鸡肉放在烤炉里烤了五分钟，鸡肉表皮变得香脆可口。七个人坐在凉亭里吃鸡，凉亭有一个为洛维的轮椅专门设计的坡道，大家聊得热火朝天，非常愉快。原来克劳德是一个很擅长讲故事的人，他讲述了自己在先生请进酒吧做"安全员"经历的色彩斑斓的故事，那些故事都非常有趣，但既不卑鄙也不粗俗，而且克劳德的母亲比他们所有人都笑得更欢。当霍伊讲述了他的一位客户想竭力证明自己的精神有问题，不适于在法庭作证，便在法庭上当众脱下裤子，拿着裤子向法官挥舞时，老太太笑得直咳嗽。

所有人都一直没有提及来马里斯维尔的原因。

洛维在吃饭前只躺了一小会儿，吃完饭后，她对大家宣布她要上床去睡觉了。"没有太多可以打包带走的菜，"她说，"剩下的盘子、碗我明天早上可以刷，你们知道，我坐在椅子上就可以刷，虽说我得小心点儿我那该死的氧气瓶。"然后她对尤尼尔说，"你确定你今晚睡在外面这儿没事吗，萨布罗警官？要是有人像昨晚一样来这附近鬼鬼祟祟怎么办？"

"我全副武装，夫人，"尤尼尔说，"再说，这里是个很棒的地方。"

"嗯……你随时可以进来，午夜过后风就会变得很大，后门会锁上，但钥匙就放在那个奥拉下面。"她指着一只旧陶罐说，然后双手交叉放在她那个肥硕的大胸脯上，对着大家微微鞠躬说，"你们是好人，很感谢你们来到这里，尽力为我儿子所做的一切。"说完，她就坐着轮椅离开了。剩下他们六个又在那里坐了一会儿。

"她是个好女人。"亚力克说。

"是的，"霍莉说，"她是。"

克劳德脸上露出一个开心的大笑。"警察站在我这边，"他说，"这可真是一种新体验，我喜欢！"

霍莉说："普莱恩维尔有沃尔玛吗,博尔顿先生?我需要买点儿东西,而我喜欢沃尔玛。"

"没有,这是一件好事,因为我妈也喜欢沃尔玛,而且我永远都无法让她放弃那个喜好。这儿附近最近似沃尔玛的地方就是提皮特的家得宝。"

"那应该也可以,"霍莉说着站了起来,"我们把那些盘子刷了,这样洛维明天早上就不用刷了,然后咱们上路。我们明天早上回来接萨布罗中尉,然后回家。我想我们在这里已经尽力了,你同意吗,拉夫?"

霍莉用眼神示意拉夫该说什么,然后拉夫说:"当然。"

"戈尔德先生?佩利先生?"

霍伊说:"我认为我们已经很好了。"

亚力克也跟着说:"我们在这里已经干得相当漂亮了。"

## 13

虽然洛维才离开十五分钟左右，但他们回到房子里时，已经可以听到她的卧室里传来粗重的鼾声。尤尼尔卷起袖子，往水槽里注满水，开始洗他们几个的盘子，拉夫负责擦干，霍莉负责收。傍晚时分，日光依然很亮，克劳德跟霍伊和亚力克在房子外面巡视着那片土地，寻找昨夜的闯入者留下的痕迹……如果真的有的话。

"即使我把枪忘在家里，我也不会有事的，"尤尼尔说，"我之前去她放氧气瓶的卫生间的时候必须穿过博尔顿太太的卧室，我发现她有好多枪支，梳妆台上摆着一把美国产鲁格十加一，旁边摆着一个备用弹夹，角落里还有一杆十二发的雷明顿靠在墙上，挨着它的是一杆伊莱克斯步枪。不知道克劳德这个家伙是干什么的，但我敢肯定他是干什么勾当的。"

"他不是一个被定罪的重罪犯吗？"霍莉问。

"他是，"拉夫说，"但这里是得克萨斯，而且在我看来，他好像已经改过自新了。"

"是的，"霍莉说，"确实如此，不是吗？"

"我也这么认为，"尤尼尔说，"似乎他已经改变了自己的生活。我之前曾经见过加入戒毒互助会或戒酒互助会的人，当那个起作用时，就像奇迹一样。而且，这个局外人找不到比这更好的一张脸了，你们说呢？考虑到他有贩毒、吸毒的历史，更不用提有黑帮背景了，如果他说他是被人陷害的，有谁会相信他？"

"没有人相信特里·梅特兰，"拉夫语气沉重地说，"而他是无辜的。"

# 14

他们到达家得宝时，已是黄昏，九点钟之后他们回到了印第安汽车旅馆。这一切都被杰克·霍斯金斯看在眼里了，他再次透过房间里的百叶窗向外窥视，同时不停地揉着脖子后面。

他们把买来的东西拿进拉夫的房间，然后摆在床上：五支短把紫光灯手电筒（加备用电池）和五顶黄色的安全帽。

霍伊拿起一支手电筒，被刺眼的紫色强光吓了一跳。"这东西真的能找到他的踪迹吗？他的痕迹？"

"如果有的话就能。"霍莉说。

"嗯，"霍伊把手电筒放回到床上，戴上一顶安全帽，然后走到梳妆台前对着镜子审视着自己说，"我看起来很可笑。"

没有人表示不同意。

"我们真的要这样做吗？至少是尽力做？顺便说一下，这不是个反问句。只是我在尽力让我自己的脑子认为那是一个事实。"

"我认为如果想说服得克萨斯州高速公路巡警参与进来会很难，"亚力克温和地说，"我们到底能怎么跟他们讲？说我们认为马里斯维尔洞里藏着一个怪物？"

"如果我们不这样做，"霍莉说，"他会杀死更多的孩子，他就是靠那样生活的。"

霍伊几乎是用指责的口吻对霍莉说："我们该怎么进去？老太太说那里现在封得比修女的内裤还紧，而且即使我们进去了，我们也没有绳子呀？家得宝卖绳子吗？他们肯定卖绳子。"

"我们不需要，"霍莉淡定地说，"如果他在那里面，而我几乎可以肯定他就在里面，他就不会躲得太深。一方面，他自己也害怕迷路，或者被塌方困住；另一方面，我认为他现在很虚弱，他现在应该正处于变身周期中的休眠期，但他却一直在消耗自己，现身。"

"通过投影?"拉夫问,"你是那么想的?"

"是的,格蕾丝·梅特兰所看到的,你妻子所看到的……我认为都是投影。我认为当时他身体的一小部分在那里,这就是你们家客厅里有痕迹的原因,也是他能够移动椅子、打开炉子上的灯的原因,但还不足以在新地毯上留下印记,那样做会使他精疲力竭的。我想他可能仅仅以完整的肉身现身了一次,就是特里·梅特兰遭到枪杀那天在法院门前,因为他当时太饥饿了,而且他知道那里会有很多吃的。"

"他以完整的肉身出现在那里了,但没有出现在任何电视台的录像中?"霍伊提出质疑,"就像吸血鬼不会出现在镜子中一样?"

霍伊这样说好像是在希望霍莉可以否认他自己的话一样,但是她没有,她说:"完全正确。"

"那你认为他是超自然的,是一个超自然生物。"

"我不知道他是什么。"

霍伊摘掉安全帽,一把将它扔到床上。"纯属猜测,那就是你的所有想法。"

霍莉听到这话似乎很受伤,她迷茫地不知所措,不知道该如何回答。她似乎也没有意识到拉夫看到的,当然亚力克肯定也看到的事实:霍华德·戈尔德害怕了。如果这件事出了差错,可没有一个法官能够听他提出的异议,他也不能提出无效审判。

拉夫说:"对我来说,仍然很难接受关于厄尔·库科或变身的说法,但确实存在一个局外人,我现在真的接受。因为俄亥俄州事件的联系,因为特里·梅特兰不可能同时身现两地。"

"局外人把事情搞砸了,"亚力克说,"他不知道特里会去盖城参加那场大会,他挑选的替罪羊大多数都是像希斯·霍尔姆斯那样的人,不在场证明就像无效一样没有说服力。"

"那说不通。"拉夫说。

亚力克听到这话扬起眉毛。

"如果他得到了特里的……我不知道该怎么说……记忆,当然是记忆,但不仅仅是记忆,有点儿……"

"有点儿像他的意识的地形图。"霍莉平静地说。

"好吧，就这么叫它吧，"拉夫说，"我能够接受这个观点，他遗漏了一些东西，就像在快速阅读时会遗漏一些东西一样，但那场大会对于特里而言应该是一件大事。"

"那为什么库科还是——"亚力克还没说完，话就被打断了。

"也许他不得已。"霍莉拿起一支紫光灯手电筒照在墙上，那里显现出之前的房客留下的一个幽灵般的手印，拉夫本来不用看就能做这些事。"也许他太饥饿了，等不及更好的时机了。"

"或者也许他不在乎，"拉夫说，"连环杀手经常会那样做，通常就在他们被抓之前。邦迪、施佩克、加西……最终他们都开始相信自己有一条规则要遵守，他们变得傲慢、过激。而这个局外人没有太过激，不是吗？想想看，尽管我们知道了一切，我们还是要传讯特里，要看着他因谋杀弗兰克·彼得森而接受审判。不管他的不在场证明多么确凿有力，我们曾经都确定他的不在场证明肯定是假的。"

而且我内心的一部分仍然想相信那一点，如果那个想法被彻底推翻，那么我这一生对这个世界的想法和理解都将发生天翻地覆的变化，一切都将颠倒。

拉夫感觉自己在发烧，他感觉自己的胃有点儿不舒服。一个生活在二十一世纪的普通人能接受一个会变身的怪物吗？如果你相信霍莉·吉伯尼口中的局外人，她口中的厄尔·库科，那么一切都摆在明面上了。宇宙真是无尽头啊。

"他不再傲慢，"霍莉平静地说，"他习惯于在杀人之后和变身之时在一个地方待上几个月，只有当变身完成或将近完成时他才会继续前进。基于我所读过的资料和我在俄亥俄州了解到的信息，这就是我所相信的。但他通常的模式被扰乱了，自从那个男孩发现了他藏身的谷仓后，他不得不逃离弗林特市，他知道警察会去那里，所以他提前来到了这里，为了离克劳德·博尔顿近一些，而且他在这里发现了一个完美的家。"

"马里斯维尔洞。"亚力克说。

霍莉点点头说："但他不知道我们知道，这就是我们的优势。克劳德知道他大伯和堂哥被埋在那里，没错，但克劳德不知道局外人是如何在里面或靠近死人的地方休眠的，最好是跟那些与他变身前或变身后的对象有血缘关系的人。我很确定是那样进行的，肯定是。"

拉夫心想，因为你希望它是那样进行的。然而他无法找到霍莉逻辑中的任何漏洞，那样的话，你就得接受一个超自然生物存在的基本假设，它必须遵从一定的规则，很可能是突破传统的，很可能是超出某种未知的、他们可能永远无法理解的规则。

"我们能否确保洛维不会告诉他？"亚力克问。

"我认为可以，"拉夫说，"她就算是为了自己的儿子也会保密的。"

霍伊拿起一支手电筒，对着轰隆作响的空调照了照，这次照出了几个可怕的发光指纹。他啪的一声关掉手电筒说："要是他能成为我们的帮手呢？想想，德古拉抓住了伦菲尔德，弗兰肯斯坦博士身边有一个驼背的家伙，伊格——"

霍莉打断他的话："那是大众的一个普遍误解，在原版电影《弗兰肯斯坦》中，医生的助理名叫弗里兹，是由德怀特·弗莱扮演的，后来，贝拉·洛格西——"

"我接受指正，"霍伊同样打断她的话，"但问题依然还在：要是我们的局外人有一个共犯呢？有一个奉命监视我们的人呢？这说得通吗？即便局外人不知道我们发现了马里斯维尔洞，他也会知道我们已经接近真相了。"

"我明白你的意思，霍伊，"亚力克说，"但连环杀手通常都是单独作案的，他们是自由生活最久的流浪者。虽也有例外，但他不是。他之前从代顿跑到弗林特市，如果从俄亥俄州开始追查他，我们可能会发现佛罗里达的坦帕或者缅因州的波特兰也发生了杀童案。非洲有句谚语：独行者行进得更快。从实际角度上想，他能雇谁来做这份工作呢？"

"一个疯子。"霍伊说。

"好吧，"拉夫说，"但从哪儿雇呢？难道他只是恰好路过了一群疯子，然后随手挑了一个吗？"

"好吧，"霍伊说，"他是独自一人，就那样蜷缩在马里斯维尔洞里，等我们来抓他，把他拖到太阳底下，或者把一根木桩插入他的心脏，或者二者兼有。"

"斯托克的小说里写到，"霍莉说，"他们抓住德古拉后，把他的头砍了下来，往他的嘴里塞满了大蒜。"

霍伊拿起手电筒照到床上，然后举起双手说："那样也很好，我明天顺道去一趟超市，买点儿大蒜，再买一把剁肉刀，因为我们在家得宝的时候忘记买一把钢锯了。"

拉夫说："我认为一发子弹击中他的脑袋就可以很好地解决他了。"

对于这个话题，所有人都沉默着考虑了一会儿，然后霍伊说他要去睡觉了。"但在我走之前，我想知道明天的计划是什么。"

拉夫等待着霍莉跟霍伊把这件事讲清楚，但霍莉却反而看着拉夫。拉夫吃了一惊，他被霍莉眼睛下面的黑眼圈和嘴角浮现的皱纹触动了。拉夫自己很累，他想所有人都累了，但是霍莉·吉伯尼已经达到了精疲力竭的程度，此时她的脑子里除了紧张什么都没有。另外，鉴于她那骨瘦如柴的身躯，拉夫猜那简直就像是让她负荆前行，或是踩在碎玻璃上前行。

"九点钟以前不采取任何行动，"拉夫说，"我们都需要至少八小时的睡眠，如果可以的话，可以再多睡一会儿。然后我们收拾行李、退房、去博尔顿家接尤尼尔，从那里去马里斯维尔洞。"

"方向错了，如果我们想让克劳德认为我们要飞回家，"亚力克说，"他会奇怪我们为什么不回普莱恩维尔。"

"好的，我们告诉克劳德和洛维，我们必须先去一趟提皮特，因为……嗯，我不知道，我们还要去家得宝购物吗？"

"不太可能。"霍伊说。

亚力克问："去找克劳德问话的州警是谁？你还记得吗？"

拉夫脑子里不记得了，但他记在了平板电脑的记事本上。公事就是公事，即使是在追捕夜魔。"他的名字叫欧文·赛普，下士欧文·赛普。"

"好的，你告诉克劳德和他妈——如果局外人真的可以进入克莱德的思想，那也就等同于告诉局外人——说你接到赛普下士打来的一个电话，他说提皮特发生了一起抢劫或偷车或入室盗窃，嫌疑人的外貌与克劳德大致匹配，警方想让克劳德去录口供。"

"如果他睡在外面的凉亭里就不要了。"拉夫说。

"你是说他不会听见克劳德发动汽车的声音吗？那个东西两年前就需要一个消声器了。"

拉夫笑了。"你理解到我的点了。"

"好的，你就说我们要去提皮特把那件事查清楚，如果没有结果，我们就飞回弗林特市。听起来不错吧？"

"听起来不错，"拉夫说，"咱们千万保证别让克劳德看见这些手电筒和安全帽。"

# 15

夜里十一点钟已过，拉夫躺在那张中间已经塌陷的破床上，他明知道自己应该关灯睡觉却没有。他给珍妮打了一个电话，跟她聊了将近半个小时，他们聊了有关案子的事，还聊了德里克，但大部分都是闲聊一些无关紧要的事。之后，想起洛维·博尔顿深夜看的修道士布道的电视可能会有安眠作用，或者至少可以让他不安的思绪平静下来，他便看了一会儿电视，但当他打开电视机时，只看到屏幕上显示一条信息：**信号故障中，谢谢您的耐心等待。**

拉夫正伸手去关灯，响起了敲门声。他穿过房间，伸手去握门把手，但想了想，最好先从猫眼看一下，结果没有用，猫眼被一层厚厚的灰尘之类的东西糊住了。

"哪位？"

"是我。"门外传来霍莉的声音，她的说话声跟她的敲门声一样小。

拉夫打开门，霍莉里面穿的T恤衫没有掖好，夜晚比较凉，她穿了一条长裤，她的西服外套滑稽地搭在一个肩头，夜晚的凉风吹起了霍莉花白的短发，她手里拿着她的平板电脑。拉夫突然意识到自己身上正穿着四角大短裤，前开门那里没有纽扣的地方无疑微微春光乍泄。此时他想起了他们小的时候常说的一句话：是谁允许你卖热狗了？

"我把你吵醒了。"霍莉说。

"没有，请进。"

霍莉犹豫了一下，然后走进拉夫的房间，坐在房间里唯一的一把椅子上，同时拉夫套上了外裤。

"你得睡一会儿，霍莉，你看起来很疲惫。"

"我确实很累，但有的时候似乎我越累就越难入睡，尤其是当我担心焦虑的时候。"

"吃安必恩了吗?"

"医生不建议服用抗抑郁药物的人吃安眠药。"

"我知道了。"

"我做了一些调查,有的时候那会让我睡着。我先看了报纸上克劳德的母亲告诉我们的那场悲剧的报道,有很多报道,很多背景资料,我觉得你可能想听一听。"

"会对我们有帮助吗?"

"我认为会。"

"那我想听一听。"

拉夫走到床边,霍莉搭着椅子的边,双膝并拢坐着。

"好的,洛维一直在讲亚希加那边的洞口,他说杰米逊家双胞胎中的一个孩子从裤兜里掉了一个塑料亚希加酋长玩偶。"霍莉打开平板电脑,"这张是一八八八年拍的照片。"

一张黑白照片中,是一位相貌高贵的美洲土著的侧脸,他头戴一顶华丽的头饰,一直垂到后背中间。

"有一段时间,酋长和一小群纳瓦霍人住在埃尔帕索附近的提瓜土著居留地,然后娶了一个白种人,并迁居到奥斯汀。他在奥斯汀受到了恶劣的对待,于是便迁居到马里斯维尔,他在那里剪了头发,皈依了基督教,然后被当地社区接纳为社区成员。他的妻子有点儿积蓄,于是他们夫妻俩开了一家马里斯维尔贸易站,最终就成为了现在的印第安汽车旅馆和咖啡厅。"

"真是甜蜜之家。"拉夫环视了一圈破败的房间说。

"是的,这是一九二六年的亚希加酋长,两年后他就去世了。那个时候他已经改名为托马斯·希金斯。"霍莉说着给拉夫看了第二张照片。

"见鬼!"拉夫大叫了一声,"我本想说他变成本地人了,但这看起来恰巧相反得多。"

原来那同样也是一张高贵的侧脸照,但在这张照片中,酋长对着相机镜头的那侧脸颊已经布满了深深的皱纹,他的头饰也不见了,这位前纳瓦霍酋长戴着一副无框眼镜,身穿一件白衬衫,还扎着一条领带。

霍莉说："除了经营马里斯维尔贸易站取得成功外，这位亚希加酋长，也就是托马斯·希金斯还发现了这个洞，并且组织了第一批探洞之旅。当时深受欢迎。"

"但那个洞是以镇名命名的，而不是以他个人的名字命名的，"拉夫说，"这合乎情理。也许他已经是一名基督徒，并且是一名成功的商人，但他仍然是社区里的红种人。不过，我猜当地人对他的态度比奥斯汀的基督徒要好，应该为此给他们颁个奖。你继续。"

霍莉又给拉夫看了一张照片。这张照片是一个木牌，上面画着戴着头饰的亚希加酋长的画像，下面写着一句铭文：**最佳拍照点，请这边走**。霍莉用两根手指把照片缩小，拉夫看到有一条小路穿过那些岩石。

"那个洞是以镇名命名的，"她说，"但至少酋长也留下了身后名——亚希加入口，远没有'声音之堂'那么动听，但很直白。亚希加入口是员工用来向内部运送物资的，而且也是一条应急出口。"

"救援队就是从那里进去的，他们希望能够找到一条路，可以通到那些孩子那里。"

"正确。"霍莉向前探出身子，眼睛闪闪发光，"主入口不只是用木板封起来的，拉夫，是用水泥封起来的，他们不想再有孩子迷路了。亚希加入口，也就是后门，也用木板封了起来，但我读过的文章中没有一篇提到它用水泥封起来了。"

"那并不意味着它没有用水泥封起来。"

霍莉不耐烦地甩了甩头说："我知道，但如果它没有……"

"那他就是从那里进去的，那个局外人。这就是你所认为的。"

"我们应该先去那里一趟，如果那里有闯入的痕迹……"

"我明白了，"拉夫说，"这听起来像是个不错的计划，干得漂亮，你简直是个侦探天才，霍莉。"

霍莉垂下眼睛以示感谢他的夸奖，她是一个不知该如何应对他人称赞的女人，柔声说道："你这样讲，太善良了。"

"这不是善良，你比贝琪·里金斯强多了，而且比那个叫杰克·霍斯金斯的浪费空间的废物强多了，他很快就要退休了，如果我说了算，我就把他那份工作给你。"

霍莉摇了摇头，但她脸上露出了微笑。"对我来说，保释中的逃犯、回购丢失的狗就足够了，我再也不想参与一起谋杀案的调查了。"

拉夫站了起来，"你该回房睡一觉了，如果你说的这一切都是对的，明天就将是重新上演约翰·维恩被捕的大日子。"

"马上。我来这里还有一个原因，你最好先坐下。"

# 16

尽管霍莉现在比她有幸遇见比尔·塞缪尔斯那天已变得坚强得多了，但她依然不习惯告诉别人必须要改变其行为，或者告诉别人完全错了。曾经那个年轻的女人一直整天担惊受怕、胆小如鼠，有时甚至想到过自杀也许是对于她那种恐惧感、不适感和羞耻感的最佳解决办法。那天在一场葬礼上，在霍莉不敢迈进的殡仪馆后面，当比尔在她身边坐下时，她的感受是她失去了某种至关重要的东西，不是一个钱包或一张信用卡，而是如果事情的发展稍有不同，抑或如果上帝认为合适，在创造她时往她的身体里多加一丁点儿重要的化学物质，她就会过上的完全不同的生活。

比尔曾经说过，但实际没有真正说："我想你丢了这个，给，最好把它放到你的口袋里。"

现在比尔已经去世了，而现在眼前的这个男人在很多方面都像极了比尔：他的智慧、偶尔的幽默，还有最主要的，他的固执。霍莉很确定比尔会喜欢这个男人，因为拉夫·安德森侦探也善于查案。

但他们两人之间也有一些不同之处，不仅仅是他比比尔去世的时候年轻三十多岁，拉夫曾犯了一个严重的错误，他还没有弄清案件的真相之前就当众逮捕了特里·梅特兰，而这只是其中的一处不同，但不是最重要的一处，尽管这一错误让拉夫多么无法释怀。

上帝啊，请帮我告诉他我需要告诉他的话，因为这是我唯一的机会，让他听见我的心声吧。求你了，上帝，让他听见我的心声吧。

霍莉说："每一次你和其他人谈到局外人时，都是有条件的。"

"我不太明白你的意思，霍莉。"

"我认为你明白。你每次都说'如果他真的存在、假设他真的存在'。"

拉夫沉默了。

"我不在乎其他人，但我需要你相信，拉夫。我需要你相信，我真的需要，但我却做不到。"

"霍莉——"

"不，"霍莉厉声说，"不，听我说。我知道这很疯狂，但关于厄尔·库科的说法是否比世界上发生的一些更复杂的事情更无法解释呢？我指的不是自然灾害或意外事故，我指的是人对人所做的事。难道泰德·邦迪不就是一个厄尔·库科的化身吗？他就是一个会变身的人，在众人面前是一张慈眉善目的脸，而在那些被他残害的女人面前就变成了另外一张脸，那些女人生前的最后一眼看到的就是他的另一张脸，他内心的那张脸，那张厄尔·库科式恶魔的脸。还有其他人，他们就在我们之间，你知道的，他们就是外星人，是超出我们理解范围的怪物。然而你却相信他们，你曾经把其中一些抓了起来，也许还眼看着他们被处决了。"

拉夫沉默着不说话，他在思考着霍莉的这些话。

"我来问你一个问题，"霍莉接着说，"假设确实是特里·梅特兰杀死了那个孩子，撕下他的肉，并把一根树枝插入了他的体内，那么他是不是比可能藏在那个山洞里的那个东西更容易理解呢？你会说我能够理解那位备受男孩子们爱戴的教练和优秀社区市民内心隐藏着的黑暗和邪恶，我完全知道他为什么会这样做之类的话吗？"

"不。我曾经逮捕过一些做出过可怕之事的人，其中包括一个把她亲生的女婴按在浴缸里淹死的女人，而我从来无法理解。大多数时候他们也无法理解他们自己。"

"就像我无法理解布莱迪·哈茨费尔德为什么要在一场音乐会上自杀，并拉着一千多个无辜的孩子给他陪葬一样。我的要求很简单，请你相信这些事情确实存在，哪怕只是为了接下来的二十四小时。你能做到吗？"

"如果我说能，你能睡一会儿吗？"

霍莉点点头，她的目光从未离开过拉夫。

"那么我相信，至少接下来的二十四小时相信，厄尔·库科真的存在。不管我们能否在马里斯维尔洞里看到他，但他都真实存在。"

霍莉呼了一口气，然后站起来，她的发丝随风飘扬，西服外套搭在一只肩上，T恤衫没有掖进裤腰里。拉夫认为她看起来既可爱又脆弱得可怕。"好，我要去睡觉了。"

拉夫目送她走到门口，打开门。当她迈出门时，拉夫说："宇宙无尽头。"

霍莉严肃地看着他说："说得对，这该死的东西没有尽头。晚安，拉夫。"

# 十一　马里斯维尔洞

## 七月二十七日星期五

# 1

凌晨四点钟，杰克醒来。

外面风声呼啸，风很大。杰克现在浑身疼，不仅仅是脖子疼，还有胳膊、腿、肚子和屁股，感觉就像晒伤的那种疼。他掀开被子，坐在床沿上，打开床头灯，那个六十瓦的灯发出昏黄的光。杰克低头看了看自己，他的皮肤上什么都没有，但是疼痛感依然存在，是源自体内的。

"我会按照你的要求去做，"杰克对那位不速之客说，"我会阻止他们，我保证。"

房间里没有人回答。那位不速之客既没有回答也没有在房间里，至少现在不在。但是他曾经出现过，就在那个该死的谷仓里，就那样轻轻的撩得人发痒的一摸，几乎就是爱抚了一下，但那已经足够了，现在他已经浑身中毒，中了癌症的毒。现在离天亮还早，他坐在这间破汽车旅馆的破房间里，已经不再确定那位访客能够收回让杰克染上的毒。但他有什么选择呢？他必须试一试，如果那样没有用……

他心想，"我就开枪崩了我自己？"这个想法让他感觉稍稍好了一点儿，那是他母亲没能做出的选择。杰克更加坚决地说出了自己内心的想法，"我就开枪崩了我自己。"

再也不用宿醉；再也不用卡着限速开车回家，遇到每个红灯都停下来，在清楚自己酒驾或醉驾的时候被交警拦下来；再也不用接前妻打来的电话，提醒他每个月给她开的支票又晚了，就好像他不知道似的。要是以后没人给她开支票了她该怎么办？她就不得不去上班，那样她就会知道她前夫是怎样生活的。再也看不到《艾伦与朱迪法官》了，真遗憾。

杰克穿好衣服出门，风并不真的很冷，但还是吹得人瑟瑟发抖，似乎要把他吹透了。他离开弗林特市的时候天气热得很，他也从来没有想过要带一件外套或一套换洗的衣服，甚至都没有想到要带一把牙刷。

"你就是这样，亲爱的，"杰克可以听到自己的老婆在耳边唠叨，"你总是这样，又晚了一天打钱，又少打钱了。"

小汽车、轻型货车、还有几辆露营车都像喝奶的小狗崽一样停在那个汽车旅馆的大楼前，杰克沿着上面装了遮阳棚的人行道走了很远，去确认那群多管闲事的人的蓝色SUV还在。是的，他们的车还在，他们此时都躺在自己的被窝里睡得正香呢，毫无疑问，他们肯定都在做着美梦，不用忍受浑身疼痛。有那么一瞬间，杰克想到挨个房间去开枪把他们都干掉，这个想法很诱人，但很荒谬，一方面，他不知道他们到底住在哪个房间，另一方面，最终他们当中某个人——不一定是那个挑头多管闲事的家伙——就会开始开枪还击。毕竟这里是得克萨斯，这里的人认为他们还生活在过去那种赶牛和枪战的年代。

杰克心想，最好去那位访客所说的他们可能会去的地方等候他们，他可以在那里开枪干掉他们，而且肯定能无罪脱身，因为那里方圆几英里都空无一人。一旦任务完成后，如果那位访客能够把他的身上中的毒拿走，一切都皆大欢喜；如果不能，杰克就会用嘴含着他那把格洛克配枪，扣动扳机，饮弹自尽。可以想象，接下来的二十年，他的事迹都会成为酒吧里那些曾经为他服务过的女服务员或保安闲聊的话题，但这并不是最需要考虑的因素，最重要的是，他不用像母亲那样，每动一下都要忍受皮肤裂开，痛苦地死去。

杰克哆嗦着钻进他的卡车，朝马里斯维尔洞开去。此时，月亮正挂在地平线附近，看起来像一块冰冷的石头。杰克的身体从轻微的哆嗦变成了剧烈的颤抖，以至于几次急转弯都闯过了白线，不过那没有关系，所有的大车都走190号高速公路或州际公路，而且在这个荒唐的时刻，乡村之星路除了他之外，一个人都没有。

卡车的发动机热起来后，杰克立刻把车里的暖风开到最大，那样好多了。他下半身的疼痛开始缓解，但他的后颈仍然剧烈地抽痛着，当他用手抚摸的时候，手掌上竟粘了一层雪片般的死皮。他突然有了一个想法，也许他后颈的疼痛只是真正的、普通的晒伤，而其他的一切都是他脑子里幻想出来的，是他精神压力大引起的，就像他老婆那该死的偏头痛一样。可是精神压力大引起的疼痛真的能让你从酣睡中疼醒吗？他不得而知，但他知道那位藏在他家卫生间浴帘后面的不速之客是真实存在的，任谁都不会想跟他扯上什么关系。

再加上还有那个该死的拉夫·安德森，他一直在查那件案子。就是那位"没有意见"先生把他从美好的钓鱼假期中提前拉回来……都怪拉夫那小子，去他妈的行政休假。就是因为该死的拉夫·安德森，他杰克·霍斯金斯才会去坎宁镇，而不是坐在他的小木屋里喝着伏特加，看 DVD 影片。

当他开到那块**已封闭，开通时间静待通知**的广告牌时，杰克突然顿悟：也许拉夫·安德森是故意派他去那里的！他可能早就知道那位不速之客已经在那里等待，而且知道他将会做什么。拉夫那小子早在好几年前就想除掉自己了，一旦把这个因素考虑进去，所有的事情便都明了了。这个逻辑不可否认，拉夫那小子唯一没有想到的事情是，那个有文身的男人竟然是黄雀在后。

至于这件该死的事情最终会有怎样的结局，杰克想到三种可能：一，也许那位访客能够为杰克解毒。二，如果是他精神压力大造成的幻觉，最终它自己就会痊愈。三，也许它是真实存在的，而且那位访客不能把癌症的毒从他身上取走。

无论最终证明结果是哪种可能，那位该死的"没有意见"先生都将成为历史，杰克并没有对那位访客做这个承诺，这是他对自己做的承诺，安德森会被干掉，他带来的那些人也会被干掉，他要把他们清理得一干二净。他，杰克·霍斯金斯是美国狙击手。

杰克来到那座废弃的售票亭，绕着铁链走了一圈。太阳升起来后，风可能会减弱，气温会回升，但现在风依然很大，吹得灰尘和砂砾四处纷飞。但那样很好，他就不用担心那群多管闲事的人会看见他的卡车。如果他们真的会来的话，那就是了。

"如果他们不来，你还能把我的病治好吗？"杰克对着空气问道。他并没有期待会得到回答，却有一个声音回答了他。

哦，是的，你会完好地离开。

那真的是一个声音吗？还是只是他自己的声音？

那有什么关系？

# 2

杰克开车经过那堆摇摇欲坠的游客木屋，心里想不明白为什么有人愿意花大价钱住在地下的一个洞附近（至少这个地方的名字很真实）。难道没有更好的地方可去吗？约塞米蒂国家公园？大峡谷？就连世界上最大的绳球那个地方都要比得克萨斯这个又干又灰的狗屁地下洞要好。

他像上次一样，把车停在服务棚旁边，从杂物箱里拿出他的手电筒，然后从锁盒里拿出他那杆温彻斯特步枪和一盒子弹。他往兜里装满子弹，开始上路，然后转过身，拿着手电透过服务棚上一扇车库卷帘门似的灰蒙蒙的窗玻璃往里照，心想也许里面会有什么他能用的东西。然而里面没有，但他看到了一样东西，还是惹得他笑了：一辆布满灰尘的小型汽车，可能是本田或丰田，车后窗上有一张贴纸，上面写着**我儿子是弗林特市高中的优等生**！不管杰克有没有中毒，他的基本侦察技能依然完好无损。他那位访客在这里，没错，他开着这辆偷来的车从弗林特市来到这里。

杰克感觉好多了，实际上，自从那只有文身的手从浴帘后面伸出来后，这是他第一次感觉到饿。杰克回到他的卡车上，在储物箱里乱翻一气，最终翻出了一包花生酱夹心饼干和半个面包，这算不上真正的早餐，但总比什么都没有强。他嘴里嚼着饼干，左手拿着枪，开始沿着那条小路往上走，枪上有一根背带，但如果他把枪背在肩上，那根背带就会把他的脖子磨破皮，甚至会磨出血。他的兜里装满了子弹，沉甸甸的，甩来甩去撞着他的腿。

杰克在那个已经褪色的印第安人标记（有人搞怪写着**卡洛琳·艾伦舔过我的红色大鸡巴**）前停住脚步，突然有了一个想法：如果有人沿着通往游客木屋的小路走，就会看见他停在服务棚旁边的卡车，便会好奇那是怎么一回事。杰克考虑着回去把车挪开，然后又觉得自己这是在不必要地担心，如果那些爱管闲事的人来了，他们会把车停在主入口附近，而他们一从车里下来，杰克就会从崖顶的狙击点开火，在他们还没意识到发生了什么之前，他就已经两三枪干掉了他们，到时候其余人就会像雷雨中的小鸡一样四散奔逃，而杰克会在他们找到掩体之前便把他们干掉。根本不需要担心他们会从游客木屋看到什么，因为"没有意见"先生和他的朋友们将永远走不出那个停车场。

# 3

即使有手电筒照亮，通往崖顶的路在黑暗中依然很危险。杰克不急不慌地慢慢走着，他遇到的麻烦已经够多的了，他可不想再跌倒或骨折，等他走到瞭望点时，天边正隐约射出第一缕晨光。杰克拿手电筒照了照昨天他留在那里的干草叉，正要伸手去拿，突然把手缩了回来。他希望这不是预示接下来一天的厄兆，但情况很具有讽刺意味，眼前的情况就是这样，杰克可以感受得到。

昨天他把干草叉拿上来是用以防蛇的，而现在一条蛇正趴在干草叉的旁边，身体的一部分还趴在叉尖。是一条响尾蛇，个头还不小，这是一只货真价实的怪物。杰克不能朝它开枪，一颗子弹只会伤到那个该死的东西，那样的话它很可能会攻击杰克，而杰克脚上穿的是运动鞋，他忘记在提皮特买一双靴子了，此外，子弹有可能会反弹，那样也可能会对他自己造成严重的伤害。

杰克握着他的步枪枪托，身体尽可能离得远一些，慢慢把枪管伸过去，他把枪放到正在熟睡的响尾蛇身下，趁它还没能滑走就一把将它掠过肩头甩了出去。那条丑陋的杂种落在他身后二十英尺的小路上，盘绕着身子，嘶嘶地叫着离开，那声音就像摇晃一只干葫芦时里面的葫芦籽发出的声音。杰克一把抓起干草叉，向前迈了一步，猛戳了一下，那条响尾蛇溜进两块倾斜的大圆石之间的裂缝中消失了。

"那就对了，"杰克得意地说，"别回来！这里是我的地盘。"

他趴下来，用瞄准镜窥视着。他看见用阴森的黄色警戒线围起来的停车场；他看见破败的礼品店；他看见用木板封起来的山洞入口，上方的牌子已经褪色但依然清晰可辨：**欢迎来到马里斯维尔洞**。

现在除了等待，无事可做，杰克安顿下来静静地等待。

# 4

拉夫昨晚说过"九点钟以前不采取任何行动",但是八点一刻他们就都聚集在印第安汽车旅馆的咖啡厅里了。拉夫、霍伊和亚力克点了牛排和煎蛋,霍莉没有点牛排,但是点了一份三个鸡蛋的煎蛋卷加一份炸薯条。拉夫很高兴看到她一口一口地吃完,她今天依然穿着T恤衫和牛仔裤,而且把西服套在了外面。

"过一会儿会很热。"拉夫说。

"是的,而且它皱得厉害,但这件衣服有大口袋可以装我的东西。我也会带着我的单肩包,但如果我们要走路的话,我会把它放在车里。"霍莉向前探身,压低嗓音说,"有时候这种地方的女服务员会偷东西。"

霍伊捂住嘴,也许是为了抑制打嗝,也许是为了掩饰偷笑。

## 5

他们驱车前往博尔顿家，发现尤尼尔和克劳德正坐在门廊的台阶上喝咖啡，洛维正坐在轮椅上在她的小花园里锄草，她的氧气瓶摆在大腿下面，嘴里叼着一支烟，头上戴着一顶大草帽。

"昨晚一切都好吗？"拉夫问到。

"很好，"尤尼尔说，"外面的风声有点儿大，但我一旦睡着，就睡得像个婴儿一样。"

"你呢，克劳德？一切都好吗？"

"如果你的意思是我是否又感觉附近好像有人在鬼鬼祟祟，那么我没有感到，我妈也没有感到。"

"嗯，这可能有别的原因，"亚力克说，"提皮特的警察昨晚接到了一起入室盗窃案，房子的主人听到有人打碎玻璃的声音，便抓起他的猎枪把那个家伙吓跑了。他告诉警察说，非法闯入者是褐色短发，有山羊胡，身上还有很多文身。"

克劳德听到这话怒了："昨天晚上我从来没有离开过我的卧室！"

"我们对此并不怀疑，"拉夫说，"那可能就是我们一直在找的那个家伙。我们要去提皮特把事情查清楚，如果他不在了——很可能已经不在了——我们就飞回弗林特市，尽力想办法决定下一步怎么办。"

"虽然我不知道我们还能做些什么，"霍伊补充道，"如果他不在这附近转悠了，如果也不在提皮特，那么他有可能在任何地方。"

"没有其他线索？"克劳德问到。

"一个都没有。"亚力克答到。

洛维推着轮椅朝他们过来。"如果你们决定回家了，在去机场的路上顺道来看看我们，我会用昨晚剩下的鸡肉做点儿三明治，只要你们不介意再吃一次鸡肉就行。"

"我们会来的，"霍伊说，"谢谢你们二位。"

"是我应该谢谢你们才对。"克劳德说。

克劳德跟大家一一握手，洛维张开双臂给了霍莉一个拥抱。霍莉看起来吃了一惊，但她还是接受了洛维的拥抱。洛维在她耳边低声说："你一定要回来。"

霍莉回答道："我会的。"她希望这是她能够遵守的诺言。

# 6

霍伊开车，拉夫把猎枪立在两腿之间坐在副驾驶座，其他三个人坐在后座。太阳升起来了，今天又将是一个大热天。

"我只是纳闷提皮特的警察是怎么和你取得联系的？"尤尼尔说，"我不认为当局有人知道我们在这里啊。"

"他们不知道，"亚力克回答道，"如果这个局外人真的存在，我们不想让博尔顿母子对我们为什么往反方向走而产生任何怀疑。"

拉夫不需要会读心术就能知道霍莉此刻在想什么：每一次你和其他人谈到局外人时，都是有条件的。

拉夫坐在座位上转过身来，说："现在听我说，不再有'如果''可能''也许'了，今天，这个局外人就是真实存在的；今天，只要他想，他就可以随时读取克劳德的思想，除非我们知道他现在就在马里斯维尔洞里。再也没有假设了，只有相信。你们能做到吗？"

有那么一会儿，没有人作声。然后霍伊开口说："小子，我是一名辩护律师，我什么都能信。"

# 7

他们来到那块画着手拿煤油灯、神情肃穆的一家人的广告牌前，霍伊开着车沿着裂开的入口道路缓缓行驶，尽量避开那些坑坑洼洼。他们出发的时候，气温大概是五十五华氏度，而现在已经接近七十华氏度了，而且还会继续升高。

"看见上面那个小山包了吗？"霍莉指着一处说，"主洞口就在那下面，或者曾经就在，直到后来他们把它堵上了。我们应该先去那里查看一下，如果他曾经试图从那里进去，也许会有一些痕迹。"

"我同意，"尤尼尔环视着四周说，"天哪，这里荒无人烟。"

"那两个男孩和进去寻找他们的救援队丧命对于他们的家庭来说很糟糕，"霍莉说，"但对于马里斯维尔镇来说，那就是一场灾难。这个洞是镇上唯一的工作来源，关闭之后，很多当地人都离开了。"

霍伊突然踩了刹车。"那一定是售票亭，我看见路上有一条铁链围了起来。"

"绕过去，"尤尼尔说，"解决掉这个幼稚的拦路绳。"

霍伊开着车绕过了铁链，车上系着安全带的各位乘客被颠得一跳一跳的。"好了，伙计们，我们现在正式踏入私人领地了。"

他们朝里面驶近时，一只土狼从一块石头后面窜了出来，飞快地跑开了，只留下一道消瘦的身影。拉夫发现了被风侵蚀的轮胎痕迹，他猜当地有孩子开着车来过这里，至少有几个留在了马里斯维尔。拉夫的注意力主要集中在前面的悬崖上，那里曾经是马里斯维尔唯一的旅游景点，如果你对它感兴趣的话，那里就是它出名的原因。

尤尼尔说："我们现在全副武装，对吧？"他笔直地坐在车里，眼睛警惕地直视前方。

男人们做出了肯定的回答，而霍莉·吉伯尼却什么都没有说。

# 8

杰克坐在悬崖顶上，在他们到达停车场之前便盯着他们一路驶来。他检查了自己的武器，装满子弹，而且枪膛里还有一发静待出膛，他在枪管前端下面垫了一块扁平的石头，现在他平躺在地上，眼睛透过瞄准镜，把准星对准司机那侧的车窗。一道阳光闪过，让他暂时什么都看不见了，他缩了一下头，揉了揉眼睛，直到反光点消失，然后再次将眼睛对上瞄准镜。

快点儿，杰克心想，停在停车场中间，那样就太完美了，停在那里，然后下车。

相反，那辆SUV缓缓穿过停车场，停在了用木板封住的洞口前。所有的车门都开了，五个人从车里下来，四男一女，五个爱管闲事的人排成一排，可爱极了。不幸的是，那是一个糟糕的狙击角度。此时太阳刚好将洞口投在阴影中，但杰克有机会，那只利奥波德瞄准镜简直他妈的棒极了，可是那辆SUV有个问题，它至少挡住了他们五个人当中的三个，包括那位"没有意见"先生。

杰克一侧脸贴着他的步枪枪托，他的脉搏在胸腔和喉咙里平缓而稳定地跳动着，此时他全神贯注于那群站在**欢迎来到马里斯维尔洞**牌子下面的多管闲事的人。

"快出来，"杰克自言自语嘀咕着，"出来看看四周，你们是想出来的。"

杰克等待着他们从车后面走出来。

# 9

马里斯维尔洞的拱形入口被二十多块木板封住，并用几个已经生锈的巨大螺栓固定到后面的水泥上。为了防止有人非法入洞探险，设置了如此严密的双重保护，几乎没有必要再设立**禁止非法进入**的标牌，但那里依然设立了几块，此外还有几句已经褪色的喷漆提示语。拉夫猜想，那应该也是那群开着车到这里来的孩子们干的。

"有谁觉得这里被人动过吗？"尤尼尔问大家。

"没有，"亚力克说，"他们为什么还要多此一举用木板封上呢？要想在那堆水泥上弄个洞出来，得需要足够多的炸药。"

"如果发生地震，就省得用炸药了。"霍伊补充道。

霍莉转过身，越过 SUV 的引擎盖指着前方说："看见礼品店另一边的那条路了吗？它通往亚希加入口，游客被禁止从那个入口进入山洞，但那边有许多有趣的壁画。"

"你是怎么知道这些的？"尤尼尔问。

"官方向游客发布的地图仍然挂在网上，现在什么东西都能在网上查到。"

"朋友，那叫作搜索，"拉夫说，"你应该找个时间试试。"

他们回到 SUV 上，霍伊依然开车，拉夫依然把猎枪立在两腿之间坐在副驾驶座。霍伊启动车，缓缓地穿过停车场，他说："那条路看起来很烂。"

"你应该没问题的，"霍莉说，"另一边有游客木屋，根据报纸上的报道，第二支救援队当时把那里作为集散地。再加上当时消息一传出，很多媒体和担忧的家属都跑到了那里。"

"更不用说那些爱凑热闹的俗人了，"尤尼尔说，"他们很可能——"

"停车，霍伊，"亚力克说，"哇！"此时他们已经刚刚开过停车场中间一点点，SUV 的车头正对着那条通往游客木屋的路，接着，那条路很有可能通往山洞后门。

霍伊踩下刹车问："怎么了？"

"也许我们把事情想复杂了，局外人不一定非得待在洞里，他曾经就藏在坎宁镇的那个谷仓里。"

"你的意思是？"

"意思是我们应该检查一下礼品店，看看那里是否有人破门而入的痕迹。"

"我去。"尤尼尔说。

霍伊打开驾驶室的车门，说："我们为什么不一起去呢？"

# 10

那群爱管闲事的人离开用木板封住的山洞入口，回到他们的SUV上。那个秃顶的矮胖男人正绕过引擎盖，要回到驾驶室，这给了杰克一个狙击的好机会，他把准星瞄准那个男人的头部，屏住呼吸，瞄准目标，扣动扳机。扳机没有动，有那么一个噩梦般的时刻，杰克觉得他那杆温彻斯特步枪出了什么故障，然后他意识到原来是自己忘记了拉开保险栓。你还能有多蠢？杰克尽力保持眼睛不从瞄准镜上移开，同时拉开保险栓，他的拇指汗津津油腻腻的，从保险栓上滑开了，而等他拉开保险栓时，那个矮胖男人已经坐到了驾驶座上，正砰的一声关上车门，其他人也都回到车上坐好了。

"该死！"杰克低声咒骂着，"该死，该死，该死！"

他眼看着那辆SUV穿过停车场，向超出他的火线范围的小路驶去，心里越发惊慌。他们会先爬上第一座小山，他们会看到游客木屋，他们会看到服务棚，他们会看见他的卡车就停在服务棚旁边。拉夫·安德森会知道那辆卡车是谁的吗？他当然会，他要么会从车身上喷印的跃鱼图案看出来，要么会从后保险杠上贴的**我开的另一辆车是你妈**贴纸看出来。

**你不能让他们开上那条路。**

他不知道那是那位不速之客的声音，还是他自己的声音，他也不在乎，因为不管是谁说的，那句话都是正确的。他必须拦住那辆SUV，往发动机气缸上射两三发子弹就可以解决。然后他可以透过车窗向车里的人射击，也许不能打中所有人，并不是因为太阳照在车窗上反光，而是因为其余的人听到枪响后就会跑下车，往空荡荡的停车场四散奔逃，他们也许会中弹，肯定会晕头转向。

杰克把手指搭在扳机上，但他还没有来得及开第一枪，那辆SUV自己就停在了招牌已经掉下来的废弃礼品店旁边。车门开了。

　　"谢谢您，上帝。"杰克低声咕哝了一句，再次把眼睛对着瞄准镜，等候"没有意见"先生露头。所有人都得死，但那个挑头的多管闲事者得第一个死。

# 11

早上那条逃掉的响尾蛇从岩缝中钻了出来，它悄无声息地朝杰克叉开的双脚滑去，停住，颤动着信子品尝着温热的空气，然后继续向前滑行。它并无攻击的意图，它的目的只是进行侦察，但当杰克开了第一枪时，它便翘起尾巴开始嘶嘶作响。杰克就像忘记带牙刷一样，也忘记了戴射击耳塞或棉花团，他完全没有听到身后响尾蛇发出的声音。

# 12

霍伊第一个从车里下来，他双手叉着腰站在那里，看着掉下来的标牌，上面写着**纪念品和正宗印第安工艺品**。亚力克和尤尼尔从驾驶座那侧的车门下来，拉夫从他的副驾驶座下来，并为霍莉拉开后座的车门，她那侧的车门把手有点儿故障。就在他拉开车门时，裂开的人行道上的一样东西引起了他的注意。

"该死，"他说，"看那儿。"

"什么？"霍莉一边弯腰下车一边问，"什么？什么？"

"我想是一个箭——"

"头"字还没说出口，便响起了一声枪响，那是一杆威力极大的步枪发出的清脆声音。拉夫感觉到一发子弹从他头顶飞过，这意味着子弹离他的头皮仅有一两英尺就打中他了。他们那辆SUV副驾驶座那侧的后视镜被子弹打碎了，破碎的镜片四下飞溅，摔落在裂开的柏油路上，在路面上翻滚着，映着太阳发出一连串耀眼的光芒。

"枪！"拉夫双手抓着霍莉的肩膀，按着她跪在地上，大喊道，"枪！枪！枪！"

霍伊回头看着拉夫，他的表情既意外吃惊又困惑不解，问拉夫，"你说什么？你刚刚说——"

第二枪响了起来，霍伊·戈尔德的头随之从拉夫的视野中消失。霍伊在原地站了一会儿，血顺着他的脸颊和眉毛流下来，然后他倒了下去。亚力克朝他跑去，这时第三发子弹飞了过来，把亚力克打倒在SUV的引擎盖上，血从他上半身喷涌而出，染透了他的衬衫。尤尼尔朝他跑去，第四发子弹飞了过来。拉夫看见子弹从亚力克的颈部一侧穿过，然后霍伊的调查员便从车后消失了。

"趴下！"拉夫朝尤尼尔大喊道，"快趴下！他在崖顶！"

尤尼尔跪在地上爬行，接着又迅速来了一串三连发，SUV的一个轮胎开始嘶嘶作响，挡风玻璃裂成了乳釉状，在方向盘上方的一个洞周围凹陷下去。第三发子弹射穿了驾驶座那侧的后顶盖侧板，并且把副驾驶座那侧的车门炸出一个网球大小的洞，子弹离拉夫和尤尼尔所蹲的地方非常近，就在霍莉身侧。后车窗碎了，安全玻璃飞溅得到处都是，车身后面也被打出一个洞。

"我们不能待在这里，"霍莉听起来极其冷静，她说，"即使他打不到我们，他也会打到油箱。"

"她说得对，"尤尼尔说，"你们觉得亚力克和戈尔德还有救活的机会吗？"

"没有，"拉夫说，"他们已经——"

子弹又嗖嗖地连续飞过来，三个人都缩起头，有一个轮胎被打爆了，开始嘶嘶漏气。

"他们已经没气了。"拉夫把话讲完，"我们必须得跑到那个纪念品店里，你们两个先跑，我来掩护。"

"我来掩护，"尤尼尔说，"你和霍莉跑。"

狙击手的位置传来了一声尖叫，是痛苦的还是愤怒的，拉夫说不清。

尤尼尔站起来，岔开双腿，双手握枪，开始对着山顶盲目开枪。"快跑！"他对拉夫和霍莉大喊道，"立刻！快，快，快！"

拉夫站起来，霍莉站在他身边，拉夫觉得自己就像特里·梅特兰遭到枪击那天一样，似乎什么都能看见。他搂着霍莉的腰，有一只鸟展开翅膀，在空中盘旋；轮胎正在嘶嘶漏气；他们那辆SUV的车身向驾驶员座那侧倾斜着；山顶上断断续续移动着闪光，那一定是那杆混蛋的步枪发出的。拉夫不知道那把枪为什么会到处移动，而他也并不在乎。接着传来第二声尖叫，然后是第三声，最后一声几乎是刺耳的惨叫。霍莉抓住尤尼尔的胳膊去拉他，尤尼尔惊讶地看了她一眼，那表情就像是在睡梦中被人粗鲁地拽起来一样。拉夫知道尤尼尔已经做好了死去的准备，他期望自己能够死去。他们三个快步跑向礼品店躲避，虽然礼品店离那辆严重受损的SUV不到二百英尺，但他们三个人就像某个愚蠢的浪漫喜剧片结尾中，三个好朋友在慢镜头下奔跑一样，只是在那些电影中，没有人跑过两具血肉模糊的尸体，而在九十秒之前，那两具尸体还是健康的活生生的人。在那些电影中，没有人踩过一摊鲜血，在身后留下一串鲜红的脚印。又一声枪声响起，尤尼尔大喊着。

"我中枪了！那个该死的混蛋打中我了！"随之他倒了下去。

# 13

杰克一边忍受着枪声引起的耳鸣,一边装着子弹,这时那条响尾蛇觉得自己已经受够了那个闯入自己领地的闯入者,于是它一跃而起咬了他的右侧小腿上部,它的毒牙毫不费力地刺穿了杰克的斜纹棉布裤,毒囊里装满了毒液。杰克翻了个身,右手高高举起他的步枪,尖叫着——不是因为疼痛而尖叫,因为一开始并不感觉痛,他是因为看见那条响尾蛇正顺着他的腿往上爬,分叉的信子颤动着,黑亮如珠的眼睛死死盯着他。它滑溜溜的身躯重得可怕,它又咬了杰克一口,这次咬在了大腿上,然后继续蜿蜒着向上爬,仍然嘶嘶地吐着信子。下一口可能就要咬杰克的两颗蛋了。

"滚开!他妈的从我身上滚开!"

杰克想用步枪弄掉它,但那样没有用,可能会逃开,于是杰克放下枪,用两只手抓住它。响尾蛇咬了他的右手腕,第一次没有咬到,但第二次咬中了,并且在他的右手腕上留下了报纸标题上的冒号那么大小的两个洞,但这次它的毒液已经耗尽。杰克既不知道,也不在乎。他像拧衣服一样拧着手中的那条响尾蛇,眼看着蛇皮裂开。岩壁下面有人在不停地朝他这里开枪,听声音应该是手枪,但距离太远,手枪的射程不够,没有一发子弹落到他身边。杰克把那条响尾蛇扔了出去,看到它砰的一声摔到碎石上,然后再次溜走。

杰克,干掉他们。

"是的,好的,对。"

他是在说话,还是只是在心里想?他也搞不清楚。他的耳鸣已然变成了嗡嗡的轰鸣,就像人拨了一根弦。

他抓起步枪,翻过身趴下,把步枪重新架在那块扁平的岩石上,眼睛对着瞄准镜。剩下的三个人正跑向礼品店躲避子弹,那个女人跑在中间。杰克试图把准星瞄准安德森,但刚刚他的一只手被蛇咬了,现在他的双手都在颤抖，结果最终他反而打中了那个橄榄肤色的家伙，他开了两枪，但还是打中了。那个家伙把手臂举过头顶，用力挥着，就像一个蓄势待发准备好投出一个最快的球的投手。他侧身倒下了，另外两个人停下来救他，这是杰克最佳的机会，而且也许是他最后的机会，因为如果他现在不干掉他们，他们就会躲到建筑后面去。

疼痛顺着杰克的腿直往上涌，他能感觉到自己的小腿肿了起来，但那还不是最糟糕的，最糟糕的是他浑身像发高烧一样热起来，也许是要命的晒伤。杰克再次开枪，一开始他以为自己打中了那个女人，但结果只是个擦边球，她抓住那个橄榄色肤色男人没有中枪的那只手臂，安德森搂住他的腰，用力拉着他站起来。杰克再次扣动扳机，却只听到一声干涩的咔嗒声，放了个空枪，他从口袋里摸出更多子弹，只装上两枚，其余的都掉到了地上。他的双手正变得麻木，被蛇咬的那条腿也在变得麻木，他嘴里的舌头似乎正在肿胀。杰克又尖叫起来，这次是因为沮丧。当他再次把眼睛对着瞄准镜时，那三个人不见了，有那么片刻，他能看见他们的身影，之后，连身影也不见了。

# 14

霍莉和拉夫搀扶着尤尼尔，他终于走到了礼品店破败的那一侧，尤尼尔背靠着墙，大口喘着粗气。他脸色苍白，额头上布满了珍珠般大小的汗珠，鲜血从他的衬衫左袖一直流到手腕。

尤尼尔呻吟着："妈的，那个该死的家伙真聪敏。"崖顶的狙击手又开火了，子弹嗖嗖地扫过柏油路面。

"有多严重？"拉夫说，"让我看看。"

他解开尤尼尔的领口，虽然他轻轻拉起尤尼尔的袖子，但尤尼尔还是叫了一声，咬紧牙关。霍莉拿出手机打电话。

当伤口露出来时，拉夫发现它不像自己担心的那么严重，子弹很可能只是擦伤了他。如果在电影中，大家就会让尤尼尔准备好重新加入战斗，但这是现实生活，现实生活与艺术作品是有区别的。那发威力极大的子弹已经足以使尤尼尔无法屈肘，他肘部周围的肉已经开始肿胀发紫，就像被一根高尔夫球杆打了一样。

"告诉我，我的肘部只是脱臼了。"尤尼尔说。

"它没事，但我想它骨折了，"拉夫说，"你还是挺幸运的，要是子弹再往里一点儿，你的前臂就掉了。我不知道他用的是什么枪，但枪眼很大。"

"我的肩膀肯定脱臼了，"尤尼尔说，"刚好在我用力向后挥臂的时候打中我，他妈的！朋友，我们该怎么办？我们被盯死了。"

"霍莉？"拉夫问道，"有什么主意？"

霍莉摇了摇头说："在博尔顿家的时候我的手机有四格信号，但现在一格都没有。他刚刚喊的是'从我身上滚开'吗？你们两个有谁听——"

步枪手又开了一枪，亚力克·佩利的尸体弹起了一下，然后又静静地躺下。"我会打中你的，安德森！"崖顶飘来可怕的喊声，"我会打中你的，你小子拉夫！我会打中你们所有人！"

尤尼尔看着拉夫，满脸惊讶。

"我们搞砸了，"霍莉说，"局外人到底还是有一个帮凶。不管他是谁，他认识你，拉夫，你认识他吗？"

拉夫摇了摇头，狙击手是在崖顶喊的，几乎是号叫的，而且那里还有回声。任何人都有可能。

尤尼尔端详着自己受伤的手臂，血流得慢了，但肿胀没有见好，很快他的肘部就会完全失去知觉。"这比我拔智齿的时候还疼，拉夫，告诉我你有办法。"

拉夫快步走到建筑的另一头，两只手放在嘴边拢成喇叭状，对着外面大声喊道："混蛋，警察正在路上！高速公路巡逻队！那些家伙不用等你投降，他们会像疯狗一样直接朝你开枪！如果你想活命，最好逃跑吧！"

崖顶安静了一会儿，然后又传来一声尖叫，可能是痛苦，也可能是大笑，或者二者兼有。接着又响起了两声枪响，一枪打在了拉夫头顶的墙上，子弹把一块木板击得松动了，几片木屑掉了下来。

拉夫向后退了退，看着另外两个躲起来的幸存者。"我想他选择拒绝。"

"他听起来歇斯底里的。"霍莉说。

"疯了。"尤尼尔表示同意。他把头靠在墙上，"天哪，这柏油路可真热，到中午的时候会热得多。如果到时候我们还在这里，就会被烤熟的。"

霍莉说："你用右手开枪吗，萨布罗中尉？"

"是的，不过既然我们已经被一个拿着步枪的疯子困在这里了，你为什么不直接叫我尤尼尔呢？就像这里的西班牙语一样。"

"你得走到这房子的另一头去，到拉夫那里。拉夫，你得到这里来，跟我在一起。当萨布罗中尉开始开枪时，我们往通往游客木屋和亚希加入口的那条路跑，我估计我们距离那个洞口不超过五十码，我们能在十五秒以内跑到那里，也许十二秒。"

"十二秒足够他击中我们两个当中的一个了，霍莉。"

"我想我能做到。"霍莉依然像风扇吹过一碗冰块后留下的微风一样冷静，这很令人惊讶，两天前的晚上，当她走进霍伊的会议室时，她还紧张得要命，哪怕大声咳嗽一下都能把她吓得跳到天上。

拉夫心想，她以前也遇到过这种情形，也许真正的霍莉·吉伯尼就是在那样的情形中诞生的。

又响起了一声枪响，接着是一声金属的巨响，然后又是一声。"他在射击 SUV 的油箱，"尤尼尔说，"租车行的人不会开心的。"

"我们必须走了，拉夫。"霍莉正直直地盯着他的眼睛，这是她以前很难做到的另一件事，但是现在不会了。不，现在不会了。"想想，如果我们让他逍遥法外，会有多少弗兰克·彼得森会被他杀死啊。他们会跟他走，因为他们以为他们认识他，或者因为他看起来很友好，就像他在霍华德家的小女孩们眼中一样友好。我指的不是崖顶上的那个人，我指的是崖顶上那个人的保护对象。"

外面又连着开了三枪，拉夫看见 SUV 车尾的后顶盖侧板下方出现了一个洞，没错，他的目标是油箱。

"如果帮凶先生从崖顶下来找我们，我们该怎么办？"拉夫问到。

"也许他不会，也许他会待在原地，守在制高点。我们只要尽量远地跑到通往亚希加入口的那条路上，如果他在我们跑到那里之前下来了，你可以开枪打他。"

"我很乐意，只要他不先开枪打我就行。"

"我想他可能出了什么问题，"霍莉说，"那些尖叫声。"

尤尼尔点点头说："我也听到他喊了，'从我身上滚开'。"

接下来的一枪把 SUV 的油箱打裂了，汽油开始倾泻到柏油路上，虽然没有立刻发生爆炸，但如果崖顶上的那个家伙再次打中油箱，SUV 几乎肯定会爆炸。

"好的。"拉夫说。他所能看到的唯一的第二选择就是蹲在这里，等着局外人的共犯把大威力的子弹直接打进礼品店里，干掉他们当中的一个甚至几个人。"尤尼尔，尽量掩护我们。"

尤尼尔右手拿着格洛克手枪举在胸前，侧着身子走到房子的一角，他每往前挪一步嘴里都痛苦地发出嘶嘶声。霍莉和拉夫转移到房子另一头，拉夫可以看到通往山上和游客木屋的小路，路两旁是一对大圆石，一块上面画着美国国旗，另一块上面画着得克萨斯州州旗。

跑到那块画着美国国旗的大石头后面，我们就安全了。

那几乎是可以肯定的，但五十码从来没有像现在这样看起来像五百码过。此时拉夫想到珍妮正在家里做瑜伽，或者在市中心跑腿，他想到正在夏令营的德里克，也许他正跟他的新伙伴在工艺室里，谈论电视节目、电子游戏或女孩。他甚至有闲暇好奇霍莉在想谁。

是她的"他"，显然了。"你准备好了吗?"霍莉问拉夫。

还没等拉夫回答，狙击手又开了一枪，SUV的油箱爆炸了，形成一团橙色的火球。尤尼尔从他所在的角落里探出身子，开始朝崖顶开枪。

霍莉全速奔跑，拉夫跟在她身后。

# 15

　　杰克看到那辆 SUV 炸成了一团火焰，得意地尖叫起来庆贺自己的胜利，虽然那样做毫无意义，车里似乎没有人。然后下面的移动引起了他的注意，他看见两个多事之徒朝小路跑去，那个女人跑在前面，安德森紧跟在她身后。杰克把步枪对准他们的方向，眼睛对上瞄准镜，他还没来得及扣动扳机，就听到身后传来噼里啪啦的声音。碎石砸中了他的肩膀，拉夫和那个女人留下的那个家伙在开枪，不管那个家伙用的是什么枪，他的射程都不够，他的子弹无法精准打中杰克，但也让杰克不得安生。杰克低下头躲闪，当他的下巴抵着自己的脖子时，他感觉自己脖颈处的腺体肿胀、抽痛，仿佛充满了脓水。他感觉自己头痛，皮肤啜啜地灼烧，眼球剧烈地肿胀着，都要从眼窝中冒出来了。

　　他把眼睛对着瞄准镜，刚好看到安德森消失在其中一块巨石后面。他们在杰克的视野中消失了，不仅如此，那辆燃烧的 SUV 开始冒起黑烟，现在是大白天，而空气中又没有风来吹散那些浓烟，要是有人看到了，随便找个借口呼叫了这个贫穷小镇上居民自愿成立的消防队，那该怎么办？

　　下去。

　　不必质疑那是谁的声音。

　　你得赶在他们跑到亚希加小路之前干掉他们。

　　杰克不知道亚希加是什么东西，但他对那位不速之客正在他脑海里对他说的话不怀有任何疑问：他指的是那条有大酋长标志的路。下面那个混蛋又开了一枪，杰克附近的岩石碎片四溅飞起，杰克缩了一下头，开始第一次向后退了一步，然而他摔倒了，刹那间，疼痛占据了他的所有知觉，然后他抓住从两块岩石间突出的一根灌木，爬了起来。杰克低头看着自己，起初不敢相信自己身上发生了什么事，那条被蛇咬过的腿现在看起来是另一条腿的两倍粗！他的裤子被绷得紧紧的，更糟糕的是，他的胯部也肿胀着，就好像他往里面塞了一个小枕头一样。

下去，杰克，干掉他们，之后我就会把你身上的癌症取走。

哦，但是此刻他有更直接、更需要担心的问题，不是吗？他现在整个人肿得像一块吸满水的海绵！

还有蛇毒，我能把你治好。

杰克不确定自己能否相信那个文身男，但是他明白自己现在别无选择，而且，安德森还在呢，那位"没有意见"先生绝不能活着离开这里。这一切都是他的错，他绝不能活着离开这里。

杰克手里抓着枪管，把枪托当作拐杖，开始一瘸一拐地沿着小路往山下跑。当他的左脚脚下开始在碎石上打滑，严重肿胀而且剧烈抽痛的右腿又无力支撑身体时，他摔了第二跤。当他再次跌倒时，他的裤腿撕裂开来，露出已经坏死、变得乌黑发紫的肉。杰克抓住石头，挣扎着再次站了起来，他满头大汗，气喘吁吁地跑着。此时他十分确定，自己会死在这片荒凉的岩石和野草之上，但是，如果他要独自死去，那他就真是该死了。

# 16

拉夫和霍莉弯着腰、低着头跑上了那条岔路，跑到第一座小山丘的山顶时，他们两个停下脚步来喘口气。下方左侧是一圈摇摇欲坠的游客木屋，右侧一排长长的建筑，很可能是马里斯维尔洞生意红火时用来存放设备和补给的地方。旁边停着一辆卡车，拉夫看了看那辆车，然后把目光移开，惊呼了一句。

"哦，我的上帝啊！"

"怎么了？怎么了？"

"难怪他认识我，那是杰克·霍斯金斯的卡车。"

"霍斯金斯？你们弗林特市警察局的另一位侦探？"

"是的，就是他。"

"他怎么会——"霍莉还没说完，就使劲摇了摇头，甩得刘海拍着额头砰砰直响，"没关系，他已经停止射击了，这意味着他很可能正朝我们来。我们得走了。"

"也有可能是尤尼尔打中了他。"不过当霍莉满脸怀疑地看了他一眼时，拉夫改口说，"是的，好吧。"

然后两个人迅速跑过那座装设备的建筑，建筑的另一头有一条小路，通往小山后面。"我先走，"拉夫说，"我拿着枪。"

霍莉没有跟他争。

两个人小跑着上了斜坡，狭窄的小路蜿蜒曲折，松动的碎石在他们的脚下滑动，发出刺耳的声音，很容易让人滑倒。爬了两三分钟后，拉夫听到上方传来噼里啪啦的岩石碰撞弹起声，霍斯金斯真的下来找他们了。

拉夫和霍莉绕过一块露出地面的岩石，拉夫紧紧握着他的格洛克手枪，霍莉跟在他右后方。接下来的一段路笔直地向前延伸大概有五十英尺，上方霍斯金斯的声音越来越近了，但这里的岩石如迷宫一般，让人无法分辨他到底距离有多近。

"通往后门的那条该死的岔路在哪儿？"拉夫问道，"他离得越来越近了，这太像詹姆斯·迪恩电影里的胆小鬼游戏了。"

"是的，《无因的反叛》。我不知道，但他离得不可能太远。"

"如果我们在跑离主道前碰上他，就会发生枪战，而且子弹会在岩壁间发生反弹，到处乱飞。到时候你一看见他，就立刻——"

霍莉在后面用力拍了拍拉夫的背说："如果我们赶在他之前赶上岔路，就不会发生枪战，而我也不必要那样做。快走！"

拉夫飞速跑上那条笔直的路，在心里告诉自己他已经恢复了精神，虽然那不是真的，但保持乐观积极的心态是件好事。霍莉在他身后拍了拍他的肩膀，要么是在催他快走，要么是在告知他自己还紧跟在他身后。他们两个走到小路上的下一个拐弯处，拉夫朝四周瞥了一圈，以为会看到霍斯金斯的枪口，但并没有看到，反而看到了一块已经褪色的、画着亚希加酋长肖像的木牌标志。

"快来，"他对身后的霍莉说，"快！"

他们朝那块标志跑去，此时拉夫能够听见正在靠近的枪手发出的喘息声，那声音几乎是要哭泣了。突然传来一阵乱石的噼啪声夹杂着一声痛苦的哀号，听起来好像是霍斯金斯摔倒了。

好的，趴在那里。

接着，在滑溜溜的碎石上拖着脚走路的脚步声又响了起来，非常近了，近在咫尺。拉夫抓住霍莉，把她推到亚希加入口的小路上。霍莉苍白的小脸在不断流汗，她的双唇紧紧闭着，双手死死插在西装外套的口袋里，那两只口袋现在沾满了岩石上的尘土和鲜血。

拉夫举起一根手指放到唇边，向霍莉示意，霍莉点了点头，拉夫走到那块木牌后面。得克萨斯干燥的高温使那块木牌裂开了几条缝，拉夫透过一条裂缝看过去，看见霍斯金斯跟跟跄跄地走进他的视野。进入拉夫脑中的第一个想法是，尤尼尔很幸运，最终打中了他，但那无法解释霍斯金斯的裤子为什么会崩裂开，而且他的右腿肿胀得异常。拉夫见到此景，在心中暗想，难怪他会跌倒。令人惊讶的是，霍斯金斯竟然拖着那条腿在陡峭的山路上走了那么远！他手里仍旧拿着那杆步枪，他就是用那杆枪杀死了戈尔德和佩利，但现在他把它当作拐杖用，而且他的手指正远离扳机。拉夫不知道他现在即使在很近的射程范围内还能否击中任何东西，不只是因为他的双手在剧烈地颤抖，他的双眼也深深陷入眼窝中。他脸上沾满岩石上的尘土，让他看起来像是戴了一张面具，汗水在那张面具上留下了一道道痕迹，而且他的皮肤呈现出通红的颜色，好像布满了可怕的疹子。

拉夫从木牌后面走了出来，双手紧紧握着他的格洛克手枪。"站在那儿，杰克，放下那杆步枪。"

杰克在三十英尺外滑了一跤，跟跟跄跄地停了下来，但他手里仍然抓着那杆步枪的枪管。杰克的表现并不好，但拉夫可以忍受，然而，如果霍斯金斯开始举起枪，他的生命就要终结了。

"你不应该来这里，"杰克说，"就像我爷爷过去常说的那样，你天生就蠢吗？还是后天长得蠢？"

"我没有心思听你废话，你打死了两个人，还打伤了一个人，你伏击了他们。"

"他们本就不应该来这里，"杰克说，"但他们既然来了，把本不该由他们操心的事情搅得一团糟，他们是罪有应得。"

"那会怎么样，霍斯金斯先生？"霍莉开口问道。

霍斯金斯笑了，他的嘴唇随之裂开，渗出几滴细细的血。"文身男，我想你是知道的，多管闲事的婊子。"

"好吧，既然你已经精神错乱，明知道一切还这样做，"拉夫说，"把步枪放下，你已经用那把枪造成了足够的伤害。把它放下，如果你弯腰，你就会摔个狗吃屎。你是不是被蛇咬了？"

"蛇毒只是徒增了一点儿毒，你得离开这里，拉夫，你们两个都得离开这里，否则他会像毒死我一样毒死你们。这是我给你们的忠告。"

霍莉向杰克走近一步，"他是怎么让你中毒的？"拉夫伸出一只手握住霍莉的手臂，警告她。

"就碰了我一下，我的脖子后面，就那样。"杰克疲惫不堪地摇了摇头，"就在坎宁镇的那个谷仓里。"杰克提高嗓音，愤怒得直颤抖，

"都是因为你我才去的！"

拉夫摇了摇头说："一定是头儿让的，杰克，我对那件事一无所知。现在我不会再叫你放下枪了，你已经受够了。"

杰克考虑了一下……或者看似是在考虑，然后他动作非常缓慢地举起手里的步枪，两只手顺着枪管一下一下地朝扳机挪去，"我不要像我妈那样死掉，不，先生，我不要。我要先开枪打死你那位朋友，拉夫，然后再打死你。除非你阻止我。"

"杰克，不要，这是最终警告。"

"留着你的最终警告到你的棺——"

杰克正试图用枪指着霍莉，霍莉没有动，拉夫一步迈到霍莉面前，开了三枪，枪声在狭小的空间里回荡，震耳欲聋。一枪是为了霍伊，一枪是为了亚力克，一枪是为了尤尼尔。距离对于步枪来说，是手枪所不可企及的，但格洛克是一把好枪，它永远不存在射程的问题。杰克·霍斯金斯倒下了，在拉夫看来，他临死前脸上的表情像是得到了解脱。

# 17

拉夫坐在木牌对面一块凸起的岩石上，困难地大口喘着气。霍莉走到霍斯金斯面前，跪下，把他翻过来。"他被咬了不止一口。"

"肯定是一条响尾蛇，而且还是一条很大的。"

"有其他什么东西先毒害了他，是比任何蛇都更可怕的东西，他管它叫'文身男'，我们管它叫'局外人'、夜魔厄尔·库科。我们得结束这一切。"

拉夫想起霍伊和亚力克，他们正静静地躺在这片该死的荒凉岩石的另一边，他们死了，但他们有家庭。而尤尼尔可能还活着，但他中枪了，正在忍受痛苦，很可能还有惊吓，他也有家庭。

"我想你说得对，想拿这把手枪吗？如果你想的话，我可以拿他的步枪。"

霍莉摇了摇头。

"好吧，咱们走。"

## 18

经过第一个转弯处后，亚希加小路变宽了，并且开始向下。路两旁都有壁画，其中一些古老的画像已经被喷绘的涂鸦覆盖或完全遮盖。

"他知道我们来了。"霍莉说。

"我知道，我们应该带一支手电筒的。"

霍莉的两只口袋都鼓鼓囊囊的，她把手伸进其中一个口袋，掏出一支他们在家得宝买的短粗的紫光灯手电筒。

"你可真是让人不可思议，"拉夫说，"我猜你那口袋里不会还装了两顶安全帽，对吧？"

"拉夫，无意冒犯，但是你的幽默感有点儿差，你应该好好练习一下。"

在小路的下一个转角处，他们来到一个离地面大约四英尺高的天然岩洞。岩洞上方用褪色的黑漆写着**我们永远不会忘记**；壁龛里有一个落满灰尘的花瓶，几根细枝从花瓶中伸出来，像骨瘦如柴的手指一样，细枝上曾经装饰它们的花瓣早已凋零，但上面留下了一些别的东西；花瓶底部周围散落着五六个亚希加酋长玩偶，跟杰米逊家的双胞胎爬进地洞中失踪时遗落在洞口的那个一样。那些塑料玩偶年代已久，是黄色的，而且已经被太阳晒得裂开了。

"人们来过这里，"霍莉说，"从上面的涂鸦来看，我应该说是孩子们，但他们从来没有肆意破坏过这里。"

"甚至从来没有碰过，从表面上能看出来。"拉夫说，"快点儿，尤尼尔还在另一边带着枪伤忍受着手肘脱臼呢！"

"是的，而且我敢肯定他很痛苦。但我们得小心行事，所以我们行动得稳缓。"

拉夫抓着霍莉的胳膊肘，边走边说："如果这个家伙把我们两个都抓住了，就只剩下尤尼尔一个人了，也许你应该回去。"

燃烧的 SUV 冒出的滚滚黑烟正静静地升入空中，霍莉指着头顶的天空说："有人会看见的，他们就会到这里来。如果我们出了什么事，只有尤尼尔知道为什么。"

霍莉甩开拉夫的手，开始沿着小路往前走。拉夫又看了一眼那个小神龛，这么多年来它一直没有受到打扰，然后便跟着霍莉走了。

# 19

就在拉夫以为亚希加小路只会把他们带到礼品店后面时，它突然向左急转，几乎一百八十度掉头，最后来到一个看上去像是个郊区居民的工具棚的入口。只是小棚子上面的绿色油漆已经褪色剥落，棚子正中间没有玻璃的门半开着，门两侧有警示标志，包裹在门上的塑料外壳随着时间的流逝已经变得模糊不清，但上面的字迹依然清晰可辨：左边写着**严禁非法闯入**，右边写着**此处归马里斯维尔镇议会管理**。

拉夫走到门口，手里的格洛克手枪准备好随时开火。他示意霍莉站到路边有岩石的那一侧，然后推开门，弯着腰，举着枪对准前方。里面是一个很小的入口，空荡荡的，只有几块从一个六英尺深的裂缝里伸入黑暗中的木板，断裂的两端仍然被更多生锈的巨大螺栓固定在岩石上。

"拉夫，看这个，很有意思。"

霍莉扶着门，弯下腰去查看那把被完全损坏的门锁。在拉夫看来，那看起来不像是撬棍或卸胎棍的杰作，他认为是有人用石头砸了那把锁，直到终于把它砸开。

"什么，霍莉？"

"这是一把单向锁，你明白吗？只有你在外面的时候才能把门锁上。有人希望杰米逊家的双胞胎或者第一支救援队的人还活着，如果他们找到了来这里的路，他们希望确保自己不会被锁在里面。"

"但是没有人来过这里。"

"没有。"霍莉穿过入口，来到岩石的裂缝处，"你能闻到吗？"

拉夫能闻到，而且他知道他们正站在通往另一个世界的入口。他能够闻到发霉的潮气，以及别的气味——腐烂的肉散发出的浓郁而又甜腻的香味，气味很微弱，但的确有。拉夫想起了很久以前的那个哈密瓜，以及那些在里面蠕动的蛆虫。

拉夫和霍莉走入黑暗之中。拉夫个子较高，但岩石上的裂缝更高，所以他不必低头。霍莉打开手电筒，首先直接照着前方一条通往地下的石壁走廊，然后照了照他们脚下，他们两个都看到了一些发光的液滴一直通向里面的黑暗之处。霍莉故意没去提醒拉夫，那和她在他家客厅用临时代替用的紫光灯发现的东西是一样的。

大概只有前六十英尺的路，他们两个人能够并肩走，之后通道就变窄了，霍莉把手电递给拉夫。拉夫左手拿着手电，右手拿着手枪，墙壁上闪烁着奇异的矿物质纹理，有些是红色的，有些是淡紫色的，有些是黄绿色的。拉夫偶尔拿着手电往上方照一下，只是为了确认夜魔厄尔·库科没有在他们头顶趴在那些钟乳石柱间的洞顶。拉夫之前在什么地方读到过，岩洞内的温度与其所处位置的平均温度大致持平，洞内现在不冷，但是一直身处洞外，突然进入洞内还是让他们感觉冷，而且他们两个现在都被吓得一身冷汗。一股微弱的气流从洞内更深的地方迎面而来，拂在他们脸上，带来一股微弱的腐烂气息。

拉夫突然停住脚步，霍莉撞到了他身上，吓得他跳了起来。"怎么了？"霍莉低声问他。

拉夫没有回答，而是把手电照到他们左侧的岩石裂缝上，旁边喷印着几个字：**已检**和**正常**。

他们继续往前走，慢慢地慢慢地走。拉夫不知道霍莉感觉怎样，但他感觉越来越恐惧，他越来越确信他再也见不到自己的妻子和儿子了，抑或日光。一个人竟然会这么快便想念日光，这真令人惊讶。他觉得如果他们之前真的离开了这里，他就可以如日常饮水一样随意享受日光。

霍莉低声说："这个地方很可怕，不是吗？"

"是的，你应该回去。"

霍莉唯一的回答只是在他的后背正中轻轻地推了一把。

他们在通往地下的路上又经过了几个裂缝，每一条裂缝旁边都标记了同样的两个词。那是多久之前喷绘的？如果克劳德·博尔顿当时还是个十几岁的孩子，那至少有十五年了，也许二十年。自那以后有谁来过这里？除了局外人以外，有人吗？他们为什么会来？霍莉说的没错，这个地方很可怕，每向前走一步，拉夫都感觉自己越来越像一个即将被活埋的人。他强迫自己回忆起菲吉斯公园里的场景，还有弗兰克·彼得森，还有那根带有血迹斑斑的指纹、从弗兰克·彼得森的下体伸出来的树枝，树枝末端的树皮由于多次插入他的下体而被磨掉。还有特里·梅特兰，他曾问拉夫打算怎样无愧于他自己的良心，那是他临终前说的最后一句话。

拉夫继续往前走。

通道突然变得更窄了，不是因为两边的墙离得更近了，而是因为两边的墙上探出了碎石。拉夫拿着手电筒往上方照了照，看见岩洞顶上有一个很深的洞，那让他想到刚拔完牙齿后留下的空牙槽。

"霍莉，这就是洞顶塌陷的地方。第二支救援队很可能把最大的一块岩石运出去了，这东西……"拉夫拿着手电筒把光扫过成堆的碎石，又发现了几个发光点。

"这是他们无需操心的东西，"霍莉说，"他们只是把它推了出去。"

"没错。"

拉夫和霍莉开始继续前进，起初只是贴着边缘走，拉夫身宽体胖，只能侧身走。他把手电筒递给霍莉，把握着枪的那只手举到脸的一侧。"把光从我的腋下往前照，一直照着前面，不要怕。"

"好……好的。"

"你听起来感觉冷啊。"

"我确实冷。你应该闭嘴，他能听见我们讲话。"

"那又怎样？他知道我们来了，你认为用一颗子弹可以打死他，对吧？你——"

"停，拉夫，停！你要踩上它了！"

拉夫立刻停住脚步，心脏吓得怦怦直跳。霍莉把光照到拉夫前面一点儿的地方，在小路再次变宽之前的最后一堆碎石上，有一具狗或土狼的尸体，似乎更有可能是土狼的，但无法确定，因为那具动物尸体的头不见了，它的肚子被开膛了，内脏都被挖了出来。

霍莉说："那就是我们闻到的味道。"

　　拉夫小心翼翼地从上面跨过去，刚往前走了十英尺，便又停了下来。是土狼，没错，头在这里。那只土狼似乎在用极其夸张的惊讶目光盯着他看，起初拉夫无法理解那是为什么。

　　霍莉领悟得要更快一些，"它的眼睛不见了，"她说，"吃掉内脏还不够，它直接从那个可怜的动物的头颅上吃掉了它的眼睛。哟，真恶心！"

　　"是啊，局外人不仅仅吃人肉、喝人血，"拉夫停顿了一下，"还吃人类的悲伤。"

　　霍莉小声说："多亏了我们——主要是多亏了你和萨布罗中尉——它本该休眠的时候却一直非常活跃，而且还被迫改吃自己不喜欢的食物。它一定非常饥饿。"

　　"而且虚弱，你说过，它一定非常虚弱。"

　　"但愿如此吧，"霍莉说，"这极其可怕，我讨厌封闭的地方。"

　　"你总是能——"

　　霍莉又轻轻拍了一下拉夫，"继续走，当心脚下。"

## 20

发出微弱荧光的液滴继续出现，拉夫开始认为那是那东西的汗水，是冷汗，像他们的一样？拉夫希望如此，他希望那个该死的混蛋被吓到了，而且现在仍处于惊吓状态。

前方出现了更多的裂缝，但不再有喷绘的标记，那些裂缝比小缝隙还小，小到连小孩都无法钻进去，或者逃出来。霍莉又可以跟拉夫并肩而行了，虽然两个人并排走有点儿挤。他们能够听到远处传来滴水的声音，拉夫又感受到一股微风，这股风从他的左脸拂过，就像被一个鬼的手指爱抚着一样。那风是从其中一条细缝中吹来的，发出空洞的、几乎像呻吟一般的声音，就像吹过啤酒瓶口一样。这个地方很可怕，没错。拉夫发现自己无法相信人们竟然会花钱来探索这个石窟，但是当然了，人们不知道他所知道并且现在已经相信的事情。令人惊讶的是，一个躲在地底深处的东西是如何使一个活生生的人相信了一件之前不仅看似不可能，而且还非常可笑的事情。

"当心，"霍莉说，"有更多。"

这次是两只被撕成碎片的地鼠，在它们身后是另一条响尾蛇的残骸，那条蛇除了菱形斑纹蛇皮碎片外，什么都不剩了。

再往前走一点儿，他们来到了一个陡峭的通往地下的斜坡，斜坡顶部表面像舞池的地板一样光滑，拉夫认为它可能是由远古时代的地下河冲刷而形成的，那些地下河在恐龙时代就已经形成，而在耶稣降临之前就干涸了。斜坡一边是一根钢制栏杆，现在已经锈迹斑斑。霍莉把紫光灯照在上面，他们不仅看到了零零星星的发光小液滴，还看到了手掌印和指纹。拉夫毫不怀疑，那些指纹会和克劳德·博尔顿的吻合。

"这个狗娘养的很小心，是不是？他不想把液体溅出来。"

霍莉点点头说："我想这就是洛维所说的那条叫'魔鬼滑梯'的通道。小心脚——"

从他们身后和下方某处传来一阵短促的岩石的窸窣声，接着是轻微的砰的一声从他们脚下穿过，这使拉夫想起有时候坚冰也会移动变化。霍莉的眼睛瞪得大大的，看着他。

"我想我们没事，这个古老的山洞已经自言自语很久了。"

"是的，但我敢打赌，自从洛维跟我们讲的那场地震，二〇〇七年的那场地震后，这里的自言自语就变得更加活跃了。"

"你总是能——"

"别再问我了，我必须到下面一探究竟。"

拉夫想她确实如此。

他们扶着栏杆走下斜坡，小心翼翼地避开前人留下的手印。底部有一块标牌：

### 欢迎来到魔鬼滑梯
### 注意安全，请把好扶手

在滑梯后面，通道变得更宽了，又出现了另一个拱形入口，但部分木门已经脱落，露出了大自然留下的痕迹：除了一个锯齿状的洞之外什么都没有。

霍莉将手拢成喇叭状放在嘴边，轻声喊道："你好？"

她的声音以一连串重叠的回音完美地回到他们耳边：你好……好……好……

"我想是的，"霍莉说，"这里是'声音之堂'，是洛维所说的最大的——"

"你好。"

好……好……好……

那个声音很轻，但让拉夫在喘气喘到一半时屏住了呼吸，拉夫感觉霍莉的手像一只利爪一样紧紧抓着他的小臂。

"既然你们来了……"

你们……们……来……来……了……

"……费了那么大劲才找到我，为什么不进来呢？"

# 21

拉夫和霍莉肩并肩穿过拱门，霍莉像个怯场的新娘一样挽着拉夫的胳膊，她手里拿着手电筒，拉夫手里拿着他的手枪，打算一见到目标就开枪，一枪毙命。只是目标没有出现，一开始没有。

拱门后面是一块凸起的石头，形成一个高出主洞穴地面七十英尺的类似阳台的地方。一个金属楼梯盘旋而下，霍莉抬头看了一眼，感到头晕目眩，楼梯又高出了二百多英尺，经过一个很可能是主洞口的洞口，一直通到悬吊着钟乳石的洞顶。霍莉意识到整个段崖都是空的，就像烘焙坊里的蛋糕模型一样。下楼时，楼梯看起来还可以，在他们上方，用拳头大小的螺栓固定的楼梯有一部分松动脱落了，就那样悬空吊着。

洞底有一盏普通的落地灯，那种灯在任何一间布置得相当好的客厅里都能见得到。一个人站在灯光中静候着拉夫和霍莉，正是局外人。灯线像一条蛇一样，蜿蜒着伸向一个发出轻柔的嗡嗡声的红色盒子，盒子的一面印着 HONDA。灯光的最外缘摆着一张简易床，床上铺着一条毯子。

拉夫这一生追捕过许多逃犯，他们前来寻找的东西很有可能长着其中任何一类人的样子：深陷的眼睛、瘦骨嶙峋的身躯、精疲力竭的状态。局外人身上穿着一条牛仔裤、一件脏兮兮的白衬衫，外面套着一件生皮背心，脚上穿着一双磨损的牛仔靴，手无寸铁。局外人抬头看着拉夫和霍莉，那是克劳德·博尔顿的脸：黑色短发、让人想到他祖上几代人以前有美国土著血统的高高颧骨、山羊胡。拉夫在他所处的位置看不到局外人手指上的文身，但他知道，那些文身就在他的手指上。

文身男，霍斯金斯这样叫他。

"如果你们真的想和我谈谈，你们就必须爬下楼梯。那些楼梯能承受我的重量，但我不得不告诉你真相——并不是所有的楼梯都那么稳。"他虽然用对话的口吻说出那些字，但是那些字却相互重复着、重叠着，仿佛下面不止有一个局外人，而是有许多局外人，除了站在灯光下的那个以外，其余的一群都躲在那盏落地灯照不到的阴影和缝隙里。

霍莉开始朝楼梯走去，拉夫拦住了她，说："我先走。"

"我应该先走，我身体轻。"

拉夫重复了一遍"我先走"。"等我到下面的时候——如果我能活着到下面的话——你再下来。"他说的声音很轻，但是鉴于洞里的回声音效，可以猜得到局外人能够听得到他说的每一个字。拉夫心想，至少我希望如此。然后他继续对霍莉说，"但你至少要在上面十几格台阶处停下来，我得和他谈谈。"

拉夫说这些话时眼睛看着霍莉，紧紧地盯着她看。霍莉瞥了一眼他的格洛克手枪，拉夫毫不犹豫地点了点头。不，不会有谈话，不会有长篇大论式的问答。一切都将结束，一枪正中头部，然后拉夫和霍莉就离开这里。假设洞顶没有发生坍塌砸到他们身上，他们就那样离开这里。

"好吧，"霍莉说，"小心点儿！"

无法做到这一点——不管那个老旧的螺旋楼梯能不能承受得住拉夫的体重——但是拉夫在往下走的时候尽量想象自己的身体轻如鸿毛。楼梯吱吱嘎嘎地响着、颤抖着。

"目前做得不错，"局外人说，"紧靠着墙走，那样可能会更安全一些。"

安全……全……全……

拉夫到达了洞底。局外人一动不动地站在那盏奇怪的家居灯旁边。他是在提皮特的家得宝买的它，以及简易床和发电机吗？拉夫认为很有可能，那个地方似乎是本州这片该死的荒凉地区的首选之地，但那并不重要。拉夫身后的楼梯又开始吱吱嘎嘎作响，是霍莉下来了。

此时，拉夫与局外人站在同一水平高度，他便开始带着近乎科学性的好奇心盯着局外人看。他看上去像人类，尽管如此，奇怪的是，难以看清他的外形，就像人用对眼看到的画面一样，你明知道自己眼前看到的是什么，但一切都是扭曲的，稍微有点儿偏离真实。那是克劳德·博尔顿的脸，但下巴不对劲，那个下巴不是圆的，而是方的，而且稍微裂开，右边的下颚线条比左边的要长，使整张脸看起来有点儿倾斜，线条突然停止，非常怪异；那是克劳德的头发，像乌鸦的羽翼一样乌黑锃亮，但其间夹杂着几绺淡红棕色；最引人注目的是他的眼睛，一只跟克劳德的一样，是棕色的，而另一只是蓝色的。

拉夫认识那个裂开的下巴、长下巴、红棕色的头发，还有最重要的，一只蓝色的眼睛。不久之前，七月那个炎热的上午，当特里·梅特兰躺在街上死去时，拉夫曾亲眼见到那双蓝色眼睛中的光芒黯然失去。

"你还在变身中，对吧？我妻子看见的投影可能跟克劳德一模一样，但真正的你还没有完全成形，对吧？你并没有真正在那儿。"

拉夫讲这些话时认为这将是局外人听到的临终话语。楼梯上传来的吱嘎声已经停止，这意味着霍莉现在站得足够高，可以确保安全。拉夫左手抓着自己的右手手腕，举起他的格洛克手枪。

局外人将双臂向身体两侧一伸，毫无保留地将自己完全呈现在拉夫面前，"如果你想杀我，就杀了我吧，侦探先生，但你也会杀死你自己和你这位女性朋友。我不能像对克劳德那样可以得知你的想法，但我同样很清楚你此刻在想什么：你在想着开一枪是你可以接受的风险，我说的对吗？"

拉夫什么也没有说。

"我敢肯定我说得没错，而我必须告诉你，那将是极大的风险。"局外人提高嗓音大喊了一声，"我——的——名——字——叫——克——劳——德——博——尔——顿！"

回声的声音似乎比出自他口中的喊声更大，一块钟乳石——可能早已经裂开——从洞顶脱落，霍莉随之惊叫了一声。钟乳石像一把石匕首一样直插下来，正好击中局外人那盏灯的光圈外围，但没有击中拉夫。

"既然你知道能在这里找到我，你可能也已经知道这一点，"局外人放下手臂说，"但以防你不知道，我就来告诉你，曾经有两个小男孩在这些山洞和这下面的一条通道中迷了路，当一支救援队来搜救时——"

"有人开了一枪，引得洞顶的一块石头掉下来，"霍莉站在楼梯上说，"是的，我们知道。"

"是在魔鬼滑梯那条通道里发生的，那里的枪声会被减弱。"局外人说，"如果安德森侦探在这里开枪，谁知道会发生什么？肯定有几块较大块的钟乳石会像雨点一样落下，即便如此，你也许可以躲避开，如果躲避不开，你就会被砸扁，然后你有可能会引起整个断崖顶部坍塌，让我们大家都葬身滑坡之中。想冒险吗，侦探先生？我敢肯定你从楼梯下来的时候是有这个想法的，但我必须告诉你，你获胜的概率不大。"

霍莉又下了一两级楼梯，楼梯嘎吱嘎吱地响了一阵。

拉夫心想，保持距离。但他没有办法阻止她，这位女士很有自己的想法。

"我们也知道你为什么会在这里，"霍莉说，"克劳德的大伯和堂兄都在这里，被埋在地下。"

"他们确实在。"他——它——现在笑得更开心了。他嘴里露出来的金牙是克劳德的，就像他手指上的文身一样。"还有许多其他人，包括他们想要救的那两个孩子。我在地面上感觉到了他们，感觉到有些人离我很近。罗杰·博尔顿和他的两个儿子就在那里，在'蛇腹'下面不到二十英尺的地方。"局外人指了一下，"我对他们的感觉最强烈，不仅是因为他们关系很亲密，而是因为他们是我变形所依赖的血液来源。"

拉夫说："我猜，吃起来不太好吃。"他正看着局外人的简易床，在床旁边的石地板上，一个塑料泡沫冷藏箱旁边，有一堆乱七八糟的骨头和皮，几乎难以看见。

"是的，当然不好吃。"局外人不耐烦地看着他，"但是他们的遗体散发着光芒，有点儿……我不知道，我通常不会谈论这些……有点儿发光。甚至那些愚蠢的小男孩也会散发出那种光芒，虽然光很微弱。他们在很深的地下，你也许会说，他们是在探索未知的马里斯维尔洞时死去的。"说到这里，他的脸上再次露出了笑容，这次露出的不只是那颗金牙，而几乎是满口牙齿。拉夫不知道他在杀害弗兰克·彼得森的时候是不是也那样笑着，一边吃着那孩子的肉，一边饮着孩子的血和他垂死之际的痛苦。

霍莉问："像一盏夜灯一样的亮光？"她听起来非常好奇。霍莉又下了一两级楼梯，楼梯再次发出嘎吱嘎吱的响声。拉夫强烈希望霍莉在往相反的方向走：往上走，走出去，回到得克萨斯热辣的太阳底下。

局外人耸了耸肩。

拉夫在心里默默对霍莉说，回去，转身，回去。当我能够确定你有足够的时间从亚希加洞口走出去时，我就开枪。即使那会让我的妻子成为寡妇，让我的儿子失去父亲，我也会开枪。我亏欠特里和其他所有因他而死的人。

"一盏夜灯，"霍莉重复着，又往下走了一步，"你懂的，是为了心里得到安慰。我小的时候也有一盏。"

局外人背对着那盏落地灯，脸躲在阴影里，越过拉夫的肩膀抬头看着霍莉。拉夫可以看到他那双不相配的眼睛里有一种奇怪的光芒，只是那样说并不十分恰当，那光并不是在他的眼睛里，而是从他的眼睛中散发出来。现在拉夫明白格蕾丝·梅特兰所说的她看见的那个东西的眼睛是稻草做的是什么意思了。

"安慰？"局外人对这个词若有所思，"是的，我想是的，虽然我从来没有这样想过。但还有信息，即使是死人，他们身上也充满博尔顿家族的信息。"

"你指的是记忆吗？"霍莉又走下来一步，离拉夫他们越来越近了。拉夫举起左手，示意她退后，但他很清楚霍莉是不会退后的。

"不，不是那些。"局外人看起来又开始对霍莉不耐烦了，但此外他的情绪中还夹杂着一些别的东西，拉夫在许多审讯室里看到过这种急切的心情。并不是每一个嫌疑犯都想开口讲话，但是他们大多数都想，因为他们一直同他们自己的思想独处于一个封闭的密室之中。这个东西，局外人，肯定也和它自己的思想独处了很长一段时间，独自，有一段时间。仅从他的表面就可以看出来。

"那是什么？"霍莉仍然待在原地，拉夫在心里默默感谢上帝赐予了他这样小小的恩惠。

"血统，血统中有一些东西会超越记忆或代代相传的生理相似性，它是一种存在的方式，一种观察的方法。它不是食物，而是力量。他们的灵魂消失了，他们的古老灵魂，但是有些东西仍然存在，甚至存在于他们已逝尸体的大脑和身体里。"

"一种 DNA，"霍莉说，"也许是部落的，也许是种族的。"

"我想是的。如果你喜欢，"局外人朝拉夫走近一步，伸出手指上文着**必须**的那只手，"它就像这些文身一样，它们不是活的，但它们承载着某种特定的信——"

霍莉大喊道："住手！"拉夫心想，上帝啊，她离得更近了。我都没有听见，她是怎么走近的呢？

洞里响起回声，似乎在扩大，而且有什么东西掉了下来。这次不是一块钟乳石，而是从粗糙的石壁上掉下了一块岩石。

"不要那样做，"局外人说，"除非你想冒险让所有东西都砸到我们头上。不要那样提高嗓门说话。"

霍莉再次开口了，她的声音小了一些，但仍然透露着急迫感，"拉夫，记住他对霍斯金斯侦探所做的事，他的触碰是有毒的。"

"只有当我处于这种变身状态时才有毒，"局外人温和地说，"这是一种自然保护形式，几乎不会致命，比起辐射，它更像是毒葛。当然，霍斯金斯侦探……可以说是敏感体质。一旦我触碰了某个人，通常我就能——并不总是，但通常——进入他的意识，或者他所爱的人的意识。我对弗兰克·彼得森的家人就是那样做的，只有一点点，就足够推动他们往已经在前进的方向加快脚步。"

拉夫说："你应该待在原地。"

局外人举起他刺着文身的双手说："当然，就像我刚才说过的，你才是拿着枪的人。但我不能让你离开这里，你看到了，我已经太累了，没法继续移动了。我不得不匆忙长途跋涉开车来到这里，我还不得不买一些补给品，那使我更加精疲力竭。看看我们现在陷入了僵局。"

"你把自己逼上了绝路，"拉夫说，"我的意思是，你知道的，对吧？"

此时局外人的脸仍然隐约显现出特里·梅特兰的脸，他看着拉夫，缄口不语。

"希斯·霍尔姆斯还可以，在霍尔姆斯之前的其他人也还可以，但梅特兰是一次失误。"

"我想是那样的，"局外人看上去很困惑，但仍然很得意，"我选的其他人都有极有力的不在场证明和极高的声誉，但是一旦有了物证和证人证词，不在场证明和声誉都变得没有任何作用，人们对那些超出他对现实的认知的解释熟视无睹。你们本不该找到这里来，你们甚至根本都不该感觉到我的存在，不管他的不在场证明有多么有力。然而你们却找到我了，是因为我那天去了法院吗？"

拉夫什么都没有说，霍莉已经从最后一级楼梯上下来了，现在就站在他身边。

局外人叹了口气说："那是一个错误，我本应该想得更谨慎，考虑到电视台的摄像机，但我当时实在太饿了。我本可以离开的，但我贪吃了。"

"再加上过分自信，"拉夫说，"过分自信会滋生大意，警察见过很多那种情况。"

"嗯，也许那三个错误我都犯了，但我想，即便那样，我也可能会侥幸逃脱。"局外人打量着站在拉夫身边的那个头发花白的女人，"眼下这个情况都是拜你所赐，对吧，霍莉？克劳德说你叫霍莉。是什么使你相信的？你是怎么说服一群很可能不会相信自己五官范围之外的任何东西的现代人到这里来的？你曾经在其他什么地方见过像我这样的东西吗？"他的声音中流露出来的急切显而易见。

霍莉说："我们不是来回答你的问题的。"她一只手插在那个皱皱巴巴的、鼓鼓囊囊的西服外套口袋里，另一只手拿着紫光灯手电筒。

此刻霍莉手中的手电筒还没有打开，洞底唯一的灯光来自局外人那盏落地灯。"我们是来杀你的。"

"我不确定你是不是真的希望那样做……霍莉。如果只有我和你的朋友在这里，他可能会开枪，但我认为他不想也拿你的生命来冒险。而且，当你们两个当中的一个人或两个人试图攻击我的身体时，我想你们会发现我的身体非常强壮，而且有点儿有毒。没错，即便在我目前这种精疲力竭的状态下。"

"目前双方僵持不下，"拉夫说，"但不会持续太久。霍斯金斯打中了州警尤尼尔·萨布罗中尉，但并没有打死他。而现在，他应该已经把警察叫来了。"

"干得不错，但在这里是不可能的，"局外人说，"这里以东六英里、以西十二英里的范围内都没有手机信号。你以为我不会检查吗？"

拉夫本来一直指望着这个，但是现在希望渺茫了。然而，他手里碰巧还有另外一张牌。"我们进来之前，霍斯金斯引爆了那辆车，车冒烟了，有很多浓烟。"

拉夫第一次从局外人的脸上看到了真正的恐慌。

"那将改变事情的发展方向，我就不得不跑路了。而以我目前的状态，那将会很艰难、很痛苦。如果你想惹我生气，侦探，你成功了——"

"你问我以前是否见过你的同类，"霍莉打断他的话，"我告诉你，我没有——嗯，并没有真正见过——但我敢肯定拉夫见过。抛开变形、读取思想和发光的眼睛，你只是一个性虐待狂和普通的恋童癖。"

局外人向后缩了一下身子，好像被霍莉打了一下似的。有那么一会儿，他似乎完全忘记了那辆燃烧的 SUV 正在废弃的停车场里冒着浓烟，向外界发出信号。"你那样讲是很无礼的、荒谬的、不真实的！我吃人是为了生存，仅此而已。当你们人类杀猪宰牛时，你们也在做同样的事。对我来说，你们就只是牛而已。"

"你撒谎！"霍莉向前迈了一步，当拉夫试图抓住她的手臂时，霍莉把他的手甩开了。红色玫瑰花开始在她苍白的脸颊上绽放，"你有能力披上别人的人皮，却没有能力做别人能做的事——有件事你是无能的——只不过是你身上的那张人皮让大家相信了你能够做到。你本可以杀死梅特兰先生的任何一位朋友，你本可以杀死他的妻子，但你却杀死了一个孩子。你总是杀孩子。"

"孩子是最强壮、最甜美的食物！你从来没有吃过小牛肉或小牛肝吗？"

"你不只吃他们，你还往他们身上射精！"霍莉咧着嘴，露出一副恶心厌恶的表情，"你射到他们身上！哟！"

"那是为了留下DNA！"局外人喊了起来。

"你本可以用别的方式留下DNA！"霍莉对着他喊回去，这时有个东西从他们头顶的蛋壳形洞顶掉了下来，"但是你没有把你的家伙放进去，对吧？是因为你性无能吗？"霍莉对他竖起一根手指，然后将手指弯曲，"是吗？是吗？是吗？"

"闭嘴！"

"你杀孩子，是因为你是一个永远不能用自己的阴茎实施强奸的奸童犯，你不得不用一根——"

局外人朝霍莉跑去，他的脸扭曲成一种憎恨的表情，从中丝毫看不到克劳德·博尔顿或特里·梅特兰的影子；那是他自己的脸，如同害得杰米逊家的双胞胎最终丢掉性命的地下深渊一样黑暗而可怕。拉夫举起枪，但他还没来得及开枪，霍莉就一个箭步上前，挡住了他的枪口。

*别开枪，拉夫，别开枪！*

有东西掉了下来，这次是一块大的，砸烂了局外人的小床和冷藏箱，闪闪发光的矿石碎块溅得到处都是，在石地板上打转。

霍莉从她的西服外套的那个向下坠着的口袋中掏出一个东西，那东西又长又白，被抻开，好像里面装了什么很重的东西。与此同时，她打开紫光灯，将灯光完全照在局外人的脸上。局外人畏缩了一下，发出一声咆哮，然后转过头去，依然伸出克劳德·博尔顿刺着文身的手去抓她。霍莉拎着那个白色的东西摆到她的小乳房上，一直拖过肩头，然后用尽全身力气把它甩出去。负重的一端狠狠地砸到局外人头部的发际线下方，正中太阳穴。

拉夫接下来看到的一切将会在接下来的几年一直萦绕在他的梦中。局外人的左半边头颅向内陷了进去，好像它是纸糊的，而不是骨头撑起来的，他那只棕色的眼睛陷进了眼窝里，他的脸就像液化了一样。在短短几秒钟之内，拉夫仿佛从那张脸上看到了一百张幻灯片播放然后消失：从额头向下，浓密的眉毛变成金色，然后几乎不见；深陷的眼睛向外凸起；嘴唇被拉得宽而薄；龅牙向外凸出，继而又消失；下巴突出，下沉。而最后一张脸，保持得最久，几乎可以肯定那是局外人的真面目，完全毫无特征。那是一张在街上可以随便看见的一张脸，会让人过目即忘。

霍莉又拿着那个白色的东西甩了一下，这次击中了颧骨，然后把那张让人难以记住的脸变成了一弯新月，看起来像是出自一本疯狂的童话书中的东西。

最后，它什么都不是，拉夫心想，不是任何人。像克劳德、像特里、像希斯·霍尔姆斯……现在什么都不是了，一切都只是假面，只是伪装。

红色的虫子似的东西开始从局外人脑袋上的洞里、鼻孔里、抽搐着最后仅剩下泪滴大小的嘴巴里倾泻而出。那些虫子蠕动着跌落到"声音之堂"的石地板上，那副克劳德·博尔顿的身躯先是开始轻微颤抖，接着剧烈震动，然后从衣服中垮了下来。

霍莉丢掉手里的紫光灯手电筒，把那个白色的东西举到头顶，用双手捧着它。拉夫看到，那是一只袜子，是一只男人穿的白色运动袜。霍莉最后一次拿着它砸向那个东西的头顶，它的脸随之像一个腐烂的葫芦一样，从中间裂开，结果暴露出那个头颅里面居然是空的，没有大脑，只有一窝蠕动的虫子。这使拉夫不禁想起很久以前他在哈密瓜里发现的蛆。那些被释放出来的虫子在地上朝着霍莉的脚边奋力蠕动。

霍莉向后退开，撞进拉夫的怀里，然后跪倒在地。拉夫抓住霍莉，把她扶起来。此时霍莉的脸上血色尽失，眼泪顺着她的脸颊不住地流下来。

拉夫在她耳边轻声说:"放下那只袜子。"

霍莉看着他,一脸茫然。

"袜子上有一些那东西。"

当霍莉依然无动于衷,只是茫然地看着他,拉夫试图把袜子从她紧握的拳头中抽出来。起初,他无法抽出,霍莉死死地握着它,然后拉夫掰着她的手指,希望自己无需掰断她的手指就能让她放手,但是如果他迫不得已的话,他不得不用力掰断。因为如果那些虫子碰到她,会比毒葛要严重得多,而且如果那些虫子钻进她的皮肤……

霍莉似乎回过神来——不管怎么说,起码有一点儿——她张开了那只手,袜子掉了下去,袜尖接触到石地板时发出哐啷一声撞击声。拉夫向后退了几步,拉着霍莉的手,躲开那些仍然在盲目,抑或根本不盲目寻找的虫子,因为那些虫子直奔他们两个而来。霍莉刚刚紧抓着袜子的手依然蜷曲着,她低下头,看到了危险,倒吸了一口冷气。

"别尖叫,"拉夫告诉她,"不能冒险让任何东西从上面掉下来。只管爬上去。"

拉夫开始拉着霍莉的手往楼梯上爬,上了四五级楼梯后,她才可以自己爬,不过,是倒退着向下爬,因为霍莉想看看那些虫子。那些虫子还在从局外人裂开的脑袋和那张泪滴大小的嘴巴里涌出。

"停,"霍莉低声说,"停,看看它们,它们只是在到处乱转。它们无法爬上楼梯,而且它们开始死亡了。"

霍莉说得对。那些虫子蠕动的速度减慢了,而且局外人头颅旁边的那一堆已经完全静止了,但它的身躯在动,身躯里面的某个位置在动,生命力依然在顽强地奋力求生。那具貌似博尔顿的身躯现在变得又驼背又抽搐,它的手臂像是在打旗语一样挥动着。拉夫和霍莉眼看着它的脖子在缩短,头颅的残骸开始缩进衬衫的衣领里,克劳德·博尔顿那头黑发先是竖了起来,然后便消失不见了。

"怎么回事?"霍莉低声问着,"那些是怎么回事?"

"我不知道,也不在乎,"拉夫说,"我只知道你这辈子再也不用买醉了,至少跟我在一起的时候不用。"

"我很少喝酒,"霍莉说,"酒精跟吃的药起反应,我想我跟你说过——"

霍莉突然靠在楼梯扶手上呕吐起来，这时拉夫伸出手搂着她。

霍莉说："对不起。"

"不必，我们——"

"他妈的赶紧离开这里！"霍莉替他把话说完。

## 22

阳光从未如此明媚过。

他们两个走了很远，一直走到亚希加酋长的标志前，霍莉说她感到头晕目眩，站不稳了。拉夫找到一块平坦的岩石，大得足够容得下他们两个人一起坐在上面，然后他自己坐到霍莉身边。霍莉瞥了一眼杰克·霍斯金斯摊开的尸体，发出一声尖叫，然后开始哭起来。起初，她只是不停地哽咽，强忍着啜泣，就好像有人告诉过她，在别人面前哭泣是非常不文雅的一样。拉夫伸出一只胳膊搂住她的肩膀，那副肩膀简直瘦得可怜，霍莉把脸埋在拉夫的胸前，开始真正抽泣起来。他们不得不回到尤尼尔身边，尤尼尔的伤势可能比之前看上去更严重了，毕竟，在应该接受准确诊断的时候他却经历了一场枪战。即使最乐观的情况，他也是手肘骨折、肩膀脱臼。但是霍莉至少还需要一点儿时间，而且那是她应得的，因为她刚刚做了他这个堂堂大侦探所无法做到的事情。

四十五秒后，暴风雨开始减弱，一分钟后，彻底平息。霍莉很好，她很坚强，她抬起头来看着拉夫，眼睛红红的，仍然泪汪汪的，但拉夫并不确定霍莉是否还清楚自己身在何处、眼前的拉夫是谁。因为……

"我不能再做了，比尔，永远不能了，永远永远永远！如果这个家伙像布莱迪那样回来，我会自杀的。你听见我说的了吗？"

拉夫轻轻地摇了摇她说："他不会回来了，霍莉，我向你保证。"

霍莉眨了眨眼睛说："拉夫，我本想说的是拉夫。你刚才看见从他身体里爬出来的……你看见那些虫子了吗？"

"看到了。"

"哟！哟！"霍莉发出一阵恶心的声音，然后用手捂住嘴巴。

"是谁教你用袜子做金属棍棒的？还有如果那只袜子是只长筒袜，

它能打得多狠？是比尔·霍奇斯吗？"

霍莉点了点头。

"里面装的是什么？"

"滚珠轴承，跟比尔的一样。是我在弗林特市的时候，在沃尔玛的汽车配件区买的，因为我不会用枪，而且我也没有认为我一定会用到'开心甩'，我当时只是一时冲动买下的。"

"或者是直觉。"拉夫笑了，虽然他几乎没有意识到自己在笑，因为他现在仍然感觉浑身麻木，他不禁不停地东张西望，生怕有虫子正跟着他们身后蠕动着，迫切地想要在一位新宿主身上生存下去。"你怎么叫它的，'开心甩'？"

"是比尔那样叫的。拉夫，咱们得走了，尤尼尔——"

"我知道，但我得先做一件事，原地坐好。"

拉夫走到霍斯金斯的尸体旁，强迫自己翻遍了那个死人身上的所有口袋，他找到了他那辆小卡车的钥匙，然后回到霍莉身边。"好了。"

他们开始沿着小路下山，霍莉绊了一跤，拉夫一把抓住她，结果他自己差点儿滑了下去，这次是霍莉抓住了他。

拉夫心想，我们两个像一对儿该死的瘸子，但在我们看到了那些东西之后——

"还有太多我们不知道的东西，"霍莉说，"他是怎么来的？那些虫子是一种疾病，或是某种外星生命形式？他的受害者都有谁？不仅仅是那些被他杀害的孩子，还有那些因被他陷害而被警方误认为是凶手的人，肯定有很多，很多。你最后看到他的脸了吗？它是如何变化的？"

拉夫回答道："看到了。"他永远都不会忘记。

"我们不知道他活了多久，他是如何将自己的身体投影的，还有他到底是什么东西。"

"有一点我们知道，"拉夫说，"他——它——是夜魔厄尔·库科。哦，还有一点：那个狗娘养的已经死了。"

## 23

他们差不多走到路的尽头时，听到开始响起一阵短促的喇叭声，霍莉停住脚步，咬着已经被她咬过无数次的嘴唇。

"放轻松，"拉夫说，"我想是尤尼尔。"

现在路开始变宽了，也变得更加平缓，所以他们两个可以走得更快了。当他们走到服务棚附近时，看到那确实是尤尼尔，他半个身子坐在霍斯金斯的小货车里，半个身子露在外面，正用右手按着喇叭。而他那血淋淋的、肿胀的胳膊现在像跟圆木一样放在腿上。

"宝贝，现在你可以停下来了，"拉夫对他说，"我们来了，你还好吗？"

"我的胳膊要疼死了，除此之外我还好。你们干掉他了吗？厄尔·库科？"

"我干掉他了，"拉夫说，"是霍莉干掉他了。他不是人类，但他同样也会死。他屠杀孩子的日子已经结束了。"

"霍莉干掉他了？"尤尼尔难以置信地看着霍莉，"怎么做到的？"

"我们过后再说这个，"霍莉说，"现在我更担心的是你。你晕倒过吗？你现在感觉头晕吗？"

"我一路走到这里有点儿头晕，那条路似乎永远走不到尽头，我不得不停下来休息好几次。我希望或是祈祷能看到你们走出来，然后我就看到了这辆卡车，我想一定是那个枪手的。行驶证上写的是约翰·P. 霍斯金斯，是我说的那个人吗？"

拉夫点点头说："是我们弗林特市警察局的，而且，应该说曾经是，他也死了，被我开枪打死的。"

尤尼尔瞪大了眼睛说："他跑到这里来干什么？"

"局外人派他来的，至于他是如何做到的，我就不知道了。"

"我本以为他可能把钥匙留在了车里，但并没有。而且车上的储物箱里也没有止痛药，只有行驶证、保险卡和一堆破烂。"

"我拿到钥匙了，"拉夫说，"在他的口袋里。"

"我有止痛药。"霍莉身上的西服外套已经变得破旧不堪，说着她把手伸进一个鼓鼓囊囊的口袋里，掏出一个棕色的大处方药瓶，上面没有标签。

"你的口袋里还有什么？"拉夫调侃着问道，"野营炉？咖啡壶？短波收音机？"

"拉夫，努力培养一下你的幽默感。"

"我不是在开玩笑，实在令人钦佩。"

"完全赞同。"尤尼尔说。

霍莉打开她的旅行药房，往手掌心里倒着各种各样的药片，然后小心翼翼地把药瓶放在卡车的仪表盘上。"这些是左洛复 ①……帕罗西汀 ②……安定片，我已经很少吃了……还有这些。"她小心翼翼地把剩下的药片放回药瓶中，只留下两个橙色的药片，"布洛芬，用来治疗紧张性头疼的，还有颞下颌关节疼痛，不过自从我开始使用一个防止夜间疼痛的药之后那个病就好多了。我买的是混合型的，价格很贵，但它是市面上最好的……"霍莉发现拉夫和尤尼尔都在盯着她看，"怎么？"

尤尼尔说："更加钦佩了，亲爱的。我喜欢一个为一切可能发生的事情都做好准备的女人。"尤尼尔把药片放进嘴里，直接咽了下去，然后闭起眼睛，"谢谢，非常感谢，愿你的夜间防疼药永远不会辜负你。"

霍莉把药瓶放回口袋，同时满眼怀疑地看着他说："你需要的时候跟我说，我还有两片。你听到消防车的警笛声了吗？"

"没有，"尤尼尔说，"我开始觉得他们不会来了。"

"他们会的，"拉夫说，"但当他们来的时候你不会在这里了，你得去医院，普莱恩维尔的医院比提皮特的更近一点儿，而且顺路会经

---

① 左洛复（Zoloft），美国首屈一指的抗抑郁处方药。

② 帕罗西汀（Paxil），抗抑郁药。

过博尔顿家，你得在那儿停一下。霍莉，如果我留在这里，你开车行吗？"

"行，可是为什么……"然后她用手掌轻轻拍了一下自己的额头，"戈尔德先生和佩利先生。"

"是的，我不想就那样把他们扔在他们倒下的地方。"

"通常是不允许破坏犯罪现场的，"尤尼尔说，"我想你是知道的。"

"我知道，但我不会允许让两个好人被留在太阳底下烤熟，而且还是躺在一辆燃烧的车旁边。你对此有意见吗？"

尤尼尔摇了摇头，他那水手式发型的鬓角闪耀着汗珠。"当然没有。①"

"我开车，咱们一起到停车场去，然后霍莉就可以接手了。你吃了布洛芬之后感觉好点儿了吗，我的朋友②？"

"好点儿了，真的，虽然感觉不是很好，但已经好多了。"

"很好，在开车离开之前，我们必须先谈一谈。"

"谈什么？"

"谈谈我们该如何解释这一切。"霍莉说。

---

① 原文为西班牙语：Por supuesto no。
② 原文为西班牙语：amigo。

# 24

他们一到达停车场，拉夫就下了车，霍莉绕到卡车的引擎盖前时，拉夫迎了上去，这次霍莉主动拥抱了拉夫，短暂但用力。那辆他们租来的 SUV 几乎已经烧废了，车上冒出的浓烟也变得越来越淡了。

尤尼尔小心翼翼地挪到副驾驶座，疼得缩了几下身子，嘶嘶地呻吟了几声。当拉夫探过身来时，他问道，"你确定他已经死了？"拉夫知道他问的不是霍斯金斯。"你确定？"

"确定，他虽然没有像西部的邪恶女巫一样完全融化，但也差不多。当警察赶到这儿时，他们只会发现他的衣服，也许还有一堆死掉的虫子，此外什么都没有。"

"虫子？"尤尼尔皱起眉头。

"基于他们死亡的速度，"霍莉说，"我想那些虫子会很快腐烂。但衣服上会有 DNA，如果他们碰巧拿去和克劳德的 DNA 进行比对，就会发现二者匹配。"

"或者是克劳德和特里的 DNA 混合物，因为他的变身还没有彻底完成。你看到了，对吧？"

霍莉点了点头。

"那样就会使它变得毫无价值。我想克劳德会好起来的，"拉夫从口袋里掏出手机，把它放到尤尼尔那只没有受伤的手里，"一看到手机有信号了你就打电话，可以吧？"

"明白。[①]"

"你知道该先给谁打电话吗？"

当尤尼尔示意他们要离开时，他们听到从提皮特的方向传来了微弱的警笛声。似乎终究还是有人注意到了那些浓烟，但报案的人并没

---

① 原文为西班牙语：Claro。

亲自跑过来一探究竟，这样可能更好。"先给地检比尔·塞缪尔斯打电话，然后是你妻子，之后是盖勒局长，最后是得克萨斯州高速公路巡逻队的贺拉斯·金尼上尉，所有人的电话号码都在你的通讯录里。我们会当面跟博尔顿家的人讲。"

"我跟他们讲，"霍莉说，"你就静静地坐着，休养你的手臂。"

"让克劳德和洛维认同这件事的经过是非常重要的，"拉夫说，"现在上路吧，要是消防车抵达的时候你们还在这里，路就会被堵住了。"

霍莉将座椅和后视镜调整到自己满意的状态后，转过头看了一眼尤尼尔，然后又看了一眼仍然靠在驾驶室门上的拉夫，她看上去很累，但还没有精疲力竭。她已经流过眼泪了，此刻拉夫在她脸上除了专注和决心之外什么都看不到。

"我们需要让这件事简单一些，"霍莉说，"尽可能简单，尽可能贴近真相。"

"你以前经历过这种事，"尤尼尔说，"或者类似的事，对吧？"

"是的。他们会相信我们的，即使他们会有永远得不到解答的问题，你们两个都知道原因。拉夫，警笛声越来越近了，我们得走了。"

拉夫关上副驾驶座的车门，目送他们开着那位死去的弗林特市侦探的小卡车离开。拉夫想着霍莉为了避开封路用的铁链而不得不开车穿过的硬土层，她会处理得很好，顺利通过，而且为了不让尤尼尔受伤的手臂受到颠簸，她会成功绕过最糟糕的几个洞。就在他认为自己不能更欣赏她、钦佩她的时候，他发现自己又更加欣赏、钦佩她了。

拉夫先走到亚力克的尸体旁，因为他的尸体更难取回。车上的火几乎已经熄灭了，但是火中散发出来的热量很强烈，亚力克的脸和胳膊都已经被熏黑了，他的头已经被烧得光秃秃的了。拉夫抓住他的腰带，把他拖向礼品店，让自己尽量不去想亚力克身后留下的发焦、融化的东西，还有亚力克现在看起来很像那天出现在法院门前的那个人。拉夫心想，他现在只差在头上围一件黄衬衫了。而那简直是奢望。拉夫放手松开亚力克的腰带，好不容易跟跟跄跄地走了二十步，然后弯下腰，抓着自己的膝盖，把胃里的东西统统都吐了出来。当他呕吐完后，又回去继续完成工作，先把亚力克拖到礼品店的阴凉处，然后再把霍伊·戈尔德拖过去。

拉夫休息了一下，平复了呼吸，然后检查了一下礼品店的门，门上挂着锁，但门本身看起来却被风吹日晒得破旧不堪。拉夫第二次撞门的时候，门上的铰链断了，店里阴暗而酷热，货架上并非完全是空的，还剩下几件印有"我探索了马里斯维尔洞"字样的纪念 T 恤。拉夫拿了两件，用尽最大的力气抖掉上面的灰尘。外面，警笛声已经很近了，拉夫认为那些人是不会愿意开着他们昂贵的车驶过那片硬土层的，相反，他们会停下车来剪断封路的铁链。所以他还有一点儿时间。

拉夫跪在地上，用 T 恤盖上了那两个男人的脸。他们都是完全相信自己还能活上好多年的好人，都认为自己后面的日子还长着呢；他们都是有家庭的人，他们的家人听闻他们的死讯都会极度悲伤。唯一的好处是（如果真的有什么好处的话），他们的悲伤不会成为一个恶魔的大餐。

拉夫把前臂放在膝盖上，下巴抵着胸口，坐在他们身旁。他们的死也该由他负责吗？也许有一部分吧，因为一切都是由当初不明智地公开逮捕特里·梅特兰的灾难性事件导致的。但即便拉夫现在已经筋疲力尽，他也觉得自己不需要为所发生的一切都承担责任。

霍莉说过，*他们会相信我们的，你们两个都知道原因。*

拉夫确实知道。即便那是一个可信度不高的故事，他们也会相信，因为脚印不会就那样凭空消失，蛆虫也不会在哈密瓜坚硬的外壳完好无损的情况下在里面孵化。他们会相信的，因为承认任何一种其他可能都是对现实本身的质疑。具有讽刺意味的是：正是在局外人漫长的谋杀生涯中一直保护他的东西，现在要来保护拉夫他们了。

*宇宙无尽头。*拉夫心里想着比尔说过的这句话，在礼品店的阴凉处静候消防车的到来。

# 25

霍莉把腰杆挺得笔直,开车前往博尔顿家,她一只手摆在十点钟的方向,一只手摆在两点钟的方向,规规矩矩地握着方向盘,一边听着尤尼尔打电话。听闻霍伊·戈尔德和亚力克·佩利都死了,比尔·塞缪尔斯被吓坏了,但是尤尼尔打断了他的问话,稍后会给他问答的时间,但现在不是时候。塞缪尔斯现在要重新讯问所有之前接受过讯问的目击证人,从薇洛·雷恩沃特开始,比尔要直截了当地告诉她,有人对她从脱衣舞酒吧送到杜布罗火车站的那个男人的身份提出了严肃的疑问,那样的话,她还能肯定那个人就是特里·梅特兰吗?

"尽量用一种令人产生怀疑的方式来质问她,"尤尼尔说,"你能做到吗?"

"当然,"塞缪尔斯说,"过去五年我在陪审团面前就一直在干这种事,而且基于她的陈述,雷恩沃特太太已经有一点儿怀疑了,其他的目击证人也是,尤其是在特里在盖城会议上的录像被公之于众之后。仅在油管(YouTube)上,它就有五十万的点击量。现在给我讲讲霍伊和亚力克的事吧。"

"过会再讲,现在时间紧迫,塞缪尔斯先生。找目击证人谈话,从雷恩沃特开始,还有一件事,我们两天前的晚上开的会,这是我要说的重点,所以听好。"

塞缪尔斯认真听着,并对他的话表示同意。然后尤尼尔给珍妮·安德森打电话,两个人的通话时间相对更长,因为珍妮既需要,也应该得到一个更全面的解释。当尤尼尔讲完时,电话那边传来哭泣的声音,但或许主要是因为珍妮得到了解脱。造成了人员死亡,而且尤尼尔自己也受了伤,这真的太可怕了,但是珍妮的丈夫——她儿子的父亲——仍然安然无恙。尤尼尔把她需要做的事情告诉她,珍妮立刻就同意了。

尤尼尔正准备打第三个电话，打给弗林特市警察局长罗德尼·盖勒时，他们听见了更多的警笛声，而且这次离他们更近了。两辆得克萨斯州高速公路巡逻队的警车飞速与他们擦身而过，朝马里斯维尔洞的方向驶去。

"如果我们幸运的话，"尤尼尔说，"也许其中一名骑警就是找博尔顿母子谈话的那个，我想，他是叫斯泰普吧？"

"赛普，"霍莉纠正他，"欧文·赛普。你的胳膊现在怎么样？"

"还是疼得要死，我要再吃两片布洛芬。"

"不行，一次性吃太多会对你的肝脏造成损害。接着给其他人打电话吧，不过，先把刚才通话记录里打给塞缪尔斯先生和安德森太太的通话记录删掉。"

"你这是欺骗行为，女士 ①。"

"只不过是小心行事，谨慎而已 ②。"霍莉从未把视线从道路上移开，她就是那样的司机，"快点儿做吧，然后接着打剩下的电话。"

---

① ②　原文分别为西班牙语 señorita 和 Prudente。

## 26

洛维·博尔顿有一些治疗背痛的老偏方，尤尼尔没再吃布洛芬，而是吃了两片洛维的药。克劳德在他第三次也是最后一次入狱时，上过一门急救课，于是在霍莉跟他们讲话的同时，他为尤尼尔的伤口进行了包扎。霍莉讲得很快，并不仅仅是因为她想让萨布罗中尉尽快得到真正的治疗，而是她需要赶在任何官方人员出现之前，让博尔顿母子清楚他们在这件事中所扮演的角色。警方很快就会来，因为高速公路巡逻队的警官们肯定会找拉夫问话，而他必须回答那些问题。只是这里不存在不信任的问题，两天前的晚上，洛维和克劳德都曾感受到局外人的出现，而且克劳德甚至在之前就已经感受到了：一种不安、错位、被监视的感觉。

"你当然感受到他了，"霍莉冷冷地说，"他一直在窃取你的思想。"

"你看见他了，"克劳德说，"他就躲在那个洞里，你看见他了。"

"是的。"

"他看起来像我。"

"几乎一模一样。"

洛维开口了，声音听起来很怯懦："我能分辨出区别吗？"

霍莉笑了："一眼就能看出来，我敢肯定。萨布罗中尉——尤尼尔——你准备好走了吗？"

"是的，"他站了起来，"烈性毒品的一个好处就是，浑身到处依然在疼，但你完全不会在意。"

克劳德大笑起来，然后对着他用手比画出一把枪。"你说得对，哥们儿。"这时他看见洛维皱起眉头看着他，然后他又说了一句，"对不起，妈。"

"你清楚自己该怎么讲那件事了吗？"霍莉问克劳德。

"是的，女士，"克劳德说，"太简单了，不会搞砸的。弗林特县地方检察官想重新调查审理梅特兰的案子，你们到这里来是为了找我问一些问题。"

"那么你该说些什么？"霍莉问。

"我说我越想就越确定我那天晚上看到的那个人不是特里教练，只是一个长得特别像他的人。"

"还有呢？"尤尼尔问，"很重要的一点。"

洛维替克劳德回答了："你们一群人今天上午过来道别，问我们是否遗忘了什么。当你们准备离开的时候，有一个电话打来了。"

"打到了你家的座机上。"霍莉补充道，她心想，谢天谢地，他们家有一部座机。

"是的，是座机上，那个人说是安德森侦探的同事。"

"他给克劳德打的？"霍莉接着问。

"对，还有。电话里的那个人告诉安德森侦探，你们正在找的那个家伙，那个真正的凶手正藏在马里斯维尔洞。"

"记住，就这样讲。"霍莉说，"谢谢你们二位。"

"是我们应该谢谢你们才对，"洛维说着张开她的手臂，"过来，霍莉·吉伯尼小姐，给老洛维一个拥抱。"

霍莉走到轮椅前，弯下腰。自从马里斯维尔洞事件后，洛维·博尔顿的双臂就让她感觉很舒服，甚至很需要，霍莉享受着洛维的拥抱，久久不舍离去。

## 27

自从她丈夫被公开逮捕，更不用说被当众处决以后，玛茜·梅特兰就对来访人员变得极为警惕，所以当听到敲门声时，她首先走到窗边，扒开百叶窗，偷偷向外看一眼来者何人。原来是安德森侦探的妻子正站在她家门廊上，而且她好像刚刚哭过。玛茜急忙跑到门口，把门打开，没错，她的脸上正挂着泪水。珍妮一看到玛茜关切担忧的表情，眼泪又流了起来。

"怎么了？发生了什么事？他们还好吗？"

珍妮走进门，问道："你女儿在哪儿呢？"

"在后院的大树下，拿着特里的克里比奇记分板玩克里比奇纸牌呢。她们两个昨晚玩了一个晚上，今天一大早又开始玩起来。到底怎么了？"

珍妮挽着玛茜的胳膊，领她走进客厅，说："你可能得坐下来。"

玛茜站在原地，"直接告诉我！"

"有好消息，也有坏消息。拉夫和吉伯尼女士都没事，萨布罗中尉中枪了，不过大家都认为他没有生命危险。但是，霍伊·戈尔德和亚力克·佩利……他们都死了，被我丈夫的一位同事伏击射杀了。那个人是一名侦探，名字叫杰克·霍斯金斯。"

"死了？死了？他们怎会——"玛茜重重地坐在特里曾经一直坐的那把安乐椅上，要么是她主动坐下的，要么就是她无意跌进去的。她不解地抬头盯着珍妮问，"你说的好消息是指什么？怎么还能有好……天哪，只会越来越糟。"

玛茜双手捂住脸，珍妮跪在安乐椅旁边，拉开玛茜的手。她的动作很轻柔，但很坚决。"你得振作起来，玛茜。"

"我做不到，我的丈夫已经死了，现在又变成这个样子。我觉得我永远都无法振作起来了，即使是为了格蕾丝和萨拉，我再也做不到了。"

"闭嘴,"珍妮的声音很小,但玛茜却像是被扇了一巴掌一样,惊讶地眨了眨眼睛,"一切都无法让特里活过来,但是为了挽回他的声誉,为了给你的女儿们在这个镇上一个继续生活的机会,两个大好人已经牺牲了。他们也有家人,而且我离开你这里以后还要去找伊莱恩·戈尔德谈,那简直太可怕了。尤尼尔已经受伤了,而我丈夫也冒了生命危险。我知道你很痛苦,但我这次来不是为了让你痛苦的,拉夫需要你的帮助,其他人也同样需要。所以,振作起来,听好。"

"好的,是的。"

珍妮抓起玛茜的一只手,握在自己手里。玛茜的手指冰凉,珍妮猜她自己的手指也热不到哪里去。

"霍莉·吉伯尼跟我们讲的都是真的,确实存在一个局外人,他不是人类。他是……别的东西,可以叫他厄尔·库科,叫他德古拉,或者叫他魔鬼撒旦之子,都无所谓。他确实存在,在一个山洞里,他们找到了他,并把他杀死了。拉夫告诉我,他长得像克劳德·博尔顿,尽管真正的克劳德·博尔顿当时正在几英里之外。我来这里之前和比尔·塞缪尔斯谈过了,他认为如果我们都统一口径,一切就都会好起来,我们很可能洗脱特里的罪名。如果我们都统一口径,你能做到吗?"

珍妮看见玛茜·梅特兰的眼中充满了希望,就像水井中充满了水一样。

"是的,是的,我能做的。但是怎么说呢?"

"我们开那次会只是试图想为特里洗脱罪名,除此之外没有别的目的。"

"只是为了给他洗脱罪名。"

"在会上,比尔·塞缪尔斯同意重新询问拉夫及其他警官曾询问过的目击证人,从薇洛·雷恩沃特开始,倒序向前询问。清楚吗?"

"嗯,清楚。"

"之所以不从克劳德·博尔顿开始,是因为博尔顿现在正在得克萨斯,给他母亲帮忙,她身体不太好。霍伊提出建议,他、亚力克、霍莉，还有我丈夫一同前往得克萨斯州询问克劳德，尤尼尔说如果可以的话，他也会跟他们一起去。你记住了吗?"

"记住了，"玛茜迅速点了点头说，"我们都认为那个主意很棒，但我不记得吉伯尼女士为什么会出现在会上了。"

"她是亚力克·佩利雇来调查特里在俄亥俄州的动向的调查员，她对这个案子很感兴趣，所以她就来到这里，看看能否提供进一步帮助。现在记住了吗?"

"记住了。"

珍妮拉着玛茜的手，看着她的眼睛，跟她讲了最后也是最重要的一部分:"我们从未讨论过变形者、厄尔·库科、幽灵投影，或任何可能被称为超自然的东西。"

"没有，绝对没有，我们从来没有想过那些，为什么会想它呢?"

"我们认为是一个长得像特里的人杀了彼得森家的孩子，并企图嫁祸给特里。我们称他为局外人。"

"是的，"玛茜紧紧握着珍妮的手说，"我们就是那样叫他的，局外人。"

# 尾声　弗林特市

# 1

上午十一点刚过，由已故的霍华德·戈尔德包租的飞机就降落在弗林特市机场。霍伊和亚力克都不在飞机上，因为法医一检查完他们的尸体，普莱恩维尔殡仪馆的灵车就即刻把他们的遗体运回了弗林特市。拉夫、尤尼尔、霍莉三人平摊了这笔费用，以及另外一辆灵车的费用。那一辆运送的是杰克·霍斯金斯的遗体，当时尤尼尔说出了他们三个人的心声：想让那个狗娘养的混蛋跟被他杀害的人一起回家，没门！

两个女人和两个男孩正站在停机坪上等候他们，是珍妮·安德森和尤尼尔的妻儿。两个孩子从珍妮身边冲出，朝他们的父亲跑去，其中那个长得强壮的叫赫克托的男孩差点儿把珍妮撞倒。尤尼尔的一只胳膊打着石膏，被吊起来，他尽力用另一只完好的胳膊去拥抱自己的两个儿子，然后从他们的拥抱中挣脱开，朝自己的妻子招了招手。加布里埃拉朝他跑过去，珍妮也跟着跑过去，裙摆在她的身后飞扬。她伸出双臂搂住拉夫，用力地拥抱他。

萨布罗一家和安德森夫妇各自抱成一团，站在一个小私人候机楼的门旁陶醉在家人团聚的喜悦之中，他们拥抱着，大笑着，直到拉夫环顾四周，发现霍莉正独自站在国王航空的机翼旁看着他们。霍莉穿着一套崭新的西服套装，那是她被迫在普莱恩维尔的女装店买的，因为离他们最近的沃尔玛在四十英里外的奥斯汀郊区。

拉夫向她招了招手，霍莉朝他们走过来，显得有点儿害羞。她在距离大家几英尺远的地方停了下来，但珍妮才不接受她站得那么远呢，她伸手抓住霍莉的手，把她拉到自己面前，拥抱了她。拉夫伸出手臂拥抱这两个女人。

"谢谢你，"珍妮在霍莉耳边小声说，"谢谢你把他带回我身边。"

霍莉说："我们本想尸检结束后就立刻回家，但医生非得让萨布罗，哦，是尤尼尔再等一天，他的手臂上有凝血块，医生想把它处理掉。"霍莉从珍妮的拥抱中挣脱出来，脸涨得通红，但显得很高兴。十英尺外，加布里埃拉·萨布罗正苦口婆心地劝着自己的儿子们不要去打扰他们的爸爸，否则他们会再次把他的胳膊弄骨折。

"德里克知道这件事吗？"拉夫问他的爱妻。

"他知道爸爸在得克萨斯州参与了一场枪战，但你没事，他还知道其他两个人死了。他提出要求要早点儿回家。"

"你怎么说的？"

"我说可以。他下周就会到家了，这对你有用吗？"

"有。"能够再次见到自己的儿子实在太好了，他肯定皮肤黝黑、身体健康，经过游泳、划船和射箭的锻炼，他肯定又长了好几块肌肉，而且，他会活蹦乱跳、完好无损地站在拉夫面前，那才是最重要的。

"今晚在我家吃饭，"珍妮对霍莉说，"你还是跟我们住在一起。没有反驳余地，客房已经准备好了。"

"那太好了。"霍莉笑了，但当她转过头跟拉夫说话时，她的笑容不见了，"如果戈尔德先生和佩利先生能够坐下来和我们一起吃晚餐就更好了。他们不该死，感觉似乎就是……"

"我知道，"拉夫说着伸出一只胳膊搂住她，"我知道那是什么感觉。"

# 2

拉夫在烧烤架上烤了牛排。多亏了他的行政休假，那个烧烤架现在洁净如新。晚餐还有沙拉、玉米棒和苹果派作为甜点。"这是一顿非常具有美国风情的饭，先生①。"尤尼尔说，旁边的妻子为他切着牛排。

"很美味。"霍莉说。

比尔·塞缪尔斯拍拍他的大肚子说："也许下一顿要等到劳动节再吃了，但我不确定。"

"胡说八道，"珍妮说完从摆在野餐桌旁的冷藏箱里拿出一瓶啤酒，一半倒进塞缪尔斯的杯里，一半倒进她自己的杯里，"你太瘦了，你需要一位妻子来把你喂胖。"

"也许当我去做私人律师的时候，我前妻会过来。城里会急需一位好律师，因为霍伊——"他突然意识到自己说错话了，然后抬起手梳了梳原来脑后那绺头发的位置。多亏他剪了一个新发型，那绺翘起的头发现在已经不在了。"我的意思是，一位好律师总能找到工作的。"

大家都沉默着没有说话，然后拉夫举起他的酒瓶说："敬缺席的朋友们。"

大家为此干杯。霍莉说了一句话，她的声音小得几乎让人听不见，"有的时候生活会很糟糕"。听到这句话，没有一个人能笑得出来。

七月闷热的天气已经过去了，最讨厌的臭虫也没有了，安德森家的后院成了一个令人愉快的地方。刚吃完饭，尤尼尔的两个儿子和玛茜·梅特兰的两个女儿就跑到车库旁边的篮球筐旁玩起了骑马。

"那么，"尽管孩子们离他们足够远，而且正全神贯注地玩着游

---

① 原文为西班牙语：señor。

戏，但玛茜还是压低了声音说，"审讯的话，那个故事站得住脚吗？"

"能，"拉夫说，"霍斯金斯给博尔顿家打电话，把我们引诱到马里斯维尔洞，他在那里疯狂地开枪，打死了霍伊和亚力克，还打伤了尤尼尔。我当时对警方说，我相信他真正想杀的人是我，多年以来，我们一直有分歧，而且他喝得越多，对我的仇恨就越深。推测的情况是，他当时和某个尚且身份不明的共犯在一起，后者一直给他供应酒和毒品——法医在他的体内查出了微量可卡因——还给他喂镇静剂。得克萨斯州高速公路巡逻队的人进入了'声音之堂'，但没找到他的共犯。"

"只找到了一些衣服。"霍莉说。

"而且你确定他已经死了，"珍妮说，"那个局外人，你确定。"

"是的，"拉夫说，"如果你当时看到了，你就会知道。"

"很高兴你没有看到。"霍莉说。

"事情结束了？"加布里埃拉·萨布罗问道，"我只关心这个，真的结束了？"

"不，"玛茜说，"对我和我的女儿们来说没有，除非特里的罪名被洗清。可是他怎么能呢？他出庭之前就遭到了杀害。"

塞缪尔斯说："我们正在努力。"

# 3

（八月一日）

　　当回到弗林特市后的第一缕晨光洒向大地时，拉夫再次站在卧室窗前，双手背在身后，低头看着再次坐在他家后院草坪椅上的霍莉·吉伯尼。拉夫看了一眼珍妮，发现她睡得正香，而且还在轻轻地打着鼾，便走下楼。拉夫看见霍莉的包正摆在厨房里，已经装好了她带来的几样简单的东西，打包妥当，为飞回北方做好了准备，拉夫对此并不感到惊讶。拉夫像霍莉了解她自己一样了解她，她是一位不允许自己脚下长杂草的女士，而且拉夫猜她会很高兴离开这个该死的弗林特市。

　　上一次清晨，当他和霍莉在外面喝咖啡时，飘出的咖啡香气把珍妮唤醒了，于是这次拉夫就换成了橙汁。他爱他的妻子，并且珍视她的陪伴，但他希望此时只是他和霍莉两人之间的事。他们两人结下了不解之缘，而且会一直延续下去，即使两个人再也不会见面。

　　"谢谢你，"霍莉说，"早晨，没有什么比喝上一杯橙汁更好的了。"她满意地看着手里的玻璃杯，然后喝掉了一半，"咖啡可以等一等再喝。"

　　"你的航班是几点钟的？"

　　"十一点一刻。我八点钟从这里出发，"看到拉夫惊讶的表情，她露出一丝尴尬的微笑，"我知道，我是一个有强迫症的早起鸟。左洛复在很多方面都有帮助，但它似乎对这个病一点儿不起作用。"

　　"你昨晚睡着了吗？"

　　"一点点，你呢？"

　　"一点点。"

　　他们沉默了一会儿。清晨第一只早起的鸟唱起歌来，温柔而又甜美，然后另一只鸟也唱起歌来回应。

"做噩梦了？"拉夫问。

"是的，你呢？"

"做了，那些虫子。"

"布莱迪·哈茨费尔德死后，我也做了噩梦，他死那两次我都做了。"霍莉轻轻地碰了碰拉夫的手，然后把手指缩回来，"一开始做很多，但随着时间的推移，就越来越少了。"

"你认为他们真的完全消失了吗？"

"不，而且我不确定我是否想让他们消失。梦是让我们接触凡人看不见的世界的方式，这是我所相信的。它们是一份特别的礼物。"

"即使是噩梦？"

"即使是噩梦。"

"我们会保持联系吗？"

霍莉看上去很惊讶。"当然，我想知道事情进展的结果。我是一个非常好奇的人，有的时候甚至会给我带来麻烦。"

"有的时候它会令你超越俗世。"

霍莉笑了。"我愿意这么认为。"她把剩下的橙汁喝掉了，"我想，塞缪尔斯先生会帮助你解决这件事的，他有点儿让我想起了吝啬鬼斯克鲁奇，是见过那三个鬼魂后的斯克鲁奇。实际上，你也是。"

拉夫听了这话笑了。"为了玛茜和她的女儿，塞缪尔斯会尽他所能。我会帮助他，我们两个都有很多东西要弥补。"

霍莉点了点头，"尽你所能，绝对可以。但是之后……就让那该死的事情过去吧。如果你不能放下过去，你所犯过的错误将会活生生地把你吃掉。"她把头转向拉夫，露出一副罕见的、笃定的表情，"我是一个知道很多事情的女人。"

厨房的灯亮了，珍妮起床了。一会儿他们三个人就会在这里的野餐桌上喝咖啡，但趁着现在还只有他们两个人，拉夫还有别的话要说，而且很重要。

"谢谢你，霍莉，谢谢你的到来，谢谢你的信任，谢谢你让我相信。如果没有你，他现在还在逍遥法外。"

霍莉笑了，是她那种灿烂的笑。"不用谢，但我很乐意回去继续找那些赖账的人和保释逃跑的人，还有丢失的宠物。"

珍妮站在门口喊道："谁想喝咖啡？"

"我们两个都要！"拉夫喊着回应。

"马上就来！给我留个位置！"

霍莉非常小声地说了一句话，以至于拉夫不得不向前探出身子去听。"他是邪恶，纯粹的邪恶。"

"毫无疑问。"拉夫说。

"但有一件事我一直在想：你在面包车里发现的那张纸片，那张汤米和塔彭丝店传单上的纸片。我们曾经讨论过它为什么会出现在车里，你记得吗？"

"当然。"

"在我看来，都不太可能。它根本就不应该在那里，但它却在。要不是有那张纸片——与俄亥俄州发生的事情相关的线索——那个东西也许还在逍遥法外呢。"

"你的意思是？"

"很简单，"霍莉说，"这个世界上也有一种向善的力量，这就是我所相信的另一件事。我猜，部分原因是，当我想到发生的所有可怕的事情时，我不会发疯，而且……嗯……证据可以证明这一点，你说呢？不仅仅是在这里，而是到处都是。有一种力量试图恢复宇宙间的平衡，拉夫，当噩梦降临时，尽力去想那张小纸片。"

拉夫起初没有回答，然后霍莉问他在想什么。纱门砰的一声被关上了，珍妮端着咖啡出来了。拉夫和霍莉两个人独处的时间几乎到头了。

"我在想宇宙，它真的没有尽头，对吧？而且无法解释。"

"没错，"霍莉说，"连尝试解释都没有意义。"

# 4

（八月十日）

弗林特县地方检察官威廉·塞缪尔斯一只手拿着一个薄薄的文件夹，大步走向法庭的讲台。他站在一堆麦克风后面，媒体的录像机指示灯亮起，他习惯性地摸了一下脑后（那绺翘起的头发已经不在了），等待聚集在一起的记者们安静下来。拉夫坐在第一排，塞缪尔斯在开始发言前向他点了点头示意。

"上午好，女士们，先生们。关于弗兰克·彼得森的谋杀案，我要做一个简短的声明，然后我会回答诸位的问题。"

"诸位很多人都知道，有一盘录像带显示，在弗兰克·彼得森于弗林特市被绑架、随后被谋杀的同一时间，特里·梅特兰在盖城参加一个会议。这盘录像带的真实性是毫无疑问的，而且我们也不能怀疑梅特兰先生同事的陈述，他们与梅特兰先生一同出席了会议，并证明他身在彼处。在我们的调查过程中，我们也在盖城的会议举办酒店发现了梅特兰先生的指纹，并获得辅助证据，可以证明那些指纹留下的时间与警方认为的嫌疑人梅特兰先生谋杀彼得森的时间极其接近。"

记者们开始窃窃私语，其中一人高声喊道："那么你如何解释梅特兰在谋杀现场留下的指纹呢？"

塞缪尔斯对着那名记者狠狠地皱了一下眉头，说："请先保留您的问题，我正要讲。经过进一步的法医检查，我们现在认为，在绑架儿童的面包车上发现的指纹和在菲吉斯公园发现的指纹都是人为植入的。这并不常见，但并非不可能，在互联网上可以搜索到各种植入指纹造假的技术，这些信息对罪犯和执法人员来说都是宝贵的资源。"

"然而，这确实表明这个凶手狡猾、变态、极其危险，也许可以表明他对特里·梅特兰心怀怨恨，也许不是。这是我们将继续进行的调查。"

塞缪尔斯严肃地打量着他的听众，为自己无需在弗林特市竞选连任而感到由衷的高兴，因为任何一个拥有法律学位的竞争者都可能轻而易举地击败他。

"鉴于我刚才向大家陈述的事实，诸位完全有权利问我们为何会继续追查梅特兰先生的案件。原因有二，最明显的是，在梅特兰先生被捕的那天，或者在他本该被传讯的那天，我们尚未掌握所有事实。"

拉夫穿着他最好的西装，带着那副执法人员一本正经的表情坐在那里，心想，哈，但那个时候我们已经掌握了其中的大部分，不是吗，比尔？

"第二个原因，"塞缪尔斯继续说，"是现场存在 DNA，其似乎与梅特兰先生的相匹配。人们普遍认为 DNA 匹配永远不会出错，但正如责任遗传学委员会在一篇题为《法医 DNA 检测中存在的潜在错误》的学术论文中指出的那样，这是一种误解。例如，如果样本是混合物，匹配就不可信，而在菲吉斯公园犯罪现场采集的样本的确是混合物，其中包含凶手和受害者两人的 DNA。"

塞缪尔斯等到记者们潦草速记完笔记后才继续讲。

"除此之外，那些样本在另一个与之不相干的测试过程中被暴露在紫外线下，不幸的是，它们被降级至我部门认定为无法被法庭受理的程度。简而言之，样本无效。"

塞缪尔斯暂停了他的发言，把他文件夹里的发言稿翻到下一页。那只不过是在演戏，因为里面所有的纸都是空白的，上面一个字都没有。

"我只想简要讲述继特里·梅特兰被杀后发生在得克萨斯州马里斯维尔镇的事件。我们认为弗林特县警察局的约翰·霍斯金斯侦探与杀害弗兰克·彼得森的凶手存在某种扭曲的合伙犯罪关系，霍斯金斯在帮助这名罪犯藏身，他们可能已在谋划实施一次类似的恐怖犯罪。幸亏拉夫·安德森侦探及同他协力破案的人员英勇付出，无论罪犯曾有何计划，都未能实现。"塞缪尔斯神情严肃地抬起头看着观众，"霍华德·戈尔德和亚力克·佩利在得克萨斯州马里斯维尔镇不幸遇害，我们为他们的逝世哀悼。我们及其家人于此得到安慰：在此特殊时刻，某地的孩子将永远免于遭遇弗兰克·彼得森的厄运。"

拉夫心想，讲得走心感人，悲情得恰到好处，一笔带过。

"我很确定许多人对马里斯维尔发生的事件都有疑问，但我无权回答。案件由得克萨斯州高速公路巡逻队同弗林特市警察局进行联合调查，调查正在进行中。州警尤尼尔·萨布罗中尉作为首席联络官正同双方优秀的机构协作，我相信他会在适当的时机与大家分享有关案件的信息。"

拉夫由衷地钦佩，心想，他对这种事绝对在行，字字珠玑。

塞缪尔斯合上文件夹，低下头，然后又抬起头来。"女士们，先生们，我并不是在做竞选连任演讲，所以我有这个难得的机会对你们完全坦诚相待。"

拉夫心想，说得更好了。

"如果有更多的时间对本案的证据进行评估，官方几乎可以肯定会撤销之前对梅特兰先生的指控，如果我们坚持将他送交审判，我确定他会被判无罪。而且，几乎无需我多说，根据法律，即使他已亡故，也是无罪的。然而笼罩在他身上的疑云——因此也笼罩着他的家人——依然存在，今天我站在这里就是为了驱散这片疑云。以下是地方检察官办公室的意见，也是我个人的信念，特里·梅特兰与弗兰克·彼得森之死毫无关系。因此，我宣布该案的调查重新开启。虽然目前调查工作主要集中在得克萨斯州，但弗林特市、弗林特县以及坎宁镇的调查也在进行中。现在欢迎诸位提出任何问题。"

台下的问题如雪片般飞来。

# 5

当日晚些时候，拉夫到塞缪尔斯的办公室去拜访他。即将离任的地方检察官先生桌子上放着一瓶布什米尔爱尔兰威士忌，塞缪尔斯给他们两人各倒了一杯酒，然后举起酒杯。"现在，那个喧嚣浮世的问题已经解决，胜负已分晓，大多数都负在了我这边，但管它呢。咱们敬喧嚣浮世！"

"你把事情处理得很好，"拉夫说，"尤其大部分内容都是胡扯的。"

塞缪尔斯耸耸肩，说："胡扯是每位好律师的惯用伎俩。特里在这个小镇上并没有完全摆脱困境，而且永远不会摆脱，玛茜明白这一点。但人们会逐渐接近她，比如，玛茜打电话告诉我说，她的朋友杰米·马汀利去了她家，并向她道歉，两个女人在一起痛哭流涕。主要是特里在盖城的录像让事情发生了转机，但我在发言中所讲的有关指纹和 DNA 的事情也会起到很大的帮助。玛茜会在这里坚持下去，我相信她会成功的。"

"关于 DNA，"拉夫说，"样本是由总院病理与血清科的爱德华·博根检测的，现在他的声誉岌岌可危，他一定会竭力抗议的。"

塞缪尔斯笑了。"他应该的，不是吗？除了真相更加不受欢迎——可以说，这是另一个消失的脚印的案例。物证并没有曝光在紫外线下，但那些样品却开始出现未知来源的白色斑点，现在已经完全降解了。博根联系了俄亥俄州的州警法医中心，你猜怎么着？希斯·霍尔姆斯的样本也发生了同样的异样。一系列照片显示，它们基本上正在解体。辩护律师会很开心的，对吧？"

"目击证人呢？"

比尔·塞缪尔斯笑了，又给自己倒了一杯酒，然后把酒瓶递给拉夫。拉夫摇了摇头，他一会儿要开车回家的。

"那才简单，他们现在已经都认为自己认错人了。只有两个例外，艾琳娜·斯坦霍普和朱恩·莫里斯，她们都坚持自己的说法。"

拉夫并不感到惊讶，斯坦霍普是个老太太，她看见局外人在杰拉德精品杂货店的停车场走近弗兰克·彼得森，并把他带走；朱恩·莫里斯是个小孩儿，她看见局外人浑身是血出现在菲吉斯公园。老人和小孩总是看得最清楚。"

"那现在呢？"

"现在我们喝完杯中酒，然后分道扬镳，"塞缪尔斯说，"我只有一个问题。"

"说。"

"他是一个人吗？还是有其他的同类？"

拉夫的思绪又回到他们在山洞中的最终对决，回到局外人眼中透露出的贪婪，当时他问：你以前在别的地方见过我的同类吗？

"我不这么认为，"拉夫说，"但我们永远都无法完全确定。这个世界上可能存在任何东西，我现在只知道这一点。"

"上帝啊！我希望不要那样！"

拉夫没有回答，他听见霍莉在他的脑中说，"宇宙无尽头"。

# 6

（九月二十一日）

拉夫端着咖啡走进浴室去刮胡子。自从他在行政休假期间离开警队后，每天在这方面都做得很马虎，但两个星期前他又恢复了正常的每日例行。珍妮在楼下做早餐，拉夫闻到了培根的香味，听到《今日秀》开场白结束时的嘟嘟嘟喇叭声，紧接着那个节目就会播报一大堆的每日坏消息，然后是本周名人和很多处方药广告。

他把咖啡杯放到小桌板上，皱起眉头，看着一只红色的虫子蠕动着从他的拇指指甲下面爬出来。拉夫看着镜子中的自己，他看见自己的脸正在变成克劳德·博尔顿的脸，他张开嘴巴尖叫，一堆蛆虫和红色虫子从他的嘴里倾泻而出，在他的衬衫前襟上滚落而下。

# 7

拉夫从床上坐起来，心脏在嗓子眼儿、太阳穴和胸口怦怦直跳。他用两只手捂住嘴巴，好像以免自己尖叫出来一样……或者是以免什么更糟糕的东西从嘴里掉出来一样。珍妮正躺在他身边安睡着，所以拉夫没有叫出声来。

拉夫心想，那天没有虫子进入我的身体，甚至一只都没有碰过我，你知道的。

是的，他很清楚。他的身体状态一直都不错，而且他在复职之前去做了一次全身体检，除了体重和胆固醇的数值略有升高以外，埃尔韦医生宣布他的身体很健康。

拉夫瞥了一眼闹钟，时间是差一刻钟四点，他躺下来，望着天花板。离天亮还有很长一段时间，还有很长一段时间可以思考。

# 8

　　拉夫和珍妮都是早起的鸟儿，而德里克则会一直睡到七点钟被叫醒，为了保证能赶上校车，那是他最晚的起床时间。拉夫穿着睡衣坐在厨房的餐桌旁，珍妮打开一个罐子，拿出一盒盒麦片等德里克下来时挑选。珍妮问拉夫昨晚睡得怎么样，拉夫说很好，珍妮又问寻找接替杰克·霍斯金斯工作的人选进展得如何，拉夫说已经搞定了。在他和贝琪·里金斯的推荐下，盖勒局长决定把特洛伊·拉梅奇提拔到弗林特市的三人侦探小组。

　　"虽然他不是表现最突出的，但他工作努力，有团队精神。我想他能做好的。"

　　"很好，很高兴听到你这么说。"珍妮往他的杯子里倒满咖啡，然后伸出一只手摸了摸他的下巴，"先生，您的下巴很扎人，您需要刮刮胡子。"

　　拉夫端着咖啡上楼去，他关上卧室门，把手机从充电器上拔下来。他想拨通的那个号码就在他的通讯录里，虽然现在还早——离《今日秀》的小号吹起至少还有半个小时呢——但拉夫知道那个女人已经起床了。很多天以来，她床头的电话铃声都没有超过第一声就被接起了，这个便是其中之一。

　　"你好，拉夫。"

　　"你好，霍莉。"

　　"你睡得怎么样？"

　　"不太好，我梦见虫子了。你呢？"

　　"昨晚睡得很好，我在电脑上看了一部电影，然后很快就睡着了。我看的是《当哈利遇到莎莉》，那部片子总会引得我大笑。"

　　"很好，那很好。你现在做什么工作呢？"

　　"差不多还是老样子，"霍莉的声音变得欢快起来，"但我在一家青年旅舍发现了一个坦帕的离家出走的孩子，那个女孩的母亲已经找了她六个月。我跟那个女孩谈过了，她打算回家了，她说她会再试一次，虽然她讨厌她妈妈的新男友。"

"我猜你给她拿了路费。"

"是的。"

"你知道，她现在可能正窝在某个该死的地方抽着用那笔钱买的烟，对不对？"

"他们不总是会那样做，拉夫，你必须——"

"我知道，我必须相信。"

"没错。"

电话里沉默了一会儿。

"拉夫……"

拉夫等着她继续说。

"那些……那些从他身体里爬出来的东西……它们从来没有碰过你我。你知道的，对吧？"

"我知道，"拉夫说，"我认为我的梦主要跟我小时候切开的一个哈密瓜有关，那个瓜里面的东西我跟你讲过，对吧？"

"是的。"

拉夫能够从霍莉的声音中听出来她在笑，于是也回给她一个微笑，就好像她同他一起在房间里似的。拉夫说："我当然跟你讲过，而且很可能讲了不止一次，有的时候我以为自己已经摆脱它了。"

"完全没有。下一次我们通话，就会是我打给你，在我梦到他顶着布莱迪·哈茨费尔德的脸藏在我的衣柜里之后。而那个时候，你就会对我说你睡得很好。"

拉夫知道这是真的，因为这事已经发生了。

"你现在的感觉……还有我的感觉……都是正常的。现实就是一层薄冰，但大多数人一生都在上面滑冰，直到最后一刻才会掉进冰冷的深渊。我们确实掉进去过，但我们互相帮助，成功游回到冰面。而且我们现在依然在互相帮助。"

拉夫心想，你对我的帮助更多一些。你可能有你的问题，霍莉，但在这方面你比我更强，要强得多。

"你还好吧？"拉夫问她，"我的意思是，真的吗？"

"是的，真的，而且你也会好起来的。"

"好的。如果你听到脚下的薄冰裂开了，就给我打电话。"

"当然，"霍莉说，"你也一样。我们就要这样互相扶持走下去。"

楼下传来珍妮的喊声，"十分钟后吃早餐，亲爱的！"

"我得挂了，"拉夫说，"谢谢你的陪伴。"

"不客气，"霍莉说，"照顾好自己，注意安全，保重。耐心等待噩梦结束。"

"我会的。"

"再见，拉夫。"

"再见。"

拉夫拿着电话停顿了一下，然后接着说："我爱你，霍莉。"但是，这句话是在霍莉挂断电话后说出口的。他总是这样做，因为他知道，如果自己真的当着霍莉的面说出这句话，她会感到尴尬，她的舌头会打结。拉夫走进浴室去刮胡子，他现在已经人到中年了，胡茬上已经出现了第一块花白，但那是他自己的脸，是那张他妻子和儿子都熟知、深爱的脸。那永远都会是他自己的脸，岁月静好。

岁月静好。

# 作者的话

感谢我能干的研究助理罗斯·多尔；还有父子组合沃伦和丹尼尔·西尔弗，他们在这个故事的法律层面给了我帮助。沃伦一生中大部分时间都在缅因州担任辩护律师，而他的儿子虽然现在是私人执业律师，但在纽约担任检察官的职业生涯却很出色，因此他们有独特的资格帮助我。感谢克里斯·洛茨，他知道关于厄尔·库科和女战士的故事；感谢我的女儿娜奥米，她找到了关于"厄尔·库库奇"的儿童读物；感谢斯克里布纳出版社的南·格雷厄姆、苏珊·莫尔多和罗兹·里佩尔；感谢霍德&斯托顿出版公司的菲利帕·普赖德。还要特别感谢凯瑟琳·"凯蒂"·莫纳汉，我们一起旅行时，她在飞机上读了这个故事的前一百页之后，要求继续读下去。对小说作者来说，没有比这更鼓舞人心的了。

我还要一如既往地感谢我的妻子。我爱你，塔比莎。

最后，我还要说说这个故事的背景。俄克拉何马州是个绝妙的州，我在那里遇到了很棒的人。一些很棒的人指出我有些地方弄错了，也许真是我写错了；你必须在一个地方待上好几年，才能真正了解这个地方的味道。我已经尽力了。若有不对的地方，还请原谅。当然，弗林特城和盖城都是虚构的。